读一页书　舔一口蜜

空中城

夏芒 著

浙江出版联合集团
浙江文艺出版社

北京读蜜文化传媒有限公司
策划

主要人物

若姜	木鸢时期最美的女人。
小木匠	木鸢时期造就的奇技淫巧之人。
桑姑娘（桑夫人）	木鸢时期的幸存者，被一阵龙卷风刮到隐身术时期，在她面前不能提“龙卷风”三个字。
算命瞎子	一个先知。
田鸢	小木匠的私生子，早熟，自恋而敏感。
田雨	田鸢同母异父的弟弟，小时候有魔障，能透视自己深爱的人的心，喝过隐身糖浆，变成过公鸡、灰尘、火等东西，长大后成了围棋国手。
四公子	小木匠的朋友，年轻时欣赏奇技淫巧，中年时热衷于政治，晚年读书养鸟。
李云（弄玉，云公主）	隐身术时期最美、最任性、最容易失去贞操的女人。
百里冬	弄玉的养父，富翁，空中城的主人，一个相信自己有贵族出身的平民。
容氏	百里冬的夫人，在空中城建立了快乐的青春作坊。
百里栎（牛儿哥）	百里冬的大公子，武士。

百里桑	百里冬的二公子，诗人。
如意	百里冬的二小姐，孔雀的小主人。
孔雀	被北方人当成凤凰的鸟，它会送信。
不死草	空中城的医生。
老巫医	空中城的另类医生。

双头人	毕生致力于隐身术研究的人。
卢敖（卢生）	一个虚无主义者，田鸢的精神导师。

东郭先生	一个无法解释自己的直觉的棋士，他证明，在一局棋的历史中，未来影响了过去。
芮儿	东郭先生的女儿，渴望输一局棋的棋手。
其姝	一个酷似弄玉的女孩。

秦始皇	一个比任何人都老得快，却渴望长生不老的人。
扶苏	秦始皇的大公子，可以认为他是任何女人的白马王子。
胡亥	秦始皇的十八公子，当着别人的面他撒不出尿来。
蒙恬	一位愚忠的将军。
杨端和	一位性情将军。

目　录

第一篇　鸢

鸢与“鸳”同音，是古人对类似于鹰的鸟的称呼，

又指木鸟、风筝等人造飞行器。

第二篇　雨

雨是无声无息地湮没在土里的东西。

第三篇　玉

玉是美丽而脆弱的东西。

第四篇　神

神看见了一切，神就是一切本身，

是人们的呼吸、思绪、梦境、足迹、灵魂和一切的一切。

附记

第一篇　鸢

鸢与“鸳”同音，是古人对类似于鹰的鸟的称呼，又指木鸟、风筝等人造飞行器。

一・小木匠

扶　桑

还在世界上刚刚有世界地图的时候，每个国家的世界地图是不一样的。每个国家都把自己画在世界的中心，画得大大的，把别的国家——哪怕是听说过的、神话中的——随便画在周围，凑成一块土地，泡在茫茫无际的大海中。这样的地图，看起来就像黄汤里泡着一块饼。后来，有个国家对这样的世界地图不满意了，他们的造船术已经很发达，已经有了三层楼的船，当然想看看世界本来是什么样的了。

实际上那船有六层楼高，因为浸在水里的部分就有三层楼高。别以为这么高就容易被浪打翻，他们知道把它加宽，宽到左看右看怎么也不觉得高，怎么看怎么像一只大木盆，泡在蓝色的洗澡水里稳稳当当的。他们往大木盆里塞满人，推到海里去——有一半人都是划桨的；还有好多童男女，用来在新大陆上繁衍生息；还有星相学家，用来在夜里导航；有巫师用来在暴风雨中导航；还有诗人，让这种事变得永恒……就算找不到新大陆，有一件事是确定无疑的——在大海的东边，一定能找到太阳的老窝。据说太阳每天早晨被一辆透明的车拉着从那儿出发，从人们头顶晃过去，到西边的昆仑山去睡觉，第二天天快亮的时候再悄悄回去。也许是在东边又生出一个新的太阳，谁知道呢，到了那边就知道了。

洋流早就算计好了，没费多少力气，船就到了一片陆地，太阳依旧在远方升起，没有看见在树上做窝的太阳，或者在草地上长大的太阳。它继续前进，陆地不是那么好找了，要不是国王的小舅子多了个心眼，大家就都渴死在海上了。他出发时带了一些鸽子，每到迷航时放它们出来，看往哪儿飞，鸽子偶尔真的看到了陆地，而太阳也仍然在远方升起。且不说他们吃了多少生蛆的米饼，啃了多少腰带和甲胄，在船舱的水桶里舀了多少漂着绿藻的水来喝，反正人快要死光的时候，连国王的小舅子也亲自来划桨了。他们再也受不了那永远在天边的太阳了，一等到洋流逆转就回家。回家的洋流不是特别老实，他们好多时候都在划桨，划啊划把此生的力气都用完了，简直觉得已经在冥河里划了，才回了国。

国王的小舅子说:“三万里以外什么也没有,别折腾了,”他咧开黑嘴，满嘴的牙因坏血症掉光了，“咱们脚下这块水做的板子，是没有边的。”

这事对一个孩子触动挺大。他父母是坐几年前的另一艘船去找太阳的，杳无音信。他满心希望父母能出现在这艘船上回来，结果这船连他父母有可能去了哪儿都不知道。他十来岁了，自从没了父母，就在造船厂干活，瘦弱的肩膀连一根木头也抬不动，但手脚很勤快，小脑袋瓜上的一双大眼睛也满是机灵劲儿，人们便让他干巧活儿，雕花、备零件什么的。他平时刨着木头、削着木头、刻着木头，总是跟一小块一小块的木头在一起，大家就叫他“小木匠”。国王的小舅子说那船走了三万里，小木匠不相信，因为他曾在船底装了一个机关，有一些叶轮顶着水流转动，通过大大小小的齿轮把转数除以一百万，传给一把木尺，木尺每移动一格，表示走了一千里。小木匠把机关拆下来一看，知道这船连一万里都没走到，离他父母去的地方还远得很。

这点小把戏对他来说不算什么，当初造船时，他是露过大大的一手的。那不是六层楼的船吗，而且还很胖，要把那么多木头抬到那么高的地方去，厂里正发愁人手不够，小木匠说可以让牛来搬。大家笑话他，这又不是在平地上搬东西，难道让牛飞到船上去吗？他就跟大家打赌，一个月的肉干，赌他能让牛把东西搬到高处去。他平时是喜欢说一些疯话的，什么“奇肱国的木头可以做飞车”啦、“我娘说我是鸟变的”啦，看着他梦游般的眼睛，谁也不相信他的话。只有一种情况，小木匠的眼睛不梦游，就是盯着手里的木头时，这时甚至好像有一种魔法从他的眼神里流出来，把普通的木块变成匪夷所思的机械。在这方面，他从父亲那里学过一手好活儿。他做过“抬东西机”，用几个齿轮省力，他的小手把一个把手一摁一摁地就能把一筐柴火抬起来。别人不稀罕这机器，认为是他的小肩膀抬不动柴火，才需要这机器。还有洗衣服的机器，他是孤儿才自己洗衣服，别人都有老婆或妈洗，而别人的老婆或妈洗衣服都习惯用手，懒得学会他那套复杂的机关。他还发明过把树上的大枣打下来并且满地捡起来的机器，但别人都习惯直接用棍子打、弯腰捡……多了，尽是这样没用的东西，比如把蟑螂骗到烧烫的铁板上的机器、摇摇把手就能给全家人扇风的机器、在大热天把背上够不着的地方擦干免得躺在席子上发黏的机器、拧拧发条就能把满屋的地扫干净的机器……大家发现了他发明的东西的共同点——都是没爹没娘的孩子才需要的东西。

当他“用牛搬木头”的想法被大家嘲笑后，他从家里搬来一个木架子，跟他差不多高，看起来牛一脚就能踹烂，但经他一演示，大家发现，通过一些横的竖的、大大小小的圆盘，还有莫名其妙穿插在其间的一些木齿，力量居然可以放大。小木匠用一根手指头拨一拨底下的轮盘，顶端的绳子就把几十斤的木料吊起来了。

“这要是牛来拉磨，就能把几千斤的料吊起来。”

这时他的眼睛没有在梦游，大家有点相信他说的话了。这东西被放大十倍，造船厂就出现了奇观——许多牛在那里拉磨，上面高耸着木架子，一艘史无前例的巨船在它们的哺育下一层一层长出来。小木匠就这样弄出了第一个别人用得着的东西。在后来的战争中，外国人攻进造船厂，发现一切都已被烧成灰烬，也就没看见牛起重机，不然，这东西不会等到一千年后才被外国人重新搞出来。

大家折腾牛起重机时，小木匠曾被另一个主意迷住。他没爹没妈，整天自己跟自己说话，也就只好琢磨这琢磨那。他想，下坡总是比上坡省劲儿，放东西也比抬东西省劲儿，那为什么不在一个大坑里造船呢？他没好意思马上说出口，因为有件事还没想好——造好船以后，得把海水引进去，让船浮起来漂走。可船走以后怎么办？总得把海水放干吧，造下一艘船还得用这个坑吧，总不能变成鱼塘吧？可怎么把水倒着引出来？那又不是家里的水缸，拿瓢一瓢一瓢舀就能舀干的……这事还没想明白，找太阳的船回来了。小木匠一看船差不多被风扯成了碎片，连一万里都没到，顿时对造船这件事失去了兴趣。三万里以外的地方，船是去不了了，那还有什么办法呢？那就只有一个办法了——飞过去。

这主意要是说出来，船厂的人会真的认为他疯了。木匠们都知道，二百年前他们的祖师爷早就试过这个了，顶多是做出了巴掌那么大的木头鸟在房顶绕了几圈。小木匠决定不告诉任何人，自己干。每天早晨他对着霞光出神，“那边应该是可以住人的，因为太阳在那边的时候一点儿也不热，早晨的太阳一点儿也不烫人嘛。”关于人能飞起来，他比任何人都相信，这或许是由于常常出现在梦中的感觉过于真切了——空气像水一样流过他的双臂。母亲在世时说过的话他也念念不忘：

“你问你是从哪儿来的啊？你是鸟变的。我和你爹成亲后一直生不出孩子来。有一天你爹上山伐木，我送水上去，忽然觉得裙子里掉下什么东西。我找啊找，在翠雀花丛里找到了一颗蛋。它是半透明的，都能看到里面的小鸟身上的血脉呢。你爹觉得它是个妖孽，把它扔到了山沟里。到了晚上，一只白鸟就飞到家里来了，在房梁上睡觉。它睡着的时候会掉下来把自己摔醒，每次掉下来都掉一些毛。早晨起来，我们过去一看，它毛都掉光了，哪儿还是鸟啊，分明是一个婴儿！我们把你落下的羽毛都包起来，再打开的时候，只看见一堆沙子。”

这话说得太认真，非常不像别的母亲哄孩子说的“你是从粪坑里捡来的”之类。这要么是母亲对自己做的梦记得太清楚，要么是她比别的母亲会编故事，要么——在有些神神道道的小木匠看来——就是真的。或许冥冥之中真有前世、灵魂的真身，被神变成了画面，呈现给母亲看了？

梦中鸟

反正他是真的打算做一只鸟了，也就停止了对抽水机的狂想，再发呆就不是盯着海水，而是盯着海鸟了。小木匠仔细观察它们怎么扇动翅膀、在什么情况下停止扇动而仅仅靠热气流托着不掉下来、怎么在转弯前倾斜身体甚至几乎把自己竖了起来、翅膀举起时怎样弯曲、压下时又怎样撑直……他也数它们扇翅的频率——起飞时要多快，已经飞起来后至少要多快……偶尔出现的一种白色大鸟（叫不出名字来，恐怕是从外国飞来的，或从母亲的梦里飞来的）让他特别佩服，它飞过这个世界上可以看到的整个天空时竟然可以一直不扇翅膀。它平摊的、从容的双翼，表示它已经能炉火纯青地驾驭热空气，这使小木匠相信自己也不需要使太大劲，就能飞到扶桑国去。

起飞时确实是要用点力的。据他统计，扇翅的频率要赶上他的心跳。海鸥已经为此做出了示范，而海鸭不管起飞还是已经飞起来总是扇得那么快，恐怕是因为生来就笨。小木匠需要一个模板，就是尽量大、最好跟人一样大的鸟，按它的尺寸来做翅膀就刚好够一个人用。苍鹭、白鹭这些，不仅小，而且飞起来惊慌失措，小木匠很难想象学它们的样能飞到三万里外去。那种叫不出名来的鸟——姑且叫它“梦中鸟”吧，能够代表完美的飞行，可它不在人的面前着陆——或者也许不愿在现实世界着陆——就没法量它的尺寸。

他选择了鹈鹕，一种比鹅还大的鸟，虽然它飞的样子比梦中鸟差很多，但也有个美德——愿意与人亲近。只要在船头举着一条鱼晃，鹈鹕就翩翩而至，吃完鱼还不走，还跳着白色的舞等人变出下一条鱼。它们顶着笨拙的大脑袋，拖着肥滚滚的肚子，走起路来比鹅还要笨，可起飞的姿势是那么迷人。它们优雅地（而不是像海鸭那样逃命似的）摇摇巨翅，就飘在了空中。有时小木匠抱着这温顺的大鸟，感受它翅膀搅出的风能有多大，直到相信自己也能做到。他顺便量了尺寸。鹈鹕把身子拉直了跟他差不多高。这样看来，照它的翅膀做出同样大的翅膀，自己就能用。

骨架得是又轻又结实的，那得用竹子了。蒙在上面的，只能是布了，想来想去世界上又薄又耐扯的东西除此以外只有动物的皮，那他是买不起的。他家的布，只有刚够穿的衣服和刚够用的被子，想了想把被子拆了，以后就盖茅草吧。为了防止布面的孔隙漏风，他用胶水刷它，晾干。这是兑水煮化的猪皮胶，干后成为闪亮的小晶粒堵住布孔。做起来比想起来难得多，实际上他失败了许多次，改了许多次，最后翅膀有鹈鹕的两倍那么大了，和胳膊之间有了机巧的连接，好歹能让他在十一月的大风中有一点身轻如燕的感觉了。他也曾到岸边反复地拥抱鹈鹕，求教飞翔的真谛，和鹈鹕反复比较让他不由得怀疑，他屡战屡败来回折腾其实缺的是羽毛。正月里，他的翅膀已经粘上了羽毛，那是全村人半年杀鸡拔下来的毛，一点点收来的。他当然不忍心去找亲爱的鹈鹕拔毛。他在雪地上扑腾着，村民们夹道起哄，他像受惊的鸡一样扇着跑，一路掉毛，竹子骨架噼里啪啦的就要散架了。第十五次试飞之后，他瘫倒在雪地上，累得连身都翻不动了，确认了所缺的、又几乎无法拥有的那个东西：按比例长出鸟的力量。即使有可能用齿轮放大他的力量，但一定会减小扇翅的行程，那还是达不到目的。难道还能用一头牛来拖动连锁机关摇他的翅膀吗？他打算回家练石锁，要不是一个好心人蹲下来说句话，他这辈子还不知怎么胡折腾呢。那是一位白白净净、戴着皮弁、穿着考究的丝衣、腰佩玉符的年轻人，一看就是大地方来的公子哥儿。

“到房顶试一试嘛。”公子哥儿说。

原来就这么简单啊。从高处跳下来，就已经飞起来了，何必要一门心思地从地面往上升呢？小木匠感激地看一眼公子哥儿，爬上了自家屋顶。屋顶是斜的，还有积雪，他差点滑下来，那位公子站在梯子上托住了他的脚。小木匠重新站稳当。公子说：“别害怕！我接着你！”小木匠一横心冲向屋檐，脚下一空，吓得闭上了眼睛。公子接住了他，被他压倒在地。他上房重来。这一次，他像鹈鹕一样稳稳地着了地。第三次，他在空中划出了一道轻盈的弧线，自己觉得已经有点像“梦中鸟”了。虽然鸡毛已经掉光了，但翅膀上的布鼓起来呼啦啦地响，那个可以折叠的翅膀在举起的时候收拢、在压下的时候展开，确实是能兜住风的。公子欢呼道：“好个御风而行啊！”他在兴头上也玩了一把，把脚崴了。小木匠让他在这儿养伤，他说他要回家。小木匠没听出他是本地人。他说他爸爸在临淄当盐官，祖籍在这里，他们回来祭祀。

“我姓孔，排行四。”

小木匠搀着孔四公子回家，一路念叨他从小到大听说的事：海上有一棵树高三百里，十个太阳在那儿洗澡；要游到那儿去，得找两千岁的海龟，用它的尿煮面条，再掺点醋，味道怪怪的，但是吃了这碗面可以在水里喘气；南方出一种背上长角的狐狸，吃了它的肉可以活两千年；西方有三个脑袋、六条尾巴的乌鸦，吃了它的肉可以不做噩梦；东方有一种开白花、结红果的树，吃了那红果就不怕冷，血也不会冻成冰，可以爬上昆仑山去见王母娘娘……

四公子一句也不信：“怎么全得吃点什么才能见效啊？你还是想想自己现在吃得着的东西吧，想想每天干点什么才能吃上肉。”

四公子再来的时候，带来了够吃半个月的鹿脯。显然，他是从每天都能吃上肉的人群里来的。他已经向朝廷报告了那划时代的发明，指出它在云朵战中的用途。古人说从昆仑山顶可以登上云朵（要选那种又白又厚的云，不然容易踩漏），云朵往敌阵里飘，便可出奇制胜——问题是我们的士兵怎么跳下来。古人想过天梯，可天梯还没爬到一半就会被敌人发现。现在好了，有人用鸡毛和自家的破衣服做出翅膀了，从云上下来就不是问题了。如此简单的想法要等几千年才被人想到，真是奇怪。这个做翅膀的人，想必也会做云梯、指南车……小木匠说造船厂要开工了，没时间做这么多东西。

四公子嗤笑道："造船？拉倒吧。"

"那谁养活我？"

"国王。"

圆形的城

四月里，孔四公子把小木匠和他的翅膀带到了临淄。这是一座圆形的城，小木匠从进来，到二十年后离开，从来就没搞清过这里的方向。墙是圆的，路是圆的，连城里的河都是圆的。一路上阴雨绵绵，环绕的街道上空无一人，地面的积水仿佛一块块圆水晶，圆头圆耳的丧家犬在屋檐下抖落黄毛上的水珠，这个圆圆的梦从此把他笼罩了。

住进孔府后，雨又下了半个月。小木匠把自己关在书房里饱览历代奇技淫巧的图谱——云梯折起来可以藏在怀里，打开后可以抛上城墙；飞车的图把叶轮画得比车身还小，一看就是失败的；宇宙的样子是一个大碗套着一个小碗，神住在大碗上，人住在小碗上……四公子还展开一幅世界地图，那是一块发霉的绢，标国界的红线都黑了，看来看去总共只有八个国家，除了"中国"，还有"娄烦""月氏""匈奴"这些鸡毛小国。其他国家的国名是蝇头小字，可是“中国”两字有巴掌大，“中国”就是“世界的中心”，唯一的陆地中国占了八成，“月氏”“娄烦”什么的快被挤到海里去了；海的颜色是黄的，陆地的颜色是灰的，整个看来，世界是泡在黄汤里的一块饼。小木匠觉得应该还有小人国、大人国、长脚国、骑老虎的大耳朵国、人面鸟身拿蛇当耳环的国、黑齿国、脚丫子倒着长的国、吃空气喝雨水的国……四公子说，那些地方谁也没去过，不必当真。

木　鸢

雨后初晴的早晨，盐官心情特别好，就请客人出来表演御风而行。此时的翅膀已经是羊皮做的了，小木匠从最高的屋檐上跳下来，飞过了一个墙头。盐官嘀咕道：“一些奇技淫巧而已，留下来给我们家解闷吧。”他的孩子们就从影壁后面、花坛后面、冬青树丛里冒出来，最小的还不会说话，裹着肥嘟嘟的绿袄跑来跑去。就在这时，一辆乳白色的双轮车从草地上来了。它穿过低矮的紫堇花丛时，像天上的车浮在彩云上。它从东方的虹彩中渐渐脱离，带着露水来到荷塘边，还有一股暗香弥漫在氤氲晨雾中。推车的女奴圣女般端庄的脸一时吸引了小木匠，当他往轮椅中看时，另一种美击得他两腮发麻——轮椅中的女孩，下巴沉在衣领里，只露出了半份美丽，就这已经让所有的荷花黯然失色了。轮椅来到了小木匠面前，女奴伸手摸他的翅膀，摸出上面没长肉就松手了。

“小姐，”她禀报轮椅里的人，“他是人，不是神仙。”

此时小木匠抬不起头，只看见轮椅的踏板上平摊的两条细腿一动不动，就像是画在上面的一样。它们又那么干净，恐怕从不踏足人间，连一粒泥点也不沾。这时有一个声音向小木匠发问，明显不是刚才的声音了。刚才那女奴的声音是人间女孩的，而现在的声音，是从花芯里钻出来的、精灵的声音，慵懒却清新，傲慢又柔弱。小木匠听见的是："做过木鸢吗？"他没听懂，轮椅便咿咿呀呀地走了。恍惚中，小木匠听四公子说："这是我妹妹若姜，她从小就不能走路。"

四公子托一位熟悉的宦官把羊皮翅膀带进了宫，又催促小木匠破解古代的云梯："王宫就在这座城市，用不了多久，一辆金子做的车就会把你接进宫的。"但是小木匠现在只想知道，木鸢是怎么回事。几百年前鲁班发明了木鸢，在房顶飞了三天，失传了，连它长得像一只鸟还是一只蜻蜓都无从查考。要是能把这东西做出来，至少能让那可怜的残疾女孩笑一笑吧。小木匠一头扎进书房，把自己埋在几千年的龟甲、简牍和帛书中，只看见一种叫"竹蜻蜓"的东西，有几个叶片，看着像蜻蜓的翅膀，却做得很死板，只能绕着一个轴转。他想，木头鸟的翅膀，怎么也得会扇，才配得上"木鸢"这么美的名字，才能配得上说出这名字的人吧。木头翅膀怎么扇起来？他去向春天的小鸟求教，听见轮椅的轱辘声就躲开，远远看见若姜，就绕道走。在做出木鸢以前，他不知道怎么跟她打招呼。天上飞过成群结队的麻雀、忽高忽低的燕子、公主般的黄鹂……可他眼前老是浮现出轮椅中的那张脸，苍白，模糊，已经看不清美在哪儿，只是打扰他想象木鸢的样子。他求鸟儿们飞得慢些、低些，结果一只飞不动的鸟掉了下来，在草坪上蹦两下，死了。他捡起来一看，那是一只木蜻蜓，和古书上的竹蜻蜓是一回事。女奴跑过来说："把木鸢给我们。"

小木匠抬头一看，若姜就在前面的小山坡上，像一朵荷花开在了草地上。她用两只胳膊支着上身，白裙子平平地摊在草地上，是那么无力，无奈，心灰意冷。小木匠把木鸢还给婢女，回到自己作坊里。如果这就是木鸢的话，他有办法让它飞得更带劲些，加几个连轴就是了。他还要让它更好玩些，它的翅膀不再像两片桨了，而是像黄鹂的翅膀那样，刻着羽毛，涂着五彩。它的舌头是个音簧，见风就响。他来到若姜面前，轻轻一拉线，木鸢就高高地飞起来，在空中还啾啾叫。过了好一会儿，它才飘然下落。再往若姜脸上看，哈，这回看见了新面孔——她的笑容绽开了，露出了玉一样的牙齿，平日里安于寂寞的眼珠，此刻在兴奋地跳动。小木匠明白自己学会讨人欢心了。他之所以要讨她欢心，是不愿意老躲着她走，不愿意在春天的雨水中听到吱吱嘎嘎的车轮声时慌了神。然后若姜自己玩，一遍一遍放飞，无限憧憬地望着木鸢随风远去。这个不能走路的女孩，爱透了能飞的东西。小木匠呼哧呼哧把木鸢往回捡，一趟比一趟跑得远，因为木鸢越放越高，越飞越远。盐官府太小，他们就到西郊外去放，结果它追上一队大雁，飞得无影无踪。后来，小木匠又为若姜做了很多个。

美梦梳子

在等待王宫消息的漫长岁月里，小木匠的奇技淫巧属于若姜。荷塘上的大游船是他造的，船上有七个木头人，会斟酒，会奏乐；有跳舞的胡人小丑，把弦拧紧再松开，它就轮流跳十二种舞；有游动的喷水鲸鱼，若姜借助它认识了大海；有会伺候人的梳妆台，若姜照镜子时它送出热面巾和梳子，若姜把面巾放回去，装粉饼、胭脂、黛盒、眉笔、兰花的抽屉又弹出来……小木匠还多次改造若姜的轮椅，最后使它能爬山。

就在这几年里，他长成了一个棒小伙子，有一双漂亮的大眼睛，有时候像鹿眼睛一般天真，有时候又讨人喜欢地眯着，能够从一个残疾女孩绝望的眼中唤起笑意。虽然有了万能轮椅，若姜却喜欢让他背，这时候他的腿就是她的，为了在梦里飞起来，若姜非要他摇扇子才睡得着。作为从来没走过路的人，若姜使唤起人来比一般的千金小姐还要不客气，任何时候想到任何东西都会对身边的任何人叫："给我拿一下！"但是因为声音好听，不讨厌，尤其是"小木匠"这三字，被她叫来叫去的，成了只有在她嘴里才特别甜的音符，在她心情好的时候完全成了撒娇。她让小木匠抱着上轮椅时像三岁的孩子一样埋着头，整个身体都那么信任地趴在小木匠身上，让小木匠忍不住要轻拍她的背。抱她上轮椅，有时是从屋里到院子里，要走很长一截，她就一直那么温顺、那么柔软地贴在小木匠身上，还微微吐着香气，所以有一次她突然想起小木匠还有好多正事要干，问小木匠怎么还不去见国王时，小木匠说："这儿香。"有一年盐官要小木匠到盐所挑个差事，他却愿意留下来做门客；又有一年四公子要引荐他到势力更大的丞相府，去追求"公输般在楚国的前程"，他说他没有那样的才干。

王宫还是没有消息。云梯早就做出来了，叠起来能藏在袍子里，掏出来一甩就变长了，能抛上当初"御风而行"的高檐；羊皮翅膀也改得更轻巧，方便士兵们带上云朵了。但四公子再也不往国王面前送这些玩意儿了，因为国王对云朵战、云梯战……任何的战争都不感兴趣。他唯一的兴趣是让羊车拉着他在后宫里转，羊停在哪儿，他就跟哪儿的妃子过夜——选妃子选花了眼，就让羊帮他选，结果，妃子们纷纷把青草和盐巴撒在门口，引诱国王的羊。四公子让小木匠把翅膀、云梯都收起来，等待合适的机会，甚至等待“下一个国王的纪年”。

小木匠穿行在都市的浮光掠影中，对那些骗小孩子的玩偶不屑一顾，当一个月氏国流浪汉兜售让人做美梦的玉梳子时，他却买了一把，好让若姜在梦里蹦蹦跳跳。他施舍了一个以圆梦为生的瞎子，又无梦可圆，因为每次睡眠只用来珍藏白天的记忆。路边的陌生少女让他想入非非，在看不到若姜的时候，他就注意到她们，她们不如若姜美，但是，她们有腿。府里来了新婢女后，他又忘记了世上其他有腿的女孩。桑儿第一次出现是在游船夜宴中，水蜜桃脸上生着自然的红晕，让人忍不住想舔一口会是什么滋味。那场夜宴想起来都邪门，本来府里万籁俱寂的，荷塘上突然亮起了灯火，小木匠扒着窗户一看，水面中央有人影晃动，废弃几年的游船忽然变得像几年前他刚造出来时一样了，连杂草、枯枝都让开了，夜空中传来女孩的声音：“这木人做得真巧，刚好把酒斟满，一滴都不洒。”又有一个说：“不知道吗，我们这里养着公输般呢。”小木匠走过去的时候，眼睛好像被一层黏糊糊的东西糊着，勉强能看见一群女孩围坐着，他做的木头人正在伺候她们吃喝。若姜一声甜美的“小木匠”把他引到食案前，菜样看不太清，恍惚有海岛上的果子。除了若姜以外，这些面孔都是陌生的。从不呼朋唤友的若姜一下引来这么多人，让小木匠不由得想，她是不是认识精灵。听她介绍姑娘们的名字，都是用草木取名的，也没记清，但有一个女孩的名字实实在在被他记下来了，因为那女孩说：“我家住西郊外十里堡，桑树最多的地方。”她的名字就是“桑”。木头人把一只竹筒递给小木匠，他从中抽出一支签：“云谁之思，西方美人。”就对桑姑娘说：“你是从西边来的美人，这酒归你。”桑姑娘喝了一口，木头人学了声公鸡叫，院里的真鸡都跟着叫唤起来。她抽中“南山朝霁”，不知算谁的，若姜突然说：“小木匠。”小木匠纳闷：“你说的是我？这签跟我有关系吗？”若姜说：“你来的年头久了，自己都忘了，你来的那天，天上有彩虹。”小木匠一下想起了那一幕——雨后的“御风而行”，若姜来看时，仿佛是从彩虹里出来的。他心里涌起一股暖流，没想到若姜竟然记得几年前刚认识他的那一天。一位老仆拖着笤帚来到庭院里，自言自语：“星星这么多，风这么凉，天没亮，公鸡瞎叫什么？”他好像没看见荷塘上的灯火，“我知道了，不是我梦见了公鸡，就是公鸡梦见了我。”在灯火阑珊处的小木匠看来，这个人影，也是另一个世界的。

他在床头的雾气里醒来，愉快地想起这是又一个冬天了，只不知何年。手一伸出被窝，十指就冒白汽，抹一把脸，胡子上的霜就抹一手。他裹着被子来到窗前，看见若姜坐在轮椅中，在雪地中发呆，推车的是桑姑娘，多年来她一再出现，证明公鸡乱叫的那个夜晚是真实的。小木匠今天要给若姜来点新花样，他从屋里搬出了一个大海龟——实际上是木雕的大冰车。若姜的眼睛在厌倦中睁开，看见了冰车，立刻弯成了月牙儿样。她刚坐上去时，眼珠子新奇地转着，嘴乐成了柳叶形。但是溜了一圈，她就受不了那冷风了，噘起嘴，皱起了眉头。小木匠抱她上轮椅，她习惯地把头埋在了小木匠肩头，但她看见小木匠冻裂的手指头时，忽地抬起了头。

“叫人给他换个大火炉！”她吩咐桑姑娘，从刚才那个温顺的孩子，一下变成了颐指气使的主子。她又转向小木匠，“冬天里别干活了，像我一样待在屋里烤火吧。”还用自己的手握了握小木匠红肿的手。

冰车成了桑姑娘的玩具，她躺在冰车上，两脚钩住乌龟脖子，让小木匠推她，还仰起脸朝小木匠笑，这样，小木匠看见的就是一张倒着的笑脸，比平时还撩人。冰车撞在岸边，桑姑娘倒在冰上，要小木匠来拉她，小木匠拽她的胳膊，扶她的腰，隔着棉袄都能捏到她滚圆的肉，这是和若姜很不一样的东西。她嘴里的热气都哈到小木匠脸上了。那个冬天，若姜几乎不出门，只有桑姑娘的活色生香天天折磨着小木匠。有一次在屋里，小木匠忍不住动手了，桑姑娘笑着说不行，那么多人看着呢。小木匠左右一看，没人啊，她指着墙角的一排木偶说:“你做的这些都是活的，哈哈……”就跑了。其他地方更难了，桑姑娘根本没有自己的屋，她是贴身伺候若姜的，就睡在若姜旁边。终于有一天，她倒洗脚水时，小木匠从后面一把搂住她，夺下盆子，把她拽到长廊一侧的木兰树后面，亲了个够。从此以后木兰花长廊成了他俩的乐园，隔着墙，若姜正在奔跑和飞翔的梦中度过一天中最乏味的时光。

在初春的大雨滂沱的一天，若姜的午觉被小便憋醒，叫桑儿叫不答应，就自己爬下来找恭桶。恭桶在窗边，她拖着两条毫无知觉的腿挪到窗边最省事的办法不是爬，而是退，双手撑着地面，让屁股一点一点地倒退。到了恭桶边却坐不上去，双手在地面上撑直了也没法把屁股抬到恭桶的高度，就在这时她听见桑姑娘的笑声在雨声中，不远，本想喊她进来，又听见了小木匠的声音。她下死力气抓着窗格把自己吊起来，一刹那，她看见那两人在木兰树下亲嘴，窗格断了，她跌倒了。

那两人听到动静冲进来，看见恭桶打翻在地，主人躺在尿里，正要去拉，一道歇斯底里的哀鸣惊得他俩动弹不了:“给我滚得远远的!”

她一把甩开他们，自己倒退着往干净的地方挪，恭桶挡了道，她就一巴掌掀开。她的睡袍拖出一路的尿。小木匠和桑姑娘怀疑她看见什么了，但宁可相信，这是因为今天天气不好。

阴雨天过去了，若姜喜欢的季节来了，这也就是小木匠刚刚认识她的季节，北飞的大雁中不知哪一只是当年逃走的木鸢。现在西郊的原野上满天都是木鸢，盐官府的孔小姐带动了这里春天放木鸢的风潮。人们做出了像百灵、黄鹂、布谷鸟、燕子……的各种木鸢，有的甚至也会叫，但孔家的木鸢仍然是飞得最远的。它飞进了芦苇丛，桑姑娘和小木匠一起去找，过了半天都没出来，若姜忍不住驱动轮椅去看，一团芦苇在摇晃，她刚想叫，又被一个莫名其妙的念头止住了，她在四周转悠，发现了刚刚被踩倒的芦苇，她加快速度钻进去，向那个骚动的中心逼近，向她漫长童年中凭借奇技淫巧的玩具和种种儿戏根本无法解答的那种困惑逼近，当她掀开最后一层芦苇时，目睹的是……在她记忆中，只有驴、马、牛、狗才做这种事。

“牲——口！”她说。

她下狠劲驱动这辆会爬山的轮椅，一路的行人简直不相信那两个飞转的大圆盘托着一个白影是人间的东西，连马车都被它甩在后面，看起来好像日月之车误闯人间。盐官府的人也没领略过这辆车的厉害，它前面的小轮一抬、后面的大轮子一抖，就咔啦咔啦上了台阶，像一只大蚂蚱，一眨眼，它又冲进了长廊，在木兰树丛后面忽隐忽现，大家这才明白这对轱辘对二小姐来说比一双好腿更利索。她浑身在发抖，头发在飘，只有眼珠子一动不动。那俩牲口回来后推不开她的门，就亲切地呼唤她，她把桑姑娘的衣服从窗口扔了出去。

桑姑娘被派到了厨房。新来的女奴晚上睡得特别沉，拉铃怎么也叫不醒，若姜学会了少喝水、有尿就憋到天亮。桑儿在的时候，她只要翻翻身，桑儿就会醒过来。如今她只能在梦里钩住桑儿圆滚滚的脖子，回到桑儿厚实的怀抱中，坐上恭桶。一天晚上，她把这个梦做完，身上还真的轻松，一点没有梦里那种更大的焦灼，一个黑影还守在床头，她醒了，月光照着桑姑娘哀怨的眼睛。

桑姑娘回来了，小木匠则成了陌路人。他进来，若姜就让桑姑娘推着出门，他跟着，若姜就亲手驱动轮椅，那种一往无前的势头，家犬都追不上。但是有一天，这辆不凡的轮椅出现在垃圾堆里，小木匠知道，她找人换了普通的轮椅。他心酸地把这辆轮椅捡回去，和木鸢、木偶、冰车……一切留着若姜香味的东西堆在一起。

这时候若姜已经懒得躲他，因为不论离得多近，若姜根本看不见他。只有当他去扶若姜时，那已经发僵的眼睛里会突然射出毒焰，她的胳膊会像甩蝎子一样甩开他。多年的情意一下子割断了，小木匠想知道这是一种什么情意，从御风而行的那天，他就在毫无希望地爱她，却从未对她想入非非，抱她上轮椅时离她那么近也没动过歪念头。他早就把自己当成家犬了。“可是，若姜把我当成什么？”要是门客，一个门客和女奴偷情何至于让她那么愤怒，要是狗，没听说公狗发情会被主人抛弃的。于是他猜测在若姜的生命中，他比想象的重要。

他在外面喝闷酒，流泪。他想告诉若姜，就算真的不理他了，也还可以放他做的木鸢，也还可以坐他做的车；他想说：我和桑儿其实什么也没干，就算干了也没什么，有一种情意，跟牲口的事没关系，我从来没往你身上想过这些事，这不是因为你腿残，而是因为你太美，美过了头；

他想说：什么时候还能让我抱着上轮椅，还能像个听话的孩子一样伏在哥哥的肩头呢……但他突然觉得不对劲，“孩子？她是孩子吗？”酒劲上来了，他脑子里嗡嗡的，“我抱着她的时候明明觉得她的胸脯比桑姑娘的还要结实，难道她就没有感觉吗？……抱抱，木鸢，呵呵，还有冰车、木偶……给她的全是这些小孩子的把戏，我再和别人去做牲口的事……”若姜在芦苇丛里的表情浮现出来，“她长大了，真的长大了。她不会原谅我！”小木匠燥热的脑袋忽然又变得冰凉，比若姜的怨恨更可怕的是，这怨恨早晚会平息，他们早晚还会恢复来往的，而且，都是把事情想明白了，不会再稀里糊涂地让一个门客把小姐抱来抱去的了。余生还很漫长，他们会一直像熟人那样相处下去的。小木匠对着夜空长号，也无法排遣一生的郁闷。他踉踉跄跄闯进木兰花长廊，“她是一个女人，就这么简单。”他敲开门，对惊愕的桑姑娘说：“今天我伺候小姐。”

桑姑娘明白过来，刚想给他一耳光，却被他吃人的眼神吓住了。他把桑姑娘轻轻推出去，闩上门，向刚刚惊醒的若姜逼近。她凛然的目光和冰清玉洁的脸几乎让他丢尽了勇气，但他想：“不能哀求她，一个字也不能，否则就连当她的一条狗也不能。”此时，若姜瘫痪的下身恰好藏在被子里，看起来是世界上最完美的女人。在拉扯中，她死死抓着床栏，拖着僵硬的下肢躲他，但不出声。这个仅仅凭上肢行动的女人，比桑姑娘更结实更有弹性，现在小木匠要求自己对这具偶像产生邪念。桑姑娘在窗外听见的动静，好像一窝耗子趁主人熟睡时翻东西，她知道小姐积蓄已久的愤懑正在倾泻，小木匠正以巨大的耐心赎罪，他们俩心照不宣地维持着这场秘密的搏斗，连一盏灯都不敢碰翻。桑姑娘呆呆地望着月光下的木兰花，感到自己的青春在这一刻逝去了。在那以后的十二年中，她没有和小木匠说过一句话。若姜的啜泣声传来，过一会儿，小木匠光着脚跑出来，把桑姑娘拉进了屋，她倒在自己床上，用被子捂住头，但是那两人的窃窃私语像长针一样穿过被子，扎进她的耳朵。

“你把我也变成了牲口。”

“我发誓：从今以后，牲口的事，只和你一个人做。”

“你再、也、休、想。”

“为什么？”

“我就要嫁人了。”

“往哪儿嫁？”

“丞相府。”

鲁国礼服

就在若姜不搭理小木匠的日子里，丞相拜访盐官府，发现了若姜，这罩着薄雾的、忧郁中透着童真的脸，使他立刻厌倦了生机勃勃的七个妾。他快五十岁了，对女人的兴趣已经超越普通趣味，达到了收藏家的境界，他见到这稀世之宝因残缺之美而更美，就立刻决定收藏。礼典上有六十四枚木片描述他的虎威，他打仗时头盔上插着三根松鸡尾巴毛，胸口有一百零八片牛皮甲，穿着红袍子，戴着花围裙，围裙上绣着斧形纹章，腰间的绶带上挂着水苍玉、黄玉、玛瑙、绿松石、琥珀、金官印和半个虎符，还绾了两个漂亮的大花结，在战场上唯一比这累赘更多的人是国王，因此他是一人之下、万人之上的人物。残疾的若姜能给他当九夫人，孔家人喜出望外，若姜则陷入了绝望。

晨吐后，若姜抱着小木匠啜泣：“它是你的孩子，总有一天会回到你身边的。”桑姑娘默默地拾起痰盂出门。小木匠请求若姜把他贬为奴隶，若姜叱道：“你还敢有这卑贱的念头！”听到这声嘶力竭的喊声，桑姑娘站在门口不动弹了，她又听若姜说：“你想让孩子将来嫌弃你吗？”桑姑娘盯着痰盂里清清的汁液想：一个孩子，就从这里面长出来？它还没影儿，就把一个放木鸢的姑娘变成了母豹子？从这时起，她喜欢暗自念叨一些事了，她开始变老了。她端着痰盂回来时，若姜正把一件长袍展开给小木匠看，上面有青黑夹杂的饕餮纹。“这是我送你的礼物，二百年前鲁国的丞相就穿这样的衣服，孔姓往昔的尊贵不过如此，你现在地位卑下，不要穿出去惹人笑话，留着做个念想。”

小木匠满脸困惑：“你指望我成个什么人？丞相吗？”

若姜怀着对即将夺走她青春的家族的怨恨、对他们权势的憎恶，呵斥小木匠：“即使成为国王也不为过！”

她把袍子扔到小木匠怀里，“你要是为娶不了我而懊恼的话，就用这个东西来激励自己吧。我找不到更高贵的服装！还有一样东西，我要送给你。”她推着轮椅的轱辘，目不斜视地经过桑姑娘身边，来到书案前，轮椅的轱辘把书案撞得摇晃了一下，砚里的墨都洒出来了。桑姑娘找到抹布时，若姜已经蘸着书案上的墨汁写下了一个巴掌大的“黻”字，把缣帛举起来给小木匠看，“这是我送你的名，念‘服’，就是高贵的礼服的花纹！”小木匠睁大眼睛辨认那繁复的笔画，桑姑娘也怔怔地盯着这个念“服”的怪字。若姜又斩钉截铁地说：“从今往后，你有了一个高贵的姓名——许黻！”

二·龙卷风

门客

在丞相迎娶若姜的吉日里，小木匠烂醉如泥地被人抬回屋，大家议论说，桑姑娘跟小姐走了，他还没把她搞到手，他难受。回到屋里，小木匠偷偷地变成了许黻，他把泪水洒在散发着若姜香味的礼服上，哀悼她的青春，“牲口，牲口。谁娶你谁是牲口！”他把疼痛难忍的头顶在墙上，试图从想象中的裂口把水银般的毒汁倒出来。在黑暗中他看见一个五十岁的老头子骑在若姜身上颤抖。可怜的若姜，她的下肢连躲避都不会！“杀了他！杀了他！”他带着剑冲出去，相府门口威武的士兵和耀眼的灯火却使他清醒过来，“看看，看看，我连这个门都进不了！这就是权势，这就是若姜怨恨我没有的东西！”他想象不出这深宅大院的哪一个角落是若姜的牢房。经过许多个夜晚的折磨，他找到了聊以自慰的话：

“那是我的孩子，老畜生给她上多少刑，都改变不了这一点。”

为了让孩子长大后认他，他想干点什么有出息的事，他想起了童年时代闯荡大海、寻找乐土的愿望，又怕一去不能复返，他拿起生锈的工具，发现已经失去了意义，不仅国王不需要他做的小玩意儿，即使若姜留在这里，恐怕也不需要了。

百无聊赖之际，他更多地与门客们交往起来，这是一些靠思想混饭吃的人，言语间对他流露出不屑：他童年的憧憬仅仅属于远古的人类，种种奇技淫巧早已堕落为后院的把戏，一个男人应该更现实地关心他周围的环境。四公子也出现在聚会中，他已经三十多岁了，对奇技淫巧早已失去兴趣，现在他热衷于政治、法律。许黻在聚会上占一个位置喝闷酒，像一具蜡人。出于同情，四公子悄悄给他一个忠告："与其在这儿发呆，倒不如回去读点书。"

于是他了解了孔氏的祖先，一个几乎可以说是私生子的人，一个连自己的父亲葬在哪儿都不知道的人，童年像他一样卑贱，在小木匠为小姐制作游船的年龄，人家却在发奋地阅读古今的书简；成年以后，在分裂成棋盘状的国土上跋涉，忙于教诲国君，上百里的奔波只为了只言片语，一句话就可以道破人性的真伪。一个漆园小吏，出生在盛产孔雀毛、娃娃鱼、大河蚌、光明砂、铜和铁的国度，耳濡目染的是东皇太一、云中君、湘君、湘夫人这些浪漫的形象，于是他写书，在漆树下、在陋室中、在一堆草鞋中写，瓦罐里熬的是借来的谷子，但是他让人和鱼对话，让河与海交谈，他的智慧令许黻惭愧，就是这样一个人，差点做了丞相，有人请他做，他只觉得丞相是国王养的祭牲，就没去做……当许黻仔细思量这些人时，发现他们属于两类人——一类深入尘世，一类远离尘世。他喜欢后者，但他还是硬着头皮把前者的故事读完，因为若姜激励他当国王。

信使

一个信使夤夜而来，打扰了许黻的苦修："你是若姜的哥哥吗？"听到这个魂牵梦萦的名字，许黻心颤地回头，看见了一个黑衣人，他头上挂着露水，面孔年轻而忧郁。许黻稳住心神说：“找错门了。这是门客的院子。”对方已经从他的表情中认准了人，递过一只木鱼说：“找的就是你。”许黻拆开木鱼上的线，把它分成两片，看见中间夹着一束白缣，闻到了若姜的香味。信使说：“十天以后，来取回信的也是我。”然后离开了。他的眼神中，有一个信使不该有的东西，许黻再三琢磨，明白了：这是深深的羡慕。于是他知道这是世界上第三个为若姜而迷惘的男人。在后来的十二年中，该信使总是在约定的夜晚找到许黻。十二年后，许黻把信集中起来，装满了一个衣箱，里面原来装着二十多套衣服。

若姜向桑姑娘学会了民间的“喜帕骗术”，在新婚之夜用鸡心、丝帕蒙混过关，四十天以后再吃催吐药。但这瞒不了医生，他是扁鹊的徒孙的徒孙的徒孙，十七岁成名，为了飞黄腾达来到丞相府。当他为九夫人号脉的时候，那享誉千古的医术就注定要失传，他本人就再也休想在医学殿堂中留下英名了。九夫人过门仅仅四十天，脉相表明胎儿已经三个月大，医生知道这意味着什么，但他不忍心杀死自己做梦也想不到有多美的女人，于是他对丞相说：恭喜，九夫人有喜了。那些日子，九夫人非常想吃肉，总是忘了晨吐，医生低声提醒她：“你应该吃点梅子，你应该吐。”

对九夫人“早产”两个月的事，扁鹊的传人向丞相解释：是瘫痪和担忧引起了早产。九夫人险些因骨盆狭小送命，医生止住了她的大出血，但没能根治产后遗尿，在余生中，她每天十几次被抱到恭桶上，这些事许黻都不知道。医生在余生中的追求就是使九夫人肾有所主、水有所藏，他托了好多好多人找传说中一种红色的灵芝草，但始终没有消息。在十二年里，他以祖传的冷静、文雅、乖巧、克制、善解人意来爱九夫人，毫无希望，却掌握着心痛的自我疗法，还有意无意地向她传授。他从来没有把话挑明，他心平气和地与她讨论养生之道，让她把注意力转到自己的肾、脾、胃、肝、经络、气血……除了心和腿之外的一切生命结构上，聊以消磨时光。有时候聊完了，从她手里悄悄接过一封信。

回忆中的人

若姜在信中告诉许黻，这是个男孩，生下来有八斤重，她这么瘦的妈妈，好像麻雀生了一只小鸡。他叫“田鸢”，名是她取的，实际上在孩子出生前，她就取好了这个名。因为，他的孕育和一只木鸢多少有点瓜葛。信中通常是一个笑着的若姜，泪水也不会滴在缣帛上。但有一次她忍不住写道：

“忘掉你昨日在街头看见的那个人！那个人前呼后拥，坐在金鸾铃的马车里一动不动，身边有一个健壮的婢女抱着襁褓，前往别人的宗庙。你看见了她，但不能接近她，你想看一眼那孩子，马车却飞驰而过。知道吗，那个人也看见了你，担心你被马撞伤，或被卫兵的长戟碰伤！行了，行了，那个人是行尸走肉，你不要反复回想这一幕。永远、永远地和另一个人相守——活在你回忆中的那个人，真实的那个人！”

出嫁第二年的冬天，一个梦境促使若姜连夜冒雪找到了许黻当差的盐所，但她找到的是一把铁锁，许黻正好去四公子的学社喝酒了。等她再一次想他想得发狂的时候，许黻已成了把守狩猎场的小官。那又是一个冬天，桑姑娘驾着马车，若姜在车里缩成一团，头上戴着棉罩，只露出眼睛，那恰好是她身上永远不变的东西，它们也在静悄悄地辨认许皺，在记不清多少日子的离别后，他又成了需要重新熟悉的一个人，他的鹿眼睛有助于唤醒她的记忆。但当他们坐在同一张床上时，却无法产生激情，因为桑姑娘在北风中守着。过了半个时辰，若姜叫桑姑娘把她背到厕所去，又过了好半天，她们回来了，若姜也该回府了。

若姜也曾写信把许皺邀到丞相府，许皺不知道她尿频的事，有点莫名其妙，但还是去了。他们俩规规矩矩地坐在堂屋，被婢女、公子、奶娘们打扰着。在许皺的记忆中，那一次，若姜的脸是最陌生的，少女时代蒙在脸上的美丽雾气消失殆尽了。他还不太明白，这是丞相的九夫人、医生的病人，一个每天喝三罐药汤、按时针灸、床底下摆着恭桶、床头案边都有拉铃的可怜生灵。他渐渐习惯于在深夜呼唤若姜，习惯于枕头下面压着鲁国礼服，习惯于怀抱虚无来挽留越来越久远的良辰美景，它在多年前的一个月中是真实的。尽管丞相府离狩猎场只有几里地，许皺想：“人与人隔着几里地，好像是几万里；日子与日子隔着几年，好像只有几天。”

其实他们还很年轻，还在同一个世界呼吸，还在诉说、梦想，而这些浮光掠影终将逝去。丞相府见面后，若姜再也没有主动约过许皺，许皺提出要求，到她那儿往往也不了了之。她不认为是桑姑娘妨碍了他们。她知道，见面要约时间，她无法预料那一天自己的心情，刮风、下雨、冷、困倦、反胃……都会影响她的心情。另外，她担心陌生的发型、松弛的皮肤、变老的嗓音在他记忆中牢牢地留下来。她最担心的还是尿频。对于浪漫的聚会来说，隔一会儿就忙着把她往恭桶上抬，太煞风景了。人生真是变幻莫测，年轻时，阻挠他们相爱的是对爱一无所知，现在却是尿频，这不足挂齿的东西。

田氏兄弟

她的主要精力都在儿子身上。儿子出生后不久，抓周抓了一只黛盒，她心里一惊：难道这孩子将来会成为情种吗？在她印象中，情种可不好，哄一个女人哄那么多年，结果怎么样呢。当时她就打定主意要把他培养成武士。对于婴儿吮手指头的嗜好，她比任何母亲都无法容忍，因为武士像战马一样，非得有一口好牙。她不厌其烦地、毫不留情地把孩子的手指头从嘴里拔出来，那号啕痛哭的婴儿又怎能知道：为了强大，一个男人，从小到大、从嘴唇到别的地方，要克制多少欲望。他五岁才断奶，十一岁还睡在母亲或婢女怀里，不揉她们的奶头就睡不着。这可不像吮手指头那么容易纠正。若姜狠狠心不让他揉，他就一直睁着眼睛，第二天起来又睁不开眼睛。若姜只得迁就他，也许他到了没有什么可以揉的时候，会自动戒掉这没出息的习惯。

三十七岁的桑儿没想到，小木匠那只不老实的手又长到他儿子身上了。这时候桑儿的水蜜桃脸已经缩成了灰褐色的坚果，胳膊腿被若姜练得像冬瓜一样粗壮，从肘下到胳肢窝，吊着一坨厚实的、没有光泽的、中年的肉，乳房又下垂又鼓胀，像常年在田间劳作的农妇的乳房一样。这样的身体，让小木匠的儿子迷上了。有一年他特别喜欢亲脸蛋，桑儿那张皱巴巴的脸让他咂咂地亲个没完，让桑儿产生了一分母爱，她三十五岁再次拒绝出嫁时，心里很清楚，最舍不得的已经不是若姜，而是这个孩子了。

这孩子五岁开始学拳术、剑术、马术和弓箭，九岁进入狩猎场。那时，他的眼睛已经完全像亲爸爸，一双鹿眼睛。由于若姜的眼睛也大，丞相误以为这是对的。他的身子骨还没长开，只是比同龄的孩子高、比他们灵巧。看起来，他就像一只大眼猴。在狩猎场，一个郎官摇旗指挥孩子们放箭，谁要是在野猪没走近时吓得放箭，就罚他给一百只弓缠牛皮，九岁的田鸢也不例外。有一门叫“弋射”的功课，是用带线的箭射飞禽，每次把线拉回来后，田鸢的箭上都是空的，郎官很奇怪这个射野猪都能射中眼睛的孩子怎么就射不中飞禽，其实，他知道母亲爱天上飞的东西，总是故意射偏。

他甚至怜悯市场上挤在笼子里的那些掉毛鸡，问母亲：“鸡有心情吗？”若姜说：“心情？这个东西，大概人和动物都有吧。”田鸢便把市场上的鸡都买下来，放养在花园里。它们一个个被黄鼠狼吃掉了，若姜教育他：弱小的动物只配关在笼子里。当她听说田鸢用羊皮鸢从山上飞下来时，吓坏了，又乐坏了，写信给许镢：

“上苍是在补偿我！我一个废人，竟生出这么个儿子！六夫人的公子说‘田鸢他妈是瘫子’，田鸢就跟他赌，背着羊皮鸢轮流从山顶往下跳，看谁变成瘫子，结果六夫人的公子在山顶吓得发抖，根本不敢跳，他再也不敢惹田鸢了。他比田鸢还大三岁呢！”

田鸢特别喜欢飞，喜欢初春的大风像水一样托着他，绿浪在脚下翻滚，喜欢山路上一个养蜂女呆呆地看着他，也喜欢在空中看着侍从的马队朝他下落的方向跑。当时许镢已经是狩猎场的看门人，田鸢飞下来崴了脚会让许镢给揉，他的脚特别肿时，许镢会用针在上面扎很多小眼，用嘴把淤血吸出来。也就在这里，许镢给他看了“黄汤里泡着饼”的世界地图，他说世界不该只有这么大，“从东海往东走，一直走到我的马桶那儿，就有一块新大陆，在实际的旅行中，那地方有三万里远，那是太阳住的地方，我早晚也会去的。”田鸢怕他被烧焦，他说：“不可能，你早晨没看到吗，太阳在东边的时候一点儿也不热。”田鸢问他干吗要去那么老远的地方，他说：“那儿还没有人，谁去了谁就是国王。”

田鸢四岁时有了个弟弟叫田雨。若姜刚把田雨生下来时，他只有四斤重，后来老是比同龄的孩子矮小，学女孩子蹲着撒尿时会被草丛淹没。若姜不指望他习武，却发现他是文曲星下凡。他三岁就认字，四岁就读完了《山海经》，有时还无师自通——若姜的手刚指到生字，他就念了出来。如果他学过“士”字、念出“仕”字，倒也好理解，可他无缘无故地念出一个“稷”字，若姜就纳闷了。她问桑姑娘，问府里的其他人，他们都说没教过田雨，她只好把这当成田雨的夙慧——前世带来的知识。田雨的后脑勺比常人鼓起一大块，若姜觉得这就是夙慧之所在，但兄弟姐妹们把这叫“梆子头”，他们说，打更的人找不着梆子，可以把田雨的脑袋卸下来，握着他的细脖子打更。田鸢还带头叫他“松鼠”，因为他吃东西时喜欢团起细细的胳膊抱着吃，就连吃一块饼也是这样。

可他的聪明是大家不得不服的，他六岁时帮工匠测出了藏书楼的高度。本来工匠要从楼顶吊一根绳子下来，但有一层层屋檐碍着，绳子拉不直，测不准，田雨解下了自己的腰带，说用这就可以测。他量出楼的影子有五十三根腰带长，自己的影子有两根腰带长，差二十六倍半，再乘以自己的身高，就知道楼有多高了。工匠们尤为惊讶的是，这六岁的孩子还想到影子会跟着太阳变，先让人在两个影子的端点用石头做了标记，再量。他说他早就用这种办法测过府里所有的高楼了。

“藏书楼是咱们家最高的，”他说，“比宗庙还高一尺。”

让若姜不解的还有田雨的棋艺。这孩子刚开始学棋时连死活都看不清楚，有时却能走出一连串正确的应手。若姜觉得这可能又是夙慧，殊不知这孩子有一种神秘能力——对他所爱的人，他有时知道对方在想什么。若姜指着生字,田雨念了出来,这是听到了若姜心里念那个字的声音，现在下棋，田雨偶尔能看到若姜心里想的下一步。到六岁时，田雨已经能听到若姜心里的整句话。那时若姜经常和孩子们一起看戏，她的眼睛和孩子们的眼睛都盯着戏台，但她不跟着孩子们一起笑，田鸢兴高采烈地把脸转向她时，她的眼神冷冷地表示：别打搅我，人的眼睛盯着一个地方，不等于她的心在那里。田鸢不知道养尊处优的母亲有什么可以发愁的，田雨说：“母亲心里想的是你的事。”

多年以后，田鸢才知道弟弟那透视人心的可怕巫术，这给弟弟带来的是负罪感，是一辈子的不开心——他根本就不想知道别人的秘密，是那些声音非要跑到他心里去，他不敢声张，更不会用来伤人，所以不管田鸢怎么叫他“松鼠”，他都不会说出田鸢是个私生子。等田鸢知道这一点时，才开始尊重弟弟，而弟弟已经在另一个世界里了。

田鸢也有自己神神道道的地方。田氏家族有一条通神的长廊，左边是深沟，流着祭牲的血，右边是宗庙外墙，石缝没有用泥糊上，每次祭祀之前，大家要把许愿的香插在上面，他们相信神闻到血腥味飞过来时会看一看墙上的香，而且知道哪根香是谁插上的。正因为如此，田鸢十二岁时发明了自己的通神法——把他暗恋的姑娘扔掉的花插在自己门上。他相信每个人都有自己的神，他的神管他的愿望，别人的神管别人的愿望，那姑娘之所以从来没看过他一眼是因为那姑娘的神听不见他的祈祷，但她摸过的花和她的神有联系，田鸢可以把愿望告诉这朵花，由这朵花转告她的神。

在通神方面，他弟弟田雨走得更远——不是把愿望丢给神就算了，还要神给他一个答复，这或许是一种尊重吧，托人办事总要问问人家办不办得到。当他想知道一个姑娘会不会看他一眼时，说不定会绕全城转一圈，告诉自己："回到那棵树的时候如果脚步是单数，神就答应我办这件事，如果是双数就死了这条心吧。"如果他发现最后一步是第五万三千零二十步，会把最后一步迈小点，使结果成为五万三千零二十步半，这样就既不是单数也不是双数，他就有理由推翻这次环城旅行，再设计别的规则来折磨自己，或许是环球旅行吧。反正他不能让答案来得太容易，也不会用掷铜钱之类的小把戏把未来变得太明确。他小时候最大的愿望是不要和兄弟姐妹们一起吃饭，因为一看他吃饭的样子，大家就要叫他"松鼠"。大家吃饭时，他躲在阴暗角落里敲打火石，想："要是下一次打出火星，我就得去跟他们一起吃米饼蘸蜂蜜。"打出火星他又想，"不对，刚才那是瞎想，不是神的意思。神说要连续三次打出火星，我才得去吃米饼蘸蜂蜜。"他认认真真地敲了三次，每一次都是虔诚的、用力的，因为神警告过他，只要有一次作弊，以后的问卜就统统无效。三次都打出了火星，他又想，"神刚才说的是米饼蘸蜂蜜，可现在，他们正在吃梅子和螃蟹酱卤过的野猪肝。"于是神告诉他要连续打十次火，才能决定梅子和螃蟹酱卤过的野猪肝的事。他就这样不断找到理由把打火石敲无穷次，让自己留在黑暗中。

实际上没有人吃得下梅子和螃蟹酱卤过的野猪肝。那是七月间，祠堂里热得像蒸笼，还要点那么多火炬，在大厅里堆一座冰山也不管用。

那些冰是冬天从河里采来，存在地窖里的。冰的后面是火，火的后面是舞台，在黑暗的祠堂中组成一片光明得不真实的空间。此刻，田鸢被舞台上一个唱神曲的女巫深深吸引了，她的圆脸被青铜的多枝灯照得如同明月，田鸢的目光越过冰与火，拥抱她，亲吻她，含住她肉嘟嘟的嘴唇，饱尝那歌颂祖先和神的歌声的甜味。祭祀持续了十五天，每天唱两场神曲，田鸢连听了三十场。他愿意变成舞台上的白鹤被她骑在胯下，也愿意变成虚拟的日月挂在幕布上，让她对着他歌唱。他把这样的愿望告诉了许愿墙上的香：在梦里能够亲一亲她。最后一天，他正在出神，有人攥住了他的手。他抬头一看，是个陌生的瞎子。

“这个叫‘鸢’的孩子，应该把鸢放在床底下。”瞎子说。

谁也不知道这瞎子是怎么躲开卫兵溜进宗庙，又是怎么辨别方向的，他又从供案底下揪出了田雨。田雨正在找打火石，那打火石被他玩着玩着就丢了，他有这毛病，玩小东西略一走神，那东西可能会消失，比如跟若姜学写字，写着写着笔没了，在书简下面、书案下面都找不着，连珍藏着木鸢的小盒子也是这样没了的。若姜曾请方士为他画符，挂在他胸前，但是就连这也消失了。瞎子叹息道：“倒霉孩子啊，早晚会把自己弄丢。”仿佛是为了证明这预言，他把田雨推到一面镜子前，大家看到镜子里没有人。尤为奇怪的是他知道这孩子的名字，他念叨着“田雨，田雨”，突然嘶声喊叫：“申时的雨落到丙寅的土里，无声无息，这孩子将死无葬身之地！”

卫兵们扑过去抓他，他们的手毫无阻力地穿过了这瞎子的身体，而他的真身出现在镜子里，眼睛睁开了，还在嘲讽地闪着。若姜自己推着轮椅轱辘冲过去，问镜子里的人：“什么叫‘申时的雨落到丙寅的土里’？

我孩子的名字不吉利吗？请先生给他起个新的名字！”他说：“没有用，决定命运的是出生时起的名字。”若姜哭了，瞎子开始往外走，在镜子里往祠堂门口走，若姜扑到了镜子上，那人已经走到镜子里的院子里，与此同时，在真实的院子里根本没有他的踪影。他就要消失在铜镜中时，突然回了一下头，话音像从水底传来一样：“把这孩子寄养在屋顶没有瓦、屋里没有铜的人家，或许能消灾。”

戎　族

之后，田雨被送到了桑姑娘家，在西郊的十里堡，十多年前公鸡乱叫的晚上，小木匠就为这个请她喝“云谁之思，西方美人”的酒。丞相给这家人钱，但叮嘱他们千万不要把屋顶的茅草换成瓦片，千万不要买铜器。

若姜看着小儿子刚刚读完的《山海经》，心里一度空荡荡的，这种心情久违了十二年，她曾经在不搭理小木匠的日子里体会到，这是不得不中断某种深深迷恋的习惯时特有的空虚，她忽然觉得爱就是一种习惯。大儿子的依偎又将她带回了遥远的、她的心灵完整地属于许黻的年月里。许黻曾经在信中说：“我们可能在十年中真正地见一次面，但是我们的情意不会变。”若姜抚摸着田鸢的头发，想：“如果没有这个孩子，我们还能把通信的习惯维持到今天吗？”她知道许黻在另一个黑暗的空间说：“十二年前，我们见一面是多么容易！信上有你的香味，但是没有你的体温！”于是她对虚拟的许黻说：“小木匠，这已经不是你曾经拥有的身体了，它已经破碎。”

午睡后，医生照例来到，谈到一支黑色的大军正在消灭一切国家，他们打胜仗后不留活口，因为评军功时要把头颅铺在一个广场上点数。他们是荒漠上戎族的后裔，腰间没有玉，就连当官的也只是挂一个布袋子，装着改错别字的小刀和磨刀石，他们下葬时整个身子团在棺材里，还喜欢拿活人殉葬，至少有两位国王让妃子陪过葬，据说不是先杀再埋，而是活埋，这样妃子在阴间服侍他时可以更鲜活。若姜问亡国是什么滋味，是不是孩子都要说外国话，是不是以前的钱都变成了废铜，是不是我们这样的人家要流落街头……医生说这可能不是一般的亡国，戎族会把中国人的祖宗留下的九鼎投入熔炉重新铸造，铸出团着身子进棺材的规矩、拿活人殉葬的规矩，说不定一年不再是十二个月，新年不再是一月，要是连四季的顺序、星辰的数量都改变了，真不知道怎么办才好呢。但丞相告诉若姜：“不用担心，就算国王被杀掉，我们这家人也没事。”接着朝廷下令，年俸三百石以下的男人都要上战场。若姜比任何时候都迫切地想见许黻一面，许黻只留下了一封信：

“战争会改变一些人的命运，富贵和贫贱将来都没有定数。你们好好保重。”

黑甲军

许黻所在的队伍开到了西部边境，他是个管辖五十人的小官，他们在黄河边安营扎寨、设置荆棘路障、把大捆的刺槐扔在冰冻的河面上，敌军要进入齐国，必须渡过这段河。守了两个月，都没有动静，许多士兵长了冻疮，粮草、肉和盐的供应出现了短缺，流言在军队中传开了：

丞相是个里通外国的奸细，他正在克扣军队的粮饷，以便敌人顺利地打进来。一天半夜，熊熊大火照亮了半个天空，树枝的脆裂声惊醒了士兵，热风鼓荡着营帐，几千里的路障同时变成了火龙，后面传来敌人的狂笑声。雪化成了河流，浸湿了齐国士兵冻裂的脚，黄河也开始流淌，面上浮着一条条熟鱼。这火燃烧了七天七夜。敌人从烽烟中涌出来，战车、战马、步兵横冲直撞，都是黑色的，他们属于一个崇尚黑色的国家。齐国将士纷纷倒在污水里。许瓛看到晨雾中驶来的轮椅、随风奏乐的假人、木兰花长廊、青黑交织的饕餮纹……他的记忆被一声尖啸带入无边无际的虚空。

敌军兵临城下，城里只有留守的少量军队和老弱病残。侵略者面对紧闭的城门安营扎寨，养精蓄锐，攻下这座城，整个中国就是他们的了。丞相给国王上了一道奏章：陛下事实上已经成了一城之主，而不是一国之王，相持下去，敌人势必攻城，敌我力量悬殊，城池势必失守，以敌人在赵国的所作所为推测，接下来势必屠城，倒不如向他们投降，让他们统一天下，那时一定封陛下为诸侯，这个国家还不是陛下的吗？国王觉得言之有理，便派使者出城议和，又诏告全城：投降是保全我黎民百姓的唯一策略，民间不得抵抗。数日后的傍晚城门打开，老百姓都紧闭门窗。这些军人进城时看见的街道与当年小木匠看见的一样空寂，夜风把树枝上的残雪刮落，在他们头顶闪烁飞扬，地面也时而扬起一团团灰白色的旋涡。军队以黑蚂蚁的阵容，庄严地开进城，有些士兵好奇地向九重台的魅影张望，被骑在马上的军官抽了鞭子，但他们引以为荣的军纪在今天是无人观赏的。他们不动一草一木，不砸那些看来好像是关着火牛的门窗，谨慎得近乎尊敬，每个人都跟着前一个人的步点向未知的目标探索。他们被这城市的羞涩弄糊涂了，他们早就不习惯不遇到反抗了，倒宁愿陷进一个暴烈的阴谋，让一场突如其来的动荡使自己清醒呢，或者在这片白色的假象后面，竟然有一座隐藏的城以火红的壮烈在期待着他们？

傍晚，征服者的使节率领三千名黑衣黑甲的士兵进入王宫，他们连头盔都不戴，他们就这样藐视敌人，旁边那些身披褐色皮甲、戴头盔的侍卫，在他们看来都是木偶。使者登上玉阶，齐王脱去冠冕下跪，群臣也轰然下跪，一位老臣抑制不住哭声。使者朗声宣布君临天下的伟大帝王的诏命：命你交出传国玉玺、兵符及佩剑，免你死罪，贬为庶民，向南放逐三千里，在十五日之内动身，你本人及子子孙孙永生永世不得返回中国；命将军交出兵符，向西放逐两千里；武官皆贬为庶民，文官解职待诏；丞相原有官职罢免，赐关内侯爵位，任命为监御史，年俸二千石。

满朝文武怨毒地瞪着丞相，原来，投降以后被封侯的不是国王，而是他。国王死志已决：“寡人是世代的王者，到那蛮夷之地，哪怕开出一座金矿，也是耻辱！”他将传国玉玺和兵符摆在面前，将佩剑解下，手按剑柄，说：“这些东西交出去之前，寡人还是国王，这个国家尚未灭亡。寡人的最后一道诏命是：将这奸贼灭九族，杀尽门客奴婢，一个不留。”

说完，引剑自裁，血溅玉阶。一位将军突然站起来怒吼：“我们还没有亡国！”然后丞相的脑袋不知被谁砍了下来。几千具木偶复活了，他们杀退黑甲军，冲出王宫，涌进丞相府，执行国王的遗诏。医生从门客们住的前院跑到家眷们住的后院，卫兵拦住他，他说：“满门抄斩……”突然一口血喷在卫兵身上，他软绵绵地倒下来，背上插着一把刀。他的灵魂飞过血腥的侯门，掠过祥和的大街，飘过开裂的大地，沿着冰封的黄河西去，攀升到太阳休息的昆仑山上，找到了使肾有所主、水有所藏的灵芝。

国王的遗诏

后院的两道门立刻被卫兵闩上、用木杠顶住了。若姜拉铃叫来桑姑娘："听见什么了吗？"桑姑娘眯着眼睛说："好像在刮大风。"若姜说："不对！"桑姑娘说："有狗叫。"若姜急道："别发蒙了，是人在叫！"桑姑娘抬头听了听，说："是人。哎呀！"她瞪圆了眼睛："好像是杀人的声音。"

若姜让桑姑娘把这屋的两道门闩紧。田鸾也醒来了，他们三个抱成一团，听着狂风中的兵刃声，那竟然像是洗碗。"戎族来抢东西了，"若姜抱紧田鸾，"让他们抢，他们进来了千万别反抗。"有人在砸第一道门，没砸开，行凶的声音又从隔壁传来。他们越听越不对劲，如果是抢东西，为什么还一个劲地喊"别让他们跑了"？哎，不对，这是本国人的声音啊，是咱们的兵啊，难道亡国后有人趁火打劫？可是他们渐渐听出来了，这不是打劫，人被抢的时候发出的惊叫，和要被杀死时是不一样的！而且，挨刀子，和挨刀后没死又被追着补刀，是不一样的！若姜开始把田鸾往床底下推，桑姑娘也使劲把他往里塞，还得腾出一只手来捂他的嘴免得他哭着叫"妈"，可是他突然不叫了，哗啦一声，他从床底下拖出了一样东西，那羊皮鸢，从冰山祭祀后就一直放在床底下的鸢。若姜终于明白了，算命瞎子为什么要他们把鸢放在那儿，还想起了田雨的话——藏书楼是最高的。

这屋有个后门通向花园，过了花园就是藏书楼，若姜喊道：“从藏书楼飞出去！”田鸢要大家一起走，若姜说这鸢带不动三个人。第一道门被砸开了，刽子手正在砸第二道门。若姜抄起烛台将田鸢砸昏，让桑姑娘带他走，“去找田雨！”一阵狂风把门窗刮得嘭嘭响，“我反正是废人，死就死了，你们有腿，快走！”桑姑娘犹豫着，若姜一下砸出自己的脑浆，再也没出声。实际上她还说了一句话，要过几年才能被别人听到。桑姑娘抱着田鸢出了门，顶着狂风冲上了藏书楼，到了最高一层的露台。她绝望了——院墙离得那么远，靠一张羊皮怎么飞得出去！女眷的哀求和刀剑扎进肉的噗噗声不断传来，往下看却只有随风乱舞的松柏，人的肉身都不知在哪些黑影中挣扎，倒是有一些稍微有点好心的刺客在让这些人死得明白：“这是国王的遗诏！满门抄斩！你是奴才也不例外！”

这句话牢牢地印在了桑姑娘脑海中，成了她后半生一睡着就会听见的声音。

她想躲在这儿，却找不到藏身之处，楼梯上传来了脚步声，她豁出去了。她冲到露台上，套上羊皮翅膀，抱着昏迷的田鸢往栏杆上爬，不管能不能飞出院墙，她翻过了栏杆，万劫不复地滚向死尸横陈的庭院。就在这时，一股摧城拔寨的飓风席卷而来，激得她睁不开眼，树梢刮疼了她的手，瓦片砸在脸上，残雪飞尘裹住了她，她卷入了一个旋转而上升的旋涡。当她落地时已在郊外，夜空中只见三条灰白色的长龙远远地扭动着，龙头舔食着大地，龙尾直入星汉。这场千年未遇的龙卷风，大口吞噬着临淄城，把征服者和亡国奴统统埋葬，但它让一个孩子飞翔，让一个母亲开怀大笑，让束缚已久的灵魂摆脱僵死的腿，穿透冷酷的墙，飘到星汉云霄，看不清这是世界的末日还是刚刚诞生，命运就要终结还是重新开始，大朵的荷花和荡漾的美酒，在冬天里是否真实。这是她的最后一个冬天，在弧形的地平线上悄悄飞散。她的心里流过一汪清泉，耳朵里听到琵琶的乐曲，身子翩翩飞舞，越飞越远，连少女时代放得最高的木鸢也追不上。她穿行在金黄色的雾霭中，像一只迷失方向的蝴蝶。情不自禁的喜悦伴着往事纷至沓来。那陈年木轮载着花样年华溅起雨水，一位羞涩的少年在荷塘上营造乐园，他身上还带着海风的咸味；英俊的医生长出了络腮胡子，语调一如多年前的安宁；还有许多亲切的面孔穿梭来往。她把眼睛睁得更大，想认得更清些，但弥漫的浓雾挡住了一切。她想知道，这流光溢彩就要把她带向何方，这浓雾深处的红晕，是小木匠的微笑还是医生的灵芝，这漫天的彩霞照耀着多少生灵，以及黎明的芳草地上那些耀眼的光斑，它们掩盖着怎样的露水和鲜花。

三·八月雪

废　墟

许黻翻开身上的死尸，看见周围全是死尸，全都没有头。他望着满天繁星想:“我有女人，我有儿子。”他胸口插着一把剑，连呼吸都是疼的，但他想，“老子有女人，老子有儿子。”一股北风赶走了血腥气，他对着星空咆哮:“老子也有女人！老子也有儿子！”一路上，成群结队的狼不敢靠近，它们看见他裹在一团火里，就是阎王爷也要等这团火熄灭再来收他。黑暗在他眼中散去了，在一片耀眼的光明后面是大海，他的女人和他的儿子，还有桑姑娘，在海边等着他，后面是一艘大船。像所有的梦里一样，若姜的身体是健全的。田鸾的鹿眼睛将信将疑地打量着他。须臾间他们来到一座海岛，山上冒着白烟，通红的岩浆在山沟里流淌，地下隆隆响，许黻说:“好了，我们四个在这里建立国家吧，这样，我就成了国王了。”若姜高兴得跳起了舞，田鸾则不用翅膀飞了起来。醒来时许黻躺在一个陌生的屋里，一个老太太端着药罐走进来，他问:“我昏了多久？”老太太说:“从春天到夏天。”

回到临淄城，放眼皆是废墟，他以为这里打过仗，没有耐心再往里寄信了。但是田将军府的门上挂着“临淄监御史”的铜牌，卫兵的盔甲是黑色的，说话的口音是陌生的。

“没有什么九夫人，从来就没有。”他们告诉他。

许㦤满大街找本国人，可是他好像到了外国，连那些扛木头、修房子的苦力都是外国人。他怀疑戎族屠了城，就抓住他们的泥瓦匠问：“你们的军队在这里干了什么？”那人说：“修房子。”许㦤问：“杀人了吗？”对方说：“没有啊，我们的军队连一只狗都没宰，因为你们投降了。”他寻找记忆中的一切，只有狩猎场的石墙是熟悉的，可是里面繁茂的树木都没了，多了一些崭新高大的土房，他原来看门的屋子也没了，戎族的士兵拦住他，他说：“我在找自己的旧衣服，是一件青黑夹杂的礼服。”对方说：“回自己家找去！”他打听狩猎场，士兵不耐烦了，“这座城市没有狩猎场！”他问这是什么地方，对方说：“监狱。”许㦤的一生中没有比此刻更迷惘的了，“如果你们生死不明，我可以去寻找，但是一切怎么看起来……好像根本就没有存在过！”他不停地向东走，向故乡靠近，试图寻找一些符合记忆的东西。周围数十里都是荒野，片瓦无存，渺无人烟，与想象中的远古一样。好不容易半山腰上出现了几间老房子，他心中燃起了希望，“这是本国人家！好好问问发生了什么事。”就在这时，八月的天空翻滚起来，黄沙弥漫，狂风呼啸，落叶纷飞，还没着地就变黄了，绿草也着了魔似的枯了，好像有一支看不见的巨笔蘸满丹红在天地间涂抹。然后下起了冰雹，有鸡蛋那么大，又下起了鹅毛大雪。他一点儿也不觉得冷，脱下外套试试，还是不冷，直脱得赤身裸体也是这样。现在他不仅无法信任这个世界，连自己的真实性也成了问题。

隧 道

他记不得走了多长时间，一路上他感觉不到饥饿和寒冷，连自身的重量都感觉不到，走过的地方也没有留下脚印。雪地无休无止地延伸着，直到连一棵草也看不到、地面连一点起伏都没有。他陷入了一个对称得无可挑剔的白色世界，如果说头顶那一片均匀沉闷的黄色是天空的话，没有一片云可以帮他判断方向。海滨没有出现，脚下自始至终是茫茫大雪。他怀疑其实早就到了海里，只不过这场无缘无故的寒冷把大海都冻僵了。

许黻走过的路，是非人间的路。地平线好像就在眼前，但是老也走不到。他沿着一条看不见的轨道向前滑行，连脚印都没有，因此连速度都无法估量。目标是迫不得已的，又是未知的，推动的力量就在背后，连绵不断，却又无法捕捉，只有敬畏、膜拜、服从。他的思想渐渐失去语言的外表，变为一种模糊而又肯定的情绪，迅速与苍穹沟通，想有多快就有多快，如果一定要解释苍穹的语言的话，那么，许黻就是洁净的空间中唯一的一粒灰尘，连雪花都比他大。他要是想说点什么，发出的声音刚刚钻进空间就被捏得粉碎。这空间异常地透明。

后来空间变得具体一些了，地平线与天空的交界处渐渐分开，有了颜色，从橘红色到蓝紫色，交织着、闪烁着，无声地生长，渐渐布满整个天空，成为巨大的、安宁的火苗。当许黻试图用语言来描述时，他找到了“壮丽”。

也曾有一股风把他推进光和雾旋转的洞口，以不可思议的疾速前进，但终点遥遥无期。他不知道自己闯进的深度是几万年还是几百万年。他在其中曾经化散成气流，也曾有机会选择还原的时间，可以回到二十年前，也可以回到两千年前。当他回顾最近的一生时，若姜一闪而过。通过与隧道的对话，他确信这个女人在若干年前是真实存在的。他没有选择回到那时，因为一种更长久、更美妙的东西吸引了他，那不是一个人活着的时候可以忍受的等待，他听见的声音是：

“经过亘古洪荒、数不尽的悲欢，才能相见。那以后，相守的时间将和等待的时间一样长。”

这种声音出现时，若姜的面目变得清晰起来，于是他的泪水夺眶而出。他又见过浮在太空中的平平的烟，包含一些难以解释的图案。较为简单的是连成三千里的积雨云，偶尔撕开一条缝，露出魔鬼的眼睛，随着风的方向变幻着表情。一座石头城是他的必经之地，夜里几十只公猫的叫声此起彼伏，塔楼的尖顶上悬挂着被人类唾弃到噩梦中的朱红色的云。一位巫师从塔楼飞进他的房间，许瀫刚从巫师的眼光中看出他要吃外乡人的心，已有一条铁线虫钻进他的胸腔，他呐喊道：“他要吃我的心！”但是连他自己也听不见这声音，而一只黑色的甲虫爬在他舌头上吸他的血。巫师扯下黑甲虫扔掉，说：“这种金龟子早就该赶尽杀绝。”

他也曾翻越雪山、沙漠……明白这是诞生于同一个熔炉的东西。在白雪皑皑的昆仑山顶，他面对最灿烂的星辰，以及宇宙中最遥远的空无，寻找这熔炉。他小时候听说人要登临这种巅峰必须先吃大荒山什么树结的什么果，现在想起来真好笑。站在这里能俯视全世界吗？他往下看，下面只有白色的飞扬的波涛。许瀫望得出神，渐渐融入了这片波涛，随心所欲地游动起来。穿出云层，大海便已展现在面前，与那种跋涉相比，几万里的海面只是咫尺的距离，他看见了小时候梦想过的海岛，它还是一片荒芜，在等待若姜的日子里，他可以把许多人带到这里，也可以在宇宙的深处休息，那是无比空、无比冷的黑暗，但他心中充满了喜悦，因为他的亲人将像流星一样经过这里。在等待他们的日子里，他允许他们在尘世间经历更多的轮回、与他无关的悲欢离合。

四 · 空中城

马戏团

后来许多年里，桑姑娘常对别人说："这孩子，我拖着这孩子走了五十里雪地。"他们被龙卷风吹到东郊，然后她拖着冻昏的田鸢到西郊去找田雨，在路上看见死人，就扒下死人的衣服裹在田鸢身上。她那强壮的身体顶住了严寒，但她迷迷糊糊听见雪说话，每踩一脚，雪就说一声："躺下。"她也真的想躺下，地上的雪像是厚厚的一层鸭绒，现在躺下一定是很舒服的，但她仅存的一点理智知道躺下就再也起不来了。她没有找到田雨，也没有找到自己的家人，所有的农房都被夷为平地了。只有一支马戏团从废墟中走了出来，他们周游世界五百圈，恰好在龙卷风平息时来到这里。

马戏团的人用雪搓田鸢，搓了半天他身上还是硬的。桑姑娘以为他都死掉了，但一个穿虎皮的老人指着田鸢的小鸡鸡说："还翘着呢！"憋了尿说明还活着。田鸢醒来时不知身在何处，一个黑丫头在给他喂汤，他想："这是从哪儿买来的女奴，这么黑。"当他看见低矮肮脏的帐篷和关在竹笼里的一条蟒蛇时，才想起这不是家，家已经没了。桑姑娘端着一个盆子来让他撒尿，尿着尿着，他的小鸡鸡软了下去，这时他想起母亲已经不在人世，泪水滚滚而下，又哭昏了过去。醒来时他又想起了田雨，桑姑娘跪下来，举起双手，向神祈祷亲人们都活着。但是田鸢已经不相信那个神——大家共有的一个神。最明显的证据是，一个人知道自己在，也知道在自己面前的人在，但当他看不见别人时，就不知道别人是否还在，如果大家的神都是同一个，他现在怎么会不知道田雨还在不在！于是他对田雨的神说：告诉我，他在哪儿？别人的神听不见他的话，此时他又多么希望人们的神是同一个！

他们跟着马戏团走，经过一条刚刚破冰的河。田鸢不知道这是什么河，这是什么地方，天空为什么这么红，它分明是另一条大河悬在头顶，正卷着万丈彩云奔流不懈。他发着高烧，在昏沉中扑进黎明。在他的晕眩视野中，马戏团向一片火海闯去。他看见那蜷成一团的蟒蛇和抖着大尾巴的孔雀、那边走边掉毛的瘦马、桑姑娘那杂草般的头发、黑丫头那细长的不真实的剪影，还有人们身上的兽毛……它们在燃烧。那暗红色的峰峦没入天际，那冰块的撞击使大地颤动，那渺渺茫茫的河滩令人目眩，从群山中涌出一汪金泉，沸腾着，溶化在朝霞中，给他打着寒战的脊梁骨注入了一股无限幸福的暖流。时而有成群的野鸭从河岸上惊飞，打破洪荒的寂寞，草丛中露出烧焦的车轮和白森森的骷髅。一觉醒来，天空又变成了蓝色，云朵像山峦、像游丝，有的像一条长河跨越整个天空，它们挤压着、追赶着、撕扯着、汇聚着，几乎在呐喊着，从远山到头顶，云朵越来越大直到铺天盖地，云的巨影掠过河岸和大地。

虎皮人说这就是通往大海的那条河，就是世界上最大的河。而神知道，这一段黄河正是许歖把守过的，马戏团走的路正是许歖离开战场的路，他们正在经过许歖养伤的村庄，而且，此时此刻，他们的表演正在打扰许歖的睡梦。如果许歖知道外面吵吵嚷嚷的人群中有他的儿子，就不会咒骂这些人惊醒了他与妻儿的梦中聚会了。到了渡口，有穿黑甲衣的士兵检查通行证，但流浪艺人暂时游离于这种秩序之外。虎皮人想知道这次环游用了多长时间，就拉住一个路人问年份，路人说："今上二十六年。"

田鸢在旁边听着，没反应过来，"不是四十四年吗，怎么倒退了？"那个拿锄头的农夫轻蔑地告诉他：

"这是你们齐国的年号，我说的是我们秦国。"

他这才知道自己进入了另一个国家，马戏团也进入了周游世界的第五百零一圈。在春寒料峭中，马戏团竟然往更冷的北边走，他们周游世界的方向不能轻易改变。有时他们在夏天来到这里，北上恰好是避暑，如果是在冬天，那就只能怪自己运气不好。这条路线是虎皮人的爷爷的爷爷的爷爷的爷爷定下来的，他或许是第一个知道大地是个球而不是浮在宇宙中的板子的人，他找到这条道不容易，连自己也不敢轻易探索新路，子子孙孙就更不敢了。事实上，他们不是为了卖艺而周游世界，只是为了无休止地纪念自己的祖宗。

只要有一个人看马戏，他们就铺开摊子。黑丫头把一枚桃核埋在积雪之下，吹起了笛子，那块雪就好像变成了土壤，一棵桃树就从中发芽生长了，开出了粉红色的花，给这个地方带来了春天。人们正在喝彩，笛声又停止了，桃树缩回了雪里，好像时间在局部倒流一样。在蟒蛇表演之前，虎皮人站出来说，这头蟒蛇很好养活，一年只吃一头鹿，余下时间慢慢吐鹿骨头，蟒蛇朝观众痛苦地打起了饱嗝，吐出一根像丝瓜那么大、泡得发软的骨头。黑丫头用木棒敲它的肚子，慢慢敲出个大包，虎皮人说，那是蟒蛇的胆，每个月上旬靠近头，下旬靠近尾巴，只要月亮还在天上，它就不得安宁。突然，孔雀怀着隔世的仇恨扑过来，撕开蟒蛇的肚皮，把胆叼出来，那是一团黏乎乎的绿球。收场后蟒蛇又恢复了原状，这支马戏团赖以生存的玩意儿是幻术。

世界尽头

到了最北边的黄河边，虎皮人说这里已经接近世界的尽头，而神知道，小木匠的儿子的人间之旅才刚刚开始。荒滩里连一只羊都没有，干风撕扯着枯草和灌木，起伏的丘陵后面有一座绵延不绝的大山，山的后面是天国的光芒。他们在九原郡守府表演，郡守赏了一把金子。郡守身边的一个大胡子请马戏团到云中郡过端午节，他坐着像将军一样威风，站起来却很矮。

“云中？那里没人烟啊。”虎皮人捧着金子说。

“你往北边走，”大胡子鼓着又圆又亮的眼睛，“到了我的空中城就知道了。”

“哦？北极还有城？”

“什么北极，那是赵国的土地。”他指着孔雀，“我们赵国人，没见过凤凰。”

第二天一早，车队集中在郡守府门口。太阳出来时，那矮汉子雄赳赳气昂昂地走向他的车，走得比那些高个子的随从还快，他的右拳攥在腰间，握着一柄看不见的王者之剑。上车时他高高地抬起短腿，不仅不可笑，反而更显得霸道。马戏团的人相互议论：这个人有钱，有很多钱，他控制着黄河以北的铁和盐，他叫百里冬。

他们向视野尽头的青灰色大山靠近，当初小木匠给田鸢看的世界地图曾经把这座山画在大陆北极的娄烦国附近，据说它有八千里长。黄昏，车队穿过了一座无人的旧城，橙色的晚霞在废墟间流淌。正当虎皮人为过于靠近世界尽头而担忧时，一座耀眼的丘陵出现在血红的天空下，与天国的光芒争辉，坡顶有一道墙，颜色和山坡一样，就像是从山上长出来的。不过山坡上有一个大缺口，想必是筑墙时挖出来的。当车马绕着山坡行驶时，田鸢发现那墙是环绕的，犹如扣在一个巨人头顶的冠。伴着地下的雷声，两扇城门缓缓分开，露出一片人山人海的场院，这就是百里冬的空中城。

虎皮人不得不嘶声喊叫："别凑近看！别把手伸进笼子！凤凰会叼人的眼睛，龙会醒过来！"马戏团的年轻人骄傲地嚷嚷着："在南方，凤凰像鸡一样满地跑！这条龙不算最大的，还有一口能吃下一头牛的！"表演尚未开始，百里冬已经赏了金子，虎皮人决定拿出看家本领来。天黑以后，房顶地面乌泱乌泱的全是人，虎皮人让房顶的人全都下来，确信上面没人以后，他喊道："现在，不要看我，都往外看！"

房子和城墙没了，群星、丘陵和黄河波光尽现眼前。这里的人们从未如此强烈地意识到自己生活在空中。当他们举着火把扑向山坡时，城堡又恢复了原样。随后又表演了空中飞行等小把戏。端午节那天搭好了木台，看热闹的人就更不知有多少了。虎皮人面对这场面，激动得发抖，他声嘶力竭地宣告："让我们来看看，一个人怎么知道别人在想什么！"

一只罩着麻布的大兽笼和一块盛满沙子的方形托盘被抬上场，二者离得很远。黑丫头抛起了绣球，抢到绣球的观众被请上了台。黑丫头让他随便想一种动物，把它的名称写在沙盘上，虎皮人在远处的兽笼边守着。那人刚写完，虎皮人就揭开兽笼上的麻布，里面有一头羊，沙盘上写的正是“羊”字。后来写“牛”就有牛，写“豹”就有豹，还在呜呜咽咽。每次都要重新抛绣球换人,写“鸡”“马”“蛇”“象”……无不应验，由于笼子不够大，那头象就用鼻子上插葱的小猪充数。虎皮人说：“如果你们怀疑有隐身人在空中偷看的话，咱们就来猜数。”他让黑丫头送上一盆豌豆，让受试者随便抓几粒，但不能超过十。他伸出手指头表示他猜到的数，也都正确无误。

红裙子

田鸢满怀嫉妒地看黑丫头把豌豆递给抓到绣球的人，向那个人露出白牙媚笑、搔首弄姿。晚上他更加想念她，因为他和她分开了。流浪生活中唯一的快乐，就是知道她在。他和桑姑娘睡在一起，梦见马戏团在黄河渡口排队过关卡，黄河像海一样宽，队列望不到尽头。母亲朝他跑过来，她在梦里会走路，田鸢不吃惊。但她忽然又不见了。田鸢找母亲找到临淄城里，在无边的废墟中，在方向不明的岔路口，他找啊找，找得精疲力竭，哭成了泪人，但是对于母亲之死，他的悲痛仅仅停留在预感阶段。这悲痛被房顶上出现的面孔模糊的女人冲淡了，他飞上去拥抱她，吻她，被她的口水淹没，他们都光着身子，她圆鼓鼓的黑乳房和紫色的乳头在梦里清清楚楚。他刚刚发现黑丫头只要不是那么黑，就和冰山祭祀那天的女巫一样。一觉醒来，黑丫头不见了，马戏团的人全都消失了，桑姑娘说，虎皮人把他们娘俩卖给了百里冬，还有那头孔雀。百里冬花了二十来斤金子买孔雀，因为虎皮人说它拉出的屎都是金子，它有多沉就得用多少金子来换，而买他们只花了一点零头。百里冬为什么要连那娘俩一起买呢，因为他这儿没人会喂凤凰。桑姑娘庆幸不用再捂着被子躲那黑丫头身上的蛇腥味，田鸾则抱着孔雀说："在临淄曾经有个大花园，像你这么大的鸟是不会被关在笼子里的。"孔雀不说话，他开始后悔没向马戏团学习孔雀的语言，那或许是眼睛的语言吧。不知是谁的一声呵斥，让他明白过来，这鸟儿不是他的宠物。

"小心别把它压着！"

陌生的地方，陌生的人，人们全都互相认识，唯有他们俩是新来的。他们俩一个紧锁着宿命的眉头，一个翻着生来就高傲的白眼，比那头打蔫的孔雀还不讨人喜欢。桑姑娘躲在屋子里窃窃私语："这鬼地方，都五月了还刮大风。"窗户板每哐当一下，她都会跳起来弄一弄，但已经不能闩得更紧了。"要是小木匠在就好了，"她嘀咕着，"换窗户板、修门扇，对他来说是小事一桩。"窗外的车轮声没完没了，铁和盐、粮和水扑通扑通地卸货，打铁声终日不绝，种种陌生的声音粗暴地闯进来，毫不怜悯地践踏着他们的孤独。田鸾在梦中哭湿枕头，桑姑娘睁着眼睛想念自己的父母、田雨、若姜、许繖……木鸢时期的一切搅得她不得安宁，熬到早晨，她抱着田鸾的脑袋说："是告诉你的时候了！"

"什么？"田鸾迷迷糊糊地问。

"你爸根本不是丞相。"

"什么？！"

"他是个木匠。"

田鸾跳了起来。

"就是狩猎场看大门的那个人。"她说。

“你是说，给我做鸢的那个人？”

“是他。”

种种回忆闪过田鸢的脑海。那个木匠给他看世界地图，给他讲故事，在他伤了脚时用嘴把他的淤血吸出来……可他始终是把小木匠当奴才的，他无法想象这是他父亲。

“桑姑娘，我知道我们是出来逃命的，不能说出来历。我不说就是了，你没必要编这种故事来骗我。”

她再提这事，田鸢就不耐烦了：“我相信，相信还不行？好，就算他是我爸，他管过我吗？他有本事让我别给人喂鸟吗？”他抱起水罐冲了出去。他看见人们把一个木头人竖在孔雀笼附近当箭靶子，看见武士们在场院里骑马斗剑，用木剑或剑鞘或真家伙，看见那个充满活力的矮子在他的王国里逡巡，还有一只黑鹰从空中俯冲下来，把他的目光牵引到场院北边。当他看见喂鹰的人时，眼珠就动弹不了了。

那是一个穿红裙子的女孩，在来来往往的人马中时隐时现，有时看见她的裙角一闪，有时看见她的马尾辫甩一下，有时在人丛之上看到她柔美的胳膊举着鹰食，田鸢这时最大的愿望就是变成那只老鹰，好看看她长什么样。在这个黄尘滚滚的世界里她就像一片飘忽不定的花瓣，田鸢生怕一眨眼她就飘到了别处。有一刹那看到了她的侧面，心想：“如果这个侧面不是骗人的，她就是仅次于我妈妈的漂亮的人了。”当他真的看不到她时，喂孔雀的水已经洒了一半。

她的出现加剧了田鸢的孤独。她可以和一个马脸男孩嘻嘻哈哈踢蹴鞠，可以和其他女孩一起浇花，却始终没有往他这边看过一眼。那个马脸，比他难看，比他矮，却拥有她的笑容。田鸢躲在孔雀笼里窥视场院，等待她出现在人潮中，等待她迎风飘舞的马尾辫、红裙子、她平平的胸、朦胧的瓜子脸和属于别人的笑容。一支射偏的箭气势汹汹地扎在孔雀笼的栅栏上，震得他一哆嗦，后来拔都拔不下来。但是，即使被扎瞎，他还是要窥视。如果她没有出来，他就守在栅栏后面，如果她出来了，他就感谢她的神，“是她的神愿意和我的神见一面，而不是她。”他不敢指望这个天仙会穿过整个场院来跟他说一句话，也决不打算主动对她说话，只是看她换了头上的花以后，把她扔掉的花捡回来插在自己的门背后，以召唤她的神。那是一朵芍药花。

玉扳指

他比刚来时更加痛恨这陌生的环境，不知道会有多少年，不光不能跟她说话，也不能跟这里的任何人说话。他梦见这里有特别特别多的规矩，怎么说话怎么走路怎么站怎么坐……稍有违反就会被黑胡子的主人用鞭子抽，他梦见自己逃离，而马脸男孩举着弓箭、领着一队人马追杀他。红裙子从未出现在梦中，因为他过于想梦见她，又没能看清她的模样。田鸢只能在半夜到她站过的地方寻找她的脚印，在她门口的花圃中辨认她掐过的枝头，呆呆地望着她的窗户，向她熟睡后放出来的、在星光下摇曳生姿的灵魂呐喊：来！到我面前让我好好看一看，不要假装看不见我！让管你的神、管我的神合为一体，让我知道你有没有看过我一眼，让我知道你到底长什么模样，好让我梦见你！

忽然间人家屋里的灯亮了，田鸢拔腿就跑，跑到孔雀笼边，看着那些人练箭的木头人，轻蔑地想：“我七岁时就比你们射得好了。”他捡起地上的箭用尽全力往上扔，嘭嘭嘭嘭，把桑姑娘的唉声叹气从脑海中赶走，“孩子，活着就不错了……”嘭！一箭扎中木头人的嘴，“别露馅，小心满门抄斩的人追到这儿来……”嘭！一箭扎中木头人的眼睛。“他们服徭役吗？田鸢，你将来肯服徭役吗？”嘭！一箭扎中木头人的脸……忽然，木头人被火光照亮了，田鸢回头一看，红裙子举着火把站在他面前。

“你干吗要在半夜里吵人呀？”她说。

田鸢第一次看清她的脸，比他想象的还要美，他不知道说什么好了。

“原来是你，养孔雀的。”她笑了。

田鸢想：她原来认识我，她和其他孩子玩时一定远远地看过我一眼，谢谢你的神，谢谢那朵有魔力的芍药花。但他扔掉箭，往回走。

“你叫什么名字？”她问。

“田鸢。”

“哪个‘渊’？”

“飞起来那个‘鸢’。”

“你有这么美的名字呀？”

“怎么，你觉得一个奴隶不该取这样的名字？”

“我们这儿没有奴隶，你以为这是你们南越国啊。”

“我不是南越人。”

“你不是和马戏团一起来的吗？”

“是他们半道上把我捡来的。”

“那你到底是从哪儿来的？”

田鸢没说话。桑姑娘告诉过他别提家里的事。

“你干吗不问问我叫什么？”

“你叫什么？”

她看着田鸢的傻样笑了，“我叫弄玉。”

“奇怪。”

“怎么了？”

“你爸又不是秦穆公，你怎么会叫‘弄玉’？”

“你知道秦穆公？你读过书？”

田鸢后悔自己又多嘴了，扭头要走，突然，马脸带着弓箭来了。“我都看到了，用手扔算什么本事，你敢跟我比射箭吗？”他嚼着零食，按着皮腰带上的银钩，在火把照耀下，那张脸比白天还像马驹子，鼻孔显得很大,就差穿一根缰绳了。弄玉说:“弟弟你别欺负人。”田鸢吃了一惊，看看弄玉，确实是在对马脸说话，再看看马脸，脸上有什么像是这姑娘的弟弟的特征，好像还真有，最起码一样白吧，于是觉得马脸也不是那么难看了。

马脸说:“欺负？你看他都不敢跟我比，我欺负得着他吗？”田鸢说:“我没戴扳指。”马脸说:“嗬，嗬，还知道扳指，不简单啊。”伸手扔了一个给他。他一摸，铜的，脱口而出:“我不习惯，拿玉的来。”那语气已经是在狩猎场里使唤一个奴隶了。弄玉和她弟弟蒙得说不出话，田鸢才知道自己失口了，就把铜扳指凑合着戴上。箭杆从铜面溜出去，就不像在玉面上那么顺畅了，不过好歹，他在二十箭里中了十九箭，马脸只中了十六箭。弄玉鼓掌叫好，把田鸢的大名告诉了弟弟，也把弟弟介绍给了他——百里桑。一听“百里”这个罕见的姓，田鸢就猜到是怎么回事了，后来跟桑姑娘一打听，果然，百里桑是城堡主人百里冬的儿子，弄玉则是他的千金。

金豆子

“我是一个可以和别人说话的人了！”早晨醒来，这是田鸢的第一个念头，十二岁的他，心中对此充满了狂喜。桑姑娘还没睡醒，他端起鸟食盆子，蹑手蹑脚地出了门，比平时更早，挂在城墙上的太阳从来没有那么大，那么红，又那么凉，真的像小木匠说的那样，飞过去也不会被烧焦。他愿意每天第一个和这样的太阳打招呼。那姑娘——她叫什么？弄玉——她的模样，田鸢仍然想不起来，但他欣慰地想：“见到她时，我可以对她笑一笑了。”他首先见到了百里桑。百里桑好像忘了昨晚的事，连和他打招呼的意思也没有。在喂鸟的时候，田鸢忽然明白这是怎么回事了。

“他懒得搭理奴隶。”屈辱的火焰又一次在他心中燃烧起来。

他没有兴趣再往场院里看。早晨的太阳骗了他。昨晚的事情无非是这样：他终于梦见了她。那女孩走过来时，他也不抬头。她把脸贴在栅栏上时，田鸢相信她在看孔雀，而不是他。但是她说：“田鸢，我爸叫你去。”

“原来我们真是熟人了。”这想法是他心中升起的另一轮红太阳。中午，他和桑姑娘来到百里冬面前，那屋里还有一个光头武士和一个矮壮的少年。百里冬歪在炕上，鹰眼盯了他一会儿，突然问：

“你跟谁学的箭？”

田鸢不知道怎么回答。

“没听见我问你话吗？”

田鸢不说话。

"是啊，你来以后我还没听见过你说话。"百里冬把头转向弄玉，"他会说话吗？哦，你听见过，他说的还是中国话是吧。"桑姑娘开口了，"小孩子不懂事"呀、"惊扰了大人"啦，一通软话。百里冬笑了，"别害怕，我不是怪罪他。先告诉我，他叫什么？"确证了那个文雅的名字后，又说，"田鸾，有两件事是肯定的：第一，你不是哑巴；第二，你会射箭。那么你告诉我，你是怎么学会这本事的？这可不是马戏团的本事，这是杀人的本事啊。"

田鸾不说话。

"好吧，你的来历或许难以启齿，那我就问你：是养孔雀好玩，还是练武好玩？"

田鸾还不吱声，因为桑姑娘在拽他衣服。百里冬接着问："你看，是天天这么忍气吞声地让人使唤着好呢，还是挺起胸膛来做你真实的自己比较痛快？你住在我家里，表面上养孔雀，实际上是个掌握了杀人技巧的人，你不觉得奇怪吗？别人不觉得奇怪吗？你觉得我们都不会介意的是吧？你从这儿出去，还可以接着装老实是吧？半夜三更再出来练你的杀人本事是吧？你练好它是为了什么呢？你心里有什么深仇大恨吗？你到我们这里来是要找什么人吗？"田鸾的进一步沉默激怒了他，他唰一声从身边的光头腰间抽出剑，扔到田鸾脚下，"有什么本事都使出来！甭管你要找的人在不在这儿，先拿他试试！"他指着另一个佩剑的少年，"这是我大儿子，略会些武艺，你别光拣我小儿子那样的软蛋来逞能！"

桑姑娘哭了，求大人饶了他们，说根本没有什么武艺，他就是手贱，就是管不住自己的臭手乱摸乱动，"我们忘了自己的身份，坏了府里的规矩，该打，"说着说着就跪行到百里冬面前，"我管教孩子不严，您责罚我吧，我知错了，我替孩子认错了，孩子，你也来认个错啊，你认错了大人就饶了我们了，哎哟这可怎么办啊，我自己掌嘴……”

田鸢再也无法忍受这样的屈辱，一跃而起，抓住桑姑娘准备抽自己嘴巴的手，“他让我斗剑我斗就是了！不就觉得我欺负他小儿子了让他大儿子来出气吗，那就来砍我呗，大不了你们一起上来砍死我算了呗！”田鸢抄起剑冲向百里冬的大儿子，只见白光一闪，他的剑掉在了地上，人家的剑还没看清怎么出鞘的就随着那道白光收回去了。百里冬笑了。

“这就对了嘛，”他扶起桑姑娘，“你儿子分明是武士嘛，怎么弄成养孔雀的了？”又对田鸢叫：“小伙子，难道你想养一辈子孔雀吗？”

“不想！”

“那就到比武场去！堂堂正正地练你杀人的本事！你想杀的是谁，以后再告诉我也行！至于你，夫人，”从今往后，世界上开始有人管桑姑娘叫“夫人”了，“我这里仆人够多的了，不用你了，你还可以从我的仆人里挑一两个呢，就像你的儿子会从我这里挑一匹马来骑！”

眼看田鸢就要和亡命徒为伍，桑夫人不知怎么才能把这事往好处想。“他早晚要差你去押盐车的，他缺人押盐车，才愣说你是武士。”田鸢提醒她：“成为武士，正是母亲对我的希望。”她就没话了。从那以后，城堡里的人都跟着百里冬叫她“夫人”。她虽然才三十八岁，看起来却要老得多，水蜜桃脸已经变得像核桃，两片挑逗过小木匠的嘴唇已经变成了褐色，龙卷风在眉宇间永远刻上了深沟。每天傍晚她把汗流浃背的田鸢脱得精光，从头顶到脚后跟检查他有没有伤，因为田鸢有伤也不会告诉她。她嘱咐田鸢别跟押盐车的人死拼，尤其是那个光头：“他是秦舞阳的师父。”但是百里冬告诉田鸢：“谁也不要怕！死也不怕！谁能比你强呢，你应该这样想才对！”

世上的事情往往是这样：一群孔武有力的汉子，被一个四肢不发达的小男人统治着，他们搞不清世界怎么慢慢落到了小男人手里。百里冬除了眼睛哪儿都不会杀人，他目光如炬，话音如铁，行动如风，他从城堡门口的阶梯登上屋顶，一步跨两三个台阶，下来也是这样；他一会儿出现在城堡北边，一眨眼又到了南边，好像总有一个目标在等着他，是那个目标迫不及待，而不是他；他半个脸的络腮胡子洋溢着过剩的阳刚之气；他在严寒中不戴帽子，这不仅因为他不觉得冷，而且，按改朝换代后给他定的成分，他要戴，只能戴平民的黑头巾，他，百里冬，就是把耳朵冻掉也不肯接受这耻辱，因为五百年前秦国的大夫也姓百里。谁也不计较秦国大夫的族谱里有没有叫“冬”的人。百里冬在三十年前就敢穿着草鞋闯王宫；他试图用自学的治国之道游说倒数第三代赵国国王，结果只是在大将军李牧手下谋了个饭碗，在那儿，他亲眼看见中国军队怎么训练马上格斗、对付游牧民族，现在，他把这一套搬到城堡里，免得这个城堡像山下的城镇和村庄那样，被匈奴人踏成废墟。至于钱，他到底有多少钱，昨天有多少、今天又变成了多少，账房比他清楚。在匈奴人连年的骚扰和一场大地震后，他出钱造了空中城，收留那些丧失家园的人，有手艺的养活自己、没手艺的跟他干。桑夫人说得对，他要贩盐、要保护铁矿，不能没有武士，但他用金蚕豆来赏赐这些武士，他的赏赐像树上掉果子一样，谁也不知道什么时候掉下来，他穿过场院时，碰巧看见谁的表演很出彩，就心血来潮地找弄玉，叫她去账房端金子。

田鸢也渴望从弄玉手里抓一把金子，这倒不是为了金子，但是弄玉的笑容还没有给过他第三次。在很长一段时间内，他只能用汗和血来赏赐自己。桑夫人让他专门找用木剑的人对练，但他没有权利选择对手。人们给他起了个外号叫“秦舞阳”，这个人在十三岁杀人，他快十二岁了，他的师父又是秦舞阳的师父。他被抬举到秦舞阳的高度，在比武场上和那些大人就是平等的了。他只希望流血的时候，弄玉是那个给他敷药的人。“我得不到她赏的金豆子，总能得到她赏的止血药吧。”现在，血成了他的芍药花。

不死草

弄玉从来没有给田鸢敷过药，干这事的是一个酒糟鼻子的老医生。开始田鸢觉得他很可笑，他每一件外套的前心后背都绣着四个字：“无不死草。”这是怎么回事呢？他不是医生吗，前几年闹瘟疫的时候，人死得多，民间就传说有一种草叫“不死草”，可以起死回生。每当他宣布一个人医治无效时，伤心的家属就扭着他要不死草，他说世界上没有什么不死草，人家也不相信。后来他干脆在衣服上绣上“无不死草”这几个字，意思：“要我来治，你们先想好，治不好别讹上我。”他没让人忘掉不死草，人们反而把他本人叫“不死草”了。

一个比田鸢大三岁，却壮得像小牛犊一样的小伙子让他自惭形秽，这就是那天打掉他手中剑的年轻人，是百里冬的大公子百里栎，他的肩膀宽得像个大人一样，他的胸脯那么敦实，穿上衣服都鼓起来，他的胳膊一屈，上面那一坨就骨碌碌地动，像塞了一颗铁球，他的屁股也长开了，像马屁股一样。就这样，他还很白，在骄阳下成天操练，也不怎么变色，田鸢羡慕极了。百里栎在场边擦汗，一个杏儿脸的、扎羊角辫的小姑娘跑过来咿咿呀呀地唱：

牛儿哥，胸前扣着两口锅
牛儿哥，从小爱干力气活
牛儿哥，不做好事睡不着
牛儿哥，一天到晚乐呵呵

这是百里冬的小女儿如意，她唱得对极了，她哥哥就是这样的人。他听说有一棵大槐树吵得桑夫人睡不着觉，就扛来一把板斧把树枝砍了。桑夫人在树下感激得团团转："公子，这哪是您干的活儿呀，还是叫个仆人来吧。"牛儿哥只说："嘿嘿。"桑夫人说："您可真是个好人，一点儿架子也没有。"牛儿哥说："嘿嘿。"桑夫人说："差不多就行了。"他还是嘿嘿。直到把树砍秃，他才跳下来，胸前湿了两大块。他还帮运盐、运生铁的人卸货，湿的总是胸前的两大块。田鸢太羡慕他的胸肌了，就找了一根铁棍天天傍晚在门口舞，他一发现，立刻没收了那根铁棍，说："你这个小孩儿，这样练会把肉练僵的。"

有一天，孔雀突然开起屏来。它自打进了那笼子就一直在昏睡，这可是惊世骇俗。那些没见过"凤凰"的赵国人都围过去争论它是"凤"还是"凰"。有人说，这么臭美肯定是母的，它不光展示那件花裙子，还朝各个方向的人转身，生怕谁看不清楚。可有人说这是鸟，又不是人，在鸟里面，公的才臭美呢，瞧瞧它的样子，一听人夸它，得意得连尾巴都抖起来了，嗯嗯，嗯嗯，别提多可笑了。它现在简直是臭美疯了，听见人的脚步声都会开屏。只有城堡的女主人容氏看透了孔雀的心思。

“等他们再来，能不能再买一只母的？”她问百里冬。

“等什么等，”百里冬说，“派个人追上他们，到南方林子里抓一只母的。”

青春作坊

一转眼就到了夏天，孩子们用粘着蛛丝的杆子粘蜻蜓。弄玉和如意先粘到蜻蜓，再把它放了。田鸾也这么做，只为看到弄玉的笑。百里桑是打算把蜻蜓喂蚂蚁的，在喂之前先要把蜻蜓养在蛐蛐笼里和别的孩子比战果。他输给了牛儿哥。当孩子们在黄昏的场院里瞎跑时，牛儿哥一动不动举着杆子，蜻蜓们却一个劲往他的杆子上冲，原来杆头绑着一只母蜻蜓。与此同时，他爹一手揪着一只愤怒的公鸡往厨房走，嘴里念叨着：“让你们学会打仗，还要赵国的男人干什么！”刚才那些斗鸡打赌的武士们，手里攥着铜钱，看着百里冬的背影笑。在夕阳下，容氏和桑夫人从餐厅出来了。刚才夫人们不知怎么提起了年龄，桑夫人的年龄让容氏吃了一惊，她捏着自己白嫩的下巴想：她比我还小一岁，我差点没管她叫老大姐呢。但是她嘴上甜甜地说：“您年轻时一定是个美人。”听见这话，桑夫人羞涩起来：“不瞒您说，我差不多是一夜之间老起来的，那孩子，我拖着他走了五十里雪地。”

容氏把她领到自己积极倡导美容术、亲自督造青春膏、让女人们快快走出战乱阴影的青春作坊里，让她参观晒干的桃花瓣、杏花瓣、梨花瓣和胭脂花瓣，看仆人磨玉屑、珍珠屑，让她看一只热气腾腾的小蒸笼，里面蒸的不是包子而是杏仁，还拿出一盒粉红色的药膏告诉她：“这是用杏仁熬出来的，可以让皮肤一夜之间白起来。但是您不黑，您需要的东西在这儿。”她把桑夫人领到一个精雕细刻的小木笼前，桑夫人万万没想到，一只芦花鸡在里面孵蛋，容氏说那些蛋早就掏掉了蛋黄、注入了朱砂，对去皱养颜有奇效。可怜那只老母鸡，无论多么耐心也盼不到小鸡出壳的那一天，它若有知，定会责问人们懂不懂得母爱。她把这种药膏送给桑夫人，让她把脸上一切不开心的东西统统赶走。

她不光要人开心，还想让动物开心。看看她怎么给孔雀办婚事吧，她挑了一头又肥又白、好像每天都在抹青春膏的鹅，跟孔雀关在一起，还往它们中间撒小米，可它们并没有被小米吸引到一起来，它们好像宁愿饿死也不结婚。一个是来自南方的“凤凰”，一个是北方的家禽，一点共同语言都没有。孔雀只会跳舞不会叫唤，没法跟鹅夫人沟通。它们各喝各的水、各啄各的食，“笃笃”的“笃笃”，“吧唧”的“吧唧”，各自保持着一份骄傲。刮大风的天，孔雀盯着外面摇晃的树枝发愣：这到底是不是夏天呀？北方漫长的风季把它弄糊涂了。大鹅则站在笼边坚强地守望着，糊里糊涂保持着远祖的习性。天热以后鹅的心情坏起来，喂食时把孔雀挤在一边，还忘不了啄它两口，意思是：别凑热闹，等我吃饱了才轮到你！可怜的孔雀，尽管个头比鹅大，却从不敢反抗，还时不时被丧心病狂的母鹅追得满笼子跑，蓝色的羽毛撒了一地。如意隔着笼子用一根木棒扎母鹅，嘴里不住地骂：“凶鹅！笨鹅！臭鹅！还不快住手！”百里冬看见这一幕，就说：“在我这儿过不上好日子，放了它得了。”

二十斤金子，说放就放，仆人打开笼子的天窗，看着“凤凰”跳上了笼顶。但是不可思议的事发生了，它转来转去，盯着山坡上的酸枣丛发抖，就是不肯起飞。这环境对它来说太陌生了，它没有把握闯进去。

也许它甚至忘了自己会飞。

失语症

田鸾不再嫌这里的水是涩的、盐是苦的、十天半月吃不上肉、夜里没有灯，他喜欢上了这里的小伙伴们。百里桑正在写书，把前几年的地震写成了世界末日，他们全家逃到了海岛上。弄玉和如意发现百里桑没有把她们写好，就抢过一些木片，用小刀把字刮掉，写上更漂亮、更聪明的自己。为了节约羊油，他们三个人聚在弄玉的屋里写书，田鸾屋里没有灯，也赖在她屋里。开始是帮他们把锯好的木片削平烤干，把写好的木片连成卷，后来他发现这个岛很像是小木匠说过的太阳国，便忍不住动笔了。他首先让太阳国长出不死草，把不死草带回临淄，救活他家里人，再背着他们飞到岛上。找不着弟弟，就让他一个人讨饭到那个岛上吧。至于小木匠，“他真是我爹吗？让他和我的另一个爹在一起，我怎么叫啊？”田鸾想了又想，忽然开窍了，“这明明是个谎言嘛，桑夫人怕我说出我父亲是谁，才编出一个假父亲来哄我。小木匠，你应该感谢我，我的故事让你实现了到太阳升起来的地方去的梦想，你和桑姑娘成亲吧。”

“这都什么乱七八糟的！”百里桑摊开别人的章节，“各写各的，谁也不问问别人在写什么。他让他爷爷当国王，我让我爹当国王，他弟弟让我的雄剑消失了，你又让我用雄剑去杀蛟龙、夺雌剑，这还怎么往下编？不跟你们玩了！”他把自己的木片往怀里一搂，走了。田鸾无聊地照起镜子来，重点看自己的肩膀，看是不是赶上牛儿哥的一半了。如意建议弄玉给他画张像，既然他这么臭美，就让他把画挂在屋里当镜子看。弄玉确实有这方面的才能，她画过百里栎、百里桑和如意，都惟妙惟肖，她屋里还挂着自己的像，是最近画的，画中人胸前的衣褶含蓄地、一厢情愿地表示：那儿有一点点凸起。她处于这样的疑惑中：和我一样大的女孩子，早就鼓起来了，我的呢？我的呢？妈妈说每个女孩子都有这么一天，叫我不要着急，可是她老盯着我的胸干什么？她说会酸会胀？我怎么没有这感觉？我一个劲长高，为什么不鼓？于是她让画替她酸、替她胀、替她鼓。现在该画田鸢了，她吩咐田鸢坐好，眼睛只许看烛光，不许看她，田鸢恳求她把肩膀画得宽一点，她答应了。可是还没画完脸，她就把画揉了。“讨厌！太难画了，”她气呼呼地说，“哪有男孩子长这么水灵的眼睛的，简直是鹿眼睛！”田鸢打开画一看，才知道自己的眼睛有多娇气，线条偏一点就很难看，她很想抓住田鸢的特点，却把他画成了吃错药的样子。

晚上，田鸢梦见弄玉成功地把他画出来了。弄玉举着火把，把他从被窝里揪起来，“笨瓜，你以为我不会画你吗？瞧瞧这个。”田鸢往画上看，那是一只小王八，但在梦中他真心实意地觉得那就是他，这是人家熬了大半夜画出来的，都不知费掉了多少缣、烧了多少灯油，要不是达到了形神兼备的境界，人家才不会轻易亮出来呢。他爱透了这张画，又不好意思开口要。一阵风刮来卷走了弄玉和画。

第二天一早，田鸢又去找她画，她躺在床上看书，不理他。田鸢说：“我梦见你了。”她冷冷地瞅他一眼。田鸢见她今天的样子有些奇怪，又说：“我这可是第一次梦见你呀。”她连头都没抬。田鸢不知道再说什么才能让她重视他的第一次。在她屋里无聊时通常是照镜子，可现在他真的想说点什么。

“你怎么了？”他问。

她只是摇手。

“百里桑他们呢？”

她指指隔壁。

田鸢忽然明白了：“她并不欢迎我一个人到她屋里来，她在我面前和在大伙儿面前不一样。”他二话不说，出了门。“你以为你是什么人？”他问自己，“可以用那种口气和她说话？还梦见她，还‘第一次’，肉麻不肉麻呀？哼，以为我稀罕照她的镜子，哪比得上我家的镜子，她家的镜子锈了都舍不得换！”

午餐时弄玉仍然不说话，不光不跟田鸢说话，也不跟任何人说话。田鸢忽然觉得她是遇到什么烦心事了，就再次鼓起勇气问她怎么了。她眼皮一耷拉，摇摇头。接着，田鸢悄悄观察她是不是对别人好一点，结果真是这样，她看如意、百里桑和别的小孩时，表情都很轻松，眼里甚至有笑意，可一面对田鸢，脸就板了起来。还有更让他懊恼的，当她发现田鸢一直在瞧她时，就飞快地瞟了他一眼，这一眼又陌生又警觉，简直就像田鸢昨晚杀过人一样。田鸢可以肯定自己招人讨厌了。他小时候也讨厌过别人，所以很清楚讨厌一个人是什么样子的，而且很看不起被人讨厌还不知道、还死皮赖脸往上凑的人。

他回到比武场上，那盼望已久的赏赐来了。百里冬赏他，不是因为他赢了，而是因为他渴望赢。送金子的照例是弄玉，可田鸢憋着气不看她。周围响起一片喊声：“下马呀！”“这孩子第一次领赏，不懂规矩。”田鸢这才发现她踮着脚、举着胳膊，很累。他下了马。弄玉把他的衣领掀开，把金豆子往他怀里一倒，跑了。

那几天只要弄玉出现在场院里，不管有多远，立刻就会跳入他的视野，这时候他就干得格外卖力，免得她偶尔瞟过来一眼看见的不是他最英武的姿态。在这种感召之下，他的木剑竟然碰到了师父的光头。下午，大家出去打猎，她又出现在田鸾的视野里，而且比任何时候都光彩夺目，她披了一条崭新的红色斗篷，红得让田鸾六神无主，即使把视线转向别处，眼角也躲不开那团红色。她哥哥牵着马出来了，那团让田鸾心里发慌的红色跳上了牛儿哥的马背，又带着清脆的笑声掠过他身边，就像在故意气他似的。弄玉搂着她哥哥的腰，红斗篷飘在她哥哥的黑衣服上特别显眼。

晚餐，有门客从山上打来鹿肉给大家吃，实在令人开心，可田鸾还是闷闷不乐，因为他看见弄玉和小伙伴们有说有笑。突然，如意跑到田鸾面前。

“我姐叫你去。”

田鸾很想说：她叫我去我就去了？可他的腿不听使唤。到了弄玉面前，弄玉问：“你不跟我们玩了？”

“没有啊。”

“嫌我们这些公子哥儿耽误你大好年华了是不是？”

田鸾一听这话，气不打一处来：“谁嫌谁？我不是公侯之子？”在他们莫名其妙的眼光下，他走出了餐厅。弄玉追出来，拽住他的袖子。

“小孩儿，我再跟你说一句话，听完了你要是再不理我，就永远也别理我！”

“说。”田鸾把落叶踩得咔咔响。

“我每年有一阵儿不能说话。”

她说从八岁以后，每年秋天她喉咙里会长出一块多余的肉，堵住她说话，吃什么药都不管用，只能等它过几个月自己消掉，这回算是快的呢。“你这个人也太敏感了，我才几天不说话，你就把我当成怪物，告诉你，这个大院里还没人这么对待我！”

在城堡门口的山坡上，她把小时候的事告诉田鸢。百里冬服侍过的那个将军，原来是她的亲爹，是赵国的大将军李牧。当年有人在赵王面前进谗言，害得李家被满门抄斩，弄玉和奶妈——也就是现在的容氏——在郊外溜冰，逃得了一命。容氏知道云中有个叫百里冬的盐铁商，年轻时在李牧手下发了迹，便带着七岁的弄玉去投奔他。到了那儿，弄玉发觉上当了，他们编的话她一句也不信，什么“你爸打匈奴去了”“过两年来接你”……她说：“告诉你，容妈，你把我卖给这个人，我爸轻饶不了你！”百里冬全家轮流看着她，真好像拐来的一样。这也没拦住她逃跑，她出去找驻军，才知道连国家都不存在了——她家被灭门和赵国亡国几乎是同时的，他们的国王也被秦国人五马分尸了。她在牛粪里打个滚，免得“人贩子”追上她认出她，她一路要饭到了邯郸，家已变成了秦国的衙门，守门的士兵告诉她，她家里人不是被秦国人杀的，而是被自己的国王杀的。她弄不清这个混乱的世界的是是非非，只是哭，哭哑了嗓子，半年没能说话。百里冬找她找到邯郸的时候，她自己已经往云中走了，因为出不了声，她是用牛粪在木板上写“云中”两字来问路的。后来，她认百里冬为义父，容氏嫁给了早已丧妻的百里冬。

田鸢很惊讶他们的经历如此相似——满门抄斩，女奴变成了养母。

龟　甲

秋后的一个黄昏，找孔雀的人回来了，他经过场院的时候咕哝道："八月份落冰雹。"百里桑对着他背影喊："面条，把话说完！"面条说："冰雹又变成了大雪。"他急急忙忙往北边走，弄玉听见他说："海上都结冰了。"大家纷纷议论起这人的疯话来。弄玉告诉田鸢：此人何以叫"面条"呢，因为他说话老说一半，听他说话好像吃面条，得一截一截地咽；但他眼睛特别好使，所以派他去找孔雀。过一会儿，百里冬和面条在众目睽睽之下穿过场院，敲开了南边的一扇门。它正对着快乐的青春作坊，田鸢从来没见它开过。弄玉说那是苦闷的隐身术作坊，里面住着世界上最有学问的人，一个孤独的老人，一辈子研究隐身术，但是实际上他已经隐身了，因为他从来就不露面。

晚上，桑夫人一边在熏笼上烤衣服，一边咕哝："准是他。"田鸢问："谁？"桑夫人说："四公子，就是你四舅，面条见到你四舅了。"她一边抚平衣服的皱褶，一边把在餐厅里听到的事告诉田鸢。

"面条骑着马去追马戏团，到关中都没见到人影。他寻思：马戏团满世界转圈，天还热，不会就回南方吧？他就往东走。关中有个咸阳城，城外有个函谷关，是通到齐鲁的，他就从这儿出去了。

"到了临淄，已是八月份，没来由地下起冰雹来，咕咚咕咚有鸡蛋那么大，面条躲在旅舍里，眼看冰雹变成了漫天大雪，把马都冻死了。他同屋住着个齐国人，请他喝酒。齐国人问面条做什么买卖，面条说：'盐商。'齐国人问一句，他答一句，没废话。齐国人真把他当成卖盐的了，告诉他：‘你认识我太迟了。头几年，我家老爷子就是盐官，看在你陪我喝酒的分上给你搞几万斤盐引，小事一桩。现在我们倒霉了。’面条问：‘倒什么霉？’那人说：‘亡国。’面条想起马戏团，向他打听，他说：‘马戏团？就在我们村摆场子，明天雪小点，带你去。’面条千恩万谢，那人问他干吗这么乐，他说：‘我这辈子就爱看马戏。’他哪敢提孔雀的事啊，一路上带着买孔雀的宝石，还怕给人算计呢。

“那人把面条领到海边一个渔村里，就在那儿，面条看见海都冻上了。他东张西望找马戏团，稀里糊涂跟人家回了家。进门一屋子人，面条一看他们不像流浪班子，慌了，那人虎着脸说：‘听你口音是赵国人，你们亡国比我们还惨，还找马戏团寻哪门子开心？’面条这时候哭都哭不出来，他以为给人算计了，可这帮人文文静静的又不像强盗。

“面条枕着金子口袋、摁着肚兜里的宝石睡了一觉。第二天，他才知道这是个民间社团，叫稷下学社。你说，一个齐国人，老家在海边，老爷做过盐官，又是稷下学社的，他能是谁？”

田鸾点点头：“听着像我四舅。他现在干吗呢？”

桑姑娘说：“他们那伙人啊，净琢磨造反的事，都是一帮落魄的公子哥儿。第二天他们把面条灌醉了，在他耳边吹：‘改朝换代头一年，又刮龙卷风，又下八月雪，肯定不是好兆头。’最后教面条唱一首歌，什么‘三月’‘七月’的，还有‘亡秦者胡’这样要命的话。面条知道他们不是强盗，放心了，第三天酒一醒，发觉他们比强盗还危险，造反是要车裂的啊！面条吓得赶紧跑，也不知什么时候，人家就往他猫眼石口袋里塞了一片乌龟壳，他跑到海边打开一看，上面刻满了古时候的字，不认识。回来后交给百里冬，百里冬找那个有学问的人一看，恰恰是面条喝醉酒哼过的那首歌。”

“那是什么意思？”

“‘亡秦者胡’，大伙议论：这是说胡人要灭秦国。”

入冬以前桑夫人下决心把房子上被风一刮就响的东西全修好，免得老觉得又刮起龙卷风了。墙上的碎片让风声一震就噼里啪啦往下掉，桑夫人便把它们统统铲掉，重新抹灰浆，那些日子田鸢觉得好像睡在石灰池里。弄好后她还提着笤帚转来转去，等着屋顶掉下什么东西来。百里冬曾叫她挑一两个仆人，她没要，她始终觉得自己就是一个仆人，让仆人伺候仆人没道理。田鸢左蹦右跳躲着她的笤帚说：“这地席够干净的了。”她弯下腰，从席子缝里捡出一粒沙子证明地还要扫。田鸢开玩笑说总有一天会把席子磨穿，露出一个瓦罐，打开一看全是金子。没想到桑夫人真的有，她闩上门，揭开席子，撬开很沉的一块活动石板，起出一个瓦罐，这伟大的工程是什么时候做的，田鸢没注意到。她把瓦罐往床上一扣，倒出一堆金豆子，咕咕哝哝数了一遍又一遍，总共数出四十二粒。然后她把一切还原，再打开门。

松动的护窗板和呀呀舞的门扇是最能闹腾的，桑夫人要把它们全面更新。她叫来一个木匠，要求做得严丝合缝，面对北风像铁打的一样。“我们刚来这儿的时候是冬天，”她固执地认为这里的五月是冬天，“风都不知从哪儿灌进来，那些窟窿不知在哪儿，可是放进来的风呼呼地响。”木匠在那儿老老实实地拆门，她暗自打量人家，浮想联翩，“单从木匠活上说，他们是一代不如一代啊。这个家伙粗手大脚，远不如小木匠麻利，他眼里没有那股聪明劲，脸蛋也不够帅，一看就不像会做木鸢的人。”

她并不是偶然想到小木匠，在许多凄风苦雨的不眠之夜、在悠闲漫长的日子里、在从芦席缝里找一根针时、在把光阴穿到针眼里时、在把思绪抹到晾干的衣服上时、在对一壶老是烧不开的水说悄悄话时……她都会想起木鸢失踪的芦苇地，以及小木匠亲吻过她的花园。能够引起她遐想的东西到处都是，不要说一个木匠，就是院里的狗尾巴草、落叶、树影、光斑、飞到她眼里的灰尘、雨丝、一缕气味、一丝风……都和木鸢时期有说不清道不白的联系。很多年前的事情像平平的皮影一样在她脑海中动，那个站在窗前看小木匠和若姜搏斗的婢女不是她自己，而是她回忆的皮影戏中的一个角色，她不出声，也不动感情，她看起来还很苗条，和后来那个粗手大脚把九夫人往恭桶上抬的老妈子也不是一个人……种种过往烟云留给今天的不是任何情绪，也没有声音，只有灰色的画面和简单执拗的信念——他们的孩子就是我的孩子。也可能从那孩子抱着她的老脸亲个没完的时候，这信念就笃定了。她忽然觉得小木匠并不是一个真正的木匠，而是打着做木匠活的幌子来改变若姜和她的命运的一个神灵，她自己呢，打着桑夫人的幌子，实际上是龙卷风留在田鸢身边的与那流金岁月唯一的一点联系，如果他爸爸还活着，在世界的沙漠上就有另一条源于过去的涓涓细流。

五 · 心灵瘟疫

小叫花子

十三岁以后，每个人都有自己的神的看法在田鸢心里不再那么肯定了，这时候反而有一个小人藏在他胸腔里，和他抢着说话，说出的话又哑又倔。桑夫人不知道他得了什么病，想来想去，她想到了失语症：“哎呀不好，这孩子成天跟大小姐搅在一起，被传染了！”又是一个不眠之夜，熬到天亮，她叫“不死草”来看看。“不死草”捏捏田鸢的下巴，看看田鸢的嗓子眼，桑姑娘不由得想起几年前的一个算命先生，当时他也把田鸢捏来捏去，然后说要把鸢藏到床底下，然后就出了大事。

“十三岁变声，是早了点，”医生说，“不过，你儿子就要变成爷们了。”

桑夫人这才松了一口气。她让田鸢挺起胸膛靠在墙上，用指甲盖在他头顶刻了个记号，好让若姜的幽灵来看看，孩子长多高了。她还注意到田鸢喉咙上鼓了个包，咽唾沫的时候上下跳。一年来，她和田鸢朝夕相处，忘了他在长大。其实今年夏天，田鸢和弄玉站在一起已经不显得矮。他洗澡时，滚瓜溜圆的屁股对着养母，脊梁是一条深沟，肩胛骨带动着一小块一小块的肌肉，黝黑的皮肤焕发着马驹子的光泽。桑夫人想：“这个样子一点都不像他爹，才十三岁就长开了，除了肩膀不够宽，哪儿都像个男人了;他的皮肤也不像他爹,倒像条变色龙,一见阳光就变黑,一入冬就褪色;他除了眼睛,哪儿都不像他爹。”

金豆子攒到一百四十八粒的时候,桑夫人和田鸢回了一趟老家。他们从临淄找到海边,一个亲人也没找到,四公子门上挂着一把大锁,等了七天都没有人来开。在回来的路上,有一群叫花子打架,挡了他们的道,田鸢赶马车去冲他们,那挨打的孩子还躺在路中间,挡着道。他下去拉这孩子,惊呆了,这血糊糊的小黑脸,不就是他亲弟弟吗?

是的,田雨还活着。满门抄斩那天,他在避邪的住处感到胸口闷,很想回家。他不敢擅自拿主意,就问神:“我数十下心跳,如果可以回家,你就让外面的大风停一停。”他数到“十”时,风声停了一下,但他还是不敢轻举妄动,因为巫师说过回家就会死无葬身之地,他知道比巫师法力更大的是他的神,他要复查一下回家到底是不是神的意思,“窗户外面若有一只鸟,就是你允许我回家了,回家就不会死了。”他把挡窗户的木板揭开,只看见一只鸡在乱蹦,“哈哈,鸡也是鸟啊。”于是他出门了,胸口也不闷了。那只鸡实际上是龙卷风的信使。龙卷风刮起来时,田雨正好走到一座山的背风处,捡了一条命。

他在丐帮里老是挨打,因为不合群。一件最简单的事他也做不到——叫“兄”。那些江湖油子一见面,不管认不认识,张嘴就是“兄”,可他只叫过一个人“兄”,那就是他亲哥哥田鸢。他要饭也是笨得要死,只知道端着饭碗跟着别人屁股后面跑,一句软话也说不出来,人家给他一个白眼,他就羞耻地躲开了。后来他找到了不开口的要饭方法——“告地状”。他写的是大实话——他是齐国将军的儿子,被满门抄斩了。可这话没人信。

心　语

他们带着田雨回到城堡时，正赶上吃晚饭。百里桑他们在说太阳国的事，真的有一个太阳国，在海外三万里，地里长着真正的不死草，朝廷正在征集童男女准备送过去，也不管那管不死草的神仙是需要徒弟啊还是喜欢吃童男女啊，反正童男女可以换不死草，让中国皇帝长生不老。又说东海边出了一个活神仙，告诉皇帝不死草靠童男女的尿浇灌，皇帝信了，就封他为客卿，让他带童男女到太阳升起来的地方去，如果不影响航海的话，在每艘船上做一个大尿槽。现实与幻想的惊人巧合使孩子们激动不已，只有弄玉闷闷不乐，她又陷入了失语症。田雨一上餐桌，就像被狼养大的孩子一样，把东西抓着吃，可他还记得嚼东西时闭嘴，不发出粗鲁的吧唧声。田鸢向大家介绍他，这张小耗子脸面对一双双友好的眼睛，竟然没有一丝笑容，鼓鼓囊囊的腮帮子还在乱动，血痕和青斑也跟着动。

只有弄玉喜欢他，照百里桑的说法："一个哑巴和半个哑巴倒挺合得来的。"弄玉牵着田雨的手在城堡里转悠，看新来的工匠们挖一条环绕城堡的排水沟，这些人偶尔开口，露出遥远的中原地带的口音。在孔雀笼前，她用眼神问田雨见没见过凤凰，田雨用龙卷风以来的第一个笑容回答她：这还算有点儿意思。田鸢对弄玉说："我弟弟好哄，给他一本书，他能坐一天。"其实他很希望田雨一个人待着，他和弄玉分开了那么久，希望能够多待一会儿，哪怕弄玉嘴上说不出话，用眼睛说说话也好。可弄玉和田雨一起钻到她的闺房里读书去了。

田鸢只好和牛儿哥去黄河里洗澡。真不知老天是怎么把这家伙捏得有棱有角的，有的男孩尽管结实，却没棱角，与牛儿哥站在一起，就像桶一样。回家后，田鸢把胳膊夹在胸前，对自己尚未成型的肌肉念叨：“听着，你们他妈的，别乱长，要长就长成牛儿哥的妹妹唱的那样——胸前扣着两口锅。”仔细一想，这并不是一件容易的事，牛儿哥白，那些粗坯，他们的共同特点是黑。田鸢很不幸，属于那一晒就黑的品种。“要是只有晒不黑的人才能长成牛儿哥那样，”他想，“我就完蛋了。”唉！该死的黑；噢，前世修来的白。

田雨被弄玉护着出来了，据说在屋里读书都读不下去，都能把他读哭了。田鸢一听那书叫《山海经》就知道是怎么回事了——那是母亲生前一个字一个字教过他的，他在读书时一定看到了母亲的手指头。他们把田雨带到快乐的青春作坊，容氏在那儿一边锯鹿茸一边讲笑话：“胡人这两年学会使锯子了，他们把树干锯成房梁需要三个人，一个人捏着锯子站稳当，另外两个人抬起大树在锯子上来回拉。”大家都笑了，只有两个人不笑。桑夫人埋头做着针线活，嘴巴一动一动的不知在念叨什么，田雨的泪水还没有干。

弄玉让田雨坐下来，先用自己的手帕擦干他的眼泪，再往他脸上抹药膏。他要饭时被人揍得皮开肉绽，还生了疮，在弄玉的照料下已经好多了。她温暖的手指头在田雨眼角轻轻揉着，一双半月形的眼睛像小妈妈一样盯着他，田鸢看着这一幕，心里酸溜溜的，而田雨在想：“除了母亲，她是天底下最美的女人。”

“啊，你说什么？我是一个女人吗？”弄玉好像在说话，但嘴没动，“我真的像个女人吗？”她的眼光在闪烁，“我的胸脯才刚刚开始长呢，不好意思，还没有妹妹长得快，我妹妹都快成我姐姐了。”田雨心想：“我听错了吗？”这想法刚一出现，更清晰的话音又传来了：“咦，不开口怎么能讲话？”弄玉停下手里的动作，和田雨惊恐地对视着，他们都意识到自己听见了对方心里的声音。就在这时，田鸢的声音像井里的回音一样传来：“我弟弟盯着弄玉干吗？”他立在门口的逆光中，额头和鼻梁气得汗津津的。弄玉的心音立刻传进了田鸢的脑海：“好家伙，汗出得像马一样。”田鸢扭头往洗脸的地方跑，跟如意撞了个满怀，又听见如意的声音：“好疼！撞我胸口了！”如意大老远听见弄玉说：“谁叫你胸口长那么大的。”弄玉又听见田雨的声音：“妹妹怎么会变成姐姐？”一团混乱之中，一个过早苍老的声音飘进了孩子们的脑海：“那年冬天，我拖着他走了五十里雪地。”

桑夫人抱着田鸢的旧衣服蹒跚而来，无声无息地往外走，一双老眼被门口的白光刺得眯成了缝，涌进屋的热浪把她冲得趔趔趄趄。

每个人都有自己的神，这想法在田鸢心中复苏了。他曾经认为一个人的神是藏在心里的小人，说点什么别人听不见，现在可不妙，大家的神在互相通气，以后就没有秘密了。弄玉提醒大家，去年端午节马戏团在这儿表演过洞悉心灵的游戏，这病根说不定是他们埋下的。于是大家回忆马戏团的事。在场的大人们暂时无法进入他们的心灵，看见这几个孩子像中了定身法一样互相盯着，很纳闷。弄玉的心音那么愉快，一点不像在谈病。这个哑巴，有了心灵对话，可解脱了。

田鸢在餐厅里听见弄玉劝如意：“妈妈说每个女孩都有这么一天，你别害怕。”如意说：“我能不害怕吗，要是胸脯鼓得像孔雀一样，夏天怎么穿衣服啊？”弄玉的心音变小了，相当于平时的悄悄话：“傻妹妹，我告诉你一个秘密，王子为什么喜欢采桑女？不是因为她爱劳动，而是因为她的胸脯比宫女的大。你想，宫女手如柔荑，肤如凝脂，美目盼兮，巧笑倩兮，哪点不如她？就是这点不如她。”如意问：“你怎么知道的？”弄玉说：“书里说的呀。”如意问是什么书，她就说是妈妈不让看的书，看完以后可以借给如意。突然弄玉发现田鸾在盯着她，一下子羞红了脸，跳起来用筷子轰田鸾：“走开！讨厌！女孩子说话偷听什么！”

晚上，桑夫人的心音吵醒了田鸾：“……其实我还不到四十啊……小木匠还活着吗……田鸾会认他吗……”田鸾有点相信小木匠是他亲爹的事了，因为一个人心里的声音一般是不撒谎的。但田雨的心音激怒了他：“我哥真是个私生子。”田鸾无声地喊道：“滚一边去！睡觉！”桑夫人腾地坐起来，眼睛里闪着光，“我没念叨出来啊！你们都听到什么了？”就这样，她染上了孩子们的病。

田鸾到弄玉闺房里去的时候，弄玉和田雨正在看书。田鸾可以听见他们心里的读书声，弟弟的声音很清楚：“……鸢乌丑，其飞也翔。鹰隼丑，其飞也翚……”弄玉的声音开始像滴水一样，忽然又响亮起来：“小弟弟，你可不可以小声点，吵死人了。”于是田雨的“凫雁丑，其足蹼……”就小声了。突然间，弄玉想起田鸾也是能听到别人心音的，就把书扔掉，跳下床来轰他走。他委屈地说：“他可以知道，我怎么就不能知道？”弄玉用心语说：“你管那么多呢！”她把田鸾推出去，闩上门，因为心里的声音像风一样，不能穿过任何空间障碍。

田鸾在院里看到有人打架。原来，有个人看着别人的老婆想：“小娘们，要是落在我手里……”正好小娘们的丈夫刚刚染上听见别人心里话的病，就一拳砸在他色眯眯的眼睛上。夫妻之间也不太平，一个女人晚上想情夫，正好她丈夫刚得那种病，就闹翻了。总之，怪病已经扩散到大人中间了。夫妻不敢同床共枕，好友互相躲避，陌生人相约睡在一起，但他们很快就成了熟人，就有了心灵对话，为了掩盖心灵，他们拼命用嘴聊天。

心灵图像

疫情的进一步发展是，连墙都不能隔音了。最初，这是在亲人、好友之间发生的，田鸢在场院里可以听见桑夫人在屋子里发出的心音："别在大小姐门口晃悠，姑娘家有些心事不想让你听到。"其实田鸢现在隔着墙还听不到弄玉的心音，顶多是通过弟弟转接她的心。田雨敲她门时，田鸢在弟弟咕咚咕咚的心跳和血液流动的杂音中勉强能听到她的读书声。他想不通，弟弟认识弄玉的时间还没有他长，凭什么隔着墙能听到弄玉的心音？他一遍一遍向墙内发心语："你到底在读什么书呀？"没人理他。当他认定弄玉听不见时，心里话就更多了，"我们不能说说话吗？你和我弟弟说了那么多话，就不能搭理搭理我吗？"桑夫人又啰唆起来了："傻孩子，你会吓着人家的。"田鸢让她别管，又对弄玉说："你干吗躲着我？就因为我眼睛大？我保证以后在你面前把眼睛眯起来一点。你觉得我黑吗？我保证不再光着身子练武。你嫌我没读过多少书吗？可我知道秦穆公的女儿也叫'弄玉'呀！你是不是有事不想告诉我？有什么事可以告诉我弟弟，就是不能告诉我？我多么想知道你在想什么啊！多么想知道那本书里那个喜欢采桑女的王子是什么样的，是不是黑的！"出乎意料，窗户打开了，一句心语飘了出来："你最好别知道。"然后窗户又关上了。

“这就更不公平了，”田鸢想，“她能偷听到我，我却不能偷听到她！”

晚上，疫情在他屋里恶化了。当时桑夫人以为他睡着了，放开了乱想，田鸢听见她乱哄哄的心跳中掺杂着各种话音的碎片，有现在的她说的话、年轻时她说的话、若姜的话音，还有陌生男人的话音，甚至有心音中的心音——若姜生前的想法在多年后来到了桑夫人的心里。田鸢听到了这样一句话：“要不要给桑姑娘找个婆家？”最可怕的是，桑夫人听见了若姜死后的声音。两年前，在满门抄斩的时候，若姜为了催他逃走，用铜烛台砸死了自己。在临死前，她让桑姑娘带田鸢去找田雨，这田鸢是知道的，可她的话还没说完，第二句话是死后说的，这话当时没人听见，但在两年后，它传到了他们耳边：“把小木匠的事告诉他。”

田鸢听见了桑夫人的辩解：“我告诉过他了，他不信……小木匠在哪儿？……你怎么不说话？你又走了？你就不能跟你儿子说说话吗？……”随后变成了断断续续的回忆，“木鸢……芦苇地……牲口……”田鸢惊呆了，心里一点声也不敢出，随后的事情更让他心惊肉跳，他看见了桑夫人的心灵图像。

一开始是黑白的，渐渐染上了颜色，忽而又变成了黑白的，还像雨冲着一样模糊。他看见桑姑娘推着他母亲坐的轮椅在桥上走，她们都还是小姑娘，桑姑娘梳着千百条小辫，若姜的头发自然披散下来，露出半个脸。该怎样形容那张脸的美丽啊，要说弄玉的美是活色生香的、红扑扑的，若姜就是一个白色的精灵……她把一只木头鸟放飞，那鸟还会叫，那正是田鸢小时候玩过的，后来被田雨弄丢了……小木匠捡起木头鸟跑回来，把木头鸟给她……田鸢听见刻漏的嘀嗒声，看见小木匠把母亲从轮椅抱到床上……下一个画面模糊了，有两个人在屋檐下亲嘴，雨水从屋檐不断地淌下来……又看到了屋里，若姜正吃力地攀着窗格，想让自己坐在马桶上……小木匠和桑姑娘跪着擦一地的尿……画面渐渐清晰起来，在明媚的春天里，他们一起在郊外放木鸢，木鸢飞进了芦苇地……不知怎么，小木匠和若姜在床上打起来了，画面上一片麻点……画面又安静下来，若姜已经嫁到了将军府，怀里抱着一个婴儿……

早晨，“不死草”来调查疫情了。他让田鸢、田雨和桑夫人心里说点什么，这些话他都听见了，再让他们心里想点什么，不是话，而是画面，结果他看不见，而这三个亲人互相能看见。“不死草”在随身带的木片上记下：亲人之间已经不需要语言。他说这不算最厉害的，有些妈妈和儿子之间已经连画面都不需要了，儿子身上有点痒，妈妈就能感觉到。还有，好友之间心音清晰，交情不深的人之间心音模糊，陌生人之间根本没有心灵对话。综合这些症状，“不死草”看清了这场瘟疫的本质：发病的程度与爱成正比。

有什么药物能治疗爱呢？

终于，百里冬召集众人，宣布这里确实陷入了瘟疫，一场来历不明的、传染力极强的瘟疫，一场心灵瘟疫，它对身体毫无损害，却剥夺了人们的隐私。“其实，”这个小老头攥紧小拳头说，“把心灵中那些发霉的压仓货掏出来晒一晒，没什么大不了的。”立刻就有人问他：“你祖上真是百里奚吗？”百里冬愣了，他没想到人们会怀疑这个，连他自己也在多年的自我暗示中对此深信不疑了。现在，这个问题动摇了他的信心。

人们透过他的皮囊看到了他的怀疑，人群嗡嗡起来。他展开胳膊，让大家安静，说：“我正打算说这事呢。”

“你没打算说，”有人说，“我们刚才没听到你心里有这个打算。”

“那就现在说。”

“你不用说，你只要诚心诚意地想。”

场院陷入了可怕的宁静。百里冬的心音结结巴巴地传来：“嗯……我出生在雁门，我家是从肤施迁过来的……我一直是把自己当成地地道道的赵国人，可……我的祖上是秦国人……五百年前秦国的大夫名叫‘百里奚’……”大家都听到了，其中夹杂着怀疑，怀疑的声音是轻轻的咳嗽声，无法克制。有人把响亮的声音抛到了他的咳嗽中：“算了，我们知道是怎么回事了。”但一个更响亮的声音进来了：“你们这群王——八——蛋！非要刨根问底吗？就算他不是一个贵族又怎么样？他给我们建了城堡，花钱养活我们，这还不够吗？”这句话激怒了百里冬，他心里响起了雷鸣般的吼声：“奶奶的，老子就是一介草民！管他百里奚是我什么人，反正我出生在雁门半山腰上的草棚里，哪天可以带你们去看！我爹的坟还在山上呢！他是在盐湖捞盐的！我们家吃不起盐！只能捡盐湖边的石头熬汤喝！这么说你们满意了吧？”

说完这些，他自在多了，心里只剩下了喘息。后来人们又看见了他的心灵图像。他在学堂的窗前偷听，教书先生说五百年前有一个叫百里奚的人是秦国大夫。他在盐湖主人家当骑奴，让人踩着上马。他跟主人借书看。他成了赵国将军李牧的门客。他在宴席上顶撞了朝廷的使者，那人说：“轮不到你说话，矮脚鸡。”他就抽出破铁片一样的佩剑要求决斗。随后，人们感受到了一个书生与人械斗前的腿软，和满脑子的嗡鸣，还有正在被死神掏空的躯壳里的回音：“好了，好了，好了……”它伴着喉咙里涌出的鲜血和泡沫的咕嘟声。回忆忽然停止了，人们着急地问：“后来呢？”

“你们不都看见了吗，我还活着。”

“怎么救活的？”

“一个叫卢忠的医生把我救活的，我一直在找他。你们谁听说过这个人？”

没人吭声。

“他是燕国人，他有一个儿子叫卢敖。”

没人吭声。

“好了，我的底儿已经兜出来了。现在从我做起，坚守这个城堡。我们的医生——‘不死草’，正在试验第一百零一种药方。战胜瘟疫之前，无论夫妻之间、朋友之间发现什么不可告人的秘密，请大家相互宽容！无论什么样的邪念冒出来，请大家把它当成人的正常欲望来看待！我可以保证，就算有人对我的妻女产生什么邪念，只要不付诸行动，我都不会追究。假如无法战胜这场瘟疫，我们恐怕就要适应这种生活。但挺过去以后，我们会更团结，更友爱，空中城的明天会更美好！”最后的话是用嘴喊出来的。

红　水

事情并不像百里冬期望的那样发展，越来越多的人逃出城堡，宁可被匈奴人血洗、强奸，也不肯再暴露内心的隐秘。最让人泄气的是，连牛儿哥都跑了，他是百里冬的长子，他带着一群门客去九原送货，就在那儿住下来了。百里冬再次召集大会就没人来了，他自己拿了一面锣在场院中央敲了半天，人们都躲到了屋子里，他眼看着天空渐渐变红，自己的影子渐渐变长，忽然被少年时代的焦虑笼罩了，那时候的世界就这么孤寂，那时候的天空就这么沉甸甸地压在头顶，还有天神，那驾驭时间和光之车的天神，一点都没变，周而复始地、无情地把他撇在孤立无助之中。天黑了，他来到死寂的铁匠铺，拾起铁锤狠狠砸出一两声，在场院南边听见了“不死草”的心音，知道第一百四十六种配方还是不管用。他经过一扇扇紧闭的门窗来到餐厅门口，用心里话鼓励了唯一一个坚守岗位的厨子。小儿子的门窗关得严严实实的,不知道这孩子在想什么；如意的门敞开着，里面没有人；透过苗圃上的黄花，他看见弄玉窗户上的灯光，听见她和田雨心里滴水般的读书声。他加快步子往东走，径直走进一个点着长明灯的房间，扑到百里奚的画像前跪下，用小拳头飞快地捶脑门，不停地磕头，祈求这位虚拟的祖宗赐予他一点点安宁。

只有孩子们是光明磊落的，他们坐在一起已经不怕暴露什么。他们嘲笑牛儿哥，如果牛儿哥把病传给九原的人，看他还往哪儿躲。如果全中国，不，全世界都得了这种病，人类往哪儿躲。也许就习惯了，几百年以后，突然有一个人发现自己听不见别人心里话了，他反而觉得自己有病，要去看聋哑医生。

弄玉穿着白色绉纱裙来了，周身笼罩着奇怪的、陌生的美，她对大伙儿笑笑，把裙子一裹，挨着小田雨坐下来。田鸢忽然想起自己以前迷过的一个女巫，忽然觉得弄玉是一个大人了，他不知道这些天她把自己关在闺房里念什么咒语，修炼什么。微风送来一缕奇怪的香味，田鸢开始以为是她擦了新的香水，仔细闻是大女人的味儿，这股味儿很快被风吹跑了，弄玉还是十四岁的弄玉，只不过换了一身白裙子而已。她搂着田雨的小肩膀看书，田鸢有一句话不敢开口说，只能用白多黑少的眼睛问她："干吗跟我弟弟那么好！干吗干吗干吗！！！"弄玉根本不搭理他。秋天的夕阳在远山上挂着，山丘都变成金色的了。田鸢在小伙伴们聊天的心音中努力辨认她读书的声音，那无非是"大瑟谓之洒，大琴谓之离"之类的。这声音突然断了，她在想："不热啊，怎么就出这么多汗？"

田鸢心想，谁叫你穿这么长的一条裙子。接下来的话他就听不懂了。

"天哪，它来了！早不来晚不来，偏偏这时候来……不行，站起来就让他们看见了……"

她惊恐地抬起头来看大家，别人聊天聊得正起劲，没注意她，只有田鸢在看她，她用目光和心语双重祈求田鸢："别吱声啊。"田鸢幸灾乐祸地说："怎么，尿裤子了吧？"她说："讨厌！……天怎么还不黑呀。"然后她的眼睛一直可怜巴巴地望着天空，心里只剩了一句话："还不黑！还不黑！还不黑！……"田鸢觉得她真的有点可怜了，不是每个十四岁的女孩都在大家面前尿裤子的。他就打算见义勇为，掩护她逃离。他刚站起来，弄玉就恶狠狠地瞪着他，她以为田鸢站起来是要回家，她怕别人跟着站起来，她不站起来就显得奇怪了。田鸢听话地坐下了，心想：傻田雨，你姐姐对你那么好，在她尿裤子的时候你怎么就不想想办法呢。忽然，她真正的恐惧被晚风传到了田鸢心里——她在流血，她想象自己的血染红了裙子，又染红了草地……田鸢每瞟她一眼，她心里就腾起一股邪火："讨厌！死讨厌！"熬到天黑，她像狐狸一样跳起来跑了，可那个死讨厌的大眼睛男孩还是看见了她白裙子上的一块斑。

由于心灵瘟疫已经彻底突破空间障碍，田鸢就知道她那天晚上在干什么。她把自己洗干净，把染红的裙子裹成一团塞到床底下，她把红水倒在了花圃里。半夜里她又换了一条内裤。折腾来折腾去，她烦透了，她觉得长大成人一点也不好玩，胸口酸胀还不算什么，这血，这血，听说每个月都要流一遭的血，简直是一辈子的考验。

洗第三遍时没有干净内裤了，容氏偏偏来敲门了，在心灵瘟疫中，只要关心她的人就知道她在折腾什么。容氏把新内裤给她，又教她怎么应付一辈子的考验。田鸢可长了见识，弄玉还没长胸脯就来初潮，胸脯怕是长不大了。后半夜，她揉着自己的胸脯审问它们："说说，说说，你们怎么想的，是不是就算了？"揉着揉着，她觉得舒服透了，她脑海里浮现出坏书里的情节，虽然会被别人偷看到，可她忍不住，忍不住，就是忍不住，睡不着，睡不着，就是睡不着。第二天起来，她发现花圃里的黄花都变成了红花。"啊！讨厌！"她一边揪花一边想，"我洗自己的水，你们倒喝得快！"

梦　境

现在的城堡里是人人自危，就连不熟悉的人之间的空间障碍也不存在了。"不死草"停止了已经做了十几箱子的疫情记录和配昏了头的二百多种方子。更多的住户往山下搬。百里桑，这个在心灵瘟疫前期隐藏得最深的、穴居的家伙，终于跳了出来。虽然他终日紧闭门窗，但这些在人们眼里已经是透明的了。谁都能看见他捧着一卷书自慰，面条甚至能辨认出书上是"期我乎桑中，邀我乎上宫，送我乎淇之上矣"之类的诗句，只有他自己不知道自己的兔子窝已经成了透明的舞台。每次自慰他都追悔莫及，他觉得小鸡鸡总有一天要被搓掉。百里冬拖着棍子来砸他的门时，他正在写诗。在餐厅里，百里冬声震屋宇地呵斥他：“打起精神来，脓包蛋！”田雨在旁边鼓着眼睛大口大口吃饭，一点没有遭灾的样子，百里冬就从这时候喜欢上田雨了。在心灵瘟疫期间，只有这孩子达到了他心目中的男子汉标准——精神抖擞，光明磊落，无所畏惧，等等。

当疫情发展到一个人可以进入别人的梦境时，田鸢知道厉害了。弄玉的梦发生在有回廊、池塘、花园和重重叠叠的殿堂的深宅大院里，院墙是白色的。他飘在空中偷看她，没被她发觉，她在划船，划着划着，池水变红了，变成了一池血水，她往花园里逃，在雾霭中遇到一个没有面孔的男人，她投入这个男人的怀抱，光着身子，让这个男人抚摸她、亲吻她、压倒她，田鸢在梦中分享着她的快乐，和她一样感到那个人的抚慰是一种气流，令人舒适到极点，他的脸时隐时现，像篆书的“羊”字，有时又变成篆书的“牛”字，上半部像夜叉，下半部和“羊”字一样细长尖锐，当它变成牛儿哥的脸时，他们俩都惊醒了。

“牛儿哥！怎么会是牛儿哥！”他们俩都在心中惊呼，隔着好几十丈的场院。他们的声音在彼此心中清晰得像当面说话。弄玉说：“搞错了，梦里那个人，我不认识。”田鸢却深信不疑：“是牛儿哥，就是他！瞧那张白脸，那双小眼睛！”弄玉发脾气了：“你在想什么！他是我哥！我怎么可能梦见我跟我哥……”田鸢说：“他不是你亲哥！”弄玉说：“好啊，好啊，你一定要这么想，好，我不要脸对吧，你瞧不起我对不对，没办法，我总不能死吧，你就生自己的闷气吧！你这个敏感的男孩！偷窥狂！咦，我的事跟你有什么关系？”吵完这一架后，弄玉却不由自主进入了田鸢的梦境，她不是一个偷窥者，而是梦里的角色，田鸢梦见了三个弄玉，一个在屋里读书，一个在走廊里唱神曲——那走廊正像田鸾小时候祭祀时经过的那样，墙上插着无数许愿的香——还有一个在房顶上骑马，田鸾犹豫了一下，到房间里陪第一个弄玉读书，弄玉趴在书案上睡着以后，他走到院子里找另外两个弄玉，却碰见了如意，如意说：我发现你真好，你看看他们在干什么。只见第二个弄玉赤身裸体坐在走廊靠着深沟的那边，百里桑从空中飞来，和她扭成一团。田鸾冲到房间里照镜子，发现自己的脸又黑又油腻，他随手拿起梳妆台上的药膏来擦眼睛、抹脸，空气中弥漫着药酒的气味，他的皮肤忽而凉爽、忽而灼热，他的脸很快变白、变干，干得裂开了，他的眼睛也变小了，从鹿眼睛变成了蛇眼睛，他知道这是容氏配制的灵验的青春膏。虚空中传来了三个弄玉的声音：“别动它们！你不知道自己的眼睛多么好看。”

弄玉再受不了什么心灵对话，动身到九原去了，她要在那儿当一个老实本分的哑巴。百里桑钻出他那散发着鸡窝味的巢穴，捏着一卷诗集，穿过荒凉的家园来到山坡上，在空气清新、碧空如洗、没有人能够洞悉他心灵的大自然的怀抱里，形影相吊地自慰。他蹲在那儿，呆呆地看着自己的精华渗到黄土中，滋养了几根野草，它们摇头晃脑好像在说“谢谢”。吹到耳边的风中好像有阳光的笑声，他离开了人类的疫区，却与大自然发生了心灵对话。那以后无论在山坡上、花丛中、河边、树林里、阳光普照的草地上、秋雨中的屋檐下、头场雪后的苍茫大地上……只要留下这样的纪念，这些地方就永远被他记住，不仅成为他迷茫的青春年华中光辉灿烂的里程碑，也被他的诗歌吟诵。

黑　膏

留下来的人，可以说是心心相印、掏心窝子的了。桑夫人那绵绵不绝的回忆，把大家带到了一个遥远国度里的木鸢时期，有时候笼罩着灰雾，有时候活灵活现的。田鸢很反感自己出生以前的故事，尤其是一个小木匠跟他母亲胡来的事。他远远地离开桑夫人，尽可能看得虚一些、耳根清净一些。他在山坡上待着，偶尔看见野鼠一般的百里桑在远处趴着，这个人的雅兴，无论是写诗、编故事还是别的，他都没有。他在城堡北边替弄玉浇花，那些被弄玉揪光的枝头，在他的悉心照料下又鲜花怒放了，比弄玉洗自己三遍的第二天早晨开的花还红。他在青春作坊里对着镜子抹黑膏，容氏冲进来阻止了他："这是洗头用的！哪能往脸上抹！"她一连换了三盆水给田鸢洗脸，差不多把这张小黑脸搁在水里拧了。她发现田鸢的头发很油腻，就给他洗头，又抹黑膏，把黑膏揉到了他的头皮里，说以后头发就不会这么油腻了。"三天内别洗头，"她叮嘱道，"要不然黑膏就没效果了。"田鸢问她有没有把眼睛变小或者把双眼皮变成单眼皮的药膏，她说没有，要说让眼睛更多情的药水，这倒是有，可这是给大姑娘用的，小伙子滴到眼睛里只怕会变成花痴。田鸢觉得一会儿凉飕飕、一会儿热辣辣的，和梦里抹那药膏的感觉一样，这种感觉快要渗到颅骨里去了。他实在受不了，就跑到黄河里去洗了个痛快。然后他的头发变成了一堆干草，风一吹就竖起来。就这样头皮里面还是热辣辣的，他恨不得把头皮翻开来洗。

桑夫人用猪油把田鸢的头发弄成型那天，一支满载着生铁的马队开进了城堡。牛儿哥在前头振臂高呼：“喂——有人吗？！”他马不停蹄地冲向库房，接着，光头和一帮门客呼啸而过。不一会儿，库房里传来了嘭嘭的卸货声，冲击着死寂的废城。“不死草”站在药房门口，面对这从天而降的奇异生机，瞠目结舌。一辆马车驶过来，弄玉探出头来问他：“知道我在想什么吗？”医生摇摇头，弄玉笑着对身边的牛儿哥说：“我就说嘛，问题出在我身上，我一说话，瘟疫就没了。”原来，是失语症逼得她发出了心语，然后传染给了整个城堡。她看见田鸢，做了个鬼脸，又大喊了一声，炫耀自己刚刚康复的嗓子，“你的脑袋，怎么像个偷过油的耗子？哈哈……”她一路喊着，“我——不——是——哑——巴——”在这清脆喊声中，人们头脑中的乱哄哄的心音沉寂了，种种回忆和遐想的图像消逝了，那些荒唐无稽的心思也沉没到心灵的昏暗渊薮中去了。秋后的和煦阳光投在每个人身上，也照着城堡门口一个小金人，他是那么孤独，又是那么怀念人群，他是循着马蹄声溜回来的百里桑。

第二篇　雨

雨是无声无息地湮没在土里的东西。

六 · 隐身糖浆

隐身作坊

心灵瘟疫过后，田雨一直在自责。他在这场瘟疫中麻木不仁，看到小木匠和他母亲乱搞一点也不吃惊，弄玉“尿裤子”时他也没想想办法，显得很不仗义，但实际上，他早就习惯在别人的秘密中生活了。不是他想偷看，是这些秘密非要跑到他心里来。这种感应并不仅仅针对人，他也能听到神的心音。他讨饭时，神告诉他，只要叫花子们打他一百次，他哥哥就会出现，于是他挨一次打就在胳膊上割一根血道，这血道攒到一百根时，他哥哥真的驾着马车来接他了。在心灵瘟疫中，人们以为弄玉是传染源，其实他才是，第一句心音正是他发出的——“除了母亲，她是天底下最美的人。”现在心灵瘟疫过去了，人们又过上了幸福生活，嘴巴可以用来吃饭也可以用来讲话，心里慢慢又开始胡思乱想了，没人防着他。他想：“他们要是知道我身上还带着毒素，会把我烧死的。”

他的病时轻时重，轻的时候，只知道谁在讨厌他，重的时候，可以看到别人的心灵图像。他尽量约束自己，可有时候这是控制不住的。比如下围棋，他怎么可能不想想对手会怎么走呢？下棋的人考虑对策，通常都会盯着棋盘，对手盯着棋盘时，在棋盘上想象出各种变化，而这些棋子马上就出现在他看到的棋盘上，一闪一闪的。百里桑是城堡里的第一高手，看过很多棋谱，也总是输给他，百里桑恼羞成怒地说:“你骗人！明明看过很多棋谱，却说自己没看过！”

什么叫棋谱？田雨一直想搞清楚这个问题。他已经迷上了围棋，因为玩这种游戏时不用说话，还有，一个人也可以玩。百里桑不来找他的时候，他就让左手和右手玩。可是没有百里桑在，他就不知道正规的玩法是什么。有了棋谱，就不需要百里桑了。

弄玉带田雨去找棋谱，引发了又一场风波。

她带田雨去的是场院南边的一间屋，田雨从来没见那间屋的门开过，弄玉说那是书库。她用长长的钥匙捅那生锈的铁锁时，告诉田雨:“里面住着个人，你看到他别害怕。”

田雨一听这话就起了鸡皮疙瘩。

“锁着门，怎么能住人？”

“他从来不出来。”

“他是囚犯吗？”

“不是。”

“他吃什么？”

“有人从天窗给他送吃的。”

门开时，一股霉味和木头味扑面而来，冷冷的天光投射在一排排木架上，架上堆满书卷。这屋很大，黑暗中还有很多书架。他们走到里面去找的时候，已经看不见书上的字。棋谱还没找到。

“没办法，只好问问他了。”弄玉说。

在最黑暗的角落，有一扇小门。他们手拉手走进去，进入了更加不见天日的房间，一盏昏黄的油灯把这里变得更加昏暗。油灯下坐着一个人。

他的头很大，田雨开始以为他戴着头盔，可是走近看，发现那是罩在头上的一个布笼子。弄玉拉着田雨向他面前走，在经过他身边时，灯光透过了笼子，里面的剪影让田雨毛骨悚然。

他有两个头。

那是一个大头和一个小头。大头有一撮山羊胡子，小头在大头的后脑勺上，像拳头那么大，有鼻子有嘴，嘴还在动。

“有人来了。”小头说。

“来就来吧。”大头说。

小头的声音像小孩，大头的声音像老人。

这个人埋着头，在看一片乌龟壳。弄玉小心翼翼地说：“双头人，我们本来不想打扰您的，可我们实在是找不到棋谱。”

“没关系，”他抬起头来，“你们先坐坐。”

田雨看到他的黄绢笼子上有两个黑窟窿，心想，那大概是他的眼睛吧。

“这孩子在害怕。”小头细若游丝的声音传来。

弄玉捏了捏田雨的手。田雨鼓起勇气说：“您看的是书吗？”

他说：“也可以算是吧。这是三千年前的巫师留下来的，是隐身术的配方。现在只差柳叶上的露水了。”那两个黑窟窿又转向弄玉，“对了，我正想请你帮个忙呢，开春后能帮我采一瓶柳叶上的露水吗？”

“那样您就可以隐身了吗？”弄玉说。

“当然啦！”小头抢着说，“他会带我去逛庙会，隐身了就没人拿石头打我们……”

大头呵斥道：“大人说话小孩子别插嘴！”又对孩子们说，“一个人要隐身，首先要学会隐藏自己的影子。”

他告诉这两个孩子，消灭影子的法术是很难练的。影子不会一念咒语就消失，只能每天变浅一点点。龟甲上说，悟性最高的人也要练半年，而且只能在阳光下练，不能在阴天偷奸耍滑，阴天的影子本来就浅，不是你把它练浅的。他站起来，哗地拉开天窗，阳光顿时给他投下了一条毫不留情的影子。天窗下面有石阶，老人颤巍巍地登上去，他们也跟着上去。在屋顶，他指着自己的影子说，别看现在影子还在，可比六月份的浅多了。田雨没忍心说，冬天的影子本来就比夏天的影子浅。

“等你们把柳叶上的露水采来，”那两个黑窟窿里眼光闪烁，“影子差不多就没了，我再配出隐身糖浆喝下去，就可以带小头去逛庙会了！”

“噢——”小头欢呼起来。

“好的，”弄玉严肃地说，“我们一定帮您办到这件事。现在，请您帮我们找棋谱吧。”

他在黑暗的书库中找棋谱时，竟然不需要点灯，他不是凭眼睛，而是凭深海鱼的知觉找书的。棋谱不像田雨想象的那样画在布上，只是普通的木简，只有文字没有图：“东三北六东六北三……”弄玉说，棋盘纵横各十七路，“东三”就是从东边数的第三条竖线，以此类推。那段时间田雨说梦话都是“东三北六”的，以至于练出了这样的本事：不用看棋盘就能下棋。

愚公井

开春以后，他帮快乐的青春作坊采花瓣，也帮苦闷的隐身术作坊采柳叶上的露水。但真正改变隐身术进程的是愚公井。有一个外号叫“愚公”的人，带人在城堡里挖井。那城堡在山顶，要把井挖到几十丈深才可能找到水，就算有了水，提一桶水还不知要提多久，挖这样的井简直是疯了。不过这比下山到黄河里打水强。在刚刚挖出湿土的时候，他们碰到了一块大石头。那东西敲起来“咚咚”响，好像是空心的，他们没敢敲烂。他们仔细刨开周围的土，用铁链把它吊出来，原来那是一口缸。他们铲掉缸口的泥巴，拍死白蜈蚣，撬开瓦盖，一股奇臭冒了出来，还有黑烟。过一会儿，人们聚拢来看，缸里是一副死人骨头。它像虾米一样窝着，头颅夹在两根腿骨之间，骨头上有蜂窝状的小孔，下面满满地铺着龟甲的碎片。

双头人把这些碎片拼起来，认出了一些东西。墓主是一千五百年前夏朝孔甲王的巫师，那时候那一行入葬好像就是那样的，弄个圆瓦缸当棺材，蜷成虾米一样装进去，头埋在两腿之间，好像那样才体面。尸体下面的龟甲，记录了祭祀、礼仪、星相、历法、乐律等方面的知识，墓主生前的经历，还有巫术咒语和方子，包括蛊术、咒术、点金术、长生术、求雨术、止雨术、降雷术、避雷术、开山术、渡水术、透壁术、神行术、飞行术、定身术、夜视术、隐身术等方面的智慧结晶，随便哪一种都够一个人琢磨一辈子的。双头人只选择了隐身术来研究,同时改良隐身糖浆。

迷魂汤

三月份，双头人熬出了一罐深红褐色的浓汁，里面溶解了他自己的头发和脚指甲，照孔甲王巫师的鸟头文说的，到这一步，只剩一件事可做了：喝下去。喝了，大头小头就可以畅游在人间了。面临这继往开来的时刻，双头人反而害怕了，这罐红汤说是隐身糖浆，倒更像化骨水。他问田雨愿不愿意喝，田雨问了一下自己的神。神说，只要他昨晚没下完的那盘棋的“东七南五”在一百二十步之后可以形成劫杀，这药就可以喝。他的神从来不会用掷铜钱等简单把戏草菅他的命运。他在脑子里下完了这盘棋，是劫杀。于是他向双头人要隐身糖浆。

“你要把自己的东西扔进去。”他说。

双头人用小碗倒了一些糖浆出来，差不多够一个孩子的量。田雨把自己的头发和脚指甲削下来，扔进了浓汁，它们转眼间就化了。他皱着眉头灌了一口，不比要饭时喝的泔水更难喝，除了微微的尿味，主要是甜味。他喝光后问双头人：“我还在吗？”

双头人提醒他：“念咒语。”

他一字不差地背了一遍，又问：“我还在吗？”

双头人的大头点了点。

过了半个时辰，双头人还是能看到他。他把咒语背了一遍又一遍，过了一个时辰又一个时辰，翻来复去地问：“我还在吗？”

双头人比田雨更绝望，他捏过田雨的胳膊，田雨的细骨头始终是硬邦邦的。药方没错，咒语没错，田雨也诚心可嘉，那还有什么好说的？这是一罐刷锅水。双头人把装着剩下的糖浆的瓦罐摔了个稀巴烂。

田雨怀着一肚子鬼东西跟百里桑下了一盘棋，居然输了。晚上他一挨枕头就睡着了，做了一个很爽的梦。

他在城堡里飞了起来，周围一个人也没有，他经过自己的屋檐、隐身作坊的屋檐、屋顶的小阁楼、孔雀笼子……无序地飘来荡去。他在高高低低的烟囱间、在有风铃般的圆叶子的大树间、在忽明忽暗的光影之间飘来飘去。他飞到阴山上，追赶夜奔的狐狸。黎明，他从随风摇摆的柳枝上舔露水，滑过一片粉红的桃花云，顺着一棵高耸入云的山杨树的灰暗的、皴裂的树干向上飘浮，来到那些棕色的柔荑之间，它们向同一个方向摇摆着。天亮后，他浮在粉红的桃花云上滑行，飘过芨芨草正在蔓延的草甸，闻到沙蓬糊糊的香味。他回到城堡里，看见百里桑在蹴鞠，就说："喂，我回来了。"百里桑没理他。他觉得大白天在空中飞有点傲慢，就老老实实地走路。碰见田鸢，他主动打招呼，田鸢也没理他，田鸢正急着上厕所。桑夫人站在门口，也不理他，他从桑夫人身上毫无阻力地穿了过去，看见另一个自己在床上酣睡。一道来自灵魂内部的闪电震得他失去了知觉。醒来时他看见黑乎乎的房梁。

早晨碰见百里桑，他问："你今天早晨踢球了吗？"百里桑说："你怎么知道？"看见田鸢牵马过来，他问："百里桑踢球的时候，你在往厕所跑吗？"田鸢说："那可不？"他又问桑夫人："我哥早晨上厕所的时候，您在门口站着是吗？"桑夫人纳闷："你怎么知道？你不是还没睡醒吗？"田雨明白了，早晨看见的一切都是真的，不是梦。他知道隐身糖浆显奇效了，但并不开心。"飞起来那玩意儿到底是什么？是隐身的我吗？为什么床上又有另一个我？"想来想去，他觉得放出去的是自己的灵魂。他听说只有死人的灵魂才能脱离躯体，这么看来，糖浆把他毒死过一阵子，后来不知怎么又活过来了。

吃午饭的时候弄玉问他："又不开心了？早晨大家说你变了个人。"他没吭声。他在想："死都死了，怎么又能回来呢？毒性还会发作吗？"他越想越害怕，就到弄玉屋里看书。他恍恍惚惚看见坐在床头的是母亲，便将一切和盘托出——双头人的红汤、夜游、自己的灵魂穿过桑夫人的肉体……床上那个女人安慰道:“汤里可能有毒蘑菇吧，阴山上的毒蘑菇，吃了能产生幻觉。”

听了这话，他稍微安心一点了，他在地席上伸伸懒腰，然后埋头看棋谱。弄玉斜倚在床沿上看她的浪漫故事，屋里静得出奇，她只听见自己均匀的呼吸声。采桑女变成王太子妃时，她抬头长舒了一口气，这时她发现田雨趴在书案上睡大觉，她笑着用鸡毛掸子拍他的脑袋，他一动不动，她下地来摇他，发现他眼睛闭得像死鸟一样，嘴巴微微张开，露出两颗兔牙，气若游丝。她大惊失色，奔向桑夫人住的屋。

魂　游

实际上这时候田雨的感觉好极了，摆在他面前的是一堆精致的东西——绣纱香囊、螺子黛、眉笔、玉簪、牛角梳子、珍珠粉……他沉浸在兰室闺香之中，往远处看，是小姐的雕花紫檀木床，挂着半透明的红纱罗帐，四角垂五色香囊，一只蜜蜂嗡嗡地绕着香囊转了一圈，发现它不是花，又飞走了。床上有一张案子，摆着木简和笔墨。此刻，他的灵魂在小姐的镜子里。回头看，背后是深不可测的黑暗渊薮，原来，镜子处在两个世界之间。他怕失足掉下去，又想到自己和黑暗一样轻。他想离开黑暗，但是在黑暗和光明之间有青铜的屏障。这障碍并未阻断杂沓的脚步声和桑夫人的哭声，还有弄玉的声音:“八成是吃了花蘑菇了。”他看不到这些人也看不到自己的肉身，梳妆台的侧面挡住了他的视线。

嘈杂声渐渐远去，他像沉入了安宁的水底。整整一天都没人来照镜子，他寂寞极了。过了很久，眼前的一切变成了橘黄色，他知道庭燎点燃了。一张美得难以形容的脸出现在面前，他认出这是大小姐。弄玉解辫子上的丝带时照了照镜子，但很快就离开了，过一会儿出现的景象令田雨目瞪口呆——小姐把白天穿的衣服一件件往下脱，只剩下胸衣和内裤，田雨心想：好啊你们这些女的，长得跟鱼一样。这条美人鱼换上睡衣，上床看了会儿书，然后放下书简，吹灭了庭燎。

早晨弄玉化妆，把梳妆台弄得当当响，吵醒了田雨，他在镜子里喊："喂，把我弄出来！"弄玉听不见。她走以后田雨睡了个回笼觉。再醒来的时候，他发现自己躺在一片亮得能照出人影的木地板上，上面用黑线画满了方格子，还有大大的、圆圆的、扁平的石头，它们只有两种颜色：黑白，它们在木地板上有倒影，往下看，自己也有个白白的圆圆的倒影。他明白了：这是围棋盘，他的灵魂进入了一粒白色的围棋子。远处有一座大山，长满黑松树，往上看是一张人脸，原来黑松林是他的大胡子，据此判断，下棋的是弄玉她爹。

忽然间地震了，随着震耳欲聋的哗哗声，他被卷入一个黑洞，周围紧紧地贴着其他的棋子，他明白有人中盘认输了，他们正把棋子往盒里收。稍待片刻，外面又乒乒乓乓打了起来，说明下一局棋开始了。百里冬拍烂棋子的恶习尽人皆知，田雨便在盒里祈祷："天则灵，地则灵，西王母娘娘快显灵，别让弄玉她爹执白，因为我是白子啊，太上老君急急如律令敕。"转念一想，又觉得拍烂了也好，灵魂正好解放出来。他又念："左手指七星，右手指北斗，天上二十八宿，地上九曲黄河，吾奉上界天官令，吾是下界避难人，落在棋中不自由，快让黑胡子解救吾脱身则个，太上老君急急如律令敕！"跟双头人学的鬼话全派上了用场。

太上老君再急，弄玉她爹不急，直到收官才把他拍出去，也没拍烂。他放眼一看，自己落入了黑棋的铁桶阵里，在劫难逃，心里说不出有多着急，他也不明白，自己替棋局瞎着哪门子急。白棋接二连三被百里冬扔进战场，个个流露出陪葬的绝望表情，因为黑棋的铁蹄是越追越紧了，它们死到临头了。这支敢死队，最终落得作为棋子最悲惨的下场——被稀里哗啦捡了出去，田雨呐喊道:“怎么可以这样对待我！”

他再一次醒来的时候，钻进了一只土鳖的身体。上方传来桑夫人的哭声。他明白这是在自己屋里，上面是床，自己的肉身就在床上摆着。离得这么近还不能回去，他真的有点生气了。又听弄玉说:“他告诉过我，前天晚上就丢过一次魂，后来又找回来了，没事的，您别担心，啊?”他奋力爬出去，在亮光下拼命走动，要用足迹划拉出一行字：我乃田雨。正在诚心诚意地这么做着，听桑夫人惊叫道：“一天扫八次地，还是有土鳖！”她的大鞋板不由分说从天而降，把土鳖踩死了。

这就让田雨再次投生了。他发现自己被二十多只母鸡团团围绕，满地都是鸡屎、谷粒。这些母鸡吃饱喝足，有的在地上刨坑，有的在梳理身上的羽毛，一副窝里乐的模样。他往下看，自己也有一对鸡爪子，比它们的还大还粗，威风凛凛。

“太上老君啊，我怎么变成了一只活公鸡！”

田雨真是懊丧到了极点。目前的处境是，他根本不能驾驭自己的灵魂，灵魂在城堡里乱窜，碰到哪儿就往哪儿钻，不管是活物死物、看得见看不见、摸得着摸不着。现在只好静静地等它自己回到肉身里去。气愤难平的田雨，驾驭着公鸡的身体跳上一只只母鸡的背，狠狠地啄她们，用鸡类的语言叫骂:“让你们吃！让你们窝里乐！”母鸡们议论纷纷：一个平日里万般温柔的鸡郎君，怎么转眼间发起狂来。这事过去几年以后，有些老得下不出蛋的母鸡跟新来的童子鸡拉家常，还念叨说：那只金黄色大公鸡，本来是个万般温柔的鸡郎君，不知怎么突然发起疯来，把鸡圈闹得乌烟瘴气，被揪出去杀了。

田雨的翅膀被一只铁钳般的大手揪牢，眼看明晃晃的菜刀向自己的喉咙逼过来，害怕得不得了。虽说杀了鸡他就又一次解脱了，可这玩意儿会疼的啊！他拼命喊叫，那个杀鸡的仆人才不管呢，开水都烧好了，把鸡一烫就可以拔毛了。他割开鸡脖子，鸡惨叫了一声，杀鸡匠愣了，因为他听见那是人的叫声："是我！"

可是鸡血已经从脖子上喷出来了。

鸡说人话的事情迅速传开，桑夫人一听就知道是田雨，竟要跟杀鸡匠拼命，大家劝她："鸡临死前就是这么叫的——'哦——哦——'，别信那家伙胡扯。"杀鸡匠暗想："我听得真切，最后那一声，分明是人话，不是鸡叫。"但他没敢说出口。说了还有什么用，鸡血都接了一碗了。

桑夫人坚信田雨的小魂正忙着投胎，刚离开这只公鸡，不定会钻到哪只鸡肚子里，或者找六畜也未可知。她替若姜的在天之灵守着鸡笼子，没日没夜从每一只鸡身上寻找异象，捎带注意鸭子、鹅、孔雀、牛、羊、马的动静。城堡的夜空中飘荡着令人心碎的招魂曲："魂兮归来！勿留异乡！魂兮归来！与娘同归！"百里冬和容氏大为震惊，向旁人打听，方知田鸢的弟弟丢了魂、公鸡临死说人话。他们赶来查看田雨的病状。见一屋子人，"不死草"正掰开田雨的牙，往里灌催吐的药。弄玉说："都灌第五次了，什么也没吐出来。"

万般无奈之下，百里冬请来了双头人。此人戴着黄绢踯躅而来，吓得满屋人退后三步，田鸢不胜惊讶：“我来城堡里快三年了，竟不知还有这么个人！”弄玉把老人搀扶到病床前。双头人透过黄绢笼子一看是田雨，长叹一声：“作孽呀！”小头小声埋怨他：“瞧你熬那点迷魂汤。”旁人没听见。双头人号完田雨的脉，又回去抓了一把谁也没见过的陈年药草，让“不死草”点燃来熏田雨，这么折腾了一宿，田雨还是没醒过来。

桑夫人发现了异常情况——有一只母鸡整天趴在草堆里咕哝，死活不肯把地方让给别的鸡，一看就知道在孵蛋，她怀疑田雨投胎到鸡蛋里去了。上午，她迫不及待地掀开母鸡的屁股看，果然有一只蛋。她下定决心等到小鸡孵出来那一天，中午田鸢送饭来，她也没动一筷子，她稳稳当当、满怀希望地坐在鸡笼前，那只鸡刚跳出来吃东西，她就钻进鸡笼。蛋没有了。桑夫人在里面团团转，弄得母鸡们很不高兴，那只孵蛋鸡还耸起毛来啄她。她刚出去，母鸡又跳进草堆。第二天早晨它下了一颗新蛋，下午蛋又消失了。这事反复几次之后，桑夫人那濒临崩溃的脑子里产生了一个有条有理的想法：

“这只母鸡坐在鸡蛋上，鸡蛋就丢了；田雨碰过的东西，也会莫名其妙地丢。这说明什么？——这只鸡，它才是我的田雨！！！”

她发誓一辈子不离开这只母鸡。人们纷纷替她想办法：“把这只鸡养一辈子吧。”“把这只鸡杀了吧，把血滴在田雨脑门上。”……她既没有力气离开这里，也不忍心杀鸡。找过孔雀的面条眼尖，看见母鸡在草堆里乱扭，就说：“那只鸡不太对劲。”大家问：“快说，怎么不对劲？”面条二话不说，钻进鸡笼子看，过一会儿，他出来宣布：“它在吃自己的蛋！连蛋壳都吃下去了！”

原来蛋是被它吃掉的，不是被它莫名其妙弄丢的。

这件事无情地证明母鸡不是田雨。那么田雨在哪儿呢？那几天，他曾变成风，刮过刚刚发绿的柳树枝条，力图发出人声，但极其微弱；曾变成尘土撒在桑夫人眼睛里使她清醒，却被她的泪水冲了出来；他曾进入一窝蚂蚁的集体灵魂并诱使它们在大树根底下排列成“我乃田雨”四个字，偏偏这地方人迹罕至；也曾进入一粒米，等待桑夫人吃下去，在她肚子里重新孕育并出生，让她变成自己真正的母亲，可惜她不动筷子。总而言之他想尽办法提醒大家，都无济于事。

后来他干脆听天由命了。对他自己来说，脱离肉身的感觉是很好的，在冥冥黑暗中，他来了，周围的一切因他而耀眼，这时他变成了火，心中荡漾着豪情。他被人举着，在半空中移动。鸡舍的木栏被它照亮，空地上坐着一个痴心不改的娘，口中念念有词，发出找不到田雨就去找若姜的毒誓；而若姜的催眠曲随着夜风飘来，伴着木鸢时期的种种呓语；这团火无可奈何地笑着，继续移动，把抖动的光芒投射在黄土墙和窗户上，那里还悬挂着去年端午节的一缕干枯的艾草；它照亮门槛，听见城堡女主人悲天悯人的叹息；在招魂草缭绕的熏烟中，目睹一具被人遗忘的躯体，母鸡或鸡蛋已经取代了它存在的意义。他也曾变成记时的沙漏，体验身不由己随时间耗尽的恐慌，以十一岁少年不可能拥有的智慧，理解了生命的短促。在魂游期间，他既是田雨又不是田雨，既是今天也是将来。这种感觉在他清醒后变得模模糊糊难以描述。当他呻吟一声从床上坐起来的时候，想到今年夏天他就满十二岁了。

书　库

这场风波过后，一道陈旧的户籍证明交到了桑夫人手中，说明田雨是按建国之初的徙民实边令强行迁往边疆的移民，作为离乡背井的补偿，朝廷免除这批人四年的徭役。桑夫人掐指一算，他从十七岁到二十一岁可以无忧无虑地读书认字，二十一岁之后，这位血统纯正的公侯之子，也许会到城墙上搬石头，也许不会。

田雨怀念魂游中那支照亮一切的火炬，隐隐约约觉得书中有，就比以前更勤地往书库跑。从此以后苦闷的隐身术作坊敞开了大门，百里桑也时不时进来找本诗集。双头人闩上小套间的门，接着搞隐身术，两个头一同栽入书简、甲骨、药草、隐语的迷宫。小头不停地冷嘲热讽，大头忽然明白：不搞出个切头术来，隐身术就没指望。

田雨在外屋翻来翻去，翻出一些类似《山海经》的奇书和一些方术书籍，都看不进去。他不知道自己想要什么书，就重新研究棋谱。他的棋艺突飞猛进，有一天和百里桑约定，赢一盘多让一子，结果让到四子，还是赢了他。百里冬跟田雨下棋，索性抓起一把黑子，数也不数，问："这么多够吗？"然后把它们撒到棋盘上作为自己的开局。百里桑终于承认有人在围棋上的天赋超过了自己，一旦如此，他就鄙弃了围棋。他还有诗歌。他写隐身糖浆经久不散的苦味和双头人的苦心孤诣，写武士们迎着朝霞走进空中的竞技场、陶醉于木剑下面的虚拟的胜利，写总能预见大好前途的愚公们，他们从黄河南岸捡来一块带红色的石头，就劝他爹在那儿开个铁矿，还有沉浸在回忆中的桑夫人，她冷不防会说出一些貌似平凡、实际上很抒情的话，百里桑用其中的一些做了诗歌的标题，比如“那年冬天，我拖着他走了五十里雪地”。在这番闹哄哄的光景里不出个把诗人实在是说不过去。

田雨还在找书，重重叠叠的卷册好像永远也翻不完，他倒养成了这样的毛病：一站在书架前就想大便。弄玉大笑着告诉他：这是成为文豪的迹象。一个北风呼啸的晚上，城堡里骚动起来，他也浑然不知。书库的门被撞开，他才抬起头来。他看见一个人裹在龙虾似的壳子里，头上戴着闪闪发光的铜盔，头上插一根雉鸡毛。

“打扰了，”那个人和蔼地说，“搜查杀人凶器。”

士兵们一拥而入，但搜查起来动作很轻，连一卷书都没碰落。田雨在门外看见火把通明，长戟林立，一位军官举着木剑盘问穿着睡袍的百里冬：“就这些？铁的呢？”还有一些门客被揪上了刑车，因为士兵们搜出了弓箭。当时愚公井已经被改成兵器库了，他们没有发现，所以没有搜出罪大恶极的兵器。过两天，被抓走的门客放回来了，桑夫人告诉田鸢和田雨：“百里冬给郡守送了好多黄金，才把他们捞出来。”

冥想和历史

田雨又钻进了书库。他随手掏出一卷书，看见某人把敌人的头盖骨涂上油漆当尿壶使，被深深地吸引了，这时他才明白：死而复生的自己，想看看人类的真实故事。看下去，他认识了一个刺客，此人为已经变成尿壶的旧主报仇，不惜毁容、吞炭，蹲在厕所里谋杀仇人，但他没有成功。刺客名叫豫让，他要杀的人是赵襄子，是一个国王，头盖骨变成尿壶的人是智伯。

这是一个历史故事。田雨想弄明白他们之间何以产生如此深仇大恨，便从头开始看。他弄明白了：智伯和赵襄子原来都是几百年前的晋国的大夫，大夫这个官，比国王小，但已经威风得不把国王放在眼里了。像这样的人物，当时在晋国总共有四个。赵襄子何以那么恨智伯呢？因为智伯以前瞧不起他，老是欺负他，比如把酒倒在他头上。开始，田雨觉得智伯这人挺不是东西的，干吗欺负老实人呢？往后看，他却渐渐理解了智伯——原来智伯想当国王，要给其他人下马威，赵襄子最不买他的账，他就专门跟赵襄子找碴。

赵襄子并不是什么好东西，他也想当国王，只不过藏着野心不说。后来智伯先动手，杀了晋国的国王，又扶持一个跟他不相干的糊涂蛋当了国王。田雨纳闷的是智伯既然已经杀了国王，为什么自己不去当？后来他明白了：周围还有三个跟他平起平坐的大夫呢，不把他们干掉，他是坐不稳当的。于是他就兴致勃勃地往下看。智伯终于发威了，把赵襄子围在晋阳城里，要用水淹他了。这时简牍漏掉了一截。

田雨满心希望淹死赵襄子，成全智伯的伟业，可惜他已经预知了结果——智伯的头盖骨变成了赵襄子的尿壶。旁边的简牍写赵襄子当国王以后的故事，他跳过去。后面还有很多很多卷书、很长很长的故事，这一柜子简牍都是讲述几百年战国历史的。就这样，他忘了吃饭，忘了下棋，忘了小套间里那个忙于屠杀小头的双头人，鬼迷心窍地活在了历史中。

他把简牍拿到弄玉面前，张口就问：“国君们有脑子吗？”弄玉笑着说：“这话从何说起？你看什么书呢？”她瞟了瞟田雨手里的书，又说，“这是野史，你应该学点正史才对。”田雨说：“我问国君们为什么那么傻。”弄玉说：“有聪明人替他们操心呗。”

那段时间田雨正琢磨说客们的事。他看见有一种人不种田不经商不练武，凭一张嘴巴影响着历史的进程。每当有一个昏君要干昏事，就有个文人跳出来摇唇鼓舌，把一些看起来是那么简单的道理讲给国君听，哄得他服服帖帖。仔细琢磨，其实这样说也行，那样说也行。他们随便拿出一套说辞，就牵着唯唯诺诺的国王走，在战国的土地上导演闹剧，杀人如麻，让自己飞黄腾达。商鞅有什么本事呢？他会使用武器吗？可他规定冲锋陷阵的人斩几颗头颅能晋爵一级；他自己斩过一颗头颅吗？可他一戴头盔就是将军；他给老百姓发身份证，自己却没有。考虑到商鞅没有身份证，田雨预感到他要出事，后来果真出事了。

说客们的表演到苏秦身上可谓登峰造极。他轮流给六个国王灌迷魂汤，结果挂上了六国的相印。田雨觉得国王们能听信他的鬼话实在是不可思议。他对燕文侯说：赶紧跟赵国结盟吧，赵国紧挨着燕国，他们迈迈腿就能打过来；那他为什么不说：跟秦国好吧，秦国最强大，你们俩合起来可以夹击赵国？就凭类似的花言巧语，此人弄到几百辆漂亮的车、上千斤黄金、上百对白玉、无数匹绸缎。

在田雨的记忆中，这些好东西是模模糊糊的，他离开将军府时年仅八岁，心中只有关于血统的笼统概念，还是被乞讨的遭遇衬托出来的。苏秦衣锦还乡，那个挤兑过他的嫂嫂跪在地上连头都不敢抬，田雨替他感到痛快。他一度迷上苏秦，但很快又迷上了张仪，这家伙，油嘴滑舌、八面玲珑、臭不要脸比苏秦有过之而无不及，挺讨人喜欢的。在外交中，他说话可以不算数，又不会输，耍起赖来装傻充愣，在田雨看来也无可非议。他跟楚国耍赖，把口口声声答应的六百里土地变成六里，这种事，在整套书里只有张仪做得出来，更妙的是，他这么不要脸，楚国的讨伐军还是被他带领的秦军打得灰头土脸。就这样，他居然还有脸、有胆进楚国，大家都以为他死定了，结果他顺着楚王的毛捋，又把楚王哄顺溜了。说他是外交官，他倒像个间谍。只要书中出现张仪的名字，田雨就眼睛一亮、心中一喜，实际上他把自己当成了张仪。十四岁的田雨捧着一卷写满字的木头，小魂又丢了，现在它轮流附着在不同的说客身上，跟着他们摆脱贫贱的少年时代、飞黄腾达、让所有瞧不起自己的人都“前倨而后恭”。

他惊讶地发现，只要他迷上某个人物，此人的命运就按照他的愿望来发展，除非预先知道，或中途被别人告知坏的结果。先来看那些坏结果吧：在最早的故事中，智伯水淹晋阳失败，这是由于他事先看到智伯的头颅变成了尿壶；吴起被大臣们的弓箭对准时，趴在楚悼王的尸体上避难，群臣不敢轻易放箭，看到这里后面的简牍丢失了，下一卷书也没有后文，他忍不住向弄玉打听，又陷入失语症的弄玉写了张布条：“中无数箭，连同楚王的尸体。”这又是一个坏结果，但既然暴露了，田雨就没法相信别的结果了，他只是后悔贸然向旁人打听而不是自作主张地把吴起脱身的结果写在新的木片上、续到简牍上成为历史。

一旦他汲取教训，专心介入历史，历史就不再违拗他的意志了。赵武灵王在胡人的追击下得以脱身、庞涓这个人面兽死于非命、商鞅这个酷吏得不到好下场、苏秦发迹、淘气包张仪从楚国活着出来、范雎收拾了须贾……都是他迷恋、希望、后来又发生了的。面对接踵而来的好结果，他觉得自己不像在读书，倒像在写书，这套书不像是历史，倒像是自己的妄想。如果它真的是历史，他不得不承认自己有某种无法理喻的能力，粗略地说是预感。

成功的预感的前提是：不知道结果、不通过任何人的告知而仅仅通过这套书到达将来，以及深深地迷恋。最后一项条件值得一提：如果他不迷恋某个人物，预感往往会失效。比如说毛遂，此人出场不错，田雨佩服他跟平原君说的一番自我吹嘘的话，顺便替他想好了对楚王的说辞，但他的命运发展得太快，田雨还没来得及对他产生迷恋，他就扑到楚王面前去了，结果发生了出乎预料的事——毛遂居然像个刺客似的差点对楚王动粗，这种行为进一步把田雨的灵魂从他的身体里赶跑了。仔细思量这些事，田雨不由得怀疑这套书是双头人藏在不见天日的角落、专门用来哄骗那些想入非非的小孩子的魔法书，用一些虚假的文字帮助他们编故事。只要其中的历史有假，就足以证明这点。他写了一张布条，列出一系列只需要回答“是”或“否”的问答题，交给弄玉，结果得到了一连串整齐划一的“是”，连一个“否”字也没有。

预感如此灵验，引起了他的深思，心中的忧虑不亚于灵魂脱壳那一次。历史上很多事情都是难以预料的，因为它们受到灰尘那么不足挂齿的因素干扰着，比如有一股风把胡人的箭吹得稍准一点，赵武灵王就该丧命。然而他所盼望的事情几乎都应验了，就算赌神也没有这么好的运气嘛。他关注起预感的实质来，这种预感针对的都是业已发生过的往事，究竟是事情已经确定、被他猜到了呢，还是因为他这么猜，结果才变成这样呢？那些自以为牢记历史的人，他们的记忆，是否也服从他的意愿——只要他不知道人们都记得些什么？弄玉告诉他：吴起中箭了，这时候，她的记忆变成了铁打的、改变不了的；但是，只要田雨抢在她之前、抢在所有人表态之前为历史祈祷，就有可能让弄玉、双头人……所有的人都记得“吴起跑掉了”。想到这里他有点害怕了，这不是预感，比预感更可怕，可能，很可能，是通过深深的迷恋改变历史。

“我在改变历史，而且改变人们的记忆，而且改变与历史有关的一切简牍、帛书、龟甲的字迹！”这想法令田雨发疯。他抛开那套书，胡乱翻找其他东西，希望看见什么出乎意料的事。结果，一片龟甲从简牍的缝隙里掉下来，阅读龟甲上的文字，他连预感都无从产生，因为他根本不认识那些鬼字。他怀疑弄玉也不认识，便去打扰双头人。双头人在他面前已经用不着戴头罩了，近日来他用尽稀奇古怪的药草使小头日益缩小、大头一天比一天开心。他用很大一块缣帛，为田雨写出了全部译文：

蓬莱之蓍，瀛洲之甲。斫而不分，昭昭盈盈。
千年一占，天子得之。未见羡门，焉知其数。
钧台一宴，五德不再。糟丘十里，四世而陨。
七窍剖心，玉衣赴火。九鼎无光，以下乱上。
六马之乘，水德之始。缁衣封禅，维始皇帝。
七月沙丘，鲍鱼之臭。三月大火，亡秦者胡也。

他说这是整个的历史，从诞生到毁灭。要是相信他的话，田雨就得把每行字当成五百年来看。实际上这不过是面条带回来的反动歌谣。他又绝望又庆幸：绝望的是再也不能篡改历史了，历史都摆在面前了，这还有什么好说的？庆幸的是不会在这屋子里发疯。当他回到人头涌动的餐厅时，明白什么迷恋啦、改变历史啦全是疯话，自己充其量算得上是一个会看书的人，看了前面的会猜后面的，如此而已。疯念头只能产生在双头人密室的庭燎下，它的光芒微弱得连自身都难以照亮。

七·神医

老巫医

田雨十四岁那年春天，一个老叫花子来到了空中城。他说他是从贺兰山匈奴人的地盘来的，他被关了十一年，现在自由了。但他的脸已经被匈奴人烫得稀烂，鼻孔是朝前开的红窟窿，半边嘴唇肿得像腊肠，那是以前十五次逃跑受到的惩罚。没用马拖死他就算便宜他了，因为他是个巫医。他的医术确实高明。一个半身不遂的老太太，被他用针顺着脊梁骨扎了一串眼，用火罐吸出脓血来，就能走路了。他说这罐血是淤在腰上的，那罐脓是碍着腿的……就连“不死草”也不明白，下身的脓血怎么能从颈椎上吸出来。田雨觉得母亲在世时要是遇到这样的医生就好了。

“不死草”拿出在心灵瘟疫中记录疫情的十几箱木片请教老巫医，他说:“谁说互相洞悉心灵是一种瘟疫呢？也许它恰恰是正常的。相反，光靠声音不靠心来交流才有可能是真正的瘟疫，由于它发作时间过长，我们错把它当成了健康。”“不死草”顿时瞧不起他了。“不死草”连世界上存在着不死草都不相信，岂能相信这种异端邪说。他把跑腿的事全都推给了老巫医。在进城买药、上山采药的路上，老巫医救死扶伤，不收一枚铜子。没多久，云中出了个丑八怪神医的事就传开了。

弄玉陷入了有生以来最漫长的失语期，早在一年前田雨问她国君们为什么那么傻的时候她就哑了。百里冬重金请来的名医在她身边转来转去，使她分不清哪些是药哪些是羹，自从去年冬天她按照九原郡守从咸阳的御医那儿求来的方子吃了一些无用、无害又无辜的药以后，连耳朵也聋了。她现在连自己的咀嚼声都听不见。看着竞技场，她只觉得是一些影子在互相碰撞。心灵瘟疫期间在别人心里看见的就是这样的无声皮影，那些遐想和回忆就是这样。

她心灰意冷地躺在被窝里，相信前十年的间歇性失语症其实是终生聋哑的前兆。看不下去的浪漫故事摊在枕头边，床头多了一个拉铃，用来叫仆人。田鸢一看见这冷冰冰的拉铃就心酸地想起母亲。他把饭放在案头，发现她手背上有几个黑斑，有的已经结成了痂，有的还是发红的，显然是用薰衣草烫的。田鸢捧着这只手想，要让她开心一点，只能祈祷心灵瘟疫再次来临。

田雨倒是给她发过心语，她听不见。这样也好，田雨这个心灵瘟疫的余孽可以继续潜伏在人群中。病急乱投医的百里冬打起了新来的老巫医的主意。容氏说:“一个治跌打的医生,治聋哑能行吗？”百里冬说:“他还能把孩子治得更聋更哑吗？”老巫医连听也没听说过什么间歇性失语症，但他说比他更神的医生在匈奴人那里，就是因为有了这个医生，匈奴人才把他放了。

“他叫卢敖，是燕国人……”

黑盒子

听到这个名字，百里冬的眼睛亮了。三十多年前，把剑从他胸口拔出来、把他从死神手里夺回来的医生，就是卢敖的父亲，那时候卢敖还是个顽童，沉到旋涡里都死不了。亡国后百里冬和他们失散了，近几年又听见了卢敖的消息，他应该有四十岁了，他不仅是神医，而且，有人看见他在水上走，又有一种说法：他并不是在水上走，而是站在一条黄河大鲤鱼的背上。百里冬找不到他，据说他睡在树上，又据说他住在东海的岛上，还有人说，天上有一条街，卢敖的家在那里……现在好了，知道他在哪儿，不管他治不治得好弄玉的病，百里冬都要把他赎出来。据说匈奴人买他花的金子和他本人一样重，百里冬准备拿双倍的金子去谈，大约四千两。可是派谁去呢？牛儿哥是出色的武士，却没见过世面，光头是老江湖，却动不动就拔刀子，不善言辞……想来想去，百里冬只能选择自己。

弄玉躺在黑暗中，心灵的死水中涌来一股冰凉的暗流，把她惊醒了，她来到阳光下，看见一堆系着红绸子的黑盒子摆在父母门前，那是一些散发着幽香、涂着黑漆的木盒，像祭祀的神器一般镂刻着精致的图案，红绸子上工工整整地写着字：“丹砂”“铜镜”“貂裘”……她想：“这是送给谁的呢？哥哥要娶媳妇了吗？”可是清点东西的人脸上没有丝毫喜色，她多么想问问他们在想什么，她感到自己与人们之间缺少的已经不止是声音，她已经变成了隐身人。她又看了看盒子，在她的奇异视野中，所有的盒子都放大、变形了，能把人装进去了，光溜溜的盖子鼓了起来，红绸子化成了血水，她看见一双双白皙的手在打理棺材。

“这是怎么回事？”她用眼神问田雨。

“二百镒黄金求神医。”田雨在布上写道。

她立刻明白这是为了治她的病。她夺过那块布，唰唰唰画满棺材，又把一罐红颜料泼上去，抓起这张血淋淋的布往外冲。在没有心灵瘟疫的日子里，要让人看到她不祥的预感，只好这样。百里冬平静地说：“你别以为这仅仅是为了治你的病。那个人的父亲救过我的命。”弄玉举着那块布来到礼品盒旁边，让大家明白她画的棺材实际上是礼品盒。她的手上还沾着红颜料，容氏用湿手巾去擦，老也擦不掉，朱砂不断地从她的指甲缝间溢出来。

百里冬不得不重新考虑赎人的事。这事可能会变成抢人，去办这事就不能让匈奴人知道他们的来历，可他这张老脸在北方太有名了，万一匈奴人到空中城来寻仇，恐怕连清点棺材的人都不会剩下。

这段时间弄玉回到餐厅里，挤出笑容，要在父亲面前装成一个快乐的聋哑人，于是黑盒子被锁进了库房，铁箱子不知藏在哪儿了，事情好像就这样算了，她哪知道，田鸾正抢着干这桩事。

本来他不在百里冬的考虑范围之内，他才十七岁，和秦舞阳随荆轲去刺秦王时一样大。秦舞阳够狠的吧，十三岁就杀人，可见到秦王还是吓得尿了裤子。田鸾连人都没杀过。但他想办法证明了自己的胆量。当时阴山上有老虎，捕虎的方法是在陷阱边拴一只羊。他代替那只羊站在那里。这还没有完，他必须不迟不早地跳开，要是慌了神过早跳开，老虎就不会踏上陷阱，要是腿软了跑不动，老虎就追上他了。当时树上藏着一些人，用弩对着那片空地，随时准备在他逃跑时射击老虎。结果，他把老虎运了回来。跟着去的门客说，老虎吼起来时，把一片林子的树叶都震落了，田鸾愣是稳稳当当地站在陷阱边。

在一个莫名其妙的不眠之夜后，弄玉出门排遣无缘无故的揪心，发现一队车马正从东边的马厩开往南边的大门，这不是盐车，不是生铁车，它们太小，她忽然明白里面装着什么了：那淌血的黑盒子，那四千两黄金的铁箱子！她没有追上他们，还在大门口跌了一跤，田鸢在马背上回望时，她看见朝霞在那双鹿眼睛里凝成了金色的亮点。她爬起来，朝他留下的滚滚黄尘无声地喊道：为什么？为什么？你到底是为了什么？

匈　奴

鄂尔多斯高原的春风断断续续送来游牧者的笛声，田鸢在马上仰望那行踪不定的乌云，太阳雨打湿他的半个肩头，而另一半沐浴在阳光中。他们押着四千两黄金和几车礼品前往贺兰山。在青盐泽畔，他们被匈奴人的骑兵围住了。根本就没看清这些人是怎么出来的，要说是从草里钻出来的，还不如说是从乌云里冒出来的，因为乌云和草原在地平线上是分不开的。他们听不见同伴说话，也分不清扬尘和乌云，他们被持续不断的轰鸣和旋涡裹在中间，旋涡中闪动着马蹄、兵刃和蛮子雪亮的眼睛。这旋涡把他们越裹越紧，直到仅仅给他们留下迈步的空间。几乎不是他们在走，而是旋涡拖着他们动，似乎随时会崩溃，将他们碾为齑粉。当旋涡分开时，他们看到了匈奴人的单于。

单于躺在十六抬大轿上，枕头是一个女人的肚子，被子是另外两个女人的全身，还有两个女人跪在两边给他捶腿。胡人的翻译说，这买卖可以做，先把金子拿出来。田鸢要他们先把人交出来。单于把捶腿的女人推开，指着中国人大喊大叫。有的武士们按住了剑柄，但田鸢不动声色。过一会儿，翻译跑过来和颜悦色地说：“现在不能交货，他跑了怎么办？你们先把金子拿来，我们给你找一个笼子。”

“先验货。”田鸢说。

单于骂骂咧咧地系上裤带，带他们去验货了。货在贺兰山的岩洞里，有重兵把守。单于亲手打开铁门，在滑轮的隆隆声中，铁门缩进了岩壁。田鸢进了洞，铁门又轰然关闭了。田鸢把火把举到岩壁一角，照亮一个披头散发的小胡子。

“你就是卢敖？”田鸢盯着他的眼睛问。

“是。”

“你十岁那年到黄河里游泳，差点淹死，还记得吗？”

“黄河？我记得是雁门的一条小溪呀。”

“你父亲的痦子长在哪儿？”

“下巴上，在这儿。”

田鸢把百里冬教他的问题一一提出来，这个人对答如流。田鸢说：“你自由了。”

“花了你们多少钱？”

“四千两黄金。”

“谁这么瞧得起我？”

“你父亲救过的人。”

“我父亲救过的人多了，是哪一个？”

田鸢有点生气了，这人到现在说话还像是一个名医在摆架子。

“你别问那么多，”田鸢的口气更加傲慢，“跟着我们走就行了。”

“不行。你不说让我去治什么人，我就不走。”

“他娘的！”田鸢心里在骂，但他尽量和气地对这位坐堂名医说：“天底下最美的人。”

卢敖想了一会儿，说：“如果单于突然不想卖我了，你怎么办？”

“他会把你送给我。”

“哦？”

田鸢不想再说什么，往门口走，卢敖叫住了他。

“你是不是想劫持他？”

田鸢不说话。

“你想过在千军万马中劫持一位国王的下场吗？”

“……”

“就算我脱身了，你也会被他们剁成肉酱。”

“……”

“你就这么爱你主公的女儿？”

田鸢猛地回过头来，“你这个人总是这么爱管闲事吗？”

卢敖笑了，“不是管闲事。我告诉你，你要是蛮干，连我也救不了。匈奴人不像我们中国人，你劫了他们的父亲，他们正巴不得呢，他们等王位都等得不耐烦了。我还告诉你，他们继承王位以后连自己的妈都敢睡。”

“谢谢你提醒，”田鸢说，“我还有别的办法。”

单于款待了中国人两天，果然反悔了。一个叫冒顿的王子说：“卢敖卖四千两黄金，太便宜了，他才三十多岁，还可以用二三十年，你死以后，我还可以接着用。”单于说：“笨蛋，连账都不会算，还盼着我死。我四千两把他卖了，净赚二千两，再买一个治阳痿的医生难道还不够？”冒顿说：“他还会炼金呢，你能找到第二个炼金的人吗？你给他二千两石头，他回头就给你二千两黄金，顺便还治好你的阳痿，这不是很好吗？”

他们带着四千两黄金灰溜溜地往回走。到了黄河渡口，田鸾托同伴回去告诉田雨，如果他回不去，让田雨好好照顾桑夫人一辈子。然后他进了九原城。他没有找到迷药和熏香,就找锁匠作坊。当初单于开铁门时，他注意到单于是掀开外衣、把手伸到裤腰里面把钥匙掏出来的，估计钥匙拴在内裤上。他看清楚的只有两点：第一，拴钥匙的不是绳子也不是皮带，而是铜链；第二，钥匙头，有齿的地方，不到一寸长。在单于款待中国人的两天里，他看清了单于的生活规律。他还用羊腿跟奴隶换了一身衣服。

在九原城，他跟锁匠学会了取钥匙模子的方法，说起来很简单，就是用平常寄信用的泥在钥匙上按一下。写信都是写在木板上的，寄信前把另一块木板盖上去，用绳子扎好，糊上泥巴，盖上官印或私章，这样别人就不敢轻易偷看了。这泥，要数武都县出产的紫泥最好，盖上印以后不容易变形。田鸾在锁匠那里买到了这种泥。他还反复练习在一堆衣服里取钥匙模子的手法，练好了才去贺兰山办事。

他用混着草木灰的灯油把自己的脸涂黑，披头散发，换上奴隶的衣服，小腿上绑着短剑，怀里藏着紫泥，混进了匈奴王宫的膳食房。其实不是王宫，而是草原上的帐篷。他端着点心进单于的帐篷时，看见钥匙在床脚的一堆衣服里，他够不着。单于正和妃子躺在床上。他当时想把单于宰了，砍断钥匙上的铜链，即使门口的卫兵听见，他也拼了。他刚把手伸到裤腿里，单于指着尿壶嚷嚷起来。他大喜过望，因为尿壶挨着钥匙。他取尿壶的时候还没敢动手，因为单于尿正急，正盯着尿壶呢。等单于尿完，他把尿壶端回去，单于已经轻松地躺下了，那个妃子一直背着身，没看男人撒尿。他用手心里的紫泥飞快地按了按钥匙头。

他快马加鞭回九原，配了十把钥匙。又一个深夜，他来到关押卢敖的山洞，放倒了看门的胡兵。如果他们死了，那么为了卢敖所说的爱，他开始杀人了。事实证明他认识的是一个伟大的锁匠，第三把钥匙轻轻一转，锁就“咔嗒”开了。但是，那笨重的铁门被拉开时发出了巨响。其他胡兵惊醒了，与田鸾展开了一场赛马。在这方面田鸾的马很不争气，第一名眼看就要保不住了，而且听到了箭飞过耳际的风声。奇怪的是，箭的劲道越来越弱，有些箭竟然像树叶一样软绵绵地落下来了。他这才发现马儿已经不在胯下，卢敖提着他的腰带，正贴着灰白色的岩壁移动，风很猛很凉，空中的树枝拍疼了他的脸，胡人的号叫声越来越远，渐渐消失。一团团松树摇头摆尾，有的就在脚下，黑暗中还有种种魅影在远逝，他们正在空中飞。

“原来是个梦。”田鸾想。

卢敖回过头来，嘲讽地说：“没玩过吧，叔叔叫你开开眼！”

岩石顿时化作一道模糊不清的白光，冷风劈面而来，使他睁不开眼、喘不上气，小时候玩滑翔可比这好受得多，忽然间风又停了。他睁开眼，发现这是在草原的上空，他们飘得很高很高，星星仿佛一伸手就能摘到。卢敖大喝一声：“转！”星空、大地便翻滚起来，成了无边无际的旋涡，卢敖的笑声狂放不羁、响彻夜空，伴着遥远的狼嚎和猫头鹰的哀鸣，惊扰了胡人的睡梦，打断了奴隶的哭泣。

“怎么样，不相信是不是？不相信你下去！”卢敖一撒手，田鸾就看不见他了，同时，弧形的地平线开始上升，寂寞的草原向他怀里撞来，在落地前，卢敖又像鹰一样俯冲下来，将他提入云霄。卢敖纵声大笑，拖着他向东飞去。

阴　山

阴山上春光乍现，沟涧里散布着稀疏的绿叶，山坡上飘着一片片粉红的云，那是刚刚绽放的桃花和杏花。卢敖说：“不错嘛，刚出来就春游。”就落下来赏花了。田鸾心想：“弄玉，弄玉，耐心等等啊，我找来的医生有点淘气。”卢敖指着空中的一只鹰对他说：“看，对它来说，空气像水一样稠。”

这句话使他暂时抛开了城堡里那些翘首以待的人。他按卢敖的指点闭上眼，仔细听风声，在一团茫然的白光中他失去了依托，北方春天的狂风，把他刮得摇摇摆摆。睁开眼时他的双脚已经离开地面。他在参差不齐的岩石上跳着，非常轻盈，山风把他往前送、往上托，他像游泳一样划着手、蹬着腿，空气像水一样流过他的肢体，这时他已完全在空中。

“换个地方吧。”卢敖把他揪到悬崖上，让他的脚钩住石头，身体来回荡。松枝荡到他脸上，黄绿色的穗子被深绿色的叶子托着，那么长，那么洁净，那么可爱，他摘它们，可它们跟他一样是活的，还很不老实地晃着脑袋，他笑着把嫩嫩的松果摘下来，挤出它的汁液来闻。风很大，他有点控制不住自己，有时他快要撞到岩壁上了，就张开双臂撑住。

“往——远——处——跳——”卢敖的声音随风飘来。

遥远的山谷里有一片嫩绿色，吸引了田鸾。他把松子吞下去，朝石壁一蹬，身体便弹射了出去，他感觉背上有一对看不见的、巨大的翅膀。他像老鹰一样滑下去，胸腹部感到了空气的阻力。他还难以上升，体重还在作祟，他尽量地延长在空中的时间——在水一样稠的空气中挥舞双臂。但他仍然无可奈何地下落着，那嫩绿色的树梢离他越来越近了，能看见黝黑的枝条了。飞翔是一种脆弱的潜能，在刚刚发现这种潜能时过早落地，会在一瞬间恢复日常经验，以后除了做梦再也别想飞起来。还好，风把他托起来了，这只风筝晃晃悠悠到了树梢。

“这是一棵什么树？”他想，“为什么别的树还是灰色的，它的叶子就这么绿了。”它的绿，与松树的绿不同，它是很嫩、很亮的绿色，还有点透明，透过枝叶他看见老树皮，经过一个冬天的消沉，树皮黝黑、开裂，与嫩叶形成了鲜明的对比。心形的叶子，薄得像纱，柔得像水。绿色的花序上点缀着白色的小花瓣。田鸢绕着它们转，抓它们，它们挣扎得挺有劲。忽然一阵狂风袭来，所有的枝条、叶片、小白花纷纷狂舞，叶片像蝴蝶似的翻飞，十分鲜活，几乎会说话。谁有过这种经历，一定会相信万物有灵。田鸢任风把自己从一棵树捎到另一棵树，在树和岩壁之间钻来钻去，在树冠上趴着，拨弄绿叶——啊，好一床凉爽、蓬松的席子。当他忘记划手蹬腿时身体也留在空中，现在他已经不依赖气流了。他惊喜地发现，一个意念就能让自己飞出去，树影、岩壁、灌木、天空……这一切飞快地掠过视野，幻化成斑斓的旋涡，扑面而来的是不同的清香。他轻灵得像风、自在得像鱼、高兴得发狂、感动得想哭。

他和卢敖用脚钩着峭壁上的青松，身体横在空中聊天，时不时俯身摘一颗嫩松子吃。卢敖说自己不仅是医生而且是方士，但不是守着炼丹炉、摇着芭蕉扇研究长生不老术的那种。他说炼丹有两种，一种是用炉子炼，一种是用心炼，他用心炼。他说连想都不要去想长生不老，欲求长生，反致速死，龟鹤、松柏不追求长生，只是按照自然的法则生存而已，人们不明白这个道理时，就从丹砂提炼水银，再把水银还原成丹砂，尽管九转还丹，寿命却不见长，因为丹砂本来就不是自然赋予人体的营养。他说没有点石成金术，方士炼出的黄灿灿的东西不是真正的黄金而是毒药。他说他那些与生俱来的特殊能力是偶然露出的，比如小时候沉到溪流里，发现自己呼吸自如。依他看飞行是田鸢与生俱来的能力，只不过以前不知道。他谈到季节对潜能的干扰，他说春天唤醒潜能而冬天抑制它。这时候田鸢想到了田雨："田雨几年前丢魂也是在春天，山上的桃花也刚开。"

药 方

他们知道大大咧咧地从人家头顶飞过去不是有教养的人干的事，就走进了城堡。百里冬一见到卢敖，就把胸口的伤疤亮出来："小家伙，还记得我吗？"卢敖想不起这个老猢狲是谁，他爹救过的人太多了。"咳，矮脚鸡！"百里冬恨不得把打过补丁的肺亮出来，"脚板比锄头还大的矮脚鸡！"这下卢敖想起来了，他小时候对矮脚鸡的脚丫子有点佩服，说把他草鞋磨烂的实际上是两把锄头。回头他笑嘻嘻地点着田鸢的心口说："你忘了说天底下最美的人的爹是谁，你心里只装着天底下最美的人。"

随后他给天底下最美的人看病。他号了脉，瞧了她的喉咙，用笔墨问了诊。他问诊的记录上有弄玉对每次发病过程的回忆，还有七岁那年得这病的详细过程。要说他用过什么药，那就是使人沉浸在回忆中的熏香。人们期待着价值四千两黄金的神医挖出失语症的病根，开出咒语般的方子，亮出灵芝天蚕之类的瑰宝来，但是卢敖什么方子也没开，他说不能再开方子了，越这样越没救，现在能救她的，只有她自己。他的结论是那么简单——小姐的病源于对疾病的深信不疑甚至期待，吃药加剧了她对痼疾的笃信，今年变本加厉地吃药，反而让她连自己的耳朵也信不过了。这就是说，从满门抄斩那一年起，每年秋天她对自己说：是时候了，该哑巴了！于是她就哑巴了。去年冬天她对自己说：咸阳来的医生开的死虫子吃了不会聋吧？于是一觉醒来她就聋了。

这简直是一个庸医在给自己找台阶下。人们庆幸四千两黄金没花出去，田鸢对卢敖也冷淡起来，百里冬则怀疑老神医的儿子，那个捣蛋鬼，成了一个招摇撞骗的家伙。只有田雨信他那一套，他从自己魂游、用冥想改变历史的经历中产生了对心灵力量的深信不疑。他写条子告诉弄玉：你根本没病，相信自己没病，你就会好！弄玉比谁都愿意相信这点，只是说服不了自己的喉咙和耳朵。在这种形势下，卢敖又想出个歪点子：她睡着以后，没准会忘记聋哑。如意搬到了弄玉屋里，白天睡觉，晚上一边看书一边监视姐姐的动静，一大块屏风竖在她们之间，免得灯光影响弄玉睡眠。一天半夜，她光着脚丫子扑出来，向全世界宣布："姐姐说梦话了！"

大家冲进去时，弄玉还在熟睡中，再也没听见她说梦话。人们怀疑如意的耳朵出了与弄玉相反的毛病——听见并不存在的声音。七嘴八舌中弄玉翻了个身，睁开了眼睛，如意抱怨大家把她吵醒了，容氏激动地问："是吵醒的吗？"

弄玉指指耳朵，点点头，表示她听见这句话了。

求 婚

第二天大家围着弄玉大喊大叫，弄玉一会儿点头一会儿摇头。卢敖劝大家：“别这样，显得咱们不相信她能听见。留下来个人跟她慢慢聊就行了，就像平时说话那样。”于是大家轮流陪她说话。田鸾说：“桃花开了，你妈妈又叫人上山去采花瓣了，她要把你打扮得更好看，嫁出去。”弄玉笑了。田鸾怀着小小的居功自傲，心安理得地赏析她的安宁和美丽，那张不需要脂粉的面庞，比漫山遍野的桃花更赏心悦目，那双半月形的眼睛会说心语，那细腻圆润的下巴使时间忘记流逝。最后，田鸾的目光停留在她的嘴唇上，它们不需要胭脂来染红，在沉默的日子里它们卸下了声音的重负，反而容纳了整个春天。十七岁的田鸾面对它们，忽然产生了以前在梦中也没有的冲动，这使他后半生不得安宁。

“嫁给我。”他说。

他的声音非常小，弄玉根本就没听见。即使他有勇气大声说，现在的弄玉也未必能听见。这句话只是提醒了他自己，他爱着弄玉。他回到屋里拷问自己：“跑什么跑什么我跑什么？有什么好怕的？我快十八了，不可以向一个人求婚吗？不向她求婚，我向谁求婚呢？难道我爱的不是她吗？谢谢卢敖提醒了我。”开始使用“爱”这个字，把他搞得热血沸腾，“我也是公侯之子！难道配不上她？我心虚什么？求个婚何必贼眉鼠眼的？”如果心灵瘟疫还在的话，旁边的桑夫人肯定会提醒他：有话该跟人家父母讲。

他继续骂自己：“蠢货，胆小鬼，有话不敢大声说！她十九了！等她爹把她嫁给郡守的儿子你就死心了。我们是青梅竹马！从十二岁开始，也算！是摊牌的时候了。可她喜欢我吗？不知道。她能喜欢谁？牛儿哥？牛儿哥不是她亲哥，牛儿哥长得比我白……他们俩还在梦里干过好事呢！那到底是不是牛儿哥？不！那个人眼睛大！牛儿哥是个老鼠眼！弄不好那个人就是我呢。她夸过我的眼睛：‘你不知道它们多么好看。’哼，只要她有一点点喜欢我，我就要娶她，让她一天比一天更喜欢我，连我的黑也喜欢！”

他忽略了一件事，假如这些疯念头真的能成，他只能算个上门女婿。“不行，今天说的不算数，就当她没听见，我还要正式地跟她说一次，嫁给我，对，就是嫁给我，嫁给我，嫁给我！”他看到了无限光明的前景——弄玉就在这间屋里出来进去，跟桑夫人抢笤帚，跟他打打闹闹，晚上细心地挂上大床小床之间的布帘子。“但是田雨怎么办？”在虚妄的未来中，他开始为一些具体的事操心了，“他得睡别的屋，这儿挤不下了。我得提醒他别再叫‘姐姐’了，得叫‘嫂子’。”然后他在没人的地方，把“嫁给我”这三个字练了一遍又一遍，要说得轻，免得把弄玉吓着，但又要显得很有决心，很光明磊落，不能显得是在求她，因此这三个字的语气要尽量平静，克服上次说的时候发抖的毛病，要让弄玉觉得这事本来就应该办，只差一个人说出来而已。“嫁给我，嫁给我……嗯，太霸道了，这样也不好，好像我在逼她似的。嫁给我……不对，凑得太近了，我应该还是比较有尊严地说这句话，因为本来我的身份就不比她低嘛。嫁给我，嫁给我，嫁嫁嫁……不行，重来……”

他盼到了弄玉病好的那一天，穿着眼下最体面的衣服，挂着想象中的玉佩，戴着想象中的鹿皮礼帽，提着想象中的大雁，来到了弄玉的闺房。

弄玉在逗一只跟屁鸭，它出生在心灵瘟疫时期，是孔雀和鹅夫人生的六个孩子之一。田鸢跟在弄玉身后跑，不知道说点什么才能把她的注意力从跟屁鸭身上转移到他身上，结果他成了第二只跟屁鸭。这就是田鸢的第一次求婚。最后，他用尽捕老虎、偷钥匙攒起来的勇气，说出了那三个字："嫁给我。"

远远没有达到平时练习的水平，不过弄玉还是听见了。她不敢看田鸢，只是低声问："你说什么？"

"我要你嫁给我。"

顶住最初的冲击以后，弄玉勇敢地抬起了头，"为什么？"

"我想不出你还能嫁给谁。"

弄玉抓起跟屁鸭往外走。走到门口，她又不放心地回过头来，看见田鸢可怜巴巴的样子，她又说："我哥哥还没成亲呢，说这些多不合适呀。"

田鸢还是一动不动，弄玉觉得他快要哭了，就亲切地说："我们都还是小孩子，你不是连冠礼都没行过吗？"

田鸢突然站起来拉住弄玉的胳膊，"我不是那个意思，我当然知道你可以嫁给很多人，不不，我也不是这个意思……弄玉，等一等，听我把话说完，要行冠礼可以马上行的，不一定非要等到二十岁行冠礼……"弄玉用手堵住了他的嘴。

"这些事，我真的没有想过，让我一个人好好想想，行吗？"

穿山甲的肉

回家以后，田鸢惊奇地发现，弄玉是什么模样，他想不起来了，弄玉的脸在他脑海里是一团粉红的雾气，与年深日久的母亲的幽灵难以区分。谈话没有任何结果，她不给他鼓励也不让他绝望，既不喜欢他也不讨厌他。现在她听不见他心里流畅的表白，他也不能再辨认她梦中的人是谁。心灵瘟疫啊心灵瘟疫，他又一次怀念起那段日子，哪怕在一场触目惊心的梦之后和她用心语吵一架也比现在强啊。他只能胡思乱想：一个美丽如她的女孩，到底在想些什么呢？她浸泡在春天的气息里，喜滋滋地戴上杏花，她抚摸白杨树的眼睛，与妈妈的灵魂对话，她捧着一本旧书，为别人的爱情流泪，她被善良的人们关注，报以同样迷人的微笑，一生中有无数幸福的瞬间，心田里流淌着静谧的清泉。

田鸢匍匐在阴山之巅，把头埋在翠雀花丛中，捕捉她的芳香，同时为自己灼热的呼吸而惭愧。他幻想弄玉趴在身边，与他共享世外美景，背她飞上来的念头一度使他激动万分，转而又担心鸟类的习性加大了他们的差异。这时田鸢仍然无法想象弄玉的面孔。那些焦虑无助的梦境就在这期间产生了。有一团深不可测的雾需要他穿越，不知是谁的意志强迫他这么做，梦里只觉得别无选择，但又怀着凝固在苍白之中的恐惧。一团铺天盖地的丝线需要解开，为找到线头不得不耗尽毕生的精力……

白天他要强打精神去餐厅吃饭，面对所有人装得像小时候一样没心没肺。弄玉好像忘了这件事，对田鸢还是那么亲近随和，跟对别人没什么两样，趁着大家还没动筷子，她把自己不喜欢吃的地瓜扔到田鸢碗里，把田鸢不想吃的苦瓜抢到自己碗里。在好不容易吃上肉的那天，她说：“穿山甲肉真硬！跟木头似的。”在她就要把肉扔给猫时，田鸢居然跟猫抢这块肉，她说：“别啊！我尝过一口。”

田鸢没有勇气追问那件事。他已经意识到自己不是什么公子，而是奴仆。他现在巴不得有人来百里家提亲，那样他就有勇气求百里冬：“收我当上门女婿吧。”做上门女婿，官府给的口粮会少三分之一，要征集苦力上长城搬石头，先考虑他，打起仗来让他和商人、罪犯一起在前面挡箭。但是比起眼看着弄玉被别人抢走来说，这又算什么呢？

盐的路线

他又押上了盐车。云中，雁门，九原，云中，这就是盐的路线。他记不得这是第几趟，可能他的坐骑知道。反正这一趟是最最疲倦的。

早晨踏入草原，放眼皆是黄色的胡枝子花，好像成千上万只蝴蝶在风中飞舞，中间夹杂着黄、白、蓝、紫色的洋蔷薇，星星点点的太阳花，同伴们在马背上有说有笑，他也捏出一副快乐的躯壳来参与，这时候他感到孤独是一种奢侈品。

临近中午他们进入了山路，有一处山腰上至今有一间破房子，好好修修可以养几头牛，武士们每次经过，都像瞻仰纪念碑一样仰望它，这就是百里冬小时候的草棚。

在狭窄的山路上，车马排成一条线，大家不再说话，田鸢这才听见心里的声音，“你没有行过冠礼，没有行过冠礼，没有行过冠礼……”它响了一百次，田鸢就琢磨一百次，这到底是推脱还是鼓励。

面对蔓延的葛藤，他看见心中的一团乱麻，弄玉的微笑像一朵芍药花隐藏在后面。“等我们再次见面，她可能已经许配给别人，甚至她那没有血缘的哥……”他额头上的汗珠在八月的阳光下变得冰凉，“她没有订婚又如何？每一次押车我都要担心在十天内她已经名花有主。”

他不知道在遥远的空中城，弄玉也是心烦意乱，也是一百次揣测三个字——“嫁给我”，她根本不像平时装的那么坦然，连他想吃她咬过一口的穿山甲肉这点事，她都放在心上。可怜的田鸾，只能在潺潺溪流中听见弄玉没心没肺的笑声，从不知名的花香中辨认她的气息，透过摇动的枝叶捕捉她的幻影，那不过是一片流淌的夕阳。

鸟头文

回到城堡后，他被周而复始的怪梦纠缠不休，卢敖的灯光还亮着，想起这是唯一一个可以倾诉的人，就来到卢敖屋里，掏出心里那团解不开的丝线，其中只有一个念头比较清晰：

“我必须娶她。”

“你‘必须’娶她？”卢敖说，“有些事情，一旦‘必须’去做，就难以把握了。本来有两种结果，你却只接受一种结果。”

“当然。”

“在结果产生之前，你祈祷、等待、夜不能寐。结果出来了，要是如愿以偿，你会觉得前些日子的煎熬是值得的，反之你会觉得受到了愚弄。”

“当然。”

“你娶不了她，就会忘记她。”

“我不会忘记她。”

“你不会忘记你自己。你所说的‘她’，并不是她本人，而是她带给你的回忆，这是你自己的一部分。当她成为别人的妻子、生下别人的孩子、为别人的家庭操劳而衰老时，你还能爱她吗？”

“我不能想象这一天。”

“你拒绝这种结果，连想都不去想。那么，一旦结果不如愿，你会干什么？”尽管田鸾目光坚定，卢敖却洞悉那一片蒙蔽他心智的黏乎乎的污泥，“你不仅会把坚守多年的爱一股脑儿砸烂，还会把你爱的人从心里杀死以便让自己活下去。”

沉默了一会儿，卢敖又说：“应该相信每种结果都是好的。她嫁给了你，固然不错，嫁给了别人，你心中的那个人并没有出嫁啊，有什么可遗憾的呢。”他似乎要把田鸾从泥潭里拔出来，送进天堂，结果把他投进了虚无，“面对任何事情，都想想：这样，是挺好的，要是那样，也不错。这就获得了安宁。比如我去见皇帝，游说他发兵打匈奴，我想：打起来挺好，我过把将军瘾，不打也好，我接着逍遥自在。打赢了好，反正大家都盼着匈奴人滚蛋，打不赢也好，六国趁机复兴，改朝换代后没准更好……”

“你……你在说什么，打仗吗？”

“是啊，匈奴在边疆闹得这么凶，早晚要打起来。现在朝中已经有人主战了，皇帝还在犹豫，我们只需要给他找一个开战的理由。”

卢敖取出一片龟甲给他看，他看不懂那些鸟头文，卢敖解释：“这是三千年前先知的预言，我们生活在最后两句话之中——‘六马之乘，水德之始，缁衣封禅，维始皇帝；七月沙丘，鲍鱼之臭，三月大火，亡秦者胡也。’有些话不知是什么意思，但是，‘亡秦者胡也’连桑夫人都听得懂，就是说胡人要灭秦朝，皇帝看到了一定坐不住……”

田鸾什么也听不下去了，他现在只知道一件事：打仗可以砍敌人的脑袋，敌人的脑袋可以换来爵位，有了爵位就可以娶弄玉。他要卢敖带他一起去，卢敖让他再忍一忍，现在有一个现成的功名等着卢敖去摘，皇帝正在东海边招募炼丹、求仙的方士。

千年预言

一个月后，卢敖回来了，成了咸阳宫的博士。对这个头衔，他的解释是：多说好话、少操闲心、隔三岔五上殿拍拍马屁、没事到海边遛达遛达。他没有游说皇帝发动战争，也没有引荐田鸢当官。田鸢忍不住了，要自己拿着龟甲去干。

“皇帝在哪儿？”他问卢生。

“别着急，”卢生说，“皇帝正往这里走。”

桑夫人只担心皇帝的出现，会把他们的生活搞乱。晚上，满门抄斩的吼声惊得她掉下了床，她钻到床底下找羊皮翅膀，发现地面铺的是凉快的芦席而不是冬天的毛毡，窗外是蟋蟀的叫声而不是北风的怒号，身边的小床上也见不到若姜，昏暗中只见两个大小伙子横在对面的大床上，屋里热得透不过气来。第二天她悄悄对田鸢说：“离他远远的！这些做国王的，一不痛快就会杀一家人，死在他手里都不知道为什么！”

田鸢不听，她就对田雨念叨：“国王这种人，你离他越远，越觉得他像神仙，离他越近，越看他像一头熊。”实际上她没有见过任何国王，她说的是自己梦见的国王。田雨纠正道：“现在叫皇帝，不叫国王。”

田雨曾经求卢生带他一起去，但卢生用哄小孩子的口气推托了，他很郁闷。他本来挺喜欢卢生的，此人留着一撇狡猾的小胡子，一心要到皇帝面前摇唇鼓舌，看起来既非医生也非方士，而是战国时代遗留下来的说客，但现在，他觉得卢生找田鸾这个粗人当助手是瞎了眼。

弄玉是田鸾最后一个告别的人。她正在给毛莨浇水，田鸾走过来，凝视着她的侧面说：“我要离开这里了。”弄玉眼光没离开毛莨，但壶里的水不流了，她问：“为什么？”田鸾说：“为了戴着贵族的冠弁，回到这里。”

“你去告诉我父亲吧。”弄玉抬起头来，直视着他。

田鸾一下子明白了她的意思。那双眼睛离他那么近，能从里面找到他的影子。他明白了，这些日子她已经悄悄解答了他留下的难题，而且在观望他为她产生的狂想和付出的行动。但他以目前的身份，不愿向百里冬提亲。要说辞行，他已经辞过了。他对弄玉说：“等我有了确切的去向，再找他谈。”

他们散步到山坡上，弄玉问他具体打算怎么办，田鸾提到那块龟甲，弄玉认真听他背诵完卜辞，说：“我记得这东西是‘面条’从齐鲁带来的吧？带回来好几年了，说不定，这首歌早就在全国流传了，说不定皇帝听说过，知道这是老百姓编排秦国的顺口溜。一个统一天下的帝王，能让这种东西牵着鼻子走吗？就算他一时糊涂，被千年预言的鬼话蒙住，等他醒悟过来，知道你们要他做的原来是改变一种据说是预言的东西，他就会想：如果预言是真的，它就不能改变，它要是能变，就是骗人的乌龟壳。你们俩怎么自圆其说？”田鸾初次领教到弄玉身上除美丽之外的一样东西——智慧，在这方面，他弟弟比他了解得多。田鸾说：“龟甲要说服的不是皇帝本人，而是朝中的反战派。我们在为皇帝补充一个开战的理由。说到底，皇帝将心甘情愿跟我们共同上演双簧戏。”弄玉惊讶地瞧着他，笑了："咦，这不像你说的话呀。"田鸾承认是卢生说的。弄玉握住他的手说："不要在皇帝面前惹祸，不要勉强自己，如果不能成功的话，好好地回到这个大家庭里来吧，这里有你最要好的朋友们。"她莞尔一笑，"你会看到，你的弄玉还是漂漂亮亮的。"

八·皇帝

离　宫

晚秋时节，一股黑色的兵马轰隆隆开进九原，把黄尘和落叶掀得漫空飞扬，几千支长戟、几百面旌旗在疾驰中齐刷刷地竖着，六辆一模一样的金车闪过去，据说皇帝就在其中一辆车上。北部边疆的良民一万人在九原离宫门口迎接御驾，包括百里冬一家和作为神童准备在皇帝面前背诵刑法的田雨。刚刚向九原郡守为儿子提过亲的百里冬在咒骂有人让自己跪下。牛儿哥在回想未婚妻的模样。白里桑的腿都要跪断了，但他等着看一个叫作皇帝的人能长成什么样，要是他足够威风，不妨为他写首诗。弄玉很想见识见识田鸾打算糊弄的是何等人物。如意尿急了，可又不敢擅自退出。马蹄声由远而近,鼓声大作,人群像风刮似的矮了一截，皇家队伍穿过稽首跪拜的两片人群之间的道路，奔进第二道宫门。过一会儿，城楼上冒出了几个黑影。中间那个矮子，田雨一眼就看出他不寻常，旁人垂着手臂，他却按着栏杆；旁人故作庄严地梗着脖子，他却在俯视众生，他满意地看着无数比自己高的人跪在脚下，他好像还有点驼背呢。田雨还听到了百里冬的心音："世界真的落到了一个矮子手里！见你的鬼，你只不过碰巧投胎到国王的情妇的肚子里罢了……"这哼哼声被一声惊雷打断了：

“三皇五帝的子孙们！边疆的军民们！大秦帝国没有忘记你们！朕没有忘记你们！

“朕知道，世界很辽阔！朕知道，秦国的疆土尚未囊括整个世界！朕还知道：我们的国家，是当今世界上最强大的国家！……”

随后是十二个神童被召进离宫，齐声唱法律歌，皇帝听完了很满意，捋着虎须下令免除他们八年徭役。田雨本来假户口上已经因为“徙民实边”免了四年徭役，现在又白捡了八年，那他到二十九岁也不必担心到长城上搬石头了，而二十九岁还很遥远。他爱上了这个皇帝。

正确的世界地图

万人大会的第二天，边防军接受皇帝的检阅，用山崩地裂的吼声宣泄找不到什么来征服的郁闷。皇帝望着阴山的剪影浮想联翩。千百年不变的世界地图把它画在大陆北极，实际上他听说阴山北边还有草原和荒漠，画地图的人为什么假装不知道这些？他们把大海画成一锅汤，把人类栖息的土地画成浮在汤面上的孤零零的一块饼，这骗不了他。到底世界上还有多少值得征服的土地呢？他经常在考虑这个问题。他每隔两三年用车轱辘在帝国的疆土上画个大圆圈，好往未知的世界望一望。他曾登上东海岸边的最高峰，可惜海天之际还是那个样。一个叫“许黻”的方士吹嘘自己去过三万里以外的太阳住的地方，他就封他为客卿，让他去探索新大陆。那人一去不复返，不知是骗走了帝国的航船、财宝、能工巧匠和童男女，还是被风浪吞没了。但皇帝对未知的世界越发好奇，今年他又招募一批方士，让他们到大海尽头、深山幽谷以及人类尚未涉足的其他地方看一看，回来画一幅正确的世界地图，还嘱咐他们，要是见到长生不老的仙草，顺便采一些回来，使生命同世界一样永恒。

一个小胡子搅了他的好心情，面圣时，此人居然用迂腐的寓言游说他打匈奴，说天下最富有的人家跟贼做邻居，贼在墙角开窟窿，像耗子一样钻进来偷东西，主人还不知道，这个家早晚要被掏空……他忍着怒气告诉小胡子：“朕的身边不需要说客。”他讨厌说客。统一中国前，有个来自草原的说客给他灌迷魂汤：一顶帐篷遮一块草，帐篷大了固然遮得多些，可是刮起风来倒得也快，权力就是这样。对此他心里有数。权力不是一顶天大的帐篷，而是一个高耸入云的台，谁站在那高台之上，人们就从四面八方仰视他、从精神上依赖他，他就成了中心。这样的权力是可以无限增长的，他被顶得越高，看见他的人就越多，如果他消失，人们就会聚到其他的高台下面。说实在的，不是他需要这个世界，而是世界需要一个中心。

他相信自己已经创造了世界的中心，那就是咸阳。剩下的事，是逼着世界承认它，是的，先创造出来，再逼着世界承认。黑甲军开过去，拆掉他们的壁垒，开一条通往世界中心的路，就这么简单。城墙是对这个大同世界的亵渎，他已下令拆毁，人们的语言、文字、服装、车马、计量单位……全都要统一，这样才能让那些怀旧的贵族死了割据一方的心。最近的世界地图虽然不一定完善，但它是这样的：一些又红又粗的线从咸阳向四面八方辐射，这就是帝国的道路网，它是一头血淋淋的章鱼，它的头，所有红线汇聚的大圆点，是世界的中心，它的长须牢牢地钩住帝国的边缘，但它仍然不会满足，随着边缘的不断更新，它将无节制地生长。等出海的方士们回来，就有更正确的世界地图了，皇帝打算把它刻在世界中心附近的一块万众瞩目的岩石上，让人一看就明白：有了中心的世界，距离明显缩短了。

国　姓

九原的文官向皇帝汇报：小篆和新隶已完全普及，斤和尺的标准已发放到各个市场，还把皇帝领到一条模范街参观，那儿连厕所的“男”“女”都用规范的小篆书写，皇帝嘶声称赞道：“难能可贵！难能可贵！”他咳嗽一声接着说，“在咸阳的大街上，六国的不规范文字还难免能看到一二呢。”随行的廷尉李斯赶紧派人回咸阳，在皇帝回朝之前消灭这些不规范的“一二”。皇帝在郊外看到一截千疮百孔的城墙，质问九原郡守，郡守禀告：“这是赵武灵王留下来的东西。”皇帝眼角一皱，“赵武灵王，他能抗拒朕的拆墙令吗？”于是九原的城墙连一块土包也没留下，而黄河里又多了一些泥沙。皇帝返回离宫，在“……男乐其畴，女修其业，事各有序……”的大合唱中闭目养神，上个月刚刚在海边山崖上刻下的颂词，这么快就谱上曲子、流传全国了，他由衷地高兴。在这个心旷神怡的夜晚，皇帝还听九原郡守汇报：五月初，鄂尔多斯高原的林胡人大量涌进九原城，抢劫财物、奸淫妇女，杀驻军七千四百人，杀黔首四千三百人，其中妇女一千九百零九人，十五岁以下的童女四百五十一人。

郡守弄不清皇帝脸上那层黑雾是愤怒还是扫兴，骇得把头顶在地砖上。他听见一个压抑而沙哑的声音：“朕知道了。你先回去吧。”

皇帝将郡守的奏简扔给丞相赵高：“我大秦国竟有如此无能的郡守、

郡尉！弄得一个通都大邑，抵挡不了一群牧羊人！”赵高思忖片刻，用宦官的柔细嗓音回答：“胡人对边疆的骚扰，不是头一回……”皇帝怒声打断他：“这是骚扰吗，分明是屠城！”赵高说：“是，是屠城。”皇帝说：“朕要弄明白，十万驻军，怎么会挡不住一群牧羊的！秦国的家庭，怎么会让他们闯进去为所欲为？秦国的妇女遭蹂躏时，秦国的男人们都在干什么？如果男人们被杀了，那没有洗掉的血迹在地上还有没有？！”赵高说：“是。臣命人去查看。”旁边的李斯说：“一下子杀这么多人，来的肯定不是小股胡人。臣听说：鄂尔多斯高原上的匈奴人聚集数十万之众，如同一个小国家。”皇帝诧异地问：“鄂尔多斯高原，那不是秦国的疆域吗？”李斯道：“匈奴是一个奇特的民族，他们没有国界，但这恰恰是最大的国界。”赵高刚想说赵武灵王和李牧收拾过他们，话到嘴边又咽了回去，因为这等于说他们比皇帝强。

“朕没想到，在秦国的土地上竟然寄生着一支外国军队，匈奴的单于，他敢把秦国的边疆当成他的国都！”皇帝咬牙切齿地说。

这一天卢生带着一个少年求见皇帝，赵高让他有事到咸阳再说。皇帝启程回咸阳，在黄土高原中部的肤施城被两个人拦了御驾，赵高认出又是他们俩，便把他们领进了肤施的离宫。面圣时，卢生说他见到了燕山上的神仙羡门，还带来了羡门的徒弟羸鸢。皇帝问是哪个羸，田鸢用手指比画出“羸”字来，皇帝一脸的疑惑：“你姓羸？朕倒要到宗庙里查查，有没有你这个人。”“羸鸢”说他是太阳国人，这是卢生教他说的。

“你这么快回来，”皇帝斜睨着卢生，“办了些什么事？”

卢生将龟甲呈给皇帝，说是羡门大仙献给当今帝王的。皇帝看不懂那些鸟头文，“羸鸢”便写下译文。赵高和李斯在旁边欣赏蓬莱人的书法，暗自嘲笑他们落后的繁复笔画，看到“七月沙丘，鲍鱼之臭，三月大火，亡秦者胡也”时，俩人脸色变了。皇帝见他们不敢碰缣帛，便走下玉阶，亲手抄起缣帛看，他的表情出人意料地平静。看完后，他把缣帛轻轻放回书案，又举起龟甲饶有兴致地对着庭燎摆弄，好像在检查一块刚刚进贡的猫眼石，谁也猜不透皇帝心里在想什么，每个人除了自己的心跳只能听见庭燎的火苗被穿堂风吹出的呼呼声。看够以后，皇帝露出了识破赝品的轻蔑表情，他把龟甲扔在缣帛上，问李斯认不认得那种文字，李斯说不认得，但咸阳的博士可能有人认得。皇帝捏着自己的鹰钩鼻子，陷入了沉思。稍后，他抬起头来打量卢生，发出一股奇怪的喉音，让田鸢想起阴山上那只老虎：“说客！”

这是卢生预料之中的。卢生稽首跪拜：“等卜辞应验，我连陛下还我清白的声音也听不见！”

“朕要是杀了你，倒不是嫌你编的歌谣不好听，你瞧瞧你拿什么来糊弄朕，乌龟壳，刻几个字！你把朕当成傻瓜？干吗不找点更稀罕的玩意儿？”

“嬴鸢”请皇帝将龟甲劈开。皇帝眯起眼打量他，像一头并不急于捕食的狮子。“嬴鸢”镇静地说，这不是一块普通的龟甲，正如卜辞所说，“斫而不分，昭昭盈盈”。

皇帝抽出佩剑，将龟甲剁为两段。奇迹出现了：完整的卜辞，同时出现在两片龟甲上，只不过都缩小了。他又一剑下去，碎片上的卜辞依然完整，但更小了。他用剑尖把一片龟甲扒拉到地上，用脚踩，直到碎片上的文字小得无法辨认。通过这种方式，他发泄了在九原憋下的怒气的一小部分。

“好，好。”他喘着粗气说，“这个小把戏，朕领教过了。”赵高拾起一大块碎片往袖子里塞，皇帝问他干什么，他说留着给博士们翻译，皇帝大笑：“有这个必要吗？让他们再做一块、刻上点好听的不行吗？”他转向那两人，“卢生，你可真是越来越像个方士，而不像说客了，你把要说的话刻在这个鬼东西上，真有趣。你呢，年轻人，朕不打算让博士们出题来考察你是否真正认识符箓，也不打算调查你是蓬莱人还是齐国人、是羡门的徒弟还是匈奴的仇人，你的中国话说得这么流利。即使你是被匈奴人残害、侮辱的千千万万中国人之一，也用不着把秦国的国姓偷来装神弄鬼，因为匈奴人就要倒霉了，不要自以为聪明，这不是你们二位造成的，这是匈奴人自己作的孽！年轻人，有空你可以请教我这位丞相，冒用皇家姓氏、欺君之罪，怎么割你的肉。现在能为你赎罪的，只有匈奴人的首级。”

九·国手

赌 棋

对于哥哥，田雨的看法是可怜。哥哥从小到大只学会了一样本事：杀人。这本事可能是有用的，在这个国家，首级可以折算成军功，他背一麻袋首级去见皇帝，大概能戴一顶插着鸡毛的头盔回来。可他首先得在国家承认的砍首级的组织里注册，他不能自己提着剑去找匈奴人要首级。那首级得是国家承认、发动大家去砍的。为了正经砍几颗首级，他要造出一场战争来，有了战争以后，他又要亲自动手去砍首级。他真是太辛苦了。

卢生把他带走了，田雨一点儿也不羡慕。他的本事比哥哥多。第一，要当将军，他不用像哥哥那样拐弯抹角，读书人只要找帝王吹一通牛，就可以直接戴上插鸡毛的头盔，腰上挂着一嘟噜玉去号令三军。第二，不打仗，他也有事干，他已经是围棋国手了。

事情是这样的，他在城里的棋馆里和人下赌棋，假装棋艺比别人高不了多少，让他们觉得稍努努力就可以赢回来。有一天，他故意输给了一个人一盘，接着赢了他八盘，这人把钱输光了，又从腰带上解下一块玉，要孤注一掷。当时田雨兜里只赢了两块饼、三斤面粉、一两盐、几十枚铜子儿和这个人的十两金子，田雨知道但凡给此人留下一点值钱的东西，此人就不会放他走，就又收拾了人家一盘。拿起那块玉一看，上面刻着“章台尚御棋士王桂”。有围观的人惊呼：“章台不是今上的离宫吗？你是陪今上下棋的人？”这人红着脸说他确实是国手，回乡路过此地，听见噼噼啪啪的就忍不住要进来看看，见这个小孩棋不错，但有点软，就想指导指导，没想到人家在他面前要多硬有多硬。棋馆里的人明白了，田雨平时在他们面前装傻，引诱他们把钱输给他，遇到真正的高手就露出了真本事。

下了五天的棋

田雨的人品搞臭了，名声却流传千里，所以有人从咸阳来找他下棋了。那天他在书库里无聊地翻着兵法书，听见了敲门声。拉开门时，正午的阳光、热浪夹着蝉鸣声嗡地涌进来，冲得他一趔趄，他渐渐看清了逆光中的两位陌生人，那中年人瘦得像竹竿，长着两撇鲢鱼胡子，那女孩的大眼睛直视着他，他都能从里面看到自己的影子——黑暗虚空中的孤零零的白影。他一下子就明白了，这是下棋的人。不需要任何通灵能力，这是一种直觉，下棋的人都能在同类身上看到说不清楚的特征。

先生姓东郭，小姐小字为“芮”，是咸阳杨端和将军府的门客。芮儿有个怪毛病，一定要有人赢她，而且这个人不能是她父亲，她才有兴趣把围棋学下去。自三岁学棋以来，她已经试过了京师的所有国手，还有外郡的很多高手，他们都不再能帮她维持学棋的兴趣，她烦得连棋子都不想碰了。她觉得世上最无聊的事情就是一辈子只跟父亲下棋。东郭先生听说黄河边有个孩子一口气赢了章台宫国手九局，就带她来碰碰运气。

这棋一下就是五天。田雨印象最深的是这父女俩的专注劲儿，一只牛蝇停在芮儿额头上吸她的血，她也不动弹，田雨帮她把牛蝇赶开；牛蝇又飞到东郭先生脸上，东郭先生只不过在旁观，可也丝毫不走神，牛蝇可能是觉得他的皮太老了吧，没有吸他的血，爬到他的胡子尖上跳起舞来了。芮儿下棋的姿势也让田雨大开眼界，他从来没见过正经跟师父学过的人是怎么下棋的，芮儿轻舒秀臂，用纤巧的食指和中指拈起一粒棋子，一甩腕子，“啪”一声脆响，把棋子拍在棋盘上，如果牛蝇停在那里，一定会被她拍死。王桂跟田雨赌棋时也没露过这一手，大概是章台宫国手在民间不好意思太嚣张了吧。田雨的笨爪子把棋子搁在棋盘上时，赢了芮儿。

东郭先生说出了五天来的第一句话：“呵呵，这下你知道天高地厚了吧？”

芮儿则露出了五天来的第一个微笑。

可田雨心里一点也不得意，“她不知道我有时能看到她的思路，她盯着棋盘上的一个点时，这个点就在我眼前闪，这样下棋，没有我赢不了的。”

他们心满意足地走了。田雨躺在床上睡不着，芮儿的大眼睛老在脑海里闪。他抓起枕边的书，用“蚁附之杀士卒三分之一”之类的鬼话给自己催眠，他看见士兵像蚂蚁一样爬上城墙，又冲来一股大水把整个城池都淹了……他惊醒过来，想起确实有一本书讲过人工发洪水的具体做法，就到书库里找。他惊奇地发现自己曾经深深地迷恋过的一些书现在已经完全陌生了，记忆就像一个泥潭，有些东西已经腐烂。他来到阳光下，看孔雀和鹅夫人相亲相爱，鹅用一把尺子去量孔雀的脖子，仔细看，那尺子是鹅的嘴。他再一次进入书库，发誓把水攻的书找到。当他从夏日的热流猛然进入这个地窖时，一股奇怪的味把他定住了神，把他带回了有心灵瘟疫和隐身糖浆的日子，带回了第一次来这里找棋谱的那一天。他忽然想哭。

通行证

此后的日子像此前的几年那样一片空白，直到一个骑马的军官送来一封信。那是一只精致的木鱼，缠着丝线，封泥上盖着“左屯骑印”。桑夫人以为是田鸢来信了，手忙脚乱地找剪子，找不到剪子就用一把菜刀把线砍断了。木鱼分为两半，一小卷白缣掉了出来。展开一看，原来是东郭先生的信。东郭先生问田雨有没有兴趣到咸阳陪杨端和将军下一盘棋。

“不能去！”桑夫人说，“你哥回来了怎么办？”

“您在这儿等他，我去。”

“你一个小孩儿怎么能跑那么远！”

“谁是小孩儿？我都十五岁了！”

田雨灵机一动，说到了咸阳可以见到哥哥，因为他是跟卢生走的，卢生又是咸阳宫的博士，那他们肯定去咸阳了。桑夫人这才同意带他去。

在见到将军之前，他们充分领略了这个崭新帝国的风貌。过了黄河，城镇干净得像画一样，小商小贩和私人店铺都没有了，幸好他们带了些烧饼出来才没挨饿。在三十里铺县城，一支秧歌队打破了街上的宁静，他们披红挂彩，敲锣打鼓，唱着皇帝在九原发表的最新讲话，歌颂帝国的广大，憧憬更广大的帝国，渴望一幅正确的世界地图。田雨不知道这些人是不是像他一样每个月只能领三十斤小米、一两盐和一根肉干。在这番纯真的光景中最打动他的是一个官奴婢，她在官办传舍里打扫卫生和接待客人，她的头发短得像刷子，一看就知道受过髡刑，但是国家把她从许多犯人中挑了出来，给了她这份体面的差事，可见她很珍惜，很自豪。田雨拿出一把铜子求她在马棚里找个地方给他们过夜，她义正词严地说："这是国家的马棚，住在里面的马都有国家的烙印，你呢？"

田雨的烙印在他的通行证上："……云中郡代县广陵乡北中里　小男士五　田雨　年十五　黑瘦……""小男"，就是小屁孩儿，"士五"，平民中最低等的一级，"黑瘦"，不用说了……这就是一个围棋国手的现实。从这一天起，田雨对自己的身份产生了深深的厌恶。

他和桑夫人是在车上过的夜。后半夜寒气直往人骨头里钻，他把车上的垫子全裹在了桑夫人身上，自己缩成了一团。他真希望现在是冬天啊，那就可以拔点枯草来烧了。现在只能把打火石敲来敲去，看看火星。正想着火，火就来了，好多火把在他头顶晃，还有人喊："干什么的？出来！"他们胸前挂着执勤的红缨子。

"这下好了，"田雨想，"有地方过夜了。"

他和桑夫人被带到三十里铺求盗亭。"求盗"这两个字很有意思，好像是举着火把满街喊："盗贼啊，你在哪里？快出来让我们审一审吧！"这些人求了一晚上，老天爷才把两个人发给他们审，他们很珍惜这个机会，一冲进审讯室，点灯的点灯，磨墨的磨墨，还有人翻箱倒柜找另一间审讯室的钥匙，因为两个可疑分子是要分开审的。

审田雨的人一边用冷毛巾擦脸，一边转着笔杆子把笔尖在砚台上蹭得尖尖的，就像一个医生要开药方了，而且是一个被本地人抛弃的医生终于等到了外地来的半夜拉肚子的病人。

“从哪儿来？”

“云中。”

“叫什么？”

“通行证上不是写着吗？”

“我要你自己说。”

他非要人犯用嘴把通行证重复一遍，再把人犯嘴里的话复制到案卷上。田雨想，“干吗不直接把通行证抄在案卷上呢？”后来他明白了，在记录的时候，这个人不能停止过审讯的瘾。问到田雨的去向时，他总算找到了审讯的突破口。

“你说你去找杨将军，你一个‘士五’，有什么资格找将军？”

“是将军要我去的。”

“他找你干什么？”

“下棋。”

“他在咸阳找不到下棋的人，非得大老远叫你去？”

“我是国手。”

“你怎么证明你是国手？”

“你可以和我下棋。”

“我不会。”

“你可以找任何人来和我下棋。”

“我说的不是这个，是证明！你拿什么来证明你是国手？任何身份都是需要证明的，不是凭你嘴说的！”

田雨无话可说了，他唯一可以证明的是，他是比送信的马还要卑贱的“士五”。

“那女人是你什么人？”

“乡亲。”

他这是按照证明的逻辑来说的。他的通行证和桑夫人的通行证是分开的，这就意味着他们不是一家人。如果这个人有兴趣去云中郡查户籍的话，会看到田雨是单独立户的孤儿，桑夫人是一个叫田鸢的人的母亲。

“她出来干什么？”

“护送我。她平时挺疼我的，看我第一次出远门，不放心。”

田雨想，桑夫人在另一间屋被盘问同样的问题，“她应该不会说我是她儿子吧？她老糊涂了可能会说我是她以前的主子，说着说着把我哥哥扯出来，再把找我哥哥这样一个没影儿的事当成此行的目的交代出来……不过这都没关系，只要我不是出来逃避徭役的就没事。”对于草芥之民，官府并不十分关心他是谁的儿子，实际上他的存在和牲口差不多，要是在国家需要他去拉车、搬石头、扛木头时他跑了，那才是大事。

此人又将杨将军邀请信的来龙去脉盘问了半天，关于围棋是什么东西又盘问了半天，关于十五岁的孩子怎么可能成为围棋国手又掰扯了半天，最后，他从自己造的迷宫里钻出来了，终于想起了徭役的事。田雨骄傲地说，他是作为熟练背诵法律的神童被朝廷免除了八年徭役的，根本没有必要逃避即使有也得几年以后才开始的徭役。这下审讯官又有东西解闷了，关于皇帝进九原离宫的细节、神童们在皇帝面前唱法律歌的细节，又够他记一堆木片的。实际上他到广陵乡一查就可以查到田雨的档案，但记录是他的乐趣。最后实在想不出还有什么可记的，而天亮还早着呢，他就无聊地摆弄起田雨的通行证来。就在这时问题严重起来了。

“这上面怎么没有关卡的签字？”

关卡的签字应该在通行证下面，刚才他看到田雨的去向时注意力转移了，现在终于看到，这是一个没报关就混进城的人。他脸上出现了发现通缉犯的表情。

当时，统一的帝国已经废除了城墙，进城不必非要通过城门，所以，田雨就从小巷子溜进城了。要说报关有多麻烦，得从通行证说起。通行证有两份，一份由自己带着，另一份由官府的邮车运到关卡，两份合拢，内容一致，方可放行。说起来容易，可验证的过程奇慢。在关卡前排队的有来自四面八方的游士、商人、回乡探亲的士兵、出差的官吏……窗口里的副本一堆一堆的，这一堆是广陵来的，那一堆是定边来的，又一堆是肤施来的……关吏看一个人的正本上写着来自肤施，便从肤施的那一堆里找他的副本，如果按笔画顺序排列，他倒好找，可是没有顺序，因为肤施的副本是由下属各乡的副本和临县、杨桥、吕梁等地来的副本混杂起来的，所有通过肤施前往三十里铺的副本都在其中，肤施的官吏怎么有时间整理它们呢？他把这堆副本往羊皮囊里一扔，扎上麻线，挂上发往三十里铺的木签，就交给了邮差。所以，三十里铺的关吏找副本要一张一张地翻，运气不好时翻到最后一张才是，还得骂一声：“娘的，早知道就倒着翻了。”他把副本和正本合拢，仔细对照左右内容，又耽误一些时间，最要命的是他还要把内容抄下来备案，以便出了大案时朝廷可以排查经过此地的流动人口。办完这个人的手续，后面的人都尿裤子了。这还是副本及时到达的情况，如果田雨早晨从广陵出来，中午到达三十里铺，而运送他的副本的邮车中午才出发，夜里到达三十里铺，他就要傻等。不等，直接赶往下一站？他们在他手里的正本上看不到上一站的签字，会让他回去补签。他本来想先进城找到住处，再出来补办手续，但经过秧歌队、官奴婢那么一番折腾，就把这事忘了。

“法盲啊法盲，”那位先生叹息道，“这种事你也能忘，人生中还有比证明更重要的事吗？你不是熟练背诵法律吗，你说说自己该当何罪。”

“应该罚一副甲胄的钱。”

“为什么是一副？”

“《游士律》第一百八十八条规定出门不带通行证罚两副甲胄的钱，我带了，只是没签字，应该少罚点。”

“呵呵呵……那你知不知道今年的补充条例，通行证不签字和没有通行证同罪？”

“不知道。”

“那好，我找个地方让你好好学学。”

他给田雨找的地方跟牢房差不多，三十多个人一屋，每天除了撒尿就是学法律。一个牢头负责抽查学习情况，像这样的绕口令：“卅四年四月丙戌朔丁亥，北地郡守谓县啬夫，古者民各有乡俗，民多诈巧法未足……”一个字都不能差，一个停顿都不能错，错了就要“躬着”。

“怪不得你会进来啊，”他对一个文盲说，“连年月日都搞不清，什么‘三四年四月’，躬着！”

田雨从来没见过这么虔诚的姿势——“躬着”，俯身向前，叉开两腿，双臂下垂，把背部充分地露出来，让人用肘尖往上砸。在一阵鬼哭狼嚎和求饶之后，这种仪式以“哇”的一声呕吐结束。

"新来的，"他瞧上了田雨，"你来！"

这不比三百多手的棋谱难背。田雨一字不差地背了下来。但是牢头说：

"我他妈让你背了吗？我说的是'你来'，就是叫你过来，没叫你开口！连话都听不懂，怪不得会进来，躬着！"

田雨的姿势是很标准的，牢头赞叹起来："连这玩意儿也学得这么快，读书人的脑子就是好使。"他的肘尖咚咚咚砸下来，砸的不是田雨的背，而是腰眼。田雨一下子就吐了。

这还没有完，有个更彪悍的家伙走了过来，他瞎了一只眼，但另一只眼睛好像长着牙齿，他的胳膊上、手背上全是毛。"你歇会儿，"他对牢头说，"让我过会儿瘾。"田雨想：完了，我直接撞死在地上算了。果然，独眼龙的来势更凶，他是用脚踢，踢在田雨胸口"嘭嘭"像打鼓。可田雨发现自己不吐了，那人踢的是他的胸骨，而不是软地方。踢够以后，他俯身对着田雨耳朵说："不服？出去再找我。定边'独眼龙'！"

再次提审田雨时，田雨的胸口不疼了，腰眼还在疼。官吏问："法律学得怎么样了？"

田雨按着腰眼说："学得很透彻。"

"好，交四副甲胄的钱。"

桑夫人也被释放了。他们领回了马车、五个半烧饼、腰带、鞋和钱，四副甲胄的钱已经从中扣除，并让田雨核对了余额、签了字，非常廉洁。

到关卡补完手续，又到了晚上。田雨再也不想露宿了，也不想求人借宿。他要连夜赶到将军那里去。桑夫人怕强盗，田雨说，大不了让他们把钱抢光。钱还有什么用？现在有钱也住不了店，您说还有什么用？

我算明白了，草民有钱只有两种用，一是给人罚款，二是给强盗抢，可是就连强盗也觉得钱没用，都老老实实回家种地了，要不这国家怎么这么太平呢！黎明前，他们到达了云阳关——咸阳的北大门。这时田雨突然发起愁来，“跑得这么快，我的通行证副本送到了没有呢？”

关卡亭子里的人在抄东西——到现在没有例外，田雨看到的官吏全都在抄东西，这个国家不知哪来那么多文件要抄，大概是怕正本丢了，副本也丢了，副本的副本也丢了，就没有人知道他们兢兢业业地值过班，所以要抄一个副本的副本的副本，两千年后有人把副本的副本的副本挖出来，就知道他值过班。就连那个官奴婢也是如此，在拒绝田雨住马棚的时候，她正在抄官员的证件的副本的副本的副本。

但是这位军人比官奴婢要好得多，他一看到田雨走过来，就停下了抄写，接过田雨的通行证。这时田雨才发现他刚才抄的是一堆通行证的副本的副本的副本。田雨很难相信自己的通行证的副本的副本的副本已经运达，可他居然找到了。“原来帝国的邮车可以星夜兼程运送我们这些虫豸小人的东西！”田雨有些感动，此时对抄写这件事也充满了敬意——瞧这位军哥，天这么冷，这么黑，油灯都要燃尽了，他还不睡觉，还在用抄写来驱赶睡意，他胸口的一抹红缨庄严地表示他正在值班。当军人走出岗亭来搬路障时，田雨发现他虽然上身穿着军服，下身却是一条缀着补丁的粗麻裙子，原来他只是个乡丁啊。他的精神气质怎么就跟真的军人一样呢？桑夫人把头伸出车窗问：“小伙子，前面那一片是咸阳吗？”

她说的是前方的一片灯火，乍看是浮在空中的，仔细看是半山腰上的琼楼玉宇。

“那只是林光宫，咱们的咸阳要比这大得多呢！”

乡丁说这话的自豪劲儿，已经不像军人，而像咸阳内史了。原来这个国家也可以让一些屁民活得很挺拔啊。许多年后田雨仍然记得，在他涉世未深时，把他底层的卑贱感一扫而空的，是清冷的黎明中一个穿粗麻裙子的小人物。

将军府

那片光明慢慢从他们身边飘了过去。他们下了山，进了城，打听东南屯骑，路人往南指：“在咸阳宫东边。”田雨抬头一看，那是一片重重叠叠的怪影，差点被他当成了乌云，说它高，比它还高的还有冲天的白气，说它是宫殿，它又不像人类建造的。在这个被大家叫作“咸阳”的迷宫里，他们转啊转，又被一片广场弄糊涂了。广场被铁栏杆围着，那么大的一片空地只有几个士兵守着一个高台，台上立一块石碑，路人宁可绕道也没有一个敢进去的，桑夫人觉得这几百亩地不种点麦子太可惜了。天又黑了，广场南边的火炬照亮了十二个高大的铜人，它们在乌云下简直就像诸神显灵啊，后面是旌旗飘扬的宫墙和另一些不知又是多少火炬照着的城楼，只照亮了一面，它的色彩过于明晰，以至于在城市的睡梦中显得那么不真实。桑夫人感叹那火炬不知道一晚上得烧掉多少家口粮。他们走啊走，走了好半天才绕过广场，来到宫墙下面，垒墙的石头，每个都有半人大，离近了好像压在胸口让人喘不过气来。经过这番冲击，看到杨将军府的石狮子时，就不以为奇了。

和田雨下棋的是两个人，一个胖一个瘦。瘦的听他复盘讲解，听得频频点头，还夸他引用兵法术语很恰当。田雨说："我常读兵书。" 那人问："为什么？借鉴兵法提高棋艺吗？" 田雨说："不，我希望成为杨将军那样的人。" 那人大笑着指指旁边的胖子："我不是杨将军，他才是。" 杨端和说："这是蒙大将军，你有福气啊，刚来就认识了他。" 田雨顿时心潮起伏，蒙恬是世袭的将军，在当朝是权势最大的武官。蒙恬亲切地拍着他的肩，说："今天的将军可都是战场上拼出来的，不是读书读出来的呀。"

田雨顿时无地自容。这是他第一次对别人吐露自己的梦想，也是最后一次。

杨端和跟田雨下棋的时候，根本不要求讲解，只要一盘接一盘地下，好像再下一盘就能赢这个国手似的。而且田雨发现他有个恶习跟百里冬一样，输了拿棋子撒气，本来手劲就大，输了以后把棋子拍得更狠，一粒子落下，整个棋盘都在跳，好像这就能把对手吓傻似的。其实他就是把棋子拍烂了田雨也不想输给他，因为田雨已经打算离开这儿，他才不想留在听说过他心里话还笑话他的人中间呢。不知何时，芮儿和东郭先生来到了棋枰边。为了快点和他们说上话，田雨输了一盘。

他有个小小的心愿：和东郭先生下一盘。

上次赢了芮儿，他觉得自己是全国第一高手了，转念一想，还有一个人没试过——她爸爸。

他对东郭先生提出了这个请求，可东郭先生说自己老了，脑子不好使了。田雨问他是不是怕丢面子，他也不生气。田雨不是一个嘴甜的孩子，不知道还能怎么求他，只知道他在撒谎。脑子不好使了，那你怎么教你女儿？她把咸阳的高手都赢了个够，连棋子都懒得碰了，你还要她继续学围棋，除了你，谁能教她？晚上，棋盘在他们房间里摆好了，芮儿又兴趣盎然地坐在了田雨面前，田雨忽然明白东郭先生为什么不肯跟他下了。他的通行证还有三天就到期了，杨端和留也留不住，在这三天里，他只能下一盘高水平的棋，东郭先生要把这个机会留给他女儿，因为田雨是目前世界上唯一能刺激他女儿把围棋学下去的人。

田雨说："先生，如果您愿意……"

先生摇手。

"请听我说完，如果您愿意指导我一局，我就留下来，天天陪芮儿下棋。"

"真的？"芮儿的眼睛亮了。

田雨点点头。芮儿马上离开棋盘，抱着她爸爸的胳膊撒起娇来。

东郭先生懒洋洋地坐在了棋盘边。

让五子局

田雨主动在棋盘上摆上势子，并把自己的第一手棋摆上去。这是晚辈尊敬长辈的做法，表示他的棋艺比先生差，要先行。接着该先生了，先生不动弹。田雨想："他可能比我高很多。"就问："先生授我几子？"先生把自己的势子都拿走，把田雨的第一手也拿走，又为田雨摆上三粒子，加上田雨原来的两粒势子，棋盘上现在有田雨的五粒子。

这就是说，东郭先生要让田雨五子。田雨真诚地希望有人指点他，可他一直认为能让他三子以上的人，从古至今就没有，连烂柯山的神仙也不是。且不说透视棋路的巫术，就说棋艺，他也没法想象别人怎么让他五子。"好吧，"他想，"咱们试试，今天我光凭棋艺，不搞那些歪门邪道。"

但他很快发现歪门邪道是忍不住的，他只要看棋盘，就能看到对手正在注意的点在闪。他真怕作弊赢了，学不到真东西，再这样他就得请求下盲棋了。可在接近中盘时，他发现这没有必要，东郭先生的点不像布局时那么清楚了。

就算田雨看到这些点，也无法理解。别人和他下棋时，思考的点是一个接一个的，可东郭先生的点像水光一样乱跳，风一吹就没了，一眨眼又聚集在别处，有时候像是水光投射在墙上的幻影。田雨不想从这种透视中作弊，可他怀疑先生的脑子里根本就没有思路，而是在一个噩梦中下棋。

他看见这噩梦中有一个点清晰起来，先生也把棋子放在那儿了，等他醒过来，看清现实中的棋盘，发现这一子在角的端点上。他无法理解，坦率地说，就连田鸢也不会下这么幼稚的棋。“这不是让我多走了一步吗？他以为我会来吃这个子吗？我完全不必理睬它！”田雨用眼睛问芮儿：“你父亲真是老糊涂了吗？”芮儿只是笑，田雨看不懂她的笑容。棋局在生长，每一棵草都饱受风吹雨打，每一阵风、每一场雨都是无法预料的。奇怪的事情发生了，东郭先生的种子随便被风吹到什么地方都能生根发芽，茁壮成长，而田雨精心培育的花朵枯萎了。在复盘时，他发现全局的妙手就是角上的那一手，这个废子，在第三百七十一手居然变成了生死攸关的。

田雨问东郭先生：“您怎么知道它会决定胜负？”

“我也不知道。”先生说。

“那您为什么要走它？”

“不知道。”

田雨还是不理解。没有一个国手，不，没有一个下棋的人会在角还空着的时候把棋子放在端点上，除非他知道三百多手后它有用。

“您算到了三百多手的变化？”

“没有。我不知道为什么要把那一手走在那儿。”

“那我只能这么理解，您下棋的时候在睡觉，有一个神在帮您走。”

“呵呵，我没有神。这件事情，如果一定要我解释的话，我得说，我行棋的思路和你们不一样。你们是在前面计算后面的结果，而我是倒过来的。”先生举了个例子，田雨走第三十一手的时候，他也很佩服，觉得那是一个妙手，实在不知道怎么应对，才走了角上那个点，随后他用三百多手证明他那一手是妙手，把田雨的妙手变成臭棋，“这是一种连我也没法理解的规则。”

“什么规则？”

“用未来改变过去。”

田雨忽然想起了小时候曾经怀疑自己能够用冥想改变历史，他看史书，深深地迷上一个故事，祈祷着它的结局应该是什么样，如果不问别人结局是什么，结局就总是那样，就像是自己用冥想改变了那些简牍、帛书、龟甲的文字，而且改变了看过这些书的人的记忆。在长大后他不太相信这个了，但是东郭先生又一次让他怀疑：“难道这是真的吗？棋局的历史是宇宙的历史的缩影吗？如果每一局棋都有一个神，宇宙有一个神，东郭先生那迷茫的心灵里有一个神，我也有一个神，它们是同一个神吗？”

芮儿和田雨下完第二盘棋后，和她父亲一起离开了将军府。他们是告假回老家去的，但此后他们再也没有回到将军府。田雨一直在寻找他们，奇怪的是咸阳的棋士们都不认识他们。在余生中，田雨做梦、醒着都会在脑子里重复那让五子局，也不能参透这小小棋盘中的历史。田雨会梦见他们父女俩在书库门口的逆光中站着，从芮儿的眼睛里看到自己的影子。

十·首级

匈奴太子

咸阳宫广场的铜人在秋风中发出了低沉的呜呜，有人把耳朵贴在铜人肚子上，听见万马奔腾、杀声如潮。李斯在朝上拿出龟甲说：三千年前的先知预言——胡人将对大秦帝国构成毁灭性的打击。皇帝嘶声问："所谓预言，如何攻破它？"赵高和声细语地回答："凭陛下的百万雄师。"他们演完戏，群臣争论起来。一群儒生反对开战，说匈奴人以逸待劳，秦军屈力殚货，说不定六国的残余势力会乘机作乱；还说连赵武灵王也没把匈奴人赶尽杀绝。皇帝一听这话，脸就黑了，他想：难道朕连赵武灵王都不如吗？你们这些书呆子！接着，好几年没仗可打、骨头都痒痒的两位将军吼出了自己的看法：把那些狗日的轰出去还不容易，这是在我们自己的国土上打仗！皇帝询问长子扶苏，扶苏说："匈奴人骚扰我国边疆，确实应该制止，"他的语气同他的面孔一样温和，"不过儿臣觉得，大动干戈不一定是最好的办法。能不能派使者感化这些蛮子呢？说不定他们将来还要……还要来进贡呢。"

皇帝本来想，如果他不能长生不老，可以立扶苏为太子，继承皇位。可扶苏的这番话让皇帝失望。他不动声色地转问十八公子胡亥，胡亥说："中国妇女让外国人糟蹋了，丢人。废他妈什么话，打了再说！"

外国人还在中国的草原上寻欢作乐，他们的单于还垫着活人枕头、盖着活人被子。匈奴巫医配的壮阳药不够劲，他怀念起中国老巫医的按摩术来，又想：卢敖没准比他更强，可惜跑了。想到老巫医，想到卢敖，他那昏聩的心中火花一闪，又灭了。他召见太子冒顿，问："我刚才想到两个中国人：一个是老巫医，一个是卢敖，我把他们放在一块想，心里一咯噔，再往下想，又迷糊了。太子啊，你告诉我，我在想什么？"

"父王，外边两个千骑长争女人，都快打起来了！"

"千骑长万骑长，打死一个两个有什么稀罕，你你你给我坐下！"

冒顿不理他，冲出了帐篷。两拨人马正在草原上厮杀，冒顿策马上前，一手提着一个千骑长冲出战场，把他们扔在空地上，他的亲兵们从帐篷里拖出影响他们友谊的女人，扔在两人中间。一个千骑长号起来，嘴里又喷出血来，十几丈外，冒顿的牛角弓正对着他的喉咙。顷刻间，乱箭把他们都变成了刺猬，慢一点的箭都插不进去了。

办完这件事，冒顿思量起父王的话来。自从卢敖被劫走，他们一直在查劫匪的来历，但是不好找，因为拿得出四千两黄金的官吏和富商很多。现在父王提到老巫医，冒顿也觉得似乎有门，但他们之间的关系在哪儿呢？他们都是中国人，中国人会帮中国人，现在只看到这一点，可卢敖是秘密运来的，老巫医并不知道啊，一个来了，一个放了……啊，想起来了——

"卢敖被押进父王的帐篷时，老巫医刚给父王按摩完出去！他完全有可能在门口看见了卢敖！不，他肯定看见了，因为时间差不了多少！除他以外，再没有中国人知道卢敖在这儿，把消息透露出去的，就是他，找到他，就知道他把消息给谁了，那就是劫匪！"

云中的匈奴人见过一个满脸烙印的老头子在路边给人治病，知道他投靠了盐铁商百里冬。冒顿得到消息来到云中，望着百里冬的城堡，心想：不管卢敖在不在里面，抢它一回也值。老巫医经常下山买药，抓他是太容易了，他交代了卢敖的事以后，仍然被押回鄂尔多斯高原，被马拖成了肉片。现在对冒顿来说，只剩下了一个问题：怎么荡平那个城堡。

围　城

弄玉扶着城墙眺望南方，猜测田鸾的行踪，田鸾离开了城堡，却跑到她心里作乱来了。仿佛应她的召唤，又好像出自妄想，一支军队黄尘滚滚地从云中城开来，她想：田鸾会在这支队伍里吗？她已经不止一次对着过路的军队这样想过。可这支军队不是过路的，它在往城堡开来，而且它也不像正规军队，她在九原见过的秦军是齐刷刷的一片黑，山下这些人像一群土狼。她把“面条”拉过来看，“面条”眼尖，一眼望过去就慌了神，他飞奔到屋檐边，朝场院里大喊：“胡人来啦！”

场院里有人在散步玩耍，有人在牛儿哥的新房门口抬东西，他们都愣了，有人冲上了屋顶，看见那群土狼正在爬山。

“来啦！真的来啦！山坡上全是胡人！”

大门轰地被拉上了，一根根木桩顶在大门上，地上支撑顶门柱的沟这么多年没被踩平，真是万幸。人们掀开愚公井的盖子，把兵器咣啷咣啷扔出来。匈奴人的箭飞蝗蔽日地袭来，妇女孩子们忙着收地上的箭，一筐一筐往城墙上送。谁也没料到一个古战场的幽灵在箭雨中复活了，他披甲戴盔，盔顶的管子里插着三根过于华丽的雉鸡毛，空中城的空中回荡着他的吼声："别跟他们对射！咱们的人少！"

不难认出头盔下面那一对圆圆的鹰眼睛、护颈上奓开的黑胡子。百里冬从头到脚和祭台上祖宗的画像一样。头盔把他的眉毛都压住了，不知是哪朝哪代哪个巨人戴过的，上面还有乱糟糟的刀痕。那一身甲胄，还有马肚子上的护甲，是红棕色的皮缀成的。这身装束，自从黑甲军荡平北方大地，就绝迹了。乱箭在他头顶倾泻，犹如一场横着袭来的暴雨，但他依然挺着胸膛大喊大叫。

胡人开始撞门，城墙上的武士们便朝门口放箭，眼看胡人唰唰倒下、撞门的木桩骨碌碌滚下山坡，乐得合不拢嘴。箭雨停歇时，百里冬又吼道："小心，他们要上墙！"

他兴奋得两眼放光。他的王国总算有了一场战争。以前，这儿有盐，有铁，有的是金子，有城墙，也算有军队，有梦想也有诗人，有巫师也有神医，有繁荣也有天灾，连心灵瘟疫都挺过来了，就缺战争了。

胡人的第一股进攻被击退了，一条条长梯倒在山坡上，压着他们的死尸。他忽然想起了田雨，这个好学的乖孩子曾经向他请教兵法，可惜他在咸阳，不能实地参观什么叫"蚁附之杀士卒三分之一"——看，胡人附在城墙上，像蚂蚁一样，他们掉下去，三分之一的人找不到脑袋了，他们的脑袋在干什么呢？也在找自己的主人，它们骨碌碌地滚啊滚，找不到主人，就闭上了眼睛。事情为什么会这样呢？因为空中城是个天才的构想，匈奴人要在外面的斜坡上搭梯子，可不那么容易，要带着一颗脑袋爬进来，就更难了。

他忘了一件事，当初建城挖土时，山坡被挖出了一个断面，胡人正在那儿打洞。后来好多天，中国人夜以继日地在墙头逡巡，怕胡人"蚁附之”，胡人在山上设哨，怕中国人冲出来打扰他们挖洞，谁也没想到中国军队正在挺进北部边疆。

给将军解闷的人

正如将军们所说，这是在自己的国土上打仗，方便得很。三十万大军开到上郡补充给养，二十万边防军在九原待命。上郡的郡治是肤施城，跟田雨说过“读书人成不了将军”的蒙恬就住在这里，他一见到田雨就笑着问：“哟，田将军来打仗了？”

“我是来给将军解闷的。”田雨说。

蒙恬没把田雨当外人，一边和他下棋，一边听探子汇报雁门的情况。那里多山，多湖泊，基本上是个迷宫，胡人的马匹习惯了坎坷的山路，不好对付。正在看棋的杨端和抬起了头，对蒙恬说：“给我十五万人。”

“你打算拿这十五万人怎么办？”蒙恬问。

“偷偷翻过吕梁山，一举捣了他奶奶的老巢。”

探子说：“山上在下雪。”

杨端和挥了挥蒲扇巴掌：“打蓟城那年雪深二尺五寸，还不是攻进去了。嘁，老子不信，比六国还难打。”

最终决定兵分两路——蒙恬率三十万人进入草原，杨端和率二十万人翻吕梁山进雁门。杨端和回到军营，对田雨说：“队伍要连夜出发，棋盘别忘了带啊！”田雨并不知道，田鸢也在杨端和麾下，而且被重用了。田鸢没跟大军翻吕梁山，他领着一队探子骑快马先行，去探胡人的老巢。他在暮色下经过云中，往遥远的空中城投去了深情的一瞥，他看不见那山坡已被匈奴人覆盖，城堡下面的洞是越挖越深了。

死神和天使

他们不敢轻易突围，把妇女儿童暴露给胡人。但是食物和饮水支撑不了几天了。牛儿哥再也没有了笑容，百里桑牙齿出血，如意的圆下巴变成了尖的，弄玉没日没夜躺在床上，好做一些吃饭喝水的梦。那个人，那个经常跑来照她的镜子、结结巴巴向她求婚、发誓要戴着冠弁回来见她爹的人，根本不知道在哪儿，甚至不知死活。她曾经答应，等他回来弄玉还是漂漂亮亮的，看来要让人家失望了。来吧，来瞧弄玉的嘴唇吧，又干又裂，还起泡，像两片松树皮，瞧弄玉的眼睛吧，和双头人的眼睛差不多了，你或许还喜欢弄玉的头发，对不对？现在请你闻一闻，它只有臭味。哼哼，你不是喜欢捏弄玉的手吗，来吧，薰衣草烫的疤刚刚好，冻疮又出来了。这都是弄玉自找的，谁叫你把卢生抢来治弄玉的病呢？现在全城堡的人都在为我受苦。他们也许猜到了，也许正在骂我，我这个罪人……“罪人”“罪人”，这个词占据了她的脑海，伴她进入梦魇。

谁也没注意到城堡里还有一场战争，发生在不见天日的角落，用药物作给养，用针灸和咒语作武器，在一个人身上围城，从田雨翻出乌龟壳之前到现在，快要决出胜负了。双头人收拾起小头来，和胡人收拾这城堡一样：强攻不下来就围困。他不敢把小头切下来，却弄清了小头的经脉，把它们都堵死了。小头本来是个吵吵嚷嚷的孩子，后来不吭声了，变成了婴儿，后来又闭上眼睛，变成了胎儿，后来渐渐萎缩，成了挂在脖子后面的一颗肉丸子。老人迷上这件事，一年来连小套间的门都没出过，更不知道光天化日之下在发生什么。他的阁楼，四面墙上连个缝都没有，围城头一天，箭扎在上面、飞来的头颅砸在上面，他也听不见；只有一尺见方的小天窗把阳光和雨雪放进来，一排瓦罐吊在那儿接天上的水，他有单靠阳光和水活命的本事。他打算等小头变成一颗痣再守着天窗修炼隐身术，把影子也消灭掉。

但他到底熬不住了，一天早晨他摘下黄绢冲出了苦闷的隐身术作坊，把蹲在院里掏老鼠洞、等鸟儿走进圈套的人们吓了一跳，他的脑袋七十多年不见天日，不仅须眉皆白、面无血色，连眼珠都是白的，整个一只长白毛的深水怪物，他突然抛头露面，比戴黄绢还惊世骇俗。他一路留下祭坛香炉的味，让人觉得死神终于降临空中城了，但是死神的后脑勺上不该挂着鸡蛋那么大的一颗肉球，苦闷的隐身术作坊也不该无缘无故地开门，大家看到这些，又猜到了他是谁。他冲进厕所，把黄绢扔进粪坑，又用一坨坨大泥巴把它砸得沉下去。这时候他长舒了一口气，真的，他可以在光天化日之下散散步、吃点东西了，这份自由给他带来的喜悦，不亚于飞翔给田鸢带来的。

走出厕所时，他又变成了天使，他和擦肩而过的每一个人打招呼，快乐地眨巴着深海鱼的眼睛，他在焦虑的人群中走来走去，脸上挂着婴儿的笑容。他把匈奴人的箭捡起来擦干净，在白杨树上画眼睛，他还颤颤巍巍地登上屋顶，拍打那密闭的小阁楼，体验自己在里面修炼隐身术时别人在外面的感觉。他不肯回到这个黑盒子里去了，隐身术也不想搞了，这东西他搞了七十多年，无非是为了今天已经获得的自由。那些披盔戴甲、手执利刃的人注视着山坡，不理他，于是他回到场院里，蹲在孔雀笼前说了一上午话，和六只彩色的小鸭子成了好朋友。他到处打听吃饭的地方，那些刚刚把老鼠洞里的粮食刨出来的人告诉他，这里连稀粥都没有了，这里正在打仗。于是他又钻进了黑暗的作坊，抓紧时间改良隐身糖浆，以便让全城堡的人突围。

突围需要马和车，万不得已到了这一天，每辆车上都要塞满人，每匹马上都要坐几个人，杀一匹马等于杀一群人，所以他们吃完老鼠洞里的大豆、小米、麦子，又吃老鼠，吃完老鼠又煮靴子。胡人久攻不下又不滚蛋，大家开始琢磨这到底是干什么，想到田鸢救卢敖、老巫医神秘失踪，他们明白这是来寻仇的了。围城第十三天上午，在乱箭的掩护下，他们冒险打开城门，牛儿哥率领一小队人马杀出了重围。下午他们杀了回来，少了一个人。牛儿哥说驻军开到草原上去了，有个人已经去求援。弄玉一听，就知道田鸢在外面干了什么好事。

“朝廷已经向匈奴开战。”牛儿哥神采奕奕地说。

这一天人们狠狠心杀了几匹老马，两天后，马的骨髓都被吸干了，有人问：

“为什么不吃王八？不吃孔雀？”

“一个是神龟，一个是凤凰。”

“什么神龟！那就是王八！什么凤凰！那就是一只大鸡！连人都顾不上了还管它们！”

这话传到百里冬耳朵里，他就把厨子领到凤凰跟前。凤凰在打蔫，六只彩色的小鸭子在翘首盼望那个白眼珠的老顽童来找它们玩。鹅夫人也早就被吃掉了。百里冬觑着眼睛对厨子说：“弄出来，给夜里守城墙的人吃。”

如意哭着跑过来：“把我也煮了吃吧！”但是她的要求是不现实的，

现在没有足够的水来煮她，只够煮孔雀的。火生起来了，厨子手执屠刀揪出了孔雀。要是田雨看见这一幕，肯定会有些伤感，当年他变成公鸡后，把他揪出来切开脖子的，就是这个厨子。如今这厨子饿得没了力气，刚把孔雀揪出来，孔雀就挣脱他的手，扶摇而上，飞出了东边的城墙，大家这才想起，孔雀跟鸡还是不一样。它的孩子们，那些彩色小鸭子，趁机逃脱樊笼，扑棱着秃翅膀逃命，它们绕过愚公井的黑洞，躲开人们丧心病狂的脚板，钻进了苦闷的隐身术作坊的门缝。

没人冲击苦闷的隐身术作坊，厨子正在舀乌龟池的水。晚上大家喝到了王八粥，王八仍然在大半年没换过的绿水里游荡，只不过成了碎片。次日一早，空中城成了空中粪坑，王八的在天之灵让这里的人个个都拉稀。现在只有尿干净，渴极了，尿就不骚了，还治好了拉肚子。

凤凰战场

弄玉梦见吃饭喝水那天晚上，田鸢和雪花一起飘进了胡人的老巢，有他这种探子，抗击匈奴战争就打得更利索了。空中城杀马那天晚上，杨端和的队伍翻过了吕梁山。他与探子们开了个小会，决定今天半夜出兵。

他睡了一觉，傍晚叫田雨来下一盘快棋。田雨很为难，下快棋时不容易做到不露痕迹地让将军赢，但还是从命了。将军的下法历来是这样：先围空，没地方围的时候再跑到别人的空里滋事，经过一番看似艰苦的拼搏，他打入的棋活净了，他就赢了。今天他也是这么干的。田雨来不及考虑怎么让这棋活下来，只好把它吃了。

“晦气。”将军扔下棋子，中盘认输。

田雨说：“不打入，也能赢。”

“你大声点，别跟蚊子叫一样！”

“打入别人的厚势要小心，在山谷中作战也是这样。”

“你个小屁孩儿懂什么作战！”杨端和扔下这句话，到军营里去准备作战了。

次日一早，作战回来的人都血淋淋的，他们在山林里没见到一个胡人，却遭到了来自树上、山崖上甚至天上的乱箭的袭击，简直分不清雪花和箭。他们撤退时胡人又追来了，山谷里滑溜溜的，胡人的马像兔子，他们的马像牛。杨端和满脸血污闯进营帐，对田雨吼道：“你好能耐！在一个将军出征之前赢他的棋！”

田雨一声不吭，独自来到作战的山谷里，看见两侧山坡不高不矮，往下放箭正合适。在坡顶，他又看到了很多碎石。谷口还有一片密林，胡人马匹在这里灵活不起来。回营帐后，他对杨端和讲了自己的想法。杨端和发了半天愣，甩出一句话：“这么简单的招，还用得着你来教我！”然后他领军师重新查看了地形，向雁门郡尉要五万支拒马枪，还要组织三千人的敢死队。

田鸾没能参加上一次突袭，正为军功没有着落发愁，听见敢死队的消息，就满世界找杨端和。他也不知道敢死队是干什么的，只觉得这玩意儿容易立功。杨端和正在检阅敢死队的铁汉子们，田鸾跑到他的马头前说：“我最敢死。”

杨端和看着这个小白脸嗤笑：“神仙也打仗？”

田鸾把手掌亮出来，让他看剑柄磨出的厚茧：“我是武士。”

“好，”杨端和说，“你不愧是姓嬴的。”

孔雀飞出城堡的第二天早晨，敢死队冲进胡人的老巢，他们按照杨端和的吩咐，虚晃一枪就跑。胡人追出山谷，被埋伏在谷口的大军淹没了，胡人在树林里尝到了拒马枪的厉害，他们往回跑，乱箭、石头又从山顶飞下来。眼看他们就要成为囊中之物，战场上空却响起了摧肝裂胆的尖啸，乱箭和飞石停了，杨端和很纳闷：十五万支箭还不够用吗？他哪知道，山顶的荆条已经变成毒蛇。他下令追击穷寇，一股不合时令的山洪突然暴发了，秦国士兵在水中挣扎，胡人在山坡上拍手称快。田鸢飞向他们的巫师，乱箭又使他无法靠近。在这精彩时刻，空中的奇观又引起了胡人的欢呼：一只凤凰从天而降，随着巫师的啸声翩翩起舞，仿佛给胡人带来了吉祥和祝福。

谁也没想到凤凰俯冲下来，叼走了巫师的双眼。啸声停了，山谷里滚动着一条巨蟒，洪水变成了积雪，山上的毒蛇变成了荆条，十万将士恍如置身传说，田鸢想起了孔雀在马戏团表演过的节目。孔雀吐出巫师的眼珠，飞向田鸢，它还认得这个“养孔雀的”。田鸢正在努力地攒首级，这些首级是他的彩礼。孔雀叼住田鸢的耳朵，把他往空中拽。战斗在这场闹剧中结束了，士兵们一边在雪地里割首级，一边看着田鸢笑。杨端和喊道：“嬴鸢，这鸟哪来的？”

“师父叫我回去一趟！”

“那你去吧。”

“首级还没交呢。”

“去吧，首级我帮你记在账上！”

田鸢第一次跟一只鸟一起飞。恢复自由的孔雀，羽毛是那么光滑、那么柔顺，绿色和金色交织，在朝阳下焕发着虹彩。田鸢摸摸它的尾巴，又摸摸自己被啄破的耳朵，心想：城堡里可能有急事吧。

红　云

昨天半夜，人们被这样的喊声吵醒了："下雪啦！下雪啦！"他们冲到场院里，看见无数细小的冰晶在黑暗中跳舞，高兴得流泪。在四面八方的屋檐上，夜巡的武士们还直着脖子发疯地喊着。有人朝天空吐出舌头，有人趴在地上舔雪，把雪花和泥沙一起吃下去。雪越来越厚，后半夜还有人跪在雪地里，喘着粗气，大把大把往嘴里塞雪。凌晨，他们心满意足地回去了，场院里剩下了一些雪人，雪人身上又有大口小口咬过的缺口。在城墙上巡逻的武士往山坡上望，一个胡人也看不见，连他们的炉灶、马料、破梯子、死尸和人头也无影无踪，满世界都是白茫茫的，简直就像从来没发生过围城的事一样。但是他们不敢掉以轻心，谁知道胡人有多狡猾，会不会趴在积雪下面一夜呢。他们怕自己睡着，就在房顶堆了一个又一个雪人。

在场院里守铜锣人的就没有这么大定力了，他怀着一肚子雪水做了个山珍海味的梦，被尿憋醒时看见天边一条红云。雪停了，乱七八糟的脚印没了，场院里还静悄悄、空荡荡的。他的目光转向北边，晕乎乎地看见一桩怪事：荒芜的花圃里，长出了人，一个接一个长出来，有的在往旁边的屋里钻，有的在好奇地东张西望。一声女人的尖叫从那屋里传出来，撕裂了黎明。

铜锣大响，夜巡的武士们从房顶跳下来，光脚的男人们从屋里冲出来，胡人黄蜂出巢般从地洞里涌出来，有的胡人打开城堡大门，引入另一股仇杀的洪流。雪地一片片染红了，殷红的雪冒着热气。在这个修罗杀场的边缘，有一扇终日关闭的门，关着六只小鸭子和一个获得新生的老人。双头人躺在满地是药罐的小屋子里，搞不清这是白天还是黑夜，他刚刚醒来，冻得浑身哆嗦，忘了围城的事情也忘了松油已经耗尽，他大声喊人来点燃庭燎，难为它已经燃烧了九年。“是不是我的声音太小了？”他念叨着，摸黑下床，碰翻了药罐，昨晚喝剩的隐身糖浆洒了一地。他对着黑暗大叫：“哎哟快冻死我了！”他听见跟屁鸭叫唤，就摸到书库里找它们。他的视野越来越明亮，他看清了这些小东西的颜色——红色、橙色、淡黄色、孔雀绿、宝石蓝、紫罗兰。此时此刻，双头人的耳朵也好得出奇，连蝼蛄在石板底下钻泥巴、蚂蚁在墙根搬东西、蛀虫咀嚼书简的声音都听见了，但他就是听不见打雷一样的喊杀声。他不小心踩了小鸭子，小鸭子还若无其事地蹦跶着，他发现自己的脚是透明的，身上也是透明的，他像空气一样轻，像水一样软。小屋里有另一个双头人，一个不透明的双头人，一动不动地躺着。他明白了：“原来隐身术就是把一个人分成两份啊。”

这时候他不觉得冷了。他还高兴地发现，自己可以毫不费力地穿越屋顶和墙壁，漫步在小屋、书库和阁楼之间，六只彩色的小鸭子叽叽喳喳跟着他，他想：“原来隐身术瞒不住跟屁鸭。”

平日里灰暗的书库，荡漾起祥和的七彩光芒，像水一样流动着，有沁人心脾的香味，使他万分感动。他被这些光托到半空中，跟屁鸭也登上了垂直的墙面，一直来到屋顶，头朝下匆匆行走，往光芒的深处探索着。有一阵，双头人分不清方向，波动的光芒流进书库的门缝，把他也卷了出去。经过短暂的震撼,他浮在一棵老槐树顶端,看见了场院里的事,他心里明白透了，可是没法告诉这些人、这些胳膊、这些腿、这些头和这些血：隐身术已经大功告成。

黑　鸟

在死尸横陈的场院里，活人却越来越多，原来是朝廷的援兵到了。胡人有的从城墙跳下去逃命，有的从地洞溜下去。突然，如意哭了起来："我姐呢？我姐呢？"她站在弄玉的门口，弄玉的屋里是空的，胡人的洞口就在附近的花圃里。武士们备马准备追击，一道白光却抢先冲出了城堡，有人认出那是牛儿哥。他追到阴山脚下，追上了从洞里逃跑的胡人。二十二岁的牛儿哥朝他们冲去。他的新房还没布置好，他还没记住未婚妻的模样，胡人勒住马头，注视着他，当他进入射程时，他们每个人手里忽然变出了弓箭。

胡人绕着阴山跑，盘旋在云端的一只绿鸟和一只黑鸟吸引了他们的目光。眨眼间，那只黑鸟俯冲下来，变成一个人，他抄起马背上的女人，顺手削掉了骑马的胡人的头。胡人还没来得及放箭，他已经上了天。田鸢抱着弄玉，和孔雀一起掠过积雪的松林，落在一片光秃秃的胡杨林中，吓跑了一群鹿。他用匕首切开了她身上的绳子，突然她捉住田鸢的手，把匕首往自己喉咙上刺，她劲不够大，没能把刀送到喉咙里。

"很多人在等你。"田鸢轻声说。

泪水在她浮肿的脸上流淌。刚才，她亲眼看见哥哥浑身插满了箭，那么强壮的躯体，眨眼间就倒下了，只有噩梦才这么不近情理。他那么爱笑，围城后却没笑过一次，今后他也不会再笑了。也许他会重新出现在城堡里，浑身披着箭杆，只有她才能看见。还有许多亡灵会来到闺房，透过纱帐看望他们保护过的人。她伏在树干上痛哭，田鸾要把她背起来，她死死抱着那棵树。田鸾不知道怎么劝她，便找了一个借口让她缓一缓：

“就算要死，也还是到邯郸去死比较好吧，你的亲生父母埋在那儿。”

弄玉还是死抱着那棵树。田鸾又说：“就算你已经忘了他们，可他们一直在等你啊，你去了，忍心瞒着他们吗？”

弄玉跟他去了邯郸。冷冰冰的太阳悬在天边，薄雾弥漫，行人稀少，街道宁静得像一个梦。有人叫卖一种奇特的食物，那是在竹筒里蒸熟的糯米和大枣，于是他心爱的人吃到了不知多少天以来的第一顿饱饭。他一路背着弄玉，舍不得放下她，从她嘴里掉出来的米粒沾在他脖子上，他也舍不得抹掉。孔雀摇头摆尾啄着地上的一筒糯米。还有一个小摊卖酸萝卜，白白的萝卜片上沾着切碎的水蓼叶子，味道美得无法形容，有点酸有点甜又有点辣。弄玉张开嘴等他喂萝卜时，露出没有被灾难侵蚀的精巧的白牙。

他找到了弄玉的家族的墓地，守墓人说，这块墓园是赵国老百姓为她家建造的，她父亲的墓是衣冠冢，因为当年在法场上没找到她父亲的遗体，估计是上朝时被杀的。一大圈侧柏隔开了阴阳两界，满门抄斩的尸骨把松树滋养得郁郁葱葱。墓碑上刻着家谱，田鸾替弄玉找到了“李云　小字弄玉”几个字，在四个同母的兄弟姐妹、十几个同父异母的兄弟姐妹和数不清的同辈的姓名中很不起眼。田鸾瞅瞅弄玉，瞅瞅“李云”，找不到这两样东西之间的联系。弄玉在他背上咕哝说：“我也忘了自己的全名了。”黄昏来临时，田鸾轻声提醒她该回家了，她指着封土上的松树林说："就在这儿过夜。"

在田鸢的记忆中，彻底失去寒冷的感觉正是从初冬的这一夜开始的，尤为奇怪的是，从今往后任何与他保持身体接触的人都不会觉得冷。弄玉盯着绿色的萤火，呢喃道："这里真好。"田鸢问："为什么？"她说："都是死人。"她想起哥哥惨死前正要成亲，又撕心裂肺地哭起来。孔雀被惊醒，大惑不解地昂着头。田鸢用自己的袖子给她擦脸，笨拙地劝道："人死不能复生……"她的肩膀在田鸢胸前剧烈地颤抖着。当她平静下来时，萤火已经熄灭，东方已经微明，田鸢又劝她回家，她执迷不悟地摇头。在这种情况下，田鸢不得不掏出最珍爱的东西，聊以麻痹他和她的良心："我们俩一起为你哥哥守孝三年，在这三年里，不谈婚论嫁。"

"是为城堡里所有死去的人守孝。"她说。

然后他们回到了城堡。场院里扫出了一堆堆红白相间的积雪，灵堂也搭起来了，那不是一般的灵堂，是占了半个场院的白棚，摆了几百具尸体，白棚外面有几百个棺材，容氏正在为死者美容。弄玉实实在在地看到了过去的一个幻觉。她跪在死尸旁边，哭昏了过去，人们赶紧把她抬进新的闺房，免得不留神把她扔进了棺材。

暴首场

也就在这个时候，有人想起书库的门有十几天没开过了，无论怎么敲门、拍门、擂门，里面也没有动静。厨师说：自从跟屁鸭钻进去，这老头就把门闩紧了，叫他喝乌龟汤都叫不答应。当时城堡里特别乱，厨师以为他混在恍恍惚惚的人群中，没再管他。光头清点人数，在活人、死尸中都没找到双头人，在向百里冬报送阴阳两份名单时，他补充说明了这一情况。

百里冬一脚踹开门，户外的冷光投在一堆蠕动的黑色绒球上，走近一看是被黑蚂蚁裹住的六只小鸭子。他接过不知谁递来的火把，进了小套间，不留神踩了一脚湿漉漉的糖浆，这东西像油一样永远不会干燥。他看见床上有一堆空衣服，提起衣服，一块东西掉出来骨碌碌滚到他脚下，在暗淡的光线中像一块马肉，但是他想：双头人应该不会偷马肉。他把肉干提到外面来看，原来是缩小了的双头人，半透明的琥珀色肌肤下面，隐约可见淡青色的网状脉络。

百里冬带领活着的武士加入了蒙恬的队伍，追剿阴山以北的胡人，田鸾则回雁门的军中评军功。那是在农民的一个打谷场上，北边筑起了高台，将军站在上面，其他军官和士兵围坐在打谷场周围，中间不坐人，用来摆首级。士兵们唱起了军歌，一辆辆车开到了空地周围，尸臭味慢慢扩散出来。台上又来了几个书吏，摆好笔墨木椟。将军一挥手，歌声戛然而止。将军说："将士们辛苦了！在雁门，我们仅用了半个月时间，就清剿了盘踞在这里几百年的胡匪！这是过去的赵国军队望尘莫及的！他们从来没有把匈奴人消灭干净，也从来没有这么快！因此这是一场史无前例的胜利！这是我们伟大帝国的胜利，是我们真命天子的胜利！"

"万岁——！万岁——！万万岁——！"

"这，也是你们每个人的胜利。你们浴血奋战，理应得到报偿！不论你们服役前是农民、商人、赘婿、奴隶还是罪犯，都将获得国家许诺的报偿！奴隶将获得自由，上门女婿不再会受到歧视，罪犯可以减刑，足够的军功甚至可以让你不再回监狱，杀三个敌人就可以抵销以前杀的一个人！多的不说了，把这个月砍的脑袋拉上来，点数！”

鼓声大作，载满头颅的车来到了空地上。有的头颅已经存了一个月，臭得推车的士兵把脸仰起来。老兵说，夏天点数的周期会缩短到十天，可也赶不上首级三天就发臭，它存在营房旁边的棚子里，苍蝇叮了它再飞到营房里叮你的饭菜，弄得新兵经常吐。它不能存得离营房太远，怕别的营来偷啊，这每一颗都是爵位、前程啊。还不能凭嘴说你砍了多少颗首级，就得把真凭实据留着，要不肯定有人虚报数量。全军校验，运头车的木板上都爬着蛆，苍蝇绕着车飞，到了广场上闹得像蝗虫一样，那也得忍着。现在冬天没有苍蝇，只是有些味儿，你们这些新兵还吐，实在是太娇气了。

一个个藤条筐从车上抬下来，藤条上沾着黑血，藤缝间冒出头发，还被不知道是血还是脑浆粘连着。士兵把筐子一扣，脑袋咕咚咕咚滚了出来，但有一些脑袋仍然被头发吊在筐子上，要拿刀削断。鼓声停了，一位军官向台上高喊：“轻车一部二曲四屯樊彪禀！本组余二十六人，枭敌首三十八！禀毕！”书佐绕着那些首级走，一手捂着鼻子，一手伸着指头点数，然后报告：“四屯验毕！敌首三十八枚无误！”于是台上的书佐记录。又一阵鼓声，又一辆车开进来，又一通咕咚咕咚，这回还有两颗脑袋在军官手里拎着。

“一部一曲二屯赵延！本屯余十八人！枭首二十二！伍长王毓传书途中自得敌首二枚！禀毕！”……鼓声……头颅，恶臭……“一部一曲三屯禀！……”鼓声……恶臭……“一部二曲二屯禀！……”恶臭，恶臭，恶臭……

又有人提着个布袋子上来，把布袋子一倒，白雪先倒出来，从中滚出一个红头发的头，田鸾纳闷他干吗把这东西当甜瓜一样带着，老兵说，这是他私下的斩获，没准是在送信路上碰见敌人顺手砍的，可以不加入本屯总数，不和战友均摊，那就得当自己的行李一样保管，怕臭就裹点雪。

广场上渐渐铺满了首级，恶臭充满了每一寸空间，在鼓声中，有新兵哇哇地吐起来，实际上他们在战场上已经能够做到杀人不眨眼，从刚死的人身上割脑袋也像在家里收庄稼一样愉快了，但庆功会这一关过了才是真正的男子汉。庆功会的高潮是一队官兵被押进场，他们排得那么整齐，要不是被绳子牵成一串，简直就像是来集体受勋的。

杨端和吼道："这些人，为了骗功，居然把老百姓的首级砍下来充数，真是军人的耻辱！"

然后，他们的首级加到了满地的首级中。

灭门之罪

几个月后，战争结束，皇帝驾临九原，并下诏将被俘、投降的匈奴人统统活埋。匈奴人的哀号从九原传到了云中。办完这件事后，皇帝召见云中郡守，打听几件事。秦国实行盐铁专营，北部边疆十几年前就已是秦国的土地，为什么直到现在还存在着盐铁私商？朝廷三令五申收缴民间兵器，为什么这次打匈奴，一支自发参战的民间队伍竟然自带铁剑？云中郡守想起百里冬送给他的黄金，知道大祸临头了，他硬着头皮推脱道：他的前任与他交接时说已经彻底禁了私商、收缴了民间兵器。皇帝又问他知不知道百里冬这个人，还有他的一个养女，听说是赵将李牧的遗孤，却擅用已故秦国公主的小字。郡守报告此事属实。随后，百里冬一家被押进大牢，武器被七辆车拉到了郡尉营，其中没有一样不曾沾过匈奴人的血。

随后有无数人跪在郡守府门口，高举请愿书，叙述百里冬赈济灾民、在地震后带头重建家园、多年来扶弱济贫、协助朝廷抗击匈奴等事迹。请愿的人数不断增加，那些与百里冬毫无瓜葛的人也来了，他们根本不知道这一广场人在为谁求情，只不过在刚刚响彻匈奴人哀号的乱世中产生了一股胡乱的激情，还有一些人纯粹是过不了马路而坐下来看热闹的，坐在那儿的姿势和跪差不多。郡守躲了四天四夜，直到皇帝的使者通知他去九原离宫，他才硬着头皮出门。他打算让八个随从把自己裹在中间，不让人看见。但是在晨光熹微中他面对的是白压压的一大片雪人，在四天四夜中这些人没有离开过，雪人中间依然高举着深褐色的请愿书。在这种情况下，云中郡守接过请愿书，扫了一眼，对雪人们说："这事我也管不了，由皇帝亲自过问。"

皇帝召见云中郡守就是为了给这事一个说法。雪人云集的第六天，皇帝的诏命当众宣读，大意是：百里冬私藏大量兵器，私造城池，公然违抗二十六年兵器收缴令、三十二年堕坏城郭令，罪当灭门。念其协助朝廷抗击匈奴有功，并已交出非法武装，特予以赦免。百里冬及其门客的军功一笔勾销，责令其拆除城墙、遣散门客，携少量仆从迁往云阳县。

在边疆居民看来，云阳县就是咸阳城。这下，说不清百里冬是遭贬，还是被抬举了。建国初期，皇帝曾下诏把大量富商巨贾迁到咸阳，免得造起反来，他们成为后盾甚至头头。皇帝知道，百里冬这种人杀不得，否则他驱逐匈奴建立起来的威信也就扫地了，这种人，只要连根拔起来，他就没有害处了。百里冬迁到云阳后，皇帝又做了一个善举，震惊了朝野，吓坏了百里冬全家——收赵国将军李牧之遗孤李云为养女，赐号云公主。有人说皇帝仰慕秦穆公，而秦穆公的女儿小字就叫“弄玉”，又有人说皇帝在收买赵国的人心，赵国人最敬仰李牧。不管怎么说，这个小字叫“弄玉”的幸运儿，已经不止两个父亲了，她新认的养父是这么强大，无论给她带来什么好运，给她挑一个多么完美的郎君，也不奇怪。

第三篇　玉

玉是美丽而脆弱的东西。

十一·黑都

传舍和驰道

田鸢和田雨走以后，百里冬一家很牵挂他们。这么多年来，这兄弟俩已经和他们亲如一家。田鸢临走时告诉百里冬，他有了功名以后希望成为这个家的人。百里冬说："你没有功名已经是我家的人了，我一直把你当儿子看。"现在他不知在哪儿打仗，他的功名是否已经让自己满意。有一天百里桑说："他到底是死是活呀？"一句话害得弄玉通宵未眠，她反复告诉自己："就算阎王爷的新名单上有一整支军队，也轮不到他！"至于田雨，她很喜欢这个安安静静的小孩，他比他哥更善解人意，在她哑巴的时候，只有田雨能读懂她的眼神。可是她不明白田雨为什么连一封信也不来，如果他成了将军的门客，就不能托邮差把信捎到云中郡守那儿吗？

弄玉第一次出这么远的门，第一次看到"传舍"是什么。那是不停地从天井落下的雨水，站在屋檐下孤苦无依的出差小吏，一扇扇冰冷的黑门。到了开饭时间，厨啬夫用桶装着饭菜挨个敲门，每次都让弄玉想起坐牢时的饭点。这里开饭的时间、内容都是政府规定的，甚至好像写进了法律。早饭一碗小米粥、一个蒸饼、一根咸菜，晚饭粺米半斗、菜汤一份、酱一勺、葱一寸，天天都不变的，这肯定是因为帝国的几百本律书不定哪一本已经用文字把这些东西固定下来了。只有“菜汤”的“菜”字似乎可以灵活安排，因为今天是冬葵，明天是萝卜叶子，然后又是冬葵，然后又是萝卜叶子……确实在不断变化着。没有午饭，平民一日两餐是有法可依的，要多吃一顿得凭爵位，不知田鸾从战场回来后能不能挣到每天吃三顿而不以谋反嫌疑被审查的身份。

这里，肉，根本没影儿，只有几只国家的鸡在下蛋，它们要一直服役到下不出蛋，才会变成碗里的肉，可也不是一般人吃得上的。这传舍有一个圆形黑门，厨啬夫隔三岔五往里送鸡蛋，或者豇豆那么细的黑肉干，据说里面住的是左庶长以上的官员。百里冬一家能住进官员接待处已是朝廷特批的了，跟他们来的仆人都借宿在农户家里。有一天农户送来几颗鹅蛋，传舍的小吏就乐得合不拢嘴，因为这是国家配给之外的，他们可以吃。他们先拿出拥军爱民册，把捐赠人姓名、赠品名称和数量都记下来，再把其中的一个蛋剖开，八个职员分着吃。这就是世界中心给弄玉的第一印象，那么廉洁，或者说，可怜。

在传舍里饿得慌，他们就上街找吃的。商户们集中在城北的市场里，官市有肉干卖，但要凭券，民市只有豆酱、梅子等可怜的调料，连个小吃摊子都没有。从市场出来挤得要命，偌大个首都就这么一个平民市场，所以水泄不通。百里冬对着前面的马车嚷嚷：“娘的，你赶的是驴啊！”人家拐了弯，他又骂，“娘的，总算让老子过去了。”再晚点，就赶不上传舍开饭了，到了点你不在，肯定有人把你那份吃掉，然后满世界能够找来填肚子的只有萝卜。

这里还有一种道路，是用墙封起来的，不知道里面走的是什么人，只能听听里面的动静，大多数时候是安静的，偶尔传出车轮马蹄声又是那么痛快，百里冬找到它的入口想进去，卫兵要通行证，他们没有。百里冬在回去的路上说：“这鬼地方，连速度也要凭券！”

泾水和旧宫

一个月后，安置他们的公文下达了，赐咸阳北郊云阳县子午岭下宅院一座，赐田百顷。可这家人还不知道麦子几月份收获、佃农的地租是钱还是粮、如果是粮拿什么来量，百里冬满脑子还是盐和铁。新来的管家报告去年的收成、税赋，什么石啊，斗啊，钟啊的……他打个盹醒来，只明白了一件事：他成了一个地主。

弄玉亲手布置了书房，让它的格局和空中城的书库一样，只是没有配制隐身糖浆的小套间和双头人消灭影子的阁楼了。后来的事就是恍恍惚惚的了，在玉阶上俯视她的那个驼背，自以为是她父亲，那些晃来晃去的白影黑影，使她不得安宁。她住在不知道有多高的楼上，周围都是冰凉的木头，青铜的庭燎在寒夜里燃烧起来，把饕餮的怪异头颅投向纱帐，她醒来时不知身在何处。白天，她在窗前眺望父母所在的子午岭，也在雾气氤氲的咸阳宫广场上寻找田鸢的身影。当一只乌鸦停留在窗台上时，她想：也许下一个飞到这里的就是田鸢吧。

她并没有绝对地失去自由，只要提出外出的请求，请求就会通过数不清的嘴呈报到皇帝那里，在至少两天后有人来接她。这里的楼梯如同在噩梦中一样忽上忽下，有时是旋转的，中间还夹着数不清的走廊和函道。她像马戏团的孔雀一样被关在车里，透过车窗数出后宫的六个月亮门，走出后宫，离真正的人间还差五道宫门，每两道宫门之间的旅途都足够她做一个梦。就这样她来到杨端和府，听说田雨和桑夫人去齐鲁了，也就这样她来到子午岭下的家，和父母说说话，和弟弟下棋，和妹妹一起用皮尺量孔雀的肚子，准备给它做衣服。他们在露台上看子午岭和泾水的黄流，故乡湮没在雾霭深处。

命运就是这样。田鸢也住在咸阳，并且透过自己的窗户正好能看见云公主的窗户，那是遥远的灰幕上的一千个针眼之一。当他们相互寻找时，他们有可能都看见了对方针尖那么大的人影。咸阳宫广场横在他们之间，皇帝赐给田鸢的宅院坐落在广场西北角，是秦王政九年参与作乱被灭门的一位宦官留下的，二十多年没人敢住。另外还有咸阳西郊外二十顷田和右庶长的爵位，这个爵位在二十级爵位制中处于中等偏上，离他弟弟梦寐以求的大良造（商鞅、白起等将领的爵位）差五级，但已经足以让他弟弟眼馋了。得到皇帝的特许，平时他可以不穿军装，因为他既是军人又是方士。

皇帝与他沟通的过程是这样的：杨端和打完仗回咸阳，向皇帝汇报嬴鸢在雁门战场上飞来飞去、他们家的孔雀也飞来飞去，皇帝有点糊涂了——难道这小子真是神仙？关押百里冬时，卢生曾来向皇帝求情，那么诚恳急切，使皇帝顿生疑窦，他诈卢生一句话："朕知道你们与百里冬有千丝万缕的联系。"卢生就不敢往下说了。后来皇帝让云中地方官送来空中城的户籍档案，用手指头一排一排地搜索，发现了"田鸢"二字，仔细查看下面的记载，年龄、体貌特征均与那个"嬴鸢"一致，跟他一户的还有小字为"桑"的四十多岁的女人，标明是他母亲。回咸阳后，皇帝把"嬴鸢"召来，张口就问："田鸢，你母亲桑夫人可好？"

田鸢吃不住这一诈，和盘托出：我是齐国丞相的儿子，桑夫人是我的养母，如何如何。皇帝说：如果你再用齐国丞相之类的话来骗朕，朕就用五匹马把你扯碎。田鸢痛哭流涕地讲了满门抄斩的事，但他没提田雨，他本能地觉得，能不说的最好是不说。而皇帝也没注意田雨的户籍，田雨是单独立户的。皇帝又问田鸢，既然和匈奴人无冤无仇，为什么还要帮卢敖的忙，田鸢不好意思说实话而是拿正义感来粉饰自己，但是他错就错在这里，他不知道弄玉已经是皇帝的干女儿了，他失去了难得的求婚机会。

皇帝自认为一切水落石出之后，叫他先回军营。他们的皇帝就是这样的人：首先让那些骗他的人知道他是骗不了的，然后好好想想该怎么办。再次召见时，皇帝正式赐姓给他。这是不得已而为之的——满朝文武已经传遍了“嬴鸢”这个姓名，否认了它，就等于宣布抗击匈奴战争是由一场骗局发动的。

嬴鸢的军功和爵位不受城堡私藏武器事件的影响，因为他算是军中的方士。既然他是方士，皇帝就把他交给了炼丹房。每天早晨，他离开家，穿过咸阳宫广场，绕过咸阳宫的大墙，渡过横贯咸阳南郊的渭水，到达炼丹房所在地——上林苑，这是皇家园林，也是狩猎场。在呦呦鹿鸣、食野之苹的气氛中，方士们忙着把一堆矿石捣碎过筛跟牛粪和在一块捏成鸡蛋大的泥团，据说这是往丹釜上涂的药泥。

子午岭下

田鸢一直以为桑夫人、弄玉还在云中，安定下来后，他回了北方，当然，他看到了废墟，也听说了城堡主人的下落，他相信桑夫人和田雨已经跟百里冬到咸阳去了。殊不知战争期间桑夫人在杨端和官邸苦熬了三个多月，她一千次回忆杨端和、蒙恬下棋时说的话——“他们怎么跟皇帝套上近乎的？”“丞相没让他们进离宫，他们俩竟然拦御驾，皇帝一生气，要他们打仗去。”“哈……哈……哈……”杨端和的沙哑笑声回荡在桑夫人的记忆里，让她坚信田鸢没死。

打完仗以后，她想田鸢该回城堡了，偏偏这时候若姜在梦里告诉她小木匠回临淄了，桑夫人信这个。她熬到田雨回来，跟他回临淄，到了那儿又是一场空，她没有勇气在那个除了绝望什么也盼不到的城市待下去了。然后他们也在云中看到城堡的废墟，得知几千匈奴人抢云中郡、像蚂蚁一样裹住城堡、半个月后被官兵冲散、一支马队驰向草原、再打几个月的仗、活埋匈奴人、七辆车从城堡里拖出兵器、私藏兵器的头儿被抓进大牢、郡守府门口雪地请愿、圣旨当众宣读、从山上下来一百多具棺材的出殡队伍、朝廷发动几万人挖开城墙、云中首富被迁往云阳等一连串事情。这几个月，她过得比以前的四十年都漫长。

田鸢与桑夫人，在不同的时候看见了城堡的废墟，又都赶回了咸阳。绕完这么一大圈，他们找起人来出乎意料地顺利。田鸢忙于寻找百里冬，他认为找到百里冬就找到了一切。他穿着军装向云阳县的户籍官打听到百里冬的住址，他在泾水岸边打听到这个外来户，他推开大门沾了一手的油漆，冲过影壁与宦官撞了个满怀，他看见百里桑和如意在楼上追追打打，容氏在指挥用人摆放花盆，沿着楼下的长廊摆成一圈。容氏被闯进院的军人吓了一跳，乍以为又有人来收缴家里的东西了，认出是他，就朝楼上楼下喊了起来。百里冬从书房出来，田鸢对他笑了笑。如意从东北角的楼梯奔下来，摔了一跤，田鸢把她扶了起来，她踮起脚尖摘下田鸢的头盔，戴在自己头上。这时候，田鸢看见他朝思暮想的人在楼上扶着栏杆微笑，她穿着绣花的黑色丝衣，由于被她的面孔吸引，他没看清衣服上的花纹。

只差桑夫人和田雨了，大家把田雨收到杨端和来信以及后来的事情告诉田鸢，只要是他们知道的。都劝田鸢不要去找，因为这娘俩差不多该回来了。如意拉他上楼看孔雀穿小花衣服，但是孔雀不见了。如意下楼找孔雀时，田鸢搂住弄玉说："我已经有爵位。"这时他看清了她肩头的黑底子上的银色凤纹。他已经学会区分皇家专用的黑色和世上其他的黑色。弄玉拨弄着他军装上的甲片，告诉他："你拿龟甲去骗的那个人，现在是我的干爸爸。"

如意抱着花衣服孔雀上楼时，他们俩还抱着。如意气喘吁吁地说："我什么也没看见，我谁也不告诉，我……"她转身要跑，弄玉叫住了她："去告诉他们吧，真的。"

如意什么也没说出去，这样，大家在一起的话题还是围绕那团聚散离别的乱麻。"光头呢？"田鸢从这团乱麻中理出他师父，容氏说他还在云中，可以宽宽裕裕地过一辈子。

田鸢拿出了在北方买的土特产。一张虎皮是给百里冬的，当褥子垫就不怕犯老寒腿；一包红兰花种子给容氏，它开的花是做胭脂最好的料；一条红狐狸毛帽子给百里桑，没想到百里桑拿唾沫一擦，红色就掉了，那是兔毛；一条狼尾巴围脖给如意，百里桑笑道："哪有那么大的狼尾巴啊，你买的是一条狗尾巴！"他居然忘了给弄玉带东西，也许，他下意识中觉得自己整个就是给她带来的。晚餐时，他弄清了弄玉进宫的过程，问："过得好吗？"弄玉说："挺好的。"说给大家听，眼睛却递给田鸢一个信号。

半夜大家都睡熟后，他们俩一起来到露台上。弄玉做个鬼脸，缩到田鸾怀里。屋檐和栏杆向后飞逝，漫天的星星笼罩了他们，那安宁的新居被抛在了遥远的大地上。在泾水的上空，他们抱得比任何时候都更紧。弄玉不知道除了贴紧他的一切还能怎么消除连日来的焦虑。他们的舌头因初次见面而羞涩，因长久的孤独而碰击。他饱含爱意地舔着弄玉的牙齿，摸索它的结构、赞叹它的规则，他花了很长时间来熟悉这个温柔的小巢，这湿热、翕动和一切出乎意料的秘密。他沉浸在她真正的香味中，并且永远记住了它。为了喘口气，两人偶尔分开。他们面对的是咸阳宫的黑幕。

“你的牢房在哪儿？”田鸾问。

弄玉突然发现自己还不知道自己的窗户是哪一个。她就说：“你小时候为了见到我，曾经把一朵芍药花插在孔雀笼子上，对吧？”

“对。”

“我回宫后，会找一朵芍药花插在我的窗户上。”

“一朵？不好找吧，怎么也得是一束吧？”

“不，就一朵，你就找，就找！”

下一站是田鸾家，田鸾也找不到自己家了。他们飞下来看到一片密集的屋顶，看起来都差不多。田鸾牵着弄玉，像飞贼一样蹿过一家家屋顶，偷看人家的院子。有些院子，他看着特别像自己的，可是不好意思下去仔细看。弄玉急了：“不行就下去看看门牌吧！”田鸾忽然指着一匹马说：“没错！这马我认识。”

“嘿，不认识家倒认识马。”

“看来我还得流浪啊。”

“别这么说，我们刚刚见面。”

田鸢的家比百里家小一些，也没有楼。凑到北房窗前看，屋里空得像牢房一样，要用“家徒四壁”来形容，好歹还有个床板搭在几块砖上。他把弄玉拉到南房，用打火石点燃了灯，这时，弄玉看到了满满一屋东西——大镜子、小镜子、梳妆台、书架、挂着罗帐和香囊的床……她一下子明白是怎么回事了，这个笨瓜，刚搬进来没几天，自己的屋还没收拾好，先把她的闺房建设起来了！而且是按空中城的原样建设的！也不对啊，有什么地方不一样……哎呀，他买的是双人床！

“嘿！你想什么好事呢！”

“我就知道你会喜欢的。”

“你还是给桑夫人留着吧，她就要回来了……”

弄玉的嘴被堵上了，他又吻她了。这种感觉，她越来越熟悉，但不是因为刚才吻过……她想起来了，十四岁那年，她梦见了一个羊字脸的男人……当她发现自己已经在双人床上时，推开了田鸢。

“天快亮了，”她拉好衣襟，“他们找不到我们，该着急了。”

他们偷偷回到了家，没有惊动家里人。第二天一早桑夫人和田雨来了，桑夫人一见田鸢就拽着他，从头到尾巴尖摸他：“你受伤了吗？这身衣服是什么官？得罪国王了吗？……”容氏笑着说：“您慢点问，孩子连气都喘不上来了。”桑夫人擦着眼泪说：“我这些日子才是天天都喘不上气，从西到东，从东到西，从南到北，从北到南……”她哽咽起来，哆哆嗦嗦地指着北方，“反正那座几千里的山，那条流着黄汤的河，我们过了三遍了。”

见完面，田雨第一件事就是看书库。弄玉很吃惊他怎么知道这里有书库，转念一想可能是百里桑或如意告诉他的吧。他满意地看着十六排书架和在空中城里一样，只是小心地把双头人没看完的龟甲碎片从柜子里挪到了双头人的灵位前。聚会时大家还得知：杨端和把田雨当成了食客，正出面将田雨、桑夫人的户口迁往咸阳。后来云中郡办理此事时，发现桑夫人早在二月份就已注销了户口，咸阳的户籍官又在旧宫地区一位姓嬴的右庶长的户籍中找到了她的档案，是由咸阳内史亲自批复的。

也不知是第几天，宦官的鼻音惊醒了团圆的梦："云公主，回宫的日子到了。"弄玉偷偷捏田鸢的手，提醒他来找芍药花。桑夫人跟田鸢回家，当然住进了某个笨瓜为弄玉准备的兰室香闺。田雨回去陪将军下棋。他一路想着田鸢的军装和大宅子，很窝火："我是雁门战场的真正功臣，却什么也得不到！"他暗示杨端和，将军只问他："你有首级吗？"田雨的答复就是把他的棋子变成首级。当他打听东郭先生时，杨端和在空中挥舞着大巴掌："凡是下棋的，在我这儿来去自由，喜欢来就来，不喜欢，尽管走。"下一局田雨输给了他，趁他乐得合不拢嘴时，再次打听东郭先生，杨端和亲切地反问："我有他们的地址？可能吗？"后来田家和百里家时不时在子午岭下聚一聚，弄玉带着不要券的肉和盐，田雨带着一肚子气。那时他们以为可以永远在一起。

子夜相会

田鸢在一千个小窗户上一个一个地找，终于找到了那朵芍药花。于是，他半夜不在家的时候，就在云公主的窗台上，不在云公主的窗台上，就在前往云公主窗台的空中。

云公主白天睡足了觉，晚上盯着窗外，琢磨这些事：他从什么时候喜欢上我的？他为什么喜欢我？他想对我做什么？……见面时，她把第一个问题提了出来。田鸾让她把脸贴在窗格上，好像要说句悄悄话，却并起两根手指头，在自己嘴唇上沾一下，再伸进窗户在弄玉嘴唇上沾一下，所有问题就这么解答了。弄玉紧紧贴着窗户，随便他怎么摸，还把胳膊伸出去，随便他怎么亲，他的选择是从后臂亲到手指尖，再亲回来，来回来去，没个够。他们说话时把声音压得很低，留心着走廊上的动静，有脚步声来,弄玉就飞快地拉上窗帘,假装在看书。宫女换夜宵可真慢啊，换完了夜宵她还要添灯油！渐渐地，他们掌握了一个规律：过了子时就没人来打扰他们了，于是弄玉总在子时扑到窗前，田鸾的笑脸总在子时出现在那里。前半夜，他们一个在天上、一个在地下，各睡各的觉，但是都睡不好。田鸾被心里一股股说不清是酸、是痛还是甜的暗流冲得辗转反侧，他会吻枕头，会把他爱了七年的名字叫出声来——“玉”，当他想到弄玉也是这样思念着他时，幸福的痉挛更加变本加厉。在那些日子里，他们但愿世界永远是黑夜，黎明永远不要到来。

“田鸾，我天天缠着你，你不烦吗？”

“不烦。”

“怎么才能让你永远陪着我呢？”

“喝隐身糖浆。”

“那我就看不见你了。”

“变成你的簪子。”

“可我睡觉的时候会摘下来。”

“变成你的枕头。”

“可我醒来时会离开它。”

“那就变成你的眼睛吧，它们丢不了。”

此人在困得像瘟鸡的时候说出来的傻话最动人，她爱透了他的困。当他实在憋不住哈欠的时候，她想起炼丹房的学徒是不能像公主一样大白天睡懒觉的，就让他走，他赖着不走，她就把手伸出窗格，捧着他的脸嘟哝：“其实我也舍不得你呀。”田鸢在窗台上睡着了，那窗台很宽，他很轻，靠在上面很舒服，弄玉轻轻拍着他，哼起了温柔的小夜曲，这时候田鸢不仅愿意在云公主的窗台上睡着，而且愿意在那里死去。每天早晨，他在咸阳宫广场的霞光中遥望云公主的窗口，分享她的美梦，在渭水的晨晖中回望云公主的牢笼，睡眼惺忪，他把梦游的视线投向路边那些浮在影子上的青砖直拱，相信一切美梦终将成真。

凤凰台传说

后来就连弄玉也不能在白天睡懒觉了，宫里的女官教她把一支支筷子（不管它是什么神圣的名堂,弄玉就叫它“筷子”）扔到玉的“筷筒子”里去，说是“投壶之礼”；还有一个女官教她拿银钩子和红筐子摆一些可笑的姿势，说是就要跟皇后去采桑叶。

只有几百年前那个弄玉的故事让她有点兴趣。奉常说，穆公是今上最仰慕的先王，他的女儿也叫弄玉，善吹箫，常在凤凰台上演奏，招来百鸟合鸣，穆公因此很疼爱她。有一年，穆公要把她嫁给邻国王子，她嫌那个男的丑，穆公也没勉强她。她爱上的是一个没见过面的人。她在凤凰台上吹箫时，常听见另一阵箫声从天外飘来，与她的箫声水乳交融，就像在面前合奏。弄玉想这个人都想出病来了。穆公便把全国会吹箫的人叫到她面前吹，都不是。结果，那个人住在华山上，叫萧史。穆公终于把他找来了。萧史吹第一曲，天上就飘来阵阵香风；吹第二曲，彩云就从四方汇来；吹第三曲，天下的孔雀便都飞进宫；吹第四曲，弄玉的病就彻底好了。他教弄玉吹出凤鸣之音，而他能作龙吟之声。后来他们俩乘龙驾凤，飞上华山，再也没有回到人间。

田鸢听完这个故事说：“我就是萧史，来接你脱离苦海的。”

“哈哈，你又不会吹箫。”

“那你呢？”

“笨死了，学了一个月都没学完一首曲子，皇帝还老想听我吹。”

收破烂的公主

五月的一个夜晚，弄玉向田鸢宣布了一个重大发现：世上有一些不会写字的聪明人。他们知道八百年来上百个国家的宫室、宗庙应该是什么样，斗拱有多少块，柱子有多高，哪些屋檐直，哪些屋檐曲，却不会记下来。他们会造房子，不会写字。这下弄玉找到好玩的事情了，她不会造房子，可她会写字呀，还会画画呢，她可以把他们脑子里的东西画下来，这样就可以打发在这里度过的不知道会有多么漫长的光阴了。

皇帝批准了这请求，派几个博士陪她。她带着这些年逾古稀的老人往闹鬼的古塔里钻，登上梯子看屋檐和瓦当，他们很快就吃不消了，称病告假了，这下她就更自在了。她把辛辛苦苦抄的碑文、图样给田鸢看，满心希望田鸾夸她有学问，田鸾要走了一张画，说是放在枕头边亲。

子夜约会的时间缩短了，因为他们已经有条件在白天见面。有时是约好的，有时是不期而遇。一天下午田鸾路过藏经阁，发现了高处的栏杆上的一双眼睛，它们夹在面纱和头巾之间，但是它们即使混在星星里，田鸾也能找出来。弄玉穿着工匠的粗麻衣，提着笤帚正在打扫藏经阁。她让田鸾上来走一走，让他明白藏经阁六层是个大滑轮，在上面一走，这个滑轮就转起来，书柜就一格一格地转到找书的人面前来了。她让田鸾带她出去玩，就像打完仗那天一样。那个安静的早晨，他们俩都难以忘怀。弄玉说，邯郸的冰冷阳光老是出现在她的梦境中。在如今这个浩浩荡荡的大都市里，他们钻进珠宝店、绸缎庄，什么也不买，弄玉只用那身破衣服来嘲弄这些贵族商店，田鸾心想：店伙计，别捂鼻子了，这可是个公主呀。晚上他们躲在最高的宫殿寂寞的屋顶，搜索公主的火把在遥远的地平线上穿梭。在热吻中，弄玉紧张地闭上眼睛，等待发生什么想象不到的事，但是什么也没发生。他们和衣而眠，弄玉的头发披散在田鸾的腿上。黎明时分，弄玉睁开眼睛，越过身边的女墙看见另一座宫殿的屋顶，它带着一条金色的反光，背景是一整块血红，他们仿佛置身于天庭。

弄玉仰起脸来，用呓语的声调询问旁边那个表情安详的人："你为什么那么喜欢我？"

"因为你香。"

"我为什么香？"

"因为我在爱着你。"

回宫后，她第一次领教了干爸爸的雷霆之怒。刚刚登上一千级台阶，宦官又把她叫了下来。她在车上被人摇醒时，已经又是一个黄昏。她经过树林一般的庭燎和数不清的人偶来到一片长明灯前，认得后面那个孤独的黑影是她的干爸爸。

“你再让宦官们打着火把找你，朕就让他们烧了你的书！”

弄玉把整理好的笔记捎回了家。田鸢在百里冬家看见这些笔记，明白这宝贝已经是造房子的内行了，为了表达工匠的口头语，她自作主张造了许多词，字里行间夹杂着对沿途风光的描写，写着写着，还忍不住对历史发一通感慨——十足是女性的感慨，洋溢着好奇、赞叹、遗憾、揣测、东张西望、激动、微笑、喘息，放任种种情绪流泻，一双美丽的眼睛时不时浮现在缣帛中。她还画出了千姿百态的拱、门、梁、匾、柱、台、栏。后人读到这样的一部建筑名实图考，是否知道它出自一位美女之手，而且她是由着性子干这桩活的？

美女包着大头巾，骑马乱跑，马背上驮着一只大麻袋，因此，她成了史无前例的收破烂的公主。无论她打扮得多么寒酸，把守关卡的士兵必须尊重她，因为她的麻袋里有一般人搞不到的通行证。她有两个麻袋，一个麻袋就是专门用来装通行证的，她把麻袋倒扣过来，稀里哗啦把那些木牌子倒一地，让卫兵拣。他们不嫌麻烦反而笑，因为其他人总是庄严地从袖子里把一个宝掏出来，没见过她这样倒垃圾的。她的几十个牌子可是货真价实的，都能跟他们手里的副本齿对齿合拢。只有一个牌子出了点小错，“义女”给写成“美女”了，估计办证的官员看着她，心里这么想，手头就不由自主写下来了。

田鸢陪着她乱跑，她说走就走，说停就停，田鸢根本不知道、也不管到了哪儿，要不是她大笑着拦住他，他就要跟着钻进一个很精致的小亭子，那是林光宫的女厕所。在一家人门口，弄玉勒住马，田鸾也停下，迎接他们的是一个看起来比双头人还要深沉的老人，弄玉向他请教了一天，田鸾忠实地陪着、听着，被人家当成了侍卫。他们曾经一起进入通天塔工地，那塔已经建造了十年，大约还剩九十年的工期，工匠们在衣冠楚楚的田鸾面前很拘束，弄玉便让他在远处等着。在这场文化苦旅中，田鸾毫无怨言。由于他三天两头开小差，侯生向皇帝打了他的小报告，皇帝说：嬴鸾飞惯了，坐不住，你让他到山上找找丹穴去，说不定我们子午岭上的丹砂比楚国的还要好呢。侯生这才明白姓嬴的好处。其实皇帝对于嬴鸾的炼丹才能不抱任何希望，他打算等其他方士空着手回来再派嬴鸾出去找仙草。

腰　带

在这些站点中最难以忘怀的是咸阳城西边的站点。他们穿过整个咸阳宫广场，在一个十字路口拐个弯，经过一堵灰墙来到一扇黑色大门前，顺着弄玉的眼神和笑容，田鸾认出这是自己家。弄玉在这里整理考察笔记，田鸾从背后抱着她耳语："我已经很久没有吻过你了。"她一边抄抄写写，一边说："嗯，吻吧，都摆在这儿呢。"田鸾自顾自地吻她的耳朵和腮，她要田鸾别碰她的胳膊免得影响她写字，"往下点，那儿还有腰给你留着呢。"她的不投入，丝毫不妨碍这段日子成为田鸾最幸福的回忆，投在书案上的斑驳阳光更是有助于铭记这一切。

弄玉软绵绵地靠在田鸾怀里，念叨过去的好时光，"你骂过我，你骂我是假小子，你要在我耳朵上穿窟窿……""我什么时候说的？""哼，你还说我在梦里跟我哥……哎呀，说得难听死了，我都不好意思重复。”“你就是做过那样的梦嘛！”“没做过！”“做过！”“没做没做就没做！”“做了也没关系啊，那梦里不是你哥，是我。”“臭美。对了，我们还要为哥哥守孝三年。”她的眼睛一热，坐起来，接着抄东西。

田鸾目前唯一可做的事情就是吻她，比起带她上华山，这要容易得多。弄玉平躺在床上休息，他在她身上做俯卧撑，每俯身一次就吻她一下，当他没有力气的时候就压在她身上，痛饮她的甘露。他解弄玉的衣服，却找不着腰带的结。弄玉揪出一根布条逗他：“在这儿哪！”他顺着那布条摸到了自己身上，原来那是自己的腰带。弄玉大笑起来，这个人不光不认识自己家，也不认识自己的腰带。可是，他另一只手已经悄悄解开了弄玉的腰带，弄玉正想：“这个笨瓜不笨啊。”他都把弄玉的肚脐眼掏出来了。弄玉赶紧把他的手拔出来，拉紧腰带。

“不行，里面正在流血。”

看他闷闷不乐，弄玉又抱住他，“你怎么了？我们不是玩得挺好的吗？不骗你，真的在流血，每个月流一次。”弄玉允许他把手插到自己的胸衣里，还晕乎乎的很好受。田鸾终于解开了她那宽松的外套下面的一部分秘密，他摸到了平坦而又柔软的双乳，这种感觉有些意外，他原以为女人的乳房都像他母亲或桑姑娘那样圆鼓鼓的，他直到八岁还摸着它们睡觉。但从这一刻起，弄玉的乳房成了他心目中的标准。

弄玉回宫后，一头扎进书库，要解答平生最大的疑问：田鸾到底能把她怎么样。在皇子们的启蒙书中她看到了一些触目惊心的图，有些还是放大的。脸上的滚烫劲过去以后，她告诉自己，这不过是比雍城的宫殿更悠久的一种文化，研究一下没什么难为情的。那么，在流血的时候干那件事有什么后果呢？她又扑向医书。她可明白了，今天得罪田鸾有可能救了自己的命。她还看到了让人迷魂、让人春情荡漾、让人不生孩子的药方几百条，但没有一个字告诉她疼不疼。

田鸾的所作所为，被她翻来覆去地回味着。她在浴缸里赖着，因为旁边有一面镜子，镜子刚被水汽熏模糊，她又把它擦干，把手按在镜子上，从手指尖瞧到腋下，回忆田鸾来回亲吻它的样子，这馋虫有朝一日不会把它吃掉吧？她在被窝里抚摸自己，启发肢体的想象力，当她替田鸾探索时，有一种感觉，没有任何预兆、潮水般地涌来了，从可怕的战栗变成荡漾周身的暖流，比田鸾最动听的甜言蜜语还好受。她神志不清地想到他那些猫猫狗狗的动作，比任何时候都强烈地感到他在爱她。她想透了田鸾，比以前还想。

但是天亮后她竟然没有勇气去找田鸾了。不知不觉过了很多天，他们都没有见面。晚上她仍然望着窗台，明知他已经不会天天来，还是望着。田鸾真的来临时，她正好坐在窗前写东西，而且假装干得很专心，她不想让他知道她想他想得发疯。她不知道说什么。田鸾责备她这么多天不到他家去叫醒他，她淡淡一笑："我心疼你呀，让你多睡觉。"田鸾是又惊讶又失望，过去，每次他问弄玉困不困，弄玉总说"我不困"，也不许他困，弄玉不许他睡觉，是他最甜蜜的回忆。于是他们一起发呆。过了很久，他问弄玉为什么不高兴，弄玉说不知道，同时觉得窗台相会的老把戏已经索然无味了。他又问弄玉是不是困了，弄玉说："你要走就走，别问我！"然后毅然钻进床帐。

白天她想起这是田鸾的生日，就来到他家，把吵醒他作为礼物送给了他："笨瓜，起床！"田鸾受宠若惊的样子让她很满足。他们俩和桑夫人一起吃了早饭，然后桑夫人一成不变地去享受她那直到晚餐的午睡，他们俩在田鸾的床上打打闹闹。这一次，她默许田鸾把她的腰带解开了，甚至当田鸾铤而走险地扒她的内裤时，她也听之任之，她纵容田鸾抚摸她的一切，她以为一切会慢条斯理地、温情脉脉地进行下去。田鸾面对如此的温顺，喜出望外而又措手不及，胡乱摸索着，反复说："我真的爱你。"弄玉说："谁信呢。"田鸾的耐心到头了，从自己身上掏出一团不清不楚的黑东西往她身上插，连她的裤子都没来得及褪下来，她的两腿并着，田鸾进不去也不能肯定从哪里进去，只是把她磨得很疼，她收起膝盖把他顶开了。真没想到他会这么粗暴，不知道真的做下去会疼到什么程度，这和想象中完全不是一回事。田鸾又脸红筋涨地扑过来，经过一番殊死搏斗，田鸾瘫倒在床上，气喘吁吁地说："我只不过是你的消遣。"弄玉在裤带上打两个死结，安慰道："我不是已经答应嫁给你了吗？不就是再等三年吗？"这话说到了他心坎上，他从背后抱住弄玉，温存地喋喋不休："这个家就是你的，现在就是你的，三年以后更是……"说着说着，他又开始蹭来蹭去，弄玉由着他解开腰带，随便他怎么摸自己的上身，但誓死捍卫着裤带。她不忍心在田鸾生日这天让他太可怜，可她真的高兴不起来，她曾深深渴望的某种东西现在无影无踪了。

此后，搏斗成了他们相会的主要节目。田鸾不知经过了多少次自我激励，终于有勇气在几乎掰断弄玉手指头的情况下扯她的腰带，弄玉蜷起双腿，用膝盖死死顶着他，伸出双手挠他的脸。现在她才不管什么爱不爱的呢，只要他强迫她，就要跟他拼个鱼死网破，看看这头面孔狰狞的猩猩，跟城堡里求婚的红脸少年、窗台上的痴情梦游人有什么相干！桑夫人听到响动摸进来，念叨着"好好玩别打架"，伸出鸡爪子一般的手拆开了他们。事后，田鸢的唉声叹气让她更加心烦："你根本不爱我。"这时她只想逃离。刚逃到门口，又听见一声霹雳："滚！"她回过头来，简直不敢相信这张变形的脸上的歪嘴口口声声说过爱她。好像还要证明那喊声确实是他发出的，田鸢又变本加厉地吼了一嗓子："滚！！"弄玉含着泪，逃出了这间据说是属于她的屋子。

她认定田鸢并不爱她，也看清了前一阵子想入非非的是什么——那只不过是以他为原型塑造的幻影。事到如今，就连为他失眠也不值得了。在睡梦中，她忘记了白天发生的事。当子时的钟声响起时，她一跃而起，光着脚丫扑向窗台，一股冷风激醒了她，那声"滚"又刺痛了她。此时此刻，她意识到被人轻贱到这个地步还在迁就他带来的习惯，心中分外悲凉，充满了对自己的痴情的蔑视。她回到床上哭泣，用被子蒙着头。白天那张煞白的、扭曲的脸让她心有余悸，想起他平时的亲切面孔、温柔的抚摸、他的甜言蜜语、他的种种好处，她格外心酸，不管那是用来遮掩狼心狗肺的还是用来戏弄她的，以后都没有了。

在这样的绝望中，一双哀怨的鹿眼睛出现在窗外，一个极尽温柔的声音飘进来："我错了。"弄玉顶着困劲来到窗前说："我并没有怪罪你。"田鸢请求弄玉把他骂一顿，弄玉说："我不会骂人，再说，我凭什么骂你呢。"沉默了一会儿，田鸢诚心诚意地说："我保证，成亲以前决不动你一指头。"这话听着更别扭。弄玉忘了自己是怎么答应嫁给他的了。白天，她既懒得走下一千级台阶，也没有兴趣整理一大堆图。田鸢再来时，她说自己很困。确实如此，她的月经又来了。田鸢伤透了心，过去她总是不许他睡觉。他不知道为什么多少浓情蜜意都在顷刻间化为乌有，为什么她变得如此冷漠，"她是否厌恶我的身体？她还打算嫁给我吗？她那颗小脑袋瓜里到底在想什么？是不是假装冷漠实际上天天想着我？”如果心灵瘟疫还在，这一切就明朗了。

在云公主的窗台上，田鸢一次又一次扑空，他对着紧闭的纱帐，不敢大声喊叫、不敢使劲敲窗户，弄不清她是不是在装睡。他心里狂喊：“你好受了吗？你好受了吗？这样你就好受了吗？你好受我也能好受！”他郁闷透顶，“求求你醒一醒！说句话！否则我会发疯！”他无声地咆哮道，“这是黑楼，人会疯的！”他困得睁不开眼睛，“好，你给我一口缸，我顶着，哪怕里面只装了一粒芝麻我也顶着。”弄玉起夜时看见他在窗台上睡着了。弄玉忘了这僵局到底缘何而起，只觉得烦，她不想从铁石心肠中自拔，没有任何理由，只觉得烦、烦、烦、困、困、困。在厕所里，她意外地看见月经过去了，于是也不困也不烦了。当她回到卧室时，田鸢已经醒过来，双手攀着木窗格，脑袋顶在上面，好像一头关够、饿瘪的笨熊，一个气息奄奄的声音传进来：“没有你，我喘不了气。”

她憋着笑走过去：“有本事你一辈子别来。”

“为什么？”

“你不是叫我滚吗。”

田鸢像要饭一样伸进手来，于是他们俩的手指头又缠绵悱恻地搅在一起。转眼间天就亮了，弄玉催他快走，然后目送他变成曙光中的一粒黑点。

十八公子

那段时间有了更好玩的事情，孔雀被如意调教得会送信了。“姐姐什么时候回家？”“姐姐想回家就回家。”“那你就天天回家吧。”“不行啊，那样皇帝就不让我回家了。”孔雀的肥肚子在窗户上一拱，一匹树叶飘进来，别提有多可爱了。可就是这只神鸟，在宫里被人射了。皇帝的第十八个儿子嬴胡亥，领着一群人在宫里瞎转，看到池子边有一只“凤凰”在喝水，想凑近看清楚些，“凤凰”吓跑了，那傻鸟还不跑远点，还想逗他们，飞一飞停一停，胡亥搭梯子没抓着它反而摔了下来，让人拿网罩也没罩住它，急了就掏出弓箭射它。弄玉听见楼下喧哗，就到露台上看，看见他们围着孔雀，孔雀在抽搐。她大喊一声“别动它”冲到楼下。孔雀翅膀上插着一支箭。胡亥看到弄玉，惊呆了，说：“你是父皇新收的那个……你就是我姐姐吧？我专程来拜访姐姐，这鸟是我送给你的。”

弄玉一把夺过孔雀，“这是我养的！”

“哦？”胡亥转向随从，“谁射的？他妈谁射的？我查出来打死他！”

弄玉抱着孔雀扭头就跑。

后来胡亥从百鸟园叫医生来给孔雀治，又借口看孔雀的伤情老往弄玉这儿跑，一千级台阶他也不嫌累。

“姐姐，我今天捎来一样东西，这回真是我自己的，不是抢的。”

他拿出来的是一个玉瓜，温润细腻，有浮云一样的肌理。

“商朝的玩意儿，我从地底下挖出来的。”

他把玉一转，玉的颜色居然变了，从翠绿变成黄绿、橘黄、浅绿，又变回翠绿，好像是发自内部的光彩。

“听说你的小字叫弄玉，这块玉配得上你吗？”

弄玉不想要他的东西。他咧嘴一笑，露出两颗金门牙：“别客气，这算什么呀。西域进贡的玉山，一整块玉，三万六千斤，就算我想送你我送得起吗？这种小玩意儿出了咸阳城多的是，听说你也喜欢古物，改天我带你出去走走。”

弄玉仍然经常到田鸢家里去，田鸢不再欺负她，要不是她主动去亲近田鸢，这个笨瓜还当真要履行“成亲以前不碰一指头”的诺言。在午夜的窗台上，弄玉又开始醉心于他的甜言蜜语。有一次，不知是哪路神仙附体，从他嘴里冒出了一句几乎可以称得上是诗的句子：“玉，不管我们在说什么，值得珍惜的是我们在说话。”在循规蹈矩的抚摸中，他们之间还保持着一个悬念，双方都曾经渴望解开它，现在又避免触及，这实际上成了他们之间的主要引力，相比之下那些可有可无的话和习以为常的抚摸都不足以让他们顶着困倦厮守在一起。田鸢捏着窗格使暗劲：“我要把这些破木头揪下来！”弄玉知道他又神志不清了，逗他：“揪下来又能怎么样呢？”他咕哝着：“好想跟你……”弄玉催他别吐一半留一半，又不是面条，他就直眉瞪眼地说想和弄玉睡觉。有一次他突然说：“有让眼睛变小的眼药水吗？”弄玉没听明白，他又说，“鹿眼睛把我的心肝吓着了。”原来这呆子一直在琢磨自己身上哪儿不讨她喜欢，照了无数遍镜子竟然把问题归结在他最漂亮的部位。弄玉乐坏了，建议他让桑夫人在他眼睛上缝几针。他说：“你干脆把我废了更省心，宫里还需要宦官吗？我说的是抱公主上床那种。”弄玉说没有这种宦官，他更不要脸了，“好想要你啊。”弄玉问：“假如真有这么一天，你会怎么对我？”他说：“会很柔、很轻。”

他求弄玉骂他，用很脏的话来骂，因为他觉得弄玉讨厌他时总是说一些非常客气、非常干净的话，而骂他“笨瓜”的时候还算爱他。弄玉骂了一声笨瓜，他不解恨，还要别的，弄玉就说：“呸！”他觉得还不够爱，非要弄玉说“放屁”“胡扯”这些更脏的话……他忧郁地请求弄玉在子夜相会以前做这样的练习：躺着，闭上眼，默念十遍“田鸢爱我，真的爱我”，他说这是延年益寿的，弄玉说“是给你自己添寿吧”，他说：“添什么鬼寿，我念一遍‘我爱弄玉’就死一遍。”他说缺乏爱的练习的正是弄玉，做完这些练习后，她就可以毫无痛苦地享受他的“很柔很轻”的爱了。弄玉迷迷糊糊地答应了，可是一到他家就抓紧了腰带。

胡亥邀弄玉出咸阳玩，她只同意跟胡亥在宫里遛遛。她发现胡亥不像表面上那么幼稚。胡亥纠正她对宫殿的崇拜，说帝王建筑的精华不在宫殿，而在于台，“宫”字下面是台，上面是殿，台是帝王的威仪的基础。尧帝台高三尺，这是由于他很客气；商纣王鹿台高一千尺、方圆三里，都不知道要死多少人才能把这么缺德的台筑起来。他愿意带着弄玉出咸阳城往东走、翻过华山再走很远，去瞻仰鹿台的遗迹，弄玉说：以后吧。他说：鹿台周围还有墓地，埋着不知道多少铜器玉器，还有殉葬的牛、鹿、大象和奴隶，“北方那会儿出大象，信不信由你。”说到活人殉葬的风俗，胡亥说这样的事是越来越少，但瞧父皇那脾气，将来准得捎一批活人，因为他还没死呢，活埋的人就多得数不清了。弄玉提到九原活埋匈奴人，他说匈奴人活该，打仗以前他就说过甭跟匈奴人废话，他哥哥想跟他们讲理，跟畜生有什么理好讲。他说那个软弱的哥哥就是公子扶苏，弄玉说没见过这个人。他感叹宫门深似海，要不是志同道合，他们一辈子未必见得着面。

弄玉发现他出门总要带个轿子，四面用黑布围着，又从来不坐。走着走着，他会让弄玉等一等，跑到轿子跟前，然后宦官们用轿子把他罩住，递进去一个东西，远远地避开。后来弄玉知道了，那是个活动厕所。

可胡亥的尿也太多了，差不多半个时辰就是一次，差不多每次出来都是愁眉苦脸的。

他们到上林苑的炼丹房玩，意外地遇到了卢敖。卢敖还是那么没正经，悄悄对弄玉说，田鸾说梦话都“玉”啊“玉”的。胡亥一过来，卢敖就假正经了，“江陵的石头晒二百年成丹砂，再过二百年成铅，再过二百年成水银，可是在这丹炉里，七七四十九天就够了。”回头他又告诉弄玉，丹炉外面敷的是牛粪。出来后弄玉问胡亥，这炉子里炼的是不是长生不老药，他说就是父皇吃的长生不老药。弄玉不明白，水银不是毒药吗，怎么变成长生不老药了？他说那是因为水银被炼成红色的了。水银还有一个重要用处。

“父皇的陵墓里要有长江、黄河、东海、南海和我们没见过的许多海，这些都要用水银来灌。”

“上哪儿找那么多水银？”

“全世界。”

“哎，不是长生不老吗，怎么又要造陵墓？”

“别人有，他也得有，用不用都放在那儿。”

经过一座宫室的时候，他说里面藏着三万六千斤的玉山。那是父皇最稀罕的宝贝，不让别人看，等到能看见的时候，就成了……他凑近弄玉的耳朵说：“棺——材。”

和他熟悉以后，弄玉就问他为什么有那么多尿，他大大方方地说：“只有一泡尿是真的，另外几次干憋，没撒出来。”

这是小时候落下的毛病。他母亲死得早，父皇忙着打仗的那几年把他放在雍城，兄弟们嫌他长得矮、黑，叫他“野猪”，经常欺负他。有一年冬天，他正在撒尿，他们突然合伙把他推倒在尿槽上，他爬起来，满手的黄水，钻心地疼。法律课的钟声响起来了，那些人走了，只有他一个人站在那儿尿，可他怎么也尿不出来。回到课堂上，尿又胀了。老师知道了就让他去撒尿，可到了厕所里，一看见结冰的尿槽他就发抖，又撒不出来了。最后老师把他领到厕所里，让他像女孩子一样蹲下来尿，他蹲了半天才尿出来。这位老师就是当今丞相赵高。除了他，任何人看胡亥尿尿，胡亥都尿不出来。他在黑轿子里尿的时候，总担心宦官们在外面听，也很难尿出来。其实宦官们都躲得远远的。

在子午岭的山坡上，他们并肩坐着，胡亥把宦官递来的第一杯冰果汁递给弄玉，掏出心里的话："我的母亲已经死了，她是庶出的，是父皇最爱的人，她才是真正的皇后！我知道父皇因为爱她而宠我，但扶苏毕竟是他的长子。"说到这种有关皇位的事，弄玉无言以对。胡亥不需要安慰，他盯着弄玉的眼睛，只是祈求她倾听，"瞧，"他指着自己的金牙，"这就是被他砍掉的。"弄玉很惊讶："砍掉？"胡亥又让她看他的上唇："那一剑还把我变成了兔子。"弄玉仔细瞧，发现人中里藏着个伤口，以前真没注意到，因为那两片褐色的嘴唇被金牙的光芒掩盖了。弄玉忍不住追问："为什么？"胡亥说："只是学剑。"

他们坐在同一辆车上有说有笑，有一个懒洋洋的背影挡了道，这人差不多是一寸一寸地往前挪，一直呆呆地仰望着隔着一条河的公主楼。随从拿鞭子抽他，他才醒过来。弄玉认出了他，田鸢被冷落已经半个月了，她心里一酸，下车跑到田鸢身边，对着那双惶然的大眼睛悄悄说："我月底回家。"胡亥执着马鞭踱过来问："熟人啊？"弄玉便介绍他们认识。胡亥仰起脸来，把优越的笑容抛给比他高半头的田鸢："改天请你喝酒。"

然后他把弄玉拉上了车。

田鸢一字不漏地记住了“十八公子胡亥”这个称呼，这是从弄玉嘴里说出来的。他还记得弄玉在车上笑盈盈地盯着胡亥的脸，那张地瓜脸也是眉飞色舞，金牙闪闪发亮，显然在说什么幽默得不得了的话。“要不是胡亥吸引了她的目光，她早就该透过随从看见我了。”他想，“我真是笨瓜，她不来找我，我以为她有忙不完的正事呢。”弄玉给予胡亥的那种笑容，他好像从来没享受过，“那是什么呀？佩服？妩媚？可她对我总是冷嘲热讽的，有时候她连看都懒得看我，宁可盯着她那些图。”想到弄玉晾他十天半个月，原来天天跑去找这个人寻开心，他恶心。晚上，一种症状突然消失了——那是窗台约会期间频繁发作的心痛、幸福的痉挛、爱的症状。

其实当田鸢和胡亥站在一起时，弄玉觉得田鸢真的是很帅的。她又闻到了田鸢的味儿，回宫后又陷入了失眠。这时候窗台约会已经终止了，但她觉得今天田鸢会在深夜给她一个惊喜。这样等待了一天、两天、三天，她失望了，第四天的子时，她松了一口气：“笨瓜，你总算让我睡觉了。”月底她回家，没看见田鸢，便来到他家，把他从被窝里揪出来。

“我告诉过你我今天回家，为什么不来找我？”

“我忘了。”田鸢昏昏然地说。

弄玉拔腿就走。

当天晚上，田鸢来了。“我有罪，”他低声说，“到走廊上等我。”弄玉战战兢兢地来到走廊上，辨认走廊两端的灯火是否在移动。田鸢冲下来把她抄上了天，就像把她从匈奴人马背上夺回一样。在半空中，他紧紧抱着弄玉说：“我错怪你了。”她把头埋在田鸢肩头，以躲避使她睁不开眼睛的风：“他只是我的弟弟。”他们看星星，从手指尖开始重新抚摸，不知不觉穿越一片冰晶，飘上了没有一丝乌云的高空。跟他在一起从来不觉得冷。在澄净的星光下，弄玉发现田鸢眼角有个白渣，叫他别眨眼，伸出一根手指头帮他把白渣抹掉。她凝视着田鸢的眼睛说：“你不知道，我多么爱它们。”

胡亥终于对一千级台阶忍无可忍了，要让弄玉搬到最底层去。弄玉考虑了一下，同意了。总不能为了田鸢一年半载来一回，每天爬那么高的楼吧。宫女宦官们通宵穿梭在灯火通明的走廊上，田鸢是不可能来了。不过她还是在楼上多住了几宿，等着最后一次子夜相会。没想到，田鸢得知这个消息后并没有生气：“好啊，你不用受那么多累了。”他终于学会为别人着想了。可他下一句话让弄玉很不是滋味，“我已经习惯了把心里的你约出来玩。”弄玉想：什么意思？难道我……活色生香的我就躲过你吗？只有你叫我“滚”过呀！

在田鸢眼里弄玉确实是无处不在，山坡上、楼台上、树上、花瓣中、云彩里都有她的幻影，满足于这些幻影时，他就不是那么渴望见到她了。这期间她的面孔又模糊起来，就像在城堡里推托他求婚后那样，好在相爱的过程表明这不一定是个坏兆头。

入秋的一天，他在通天塔下看见弄玉混在工匠们当中，工作服都磨破了。他没过去打扰她，但悄悄让桑夫人为她做了一件粗麻衣，特意在肘和膝盖的位置绣花，让那些地方厚一点。弄玉来找他的时候，他就把这个宝献出来，弄玉笑着躲它：“不行，这哪是干活的衣服啊，分明是小孩子穿的。”田鸢把她摁在床上给她换，但是他忘了弄玉的腰带是怎么解开的了。还是弄玉自己解开了腰带，换上了童装，让他看一眼，再脱下来叠好。趁他高兴，告诉他："我要到关外去挖宝了。"

田鸢的脸一下就沉下来，弄玉知道这个小心眼在想什么。

"你记住啊，他是我弟弟，不是外国的王子！"

孔雀传书

这件事往后推了推，因为孔雀送来了一封怪信："玉人玉人，凤凰游之；彼君子兮，爰以求之？"田鸢不承认这是他写的，骄傲地说自己是文盲。弄玉怀疑是百里桑在跟她开玩笑，就找出百里桑以前送给她的"维凤有巢，维鹅盈之"之类的诗查笔迹，可又觉得百里桑现在的笔迹应该成熟一些了，她就回家试探百里桑："你很久没把诗给我看了。"这家伙不耐烦地说："写屁诗，这年头谁还写诗。"此人的嫌疑可以排除。"那就是春秋年代一个花痴公子显灵了，"她告诉田鸢，"你的醋吃不完。"

过不了多久，第二封信又来了，说秋雨霏霏，看在孔雀淋湿了羽毛的分儿上还是给他回一封信吧。弄玉就在枫叶背面告诉他：我最讨厌躲躲藏藏的人了。但在路上一看到美男她就想："到底是谁呢？孔雀缺心眼，谁给它一片树叶它都送。"也许他竟是个隐身人，竟然就在身边呢。她觉得跟一个隐身人斗斗法挺解闷的，他要是真蹦出来，也怪好玩的，后来就不把这些信给田鸢看了。

他们在信上互猜长相。弄玉说他一定长得很惨，否则怎么偷偷摸摸写信呢，隐身人乐呵呵地出了一道题给她：邹忌、宋玉、秦舞阳、荆轲，认真猜猜我是哪一型的？弄玉没见过这些人，没法猜。他便吹嘘道：宋玉的脸再黑一点点就是我。听起来这好像是田鸢的脸，弄玉对他产生了生理上的好感，但仍然告诫自己：假如这家伙胆敢跳出来，我就一口咬定不认识他。

他对弄玉的描述基本上准确：你是个牛奶里泡大的雪白的姑娘，你不丰满，个儿也不高，但是小女人青春常在。弄玉估计他偷看过自己，不以为奇。一天晚上，隐身人的信从田鸾已经不可能光顾的窗户飘了进来，孔雀的羽毛在窗格间微微颤动。隐身人想知道这里的灯光是什么颜色，弄玉说这里的灯笼都是无色透明的，灯光就是火的颜色，没什么奇怪的。

她谨慎地描述自己的生活，避免炫耀身份，尽管它有可能早就被识破了。她说自己曾经生活在空中，现在透过窗户却能看见桂树的枝条，隐身人对这种环境表示惊讶，问她是不是住在月宫里。当事情发展到隐身人想知道在这个不食人间烟火的地方睡觉的女人穿不穿衣服时，弄玉中断了通信。她还不想同田鸾以外的任何男人谈论光身子的事。

隐身人的哀求随着一片片枫叶飘来，求她宽恕一个痴情人的轻薄，求她不要这么冷漠，至少在十封信后回一句话，不管说什么都行。弄玉不明白这人用什么好吃的东西支使她家孔雀半夜三更来回跑腿都不累，莫非这头孔雀并不是她家的孔雀，而是被隐身人收养的、它失散的孪生姐妹吗？

隐身人被她的冷漠激怒了，摊牌了：别看你假装冷漠，实际上你是一个隐藏得很深的痴情女人，一旦爱上谁，会是最热烈无畏的，什么也拦不住你。弄玉心烦意乱地回了一句：我的眼睛已经熬红了，你怎么不让人睡觉！第二天清晨，一只小瓷瓶拴在孔雀翅膀下面捎来了，瓷瓶上写着：在一瞬间洗去血丝的眼药水。弄玉躺在床上，桂花的芳香一阵阵袭来，眼里清凉而又舒适，她忽然感到幻影与现实之间并没有明确的界限。

在随后的通信中，隐身人开始畅想见面的场景。他说有一百倍的甜言蜜语都为她留着，一整天都说不完，只要去一回，肯定想第二回。弄玉问：要是见了面反而一句话也没有怎么办？隐身人说，发呆也不错，俩人可以一起躺在河边的草丛里晒太阳，像两只自由自在的鸭子一样。

这段时间胡亥来催她什么时候动身，她烦躁地推说自己不舒服。她去找过一次田鸾，田鸾劝她离胡亥远点，这个人拿杀人取乐，每个月都要到云阳县大狱里提一个死囚来杀。其实弄玉早就听说过这件事，胡亥是被他的老师逼着去上课，练狠劲儿。她问田鸾：“你没杀过人吗？”田鸾就没话了。

她撇开现实中的种种纠葛，回宫去和隐身人斗法。她一度怀疑隐身人会跟踪自己，便问：你会找到我吗？隐身人让她寄一缕头发来，说他像狗一样循着气味就能找到人。在一封来信中，他写满鳝丝河蚌、蟹粉蛤蜊、乳鸽牛柳这些字眼，似乎想通过食欲引诱她赴约，她又感动又好笑：这人可能真不知道我的身份。她答应在咸阳某个清静的角落里请这人喝甜醴，这人说：只要你来，请我喝尿也成。弄玉身上涌起一股暖流，田鸾已经很久没让她产生这种感觉了。

但是，隐身人真的约她，她又一而再、再而三地推辞。她经常说自己不在咸阳，或者干脆不在关中。到现在为止，她还没问过隐身人在哪里，也不好奇，她总觉得这是一个咸阳人。隐身人继续花言巧语：你常出门，我也常出门，你到了一个地方，我也到了一个地方，如果这两个地方是同一个地方，我们不就在一起了吗，这有什么不好意思的。弄玉问：你不怕见面破坏现在的感觉吗？我们都不像想象中的那么完美。这话让隐身人沉默了。她坐立不安地等了两天，不敢把写给隐身人的信交给给妹妹送信的孔雀。终于，她收到了回音：我等你主动提出邀请。弄玉问他这些日子在忙什么，他答复："在听音乐。"

"什么音乐？"

"心里的音乐。有抑郁、悲伤，也有幸福的暖流、偶尔闪现的喜悦和豁然开朗。"

"我打扰你了。"

"不。本来想和你一起听的。"

弄玉想见他了。他说：如果你不是开玩笑的话，我就找个地方见你。他选择了河边，就是过去一封信里说过的像鸭子一样躺下来发呆的河边。他这样介绍自己的特征：瞅谁最傻，你就过去跟他打个招呼，记住，一定要找最傻最傻的人，找不到不要哭鼻子。弄玉迷迷糊糊地回了一封信：好。

约会前一天晚上，弄玉辗转反侧，对那个即将去见陌生男人的女人说：你不是我，应该说你长得跟我一模一样，像孪生姐妹一样，你所做的一切都不必对我负责，而且也不会影响我的生活。她给这个虚拟的女人起名字，捏造她的身世和身份，甚至考虑是不是采用嫦娥下凡的说法以便随时逃遁。她还准备了一系列问题：孔雀是哪里来的？你是怎么知道我的？你了解我多少？……

醒来时已经是中午，离约会还差一个多时辰，她听见淅淅沥沥的雨声，就跑到窗前看雨有多大、会不会破坏见面的兴致。雨虽然不大，窗外那些忙忙碌碌的人却让她醒悟了：

"我根本不是另一个人！我不可能把自己分成两个人！"

她很想给隐身人写一封信推掉约会，但是孔雀不会在雨中飞来。她换好平民的衣服又坐下，一点也拿不准到底要不要去。最后她想：隐身人也没那么傻吧，这种天气傻子才会去。

这雨一直下到傍晚。在晚霞中，孔雀送来一封信，隐身人说他在河边等了一下午，无论如何不相信这一切是真的，总得有个合理的解释，她是生了病，还是睡过了头，连猫跳到房顶上都吵不醒？他还激动地写了很多胡话，说什么一切看起来像是文字游戏，实际上被两个有血有肉的人驱使着，这无疑是两个真实的人在互相寻找。弄玉认定这一切都是梦，果断地回了信：对不起，我是一个没有权利做梦的女人。现在她只想逃离咸阳，到不管多么远的地方去忘记这一切。

第二天早晨，她去找田鸢辞行，田鸢不在，桑夫人说中午也许会回来。她回宫找到胡亥，答应马上出关中。下午找田鸢又扑了空，桑夫人让她在屋里等，她推说有事，出门了。但她不知所往，这时候她不想回宫去面对那已经是属于隐身人的窗台。她彷徨了一下午，以隐身人等待她的耐心等着田鸢。傍晚终于见到了田鸢。听她辞行，田鸢有气无力地说：“我话都说尽了，你好自为之吧。”

弄玉不想让他在离别的日子里难受，也不想让自己一路堵心。

“他只是个小孩儿。”

“我只是舍不得你。”

“我也舍不得你呀。”弄玉捏捏他的手，说出这句曾经捧着他的脸说过的话。

十二·肤施

古　墓

胡亥的挖宝队穿过漫空飞舞的落叶向北方出发了。弄玉忽然怀疑支使孔雀送信的人是他，就试探道："我们家的孔雀怎么就不开屏呢？"他说："看见你这么漂亮的姑娘，她哪好意思开屏啊？不啄你两口就算好的了——哎，你长这么漂亮，我开屏给谁看哪？"全是胡说，他连孔雀公母都分不清，公的才开屏呢，应该说看见这么漂亮的姑娘一定会把尾巴张得大大的。

晚上，车马到达定边，弄玉跟着他第一次享受了数不清的火把开路、数不清的人向自己磕头的待遇。次日早晨，一支上千人的军队护送他们出城，到了荒郊野外，胡亥指着一座丘陵说："瞧，周围绿油油的，唯独这上面寸草不生，为什么？封土下面长年累月都在冒毒气。这是座古墓。"

军队驻扎在丘陵四周，把老百姓挡在外面，一些士兵在远离古墓的地方为他们搭起帐篷。挖掘开始了。第二天下午，远远地望见山上冒出黄烟。又过了三天，有人禀报，墓道已经发现，毒气已经排完。胡亥和弄玉来到现场，在一个大坑里有个方洞，洞口的黄土上散落着腐朽的木片。胡亥牵着她入洞，前前后后有人打着火把。刚往里走几步，一股怪味呛得他们咳嗽起来。胡亥拽起她往外跑，领头打火把的侍卫已经死在洞里了。

又过了四天，毒气才散尽。大洞里多了许多小洞，那是以前暗藏的毒穴被刨开了。他们看到了石床、石几，左右有石人站立侍奉，都是武士装扮，身佩刀剑。有一道石门，推开后进入又一间墓室，看见一口棺椁，黑黝黝、光溜溜的。侍卫们用刀劈，用锯拉，都没打开，胡亥说："是生漆和犀牛皮做的，抬回去慢慢开。"

又过了一道石门，进入更潮湿的墓室。这里有一张石床，两具尸体躺在床上，衣服一碰就化成灰，床上还有很多铜叶，胡亥说当初挂着帐子，帐子腐烂了，铜叶就落下来。胡亥先把死人身上的、七窍里的金玉都弄下来，再跳上石床，几脚踢开死人，用脚扫那些铜叶，果然扫出了宝贝，那是一只玉手，死人身上正好有一只手是断的，看来是入殓时装的假手。胡亥用自己的衣服擦干净这只手，高兴地说："有这东西，今天没白来。"

晚上喝庆功酒，胡亥把假手放在宴席上，动不动就抓起来玩，又抓肉吃，弄玉实在吃不下这样的肉。他说："姐姐干吗不吃呀？嫌大家抓过这肉？"弄玉不说话，"凑合点吧，这又不是宫里，哪有那么多盘子来分餐。"有人跟他说了句悄悄话，他明白了，"哦，倒胃口了，"他把假手拿开，"倒胃口，呵呵……"他醉醺醺地盯着弄玉，"你……知道什么叫倒胃口吗？"说着说着他哭起来，发抖地指着酒菜，"这玩意儿是血，这玩意儿是屎……"

接下来，他说的话让弄玉目瞪口呆。赵高逼他上杀人课，弄玉早就听说过，本来不以为然，但由他本人说出来就大不一样了。他用的是一把削木简的刀，又短又钝，死囚下身绑了两道麻绳——膝盖上一道，脚腕上一道，保证屎不会漏到地上。有一次他处决的是一个悍匪，他的手发抖，那悍匪就说："别慌，你一慌，老子都不自在了。"当他把小刀放在那人下颌上时，那人的脸白了，随后说的一句话让胡亥天天做噩梦："改天回来找你喝酒。"胡亥用钝刀子在那人脖子上来回拉，像杀鸡一样，听着难以形容的惨叫，看着那人裤裆湿了，膝盖湿了，脚腕湿了，尿滴滴答答地落下来，但屎都积在裤裆里。然后他见到饭菜就吐。相比之下，沾了点死人味的饭菜对他来说就不算什么了。

等他酒醒，又是一个晚上。他向弄玉道了歉，要和她分宝贝。弄玉看他铺开在毯子上的一堆死人东西，一样也不想碰，他就把一个镯子往弄玉手腕上套，弄玉把镯子撸下来，他又套。拉扯了一阵，他突然捉住弄玉的胳膊狂吻起来，一个劲说"姐姐"，弄玉越躲他越疯，干脆把弄玉按倒在地，"姐姐，姐姐，你是我的好姐姐呀。"弄玉躲他的嘴都把脸偏到地上了，一下子碰到一个冰凉的东西，竟是死人戴过的那只假手！弄玉一下有了劲挣脱出来。她退到门口，用袖子使劲擦嘴。胡亥慢悠悠地站起来，猛一脚踢飞了玉手，又一脚把托古董的布掀了起来，又一脚把案子掀翻了，然后，他原地团团转，看见什么踢什么，连靴子也踢飞了。发完疯之后，他气喘吁吁地说："你擦什么，我的嘴就那么脏？"

弄玉冲出去拉上一匹马就跑。

前世之城

在黑暗中，她不知道往哪儿跑，只想逃离这坟墓的气味。天亮时，她来到一条河边。胡亥的金牙在她脑海中晃来晃去，胡亥的喋喋不休让她的耳根不得清净。为了把胡亥轰走，她强迫自己想田鸾，但此刻田鸾很模糊。她索性把俩人一块想："为什么我让田鸾碰，不让胡亥碰？因为田鸾的脸比他干净，田鸾的牙比他白。为什么我又记不住田鸾的模样呢？因为他老是不来看我。"她趴在马背上，困极了。这时有一缕箫声飘来。

循声望去，她看见一个人在河边吹箫，旁边有一匹白马。这人在朝阳下的剪影又挺拔又优雅，他面前的金色的波光好像是随着箫声荡漾的。一曲吹毕，他发现有人在看他，便转过脸来。

"你是谁家的姑娘，一个人跑到荒郊野地来？"

"对不起，打扰你了。"

他笑了，露出一口整齐的白牙。他的眼睛像羚羊的一样温和，含着不惹人讨厌的一点轻浮。

"萧史吹箫，就是吹给弄玉听的嘛。"

弄玉吃了一惊，"这人怎么张口就叫出我的名字？"转念一想，他说的是尽人皆知的那个弄玉，自己自作多情了。

"我不懂箫，也不是那个弄玉。"

"听你说话不像是本地人啊，干吗一个人跑这儿来？"

弄玉说自己是走亲戚的。他带弄玉进了城。过关卡时，他们走的是官员通道，而且没有人查他们的证件，弄玉这才想起自己没带任何证件。

他把弄玉送到传舍就走了。弄玉知道自己住不进去，连一口饭都吃不上。要说自己是公主，谁信呢？哪有公主穿一身粗麻衣服，蓬头垢面，身上还有坟墓味的？她牵着马往城外走。当那个人的面容模模糊糊地浮现在她脑海里时，她忽然觉得面熟。刚才他叫出"弄玉"时，她就仔细想过，确实没见过这个人。"难道他是在某个场合出现过的一个不重要的人吗？

我和父亲在别人家做客时见过的？买过我父亲盐的人？给我们办过手续的官员？……”她把今生今世中去过的地方都飞快地回顾了一遍，也没找到他。可他就是有种说不出来的特征让她觉得见过，而且在模糊的时候这种特征特别明显。就连这座城也似曾相识，她在关卡看见它叫“肤施”，多么美的名字，她连听都没听说过，可就是觉得熟。

在路口，她又碰见了这个人。这张脸一清楚，在弄玉看来就陌生了。她觉得自己刚才是饿糊涂了。

“你还没有吃饭吧？”这人问。

这句俗气的话，让弄玉分外感动，她当公主以后很久没有尝到饿的滋味了。

这人带弄玉去了传舍，领了东西给她吃。从菜里的一颗卤蛋看，这人级别不低。问到弄玉的来历，弄玉表情坦诚地说，自己不是来找亲戚的，是跟家里人闹别扭跑出来的，是云阳县的农民。

“你带证件了吗？”他问。

又是那么善解人意，弄玉笑着摇摇头。

“我就知道你没带，所以在路口等你。在我们国家没有证件寸步难行，你现在连家都回不了了。我找驻军给你办一个特别通行证吧。”

等的就是这句话。

他一路上给弄玉介绍这座城市，话音轻柔懒散，想听时能听明白，不想听也不至于被吵得头疼。听得出来他也不是本地人，有明显的咸阳口音。他把弄玉带到了一个宅院里，弄玉问：“通行证就在这儿办吗？”他说这是他家，事情在这里就可以办成。他叫来一个卫兵，写了一个条子，吩咐道：“照这个抄，不要副本，直接封上，盖御史的章。”弄玉打了个哈欠，他说:“我给你开一间空房，休息休息?”

弄玉真的,真的,真的很想躺下来,但她说:“谢谢,我就在这儿等吧。”

“要办三天。”他说。

梦中人

弄玉住进空房，美美地睡了一觉。傍晚，箫声又把她唤醒了，此刻听起来，就像隐身人在信里说的那样。弄玉愿意叫他“隐身人”，到现在都不知道他叫什么。她经过一道道回廊、一间间空房，找到了隐身人，他在一支庭燎边专心地吹奏着，半个脸被火光映红，其余的地方渐渐融入黑暗。面对这一幕，弄玉想起来了——这不是什么隐身人，也不是前世见过的——“他是我在十四岁那年梦见的一个人,那个‘羊’字脸的人!”

弄玉有点害怕了，梦里的人怎么会跑出来呢?相比之下隐身人要好理解得多。“我还是叫他‘隐身人’吧。”她想。

箫声停下了，隐身人招手让她进去，一点客气也没有，好像他们从小就相识。他把箫递给弄玉，弄玉拿起来吹了一下。

“你的手指头真美。”他说。

他的也一样。那是从来没做过粗活的手，是在金玉宝石的呵护下长成的手。弄玉靠着在宫里打的那点底子，很快学会了他的曲子，可吹得不如他，在悲伤与欢乐的情绪间过渡不自然。他吹起来浑然一体的旋律，让弄玉一吹就好像拼凑起来的一样。弄玉觉得是自己缺乏技巧，可他说:

“你心里有事。”

“我以前就吹这么差!”

“你心里一直就没有静下来。只有心静，才能把欢乐与悲伤看得同样平常。那种欢乐，应该是从平淡的心境中自然产生的，是海底的暖流，而不是你家里煮开的一锅水。”

弄玉笑了，他也笑，接着说：“来，再试试，吹到欢快的节奏别使那么大的劲，否则你无法适应接下来的抑郁。”

她记不得在这儿待了多少天。他们俩白天郊游，晚上回来再练箫，自始至终没问过对方是谁。有一件事，像是预料之中，又像是有意期待的，终于发生了。隐身人从背后轻轻搂住了她，她不惊讶，只是问：“咱们谁也不认识谁，对吗？”

他含着弄玉的耳垂，不说话。

弄玉转过来听他的心跳。

“你怎么没有心跳？你这个幽灵。”

隐身人撩开自己的胸襟，弄玉贴在他的内衣上，听见了强劲的心跳。他的肌肉和体香使她心慌，有股热风在她体内吹来吹去。她觉得奇怪，以前从来没有这样过。

隐身人也听她的心跳，听着听着，她觉得胸前一热，隐身人的脸已经贴在她的胸衣上了。刚才他的手在她腰带上，可她一点也没觉察，弄玉简直怀疑他做过贼。她怕了。这哪是什么梦中人、隐身人啊，不就是个男的吗，胸口那个热乎乎毛茸茸的脑袋可不是闹着玩的。“可是他要把我怎么样呢？”好像一个及时的答案，他的舌头袭击了她的乳头，打得她一哆嗦，过去这里只是被田鸾碰过。她心想：“哎呀，完了，这个人会吃奶。”如果有奶，她觉得应该是田鸾的，但她舍不得摆脱身上的热风。

“这儿的人呢？”她问。

“没人打扰我们。”隐身人吹灭了庭燎。

隐身人在摸她的背，她身上软透了，脊梁骨就像在跟着那只手动。这只手在她身上有礼貌地探索着，有时停一停，好像在记住路口。到了她的小肚子上，它停得比较久，好像在申请通行证。弄玉只给田鸢发过这样的通行证，还没想好要不要给这个人，他突然闯关了。怎么拦得住呢，他一下就到了军机要地——她原以为只有自己才知道的一颗小豆豆。她又舒服又担心。隐身人说：“全湿透了。”

他的手指头真是好老师，让弄玉找到了自己瞎摸时没有发现的宝库。她盼望他更深地进去，因为到现在为止这件事和她梦见的一样，不疼。但隐身人抽出了手，转而探索她的腿。弄玉也回报他，碰到一个倔头倔脑的东西。弄玉想起来了，那东西在田鸢身上见过，丑死了。可隐身人很快就消除了她的偏见，他手把手让弄玉认识到这东西的温暖、善良、在蠢笨外表下隐藏的赤胆忠心和肝脑涂地的本事。

“你们走到哪儿都带着这个东西，”弄玉问，“累不累赘啊？”

“这是我们用来写字的。”

他用这支笔在弄玉的小肚子上画了一道弯，“喏，这就是黄河。”在弄玉的大腿上画了一道，“这是长江。”又在弄玉的小豆豆旁边点了一下，说：“这是世界的中心。”

第一次，他没有深深地扎入世界的中心，还是不疼。一觉醒来，弄玉主动把隐身人的笔对准了世界的中心。隐身人先写了一些安慰的字眼，仿佛听到她的左腿对右腿说：放心，他是个好人，还是个漂亮的好人。然后在瞬间的疼痛后，弄玉经历了平生最大的震撼，把血留在这琴房里。

第二天他们不出门，一连三天都没出门，去它的郊游吧。他们除了睡觉和重复这套简单动作，别无所求。当田鸾和心里的她相会时，肉体的她却和隐身人泡在一个铜澡盆里，用放肆的呻吟和水里的咕噜声告别。她已经呻吟得很累了，而且，通行证来了。上面写着她自己报的假名，她也不知道这个男人的真名。

“走就走吧。”隐身人说，“我也要走。实话告诉你，这儿根本不是我的家。”

不管他说的是不是实话，弄玉不想让他先走，把自己一个人留在别人家里。当她上马时，隐身人忽然拉住她的马缰，说：

“跟我回家。”

弄玉抚摸了一下他的脸，坚定地摇摇头。在咸阳，有许多人、许多事情、许多约定和许多牢笼在等待着她。她沿着无定河绝尘而去，沿着旧长城一路南下，隐身人的洁白肉体在城墙上晃悠，她没想到肉体在记忆中是这么牢固。当她进入富饶的关中平原时，脑海里的隐身人穿上了衣服，她对他的怀念已经不限于肉体，并且感到，离开了他，咸阳的一切加起来都不足以养育他在世界中心播下的种子。一个念头浮上心来：

“为什么我不能跟他走？难道三年之约能够束缚我一生吗？难道做公主那么好玩吗？我明白了，我是舍不得自己的父母。然而我跟他走，不是也能回家看望自己的父母吗？他不是中国人吗？我这是跟谁过不去呢？”她越想，越觉得自己傻。但要回去找隐身人，她又没有勇气，隐身人可能已经走了，而那个家的主人回来了。“隐身人，你为什么那么懦弱，不死死拉住我的马缰？”她又明白了，“哎，原来他并不是真的希望我留下啊。那就算了。”主意打定，她毅然向咸阳驰去。半道上，她精疲力竭，一跤摔下马来，趴在路边也不爬起来，让黄泥巴沾了一脸一身。这时候她认定，她失去隐身人的绝望将超过田鸾失去她的绝望，她对着满世界金黄色的枯枝败叶痛哭起来。

十三·未来镜

箫　声

她回宫后先让宫女打热水来，洗掉泪痕。她把脸久久地贴在热毛巾上，这时又看见了隐身人的笑脸。“这不是什么隐身人，他是一个活生生的人！我没有做梦，我已经失去了贞操！”夜色渐渐淹没了她，窗口偶尔闪现的黑影让她心惊，但她想起这是在楼下，田鸾已经不可能来了，又松了一口气。她在夜里迷迷糊糊地翻身，找隐身人的胸脯，却碰到冰凉的床沿。

孔雀叼着枫叶飞来，她的心都要蹦出来了，当她光着脚扑到窗前时，又想起给她寄信的隐身人并不是上郡的隐身人，那喜悦荡然无存。

这封信问她在哪里，一看就是田鸾孩子气的笔迹，这是他第一次来信。弄玉在背面写道：别管我。转念一想不妥，又找一块布写上：我已回宫，最近皇帝不让我出门。田鸾可以第一次给她写信，她也可以第一次对他撒谎。

宫女看见孔雀叼走那块布，惊讶地问：“这块布掉下来怎么办？”弄玉淡淡一笑：“掉下来，它会追上去叼住。”但她的眼睛又湿了，她忽然意识到田鸾从来没有让她流泪。她不知道以后怎么办，假如还能回到田鸾身边，也要等她把这些眼泪流完，也要等她忘掉肤施啊……

肤施！

……

谁能给我那样美妙的箫声和月光？谁能那么善解人意？谁的手是那么轻柔而温暖？谁的声音还能那么好听？

她倒在床上，泪如泉涌。

不！不可能了。我不可能去见田鸢了。我永远也不会忘记肤施！直到我被泪水淹没、被心痛折磨得断气为止。弄玉饱含着泪水质问自己：弄玉啊！你为什么说隐身人只是一个幽灵！

他是一个人，我今生今世再也碰不见更好的人！

我不可能再见到他了。世界太大了，相比之下肤施太小了，那琴房太小了！我们在其中纵情欢乐时，根本想不到离别是无法挽回的。

弄玉！她在心里咆哮着：你为什么说那些日子是淫乱放荡？

泪水又滚滚而来。人生多么漫长啊，几天的幸福，难道在一念之间成为无休无止的悲哀吗？

……

她昏昏沉沉地躺着，一动不动，有时能看见屋梁，有时被泪水糊住眼睛，有时做梦，有时醒来。胡亥来到床前，不知在哀求什么，弄玉满脑子都是隐身人，“……假如我在河边不理他，不跟他走，会怎么样？……但是我怎么会不理他，怎么会不跟他走？难道他不是我梦见过的人吗？上天怎么会让每个人这么幸运，见到自己梦中的人？……”胡亥的泪水滴在她手上，她也毫不怜悯。每个人都为自己流泪，她需要静静地享受自己的泪水。

“如果我还能见到他，就算他在死牢里，我也要和他在一起！”

咸阳的隐身人真的来信了：假如孔雀找不到你，我就当你死了，假如孔雀再也不来找你，你就当我死了。弄玉就对心中的隐身人说：好，我就当你死了，我会日日夜夜祭奠你，直到我也死去。她惊奇地发现这种想法止住了泪水，就像那些丧夫的女人一样，当找到幽灵的时候就不必再用回忆来填充余生。她的祭辞被孔雀一趟一趟带往彼岸，她比过去更迷恋孔雀传书，也比过去更加没有勇气去见那个肯定会破坏她心中的幻影的真人。晚上，她能听到隐身人的箫声，正是这箫声让她饱尝失眠的幸福。她在信上写道：

嗣音，嗣音，微君之音，胡为乎夙夜！

“谢谢你，隐身人，”她对黑暗的窗口说，“能够用虚空中的箫声继续指导我学箫。我已经吹得比在肤施好多了，你教我心静，我做到了，我相信你能听见，我已经学会用平常心吹奏幸福和忧伤。”当她的心静下来时，甚至能注意到别人的忧伤。胡亥说他曾经恨自己姓嬴，是弄玉的弟弟，但他现在想通了，可以把弄玉当成姐姐，再也不会欺负她。弄玉尊重一个从小学习杀人的孩子心里仅存的一点真情，每个人心里都会藏点什么，各自好好珍惜吧。

许愿井

胡亥带她出去散心，只是不再往坟墓里钻了。胡亥让宫廷画师给弄玉画像，说实在的，画得很美，但弄玉觉得不像，胡亥对这张画爱不释手，弄玉就大大方方地送给了他。她听说林光宫里有一面铜镜，能知过去未来，很希望胡亥带她去，胡亥为难了，说父皇不让公子照这面镜子，因为不能让公子知道谁将继位。那几天弄玉不再搭理他，胡亥同意带她去，才重新得到她的笑容。那镜子要念咒语才显灵，管镜子的人说什么也不肯念，胡亥气得要杀他，他说，总归是一死，念了咒语被皇帝处死会更惨。在这种情况下弄玉不再任性，劝走了胡亥，但她心里在狂喊：“隐身人，你到底在哪儿？”

胡亥与弄玉，各自心事重重，领着一群精疲力竭的侍卫，游荡到子午岭脚下的大钟庙，胡亥说：“姐姐，这儿有一口井，虽然照不见什么未来，倒也是一口神井，好歹瞧瞧吧。”弄玉又打起精神来了。那口井，正对着房子那么大的一口古钟，深处的水面幽幽闪亮。胡亥向侍卫要了几枚铜钱，递给弄玉：“许个愿，把钱扔进去。”弄玉又失望了——所谓神井，就是这么个把戏呀。她此生唯一的愿望随着一枚铜钱落下去了，铜钱没有沉到水底，因为这是水银。胡亥看她无精打采的样子，把她领到了斗兽场。

一道壕沟和两道铁蒺藜围着一片空地，一头雄狮和一头豹子在撕咬，看台上喊声如潮。这都是废除诸侯制以后在宫里养老的皇叔、饱受冷落的嫔妃、无所事事的公子王孙和伺候他们的宫女宦官……喊声又起，狮子被豹子咬翻了，豹子龇牙咧嘴地绕着铁蒺藜跑，等着下一个牺牲品。胡亥打听了一下，说更精彩的还在后头，一会儿是人斗豹子。弄玉问他：“你觉得这很有意思吗？”他就笑着拉弄玉出去，但是没走几步，弄玉又停下了，她的手也从胡亥臂弯里掉下来了，她在对面看台上看见一个身影，很像隐身人。胡亥顺着她的目光看去，却不知道她看的是看台，以为她欣赏的是场内的那个勇士，那人的肌肉像是石头雕的，笑起来露出满口白牙。胡亥大喝一声：“让那小子滚！给我备马！”

豹子扭过头来，朝胡亥长吼一声。胡亥得意地露出两颗金牙：“它叫我呢。”说完就往下走，弄玉喊都喊不住。

胡亥骑一匹雷都打不死的战马，铠甲护到脖子上，挥舞着弄玉见过的最长的剑，冲进了场。看客们议论纷纷：“完了，一头好野兽又完了，可惜鲜卑国的贡品呀。”“给谁下注？”“那还用问，十八弟上来玩，野兽还有命吗？”弄玉从来没想到胡亥竟是这么出色的武士,便也注视着场内。胡亥掀起护面甲骄傲地朝她笑了笑，然后死盯着豹子。豹子在他周围转了几圈，猛扑过去，他的战马身上立刻留下两排血印，胡亥挥了一下剑，没砍中豹子倒是把马耳朵削下来了。豹子再次扑来时，胡亥躲得摔下了马。豹子正要按住他，四面八方发来的箭把豹子扎成了刺猬，原来他的随从早就埋伏在场地周围了。这头豹子到死都不明白，为什么咬别人就没人向它放箭。弄玉突然想：“田鸾斗豹子，不会让人这么操心吧？”一个月来，她第一次想到了田鸾。

雪地祭祀

她不再随胡亥出去，因为她发现自己怀孕了。在当初因田鸾的求欢而查看医书时，她已经知道怀孕后的反应。她决定把这个孩子生下来，以便重新看到隐身人的面容。她很想把这件事告诉隐身人，但还没傻到把写信的人真的当成她的隐身人。忽然间有一个想法让她精神百倍：在这许多来信中，会不会掺杂着他的来信呢？她立刻把这些信倒出来检查，一钩一撇地对笔迹。可惜，所有的笔迹都是同一个人的，还像是左手写出来的。哎，世界如此之大，两位隐身人怎么可能合用一头孔雀呢？在深宫的雾霭中，在透过木窗格的破碎斜阳下，她又开始画隐身人的像，好让孩子一出生就见到父亲。

腊月底祭宗庙。说不尽三牲神器、钟鼓礼乐之威仪，伴着降神的乐曲和舞蹈，皇帝一行款款进入庙门，皇后、嫔妃、公子、公主们相继入内，全都穿黑衣,远看分不清谁是谁。弄玉肃立在香火中思忖:两年前在九原，我跪在良家子弟万人之中等待皇帝露面，那时候皇宫是多么遥远虚幻的所在，空中城是多么亲切的家园，谁承想我今天会混在陌生的行列中祭奠别人的祖宗呢，人生真是变幻莫测啊。

大典结束时，公子们先退场，她看见了曾经在斗兽场出现的那个身影，心想：我的隐身人穿上黑衣就是这样，隐身人，谢谢你给了我一个背影。这时候她的眼睛又湿润了，“今天看见一个酷似他的背影，尚且如此伤感，要是真的见到他本人，我又会怎么样？隐身人，求你多多地附身在这些凡人身上，远远地让我观望吧，千万不要让他们转过身来，也别让他们走近，别让他们脸上的缺点令我失望！如果你还活着，请你也从周围的女人身上发现我的影子吧，你也许会同她们睡觉，不要紧的，请你占有她们肉体的时候，闭一会儿眼睛，把她们想象成我！让我们在梦里睁开眼睛，好好看看对方吧。”

她悄悄呐喊着，在雪地里继续祈祷着。人们在树林中散开了，公子们三三两两聚在一起说话，她寻找着那个背影，心想：“隐身人，你可得走慢点啊，让我再看看你。”苍天有情，这个背影就在前方等着她。她不敢再走近，生怕破坏了模糊的幻觉，她含着泪水，像个失去了儿子的疯妈妈似的盯着跟她不相干的人发愣，直到人家转过身来。她想：“结束了，再见吧隐身人。”

就在她仓皇逃遁之前，那个人的侧面又吸引了她，多像啊！她的脚陷在雪地里拔不动了。这个人微笑地转过身来，露出了整张脸，也跟隐身人一模一样。弄玉想：“我离疯也不远了，疯了也好，看谁都像他，才好呢。”但是那人没疯，径直向她走来，连面孔也和隐身人一样。他安然地打量了弄玉一会儿，伸手来抹她的泪珠，但是越抹越多，弄玉这才知道和隐身人的幽灵对话时她将多少泪水压抑到了心中。她又听见了那亲切的呢喃，像在琴房里一样。

“你怎么是我妹妹？”

十四·彩车

凤凰台

他是皇帝的长子扶苏，弄玉认识他的时候，他在上郡为皇帝体察民情，他住的地方是将军蒙恬的官邸。他已经婚配，妻子是皇帝的宠臣李斯的女儿。弄玉告诉扶苏，即使他娶过三千个老婆，她也不在乎，她愿放弃嬴姓，成为皇子妃，如果不能与他婚配，她就回到民间，把这个孩子抚养大。扶苏愁了半天，说："谈何容易，想不要嬴姓就不要了？你的名字都刻在宗庙里了。孩子偷偷生下来交给我吧，我会把他抚养大。"那样，孩子就永远不能把弄玉叫"母亲"。弄玉问："你是否愿意和我在一起？"他说愿意。弄玉说："有这句话就行。"

她让宦官禀报皇帝，云公主学会吹箫了。皇帝大喜，在凤凰台召集太后、皇后、嫔妃、公子、公主、宠臣等听弄玉吹箫。当她走上凤凰台时，皇帝还乐呵呵地说："一会儿你不会把萧史从天上招来吧？"对于即将伤害这个老人，她有些内疚，但她准备好了迎接他的狂风暴雨。

箫吹得很好，皇帝问她是跟哪位乐师学的，要重赏这位乐师，她说："跟萧史。"

"哦？他还活着？哈哈哈，从华山上下来了？"

"萧史就在父皇身边。"

皇帝纳闷地看着扶苏，“你刚从上郡回来，哪有时间教她吹箫？”扶苏一脸的惶恐。

弄玉请求私下禀报这件事。于是，在众人退场后，皇帝留下了弄玉和扶苏。弄玉又请求宦官们回避，在只剩他们三人时，她说出了肤施之行和怀孕的事。皇帝气得浑身哆嗦。

弄玉对这老人跪下了，“我本是赵将李牧的遗孤，沦落民间，饥寒交迫，陛下收我为义女，赐以大秦帝国高贵的国姓，又为我的生父建祠堂，这份恩情，就是粉身碎骨也难以回报。如今出了这件事，陛下怎么处置我，我都毫无怨言。我事先并不知道他的身份，现在知道了，却已经无法挽回，只有陛下赐我一死，我才可以赎清自己的罪过！”

“你管朕叫什么？”

“陛下。”

“出了这件事，你连义父都不认了？”

“我不配做陛下的义女。”

“你知道朕收你为义女时昭告了天下吗？知道有多少赵国人感恩戴德吗？你不配？说得轻巧，你说你不是朕的义女就不是了？一个公主，和皇子通奸，让朕的脸往哪儿搁！”

扶苏说：“是儿臣强迫她的。”

“胡说！”皇帝咆哮道，“她跟你十八弟出宫，怎么能让你强迫？她能让谁强迫？连你十八弟这么不老实的人都对她服服帖帖的，你还能把她怎么样？”他又转向弄玉，“朕知道你是在民间长大的，不习惯宫里的管束，特许你随意出宫，你想什么时候回养父家就什么时候回去，想走驰道就走驰道，你打听打听还有哪个公主能走驰道！朕一片好心，你却干出这种伤天害理的事情！你以为负荆请罪就行了吗？”

“我说过，听凭陛下处置。”

“你很勇敢啊，是什么东西让你这么勇敢？是肚子里的孩子吗？”

“这是姓嬴的孩子，如果陛下不愿意要自己的孙子……”

“你少拿孩子来要挟朕！你以为怀了孩子朕就不敢杀你？你先把这孩子生下来，朕再考虑你怎么死法！”

之后，皇帝派人日夜监视弄玉，防她自杀。其实这是完全没有必要的，弄玉决不会因为怕被火烧死而让隐身人的儿子夭折。几天后，皇帝又召见了弄玉。

“为什么不把孩子悄悄打掉？你本来有机会保命，为什么不这么做？”

弄玉想说不想欺骗陛下，想说怀的是皇孙，杀死他就愧对陛下的大恩大德……但她随即对自己的虚伪产生了憎恶，她说出来的是：“我爱扶苏。”

“不愧是将军的女儿啊，胆子可真不小。你爱谁不可以，像那个弄玉一样爱一个民间的乐师，或者到外面随便找一个小白脸来玩不可以？偏偏要爱你的哥哥！他也是个混蛋，哪怕他玩了舅舅的女儿朕也不会说什么，可你们是同姓啊！同姓不通婚是铁打的祖制！你们没有血缘关系，也给朕闹下了天大的丑闻！”

“这都是因为我姓嬴，如果我还是姓李……”

“你怎么能够再姓李？朕收你为义女，是昭告了天下的！”

“如果我姓李，那就是赵国将军的女儿嫁给了秦国的公子，会让赵国人心更归顺。”

皇帝沉默了一会儿，说：“你哪里是什么公主，分明是一个说客。”

之后，皇帝昭告天下，免赵国将军之女李云的嬴姓，将她嫁给扶苏。这件事与她的养父百里冬无关，但她出生的家庭早已被满门抄斩，现在需要一个人扮演她的生父，皇帝选择了杨端和。她住进了杨端和府。在见到田雨时，她把早已写好的一封信托他捎给田鸢，然后忘掉过去。

祝　福

“我要为人之妻了！那是崭新的生活！在我身边的是丈夫，不是什么隐身人！我和他不知会住在多么宽敞透亮的新房里，而不是偷偷摸摸的琴房！”现在，琴房不使她心痛，反倒被她嘲弄了，“没人再叫我云公主了，发型要改一改，老是长发披肩或扎马尾辫不好，看起来多么像小姑娘啊。抽空看看皇妃们的头发吧，挑一两种发型来做。箫还要学下去，在蒙恬家没有学完。蒙恬来了，我一定要好好招待，他做了我们的月老，还蒙在鼓里呢，嘻，我要亲手把米饼蘸蜂糖送到他嘴里。真的，我要为人之妻了，”她长舒一口气，“我们天天在一起，我们有说不完的话，我们点灯，我们等待夜深人静！”

在这幸福时刻，胡亥也带来了祝福。

“姐姐，这是我最后一次叫你姐姐了，今后我应该叫你嫂子，或者皇后？”

“你永远都可以叫我姐姐。”

“不，等他当了皇帝，我就要叫你皇后了，他这么喜欢你，肯定要让你当皇后嘛。”

“这对我并不重要。”

“哦？那什么是重要的？”

“爱。”

“什么爱不爱的，不就是上过一回床吗？”

弄玉很想说不止一回，但看到这孩子红肿的眼睛就不想伤害他了，“弟弟，我也爱你，这是另一种爱。”

“谁是你弟弟！你现在已经不姓嬴了！”

“是的。”

“他可真有本事啊，能让你免去嬴姓。我喜欢你，却不敢对你想入非非，我总觉得同姓不通婚是无法撼动的。你看，我这个人好像很坏，其实还有一些忌惮，可是我哥，他、却、能、先、把、你、的、肚、子、搞、大，再让你免去嬴姓！”

“别恨他，免嬴姓，是我自己办到的。”

“为什么？！”

“我刚才已经说过了。”

“你再说一遍！”

既然他在找折磨，弄玉就不客气了，“我爱他。”

“呵呵，呵呵，好一个‘爱’字，你以为自己很明白吗？事实是，你要嫁给他了，没人说你‘爱’他。将来如果他死了，谁也不会说你们的‘爱’被扼杀了，只会说你守寡！”

听到这里，弄玉霍地站起来。

“嬴——胡——亥！你要敢乱来，我会用整个余生来报复你！”

“呵，呵，我没说要杀了他啊，听我把话说完好不好。刚才说到

‘爱’，我真的听不懂，我就知道你被他干了，没让我干，我也没像对那些贱人那样强迫你，我的本事就是带你钻钻坟墓、照照镜子、请人给你画张像。说什么‘爱’，还他妈‘这种爱’、‘那种爱’，去你妈的吧，吃饭就是吃饭，高兴就是高兴，倒胃口就是倒胃口，上床了就是上床了，有他妈什么好粉饰的？”

“那我没话可说了。”

“你跟他，除了这点破玩意儿，还能有什么呢？”胡亥纵声大笑，扬长而去。

她有足够的勇气来对付这孩子，却不知如何面对田鸢。“他收到我的信后会很吃惊吗？在我三个月都没找他的情况下就没有一点预感吗？难道他没想到，我迟早会嫁给比他更有资格娶我的人吗？对那种孩子气的‘三年之约’，他是当真的吗？”弄玉说服自己，田鸢没有当真，“在我进宫后他之所以还缠着我，只是因为和我一样的寂寞，说不定他已经找到了解闷的人，我那封告别信是自作多情。”

事实上田鸢预感到了会有什么事，他没有耐心等待三年之约了。现在离百里栎死大概有一年了，为哥哥守孝一年也够了。他暂时无法向皇帝提亲，便先找百里冬。百里冬听完他的话，诧异地看了他一会儿，说：

“这些话，为什么不在城堡里明说？那时候说出来，我会把她许配给你的。”

如意把弄玉托孔雀捎来的一封信给他看：“姐该嫁人了。”他想：好啊弄玉，原来你也等不到三年之约了。他笑着说：“这是我。”看他痴痴的样子，如意没忍心往下说。田鸢回家，把桑夫人摇醒，打听当年他父亲到盐官府纳彩的礼仪，桑夫人隐隐约约记得有一头大雁。

“我总不能提着大雁去见皇帝吧。”他笑了，“对，我这个笨瓜，带什么带，只要对皇帝跪下就行了。”

田雨到来的时候，桑夫人正在熨田鸢的内衣，田鸢在打扫武官的甲胄，他用蘸醋的抹布使劲擦铁片上的锈，用小刷子扫出夹缝里的灰土，吹掉它。田雨神态严峻地把一封信交给他，他高高兴兴地打开，闻到了熟悉的香味。定睛细看，大意如下：

田鸢：

这封信我写了一遍又一遍。不知怎么说才好，有件事应该让你知道（你可能已经听说了）：我就要嫁人了。

这是我心甘情愿的，请不要有丝毫的怀疑。

不知是否伤害到你，我不敢多想。求你忘记小时候的一些约定。如果真的伤害了你，我无法补偿，也许还有来世吧。求求你：不要苛求我的今生今世。

感谢你在我最孤独的时候安慰了我。不知何年何月才能再见，保重！

“……我苛求过你吗？我苛求过你吗？”田鸢重复着这句话，把信看了一遍又一遍，直到看透字里行间的用意。“我苛求过你吗？”他含着眼泪说，“你走了三个月，我都没有找过你。”透过迷蒙的泪水，他看见田雨递过来一样东西，他把它放在眼前，认出那是他送给她的绣花衣服，“你把它还给我干什么？很难看吗？新房里没有它的地方吗……”当他明白弄玉无法忍受的是这件衣服时时提醒她想起他时，泪水更是止不住，不知不觉就睡着了。

同一个梦

弄玉在新的闺房里换发型，看见田鸢来找她了。田鸢浮在窗格外面，静静地看着她，眼里没有一丝怨恨，好像也被高人指点了“心静”大法。弄玉对他点了点头，他也没有反应。弄玉忽然觉得有些不对劲，这人的表情毫无变化，如果是收到了那封信来表明不恨她，至少应该对她笑一笑啊。难道……那是他的灵魂吗？

“田鸢！”弄玉冲到窗前。

这时候他又消失了，弄玉无法肯定刚才是不是幻觉，她隐隐约约还听到了一句话：“这朵花为谁而开放？”她也无法肯定这是不是幻听，但她不相信这种陌生的语气会是自己心里想出来的。难道田鸢真的死了吗？她哭了，黑暗中只有松柏在摇曳，再也找不到田鸢的身影。她现在才知道自己有多么爱田鸢，即使他没有死，对他自杀的想象也足以使她心碎。“田鸢可以不是我的情人，但他是我的亲人！”她打定主意天一亮就去田鸢家，就在这时，她听见了田鸢说话。

“……真的不能飞了……”

窗户上没有人，连鬼都没有，但这不是他的声音是谁的？断断续续的，还夹杂着咕噜噜的杂音，似乎有流水声、遥远的鼓声……好像在哪儿听过这样的声音……她想起来了，心灵瘟疫中别人心里的杂音，血液、心跳和冥想的声音。

“……相信她还是小姑娘，她谁也不嫁……不管她跑到哪儿，孔雀总能找到她……她从来不用擦胭脂，嘴唇总是那么红，不管她受多少罪，头发总是那么香……”

这声音渐渐清楚起来，几乎每一句话都能听清了。千真万确，心灵瘟疫在她一个人身上复发了，她试着叫“田鸢”，田鸢不答应，看来田鸢听不见她的，只有她一个人发病。“神啊，难道就让我永远忍受他的哀鸣吗？”她忽然想起空中城的医生对心灵瘟疫下的结论，更加不寒而栗——爱有多深，发病就有多重，她刚刚发现对田鸢的爱，就听见了田鸢的心音。

弄玉没敢到他家去，越是这样就越是惦记他，病情就越严重。他们可能进入了同一个梦，在那个梦里她和扶苏在接吻，田鸢冷静地站在旁边，她一点也不介意田鸢在看，她知道田鸢在想：“嗯，还是我的吻法好。”可是醒来后，田鸢的心音变得狂躁起来：“他和她亲嘴！还会和她睡觉！让我恶心！没完没了地恶心！要是我看不见，也就不那么恶心了。可是他们竟然当着我的面干！她为什么嫁给他？相信不是为了做皇后。是不是嫌每天的新鲜事不够多，还要给自己找新鲜感呢？那你玩笑开得也太大了。”

这个玩笑把他的世界变成了坟墓，他看见绿色的、银色的、青色的鬼火舔着丹釜，他看见渭水的晨雾后面隐藏着有史以来最狰狞的建筑。当婚礼的彩车经过渭桥时，弄玉强烈地感觉到他在，而且知道如果他在她脸上看见一丝无奈，就要当场宰了扶苏。他带着心里的剑站在宫廷小人物们中间，等待着彩车出现，等着以某种方式杀死那个今天晚上要穿透她身体的男人。

但是彩车来临时他丧尽了勇气，他们之间隔着一重重珠帘、金丝、玉坠、铜铃以及飘舞在空中的真真假假的花瓣，伴着銮铃的叮当声、鼓乐的喧嚣和阵阵欢呼，透过这一切他看见弄玉在笑，笑得很幸福，她又是那么美丽，比跟他在一起的任何时候都更美丽。

“我知道了，玉，我知道你为什么把自己嫁给别人了，”他的心音传到了弄玉心里，“因为嫁给他，比嫁给我更美。”

田鸾的心音渐渐消失了，但弄玉怀疑有些梦仍然是他们一起做的。梦里仍然处于和他相爱的阶段，梦是这样一种奇妙的时空，即使今天的事实进入梦中，也丝毫不影响他们的心停留在过去，于是出现了这样的怪事：她在梦里有一个丈夫，又有一个田鸾，她和丈夫的关系是朋友，和田鸾反而很亲，丈夫还会嘱咐田鸾：“我妻子有心疼病，你们俩在一起不要多说话。”田鸾也很乖，在搂着她看大海时会提醒她：“你丈夫不让你多说话，咱们光是看看海好了。”在他们亲吻时，她丈夫会给他们发心丹，扶苏认为他们需要心静，心静才美。

如果田鸾也做了同样的梦，弄玉可以肯定他处于这样的阶段：预感到她要离开他，而还不敢相信。有一次她在通天塔上看书，田鸾飞了上来，说这塔正在生长，层数是从底下增加的，他要接她到一个安全的地方去。弄玉说：“这是我的家呀，我家有两个人，一个是我，一个是我丈夫，如果你保证不抛弃我丈夫，我就答应和你生活在一起。”田鸾的鹿眼睛里出现了她熟悉的醋意，好像连她丈夫都能拆散他们似的。弄玉笑着说：“他只是我的丈夫啊，笨瓜。”当然很多时候扶苏不介入他们迟缓的时空，田鸾会和她吵架，在那些梦里烛光总是那么弱，弄玉总是在田鸾拉她的时候想起她还要等一个人，而这个人到底是谁，又实在想不起来，田鸾的眼里就布满疑云。他们处在少男少女的猜疑中，醒来时一切预感都已应验，一切猜疑都成了事实，熏笼的香烟不再缭绕，庭燎的火焰早已熄灭，田鸢的心音随着夜风飘来，使弄玉更加抱紧她的丈夫：

“你已经离开了我，我为什么还在预感你要离开我！”

第四篇　神

神看见了一切，神就是一切本身，是人们的呼吸、思绪、梦境、足迹、灵魂和一切的一切。

十五·小木盒

皇子妃

弄玉记得自己发过这样的誓:“哪怕他在死牢里，我也要和他在一起。”成亲以后，他把这句话变成了床上游戏，她发明的“探监”，比扶苏兴的什么捉迷藏、照镜子、鸳鸯浴……效果都好。她把扶苏的手脚捆牢，放在床上，扶苏是个“披枷戴镣的死囚”，她是烈女，她找了他好久了，终于在死牢里找到了他。“我可怜的隐身人哪，你再也隐不了身了，我不会离开你了……”她一边捆他，一边诉衷肠，在这个前奏中，她已经渐入佳境，想到“天一亮我们就要被腰斩”“后半夜我们就要被活埋”……她越发亢奋。事后瞅着扶苏受虐的样子，又觉得好笑:“笨瓜，我来给你松绑。”话刚出口，她的笑容消失了，她想起“笨瓜”是以前经常对田鸢说的，于是她戒掉了这口头禅。

在那幸福的日子里，她偶尔想到田鸢，只祈祷时间磨灭他的记忆。但是就连她自己的记忆也不是那么容易磨灭。每当她经过咸阳宫广场西边那个十字路口，她总忍不住向那熟悉的灰墙眺望，那儿有一扇黑色的门，她知道，一个无法忘记她的人在里面终日昏睡。她在梦中更是躲不开他，在梦里跟他吃的酸萝卜片比她真正吃过的还好吃。

她怀孕嗜酸的阶段特别长，杨梅干、杏肉脯、酸梅汤这些东西都吃腻了，她吩咐宦官给她找酸萝卜片。宫里的凉拌萝卜片不对，她边嚼边摇头：“他们不是用醋泡的。”宦官惶恐地问：“‘他们’，谁？”她指着北边：“邯郸人。”立刻就有千里马奔赴邯郸，吩咐当地官吏收购这里所有的酸萝卜片，限五天之内运到咸阳。三天后，由军队押送的快车就驶过了函谷关，车上叮叮咣咣乱响，路边的老百姓猜出这是贡品，却不知道这是有史以来最廉价的贡品。宦官从每个坛子里捞出一片酸萝卜给弄玉尝，她觉得都不如当年田鸢喂她的那一片好，但她还是指认了一个坛子。泡那一坛萝卜的人被免了十年徭役，弄得邯郸人争相泡酸萝卜，但后来宫里又不要了。

皇子妃现在想吃的是炸野鸭、红烧天鹅、炖斑鸠、油焖大虾、烤鹿肉、煨牛筋、烧羊羔、炖乳猪……刚刚吃完一整只斑鸠，刚躺下来，它就消化光了，她饿得烦躁不安，眼力见好的宦官马上差人送来小猪蹄汤。过去她连看都懒得看一眼这些肥肉，现在它们可成了美餐。光吃肉还不过瘾，肚子里那个秦三世还需要大米白面，她枕边就少不了点心。她总是被饿醒的。没有月经了，永远都是饿、饿、饿、睡、睡、睡。眼看着肚子一天天隆起来，她幸福地对扶苏说：“看哪，看哪，你的爱人成了一口猪了。”

“你不是猪。你是我的大肚肚鸽。”

孔雀还能找到她，全都是妹妹的信。“怎么样？肚子可以当案子使吗？”她幸福地回答：“也可以当床。”那个隐身人，自从她成亲以后，就自觉地消失了。扶苏把这件事往自己身上揽：“孔雀在泾水边喝水时，我将枫叶交给它，你出关中后，我就在上郡等着你。”弄玉要求他拿出回信来，他说都在上郡，弄玉要他背诵枫叶上的诗，他只背出了弄玉告诉过他的，最后他笑着央求："你就当是我不行吗？"弄玉怀疑是田雨。田雨那么聪明又那么孤独，做得出这种事。但是她永远都不打算试探田雨，她只想比过去那个做姐姐的更加疼爱他，以偿还他在隐身术时期用枫叶慰藉她的恩情。

"谢谢你替我交那封信。"她把手放在肚子上，对田雨说。田雨知道她指的是给田鸾的那封告别信，他回答道："我会为你做一切的。"弄玉低头问："我这个样子是不是有点笨？"田雨说："还记得你给我抹疗疮膏的事吗？还记得我说过什么吗？我说：你是世界上最美丽的人，姐姐。现在我仍然觉得，你是世界上最美丽的人。"

寻找东郭先生

弄玉找不到田雨的时候，田雨在世界上寻找东郭先生。他甚至向皇帝打听过，皇帝没有听说过姓东郭的国手。皇帝把他召进宫是要看另一个国手和他对局，这人恰恰是田雨小时候赢过"章台尚御"那块玉的王桂。

田雨当时赢王桂是靠了一些通灵能力的，随着年龄的增长，他不再能看到对手的思路在棋盘上一闪一闪的，好在这个时候他已经从别人的一闪一闪中偷到了不少东西，成了名副其实的国手。

本来用一百多手就可以赢王桂，但田雨为了让皇帝看得过瘾些，故意走缓着，拖到了三百多手。这个皇帝不好蒙，复盘时他问田雨："你明明可以痛下杀手，为什么不？"

田雨说："赢一子也是赢，赢一百子也是赢。"

“不对，”皇帝说，“棋盘纵横各十七路，有二百八十九个点，要是能赢二百八十九子，我决不赢二百八十七子。”

这回田雨明白国家为什么用首级计算军功、要把俘虏统统活埋了，皇帝把天下当棋盘，把人头当棋子。

天还早，他不想回将军府去故意输棋。他去了咸阳城里的一个棋馆，两年来，他在这里一边下指导棋，一边打听东郭先生。谁也没听说过下棋的东郭先生，只听说过救了狼又差点被狼吃掉的那个。田雨摆出东郭先生让他五子的那局棋，谁也不相信这是真的，因为布局像是根据终盘的结果倒推出来的。

有时连他自己也怀疑这局棋是个梦，甚至东郭先生和芮儿也不是现实中的人。神话中仙人下凡救苦孩子的事难道是真的吗？“我刚刚答应天天陪芮儿下棋，他们就消失了，然后我就成了杨端和最宠爱的棋士，难道他们的出现仅仅是为了把我从偏僻的草原引到这里来吗？他们俩出现在空中城书库门口，就让我有一种异样的感觉，他们站在逆光中，轮廓模糊不清，只有芮儿的大眼睛是清楚的，他们就好像是从阳光中走出来的。”在细雨纷纷的夜里，田雨回将军府，一路浮想联翩，“神啊，现在只有你能告诉我这是怎么回事，如果我的车在这条路上坏了，他们就是仙人。”他驾的车还是第一次去咸阳之前从空中城的库房里领出来的，也是当年运过四千两黄金的，走过鄂尔多斯高原、关中的丘陵，出过函谷关，见过泰山，在咸阳城里又不知走了多少路，从来没有修过一次。在进入咸阳宫广场的丁字路口，一辆车从东边拐来撞上了他，伴着一声巨响，他的车到达了几万里路的终点，在昏迷前，他看见一只车轱辘穿过亮晶晶的雨丝飘向迷茫的道路深处。

他养伤时，王桂来找他请教，他真诚地表示自己没有资格指导王桂，只是把东郭先生让他五子的对局摆出来给王桂看，“这位先生，不，这个仙，在序盘奇怪的走法，我到现在也无法理解，他好像预知了终盘的局面。”摆着摆着，王桂打断了他。

“这哪是什么仙啊，他就是我的老师。”

田雨的心都要跳出来了。王桂说，东郭先生就住在东郊，他不回将军府是因为烦透了故意输棋。一路上，田雨为自己曾经熟视无睹地经过那些村庄、那些土房、那些岔路口、那些沟沟坎坎、那些桥、那些树、那些麦田、那些光斑和那些浮在尘埃上的影子而惊讶，原来东郭先生就在这一切的后面。“他会住在什么样的地方？乡间小院？与世隔绝的林子？鸿鹄纷飞的湖边？一叶孤舟之上？”他一路甩着鞭子，恨不得让马车飞起来。

王桂把他带到一个飘着酒香的小镇上，这里几乎家家户户都为朝廷酿酒，东郭先生的家在一个狭窄的巷子里，王桂指着一扇普通的门让田雨停下来，田雨看见在东郭先生家的墙根下坐着一排乘凉聊天的老人。

东郭先生是这个镇上的好居民，他替忙着酿酒的街坊们照看孩子，用围棋把他们稳住。棋主要是芮儿在教，田雨差点把她当成芮儿的姐姐了，她的脸变得像桃子一样饱满，大眼睛羞涩地垂下来看自己的胸脯。她是这家的独生女。她母亲姓林，整天忙着给二十几个人做饭，孩子们的米和盐是各家送来的。吃饭时，席面上的肉只有一条拇指粗的肉干，还是专门用来招待客人的，田雨让老人们先吃，他们推托了半天，才小心翼翼地切下一丁点，送到嘴里，虔诚地嚼着，嚼了半天都舍不得咽。田雨又心酸又佩服，东郭先生宁可受这样的苦，也不愿意故意输棋给将军。

“我过得很好，”先生说，“听院子里噼噼啪啪的，我午觉睡得香。”

第二天田雨带了一大堆肉来，然后向先生请教那局让五子棋。先生在这两年中也一直在回顾这局棋，弄明白了一点：“你的那一手和我的那一手在走出来的时候都是有道理的，在过去中，我们都是合理的。”芮儿笑着说：“你别难为我爹了，他比你高五子的地方，连他自己也说不清楚。这是咱们学不来的，我跟他学到的，无非是一些说得清楚的东西，就算是棋艺吧。”

“那就是神，”田雨说，“他高出我们的是神。”

东郭让子谱

田雨再也没去棋馆，不陪将军下棋的日子，他就到这里来证实每一次对局都不再是梦。和东郭先生下完十几手，先生去睡觉，他和芮儿记谱，用“东四南二”“东三北三”这样简单的文字，把东郭先生的棋艺和神一起记下来。他估计这辈子能下十盘这样的棋，能编成一套《东郭让子谱》，加上他和芮儿力所能及的注释，不知会有多少卷、多少箱木片。在他们的生命终结之后，这些木片还会流传下去，永远都有人抄它们，即使围棋没有人玩了，也有人为这些木片伤脑筋，他们会写一千倍的文章来考据这到底是不是东郭先生救狼之前从布袋子里倒出来的那批书简。好像不是，因为据说那头狼要卷成一团、让人捆住脚才能塞到那个袋子里去，那么小的袋子怎么装得下这么多木片呢？那就是在传说之外东郭先生还有其他的书，这些“东三北六”很像是天象记录，于是有人用它画出五千年前的星图。终于有一个勇敢的学者提出，星相学家东郭先生和救狼的东郭先生可能不是一个人。田雨和芮儿笑得头碰头，“当然，那个东郭也是不朽的。”田雨开始为《东郭让子谱》打草稿了，第一句话就是：一个国手被让五子的对局，比一个帝王用天下作棋盘、用人头作棋子下出的棋更有价值，更配得上“永恒”这一幻想。

在芮儿忙着记谱的时候，他替芮儿照看孩子们。但他很快把这个托儿所变了个味儿。他鼓吹连自己都不太相信的“下好棋可以出人头地，可以不服徭役”，他只想把这些孩子变得像他小时候一样安静。但有个叫刘瑞的淘气包就是不听话，这个孩子黑不溜秋、瘦骨伶仃的，田雨一看他的样子就讨厌他，他总在摇头摆尾，好像衣服里钻进了一只毛毛虫。田雨经常像揪鸡一样把他揪到讲台上罚站。有个叫朦朦的胖小子，田雨一看就喜欢，白白的脸蛋上嘟噜着樱桃一样的小嘴巴。刘瑞用黑手摸朦朦的白脸蛋时，田雨就把刘瑞揪出来，刘瑞一会儿做鬼脸，一会儿把老师讲棋用的大盘搅乱，田雨索性把大盘上的棋子全胡噜掉，让他捡起来摆好，摆错一个，全部重来。这样折磨了刘瑞五次之后，朦朦屁颠屁颠跑过来说：“老师，我帮你胡噜。”伸出小手就把刘瑞刚摆好的棋子胡噜掉了，还踮起脚来努力够高处的棋子。田雨笑着蹲下来劝他回去，他冷不防抱住田雨的脖子，用红嘟嘟的小嘴在田雨脸上亲了一口。

田雨捂着脸跑到芮儿屋里，笑倒在床上，“哎哟那个粉团脸蛋，呼一下凑过来，又白又香，小嘴啵儿得脆响！真乐死我了……你闻闻，香味还在这儿呢。”芮儿闻了闻，问：“他怎么这么爱你呀？”田雨说：“我帮他出气了呗！刘瑞又欺负他了。”芮儿问刘瑞怎么欺负朦朦了，田雨说他摸了朦朦的脸。芮儿不笑了，“其实，刘瑞比朦朦可怜，他娘死得早，爹是个疯子，他奶奶把他送到这儿来，是想让他开心点。”田雨说：“瞅他就来气，又瘦又黑的猴崽子！”芮儿惊讶地瞪大了眼睛。

“怎么会呢？你只不过是在管教他罢了，你肯定是爱他的！”

面对芮儿善良的眼睛，田雨惭愧了。他让芮儿示范一下怎么管刘瑞，结果很简单，多陪刘瑞。一看到这孩子坐不住了，她就过去问他哪儿不明白，是不是想撒尿了……田雨第一次在一个少女身上看到这样的母性，他联想到了自己过世的母亲，在他遭人嫌弃的小时候，母亲就是这么对待他的。由此，他不由自主地在刘瑞身上看到了自己的影子，于是他明白，讨厌刘瑞就是讨厌小时候的自己，喜欢朦朦就是希望自己小时候像朦朦一样白。

解开了这个心结，他就不再那么讨厌刘瑞了。他试着像一个父亲那样关心刘瑞。还真见效，刘瑞不再骚扰同学了，以前这样做，只是为了博得老师——不，父亲——的重视。当田雨和芮儿一起关心刘瑞时，一个讲棋，一个给刘瑞擦汗，田雨忽然觉得，他和芮儿都是三十多岁的人了，面前是他们的儿子，这个荒唐念头把他自己逗笑了。

田雨把这种感觉告诉了弄玉。弄玉问：“她多大了？”田雨说：“哟，我还真没问过她的年龄。在空中城的时候我觉得她和我差不多大，可现在觉得她比我大一些。你要见到她本人就知道了，简直变了个人啊。”“变成什么样了？”“嗯……头发浓了，下巴没小时候那么尖了，长高了，身上……怎么说呢，越来越像一条鱼了。”弄玉笑着揽住了田雨的肩：“你不觉得自己这段时间也长大了吗？”田雨一想还真是，挑水劈柴这些事他小时候从来没干过，一到芮儿家就学会了，他说话也比以前多了，过去不爱说话是怕别人不搭理自己，一来到芮儿面前，这种障碍就荡然无存。

有一天芮儿突然想起，田雨曾经答应天天陪她下棋，就撒着娇拉他下了一盘。一下起棋来，芮儿就恢复了在空中城和田雨大战五天的那个专注劲儿，头发掉下来遮住棋盘，她也不管，她脑子里是有这棋盘的，看不看这个棋盘无所谓。但田雨还是帮她把头发撩开了。田雨不知道把这头发往哪儿摆，索性放到了自己鼻子下面。

“真香。”

芮儿醒了过来，“你干吗呢？”

“你什么时候剪头发，给我留一缕好吗？”

芮儿脸红了，“你想干吗呀。”

“做个香囊揣在怀里。”

“我的头发有那么香吗？”

“你自己天天跟它在一起，当然感觉不到。”

田雨见到弄玉时打听：“女孩子什么时候可以出嫁？”弄玉说：“小的十五岁，大的，像姐姐一样，一大把年纪才出嫁。你想什么呢？”田雨说：“她肯定不止十五岁了。”弄玉问他打算怎么办，他说他一年后就可以买房子了。刹那间弄玉有点失望，那个爱幻想的小男孩消失了，现在在她面前的是一个很现实的男人。她会永远怀念那个田雨，因为她怀疑那是支使孔雀的隐身人。

定边独眼龙

王桂带了一些棋友到东郭先生家来，田雨发现他们的棋艺和王桂根本不在一个档次上，王桂还津津有味地看他们对局，看来是偶尔以下棋为消遣的朋友。他们在南房玩，南房挨着院门，这些人进院不和主人打招呼，直接钻进南房，把这里变成了不收费的棋馆茶社。有一天下雨，雨漏进南房，王桂就出钱换南房的瓦，在屋顶爬来爬去出力气的是田雨。他从没想到自己对这种粗活会毫无怨言，实际上，他帮林氏劈柴时是哼着小曲的，他每天还从街上的公用井里挑四桶水回来，还要淘二十多个人的米。换完瓦以后，王桂请他喝酒。

王桂介绍了他，却没有介绍朋友们的名字。这些人酒酣耳热，正在议论少府工室令的儿子打军官的事。少府工室令郭涛是当朝丞相李斯的姐夫，原是河东郡的木匠，李斯发迹以后他就成了管宫室器物和兵器制造的官员。这是个老实人，当官以后还喜欢把自己关在作坊里画图、做东西，可他儿子郭子豪，是河东郡一霸，哪怕进了咸阳还敢耍威风。那天正赶上戒严，军官让他绕道，他说是找舅舅，舅舅是当朝丞相，这个军官秉公执法，就是不放行，郭子豪就让手下把他的腿打断了。

如果是在蛮夷国家，权贵打伤一个军官根本不算什么，可这是秦国啊，皇子犯法都要量刑，何况是一个外地流氓打了禁卫军的军官，那军官当然把他告了。可在最后一次庭审时，那军官又承认自己是在拦车时被马踢断了腿，这样他就要承担诬告的罪责。按律，诬告与所告同罪，他诬告郭子豪打断了他的腿，就等于他打断了郭子豪的腿。再按律，伤了别人什么就要赔别人什么，他就应该赔郭子豪一条腿。考虑到他的腿已经卸下来了，就相当于执行了，案子就这样圆满地结了。

田雨觉得无聊，这些事离他太遥远了，他特别想回去整理《东郭让子谱》，但第一次跟人家喝酒就溜不太礼貌。这些人的话越来越多，酒菜都完了还没有散的意思。有人说现在筑长城、建皇陵、扩宫室、在咸阳城里建空中通道，老百姓徭役的时间又延长了，家里的农活顾不上，到年底交不起租税，又要用徭役来抵，他有一个朋友在县里当书佐，收到的很多公文类似于这样：我们县某人欠了国家六十个铜子儿三年都还不上，清查他家的财产还是不够还，他有一个儿子在贵县服徭役，请你们协查，他到底在哪个乡、哪个里，请按国法延长其徭役时间，以偿还那六十个铜子儿。几十个铜子儿，连一件丝衣都买不起，却能剥夺老百姓的自由。以前大家挨饿，还有点盼头——打了那么多年仗嘛，生活肯定是有点苦，国家会富强起来——可现在……

田雨暗自惊讶，他一直以为这个国家是欣欣向荣的，统一才十年，打跑了匈奴人，消灭了土匪，他走夜路八百里都遇不到一个坏人。虽然他因为通行证问题被拘留过，因为身份卑微被一个官奴婢训斥过，这也是国家法制健全的表现啊。他看见的是人民饿着肚子歌唱圣谕，官吏们穿着简朴的短袍不停地抄抄写写，连官奴婢也为自己是世界上最强大的国家的囚犯而自豪，这个饥饿的国家似乎充满着精神的力量，可王桂他们怎么能看到那么多阴暗面呢？他一句话也说不出来，觉得自己很让人讨厌。

月底他要去看望桑夫人。这时候田鸢已经被朝廷派往南方巡查丹矿了，桑夫人就住到了百里冬家。大家正在准备百里桑的冠礼，光头从北方带来了一块鹿皮，用来做皮弁。这不是一般的鹿皮，是白鹿的皮。据说白鹿也是一般的鹿变来的，变成灰鹿的时候，它看起来像一头驴，但已经一千岁了，变成白鹿的时候，它看起来像一只羊，但至少一千五百岁了。这一千五百年的白鹿皮花了百里冬一百两黄金，只是为了让儿子关起门来像个贵族那样打扮一天。桑夫人把切开的一块块鹿皮缝成弁，在接缝处缝五彩玉。百里冬则钻研着古代冠礼的细节——清风、黄土、新叶、桃花、沾着青草的木轮、装圣水的铜盆、甘醴、蒲团、竹器……总之是一个没有铁的世界。

他也写书，孩子们在空中城没有写完的故事，被他写下去，并且为了让他这个国王有点事干，把这个岛拖入了战国时代，他这辈子没有打过大仗，在书里可过够了瘾。如意和容氏重建了快乐的青春作坊，因为田鸢当年从阴山带回来的胭脂花种子长成一片花了，她们把花瓣晒干，磨成粉，调上珍珠粉，再调春光和朝露，就成了胭脂。百里桑是最无聊的，听田雨说起那些怪事，就要跟田雨去认识王桂他们。

“还是算了吧，”田雨说，“我总觉得那些人阴阳怪气的。”

“那是因为你没有思想。”百里桑说。

田雨介绍百里桑时，说这是个诗人，百里桑连连摆手：“我现在已经不写诗了。”有人问为什么，他说找不到什么可写的。王桂从酒杯上抬起头来，乱糟糟的头发下面是一双忧国忧民的眼睛，“到外面走一走，你就会找到可写的。听说过这首诗吗——‘生男慎勿举，生女哺用脯，不见长城下，尸骸相支柱。’你们诗人就该拿起笔把这些写下来。”

田雨简直搞不清这是不是他认识的王桂。百里桑说：“我不明白，这首诗好像是说，女孩比男孩金贵？”

“哼，”王桂轻蔑地笑着，“你们京城的少爷根本不知道外面的疾苦。”

“你不是咸阳人吗？”

“我老家在定边。我弟弟已经死在长城上了！别看我成天陪皇亲国戚下棋，可我连自己的弟弟都保不住！去年冬天长城上冻死了很多苦力！我刚才告诉你的那首诗，就是说，生个儿子是拿来送死的，还不如生女孩！”

“我也听说过一首诗，”百里桑说，“七月沙丘，鲍鱼之臭，三月大火，亡秦者胡也。”

“哼，这是齐国人瞎编的，胡人都跑了，还亡什么秦。”

“何以见得‘胡’就一定是胡人呢，说不定是个姓胡的人呢。”

“是啊，”大家面面相觑，“谁姓胡？以前的诸侯王里有吗？”

“如果这真是预言，那还有很多不解的地方，”有人说，“鲍鱼是什么意思？大家都知道是腌得发臭的鱼，可在惜字如金的预言里怎么会说这种东西呢？难道某年七月在某一片沙丘上会布满尸体，发出臭咸鱼的味儿吗？”

百里桑说：“这首诗，是我在一片龟甲上看到的。”

“哦？”大家对他更感兴趣了。

“那是我家一个仆人在海边捡来的，巴掌那么大的一片龟甲，上面刻的都是鸟头文，我家有个巫师把它们译了出来。而且这片龟甲碎了以后，文字会完整地出现在每一个碎片上，这说明它不是随便哪个人找一块乌龟壳刻上去的，是真的预言。”

“那片龟甲现在在哪儿？”

“我们家另一个仆人把它拿出去忽悠皇帝，被皇帝砍碎了。”

“可惜呀可惜……”

“要是不砍碎，怎么知道它的神迹呢？”

“碎片留着了吗？”

“我们自己没留着，不过建章宫里有一块，上面的谶语还完整着呢，只不过变小了，要拿水晶球来看。”

“你就瞎编吧，建章宫里存着，我们又看不见，这不是死无对证吗。”

“不是，狗骗你！我姐亲眼看见的！”

“你姐是谁？”

“她是皇子妃！”

“你家到底是干什么的呀？”

“我父亲以前是赵国的铁官，秦国打进来以后当了一阵子盐铁商，后来连这也干不下去了，国家不是禁私盐、私铁吗，禁到边疆来了，把我们的家产没收了，把我们家拆了，那是黄河边的一座城！用几万人把城墙挖了！我们还坐了一阵子牢，然后被强行迁到这个连肉都吃不上的鬼地方来。”

“你父亲叫什么？”

“百里冬。”

“哦！原来是他！他可是北方的一条好汉啊！”

百里桑和这帮人混熟了，田雨则远远地躲开他们。他现在着迷的事情只有一件——《东郭让子谱》。他正在芮儿屋里整理棋谱，隔窗看见一个人紧靠着南房的门蹲着，此人转过身来的时候田雨一哆嗦，那荒原人的脸、那黑眼罩，田雨是决不会认错的，这是在牢里打过他的“定边独眼龙”。田雨奇怪王桂怎么会有这样的朋友，又想起王桂也是定边人，自然可以把老乡带来大都市混。独眼龙在太阳底下捉虱子，有人来了他就用肘尖撞一下身后的门。林氏送饭来的时候被他吓得不敢进屋，王桂出来接过了饭菜。

田雨问芮儿："你觉得你这个师兄怎么样？"

"讨厌死了，"芮儿说，"什么人都往这里招。"

"我再攒半年的钱就可以买房子了，到时候你们搬走，不告诉他！"

芮儿脸红了，"我们凭什么住到你家去呀。"

"因为……因为我答应过要天天陪你下棋。"

百里桑来的时候，因为独眼龙堵在门口，也不敢进去了。他跑到芮儿屋里来说："那简直就是一头看家的豹子，他要是狗倒好点，怎么也得叫两声吧，可怕的就是他不叫，就那么静静地瞪着你，让你知道你再往前走一步就要被他撕碎。我刚才在厕所里碰见他了，一靠近他就能闻到一股吃生肉的野兽的味儿！还有一件怪事呢，"他凑近了说，"他尿尿解裤带，有个东西就从裤管里掉下来，'当'一声戳在尿槽边上，火星都戳出来了！我怀疑那是凶器。"

"不行，"田雨站起来，"我得请他们走。"

芮儿拉住他，"那个人你怎么惹得起？还是让我爹去跟王桂说吧。"

"没事，我认识那个人。"

田雨到了独眼龙面前，抱拳说："朋友还认识我吗？"那只独眼迷惑地打量着田雨，田雨又说："两年前在三十里铺收容所，你跟我说，不服出来找你。"那只豹眼瞪圆了，"怎么？来找后账了？"田雨说："不是，我是来感谢你的，你当初踢我的时候光踢我骨头，没踢我软的地方。"独眼龙站了起来，"你啥意思？要我踢你软地方是不是？"田雨看出这个笨蛋还没把他认出来，只是习惯性地应对任何敢于瞪着他的人。这时王桂出来了，呵斥道：“这是我朋友！客气点！”独眼龙就老实了。田雨要王桂借一步说话，王桂说这都是他的生死兄弟，有话就在这儿说。能够感到从屋里射出来的一束束冰冷的目光，那只独眼也在努力地辨认着田雨。田雨说：“我这个人不会说话，我就照直了说吧。你们这么多人三天两头来喝酒，邻居们肯定早就注意到了，说不定里典都报告亭里了，你们又爱谈国事，我怕连累东郭先生。”王桂说：“你啥意思？轰我们走？”田雨指着南墙说：“我要是你就不选这么个地方，那墙根底下就有街坊在乘凉。”屋里人在骂：“这小子真是不会说人话。”王桂说：“你算老几呀？什么时候轮到你说这种话了？你是这家的儿子还是女婿？”说完就往屋里走。田雨追上去，独眼龙劈胸揪住了他，他被提到半空中还说：“你知道，我被你打得吐血也是不会哼一声的！”这时芮儿冲了过来，朝屋里大叫：“王桂！你让这个猩猩把田雨放下来！”

林氏和东郭先生也出来了，百里桑和孩子们也在看热闹。王桂让独眼龙把田雨放下，说：“你们要是看我不顺眼，我走就是了，可他凭什么管我？”

芮儿咬咬牙，说：“他是我未婚夫。”

田雨惊呆了，两位老人也惊奇地看着自己的女儿，但当王桂看东郭先生的脸色时，东郭先生点了点头。

王桂他们再也没来，田雨从此将东郭先生和林氏叫“爹”“娘”。他现在最迫切的愿望就是在城里买一个宅子，要比他哥的还大，因为有这么多人要住：桑夫人要住一间屋，田鸢如果来了也要住一间屋，丈人和丈母娘一间屋，他和芮儿一间屋，还有一间屋或几间屋给儿女们留着，如果要办围棋学校，那还不够，还有仆人呢……他陶醉于这平凡的愿景，把小时候的种种狂想抛到了脑后，连透视人心、通神的魔障也彻底消失了。他现在唯一的幻觉是：自己是在东郭先生家长大的。

童年的孤僻、怯懦、自卑好像从来就不曾存在，在这个桃子脸的聪明女孩面前，他从来就没有觉得自己矮、自己黑、自己肩膀窄，他从来没有在谁面前这么有用、有男子气，所以他必须娶她。买到房子以后头一件事，就是把两家的老人请来，还有所有的朋友，还有哥哥（如果他回了咸阳），还有弄玉（如果她敢见哥哥），不是婚礼，而是他和芮儿同时办一个成年礼，在成亲之前把小孩子的头发绾起来是必需的。

十六·血桥

鲍鱼会

后来有一件事证明，田雨把王桂那帮人赶走是对的。郭子豪让人宰了，他的仆人报官时说，入室行凶的是一个独眼龙，田雨怀疑这就是王桂手下的那个独眼龙。要是留他们住下去，迟早会连累东郭先生。

郭子豪为什么被杀？说来话长。有一天他在街上看见一个美妇人，先上去调戏，再让手下把这妇人往府里拖。这事本身不算奇怪，河东郡人都知道一句话："妻女遭人淫，自当报官亭；淫者郭子豪，只当被狗咬。"奇怪的是这女人的丈夫居然敢到郭府去救人，他是拎一把菜刀去的，那哪比得上郭家的刀和剑长，他的手就被剁下来了。人在这种情况下本能的反应是捡回自己的手，他刚要捡，郭子豪又一脚把那只手踢给了自家的狗……他死了，他媳妇回家把郭子豪告了，都没敢到县里去告，知道县里跟郭家是一个鼻孔出气的，直接告到了中央廷尉府。乡民们也联名上书，廷尉非常重视，"我大秦帝国竟然有这种公然挑衅法律的行为！只要情况属实，不管他是谁的外甥，一定严惩不贷！"

这个廷尉是出名的清官，多少权贵、恶霸被他送到了长城上搬石头，他自己也是皇亲国戚，人们在此案上对他寄予了巨大希望。他派出了调查组赴河东郡，取证非常顺利，看到郭子豪抢人的人太多了。关于那个丈夫的死因，调查结果也出来了，当着河东郡的父老乡亲和被害人家属宣布：有二十三人证实，郭子豪的三名仆役将被害人的妻子劫持到郭府，试图轮奸，被害人闯入郭府救人，被一条名为“黑子”的狗咬断了右手，参与行凶的还有另一条叫“大黄”的狗。被告人郭子豪，不仅努力阻止仆役轮奸良家妇女，而且叫来自家医师救治被害人，只因被害人失血过多，抢救无效而死亡。事实清楚，证据确凿，判处凶手“黑子”“大黄”腰斩，三名仆役轮奸未遂，各判处三个月苦役，脸上刺字。被告人郭子豪管教仆役及家犬不严，处二十副甲胄的罚金，负担被害人全部丧葬费，并赔偿被害人家属二百两黄金。廷尉狠狠地敲了一下惊堂木，用最为庄严的语调宣布：

“少府工室令郭涛为国鞠躬尽瘁，亲手改进了我军的连弩和战车，为抗击匈奴战争的胜利做出了巨大贡献，战后又负责咸阳排水系统的改造和空中通道的规划，是我大秦帝国的重臣！如今他的儿子受到如此的诋毁，给他精神上造成了巨大打击，给他的名誉造成了严重的损害！原告应对此诬告承担罪责！按律，诬告与所告同罪，原告应以故意杀人罪论处，但考虑到原告被三名仆役劫持时已惊慌失措，丧失理智，未能判明真相，故予以从轻惩处，判处她剃去头发，在郭家的宗庙舂十年大米！”

原告当场撞死了。

这事过后人们对郭家的敬畏之心更强了，河东郡、咸阳，不，全国，谁还敢和郭家作对？河东郡城里的人，只要让妻子、女儿上街小心一些就是了。不过也没有机会了，因为郭子豪的人头被挂在自家门上了，嘴里被塞了一条臭咸鱼。很快，廷尉的人头也出现在咸阳宫广场“商鞅之法”的石碑顶上，嘴里也含着一条臭咸鱼，头颅下面还压着血写的布条：“国无法，民有法。”

陆续又有一些酷吏、恶霸被暗杀，嘴里都有臭咸鱼。

这臭咸鱼，给人们引起的兴趣超过了暗杀本身。难道干这事的是一群卖鱼干出身的人吗？他们很愿意朝廷到菜市场去查他们的来历吗？或者这种鱼有别的寓意？既然他们愿意以此为标志，那就管它叫“咸鱼会”吧。又有一些有学问的人，给它改了个好听的名字——“鲍鱼会”，曾有一片有神迹的龟甲，刻了这么一句话：“七月沙丘，鲍鱼之臭。”大家知道这是臭咸鱼的斯文的说法。

事态终于发展到了这个程度：皇帝的车队经过泾水大桥时，从桥洞里翻出了几名刺客，向御车袭击，总共有六辆一模一样的御车，他们不知道皇帝在哪一辆里，还没来得及打开第三个车窗，就被侍卫砍倒了，有一个人活着被带了回去，在严刑拷打之下，他招认，这是一个燕国的复国组织。他不知道以前的暗杀是不是自己所在的组织干的，因为任务都是单线下达的，他不知道别人在干什么。朝廷无法肯定这个组织是不是“鲍鱼会”，因为“鲍鱼会”只是民间流传的一个名字，不是那个组织自己取的。但该组织以昔日燕国的遗老遗少为主是肯定的。秦军攻陷燕国都城时是屠了城的，因为燕太子丹曾派荆轲刺杀秦王，可见燕人对秦国的仇恨有多深。很多燕人就住在咸阳，从相貌上难以分辨，而且现行的通行证、身份证都只记录当前户口，不反映祖籍。必须想办法让巡警在大街上一下就能认出燕人。

这个任务交给了咸阳内史，咸阳内史又把任务下达给了咸阳亭，最后，任务落到了奏谳署的一个专门起草法令的书佐手上。他的本事就是把统治者模模糊糊的念头变成有板有眼的公文。他曾经为人口大迁徙的新形势下如何灭九族提供解决方案——人口档案要存在乡一级行政机构，进行人口普查时，乡吏很容易深入基层摸清居民及其配偶的直系、旁系亲属和祖坟的所在地；人口迁徙时一定要附带这方面的档案，在迁入地、迁出地都要备案，这样，任何地方的任何人犯了大逆之罪，朝廷很快就可以查出他全部的兄弟姐妹、叔叔、婶婶、姑姑、姑父、舅舅、舅妈、姨、姨夫、表兄弟姐妹、爷爷、奶奶、姥爷、姥姥等等在哪儿，以及他的配偶的这些亲属，以及他们的祖宗埋在哪儿，以便挖出来戮尸。这位书佐并不觉得这有什么残忍，他坐在清凉的衙门里，撰写条例是他的乐趣、游戏。让这样一个人来区分燕人和其他人是最合适的了。他将要用一支笔、一些木片和一把改错别字的刀来决定千千万万燕人的命运。

人们不会记住他的名字，但确确实实，所谓“法令”是由一个小人物在点着昏黄的油灯、挂着沾着蚊子血的帷幕、窗户上断了几根木条却迟迟没有人来修的衙门里制造的。他解决这个问题的出发点是，把户籍分为“主籍”和“客籍”，前者代表土生土长的秦人，后者代表由其他地方迁来的人，不管他们在这儿住多久，他们永远是客人。在“客籍”中再按齐、楚、燕、韩、赵、魏来分类，并涂以不同颜色的油漆。既然上头特别在意燕人，就把燕客籍涂成最打眼的红色吧，这正好也是囚服的颜色。主籍就不涂任何颜色。

由于有针对灭九族完善的那些制度，调查每个人的籍贯本来是很容易的事——到乡里查档案就是了，但这位书佐凭经验知道，一项威严的法令应该把事情搞得复杂些，他就是为了证明自己能吃这碗饭也要把事情搞得又复杂又无懈可击，何况乡里的公仆们也渴望着为百姓做点事。

于是办理新牌子的程序就是这样：先由本人填报出身情况，将它交给最基层的里典，里典初审后再交给亭里，亭里复审后再交给乡里，乡里再将几万支以“敢言之”开头、以“敢言之”结尾、中间是上述内容的重复的木片发往全国各地去核实，这些木片又经过乡、亭、里翻来覆去的程序回到户口所在地，如果上一次针对灭九族的人口普查有所疏忽，这次还可以纠正。这样半年过去了，居民就可以到乡户籍处排五里长的队领新牌子了，排队也是为了让他们稍微分担一下公仆们的辛苦。

这位敬业的书佐，一天半夜又被一个把事情搞得更复杂的点子激动得跳下床来，挑灯夜战弄出了新的条例——客籍的车、马，买国家统购统销物资的牌子，也要涂上不同的颜色，路窄时红色的车马要让绿色的车马，所有有颜色的车马都要让本色的车马（是否需要展开一次全国马口普查，核实每一匹马是不是秦国土生土长的？他想了一下，还是算了）；同理，买肉排队时，本色牌子可以夹在其他牌子前面，只要有人排队，持红牌子的就永远是最后一个。甚至，可以把他们的婴儿涂成红色。

在真正实施时，朝廷免去了跨郡核实的步骤，因为现在迫切需要甄别燕人。亮颜色的人感到了歧视的味道，民怨开始沸腾。有的人在秦国定居了三代，连燕国话都不会说，证件和车马，以及婴儿的额头，还被涂成了红色的。一天早晨在渭桥上出现了这么一行字：当朝丞相李斯的牌子是红还是黄？有没有人检查他？后来又有人问：难道我们不是秦国公民吗？今上二十六年将我们从河朔迁来难道就是为了用红油漆把我们标为下等人吗？那又何必让我们离开故乡？秦国人到了燕地是不是也要挂上红牌子、抱个红孩子？……没有人出来回答这些问题，公仆们陶醉于翻腾档案、用小刀在木片上刻三角凹口、把它剖开、抄写、涂漆……

只有这些才能让他们知道自己还活着。

行刑台

一项新法令公布了，被刻在一个石碑上，取代了咸阳宫广场中央的“商鞅之法”石碑：对于国家的法令，有敢妄加评论的，按本法令论处。具体来说：

一、大庭广众下所议论的，脸上刺字，服三年苦役。

二、结伙议论的，剃头，脸上刺字，服十年苦役。

三、在结伙议论中有指向伟大天子的言论（比如议论阿房宫、骊山陵、空中通道、开采丹矿、派遣船队寻找新大陆和描绘正确的世界地图）的，贬为终生奴隶。

四、在上述行为中有颠覆国家的嫌疑的，游檄、士兵有权执行“弃市”，即当街斩首。

五、引用古代所谓“仁政”来指责当今万岁万岁万万岁之真正仁政的，视其情节轻重，夷三族至夷九族。

六、古书除了惑乱民心已没有任何价值，故从本法令颁布之日起十五日内收缴民间书籍（包括但不限于诗集、礼仪书、神话书、诸子百家、未得到官方认可的史书及自己撰写的书籍，但不包括医药、桑蚕、农耕方面的书和与人民生活息息相关的占卜书，以及官方认可的秦国历史书籍）。

七、取缔一切民间学派及私立学馆。

于是百里冬的藏书被没收了，包括但不限于他自编自写的太阳国故事；东郭家的藏书被没收了，包括但不限于田雨打算流芳百世的《东郭让子谱》，另外，围棋学校也被勒令停办了。这仅仅是个开始。

抓逆党才是正事。逆党的特征没在脸上长着，朝廷想到的办法就是查符传——出门不带符传的人有可能是逆党。这两样东西有没有关系，他们没想过，只觉得不带符传是人类的一种反常行为，不抓反常的人又能抓谁呢？于是游檄戴着黑色的高帽子站在马路边观察行人，如果有人慌神或看到他就回头，就叫住这个人，要符传（当初没有规定把户口烫在脸上实在是那个书佐的疏忽，给游檄们造成了多大的工作量啊）。在掏符传时不要太得意，否则他们会把符传扔到河里或用脚踩碎，再问你有没有，然后阿房宫工地就又多了一个人手。他们在烈日下辛辛苦苦地站了一天，应该体谅他们，只有这样才能完成抓人的指标。白天没有完成指标，他们还要熬夜去砸门呢，请配合他们的工作，不要因为符传没办好就跳墙逃跑，否则他们还要辛辛苦苦地追。在他们的眼里，没有活人，只有木牌子，只要木牌子缺失（包括但不限于被他们踩烂了），就可以认为这个人不存在，他的家、他的亲人、他的财产、他扎根秦国多少代奋斗得到的社会地位……都不存在，一个体面的医生可以立即到骊山陵去搬木头。证件，人类历史上最伟大的发明，在这种事情上大显神威。

只有一种情况不需要证件，就是“弃市”，那就是在大街上把一个人砍死，弃之于市井之上，这个“弃”，大概是帮他放弃那受苦受难的人生吧，也许是代表人类抛弃他。反正抛弃了，不用多废话了，羁押、审讯、宣判这些劳什子都免了，一刀劈了就完了。按第四个“包括但不限于”，遇到结伙从事颠覆活动的，游檄有权执行“弃市”。游檄们跑断了腿也没找到逆党在大街上搞活动，于是由军队抽掉了一批人马组成临时执法队，穿便衣在街上巡逻。他们都上过战场，砍下别人的头，血喷三尺喷到自己嘴上也不会呕吐，但他们还有起码的良心——如果那些在街头聊天、在自家院里喝酒的人没有拒捕的意思，他们可以先把人带回去审讯再砍脑袋，反正结果一样——人头换算成爵位，这和抗击匈奴战争中一样。田雨把这些事告诉百里家和东郭家后，一家人吃饭都不敢在一起了。

在咸阳宫广场中央，挨着石碑，立起了一个高台，这就是执法队斩首的地方。犯人都要带到高台上砍脑袋，好让更多人看见并引以为戒，如果他们的血随便往下流，定会污染咸阳宫广场，所以在杀人台下面，绕着整个圆台，挖了一圈深沟，用来纳血，有了沟当然还得有桥，人才能送上去，所以造了一座石头桥。人们把这叫“血沟”和“血桥”。沟外还有栏杆，防止围观人群暴挤把活人给挤到沟里去了。执法队的业务越来越红火，沟里整天都在冒热气。砍下来的头先挂在一排高杆上，一是示众，二是统计军功，每天傍晚清点之后把账交给上级，第二天早晨就可以把那些头拉到东郊焚烧了。当然还有尸身和碎尸（如果判决是拦腰砍断、大卸八块或五马分尸）也一块儿烧。后来有一批叫花子来要头颅，要挖出脑浆来卖给做药的人，他们把手伸进栏杆，乞讨道：“军爷！行行好吧！扔一个头过来吧！”就有好心的军爷拎起头颅扔下台，那些头颅凌空划出一道道美妙的弧线，越过血沟，“咚”“咚”地砸在栏杆旁边，有的当场砸出了脑浆，有的滚到血沟里就像被扔进热汤里煮一样。叫花子们用长钩子钩住头颅，挑起来，从栏杆上面挑出来。一般的叫花子只要鞋和腰带，其实这比要头还难，谁耐烦从死人身上撸这些东西呢？可是有那想积德的军爷还就这么做，叫花子们就千恩万谢，祝他升官发财、长命百岁。要衣服，基本上是不可能的，军爷砍脑袋、大卸八块都忙不过来，谁还有工夫给死人脱衣服呢？可是叫花子这一行有不屈不挠的传统，正如他们跟在路人屁股后面唱“万年穷”一样，他们一连喊了几天：“多子多孙的军爷！长命百岁的军爷！帮忙扒一件衣服吧！”于是就心想事成了，一个军爷在押运尸车走出血桥时停下了，他血迹斑斑的军服上有一张一看就是出身庄稼人的憨脸，“别祝我长命百岁，”他对叫花子们说，“祝我死后不下油锅行不？”叫花子们一拥而上，祝了他，抢着扒死人衣服。他开了这个头，就有更怕下油锅的军爷，在台上亲手扒死人的衣服，那衣服浸透了鲜血，和尸体之间还有黏糊糊的血丝连着，可为了积德也不在乎这个了。一件件血衣、血腰带、血鞋子飞过血沟，飞向栏杆外那一双双渴望的手。皇帝创造的世界中心腥气冲天，把草原上的苍隼和兀鹫也引来了，还有无数的乌鸦，天空中黑压压的一片，怪叫不断。每天傍晚行刑台收工后就成了一团蠕动的黑毛，每天早晨开工前，这些黑禽勾肩缩脖停在台上、法令碑上、宫墙上，痴心地等着开张。

这场屠杀直到腊月里才消停下来。苍隼和兀鹫像那些持红牌子的人一样回老家过年了，只有一些本地乌鸦还在红色的积雪里找碎肉。这是旧历的腊月，实际上统一天下之初就将年底定在了十月，但人们习惯过旧年，仁慈的皇帝也不拦着，只是把“腊月”改成了“嘉平”，表达国泰民安的美好愿望。

白鹿皮弁

这一切和田雨无关，和东郭家无关，和百里家无关，和贵为皇子妃的弄玉无关，和浮萍漂泊的田鸢无关。田雨和芮儿根据记忆重写《东郭让子谱》。孩子们走了以后，林氏突然只做四个人的饭菜，一下子吃不消这么清闲，便把二十几盒棋子都倒出来洗，东郭先生听不到院里的“噼啪”声了，午觉睡不着了，也来洗棋子。他们用皂荚一粒一粒地搓洗，要在新的乐趣出现之前打发尽可能长的光阴。百里冬家则用冠礼来忘掉外面的悲惨世界。已经做好了缁布冠、白鹿皮弁、爵弁和三套礼服，剩下的白鹿皮做了一个剑鞘，里面装着涂了银粉的木剑，曾经拥有七车武器的百里冬就打算用这套东西给他儿子过家家。实际上白鹿皮还有富余，容氏问田雨要不要一起加冠，田雨已打定主意和芮儿一起办成年礼，就谢了容氏。百里桑的冠礼定在大年初一早晨，田雨怕是赶不回来了，因为他要在东郭家过年三十。

“什么？”桑夫人快哭了，“你哥哥不在，你也不和我一块儿过年……”

田雨拉着她的手，亲切地说：“我和我哥实际上已经是您的儿子了，可他们家没有儿子，还从来没有一个小伙子在他们家过年呢。”

事情就这样定了。年三十那天，田雨没带礼物去了东郭先生家，在成为女婿之前，他是东郭先生的儿子，他没听说一个天天在家的儿子除夕夜还要给家里人送礼。他来到那熟悉的院里，撸起袖子，帮着剁开冻硬的牛羊肉，劈柴，打井水，一桶一桶往厨房提，再把脏水提到门口倒掉。他和芮儿一起喜滋滋地把桃符挂在门口，把椒花酒、桂花酒、饴糖、年糕摆在灶王爷面前，全家人跪下来祈求这个神向另一个叫“玉皇大帝”的神说几句好话，保佑全家平平安安。他收拾屋子时发现了一只小木盒，里面盘着一缕头发。芮儿红着脸把这盒子抢过去，塞到抽屉里。田雨想起自己曾经向她要一缕头发，“咦，这不是给我的吗？”芮儿满脸通红地说：“现在不给，不给不给！”田雨问：“那什么时候给？”芮儿锁上抽屉，笑着说：“不知道。”

大年初一中午，田雨赶到百里冬家参加冠礼，扶苏也来了，弄玉没有来，因为她正在坐月子。百里桑在漂着十二种花的水里沐浴，洗掉身上的孩子气，然后钻进临时搭起的帷幕。他身边搁着黑、白、黑里透红的三套礼服，帷幕外等着他的是三顶冠弁、一盆圣水、木梳、甜醴、佩剑这些神圣的东西，肃立的家人，也穿上了礼服的孔雀，以及仅有的三名客人——扶苏、桑夫人和田雨。他有些心慌，父亲的声音传进来：“孩子，你已经长大成人了，我们正在为你举行庄严的成人仪式，皇上的长子扶苏，我和我的好朋友，将为你加冠。请你从帷幕中出来，接受我们的祝福。”百里桑穿着黑色的礼服，从白色的帷幕中钻出来，跪下。父亲在圣水里洗手，拾起梳子给他梳头，为他戴上黑麻布做的第一顶冠，向他敬酒、祝福。然后他钻进帷幕，换上白色礼服，出来让扶苏加白鹿皮弁，再换黑里透红的礼服，让光头加黑里透红的爵弁。“令月吉日，始加元服，弃尔幼志，顺尔成德……”他们的祝福虽是背古书，却使他思绪万千。

“弃尔幼志”，他曾经以为自己是围棋天才，但田雨的到来击溃了他的信心。他又以为自己是诗人，但是在今天的世道上他已不再指望有人还能理解诗歌。加冠之后又加佩剑，他真的进入了父亲营造的幻觉，他感到了为人子、为人兄、为人臣，有治人之权、征伐之权、祭祀之权的庄严。他的头发被绾成了髻，冠扣在上面，钗穿过它，缨系在颔下，在这种踏实的感觉中，他不想再混日子了，他打算学学治家之道，继承父业做个殷实的小地主。但是想到白鹿皮剑鞘里包着的是一把聊以自慰的木剑，他又笑了，他想起那个独眼龙，此人在东郭先生家厕所里撒尿，一把真剑不小心从裤裆里掉出来，在尿槽上戳出了火星。这个蛮子带着剑，但显然不是贵族，他不是贵族又是什么？那就是强盗。礼毕后，扶苏走了，他还惦记着坐月子的弄玉，以及那个天知道会不会成为大秦帝国第三代皇帝的新生儿。按仪礼，百里桑应该以成人装束骄傲地出门拜见乡邻，这个就只好算了。

送走扶苏后，他们赶紧闩上大门，回到已经改成餐厅的书库里宴请自己。百里桑又换上了白鹿皮弁。每个人送他一句金玉良言。百里冬说："美哉！戴冠之士，即使与人决斗，你首先要护好的是头上的冠，像子路那样，当别人刺断你的冠带时，你把它拴好，再接着战斗！"他一时忘了这玩意儿是要摘下来、藏起来的。容氏说："美哉！儿子，你哥哥死后，我们就只有你一个儿子了，别让我们失望！"桑夫人说："美哉，二公子，接下来，你爹该给你说个媳妇了。"光头说："美哉！少爷，将来有机会，把咱的空中城再建起来！"田雨说："美哉，小伙伴，祝你一生幸福美满。"如意抱着孔雀说："美哉，哥哥，这些赠言可都是人生财富，你可都得背下来啊！"正说笑着，有人敲门。

大年初一晚上谁会来拜年？他们在这里素不与人交往，白天也没有人来拜年。那就是扶苏回来了。如意跑出去一边开门一边说："姐夫来得正好，我们还没动筷子……"可是她愣了，门口站的是一队士兵。

他们戴着黑色的高帽子，一看就是执法队的，有不经审判直接砍死人的权力。领头的军官黑衣服上有更深的色块，一看就是喷上去还没来得及洗的血，那以杀人为生者的脸在黄灯的照耀下依然发青。百里桑的白鹿皮弁还在头上戴着，军官冷冷地问："你是百里桑吗？"百里桑点了点头，士兵们就冲上来把他枷住了。容氏喊道："是扶苏公子亲手为他加的冠！"军官说："我们奉廷尉之命缉拿百里桑，他可能参与了谋反活动。"

谋反？廷尉？大家蒙了。一眨眼，他们已经把百里桑押走了，门外的马蹄声车轮声迅速远去。田雨说，廷尉是除了皇帝以外的最高执法官，由他办理的案件都是大案要案。但是百里桑怎么会跟他沾边？百里桑感兴趣的不就是下棋和写诗吗？如意连忙写信让孔雀送进宫。大家焦灼不安地等啊等，终于又有人敲门了，这回是扶苏。他听了事情的经过，问："百里桑在外面跟什么人有来往？"田雨说今年秋天他在东郭先生家和一些书生下过棋。

"书生！"扶苏说，"现在最不老实的就是书生。昨晚上，朝廷趁人们在家过年，突击抓捕了好多逆党，其中有一帮人就是读书人，郭子豪和上一任廷尉就是被他们杀的。百里桑会不会认识他们？"

血　沟

田雨骑马冲了出去。一路上，他脑子里嗡嗡地响。如果这批书生就是在东郭先生家下过棋的那些人，东郭先生一家会不会受牵连？他们和逆党连话都没说过几句，但是逆党就在他们家聚会，林氏还给逆党做饭！

这是罪名吗？田雨搞不清。到了，东郭先生家的院子真是空的，想问问邻居，邻居也没人。过了几个门，有人告诉他：昨晚上统统被抓走了，这是一组住户，有事都要连坐。田雨想，如果连毫无瓜葛的邻居都要连坐，窝藏过逆党的东郭先生一家又当如何？他赶到杨端和府，求杨端和带自己进宫找廷尉，杨端和骂道："你个小兔崽子还找廷尉，廷尉正找你呢，要不是我替你开脱，你也要进去！"

"东郭先生一家被他们抓了！"

"东郭？哦，那个老棋士啊？你想让我帮他说句话？他从我这儿一走就不回来了……"

"将军！"田雨跪下了，"他就像我的父亲一样！"

杨端和带他去找廷尉了，扶苏正好也在那儿。廷尉对扶苏说："都知道百里家与公子的关系，执法队不敢擅自抓他，报到我这儿来，我也不敢做主，报给皇上，皇上发了脾气，说该抓的就要抓，六亲不认，我这才叫人把他带来，我好好问问他，如果他真的只是去下下棋，我会如实向皇上报告，但……他擅自戴着一顶白鹿皮弁，这，我也不敢向皇上隐瞒。"扶苏说："这弁是我给他戴上的，我去向父皇解释。"他走了。廷尉听明白田雨的来意，冷笑道："你还替别人说话，你自保吧。这种小案子，不在我这儿审。"

廷尉连这批逆党关在哪儿都不知道。田雨推测，谋杀郭子豪的事发生在河东郡，如果东郭先生一家确是被这事牵连，他们应该被关在河东郡的大牢里。田雨正好认识河东郡郡守，赶到郡守家，郡守说，他们确实关在这儿，罪行是窝藏逆党，窝藏逆党的人也是逆党，那就只有死路一条，问题是怎么死，有戮、弃市、磔、枭首、车裂等等，审判就是给每个逆党定个死法。田雨回去取出自己本来准备买房的钱，又到桑夫人那儿，把田鸢这两年收的地租拿走，进城把它们统统换成金子，总共一百六十斤左右，送到河东郡郡守家里。

“我会秉公办案的，”郡守盯着金子，“我不会冤枉一个好人。”

田雨要求探望他们，郡守说他们不在河东郡的大牢里，是临时执法队把他们抓获、关押起来的。田雨回到将军府，找到全套法典研读起来。“凡讯狱，必先尽听其言而书之”，他们主张耐心听取人犯的口供，“毋笞掠而得人情为上”，要获得真实的口供，不搞逼供，不轻易动刑，“以乞鞫及为人乞鞫者，狱已断乃听”，不服判决，可以上诉。对死刑尤其慎重，地方上判决的死刑都要上报廷尉，廷尉亲自判决的死刑则上报皇帝，怪不得他们伟大的皇帝每天批阅二百斤奏简。瞧瞧，帝国的诉讼程序是多么完备、公正！田雨相信东郭先生一家不会死，河东郡郡守会找到理由为这家老实人开脱的。

但他不由自主地关心起郡守说的各种“死法”来——戮杀，先剃犯人的头发胡须，羞辱他，再杀他；磔，把他肢解，怪不得从行刑台下来的运尸车上有那么多胳膊腿；腰斩，用铡刀把人切为两段；车裂，五马分尸；坑，活埋；枭首，行刑台高杆上的那些人头就是这么来的；镬烹，活活煮死一个人；族，灭三族；具五刑，在脸上刺字，割鼻子，割舌头，剁脚指头，再把俩胳膊、俩腿剁下来，把头颅割下来挂在高杆上……他看不下去了，这种事不会发生在老实人身上。他忽然想起东郭先生家的门没锁，想到这儿，心里倒有些担心：“但愿还没被偷，我得去替他们锁上门。”

从杨端和府出来，他看见行刑台前人山人海的，兀鹫又黑压压地盘旋在空中了。“跟我没关系，”他想，“东郭家不可能……”但他就是忍不住要过去看看。死囚在行刑台上跪了一圈，背上都绑着木架，他绕着法场走，对自己抑制不住的一个念头充满了憎恶，但他斥责自己：“连判决都还没下来，就算判了，也还有上诉的机会！”但是当他走到法场南边时，什么也不用想了，他们就在行刑台上，背着木架，低着头。

他相信自己认错了，他拼命挤到叫花子们前面，贴着栏杆想看清楚些，但是离行刑台太远，台上是什么反而看不见。他想往栏杆上爬，力气又不够。他急了，最后求一个叫花子把他举了起来。

看见了。他们就在那里！他们没有看到他，因为他们已经提前闭上了眼，他们的脸色已经和死了一样。“芮儿——！”田雨的喊声被法场上的喧嚣淹没了。他跳下栏杆，顺着血沟冲到血桥上，士兵们把他摁倒在地，他的脸贴着腥臭冰凉的石头，歪着脖子喊：“这里有好人！冤枉！”没人理他，他听见了“咔嚓咔嚓”头颅被切下来的声音，“噗噗”身体被铡断的声音，还有被割肉、被肢解的惨叫声，他分不清哪是他们发出的。他被士兵紧紧按着动弹不了，也看不见他们在怎样被屠戮，他只能听着自己深爱的人被杀死，只看见一股股鲜血注入桥下的深沟，冒着热气流淌着，汇集着，他昏了过去。

醒来时他已在牢房里。同屋的人问他是怎么进来的，他不说话，这些人打他，他不说话，吐出了血，不说话，被提审，还是不说话。不知何时他被打得起不来了，不知几天后，他被狱卒抬到阳光下，杨端和的车在这儿等着他。

“折腾够了吧，”杨端和说，“这个世道，能保住自己的小命就不错了。”

他不说话。又过了不知多少天，他能走动了，想起东郭先生家的门还没有锁，这是一件要紧事，不然他们回来了发现东西被偷光了该多么伤心啊。到了，没被偷，只被抄了家。小木盒还在，拉开盖子，一缕黑发仍然盘在里面，摸起来凉凉的、滑溜溜的。他把小木盒紧贴在脸上，泪水无声无息地倾注在上面。深夜，芮儿的眼睛浮在床头，闪烁着泪光，他呆呆地看着，芮儿的面孔越来越清晰，她的瘦小肩膀、刚刚隆起的胸脯也浮现出来，他看见一个栩栩如生的芮儿。

“芮儿！你活着！”他从地上跳起来。

“你看见我了。”

“他们呢？”

“别来抓我。”芮儿向后滑动，“我会把你冻坏的。”

“芮儿！”

“等我暖和一些了再来看你，好吗？”她的身影穿过木窗格，化在了月光里。

田雨躺在芮儿床上，等着她再来，他打算永远等着。他把小木盒放在枕边，轻轻摩挲它：“好的，我们还能见面就好。芮儿，你留下这个东西，我再也不会失去你了。从王桂把我带到你家来的那天，我就知道再也不会把你们弄丢了。你说身上暖和一些就来看我，什么时候能暖和起来呢？我马上去买房子，等你们暖和，咱们就搬家……”他往床头看，往窗口看，往黑暗角落里看，辨认哪一个光斑是芮儿的眼睛。这样不知过了几天，他饿得奄奄一息，安详地闭上眼睛，等着看见他们。但他看见的是一群叫花子剥他们的衣服，军官在享受“长命百岁”“死后不下油锅”的祝福。

“我要你们长命百岁！”他睁开了眼睛，“不把你们送到地狱的油锅里去我就对不起你们！”他挣扎着站起来，他知道自己要活下去，要吃要喝，从此以后，仇恨是他的水、他的食物、他的空气，是他赖以苟延残喘的唯一的东西，他们动用了一支军队来杀他的亲人，杀几个军官都不足以解除这仇恨，从今往后，能使他成为将军的，除了仇恨没有别的东西。

独　狼

第一个要杀的是执法队队长。田雨跟踪了几次，认定他住在咸阳西南的驻军大院里。路上动手也不是不可能，但要杀的还有很多人，不能杀了一个就被捕了。他在哪里容易杀呢？一个人不可能不走亲访友，不可能不出去消遣。田雨设想如果以前有人要杀他该怎么办，可以在棋馆外用车撞死他，可以在东郊的路边袭击他，也可以在泾水边暗算他，因为他不会整天待在杨端和府，会去下棋、找东郭先生、找百里冬。这个人，也一定有经常去的地方。田雨换不同的车，在驻军附近的不同路口守望着，一个黄昏一个黄昏地空守，又一次次因为不敢太接近对方而被甩掉。最后他发现此人隔几天就要到城北的一户人家过夜，估计不是他家就是他亲戚家。

田雨扮成乞丐敲开了那家的门，看见这个院有两间正房、一间厨房和一间狗舍，那狗像牛犊子一样壮，嘴是方的。他在周围转了一圈，又记住两件事：北边墙外有一棵柳树，一条胳膊粗的树枝伸进院；南边的墙挨着厨房，房顶的烟囱大约有一尺粗。除此以外没有更合适的攀缘处了。他在郊外找了一棵柳树爬上去，爬到胳膊粗的树枝上，结果树枝被他压断了。看来只能上烟囱。他听说过盗贼用的钩索，但是他估计自己没有力气抓着一根绳子上墙。于是他为自己设计了比较业余的工具——

顶端带有套索的软梯子。为了干这桩活，他住进田鸾的宅子，把看房的仆人遣散，说是要卖房。人走空之后，他把东西做出来，在这儿的厨房烟囱上练习套圈，他在草原上见过人家套马，自己没套过，但一个烟囱总比马头老实。但是那条狗怎么办？

用普通的毒药诱杀一条狗，它临死前肯定会闹，必须找到见血封喉的药。他小时候曾经流浪街头，他知道这种药在哪儿。十年过去了，空中城的理想、将军府的安宁、东郭先生家的幸福，都过去了，他又要和自己曾经熟悉而又深深鄙视的阶层打交道了。他远离咸阳去办这事。一个小乞丐摊着鲜血淋漓、皮开肉绽的腿在路边唱着万年穷的歌，田雨看出他的腿是用朱砂、猪油、猪肉和豆腐皮做的。他对小乞丐说："初来贵码头，想拜拜瓢把子。"小乞丐问："做什么买卖的？"他说："翻高头。"小乞丐把他交给一个贼，贼又把他领到瓢把子面前，瓢把子问："哪个窑？"他说出本地一家富绅，瓢把子默许了，又问："儿个并肩子？"他说："乌里王。"瓢把子说："我们这儿叫独狼。"这个切口——独狼——后来竟成了田雨在逆党中的绰号。他向瓢把子纳完贡，又说："窑紧，有皮条子，向您求点药。"

就这样，他买到了杀狗的药。他在当地买了一条狗拉到没人的地方试了试，看见毒药确实见效，就回咸阳了。一个想法曾经浮上心头——这药可以诱杀一条狗，自然也可以诱杀一个人……但是不行，他要活剐了他。

对于杀人凶器，他做过一番研究。尖的屠刀，拿起来轻巧，但捅进去需要腕力，初春，人们还穿得比较厚，他一个文弱书生实在没有把握；劈柴的砍刀很有杀伤力，但他怕自己力气不够，使不灵活；只能指望菜刀了。他拿猪做了试验，猪挨刀子的时候撕肝裂胆地叫，还会反抗，他杀的猪不是绑好的，可以在院子里逃命，可以回头咬他，这都像人。开始他下刀不准，弄了一地的血，直到劈断它脖子的那一刀，他才体会到要领，手不抖了。他把猪肉切下来，浸上毒药，到了执法队队长家。令他心酸的是，现在能够在屋顶不踩碎瓦，是因为他给东郭先生家换过瓦。但跳上狗舍屋顶时，他把瓦踩碎了，狗叫了起来，他逃跑了。

过几天刮起了狂风，他又来了。他把一床棉被铺在狗舍屋顶，这回就不出声了。可是他发现有一片瓦已经被揭开了，往下看，黑咕隆咚什么也看不见，他把毒饵扔下去，也没动静。

"咦？难道真有贼？"

不容多想，这样的好天气再难遇到了。他跳到院里，摸到北房窗前听了一会儿，除了鬼叫般的风声和窗户板的咣当声什么也听不见。他来到门前，用小尖刀拨门闩。快好了，进去先杀了这家人，再等执法队队长……突然，一只大手蒙住了他的嘴。

定睛一看，竟然是独眼龙，又一条黑影从黑暗中闪出来，是王桂。

"多个人更好办事，"王桂也认出了他，"咱们进去！"

他们绑了屋里的一男一女。王桂说："这俩专干放白鸽、扎火囤的勾当，执法队队长管治安的时候就罩着他们，这女的让执法队队长白玩。"那男的咬着一团布，鼓着眼珠直骨碌，独眼龙低声呵斥："别出声！吹你灯笼！让你比老子还瞎！"等了两天，有人敲门，田雨就开门，独眼龙从门后闪出来将他击昏，这样又绑了五个人，其中有两个道上的朋友、一个送牛奶的、一个收破烂的、一个小官吏。

好不容易等到执法队队长回来了，都没敢绑他，因为他太壮了，他是军人啊，独眼龙只好一剑戳进他腰眼里让他先失去战斗力。那一剑是从侧面戳进去的，因为独眼龙是从门背后闪出来的，从他侧面的软肋下面戳进去以后，又横着划了一道，把他肚子豁开一个大口，流出肠子，他就没有反抗能力了。田雨目瞪口呆地看着这一幕，他只是在生猪身上练过刀子，从没见过一个活人腹部的衣服在一瞬间红了一大团。独眼龙低声呵斥他："愣着干啥！没杀过人啊？还不把门关上！"独眼龙已经麻利地捂住受害者的嘴，免得他疼得叫唤，还把软瘫了的他往上拽，往屋里拖，血滴了一路。

到了屋里，那血从门口淌到墙根，那人的肠子已经在衣服的破口上露出来红白不清的一团，还在冒热气。屋里一帮被绑的人也是吓呆了。独眼龙一松手，执法队队长能出声了，就不清不楚地说："好汉……再来一刀……痛快的……啊啊啊……哎唷……"他疼啊，肠子断了是人身上最疼的，他忍不住眼泪都流出来了。王桂蹲下来说："你也知道我们不是来抢钱的是吧，你也知道自己到了要死的时候了是吧？"他说："哎唷唷……饶了他们……"王桂回头看一眼发抖的那几个男女，又说："待会儿再说他们，先说你的事。你造了多少孽？"他疼得大叫起来："给我一个痛快的！"独眼龙抓起一件衣服捂在他嘴上，"再他妈号，让他们也活不成！"他就忍住了。王桂接着审："你们把人送上行刑台，不用审判的是吧？法庭都没判，你们就执行了，谁给你们他妈的这么大的权力？你们抓人就抓人，还他妈当起法官来了是不是？"他疼得说不出话了，从嘴型好像想说"弃市"，好像想说这是法律赋予的权力。田雨听到这儿怒上心头，因为他刚给东郭先生使过钱，马上就要把人救出来了，却让这孙子给提前审判了。他抄起菜刀扑上去，但是刀架在活人的身上时却下不去了，因为活人的眼睛在瞪着他。独眼龙同情地看了一眼田雨，轻轻把刀从他手上拿下来，轻轻地用那团衣服捂住那人的嘴，突然在那人肩上砍了一下，咔嚓一声，白生生的断骨从他肩头露出来，血顿时洇红了他的上身，因为被捂着嘴，他的叫声不会惊动邻居。独眼龙再把刀还给田雨，鼓励地笑着说：“兄弟，就从这儿开始练手吧。”田雨的手在发抖，刀都拿不稳，王桂就开导他：“你想想，他为老师执行的是什么判决？哎，醒醒！你来干吗来了？”田雨收回惊魂，说：“肢……肢解。”王桂说：“对了，那现在，咱们也为他执行肢解，不过分吧？”执法队队长绝望地闭上了眼睛，床上的女人吓昏了过去。

田雨抖抖索索地举起刀，试着砍下去，刚开始连衣服都砍不穿，只听见王桂模模糊糊的提示“使点劲儿”“睁开眼”。田雨开始提示自己：“这就是一头猪，一头猪一头猪一头猪……”当他睁开眼的时候发现那人的右臂已经被他剁得红白不清了，而王桂和独眼龙摁着那人累得满头大汗，那人每一次挣扎都让田雨自己心惊肉跳而且仿佛疼在自己身上，这和报仇雪恨的意愿太不匹配，使他感到羞耻。他就抢过独眼龙的剑往那人身上刺，这似乎比砍容易些，但一开始遇到坚硬的胸骨还进不去，直到胡乱扎在肚皮上才感到剑忽地往下沉了一截，剑刃一下子看不见了，田雨的身子被那剑带着倒了下去，趴在了那人身上，与此同时，那人一口血喷出来，嘴上的那团布都堵不住，直喷到田雨脸上，田雨一瞬间也吐了。然后他什么也干不成了，只听见别人在咔咔地砍人，在抱怨“怎么那么能吐啊，还在吐血呢，没戳你内脏你还吐血”“哎呀又吐了，他妈的烦死了，还肢解个鸟，一刀捅了得了……”然后动静就停止了，田雨再睁开眼，只见那人的脖子在喷血，喷出的东西，由红雾，变成涌泉，变成滴滴答答的东西。本以为这样就算完了，没想到那人还在吐，吐出的已不是血，而是红白不清的东西，一团一团的，有时候像稀粥，有时候像烂泥，像屎，里面还冒着泡，王桂说：“怪了，这人临死屎尿失禁，不从下面出，从嘴上出。”而且他的肚子是一个大粪坑，臭烘烘的东西不停地涌出来，里面还有牵连不清的东西，似乎是肠子，这已经脱离常识，连两个刽子手都惊呆了，难道人死可以把内脏也吐出来吗？他的呕吐物已经堆成了小山，把脸都埋了，还在一拱一拱地增加，而身体似乎在同时缩小。他现在显然无法呼吸，应该已经死了，可那堆血垃圾下面的嘴还在发出轻轻的呕吐声，那不是活人的哇哇吐，只是一个还没有硬化的肉体在被气泡冲击时自然发出的声音，他就像一只被人踩扁的腻虫，就像一条死后能靠神经蠕动的原始生物，就像一条蛇精在还原，虽然皮囊还留着，内里却在化成水。没想到他死得那么不利落，那么怨毒，那么妖孽，独眼龙杀人如麻也没见过有人有这种死相的，所以他唯一的一只眼睛都瞪圆了。田雨已经吐得连胆汁都出来了还在弯腰干呕，若非亲身经历，绝想不到杀人是这么麻烦的一件事。这不是杀了人，这是闯进了一个噩梦。床上那些人质，没昏过去的也在吐。地上呢，冒泡，冒泡，那堆脓血还在不断增加，简直是一个尸体在拉屎。王桂扔过一床棉被盖住了它，算是让这一出谢幕了，然后，和独眼龙提起剑，走到床边。

“你们干什么？”田雨惊醒过来，“不是说不害他们性命吗？”

王桂无奈地看着田雨。

“饶了他们吧，”田雨说，“他们没有罪。”

“我们是真、不、想杀他们，真的、真的、不、想再杀人了，”王桂的话音带上了浓浓的定边口音，“可是兄弟，我得替你想想啊。你想，你饶了他们，明天他们第一件事是干啥，是发誓一辈子忘了这场噩梦吗？”田雨看到，王桂的眼睛已经红得跟脸分不清，“不！他们是跑到官府，齐心协力回忆我们几个人的相貌，让官府画出来，清楚到每一颗痣！我们倒无所谓，反正是通缉犯，早就被官府画像了，可你呢？你还得在市面上混吧？”

田雨还没想好，独眼龙已经动手了，于是，放白鸽的男女、他们的两个朋友、一个送牛奶的、一个收破烂的、一个小官吏，纷纷倒在了血喷的红雾中。

现在屋里有七具尸体了，三个凶手还不敢马上离开，因为这时候离开，天还没黑，要是碰见邻居，让邻居看见田雨的脸，刚才杀那些无辜的人就白杀了。他们就忍着臭气等待天黑，在沉沉暮色中，田雨品尝着从仇恨泥沼的腥臭中涌出来的一汪汪苦涩的泡沫，那或许是良心。

天黑后，他们放火把现场烧了，跑到田鸢家。王桂把剑递给田雨，伸着自己的长脖子说：“下一个是我了。我对不起东郭先生。”田雨一声不吭，把剑提到厨房，从已经发臭的死猪身上切下肉，用白水煮了一下，和他们一起吃。黎明前他们走了，给田雨留下这句话：“混不下来的那天，到贺兰山找我们。”田雨把小木盒掏出来，想对芮儿说几句报仇雪恨的痛快话，但是说不出来。他报了仇，心里反而更堵得慌。他抽泣起来，跪下来，把头埋在小木盒上，越哭越厉害，最后不得不把床沿含在嘴里堵住哭声，免得惊动邻居。天亮后，他把死猪拉到泾水边，往水里一扔，然后去百里冬家。

百里冬的头发全变白了，一头鹿的毛发要经过一千五百年才变白，他只需要一个月。他儿子被流放到南越的丛林里去了，永生永世不得返回文明世界，他的田产也被没收了，这还是扶苏苦苦哀求皇帝得到的好结果，否则如下三条罪名够他们被夷三族——百里桑参与颠覆活动，擅用“圣天子万寿之征”的白鹿皮，在自编自写的太阳国故事中自诩为国王。弄玉在整理百里桑的东西，忽然捧着一块布哭起来，田雨过去，她就把布抖抖索索地举起来给他看。田雨看不懂那上面的字有什么好哭的：

> 嗣音，嗣音，微君之音，胡为乎夙夜！

田雨把桑夫人送到了海边老家，回来继续杀人。河东郡郡守把一百六十斤黄金托杨端和转交给他了。廷尉又传讯了他，问他与东郭家到底是什么关系，田雨说是他家请去教棋的。

廷尉问：“一个国手被让五子的对局，比一个帝王用天下做棋盘、用人头做棋子下出的棋更伟大，这话是你说的？”

田雨面如僵尸地说：“一派胡言，他们写这些东西，我根本不知道。”

他来到哥哥家，在门上挂了个售房的牌子。这是装样子的。杀执法队队长以前，为了把仆人打发走，他说他要卖房，这事邻居也知道了，现在他不得不遮掩一下。来问价的人很少，这个院因为二十多年前的住户被满门抄斩，在咸阳出了名，偶尔有不知情的人来打听，又被田雨的漫天要价吓跑了。过一段时间，田雨摘下木牌，重新物色仆人。他们陆陆续续来了，也做饭，也扫地，也喂马，也修车，也向佃农收租，但他们个个都是与朝廷有血海深仇的逆党。他们和田雨用菜刀切开胳膊，喝了血酒，每个人还领了指甲盖那么大的一撮毒药——田雨毒狗剩下的——用鱼鳔装起来藏在头发里。

田雨采用了“鲍鱼会”这个名称，因为虽然民间流传这是最疯狂的暗杀组织，但还没有哪个组织以此自称。鲍鱼会兴旺起来后，入会仪式上毒药不够用，田雨又到贼窝子里去买。他得到了非常详细的咸阳地图，这是“翻高头”那一行分地盘用的，干活之前都由瓢把子指定时间地点，免得下手过于集中招官府注意。这些地图真是让人佩服，官宦人家、富商家的建筑格局都画得清清楚楚，皇帝干吗还要找方士画地图呢，直接找贼不就行了吗。这些地图为鲍鱼会策划暗杀提供了很大的方便。田鸢在南方游历，不知道自己的家，自己曾经与云公主卿卿我我的地方，已经成了弑君者的巢穴。

田雨在余生中谋划了十二次暗杀活动，其中有三次是弑君。最早是一批亡命徒攀上驰道的护墙向御车放乱箭，最后是一千名刺客裹住御车、撕碎御车。他的力量日益壮大，为他造就大批志同道合者的，是变本加厉的暴政。那断头台方兴未艾，押上去的已经是一些声名赫赫的人，甚至是姓嬴的人，最惊世骇俗的一天，跪满断头台的竟然是皇帝的亲哥哥一家，他们上台的次序和祭祖时一样。审讯这些权贵时，廷尉有所顾忌，但是，皇帝要收拾的就是自己的同宗，就是这些人等着他死，或者想把他害死，争夺皇位。

那个优柔寡断的廷尉被免了，换了一个屠夫。此人的脸像只蟑螂，满口的尖牙又像鲨鱼，喉结不停地骨碌着，好像刚刚咽下一只活蝎子。他是胡亥小时候的剑术教师，又当过皇帝的侍卫长、内史郡郡尉。正在残忍之道上深造的胡亥及其老师赵高来协助他。他们发明的各种刑罚让犯人后悔生出来……

有一个狱卒和卢生私交甚好，把这些事告诉卢生，还说：“没见过这样的畜生，审讯本来是他的职责，他竟然从中找乐子！”卢生又把这事告诉田雨，田雨面无表情，但心里已经把这个廷尉列入了他的黑名单，排在皇帝之前。他忽然想起某年秋天，他在九原离宫第一次见到皇帝，因为皇帝免了他八年徭役就对皇帝产生了敬爱，卢生要带哥哥去求功名时，他还因为羡慕他们而一蹶不振。对小时候的卑贱理想，他已经不只是轻蔑，十九岁的他，产生了恍如隔世的感觉。

蟑螂脸廷尉

通过这些卓有成效的审讯，“逆党”交代了他们的“同党”，他们的“同党”又交代出更多的“逆党”，蟑螂脸廷尉在上任伊始的三个月内上报了一千七百例死刑，皇帝的老手已经无力批复这么多奏简，索性把死刑执行权下放给他。平均一天要处死二十个人，还要判罚和流放不知多少人，他忙得发昏，免不了把本该流放的案子画上死刑的红圈，手下也就拿去执行了。手下夜以继日地抓人、审讯，也是累得虚脱，但没人敢抱怨，否则就是同情逆党。咸阳城实行宵禁，子时以后只有穿黑色甲胄的人在街上巡逻，千家万户都关上了大门，哄小孩子睡觉最管用的是“廷尉来了”。假如田鸢还在咸阳，弄玉还住在高楼上，也不知他们还有没有心情搞子夜相会。如果真的在子时以后听到敲门声，那准是廷尉的人来了，这家人立刻知道自己是逆党了。经常有这样的事发生——黑衣人刚砸开门，那一家人已经倒在血泊中，在前往比阴曹地府还可怕的廷尉府之前，他们痛痛快快地自杀了。

也有一户人家没闩门，黑衣人推开门，进入了一个静悄悄的空院子。告密信上说有逆党在这里集会。他们提着剑，顺着墙根摸到后院，看见一间屋灯火通明，他们悄悄包抄过去，又扑了个空，屋里摆着一席酒肉，点着香，但是逆党们还没到。他们咽口唾沫，相互递个眼色，然后蹲在门背后等逆党，那香熏得他们舒坦透了。过一会儿进来一个美女，一双秋波粼粼的眼睛摄人心魄，而且每个人都感到她在看自己，她说："唷，都这么客气，等我来呀？"捕快们傻笑，她在酒席边坐下，说："来呀，哪有蹲着吃饭的，来，哥哥，到这儿来。"捕快们就爬过去，美女举起酒杯说："先干一杯吧。"他们现在是酒不醉人人自醉，一杯酒下肚，连骨头都软了。眼看着一群男人进来把他们捆上，他们连弯一弯手指头的力气都没有。那种香，本是黑道上骗钱用的，一个姑娘到大户人家当几天丫鬟，在主人屋里点上这种香，要什么有什么，主人会喜滋滋地把百宝箱掏出来给她。田雨审这些捕快，得知廷尉的生活就是从家到衙门两点一线，为皇帝鞠躬尽瘁，他连私生活都没有，他也从不参与抓捕行动，杀他不比杀皇帝容易。

但是一个劫后余生的燕国人揽了这桩活儿。他右边的后槽牙有个洞，吃十粒大豆只能咽下去九粒，还有一粒在那个洞里。他把毒药包塞到那个洞里，半夜三更在街上乱窜，让执法队抓起来。在见到廷尉之前，他的门牙被打掉了，但后槽牙还在，他吃糠咽菜一律用左边的后槽牙咬，还时不时用舌头把右边快要掉出来的药囊顶回去。有一天廷尉路过审讯他的那间屋，听见了这样推心置腹的谈话："哥哥你就招了吧，随便说几个人，让我好交差，我们完不成任务要受罚的。做人要有良心啊，你看我对你够好的了，只是打掉了你的门牙，撅断了你的胳膊，拔光了你的头发，烫熟了你的脸，割掉了你的鼻子，挖掉你一只眼睛……最厉害的你还没尝到呢，你是不是想吃烤肠？有些事我也下不了手，那不是人干得出来的……”廷尉进来了，他一把推开狱卒，捏着一根竹扦蹲下来，对准人犯的鸡巴，“这里的饭菜有点清淡是不是？我请你吃烤肠。”没想到那囚徒连人带刑架倒下来压在他身上，更让狱卒们惊诧的是，囚徒在和廷尉亲嘴，他们不明白就算抓了个同性恋，他怎么会看上那张蟑螂脸，俩人挣扎了一会儿，都不动弹了。狱卒们扯开他们一看，两张嘴都在流黑血。这位壮士把嘴里的毒囊嚼烂，喂到了廷尉嘴里。

林光宫的厕所

对于杀皇帝，田雨有这样的信念：谁要是被一个有心灵力量的人诅咒，他就必定死无全尸。那年头有这想法的人太多了，田雨只担心别人抢着把这件事办了。他的运气一直不好。皇帝在泾水大桥遇刺后加强了警戒，六千名侍卫像活动的墙一样围着御车，另外，在御车前方十里范围内，还有不知多少便衣分布在屋檐下、灌丛中、大树背后，只要发现可疑的人立刻让他消失，快得好像他脚下裂开了一条地缝，这些人只因为在自己浑然不知的皇帝行进路线上停一下或东张西望，就消失了，他的家人从第二天开始等土匪送绑票信来，永远等下去。

当然皇帝尽可能走驰道，驰道两侧有高墙护着。泾水案过后，为了让皇帝一生一世都有高墙护着，驰道扩建了三百多里，累死了两千多刑徒。驰道与民道交叉的地方是一座封闭的桥，民道从桥下穿过，这种立体道路是大秦帝国的创举。鲍鱼会的人干了这么一桩活儿：在东郊的驰道边分三拨埋伏着，南北相距十里，七天七夜之后，南边的人耳朵贴着地面听到了车轮声，知道皇帝的车队从咸阳宫开来了，于是大家聚在一起等，御车一到，他们就搭人梯上墙，放乱箭、发火弩，乱箭用来打散侍卫们，火弩同时射向六辆御车。弩这种强力武器是田雨找贺兰山的土匪借的，土匪又是跟驻军抢的，他们曾经演习过，一支弩可以射穿三寸厚的木板。但是他们截住的是六辆空车，正去林光宫接皇帝。事后，皇帝杀了这批侍卫，换了另外六千个，让他们明白自己的脑袋是系在皇帝的生死之上的。驰道上也实行了十里勘察的制度，墙里墙外都要搜索，沿途闲杂人等要驱赶到三里之外，而且为了让刺客没有藏身之地，驰道周围夷为平地，五里内的房屋统统拆毁，树木统统砍光，连河流也填平了，免得刺客含着芦管潜在水底，或者施魔法变成螃蟹。

唯一防不住的就是隐身人了，但是田雨已经配不出隐身糖浆。在万般无奈之时，又一个视死如归的壮士出现了，他就是王桂。他从贺兰山跑出来找田雨，说他受够了绺子里的臭规矩，受够了狼奔豕突的日子，受够了人肉包子的味，他全家的仇还没报，他说只要有办法把他弄到皇帝面前，他来干。田雨动用了孔雀——曾经为隐身人和弄玉传递爱的孔雀，现在它把田雨的信交给弄玉，求她帮助一个遭了蝗灾、从临淄流浪来的穷亲戚在宫里混一口饭吃。弄玉把事情托付给内务宦官，不久就把它忘了。王桂曾经在章台宫待过，不能让人认出来，因此毁了容，吞炭变成哑巴，带着伪造得乱真的户籍证明跟田雨去见宦官。宦官报出一长串轻松的工种随他们挑，田雨不假思索地说："让他去林光宫扫厕所吧。"

办完手续，那个宦官被鲍鱼会的人杀了，哑巴则在皇帝经常驾临的林光宫扫起了厕所，每把笤帚里藏着一根浸透了毒药的竹针。田雨在少年时代读到的第一则历史故事是：死士豫让伪装成清洁工，在赵襄子上茅房时行刺，他的灵感就从这儿来。但是，时代毕竟是进步了，林光宫比赵襄子的王宫等级严明，皇帝专用的厕所在内宫，王桂打扫的厕所在外宫。王桂做好了长期的思想准备，说不定哪天皇帝刚进林光宫，没到内宫就憋不住要拉稀，他就冲过侍卫的人墙，把毒针扎进皇帝的喉咙里。

外宫的厕所也了不得，地板和尿槽是玉，茅坑是银子，装着擦屁股的绉纱的壶是纯金的。有许多大臣、宦官、侍卫、方士、宫女如厕，李斯曾经在那儿蹲过，王桂犹豫了一下，还是决定把一次性的毒针留给皇帝。他日复一日地把深仇大恨扫到银粪坑里，埋葬在达官贵人的排泄物中、宫女的经血中。在浇灌玉兰花时，他眯着眼睛辨认车马行人，笤帚不离手，独自在厕所里时，他瞪着一对生锈的铃铛似的眼睛，怀念往昔的美好时光，怀念说话的日子，怀念那些眼中闪烁着思想光芒的青年，也祈求东郭先生一家的在天之灵饶恕他的罪过。每个月换笤帚时，他就把毒针换上。人们不知他一天要扫几十次厕所，总是看到他在那儿，他连饭都端到厕所来吃，这么敬业，他还是被轰走了，一天早晨，宦官把他领到茅坑前，指着银面上的一块黄斑说："你扫厕所在想什么？一天到晚看你扫、扫、扫，还有这东西。昨晚皇上跑来拉稀，刚要蹲下就看见这个，只好绕到另一边去拉，把皇上急得……你从哪儿来，滚回哪儿去吧。"

千载难逢的机会就这样错过了。王桂绝望了，拔出毒针扎进了自己的喉咙。他还没倒下，嘴角、鼻孔、眼睛里就流出了黑血，那双红眼睛一直凸着。谁也想不起他的来历，只好把他的尸体抬出宫，扔到山沟里。

地图山和空中通道

那一年咸阳城发生的巨变，就是愚公在世也无法相信。一座山从东南方走来——是的，是“走”——在三百里宫殿的流光溢彩上慢慢地走，走到咸阳宫后面停了下来，它有一个巨大的断面。然后，在万众瞩目之下，蚁群般的刑徒裹住了它，这些人一片片往下掉，又一股股往上涌，他们忙碌一通离开后，山的断面上留下了五颜六色的线条和文字，那是一幅世界地图，千百条红线在它的中心汇集成一个猩红的结，旁边标着“咸阳”两个黑字，二百里以外都看得清楚。与此同时咸阳城的空中架起了纵横交错的密闭通道，把东西南北、新新旧旧的宫殿连在一起，把山和山连在一起，一条斜贯全城的大黑龙把巫巢般的咸阳宫和黑针般的通天塔连在一起，它从南到北腾空而起。这架设在七十万刑徒的血肉之上的、立体的、繁冗的、过于挑战人类的极限因而藐视天庭的，再过两千年也不会有一个城市比它更飞扬跋扈的、一碰就会倾塌的空架子，当朝史官都不知怎么形容它，翻尽三千年以来积淀的语言后，他写了四个字：“复道相属”，让后世的人们去想象。

让后世的人们去想象，这盛开在世界中心的黑色巨莲，这炸开在天地之间的凝固烈焰。它已不是隐身人迷惑弄玉、田雨寻觅东郭先生的人间天堂，它世俗的繁荣业已湮灭，现在它是供灵魂漫游的奇境，恢宏、冷寂、空灵，处处散发着遗迹的气息——从天上地下的土缝里飘出的尸骨味。但是在神的眼里它还是有生命的，那纵横交错的空中通道是它的黑色血管，那些来自断头台、万人坑的灵魂，化作了这座城市的生命。

空中通道加起来有一千多里长，在里面穿梭来去的只有一个人——皇帝，这样说，是没把他身边那些活动的兵马俑当人。田雨仰望空中通道时，特别想念哥哥，他失恋以前曾经会飞。现在要弑君，只能找一个人飞上天，在空中通道的窗口上吊着，或者踩在一朵云上面。

他现在连皇帝的行踪也打听不到了，只从卢生那儿得知一条新的宫廷内部法令——泄露皇帝行踪者一律处死。皇帝对暗杀的恐惧达到了连公子上殿也不得进入五十步范围内的程度，在他苍老虚弱的心中，一个急于继位的公子比荆轲还可怕。

他已将“朕”这个称呼改为“真人”，好早点当上活神仙。当他喝着绿矾和阴阳水泡出的金液、看宫女把红色的汞丹碾碎泡在酒里递给他时，感到肝里隐隐作痛，但这种痛苦也许能换来永生。

有一天他从空中通道俯瞰上林苑，看见丞相的狩猎队伍好像比他的还庞大，不高兴地嘀咕了几句，下一次看见丞相时，丞相大大收敛了排场，皇帝明白有人把他的话传给丞相了，这就意味着他某时某刻在上林苑上空的事也不一定是秘密，他就仔细回忆那天在身边、能听到他抱怨的人，他记不清，索性把那天的随从统统杀了。他的肝是越来越疼，脾气也越来越坏。

田雨总是向卢生打听皇帝的事，卢生这条老狐狸看出了他的心思，经过抗击匈奴战争的人对皇帝多少怀有一点感情，便告诉田雨：“皇帝中了丹药的毒，活不了几年了，他死以后，扶苏自然会继位，世道自然会好起来。”但是田雨弑君的热望不仅是被仇恨，而且是被失败加剧的，无法割舍，很大程度上是由于自己牵挂太久、付出太多，在这方面，杀一个人竟然像爱一个人一样。当然在他那被冤魂咬碎的心中还存有这点使命感：杀死皇帝之后，扶苏继位应该是正确的历史进程。他多次对同仁转达扶苏的话："我当了皇帝，先把断头台平了。"扶苏是这帮士人出身的反骨头的希望，田雨与扶苏、扶苏之妃的亲密关系倒也是他在鲍鱼会掌舵的本钱。

十七 · 嫦娥

正室夫人

那时候帝国的根基还没有真正动摇，农民还没有起来翻天覆地。焚书不关他们的事，杀一些有思想的人也无非是有好戏看，在断头台前，他们贴在要死人东西的乞丐们背后，只恨爹娘生的脖子不够长。服徭役的时间延长了两个月，他们难受了，但还是规规矩矩地去，修通天塔，修阿房宫，把一座山移到咸阳宫后面，架空中通道……剩下的八个月，还可以种自己的地。这时候皇帝面临的威胁来自上层社会和他自己的肝。一天半夜他发着高烧，捂着被子，流了一床的汗，当他把头伸出被子吸到一口新鲜凉气时，突然想到北部边疆的军队，心里咯噔了一下，蒙恬统率的这支大军离他太远了。于是他紧急召见扶苏，让他到蒙恬那里看看。

中午，宫女端来了药，皇帝含着味道像锈一样的仙丹想："两年来每天服一粒，真人还没有一点仙气！"他把仙丹吐出来，让人向炼丹房传旨：炼别的药。接下来一段时间，皇帝喝着御医配的药汤，等着新的仙丹，他的肝痛减轻了，他忽然想道：如果不吃仙丹，我会得肝病吗？当廷尉府的人突袭炼丹房和方士们的住处时，一部分方士已经不在了，包括卢生，他们卷着金银财宝跑了。随之而来的事情是：全国范围内搜捕、活埋方士，一些儒生也被牵连。扶苏回来的那天，咸阳城里刚刚活埋了四百六十人。扶苏上朝对皇帝说："这样下去，儿臣担心天下会大乱。"胡亥在旁边冷笑："把北边的军队看好，能有什么乱子。"皇帝说："说得是。你还是回肤施去吧，真人不叫你回来，你就别回来。"

弄玉很乐意跟扶苏一起生活在那个地方，那是他们相识的地方，也是她十四岁做梦去过的地方。儿子菲菲快一岁了，"菲"是萝卜的意思，用这个字给孩子作乳名，是因为她刚怀孕的时候特别想吃酸萝卜片。同去肤施的还有扶苏的正妻嫦娥和五岁的女儿玉兔。弄玉刚才和她们打过招呼，嫦娥脸上一点笑容也没有，也许是那层不透明的白铅粉把她的笑意遮住了。她脸上的白铅粉，她头上高高耸起的四个大髻，还有一身过于严整，连一个多余的皱褶也没有的锦绣衣裳，形成了一个庄严的套子，把她裹得像个假人，从这套子里露出的仅有的活物是一对冷冰冰的眼睛。她的女儿却很讨人喜欢，开口就是："云妃你好漂亮呀，你是个仙女吧？"

到了肤施，他们住在蒙恬家里，蒙恬已经给他们腾出一个院子，弄玉要的是当初吹箫的那间屋，嫦娥要的是对面的屋，因为那间屋有小厕所。到了那儿开始卸东西，嫦娥和玉兔的浴缸是一整块珊瑚礁雕出来的，里面是光滑的，外面还是天然的珊瑚，还有冬天的貂裘、鹿皮，春秋的细麻、毛袷袢、缀着金丝的霞披……夏天的丝绸、绉纱、孔雀裙……窄袖的便服和宽袖的礼服、夹帐、单纱罗帐、珠帐……熊毛席、椰叶席、象牙席……她们母女俩在旁边伫立着，像一大一小两只华贵的锦鸡伫立着，接着搬下来的是一只玉雕的仙鹤，它只有一只脚，是个圆筒，背上有个窟窿，一个仆人好奇地往里瞅了一眼，被一股臊味熏得直皱眉头，原来这只仙鹤是皇子妃骑在上面大小便用的。它被抬进小套间，接在排污管上。

蒙恬为这家人设宴接风，玉兔跑到食案边甜甜地说："爸爸坐，妈妈坐，云妃坐，大将军坐。”她看见菲菲伸手抓东西，就说：“小弟弟呀，我们是小孩，小孩要让大人先动筷子知道吗，有长幼尊卑的。”蒙恬夸嫦娥家教好，嫦娥却训斥玉兔：“吃饭时少说话！”大家刚举起酒杯，嫦娥又让大家停下来，她把铜酒杯转了几圈，仔细看杯口，然后把里面的酒倒掉，吩咐仆人用开水把所有的酒杯、筷子和碗碟重洗一遍。玉兔舔着小嘴看着那些野味，它们比宫里做的粗，但反而显得更好吃。好不容易干净的餐具上来了，嫦娥又一摔筷子，拉起玉兔走了。蒙恬诚惶诚恐地看着扶苏，扶苏从肉汤里夹起一根猪毛，笑了，“她是为这个生气呢。”

扶苏一家单独开了厨房，嫦娥还是不放心。案板一响，她就到厨房里去看。从来没有一个贵妇到厨房里视察，厨娘受宠若惊，嫦娥冷冷地说：“你干你的，别管我。”当她发现厨娘用切过生肉的案板切萝卜时，尖叫起来，厨娘吓得差点切下自己的手指头，等明白是怎么回事，厨娘说肉是在反面切的，正反面她从来没有搞错过，嫦娥厉声喝道：“那生肉味也会透到正面去！”后来厨娘听到她的脚步声就发抖。她总怀疑黄瓜上的小刺没刷干净、肉上的毛没剔净、猪肠子里有猪屎、鸭子是病死的、菜叶子是长虫的、豆子是发霉的……在她眼里，民间来的厨娘不洗手，还会从厕所直奔厨房，用沾着屎尿的手淘米洗菜，说不定头发会掉下来，头发屑会掉下来，鼻屎会掉下来，指甲垢会揉到面团里去，汗珠会在案板上摔八瓣……她唯恐肉熟不透，指挥厨娘把肉切成蚕豆大的小块，这些肉丁熬出油来后更小了，小得像化掉了一样，结果熬出来的是一锅红汤，大家像大海捞针一样捞肉丁，实在不行就用这汤泡饭，这就是她所谓的红烧肉。有一天大家吃烧烤，一头小羊羔被掏空内脏填上调料外面糊上泥烤熟了，这对她来说无异于茹毛饮血，由于食案上还有别的东西可吃，她克制着自己没有离开，但当玉兔伸手去撕烧烤时她用筷子打了她的手，她看着大家快活地吃烧烤，怜悯地看着，好像这些人在啃狗屎。

她在厨房里挂了一个牌子，规定半夜叫唤的牛有胃病不能吃，掉毛的羊味道很膻不能吃，光屁股的狗、嗓子哑的禽鸟、对对眼的猪、鸡屁股、鸭屁股、鹅屁股、各种动物的内脏尤其是狼心狗肺、猪脑子、鱼眼珠……都不能吃。仆人们都围过来看，那个厨娘在背诵，对她来说这比朝廷的最新法令还重要。嫦娥又颁布了新的法令，规定哪些是最该吃的：器宇轩昂的牛、懂礼貌见人会点头的猪、叫起来像唱歌的羊、善于长鸣的公鸡、耐于久立的野鸡、眼睛明亮的兔子……要是动物们有知，为了不让人吃掉，牛会一蹶不振，还会相互把腿踢断，猪会见人就咬，羊会吞炭变成哑巴，公鸡会心甘情愿被阉掉……弄玉悄悄地观察了她一个月，认定了一个理：一个女人在爱得不到满足的时候只好在吃喝上动脑子。她就劝扶苏："你有几个月没跟她同房了？去吧，真的，这能让她感到被爱。"

那天晚上，弄玉克制自己不去想，扶苏在那屋里怎么对嫦娥好。她劝自己："有什么可吃醋的，还不是你叫他去的！管闲事！哼，也算大义凛然，古代贤淑的皇后，年老色衰之后不就为正当壮年的夫君物色后妃吗。我没老，是她老了，我可怜她。我十天半个月就有一次，她呢，等了半年了，可怜。她还是正室呢。"她又忍不住想，扶苏和嫦娥在那张床上会是个什么样。她抱着孩子出去，对面的门关着，只听见玉兔向爸爸撒娇的声音，她不希望待下去听见嫦娥撒娇的声音，就抱着菲菲离开了小院。过廊里洒满金辉，将军和军官的儿子们在玩打仗的游戏，还有几个文静的孩子在踢蹴鞠。弄玉想起空中城的蹴鞠比赛，但他们是化了装的，百里桑是一只白老虎，如意是孔雀，还有田鸢，对，有孔雀的时候田鸢肯定来了。她想着蹴鞠的事，抱着孩子往更远处走，但孔雀披着晚霞飞来了。她回屋给妹妹写回信，菲菲瞪着大眼珠翻孔雀毛。她看一眼他们，写一句。她写菲菲会扶着床沿站起来，写菲菲摇铃铛的时候两只手一起动，因为他管不住不拿铃铛的那只手……她觉得屋里的气味不太新鲜，就去开门，天黑了，嫦娥的窗户亮了，她的心沉了一下，扶苏的话音瓮声瓮气地传来，她只当不是他。她继续写信，写菲菲叫人的时候非得用手指头点着才叫得出来，除了叫爸爸妈妈；还写可笑的厨房法令，当她想到这头孔雀说不定就是嫦娥主张吃掉的鸟时，她又笑了。

孔雀把信叼走，天也黑透了。她给菲菲喂奶，又轻轻吹箫哄他睡觉。她吹的曲子叫《菲菲小笨蛋》，是扶苏写的，不管菲菲怎么闹，一听这曲子就安静了。菲菲睡着以后，她怕孩子着凉，去关门，这时她揪心地看见嫦娥的窗户已经黑了。即使关上门也无法看不见那窗户，她索性到外面去忍受，静夜中的黄花让她的思绪回到了空中城，自己闺房门口开满同样的黄花，初潮来临的晚上她傻乎乎地洗了三遍又把水倒在花圃里，把黄花都养红了。她清清楚楚地记得在此之前坐在一起的有哪些人，田鸢怎么发现她的裙子上有一块斑，那双死讨厌的大眼睛……她讨厌自己有这么好的记性。

鳖　汤

第二天嫦娥变了个人，换了一身颜色素淡的、宽松的衣服，刚刚洗过的头发随意披在肩头，脸上化着淡妆，笑容露了出来，她身上那层紧绷绷的壳子去掉了，这样，她看起来一点也不老，甚至很有姿色。她见人会打招呼了，吃饭时有话了，弄玉提到天气，她接上了话茬：“好奇怪呀，这儿的秋天比咸阳还长，这儿算是北方吧？”当玉兔仰起小脸期期艾艾地问爸爸今晚还跟不跟她们玩时，弄玉的眼睛都酸了。相反，她心里已经没有一点醋意，她欣慰地想，昨晚没有白费那么大劲捂住心里的醋坛子。扶苏在嫦娥屋里连着过了几夜，弄玉还让厨娘给他熬鳖汤，这几天嫦娥也不去监视厨娘了。是弄玉亲手把鳖汤送到了嫦娥屋里，两个孩子都在，抢着在爸爸身上骑大马，菲菲只会“巴巴巴”地叫，玉兔一个劲说：“我的爸爸！我的！”弄玉和跪坐在床头、满脸春光的嫦娥互递了一个笑脸。

但是第二天早晨嫦娥变回去了，云妃的微笑撞在了正室夫人的冰脸上，换来了她从鼻孔里喷出的一个“哼”。吃饭时当她发现弄玉在打量她时，把碗筷重重地一磕，走了。弄玉忍气吞声地想：“我吃饱了撑的，成全你！”晚上扶苏洗了个澡，躺在弄玉床上，弄玉看懂了这暗示，自己也洗。她上床后扶苏摸了她一会儿，正当她火烧火燎时，扶苏睡着了。弄玉气咻咻地瞪着房梁，直到半夜也睡不着，她尽量谅解他的疲惫，但是她不明白他为什么要洗澡！他前天不是刚刚洗过吗？“都快入冬了，我们是天天洗澡的人吗，是他大老婆那种有洁癖的人吗？”第二天，扶苏一醒来她就问：“为什么洗澡？”扶苏愣了愣，说：“哦，洗澡呀，我怕你闻到她的味。”

弄玉不明白自己是心酸还是感动。但她明白嫦娥是怎么回事了——“扶苏对我尚且如此冷淡，对嫦娥，可想而知。”扶苏在这儿过了几夜，总算平息了弄玉的怨气，弄玉又大义凛然地劝他去安抚嫦娥，扶苏说：“你呀，管得太宽了。”一天晚餐，扶苏出去赴宴，食案上尴尬之极，除了听见自己嚼饭只听见碗筷响，玉兔突然说：“云妃，我爸爸呢？你告诉他我想他！”话音未落，嫦娥用筷子重重地抽了孩子的手背一下，孩子号啕大哭，弄玉忍不住说：“夫人，有话跟我说，别对孩子那样。”嫦娥呵斥玉兔回屋去，然后问弄玉：“是你叫他来找我的？”

“您说什么？”弄玉挤出笑容。

“揣着明白装糊涂，不是你叫他来的，你熬什么鳖汤？你乐什么？”嫦娥脸上的铅粉直往下掉，“你少得意！我告诉你，他、当、年、能、背、着、我、玩、你，今、天、就、能、背、着、你、玩、别、的、女、人！”说完，她嗖地离开厨房，把门狠狠地摔上，把墙皮都震掉了一大块。

后来弄玉向蒙恬旁敲侧击，证实扶苏那天晚上确实是去赴郡守的宴了，吃完以后他们几个男人玩六博又玩到深夜。她知道如果蒙恬和丈夫串通起来蒙她，她也没办法。但平时她并没有发现扶苏有什么反常，如果他在路上对美女多看几眼、在家里跟女客多说几句话她也在乎的话，操起心来就没完了。

十天半个月做一次爱又算什么呢，官太太们私下交流，弄玉发现自己算很多的，有些不到三十岁的女人半年也未必有一次。假如扶苏真的有什么，她打算不在乎，她不是一个普通的妾，而是皇帝的长子的妃，如果皇帝不能长生不老，如果扶苏真的做了皇帝，娶几千个女人都是可以的，她这辈子在乎不过来。成亲前她就想过这些。

不管怎样，扶苏爱菲菲，直到现在他还说，如果他继位为秦二世，那么菲菲就是秦三世，菲菲的母亲——弄玉——自然要册封为皇后。听到这种童话，弄玉也没忘记提醒他，别冷落了正室夫人生的女儿。扶苏说：“玉兔？我当然喜欢她，她聪明伶俐，嘴巴甜，可是我怕她妈妈的脸，那简直是一张鞋底，她认定我对她装模作样，认定我不爱女儿，跟我连话都懒得多说一句。”弄玉立刻明白嫦娥可怜到了什么程度：故意冷淡别人，是她这种女人渴望别人关心的方式，但不爱她的人是不吃这一套的。

冰镇绿豆菊花汤

他们在肤施过了一个暖冬，有时候不知道是秋天迟迟不去，还是春天提早来临了。菲菲生命中的第一场雪，看来要等到明年了。一岁生日那天，菲菲突然站稳当了，很快他就会走路了，他想要什么，会握着妈妈的一根手指头，把妈妈牵过去，就这样他得到了一只梳妆盒。他惊奇地照着里面的小镜子，不知道自己的脸怎么会跑到盒子里去，他不停地打开又合上，每次都能在里面找到自己，但又抓不住。玉兔看上了这个玩具，就把自己玩腻的布娃娃拿来跟菲菲换，她的花言巧语把弄玉都逗笑了，她说：“弟弟呀，你知道吗，这不是你的家，也不是我的家，是大将军的家，大将军是我们大伙的将军，他们家的玩具也是大伙的，所以这个漂亮小盒子又是你的，又是我的，”她把布娃娃递给菲菲，“那，咱们俩换着玩好吗？”菲菲嘟着小嘴，把梳妆盒藏在身后，玉兔又把布娃娃举起来，从后面动它的胳膊腿，使它看起来像是活的，还跟布娃娃说话：“姐姐最爱你了是不是？你又会跳舞又会打滚又会陪姐姐睡觉，可是姐姐不能独占你呀，让弟弟也玩玩好吗？”她尖声尖气替布娃娃回答：“好！好！”菲菲还是不为所动，弄玉笑着说：“弟弟还听不懂你说话呢。”玉兔不气馁，又跑来跑去搬出她玩腻的各种玩具，在菲菲面前显摆，把它们鼓捣得挺好玩。菲菲到底经不住诱惑了，他把那些东西摸了一遍，最后选择了布娃娃。他刚抱起布娃娃就哭了，上当了，这家伙比他还大，他弄不动它，没法像姐姐那样让它活起来，但是姐姐已经抓着梳妆盒跑远了。

在玉兔眼里菲菲是个无能的小笨蛋，她觉得自己好大好懂事，又能跑又能唱又能背书，还能自己穿衣服。大清早，她穿得整整齐齐来看菲菲，点着菲菲的圆脑袋："嗨，你这个小家伙，还不会穿衣服吧，来，姐姐帮你穿。"弄玉便笑着把菲菲的小衣服交给她，而她真的挺麻利，这时候菲菲也无限崇拜地看着姐姐。菲菲和玉兔蹲在树下捉蚂蚁，嫦娥奔过来，拦腰提起玉兔，"不学好！"她像拍毛毯一样拍玉兔身上的灰土，"学这种下贱孩子的脏玩意儿！"在她看来倒是弟弟带姐姐来捉蚂蚁的。菲菲只好一个人蹲在那儿，嘟噜着小嘴，用燕子毛扒拉蚂蚁洞口的虫。吃晚饭前，嫦娥给玉兔洗手，像搓牛皮一样狠，把孩子都弄哭了。吃饭时玉兔屁股扭来扭去，嫦娥又厉声训斥："站有站相，坐有坐相！"扶苏不经意说了一句话："瞧弟弟吃得多专心。"这时候嫦娥的眼神，恨不得在菲菲屁股下面搁一个刺猬，在玉兔身上安一副夹板。

扶苏听说冰镇绿豆菊花汤能把坏脾气治好，就吩咐厨娘熬上浓浓的一锅，冻在屋檐下。那天晚上，嫦娥教玉兔读书的声音传到庭院里："男女有别，然后父子亲；父子亲，然后义生；义生，然后礼作；礼作，然后万物安……妇人，从人者也，幼从父兄，嫁从夫，夫死从子……"弄玉在给菲菲吹《菲菲小笨蛋》。第二天绿豆汤做成了，透心凉，又没结冰，正好。一人一碗。扶苏乐呵呵地倡议："暖冬嘛，来，一块儿败败火！"大家都吸溜吸溜很凑趣地喝着，嫦娥却如临大敌地盯着汤，玉兔来端汤，她还把玉兔的手打回去。扶苏说："喝呀，放了糖的。"嫦娥说："有土！"扶苏把厨娘叫来，问昨晚冻的时候盖上盖没有，厨娘以一辈子的名誉保证，盖上了，嫦娥索性摊了牌："嫌我火大，七出三不出，看哪条合适！"

她说的是休妻的礼法，眼睛却悲愤地盯着弄玉，弄玉都不敢正眼看她，心想：新仇旧恨哟，人家把败火汤的事当成我张罗的了。

有一天菲菲看见玉兔扎了两条羊角辫，就举着两根红丝带跑来找弄玉，弄玉说："姐姐扎了漂亮，可你不能扎呀，你是男孩呀。"突然餐厅的门一声巨响，嫦娥立在门口，像诈尸一样翻着白眼，身后的门晃荡着，门背后还噼里啪啦响着，弄玉知道两边的墙皮都掉了。"坏了，怎么就忘了她在屋里检查碗筷呢！"她后悔都来不及了，现在，正室夫人的火气，就是八碗菊花绿豆汤也压不下去："男孩！多风光，啊？男孩！多会生啊，你生了个男孩，是不是？啊？不就生了个男孩吗！"说着说着就带上了哭腔，"你你你，你不就等着做皇后吗！"

念了咒语的粥

到了年关，他们回宫祭祀，然后弄玉带菲菲回娘家。田雨来拜年，一看见白白胖胖的菲菲就喜欢，抱着玩了一天。他想起了在东郭先生家学棋的朦朦。他在床上逗菲菲玩的时候，一只小木盒从怀里掉了出来，菲菲以为又是个梳妆盒，叫唤着"开，开"，爬过去抓，田雨的脸色一下子白了，他飞快地捡起小木盒，揣回怀里，又不放心地按了按。

还有个小伙子来拜年，他长着一张温和的羊脸，说一口纯正的咸阳话。他又陪百里冬下棋，又帮如意做饭。弄玉听见他们俩叽叽咕咕："剥一根葱。""葱在哪儿？""墙上挂着。""到底在哪儿啊？""向后转，走三步，向左转，别埋头，往墙上看，大眼睛，看见了吗？""讨厌，我们家的东西你比我还清楚。"……如意从来没在信上说过这个人，他叫张璐，本来是百里冬的棋友，稀里糊涂成了如意的朋友。他是个会过日子的人，熬粥是他的拿手好戏，那粥不用放糖也是甜的，面上好像还浮着一层奶油，里面的米呀、黑豆呀、玉米糁什么的，入口就化，别人用同样的米、同样的黑豆、同样的玉米糁，都熬不出这样的粥来，都说他对粥念了只有粥能听懂的咒语。

张璐和如意轮流抱菲菲，一起亲菲菲，逗菲菲："小鸡怎么叫？"菲菲把两根食指在嘴巴上对成一个尖角："叽——叽——"问小鸭怎么叫，菲菲扇着两只小手："嘎——嘎——"问小羊怎么叫，菲菲把手举过头顶，竖起两根食指，一勾一勾："咩——咩——"张璐和如意乐坏了，菲菲笑得像个小太阳。去年弄玉把他裹在襁褓里抱来的时候，大家刚刚被百里桑的噩耗击倒，对他不感兴趣，可是现在他变成一个能跑能跳、爱出声爱笑的小人来了，他刚刚学会把蜷缩在阳光下的那个会喘气的雕像叫作"姥爷"，就屁颠屁颠跑过去，拉着那只枯手叫"姥爷"，扯着那白胡子叫"姥爷"，嬉皮笑脸爬上去叫"姥爷"。

百里桑被抓走以后，百里冬一直没笑过，他的头发胡子白透了，胡子上沾着饭粒菜丁，个子开始缩短，但胳膊没短，这样，他走起路来就像在地上找一根针。他的两条短腿，当年在空中城可以一步三级上台阶，现在他拖着风烛残年的步子从餐厅踯躅到天井，去晒晒太阳。在菲菲的声声呼唤中，他胡子一抖，笑了，他把两腿并起来，让孩子骑得舒服些，也展开蒲扇巴掌摸了摸外孙粉嘟嘟的脑袋，他又笑了。在空中城，他的笑是自认为有很大权力的笑，在咸阳，他的笑是自嘲，现在他的笑有点憨，那就是一个老人在讨外孙喜欢，在一生的自以为是之后，他终于向一个婴儿的魅力妥协了。

容氏又成了快乐的青春作坊里那个容氏，现在她唱小曲讲笑话给外孙听，也不管这一岁的孩子听不听得懂，后来菲菲学会了说话，有一天突然把这些歌唱了出来，让大家吃惊不已。在这里，弄玉发现儿子已经显出个性了，那是一种灿烂明媚、又热情又厚道的个性。街坊有一对相依为命的老两口，老头是瞎子，老太太腿脚不好使，他们养着几头奶牛，菲菲断母奶以后喝的牛奶就是从他们家买的。他们出门送奶、割草时，老头推着独轮车，老太太坐在车上指路，他们的眼睛和腿合起来用，就像一个人那样行动，菲菲每次见到他们，隔得多远都会叫："爷爷奶奶好！"经过人家门口时，他会扑到门上，对着门缝叫："爷爷奶奶好！牛妈妈好！"两位老人和几头奶牛会一齐大声答应他。就连一个时不时像幽魂一样戴着头巾出来、因为通奸被剃了头的寡妇，见到菲菲也会露出一点笑脸。

无定河

要不是扶苏连着来了三封想孩子的信、最后又派了五个兵驾车来接他们，弄玉都不知什么时候才下得了决心动身，她是又想扶苏又怕嫦娥，她可不敢奢望菲菲的热情能感染嫦娥这样的人。车来那天，不巧，菲菲感冒了，这是断母奶后第一场病，弄玉就让当兵的回去告诉扶苏再等几天。第五天早晨，菲菲好利索了，老人才抹着眼泪把他们放走。但是上郡迎接他们的是这样的光景：许多大树连根倒卧着，许多民房塌了，还有尸体挂在树丫上。回到将军府，弄玉听说这里刚刚刮过百年不遇的大风，从前天中午刮到昨天早晨。弄玉一想，前天要不是容氏拦着，她和菲菲就动身了，中午刚好走在上郡的荒郊野外，这事想起来就后怕。

经过那个无雪的暖冬，上郡陷入了灾难的春天。干风刮着，春雨一滴不落，无定河就要断流了，春小麦收获无望。官府祭了天，用几头牛羊猪跟天神交换水，天神流了一点眼泪就不管了。五月份，地方上颁布了限制用水的法令，扶苏为民众做出了表率——他家每人每天限用五升水。五升水大概就是半脸盆，平时嫦娥给玉兔洗个脸也要用三盆水，现在她只好这样——早晨起来舀一杯水，把玉兔的面巾在里面打湿，给玉兔擦个脸，再用自己的面巾蘸杯里剩下的水给自己擦脸，把两条面巾上的水拧到一个空盆里；再用小半杯水洗面巾，实际上就是打湿面巾再把水拧到那个盆子里。这个过程要重复两遍，都这个时候了她还非要擦两遍脸。这时候她在孩子脸上下的狠劲比平时还大，不是洗而是搓。大清早，只要她屋里吱吱哇哇乱叫，大家就知道玉兔在经受搓脸的残酷仪式，叫声暂停时，大家知道嫦娥在洗面巾。从面巾上拧下来的水，往玉鸟马桶的窟窿里倒，勉强冲一冲尿臊味。

由于两人的定量加起来也不够冲大便，嫦娥便忍辱负重地拉着玉兔去院里的厕所，腰上都挂着一嘟噜香囊，手里都举着一把燃着的香，她们母女俩的专用红地毯从女厕所门口一直铺到最里边的台子上，还掏了一个洞露出便坑。弄玉和她在公用厕所里相遇，多少有点患难与共的意思，就说上了话："五升水，还要扣一升给厨房，还要攒下来给佣人洗衣服，哎，夏天可怎么过啊。""少活动就是了。""你去跟他说说吧，偷偷给自己家加点定量嘛，他听你的。""他也不听我的。"恐怖的是扶苏的声音从隔壁传来了："夫人们，苟正其身矣，于从政乎何有？不能正其身，如正人何！你们跟着我受委屈了。"

这一年北方地区只有咸阳所在的内史郡没有旱情。如意来信说：夏天子午岭可美了！野狐丝、翠雀花、金线草、银线草都开了，那些胖乎乎的蜜蜂直往花蕊里钻，把屁股露在外面，可傻了，张璐教我用树叶折个指套，揪住蜜蜂的屁股，把刺拔出来，舔它的蜜汁。嘿，姐姐，我们挺幼稚的吧？其实张璐是个挺成熟的人，他不光会过日子，还很会说话，什么事经他一说就很有意思，我能够跟他逛五十条大街不觉得累呢……

此时的上郡，平民家里恐怕和空中城被围时一样，将军府稍好些，弄玉和菲菲尽量不擦身，不往外跑，不出汗，好多喝些水，而嫦娥不惜渴得嘴唇裂开也要保证每天擦澡，傍晚乘凉时，玉兔软绵绵地靠在她腿上，失神地瞪着没有一丝云彩的天空。弄玉让菲菲送来一小碗水，玉兔抢过来就灌，呛得直咳嗽，那碗都把她的眼睛鼻子捂住了。现在嫦娥也不嫌别人的碗脏了。

但是有一天吃香瓜时，她尝到切开的瓜片上有铁味，老毛病又犯了，她劈手夺过玉兔手里的瓜扔下，把玉兔拽回屋。“哭哭哭，越哭越口渴！”但是接着传出了她自己的哭声：“妈妈也受不了了……妈妈也渴，也想吃瓜，可那刀是切过生肉的……我们不能回家，爸爸不回家，我们就不能回家……”娘俩的哭声弄得外面的人连瓜也吃不下去了，“妈妈，叫爸爸回去吧！”“等着吧，他爸爸叫他回去，他就能回去了，我们跟他回去……到瑶池去玩，八条河流到瑶池里，那儿才不会缺水呢，水多得要溢出来，三丈的大鲸鱼往天上喷水，还有瀑布，还可以坐大龙船……我们跟爸爸回去，看赛狗，看赛马，看斗兽……我们还接着养那头大象、那两只白鹿……我们的家又大又舒服，屋里放着冰块，哪像这儿热死人，哪像这个憋屈地方才四十间房、八个套院、四道回廊、四道直廊、两个鱼池、四座小桥、八个亭子……”扶苏推开门，温柔地说：“回去吧，你不是嫦娥吗，你应该住在月宫里。”

弄玉不愿意把扶苏一个人撇在灾难中，就没跟嫦娥走。从扶苏那儿，从来往的官员那儿，她知道春小麦已经无望，再旱下去连秋粮也不能保证了，在风灾中丧失家园、在春耕中颗粒无收的农民正涌进城里行乞，但是城里也在挨饿，她还知道北方有农民造反抢粮，当地驻军没能镇压他们，因为那些士兵就是他们的儿子和兄弟。造反者以为自己的力量会越来越壮大，手里的菜刀和锄头会变成剑和戟，会一呼百应，一直开到咸阳去，夺取政权，改朝换代，把赋税统统取消，把罪犯统统赦免，但是他们刚走出家乡就被消灭了。这段时间，扶苏和弄玉的枕边话像一个官员和幕僚在议事。

“朝廷还不减免赋税？”弄玉问。

“减免了赋税也不行，”扶苏说，“居民连口粮都不能保证了，外面正在饿死人。”

“开仓济民呢？”

“这是郡守的事情。我们只能控制军队。”

“秋粮有救吗？”

“这就是神的事情了。”

白天，弄玉骑马去看无定河还有没有水，这让她感到畅快，她做姑娘时就这样自由地驰骋，干自己的事。她看着无定河的涓涓细流，庆幸上郡还没有落到赤地千里的地步。她看见灾民剥树皮吃，从苍蝇盘旋的死人身上割肉，还看见一个男人在路边卖他的妻子，标价为一斗米，这样，他自己有一阵子不会挨饿，他妻子也有个吃饭的地方了，弄玉把身上的钱统统给了他们。她回去对扶苏说了一个引水方案，这听起来像过家家，即使可行也只能挽救秋粮。扶苏给皇帝去了一封信，请求减免赋税、发放赈灾粮，以免再次发生暴动。

皇帝回信让扶苏少操心地方上的事，做好监军就行了，“真人不相信，曾经驱逐匈奴的大军，连锄头菜刀的暴动都平息不了。”扶苏后悔自己提到了暴动，这不仅对那铁腕独裁者毫无劝诫，反而激怒了他。瘟疫开始流行了，这是吃死人肉、喝脏水、大热天不洗澡的恶果，人们还在担忧蝗虫，它们总是在灾年来凑热闹。官府已经进行了十三次祭天，民间祭天不计其数。当弄玉听说无定河边六个县的黔首正打算用童男女祭天时，她带着三百名士兵冲到河边。烈日下，一对童男女五花大绑跪在祭台上，周围人山人海。

弄玉厉声喊道：“这不是祭天，是暴行！”

童男女的家人跪行到弄玉的马蹄下，不停地磕头，对他们来说这简直是圣女显灵，他们的儿女抓到这个倒霉的阄，马上就要被大石头砸成祭牲了。

弄玉接着喊话：“无定河还没有断流！朝廷还在商议赈灾之事！请大家挺一挺！”

这时，人群中传出一声怒骂：“妈拉个逼！你们这些吃闲饭不管事的贵族！”

上郡监军夫人说：“以驻军的名义，我保证：无定河水会流到田里！”

回府后，她第一次被扶苏臭骂了：“你保证？！你凭什么保证！真是妇人之见！你以为你那套过家家的办法真的管用吗，啊？要是管用，我们还不早就用了？”菲菲吓哭了：“别打妈妈的屁屁！”对他来说打屁屁是世界上最严厉的惩罚。扶苏口气缓了缓，指着菲菲说：“你赶紧带着他走，别在这儿给我添乱！”

弄玉心虚了：“怎么办，怎么办，我话都说出来了……”

“你话都说出来了！这一句话会毁了全军的声誉你知不知道！”

扶苏连夜召集上郡的水利专家、地方官，研究他小老婆提出的那套过家家的办法——用桔槔把河水提起来，通过木槽引到田里。要想在整个上郡这么干，至少需要三千套桔槔和引水槽。大家琢磨来琢磨去，觉得这也未必不可行，既然当今的人们能把一座山移到咸阳宫，还有什么做不出来的。救灾方案很快开始实施了。他们开仓济民，不等皇帝诏命了，一切后果由扶苏承担；派军队维持秩序，以防劫粮；哄抬米价的商人受到了严惩；发放安葬费，督促死者家属深埋尸体；修建收容所隔离病人；发放药剂；外地流民以工代赈，和军队一同引水入田；桔槔和木槽赶制出来了，一条条引水线架起来了，河边的人拉着桔槔上的绳子，像打井水一样提起一桶桶黄水，田里的人忙着从木槽里接水灌溉……灌溉之后，又筑堤修渠，预防大旱后的洪涝，这时干风正呼呼地吹着，闷热到极点，有个当兵的抬着干泥巴，开玩笑说：“涝了才他妈痛快呢，老子愿意被水淹死，也不愿意渴死。”话刚说完，一场雷霆暴雨就来临了。那是雷公憋了一个春天、一个夏天的宣泄，一夜之间，无定河的大桥被淹没了，有人看见一辆马车过河，像漂在水上一样，但是它在河中央突然沉了下去，人们这才知道，桥已经被激流冲断了。但是还有人在岸上的泥汤里打着滚，幸福的眼泪和雨水一起流淌。

十八 · 血手印

肉 票

那年冬天如意写信告诉弄玉一些事。一天早晨她出来倒水，发现一把尖刀扎在门背后，扎着一张带血的布条，打开一看，竟然是百里桑的信，他被土匪关在一个带刺的铁笼子里，求生不能求死不得，求家里速速拿钱去赎他。下面又有土匪的留言：皇子妃的养父，拿金子来赎你儿子，他有多重，就拿多少金子来！到青盐泽去打听，有人截道就让他们看那把刀！你不相信这是你儿子吗？十天之后我们送他的耳朵来，再不相信，过五天我们送他的鼻子来，再过三天送眼睛，再过两天就是他的头，二十天之后，你可以把他的头、眼睛、鼻子和耳朵拼起来认一认，看他是不是你儿子。一个血手印按在整封信上。

百里冬看见它，一下子清醒了，他抄起铁锹冲到自己卧室里，撬开地砖，掘出一口铁箱子。这就是当年用来赎卢敖没花出去的一箱黄金。百里冬记得里面装着四千两黄金，但是上秤一称只有三千九百九十两。他纳闷了：难道金子也会老吗？仔细回忆又想起来了——当初田鸢配钥匙，拿走了十两。

这箱金子跟鄂尔多斯高原有缘，它注定要留在那儿。这回，送它去的是百里冬、张璐和张璐的几个朋友。张璐的朋友是一些眼冒凶光的壮汉，身上还藏着剑，看见他们，如意忽然觉得自己对张璐了解太少。他们进入鄂尔多斯高原深处，剪径的散匪看见那把尖刀，就给他们放行，张璐的朋友居然还能跟他们对上几句黑话。

在渺无人烟的青盐泽畔有一家孤零零的客栈，它是匈奴人灰飞烟灭之后留下的残迹，他们住了进去。除了他们没有任何客人。客栈老板是个独臂人，他看见那把尖刀，就请他们吃包子。包子馅的味道怪怪的，不像猪肉不像牛肉不像羊肉不像鹿肉……他们从来没吃过这么膻的肉，等他们明白这是人肉，包子已经下肚了。

独臂人让张璐跟他走，两个店伙计抬着金子跟着，其余人留在客栈等着。他们进入贺兰山的迷宫，一道只容一个人过的吊桥横在万丈深渊之上，对岸是悬崖绝壁。独臂人和抬着二百斤金子的喽啰稳稳当当地过桥，张璐几乎是爬过去的。喽啰和金子消失在峭壁后面，独臂人带张璐攀着树枝、枯藤和石头向上爬，从一块横着的岩石下面爬进山洞，找到铁笼子里奄奄一息的值二百斤黄金的肉票。

幻术的罩子

百里冬在客栈里看见肉票，大呼上当，立刻要跟张璐他们拼命，他觉得张璐和绑匪是一伙的，这肉票黑不溜秋、人高马大的，耳朵上还挂着骨头耳环，哪里是他儿子，分明是一个蛮子。但是这个蛮子又说咸阳话又说云中话，他说："爹！我就是桑儿！我就是小时候以为自己是围棋天才的桑儿！我就是编太阳国故事的桑儿！我就是在心灵瘟疫的危难关头躲起来一边写诗一边搓小鸡鸡的桑儿！我就是经常被您骂'脓包蛋'

的桑儿！我就是大年初一戴上白鹿皮弁的桑儿！‘弃尔幼志,顺尔成德。’这就是我就是我！爹！别这么瞪着我，我就是本来像您一样长不高的桑儿！但是在野人堆里我又长个儿了，我被他们施了魔法了！”百里冬又糊涂了，这小子说的千真万确，可他的长相又那么陌生，难道是儿子的灵魂附体吗?

百里冬将信将疑地把他领回家。容氏和如意也拿不准他是不是真的，容氏记得这孩子是个包茎，但脱下他的裤子一瞧，他那东西像个男子汉一样威风。他说他就是被判处终生流放的百里桑，他在南越的丛林里遇到了马戏团——就是当年到空中城表演心灵巫术、把城墙变没了的那支马戏团，就是把孔雀带来、把田鸾和桑夫人也带来的那支马戏团。这些事他都没说错。他胡吃海塞了一顿，又痛痛快快地泻了一通，这是由于在山洞里饿得太久，肠胃一下子受不了半只鸡、一盘烤羊、五个卤蛋、一罐猪蹄汤、一盆水煮鱼、一锅红烧驴肉、一锅甜烧肥猪肉还有好多他没看清的好东西。

然后他接着说，他跟马戏团周游世界，已经周游了四圈，他好像重新发育了，长高了，长精神了，他也很喜欢现在这个样子，但这并不是真正的他，而是马戏团在他身上施加的一层幻术的罩子，他们不来念咒语，这层罩子就去不掉，但他宁愿留着它。当初他们问他愿意变成什么样，他从小就恨自己矮、自己瘦，现在重新做人的机会来了，他要这副模样——又高又大、白白净净、结结实实，脸蛋还很英俊，他要马戏团参考当今皇帝的大公子扶苏的模样来打造他，于是马戏团让他好梦成真。后来在周游世界四圈的旅途中，他被世界一而再、再而三地晒黑，马戏团就懒得管了。

土匪的帖子

周游世界第五圈时，他忽然想到自己早已解放，已经没有人认得他，他就打算回家看看。他借宿在农舍里，忽然听到人喊马嘶，一群提着剑的人把他从床上拖起来，他以为临时执法队的士兵还在执法，还认得他，可是，实际情况比他想的好到哪儿去了，这只不过是土匪来拉票。他们一拉就拉一个村的人。他们把肉票们捆成一串牵着走，用棍子轰着走。肉票走快了，土匪就喊："软巴些！"用棍子打他们的头；走慢了，土匪又喊："硬巴些！"用棍子打他们的屁股。这些黑话的意思，土匪也不教一教，只让他们在棍棒下自悟。于是他们明白自己不仅叫肉票而且叫"叶子"。叶子们的队形不像样，土匪就给他们搞军训，"软巴些！""硬巴些！"只有这两种口令。

他们被拉到山洞里，土匪头子举着马灯从他们脸上看家境，然后把他们一个个倒吊起来，拷问家在哪儿、家里有多少田，说得少就往死里打。他们的行话管这叫"捋叶子"。按每人自报的田产定赎金，按家的远近定赎期，派喽啰去送信，他们的行话管这叫"发帖子"。

听到这儿，百里冬把有血手印的信拿出来问他："就是这个？"百里桑说："对，这就是土匪发的帖子。如果您不管，他们还要跟帖，跟帖就不客气了，会有我的耳朵、鼻子、眼睛、脑袋。他们不让回帖，您要想讨价还价，他们就在肉票身上扣下一些东西，赎金不够，也扣下一些东西，我看见一个肉票，该用三万钱赎，他家只送来五百钱，土匪就放他一只脚回去，他家里又送来五千钱，土匪放回了他的下半截身子……"容氏打断道："别提那个了！快说说你自己的事。"百里桑接着说，他求土匪杀了他，但是土匪看他像大户人家来的，听他说话还带一点咸阳口音，偏不杀他，成天拷问他。他踅摸着机会逃跑。

有一天他得救了，他看见一个熟人是土匪的小头目，就向他大声呼救，这小头目走过来，认不出他来，他说："是我！蓬莱之箧，瀛洲之甲！马戏团在我脸上施了幻术！"这位熟人，是对幻术深信不疑的，他就向大当家的求情，大当家的愿意给这个面子，但另一个小头目不高兴，因为这是他抓来的肥票，按规矩他能从赎金里提一成。当时土匪们猜想这一票值十来万钱。

大当家的到底还是把他放了。但这是假的。他走到青盐泽畔的客栈里，吃了有麻药的人肉包子，人事不省。他醒来时被绑在马厩里，土匪把刀架在他脖子上诈他："明明是大户人家的少爷，还说是闯江湖的！"他不承认，土匪又用香烧他的皮、把棍子伸到他屁眼里搅、把杠子压在他膝盖上……于是他招出自己是云阳百里冬家的，家里可出十万钱赎他，土匪不满意，要割他的鸡巴，他才把赎金提到了十五万钱。然而几天后他的鸡巴又受了一场惊吓："十五万钱！阉了你个王八操的，你爹是谁，你以为我们打听不到？你个王八操的，你爹是皇子妃的养父！"

于是赎金由土匪们定了，他也不知是多少。如意告诉他，那是和他一样重的金子，他笑着说了又一句证明身份的话："爹，这样的事您干过三次，第一次，马戏团的人说那头孔雀拉出的屎都是金子，您用二十斤金子买了它，第二次，老巫医说卢敖有多重，他就值多少金子，您又用四千两黄金去赎他，这一次……"容氏说："这一次的三千九百九十两黄金，是我们家最后一点浮财，我们的田产，在你流放那年就被籍没了。"

听见这话，百里桑哭了。过了好一会儿，他擤擤鼻子接着说，他被土匪关在马厩里，扣在一口钟下面，免得他那个熟人看见。他们在他嘴里塞上布团，免得他喊，脱光他，绑着他，免得肥票跑了。他们每天一次掀开大钟，扯出他嘴里的布团，让他吃东西。他吃人肉包子会吐，他们就把他的头摁在马料槽上。他回到大钟里面，把尿撒在钟口，把土濡湿，用脚指头抠洞，想抠出个大洞来逃跑。土匪发现以后，把他弄回了山，关在那个铁笼子里。他还告诉大家，这事绝对与张璐无关，土匪绑他时，绝对不知道他是谁。匪巢里的那个熟人，不是别人，正是他的小伙伴田雨。

大家蒙了。过了好一会儿，如意最先明白过来："这就是说，田雨当了土匪？"没人敢把这消息写信告诉海边的桑夫人，在后来的日子里，桑夫人仍然以为田雨替哥哥看房子收租、时不时去陪将军下盘棋。

世界地图胎记

百里桑这一变，连他父母都认不出来，外面就更没人认识他了，他就在家里安心住了下来。申报户口时，他算是百里冬的第三个儿子，很小很小的时候被马戏团拐走了，多年的流浪生活把他变成了黑大个，和他的矮子父亲毫无共同点，但是当他光屁股要蛇时，他爹认出了他屁股上的胎记。户籍官让他把裤子脱下来检查，果真看见个胎记，和现有的世界地图的形状一样。被马戏团拐走的故事与他的实际经历比较吻合，这样他就不容易说漏嘴了。

但是无论他怎样脱胎换骨，他还是过去那个大懒虫。每天中午他眯着眼睛来到太阳光下，打几个哈欠，伸伸懒腰，把容氏怀着一腔慈母情为他做的一顿美味佳肴当成早点一扫而空，然后扬长而去，那些脏碗脏盘都归妹妹。如意在厨房里，没好气地把碗弄得叮叮当当，“家里雇不起老妈子，我成老妈子了。哼，半只鸭子，一锅红烧肉，他一顿就吃完了，这是姐姐从宫里带来的，咱们家哪有！等着吧，二少爷，等着吃马齿苋。”晚餐简简单单地喝点粥吃点素菜，他那由幻术打造的高大躯壳里居然产生了真正的大汉的苦恼，吃完饭，天还没黑，他就一个劲喊饿。张璐那种仿佛念过咒的美粥他倒爱喝，一人就可以干掉两锅，现在要熬三锅才够全家人喝。

家里在坐吃山空，容氏开始琢磨生财之道了，她和如意到子午岭上采了很多腊梅花，可是用腊梅花做出的青春膏不能让人一夜之间变白、让姑娘明目善睐、让妇人脸上的皱纹消失，不好卖。母女俩的手都冻裂了，而百里桑宁可从餐厅逛到卧室、睡一觉之后再从卧室逛到灵堂、从灵堂逛到马厩车房、从院里逛到雪地里，也不肯帮她们洗洗碗。

同样逛来逛去的还有他爹，他跑了一趟鄂尔多斯高原，忽然发觉一双老腿还有力气，就不肯闲着了。他经常在门口、院子里、楼梯上碰见儿子，但互相看一眼，又各逛各的，都不知道说什么好。有一天百里冬忽然眼睛一亮，停下脚步，对这个归来游子说：“还会下棋吗？”于是他们父子俩有了一点乐子，百里桑依然能让父亲三子，这仿佛说明他的灵魂没有跟着躯壳一起变。

他跟街坊的孩子们玩到了一块儿，一起堆雪人，他兴奋得大口喷白汽，还念念叨叨：“老胡子把城堡围了十五天！渴得喝尿了！”他捧起一大把雪往雪人身上夯，“突然下了一场雪！我们趴在地上舔雪！”说着，他就跪下来啃雪人。容氏叮嘱他别说空中城的事，又向邻居们放出口风：我这儿子有毛病。从云阳可以清楚地看见咸阳宫后面的地图山，有一天，百里桑突然指着那儿，对周围的人大呼小叫：“不对，不对，世界不是这样的，比你们想的大得多！”容氏吓坏了，一边堵他的嘴一边把他往回拖，生怕他因为藐视皇帝发布的最新版世界地图再给抓起来。

但他忍不住要说。他说世界上有像炭一样黑的人，他们用塞满了草的小牛皮骗母牛出奶；有一个岛的土人拔下马戏团船上的铁钉，换上了金钉子，因为他们从来没见过铁；他说他看见了外国的空中城，是一层层平台叠起来的，每层平台都是一个大花园，说着说着，他露了几句外国话。大家听得入神的时候，他突然说：“谁给我拿个鸡蛋来？”就有人回家给他拿，他吃下去，接着侃。他说有个岛一年到头冒白烟，通红的岩浆像铸剑的铁水一样顺着山沟流，把螃蟹放进去过一会儿就可以吃，地底下整天轰隆轰隆响，那倒有点像……说到这里他把后半截话咽了下去——像他小时候编故事写的太阳国。他问：“谁给我拿块肉干来？”有人拿来了，他又说，他们在海上迷路了，乌云中一团火为他们指引了方向，驶近一看，那是世界上最高的灯塔，好像比咱们的通天塔还威风；外国人攻城，从海上往城上攻，但守城的人用盾牌把阳光反射到船上，把船点燃……他再要卤猪蹄，就没人给他拿了，因为大家只有在过年才吃得上这东西。

而且大家觉得他脑子有毛病，那些地方可能是他做梦去过的。他就只讲给孩子们听——有个四季如春的国家，人白得像有病，但是头上长满金丝，眼睛是蓝宝石，他们没吃过糖，用一斤糖可以跟他们换六匹马。也不知怎么回事，走着走着就回到了黄皮肤黑头发的世界。吃饭时他悄悄告诉家里人，他见到了田鸢，没打招呼，当时田鸢和一个女的在一起，吃桑葚吃得满嘴黑，那个女的回过头来，把他吓了一跳，他以为弄玉和田鸢私奔了，仔细看她比弄玉矮，比弄玉黑一些。过不多久，真正的弄玉回来了，百里桑低着头说：“是，我就是你弟弟，就是支使孔雀送信的那个家伙……一下子洗去血丝的眼药水，这是咱妈配的。”

就这样，他向家里所有人证实了他是百里桑。

新年后张璐家来纳彩了，婚期定在三月份。此后张璐就再也没来，百里冬一边跟儿子下棋一边念叨：“咦，他就不来跟我下棋了？老输给你，我都输腻味了。”百里桑说：“老喝妹妹熬的粥，我也喝腻味了。”容氏在旁边清点嫁妆，说：“都定婚了，人家不避嫌啊？”百里冬看看夫人，她正在把卖不出去的青春膏装进箱子，让女儿出嫁后像婴儿一样嫩，让公公婆婆舍不得使唤她干重活。他笑了：“哦，我的棋友变成我女婿了。”容氏说：“你该招个上门女婿才是。”百里冬说：“是啊，怎么没想到呢？”容氏说：“别害人家孩子了，当上门女婿，服徭役、兵役都比别人久。”晚上，容氏尽其所知教如意怎么讨公公婆婆喜欢、妯娌怎么和睦相处、丈夫需要些什么、会对她做什么……如意的爱情就是这样平凡而顺利。有一天菲菲扑到如意怀里说：“小姨你快给我抱个小弟弟回来，我在这儿等你。”如意羞得满脸通红，弄玉在后面笑。她在家里一直住下去，等着看妹妹出嫁。但是过不久，张璐家来了一封退婚书，理由完全无法驳回——张璐被通缉了。

如意大病一场。一天晚上她倒洗脚水，黑暗中闪出一个人，把她拉到了北边的墙根下。张璐穿着黑衣服，像透明的一样，只有一张白白的脸显得真实。他对如意跪下，说一辈子对不起她，他们家来纳彩的那天，他和一帮人跑到河东郡去，在天上掉下来的石头上刻字：始皇帝死而地分……张璐像幽灵一样消失后，如意恍恍惚惚，端着洗脚盆回了屋，院里的灯光和说话声才让她感觉真实可靠。她把这事告诉了弄玉一个人。

十九·通天塔

把春天撒在路上

幸而还有菲菲在，家里才没有被如意的阴霾完全笼罩。下雨天，菲菲盯着屋檐下的水帘说："房子尿尿了。"百里冬笑了笑。阴天，菲菲说："太阳盖被子了。"百里桑夸这孩子是个诗人。晚上，菲菲躺在姥爷、姥姥中间，咿咿呀呀、香喷喷地讲故事："香肠来了，厨房妈妈说：'洗个澡吧。'香肠说：'不行。'厨房妈妈说：'不洗澡妈妈不爱，菲菲也不爱。'香肠哭了，厨房妈妈就把香肠放在锅里洗澡，把它洗干净给菲菲吃……"弄玉把香肠分给了邻居一些，每天只让他吃一根，他就眼巴巴看着自家的香肠在别人嘴里，劝自己："人家的香肠。"晚上他正玩在兴头上，大人吹了灯，他就望着窗外的月亮，无限向往地说："人家的灯。"姥姥说："叫你爸爸来，把那盏灯摘下来给你。"弄玉就借口找爸爸来摘月亮，一个人回肤施去了。

去年，在肤施等着她的是大自然的风灾，今年是爱的飓风。扶苏一看见她，就追着亲她，急火攻心、毫无章法地摆布她。她躲着说："不行，还没洗澡呢。"扶苏说："不用洗，就这样。"她说："窗帘还露着光呢。"扶苏跳起来拉上窗帘，又扑过来金戈铁马、高歌猛进地要她。"美人啊，自己送上门来的美人！"他好像刚刚认识她似的。从来没见他这么贪婪又这么凶狠，她都有点疼了，但她感到从来没有这样好过。

孩子不在，他们回到了初恋的时光。外面刮风下雨起沙尘，他们在屋里变着花样干同样的事情。有时候这位监军不得不去监他的军队，弄玉在家也做一些宁静高雅的事情。当她吹箫的时候扶苏回来了，这淑女立刻被按倒在地。当她写诗的时候扶苏回来了，这个思考的女人立刻被剥得精光。这一系列游戏被他们叫作“皇太子私闯民宅”。孔雀送了一封信来，如意替菲菲问爸爸什么时候来摘月亮，弄玉回答道：正要摘呢，妈妈正带爸爸爬通天塔，爬到塔顶就可以摘了。有一天扶苏把她拉进一间从来没人住过的屋，只见四壁都是镜子，地上铺着席子，除此以外没有任何摆设。这就是扶苏最近悟出的道理——最简单的才是最有意思的。果然，做爱时只要往镜子里看就比什么都有意思。

当镜子屋也不能让弄玉在一回合中达到三次高潮时，她便缠着扶苏玩更大的游戏——私奔。他们骑着马离开肤施城的时候，大地还是一片枯黄，他们往东走，渐渐看见了沙丘上的毛茸茸的绿草，渐渐看见了山沟里的一簇簇新绿，它们散布在满世界的消沉的灰色和暗绿色中，白色的野杏花、粉红色的野桃花开了，不知名的灌丛的鹅黄色的叶子长出来了，一些黝黑的树干上挂上了风铃般的嫩绿色的圆叶子。

“春天来了。”

“我们眼看着春天来了。”

“我们正在走进春天！”

“是我们把春天撒在了路上。”

弄玉用马鞭扫了扫他：“哼，我刚想这么说！”

他们还把爱撒在路上，山风里飘来一股香味，他们会做爱；看见一汪清泉，他们会做爱；走进一片鲜花，他们会做爱；迷路了也会做爱……

他们把爱留在传舍里，那种摇摇晃晃的床和好像沾着许多人汗水的蚊帐，糟蹋起来更有快意。也可以说这是当今皇子和皇子妃在微服私访体恤民情的旅途上不定点地搞一些繁衍生息的仪式，保佑今年风调雨顺、五谷丰登、六畜兴旺。

遗　迹

当他们来到邯郸的时候，柳絮满天飞，扰得人睁不开眼睛，弄玉有点明白双头人为什么要用柳叶上的露水做隐身糖浆的原料了。她希望扶苏好好地了解她出生的这座城市，而她让扶苏领略的，也无非是她让田鸢见识过的那些——路边的酸萝卜摊，李牧的衣冠冢，刻着她家谱的石碑。孔雀恰好在这时候送信来了，菲菲问爸爸妈妈爬到哪儿了，弄玉回答：爬到通天塔第五百层了，还差五百层呢。差不多该爬到第一千层的时候，他们“私奔”到黄河北岸，这是弄玉人生中回忆最多的地方。他们登上空中城的废墟，弄玉把扶苏领到自己住过的屋子前，指着那残垣断壁说：“就在这间屋，我十四岁时梦见了你。”

门口的花圃，现在全是荒草，匈奴人挖的洞还大张着嘴。黄昏来临，这些遗迹变成了发红的暗影，高悬在上面的明净的天穹、亮丽的晚霞，仿佛不是今生今世的。一个穿羊毛坎肩、手执马鞭的孤独行者出现在破败的大门口，他望了望他们，然后慢慢踱过来，他打扮得像个牧羊人，但有军官的沉稳和土匪的机警，他的脸好像有四十岁，但他真实的年龄在眼睛里，那还是一个年轻人的清亮干净的眼睛，在他消瘦、早衰的脸上，这双眼睛特别鲜明。弄玉仍然能认出他是田雨。

他们一起缅怀这遗迹。快乐的青春作坊的墙上有镶过镜子的凹痕，还扎着锈得掉渣的铁钉，一些褪色的花瓶子陷在土里。木材库成了耗子窝。孔雀笼里来了一群麻雀，它们找到已经石化的糠，啄了啄，又呼啦啦飞走了。风吹雨打把愚公井变成了一个烂坑，血渍上长出了小白花。书库里有一只黑山羊在东张西望，双头人喝剩的隐身糖浆还在小套间地上流淌。透过墙上的大缺口，他们看见黄河在暮霭中幽幽闪亮。

“我走了，”田雨跨向那个大缺口，“你们也早点回吧，今年不知会发生什么。皇帝东巡，身边的公子只有胡亥。”

话还没说完，他走了，弄玉还没来得及问土匪的事，还没来得及说百里桑的事，他走了。山坡上乱舞的荒草，像坟场上一样，把他孤独的身影卷了进去。

“他知道的挺多。”扶苏说。

过一会儿，山脚下出现一个黑点，那是田雨在策马狂奔。弄玉目送他远逝。前方，即将吞没他的鄂尔多斯高原，犹如一个恶魔呼吸着的胸膛。

弄玉摇着头说：“他在城堡里的时候，还是个孩子，还不知道国君为什么要听说客摆布。”

“走吧，我们也走。”扶苏说。

“嗯，我还没逛够呢。”弄玉又笑了。

她愿意往西走，到西王母住的地方看一看，扶苏曾告诉她黄河从那里来，她也愿意往东走，走到她没见过的大海里，她甚至觉得自己有力气在帝国的疆土上画个大圆圈，就像她那伟大的公公正在做的那样。但是扶苏累了。他们在云中城里住下，这一宿特别闷热，他们要了个双人间，分开睡。早晨上路，他们又为没有把这个传舍亵渎亵渎而感到遗憾。走到中午，他们又是大汗淋漓，空气中好像都有水珠。在最闷热的时候，他们进肤施城了。

鸳鸯浴

一阵痛快淋漓的狂风袭来，接着是一场瓢泼大雨，扶苏策马狂奔，喊道："快跑呀！回去洗个鸳鸯浴！"弄玉兴高采烈地跟着他："好啊，隐身人！"街上被大雨冲得空荡荡的，他们闯进了最后一条街，一个女人站在蒙恬官邸的墙根下，墙头的琉璃瓦挡不住雨水，她湿透的裙子紧紧贴在年轻窈窕的身体上，她直勾勾地瞪着并辔而来的两个人，一动不动，但是当他们快要冲到门口时，她一扭头跑了。她的脸，弄玉没看清，但在劈头盖脑的暴雨中睁着的那一双惊惶的大眼睛，她看得清清楚楚。扶苏的马慢了下来，弄玉发现他在盯着那个女孩的背影，那个女孩为了跑得快些，把裙子撩了起来，她消失在街角，扶苏的眼光也收了回来。

"她是谁？"弄玉问。

"不认识，"扶苏狠狠抽了一马鞭，"躲雨的吧。"

"躲雨不在屋檐下躲？"弄玉心想。

到了后院，弄玉绕着天井跑来跑去，叫仆人出来兑洗澡水。扶苏在堂屋里站着，一动不动，脚下积了一摊水，马鞭还在他手里，滴着水。弄玉跑过去问："你洗还是我洗？"扶苏抬起头来，一脸的恍惚："啊？"弄玉夺过马鞭扔掉，把他往浴室里推："洗澡呀！我说洗澡！快去，别着凉！"扶苏回过神来了："哦，洗澡，一起洗，我说过洗鸳鸯浴的。"他打起精神吩咐仆人把鞭子拿到马厩里去，还伸手搂了搂弄玉，但是弄玉那双能够看穿他的心的眼睛，他不敢正视。到了浴室里，他脱衣服特别慢，等弄玉踏进浴缸，他又把衣服穿上了。

“我去趟厕所。”他说。

他这一去，就像掉进了茅坑。弄玉坐在浴缸里一动不动，听着雨声，盯着水面下自己歪歪扭扭的腿。水凉了，扶苏才回来，他说他拉肚子了，弄玉不言语。他们各洗各的，洗了一个冷冰冰的鸳鸯浴。他两腿之间，被雨浇蔫、泡得白生生软绵绵的那条虫，耷拉在水下。隐身术时代的爱情的纪念活动就这样收场了。他们各自擦干，安安静静地回房。躺下时，弄玉发现窗帘没拉严，她知道这时候再说“窗户漏着光”，扶苏是没有力气起来的，她就自己起来拉上了它。扶苏平躺着，好像精疲力竭真的睡着了，她也闭上眼睛，朝墙转过身去。当她差不多应该睡着的时候，扶苏悄悄下地，窸窸窣窣一阵，又没声了。她跳下床来，拉开柜门，看见少了一把雨伞。

她从没指望过一个皇子会一辈子钟情于她，但这个女人来得太突然了，她恨她睁着那么哀怨的眼睛截住他们的甜蜜旅途。她懒得问扶苏，这种事无需证据，仅凭心就能了解。她唯一好奇的是，那女人用什么把扶苏勾到手，那张脸，在雨中没看清，但可以肯定是有缺点的，作为一个女人，棱角太分明，嘴太宽，而且很可能是香肠嘴，但是她凭什么呢？想起那双大眼睛，弄玉不由得怀疑她让男人勃起的竟然是性格的魅力。

扶苏恍惚够了，又来亲近弄玉，睡觉时把胳膊伸给她，但她不再枕着他的胳膊入睡，她知道这是一种妥协，当初催他安慰嫦娥时他大概就是这样尽义务的。她并不是不想成全他，但她总在他身上闻到生人味，即使他刚洗完澡。

扶苏被拒绝一两次，就不再来冒犯她了，黑暗中时不时发出的轻声叹息表明他的心事仍然很重。弄玉忽然想起以前对正室夫人产生的一种看法：用刻意的冷淡来吸引别人注意，不爱她的人是不吃这一套的。这时候她觉得自己可悲极了，她不动声色地躺着，装作一个人睡得很自在，心里却在翻腾：我老了吗？我的皮肤蔫了吗？我的脸皱了吗？我的体形变了吗？可就在三个月以前他还追着亲我、要我，就在前几天他还想和我洗鸳鸯浴。白天，她在浴室里一边洗澡一边照镜子，只觉得除了嘴唇没有以前那么红，自己全都没变，连乳房都像以前那么小，可这也是他爱透的地方呀。她想起以前，就在不久以前，他是怎么对待她的嘴唇、耳朵、脖子、胳膊、胸脯、腿和一切一切的，就哭了起来，“他在干什么？他说他去办事了，可我知道他在吻那个女人的嘴唇、耳朵、胸脯、胳膊、腿，一切的一切！那个婊子！她还不如我漂亮！她就算年轻也不如我！她哪儿来的？她明明配不上他！把她和我放在同一个男人面前，没有人会要她的！可我的男人是怎么了，男人都是些什么东西，难道再漂亮的女人也有被丈夫厌倦的一天吗？”她还不明白为什么扶苏竟然不为前几天的失魂落魄找一个理由——就说心里在想父皇带十八弟出巡是什么意思啦、路上累坏啦，那都是理由啊。

在扶苏回来以前她用热面巾把眼睛敷个够，不让他看出她哭过，她不甘心扮演一个被自己深深鄙视的角色——弃妇。她仍然和他说话，心平气和，谈谈周围的熟人，谈谈军队和地方的事，谈谈孩子，除了他们自己，什么都可以谈谈。也就在这时候菲菲又来了一封信：我不要月亮了，我要回家找爸爸妈妈。在孩子心目中，爸爸妈妈还在通天塔上爬着。弄玉告诉扶苏，她要回娘家长住，扶苏追问她为什么不把孩子接回来，她便打破了这僵局："我不想碍你的事。"

扶苏说，那女人怀上了他的孩子，在他们夫妇俩出游期间，她一趟一趟往这儿跑，卫兵每次都说他不在，她认为卫兵是在骗她，最后就在雨中死等着，她被浇得大病一场，扶苏那几天情绪不好，是怕自己作孽害了两条人命。

"她好了，孩子也保住了，姓嬴的人不能留在民间，等父皇东巡回来，我必须禀报他。"

弄玉咬紧牙关听着，眼里没有一点泪光，这些她早料到了。不过她刚刚知道皇帝东巡也会成为她命运中的一个转折点。是的，等他的父皇东巡回来，她就是第二个嫦娥了，等他的父皇东巡回来，肤施就不是她的肤施了，她在这儿一直以女主人自居，连嫦娥在这儿也被她当成了客人，这儿不仅是她找到隐身人的地方，也是她小时候梦里来过的地方，现在她觉得这幻觉蠢透了。她继续收拾东西，扶苏进来说些愧疚的软话，她也没停下来。扶苏要跟她一起走，被她推下了车。刚出城，却下起了暴雨，扶苏骑马追上来喊："你这个样子跑回去，老人怎么想？"

这话击中了她的要害，她是不甘心带着一副穷途末路的样子回家。她就跟扶苏回去了。雨把她浇透了，她倒想学学那女人的样，来一场病，可她的身体像她的个性一样强。扶苏亲手兑热水，让她先进去，又把干衣服往浴室里送，她洗完后，扶苏又撑着伞把她送回卧室，床已经铺好了，他自始至终像照顾一个孩子。这番殷勤背后是要娶那个女人的铁打的心思，想到这个她的心就暖不起来。扶苏上床后她告诉他，不必睡在一起。

"你就这么恨我？"扶苏问。

“我没资格。你是皇子，想娶多少就娶多少。”

“不管怎么样，要是我继承了皇位，你肯定是皇后。”

弄玉突然觉得自己被收买了，她坐起来喊道：“嬴扶苏，我认识你的时候，根本不知道你是皇子。可——她——知——道！”

扶苏说，那个女人根本没奢望嫁给他，人家是打算单独把孩子抚养大的。还有一箩筐话，让她对她宽容一些，就像对嫦娥那样。

弄玉烦了：“你干吗非要劝我？我说过的，你有三千个我也不在乎！”

“其实，你也该得到一些补偿。”

“你说什么？”

“你也可以放纵放纵自己嘛，你还年轻。”

弄玉惊呆了。

“以前不也有几个男人围着你转吗？”他在笑。

弄玉要走，扶苏堵在门口，不让她连夜走，她乱打乱抓一通，他还牢牢地把着门。她一头栽倒在床上痛哭起来，过了一会儿扶苏坐在床边，一声不吭，也不碰她，只是把守着她不让她闯到夜幕里去。熬到第二天早晨才放她走，她刚出门，扶苏又追上来，塞给她一把伞。

夜　雨

到了子午岭上果然下起了雨，她打开他给的伞，哭了，她有点想回去了，忘掉他的侮辱，学会他说的宽容，和那个女人一起瓜分他的爱。但她忽然觉得扶苏现在正得意呢，因为终于把她打发走了。她把马牵到树林里，树叶上落下的雨点更大更凉，简直浇到了骨头里，她蹲下来哭，脑子里一团糟。当她以为自己哭够的时候，睁开眼睛看见一朵白色的山花，颤巍巍的花瓣上挂满雨点，原来就连这朵花也在流泪，于是她对着花哭得更厉害。眼泪流干后，雨也停了，她牵着马走出树林，一条横跨整个天空的彩霞悬在西边的树林上，亮丽得仿佛能融化人间的一切悲欢。

她让这匹马驮着她乱走，这匹还在她当公主时就跟着她的老马，把她带到了通天塔。天黑了，她坐下来听子午岭松涛的怒吼，听塔基里轻微的嘎嘎声，也不知它是不是像竹笋一样节节生长着。石头上的雨水渗到了裙子里，她也懒得动一动。她愿意吹着这湿润的风，盯着这些摇曳的黑影，把一生中的一个夜晚用来回顾恍如隔世的往昔。这是她和田鸾常来的地方，田鸾是扶苏刚才说的那些围着她转的男人中认识她最久的，也是现在离她最远的。现在没有心灵瘟疫了，如果有，田鸾会听见她心里的声音，无论在哪里都会飞来。她不知道如果真的嫁给了他，会怎么样。他会寻花问柳吗？会的，会的，他也会的，男人都一样。他瞒得住吗？不行，因为他是个笨瓜，那双鹿眼睛还没学会撒谎。“当我冷淡他的时候，他会加倍冷淡我吗？应该不会，他沉不住这个气。当他喜欢别的女人时，会理直气壮地对我宣布吗？他不会！假如他得到了我，他知道来之不易！他会讲宽容的大道理吗？不！他自己还没学会宽容呢，他自己就是个醋罐子。他会劝我放纵一下吗？会为了自己的快活怂恿我去找别的男人吗？不！田鸾不会这样对我，不会，不会，他绝不会！”

二十・丹砂和爱情之旅

一尺定律

田鸢的二十岁生日是在一个叫“扬州”的地方过的，他是查丹矿的钦差，扬州地方官为了让他向中央禀报这里的每一寸土地都勘探过，确实没有丹矿，用一个官奴婢来腐蚀他。这个官奴婢头发刚刚长出来，身上的囚服像一个沉甸甸的红套子，但脸蛋又嫩又俊。她伺候田鸢洗完脚，又给田鸢铺被子，然后把身上的套子从下往上一揭，掏出一个让田鸢喘不上气来的胴体。田鸢就这样翻开生命中继往开来的一页。那胀鼓鼓的乳房和过于湿润的嘴唇都是他很陌生的，但下面的艰难困苦是他熟悉的，他在那干燥的地方瞎努了一把力，就软了。官奴婢用嘴帮助了他，在他好起来的时候，她已经悄悄把自己抠湿了。田鸢到现在才知道女人除了嘴还有别的地方是可以湿的，也终于知道，当初可以不把弄玉磨疼。从这时起，他不再怨恨弄玉了，所谓的抛弃、无缘，所谓的嫁给别人更美，其实就是没湿。他没有把她弄湿，就不配说爱她。他发誓倘若今生还有机会，他一定要把正确的爱补偿给她。

他虚心学会了湿的技术，后来又有一些老师教他懂得了做人的基本道理——像他这么高、这么帅、眼睛这么大的小伙子，之所以直到二十岁还是个童子鸡，就是因为不会笑。他学会笑以后，那些寂寞的贵妇人就喜欢请他到后院坐坐了。江南不重礼教曾经遭到皇帝的严厉谴责，有一年皇帝巡视到这儿，让军队把古诗中男女偷情的那座山砍秃了，立了一座碑，刻上“男乐其畴，女修其业”之类的字，还在旁边挖了个坑，专门烧奸夫的阳具和淫妇的头发。浪漫的吴人没把这当回事，等草长起来照样往里钻，皇帝再一次巡视时，官府就烧了一堆狗鞭应付差事。一位官太太领田鸢参观此名胜，吓唬他：“在我们这儿，长得太帅也会被割下来烧呢。”田鸢笑着说：“反正也要烧，那我就把坏事干了。”于是就在坑边把坏事干了。

他没有猎艳，只是把自己摆在她们面前，露出小时候被母亲当成战马保住的一口好牙，只是不慌不忙地说话，稍微关心一下她们的兴趣，和她们玩玩牌，不懂装懂地看人家写诗画画，故作深沉地听人家弹琴……他发现了“一尺定律”：当他的眼睛距离对方少于一尺时，没有一个女人能保持理智。这是一双温情、洁净、爱意盈盈、愿意与人类相濡以沫的草食动物的眼睛，在一尺之内散布的温情像迷药一样。要注意的就是别让一尺外的交往拖得太久，那容易陷入友谊。

进入一尺的方法很多，比如读同一本书、吹她眼里的沙子、和她一起照照镜子……不过一尺不一定能走到零尺，她们幻想过的事不一定真的敢做，在紧要关头她们会犹豫，或许只是对他有好感，没打算跟他干什么，或许想到了怀孕，或许只是觉得太快太掉价了……谁知道呢，人干起这种事来，总比牲口想得多。在节骨眼上田鸢不得不睁着眼睛说瞎话——爱啦，永远啦，云云。实在不行就算了，反正有税务官夫人那一类困兽让他高歌猛进，但要是真有少女让他骗晕了，他就昧着良心插进去，以后再告诉她姓嬴的人都无法左右自己的婚姻。

从扬州到衡阳，从衡阳到九江……他不知道玷污了多少官宅、传舍。有一天他回到扬州看到一位太太觉得很面熟，可怎么也想不起来人家是不是跟他上过床。他的良心不安了，他回到传舍拿起笔来总结，却连经过了哪些地方都想不全。世界上只有两个人熟悉他的行程，一个是皇帝，他在世界地图上用红线把丹砂使考察过的地方连起来，用大大小小的黑点把丹矿的分布标出来；另一个是桑夫人，她把田鸢所有的来信的地址标在另一张地图上，这是她的孩子活着的证据。

田鸢记得比较清楚的是她们的叫声。如果那位似曾相识的太太能够在床上叫一叫，他就可以确定她是不是熟人了。税务官夫人叫得发自肺腑，表明她本质上不是一个冷酷的人；短促的啊啊叫好像是一个胖姑娘发出的；像求饶一样叫唤的记不得是谁了；一位山里姑娘叫起来富有自我牺牲的决心；凶巴巴的叫声好像是一个江边的寡妇发出的……他渐渐养成了一个恶习，每认识一个女人，就要猜猜她怎么叫。他怎么也猜不到一个传舍洗衣女是怎么叫的——她根本就不叫，只是把下嘴唇咬得发白，事后他发现自己的阳具上有血，那女孩一看到血就哭了，垫屁股的枕头上也有血，她一想到这东西还要她来洗，就哭得更劝不住。“你到底是谁？你是从哪儿来的？我怎么办？！”她抱着田鸢哭个不停。田鸢慢慢抽出枕头，说：“我是个通缉犯。”

她不哭了，“管你是谁，我跟你走！到山里当个土匪也行！到法场上收你的尸也行！”她扯下枕套擦干净自己，准备把枕套拿去洗，这时她想起了自己的职责——本来是来取客人的衣服的。在田鸢的那堆衣服里她发现了佩剑。她抽出剑看，冷笑着念起来：“咸阳东南屯骑右庶长嬴鸢，原来你是皇室的人。”她把剑刃抵在脖子上，慢慢摇头，让田鸢看她阴魂般的微笑，然后把剑带走了。在猎艳的旅途中，田鸢第一次惶恐地想到了那些焚烧阳具的大坑，在他的想象中，一堆冒烟的干狗屎中有一截比较细比较长，那是他的。晚上，洗衣女给他换上干净枕套，抱着剑躺在他身边。他梦见她鲜血淋漓的阴部凸出来，变成吐芯子的蛇头，把他吞了下去。惊醒后，他一寸一寸地挪下床，看看佩剑还在洗衣女手里，他不敢要了，抓起自己的外套溜出了门。

他逃到另一个地方，躺在另一张陌生的床上，还在想那个姑娘，他心里有些过意不去。但当他想到弄玉也是这样认识别人、被别人捅出血来的时候，他就无法呼吸了。“她的血！她的血！”心中的尖啸唤醒了记忆深处的许多往事。当她还是个处女的时候，他们长吻到天明，他竟没有见过她的血，他已经知道自己怎样捅出了别人的血，却不知别人是怎么捅她的。他抽搐着，躺在黑暗中，想象在怎样融洽的氛围中，别人用怎样完美的方式撕开她处女的层层防线，想象她的快乐、她的泪水、她对别人的忠贞不渝，以及她此时此刻在世界的另一张床上的快乐的呻吟。唯一不能想象的是她的裸体。“我真的没有见过她的裸体！”这个念头击溃了他的信心。就连过去为她做的一件衣服，尺寸也是错的。他只能找更多的裸体来想象她的裸体，弄出更多的血来纪念她的血。

山中城

他可以蔑视别人的贞操，但他相信有一件事和失去贞操的性质完全不同，它是女人真正的付出，也是男人招惹不得的，那就是堕胎。所以崔瑛瑛这个名字，他到老都记得，她生活的地方，一座建在山崖上的城，他也难以忘怀。一片片黑色的屋顶从江边铺到山顶，被大块大块的岩石隔开着，起雾时，它们看起来像是被气流托起来的。一团团迷雾扫过大青石铺的路，带来一阵阵毛毛雨，石头房子青苔蔓延，木头房子潮得发黑，屋檐总是在滴水，在这个地方出现一些红花，就特别感人，它们在一道高大的石墙上探出头来，还有一些花瓣顺着涓涓细流从墙脚的排水孔流出来。墙里是一个大宅院，竹林、花园、一幢幢沉睡的楼阁，因为竖着铺在山坡上，便像画一样展开在路人面前，空中的丝竹之音给这阴霾的小城带来了一缕看不见的阳光。

也就是被这声音诱惑着，田鸢发现了露台上吹笙的少女。看不清她的脸，但猜她长得像那声音一样美。后来他打听到这是盐官的女儿崔瑛瑛。每天他都来望望，有时候把人家吓跑，有时候露台上是空的，如果有琴声飘出来，他就赖一会儿，眼巴巴望着天上的一扇会抒情的窗户。终于有一天，院墙上的小门开了，一个女奴探出头来喊话：“嗨，你这人怎么回事，不怕眼珠子掉下来呀？”

田鸢说：“能听到这么好的曲子，瞎了也不怕。”

那以后崔瑛瑛不再躲他，有时还和他天上人间地互递笑脸。当她已经习惯了午觉醒来先打开窗户看看他在不在时，他又连着两天没来，在那个多雨的地方，那两个大晴天比节日还珍贵，连瞎子都出门了，他却故意把她撇在空虚中。接着又是电闪雷鸣的一天，他来了，撑着一把红伞，保护着王子般的脸、风情万种的长发和不留神就会被雨冲掉的眼珠。瑛瑛把他请进了家门。她没有想象中那么美，但很娇嫩，很白，白得透明，连嘴角的脉络都能看见。只有浓荫蔽日的花园才能培育出这样的生灵。

“真的假的，你那么喜欢我的曲子？”她问。

“这曲子是天上的，人也是。”他诚恳地说。

她让田鸢欣赏她编的别的曲子，田鸢盯着她的手指头像白蝴蝶一样翻飞，做出深受触动而又克制的表情。听完后，他还提到自己喜欢的几支名曲，这恰恰是她喜欢的，因为这些曲子，从来没有人不喜欢。他又看了瑛瑛写的诗，看着看着朗诵起来，省得动脑子去恭维。她听得流了泪，因为除了她自己以外还没有人念过她的诗。

在闲聊中瑛瑛知道了田鸢的来历，田鸢也知道她是怎么打发日子的了：从小到大她写诗给自己看，弹琴吹笙给雨听，偶尔坐着轿子出门把旧首饰打成新花样，把新首饰买回家，让一高一矮两个仆人抬着，上山时矮子在前面，下山时高个在前面，走平地的时候矮子就踮起脚来。昨天出太阳的时候，她在街上见到了田鸢，她可以肯定是他，一个恍恍惚惚、过分讲究仪表的外乡人，头发梳得像鸳鸯一样，裤脚上连一粒泥点都没有，可恨的是他没把她认出来，他的眼光落在旁边更俊的女孩身上了，瑛瑛可以准确地说出他盯着哪儿，不是胸脯不是脸而是人家的颈窝，田鸢辩解道，他在看店铺的招牌。雨停后他们来到花园里，田鸢凑近一根嫩得让人心疼的柳枝，闻了闻，对瑛瑛说：你的美就像它，离得远是发现不了的，发现了，就越看越美，就看不到别的了。

在相识之初，他由衷地思慕她，整天想着她，幻想用嘴唇抚慰她冰雪的肌肤，把她纤弱的身体揽入怀中，好好闻她的味，疼爱她宁静忧郁的个性。他记住了她的一些诗句，又在恰当的情景下说出来，博她一笑。要是没有一点真情实意，他当初也不会含辛茹苦地淋着雨望她。他又一次陷入初恋，又一次找到了少年时代用一朵有魔力的红花召唤弄玉的心情，只有反复这样，他的心灵才不会腐烂。

每当他站在山坡上，侧墙的小门过一会儿就开了，然后他跟着丫鬟进去，或者听见从木楼梯到花园的小碎步，那条花园小径是用多边形的石头、落叶和花瓣拼起来的。他们一起游荡在山中城的迷宫里，瑛瑛刚刚发现家乡的陡峭台阶走起来一点也不累，被发霉的木桩支起来的木屋是那么神奇，街道在头顶、树在脚下是那么有趣，别人家的大磨盘是那么动人，从城市的缺口露出来的雾蒙蒙的江是那么多情，被雾融化的桥是那么诗情画意……她跟着他蹲下来看石阶上的豁口，还把一颗小石子扔到了底下的万丈深渊里。

下起雨来他们撑着同一把伞，听着喜悦的雨声、过路轿子吱扭吱扭的呻吟声、梦游的补锅匠一路落下的叮当声，看安于寂寞的猫蹲在水帘后面等待天上掉下来的鱼，打湿翅膀的小鸟在屋檐下生闷气，一尺长的蚯蚓横在路上，耀眼的彩布晾在染坊门口，把湿淋淋的街道映得五彩斑斓。

田鸢把她领到了自己住的传舍。他早就把屋子收拾得平易近人，没有一样冰凉高大的东西，一张床是屋里唯一可以坐的地方。他们俩轻松自在地躺着，瑛瑛听他绘声绘色地说什么马戏团把城墙变没啦、隐身糖浆啦、公鸡说人话啦、跑到别人梦里去啦……只觉得他的想象挺有趣。距离早就进入一尺了。田鸢耐心等到她主动侧过身子。

“聊那么久了，我饿——”她天真无邪地噘噘嘴。

田鸢越过她的身体从床头抓了一根酥脆的点心，在盛蜂蜜的碟子里蘸了蘸，喂到她嘴里。她沾了一嘴蜜，田鸢用手指头在她嘴上蘸了一下，送到自己嘴里。

她愣了，田鸢俯身吻她，她打直胳膊撑住田鸢的胸脯，“别这样。”田鸢慢慢地、沉沉地压下去，长吻她。她咕哝道：“行了行了……好了……”

手上一直在使暗劲，脸却没有偏开。最后她松开了手，献出了舌头。后面的事情遇到了她坚决的抵抗。她跑出去以后，楼上的房客的脚步声变得明显起来。

第二天她又来了，失眠在那张白脸上留下了明显的乌眼圈。她说她珍惜这份友情，愿意和他永远做朋友，但是，他们不可能……田鸢宁可让这个多虑的女人用嘴唇、耳根、颈窝、乳房和其他地方来思考。过一会儿，她从晕眩中挣扎出来，说："你搞错了，我怎么会喜欢你，你怎么知道我就喜欢你！咱们别再见面了。"两天后又下起了暴雨，田鸢来到山坡上重演相识那天的一幕，他相信她整天都在往山坡上望。果然她来了，一时的感动让田鸢怀疑自己真是个情种，而不是个有毅力的猎人。在一个勉强可以躲雨的石窟里，瑛瑛站着把自己交了出去。田鸢把她的一条腿抱起来，这条腿被淋湿了，而她站着的那条腿是干的。过程又快又乱，毫无享受可言。是决心而不是兴趣促成了这件事。她没出血，但也像个处女一样流泪，田鸢把雨伞递给她，安慰道："你不会怀孕的。"

他有种自律：和未婚女孩第一次做，只认个门，不尽兴。那通常都是刻不容缓的战斗，顾不上什么措施，而事后的补救，吃水银也好，蹲着打喷嚏也好，他总觉得靠不住。他劝瑛瑛回家，瑛瑛不肯，于是他们回到传舍里，耐心做了一次，做之前，田鸢在蜂蜜里蘸了蘸阳具。过程是完整的，但还是太快，田鸢和任何女人第一次都坚持不了多久，因为在人心已经熟悉时，身体还是陌生的。完事以后，瑛瑛久久地蹲着，大口大口灌凉水，看起来她明白这些事，她不像表面上那么单纯。她排掉体内多余的东西，穿好，吃东西，就在田鸢刚刚浸过阳具的蜂蜜里蘸着吃。

"我有未婚夫，在江陵当文官。"她说。

田鸢不给她一点点幻想。“好啊，交个朋友。”

瑛瑛天天到传舍来，一进屋就让他蘸着蜂蜜蹂躏。田鸢完全控制了节奏，因为瑛瑛的冰雪肌肤、纤巧身躯和山野气息已经不让他发昏了。他给她最大的快乐，也从容地欣赏她的呻吟，在毫不隔音的传舍木板房里，她不得不咬着枕巾呻吟，听起来像绑匪手中的人质。事后他们依偎在一起静静地喘息，瑛瑛说她不是随随便便的女人，田鸢说他也是情不自禁，云云。当瑛瑛脸上开始长蜜月痘的时候，他打算收敛了。他说最近公务繁忙，不能天天见面了。瑛瑛醒悟到他是一个肩负皇家使命的官员，而不是流浪到这里和她续前生缘的。现在除了这个避人耳目的小屋，他们已经没有勇气在别的地方见面，隔墙听笙、雨中漫步，都成了往事。

她仍然迷迷糊糊地往传舍跑，带着生活用品和更多的蜂蜜，田鸢不在，就交给传舍小吏，塞一些钱给这个厚道的知情人。田鸢在，她就忧郁地进屋，身不由己地上床，凄凉地离开。田鸢知道继续做爱没有好结果，但是在一起呢呢喃喃、过小日子培养出来的友谊比做爱还可怕，根据他的亲身教训，太多的了解、太多的回忆、太多的遐想足以让吻都没吻过的两个人私定婚约，而且其中一个人被抛弃后还差点气死。他偶尔回来一趟，看见她在门口站着，不忍心让她白跑一趟，只好做爱。做完爱，他在抽屉里乱翻一通，装着找到一样昨天忘了带走的东西，马上又要出门。他要让她猜他还有别的住处、别的女人，让她找不到他心寒、找到他更心寒，让她知道太帅的男人是靠不住的。其实刚认识的时候，他就留了个心眼，那时候他尽管被又一次初恋搞得神魂颠倒，瑛瑛却不一定能找到他，也不一定能等到他，那是他的自制。事到如今他还爱着她，他轰走了她，却无法不为那洁净的小腹下面可以说世上最娟秀的毛而心酸。他要控制局面，在一尺之外要套取爱，在一尺之内要埋葬爱，他养着伤还要体谅别人的伤，只因为不想让任何女人老是打扰他在睡梦中呼唤——玉！

瑛瑛在孤独中回忆着山坡上的听笙人、在山路上扶她的温暖的手、在那个恍惚是阳光明媚的日子里躺在她身边讲故事的大男孩，可是今天插入她身体的人根本不是他，他的怀抱使她陶醉，但是拔出来以后，他们就成了互不相干的两个人，他在忙着擦干自己，而她懊恼地蹲着，排出一团团夹着蜂蜜的白浆。穿上衣服又该走了。每次做完都后悔,两个人都是。月经该来不来的那几天，她后悔到了极点，她找了他好几天，好不容易等到他回来，她问蜂蜜会不会失灵，他怀疑她肚子里有什么东西堵住了月经，就说：我给你捅捅。而瑛瑛把自己带来的干净内裤和布放在床头。

“别躲我了，”她把被子拉上，疲倦地说，“我不会缠着你，你哪有一点点安全感。”

晚上，周围的房客闹酒，她深恶痛绝地说：“粗人，心里没有声音，才要听自己嘴上吼出来的声音！”后半夜她摇醒了田鸢，说她头疼了。田鸢咕哝道：“好，我找他们去。”她按住他：“不是，我月经要来了！你的办法真灵！快给我揉揉。”田鸢揉她的脑门，不管用，揉她的胸脯，她就好受多了。她又让他念诗，大声念，对抗那些粗人的快乐，田鸢早就把她的诗背下来了，于是毫不迟疑地念起来，就在瑛瑛快要被哄睡着的时候，他忽然笑起来，瑛瑛“嗯”了一声，他解释说，他的一个小伙伴，曾经一边自慰一边写诗，现在他一边摇晃人家的大奶子一边念诗，恐怕也会成为诗人。听到这种粗俗的玩笑，瑛瑛脸上一丝笑容也没有。第二天上午真的来了月经，他们俩相拥而泣，瑛瑛哼着小曲换上了干净衣服，田鸢叫了一大桌酒菜来庆祝，和她发誓永远做好朋友。她走以后，田鸢把她的脏内裤扔进了山谷。

这事过后她消失了一段时间，田鸢收到她一封信，说月经第二天她收到了未婚夫从江陵寄来的专治月经期头疼的偏方，和一幅图，画着他们在那个阳光灿烂的地方的未来的家，她哭了，她知道未婚夫正在把她喜欢的家具和乐器抬进去，正在院里栽她喜欢的花花草草，正在布置新房，连她喜欢在蚊帐上挂什么样的香囊，他都一清二楚，因为他们是青梅竹马，她说也许就因为田鸢是个外乡人，她才把持不住自己，她要忘掉那些日子，希望他原谅。田鸢释然，他没有回信，只把心语发向重重雾霭后面他曾经冒雨守望的木楼："每个人都有自己的回忆，你和江陵的文官，有更多回忆。"然而有一天在街上瑛瑛看见他和另一个姑娘打同一把伞时，她的目光几乎把伞撕破，那正是田鸢在雨中听笙、跟她逛街时打的伞。田鸢预感到什么，就没带那姑娘回传舍。果然，瑛瑛在凄风苦雨的屋檐下死守着。刚进屋，她就扎到他怀里，一边撕他的衣服一边说："这屋是我的！你少带她们来！"田鸢第一次尝到被女人强奸的滋味，她不要任何前奏，在他身上毫不留情地坐、坐、坐。田鸢哭丧着脸找蜂蜜，她夺过蜜罐子摔在墙上。事后田鸢撕下上次没用完的布，饱蘸蜂蜜，塞到她体内深处。"别再犯傻了，"他抱着瑛瑛说，"我下个月就要走了。我保证，我走之前，这屋里就住我一个人。"瑛瑛伏在他肩上抽搭起来。他说："我不是故意伤你的心，我以为你已经忘了我。"瑛瑛渐渐平静下来了，她慢悠悠地、坚定地说："我会用一生来忘记你的。"

田鸢极力克制自己没有说出："瑛瑛，我真的爱过你。"他哄她穿上衣服，把她拥到门口，天井里的雨水提醒了他，他回屋找出了瑛瑛的伞。

但瑛瑛又冲进屋，把自己的伞换成了他的伞，田鸾知道她要留一个纪念，她认为这是永别。她的泪水挂了一脸，田鸾连拍拍她的勇气都没有了，如果他眼里也有泪花，事情就无法收拾。他抢先冲进雨中，瑛瑛跟上来时，他面如生铁，挥了挥手，不敢看她的背影。

瑛瑛又来了。她冒着浇到骨子里的雨丝跑来，告诉田鸾她怀孕了，她在家里偷偷吐，灌凉水，在山路上东跑西颠，淋雨，无论如何也不能把那个小东西颠出来，它牢牢地黏着她，不依不饶地咬着她，像蚂蟥一样吸她的血。田鸾早就料到这一天，地下堕胎所已经找到了。堕胎是和杀人一样的罪，田鸾把瑛瑛带到那儿，给了他们二十两金子，他们说："你是江对岸崔家大小姐我认识，堕胎纯属你自愿，不论是否落下病根，不论生死，不许回来找麻烦，更不许报官，否则杀你们全家。"然后把他们眼睛蒙上，用马车把他们拉到真正堕胎的地方。血腥味和药酒味令人心寒，蚂蟥、屎壳郎和一些认不出来的孽障的干尸堆在药柜上，医生的斗笠和蓑衣挂在墙上，它们之间的空当刚好容得下一个人的后颈，要堕胎的女诗人悄悄说，那是一副灵魂挂在墙上。小套间的门帘上沾着血手印，下面有一双鞋，是刚刚进屋的女人脱下来的，没人把它们摆正，它们还保持着走路的姿态，并且被看不见的脚撑满着，在瑛瑛看来，那也是一个灵魂在行走。青烟缭绕的小壁龛，供着玄女娘娘的塑像，假头发上粘着枯萎的凌霄花，彩绘的泥身挂着香炉里飘出来的死灰，她是女人的保护神，然而那双没有眼珠的眼睛，分明在说：堕胎是女人的生死决斗。

瑛瑛去了三次，平安地做掉了那个孩子。田鸾发现别的女人进了堕胎所，本来丰满水灵的，打蔫了，本来光彩照人的，没有血色了，而遭了三次殃的瑛瑛没怎么变，他想，可能因为她本来就瘦、就白，也可能，经得住那种血腥气考验的女人才是真正的尤物。办完这件事，他将前往别的丹砂矿区，传舍的房间退了。瑛瑛支撑着失血的身体把他送到城门口："我早就说过，我不会缠着你，再过几个月，我就到江陵去安家了。"田鸢拦住一辆马车扶她上去，说了句客套话："以后到江陵，到你们家做客。"然后他跳上马背，冲进了浓雾。半年后，他在云梦收到的公文中夹带着由咸阳东南屯骑转到少府、由少府转到云梦丹砂署的一张条子，瑛瑛说：你出城以后，我不知怎么回事，让马车掉头追你，一直追了十里地，当然，你是不会回头看一眼的。田鸢记得当时他在浓雾中策马狂奔，只有一个念头："不能停下！"如果他稍微有点心软，她也许会追上他，他也许会跳下马来紧紧地抱住她，一生也许会有所不同，也许吧。

大　海

也许女人的美有两种，一种是让人垂涎的美，一种是让人心疼的美，一个女人有一种美就不错了，可田鸢遇到的一个流浪女人把两种美都霸占了。她的脸让人垂涎，她的眼睛让人心疼，在船上，她的眼睛对田鸢说："干吗老看着我？"田鸢的眼睛说："你有心事。"江岸上林立的白石头房子和云蒸霞蔚的天空让人心境开阔，但她一路上绷着脸，就像穿行在愁云惨雾里一样。一个体体面面的书生坐在她身边，老是把书扣在膝盖上逗她说话，这人生性开朗，无论她怎么无精打采也不扫兴。田鸢在旁边听出她并非走亲访友，而是来看大海的。下船时，那个书生邀她结伴游玩，她没理这个茬。

这个地方天高皇帝远，有渔民用自己家的小楼开客栈，田鸢烦透了官传用牌子领餐，就住进了这民间客栈。巧得很，那姑娘也住进来了。田鸢在餐厅里吃饭，她也来了，刚洗过的头发越发楚楚动人。田鸢朝她招招手，她神情恍惚地走了过来。比拳头还大的龙虾也没让她打起精神，田鸢剥开一只放在她碗里，她才像咬辣椒一样小口小口地咬起来。吃下半只，她就饱了。田鸢擦干净手，盯着她，说："你好像不是出来玩的。"她的眼珠子忽地跳起来，充满警觉，甚至有一点凶光。田鸢温和地问："有什么难处？说来听听。"她低下头，揪自己的头发梢，过一会儿，她甩甩头发说："你说对了，我不是出来玩的。我出来死。"

田鸢把事情问清楚，才知道她被老公揍了，就这么点事。老公一向对她还不错，只因为她跟婆婆大吵大闹才不得不表表孝心。她看起来像个被宠坏的媳妇，稍微受点气就咽不下。她指着太阳穴嘟哝说，这儿被砸了一拳头。田鸢拨开她的头发，果然看见一块青斑。她的头发让田鸢手指发酥，他用拇指在伤痕周围揉了揉，说："要是我我就舍不得打。"她一巴掌打掉他的手："谁要你心疼！"田鸢建议她这两天把他当成老公，该骂就骂该抽就抽，出了气回去好好过日子，她说："臭美！"第二天午饭她又回请田鸢，说有一个人绝不会打她，现在她特别想这个人，可惜他死了，是修长城累死的。"那我就叫你孟姜女吧。"田鸢说，"你就把我当成那个人，该撒娇就撒娇，该怎么着就怎么着，争取年轻十岁。"孟姜女说："我可不想咒你死。"

客栈老板看出这个女的眼神不对劲，劝田鸢留点神。田鸢笑道："她眼神好，看准了我有钱，我就喜欢聪明女人。"他当时只想逗逗这女贼，没想到第二天早晨，他爱上了她。对他来说，爱最简单的证据是梦。他梦见自己和孟姜女在船上当着所有人的面做爱，那船漂在布满野百合花的山谷间的一条绿得让人心醉的溪流上，书生带头为他们鼓掌，而弄玉站在人群后面，忧郁地看他们，他有些心酸，就离开孟姜女，去抱弄玉、吻弄玉，弄玉的嘴唇像两片枯叶子，他回到孟姜女身边，觉得她的嘴唇温暖柔软，他还咕哝了一首诗："……你美还是她美？旅途中的女人最美，我爱你滑溜溜的头发，我爱你温凉松软的四肢……"孟姜女说："我又不是水母。"

早晨，田鸢租了一匹马，带旅途中的女人去看大海。她坐在后面，田鸢就往前拉她的手，让她紧紧贴住他后背；她坐在前面，田鸢就和她一起握住马缰，因为她装着不会骑马。船上的书生又露面了，此人脑袋上扣着椰子壳，和一群朋友骑着一头大象在前面慢慢走，那大象穿着花坎肩，脑袋上蹲着几只吹喇叭的猴子。田鸢纵马超过去，书生喊道："喂！姑娘还认识我吗？你让我好伤心，跟他走不跟我！"他的朋友们起哄："猪头，也不看你配不配！"一路上，那头大象时而发疯地迈开大步追上来，时而甩着长鼻子落在后面。田鸢对孟姜女耳语："你和初恋情人也骑过同一匹马，对吧？"她笑着点点头。田鸢在她的香腮上吻了吻，又问："我长得很像他，对吧？"孟姜女说："还真有点像，我说怎么稀里糊涂跟你走呢。"田鸢使劲顶了顶她的屁股，她骂道："狗东西，再戳，我削了它！"这让田鸢心里一凉，不过他没太介意。

海滩的风光连田鸢也感到新奇，他只是跟桑夫人找四公子那年见过北方的海滩，那儿没有龙舌兰和椰子树。最让他感动的是龙舌兰这种比人还高的植物，有野草般的生命力，连厕所的石头墙根也不放过。还有一丛丛珊瑚礁，它们狡猾的沟沟坎坎里仿佛埋着宝藏。傍晚，彩霞纷飞的天空、赤红的沙滩和金色的石墙交相辉映，大象在渔民家门口站着打盹，它遮住了一幢两层小楼。书生们围坐在一起喝椰子汁，猴子从树上叮叮咚咚把椰子扔下来。在船上认识的书生招呼田鸢和孟姜女过来，用一尺长的弯刀把椰子切开递给他们，椰子汁里隐隐约约有股怪味，让田鸢想起自己当兵时用剑切东西吃，虽然剑已经擦干净，血腥味还是会从剑传到食物上。这些人切椰子的刀肯定也是见过血的。月亮升起时，书生们跳起当地的拍胸舞，田鸢和孟姜女也学着扭起来，这些豪爽快乐的人还故意把他们俩推到一块起哄。她穿着长裙，绾着高高的发髻，在皎洁的月光下简直就像月亮女神的剪影。田鸢爱透了她说变就变的演技。书生把田鸢拉到一边，悄悄问："把那娘们搞到手了？"田鸢说："没那么容易。"书生祝他交好运，又劝他把马拴在渔民家马厩里，田鸢谢了他，照样把马拴在珊瑚礁上。后半夜，书生们睡在渔民家里，田鸢和孟姜女在海滩上待着，孟姜女说："我冷。"田鸢抱她。她说："对我好些。"田鸢吻她。她说："再好些。"田鸢揉她的胸脯。她哼了一会儿，又说："敢不敢对我再好些？"田鸢解她的裤带。但她突然站起来："好空旷，我不习惯。"她把田鸢拉进一艘渔船，抱住他，田鸢要解她的头发，她护住发髻说："我喜欢这样。"她把田鸢的脸按在自己脖子上，田鸢听到了外面轻轻的脚步声，推开孟姜女："你的弟兄们好辛苦。"

可是孟姜女听见同伙的脚步声拔腿就往外跑。几只猴子从船顶跳下来拽住了她的头发，一群持刀的黑衣汉子冲了进来，就是刚才的书生，切过椰子的刀架在了孟姜女脖子上。猴子撕开了孟姜女的发髻，掉出一样东西，书生把它递给田鸢，那是一把两寸长的小刀。书生目光如炬，脸如青铜，对田鸢说："白痴，你知道她杀过多少男人吗？"

孟姜女已被公差们摁倒在地，火把都照着她。书生蹲下来撩开她的头发，找到那块青斑。“黑寡妇蜘蛛，你还有什么好说的？这就是前几天差点被你害了的那个男人砸的！”孟姜女闭着眼睛，一句话也不说。

黑寡妇蜘蛛是一种奇特的母蜘蛛，每次交配后吃掉公蜘蛛，田鸢认识的孟姜女就属于这类动物，她在水里、山谷里抛下了一具具喉管被切开的男尸。她到底杀了多少男人，还是个未知数。田鸢到死牢里探望了她，她说那个初恋情人是真的，是她家的男仆，十年前带她私奔了，她爱过这个出身卑贱的人，但她永远也想不通，为什么在她还怀着四个月身孕的时候,他把她卖了。经过两个人贩子倒手,她被卖给了一家暗娼馆，她不从，保镖就轮奸她，她清楚地记得那是九个人，轮奸之后，他们还把玉米棒子塞进她的身体。她在那里关了六年，赎出了自己，一直在找那个男仆。祸害她的人总共是十二个，一个也找不到，那家暗娼馆被朝廷灭了。她求田鸢到她家乡把几样东西挖出来烧了。在她被处决之后，田鸢把她的头颅和尸身运回去，通往她家乡的山谷，像那个梦里一样开满野百合花，还有一条绿得让人心醉的溪流。他掩埋了她，又到她说的地方挖出十二个小瓦罐，其中十一个用烈酒泡着男人的生殖器，一个是空的，这本来是给他留着的。他给这空罐子灌满酒，把十二个瓦罐排在孟姜女的坟头，点燃它们，一团火焰是橙色的，十一团是绿色的。他出神地看着，火焰熄灭之后，他又在坟边栽了一圈野百合花。

二十一·云梦

小女人青春常在

云梦这个地名，早先他在咸阳看地图时，就感到奇怪地亲切，好像有什么在那儿等着他，又好像前世去过的。到了那儿，这种归宿感荡然无存，他只觉得新鲜。这里的男孩子和女孩子可以手拉手走路，在咸阳这简直是要让巡警抓起来的。他们的衣服像古诗里说的那样妖娆、自由。男孩子的玉佩从腰间到脚面挂了一长串，珠子、璜、环、管……还有各式各样的花结，被四月的香风吹得叮当响。女孩子喜欢簪花、戴花，裙子像孔雀一样，有的女孩子也穿长袍，不过不像秦女的长袍那么肥厚，她们喜欢浅颜色、轻盈的，曲裾的流线仿佛带着流水和风，不是丝绸就是又白又软的葛布。田鸢一到这里就把桶一样的官服扔到床底下，换上拖地的深衣。

和他一样爱打扮的还有云梦县县令的公子西门，他和田鸢各自摸着腰间的大花结，结伴去猎艳。西门敢在大马路上拦，在酒席上敢当着一群人的面强吻刚从马路上拦到的女孩，奇怪的是人家马上就跟了他，他喝醉了，人家就义不容辞地（像老相好一样）扶他回家，后面的事就不用说了。西门教他识别处女：眉毛周围逐渐变淡、细绒毛逐渐融入汗毛的是处女，眉毛轮廓太清晰的就不是。不过西门拉来一个眉毛轮廓清晰的女孩也可以夸耀说他搞了一个处女，因为人家刚刚还是个处女，认识他以后忽然就不是了。

有时候田鸢怀疑西门不是为了正常的欲望，而是为了在朋友面前炫耀才猎艳，他过于追求速度了。田鸢喜欢慢慢来，和穿着衣服、性格鲜明的女孩慢慢交往，慢慢打破她的恐惧感，剥开她一层层伪装，解开她美丽之谜，这种快感比另一种快感持久，要不然整天干吗呢。可是和西门这种恶狼在一起，他的猎物往往被抢走。一场场花酒给他留下的美好记忆是云梦的美食，后来他一想起云梦的丽人，就只想啃那种香辣味腌到了骨头里的小鱼，喝莲子汤。为了让西门找不到他，他搬出传舍，租了一个民宅。

那是一个典型的南方小院，堂前有细细的竹子，房间连成一排，窗户宽敞透风，邻居的枇杷树在墙头冒出来。田鸢喜欢看着那棵枇杷树洗澡，他知道今天的黄果子比昨天的黄果子多了几颗。一天黄昏他正在洗澡的时候看见了新的东西，一个姑娘的手在摘枇杷，在绿叶和黄果之间时隐时现，那双手很单薄，又很婀娜。他还没见过这个姑娘。

第二天他衣冠楚楚地出门，那姑娘正好在门口扫地，埋着头，垂下的头发遮住了她的面孔。田鸢从她单薄的身体上推测，她就是昨天那双单薄的手的主人。他当时急着查丹穴，没招惹她。云梦的丹穴竟然就在阳具坑里（像扬州一样，这里也因淫靡之风过盛被皇帝治过），田鸢说了些“找方士画符把阳具的小魂轰走再往深处挖”的鬼话，回到了住处。那女孩的门锁着。到了半夜，一声尖叫把他吵醒了。他冲到院里，隔壁又传来了一声尖叫。他一纵身跳过了院墙，看见灯光中有个人影在扑腾。他冲到门口问：“出什么事了？”屋里的女孩回答：“抓耗子呢。”

田鸢笑了，“嗨，我以为是闹贼。”

“对不起，吵你了。”

第二天田鸢买了一只猫。那女孩的院门开着，田鸢就拎着猫笼子走进去。她在晾被单，被单遮住了她的脸，只露出裙摆。在葛布上绣出的简单图案，此时在田鸢看来比丝绸上的龙凤还美。女孩听到了他的脚步声，眼睛在被单上露了一下，又进了屋。田鸢走到她房前，她拉开窗帘用抹布擦起了窗格，窗格分割了她的脸，她的美更让人捉摸不透了。

“我是昨晚上那个人，”田鸢说，“我在路上捡了一只猫，你用得着吗？”

她又擦了擦窗户，说：“我养过猫，都不抓耗子，光爱抓鸟。”她的身影在窗格后面一闪，消失了。田鸢走到门口，她又出来了。这回没有什么东西遮住她，田鸢看清楚了，也惊呆了。

她长得像弄玉一样。

只是黑一些，矮一些，而且因为某些地方差一点点，显得其貌不扬。但田鸢看到的是小时候的弄玉。她的嘴唇尤其让田鸢心慌，那百分之百是弄玉的嘴唇，每一根皱褶都是那么动人。只有她的眼睛不太像，那是一双率真的、不设防的大眼睛，在田鸢的幻觉中，它们也变成了弄玉鬼心眼很多的丹凤眼。一瞬间，田鸢就决定爱她。

这个决定把田鸢变成了傻瓜。

他听见弄玉在说：“你浑身都是猫毛。”弄玉大大方方走到了他跟前，拣他胸前的猫毛。可他一句话也说不出来。他呆头呆脑地跟人家进了屋，坐下，突然觉得屁股底下硌，挑起来一看，地席上盘着一条蛇，他一脚就把蛇踩扁了，忽然想起这可能是人家养来抓老鼠的，等人家笑起来，他才看出这是竹子编的。他把假蛇捡起来翻来覆去地看，以掩饰自己的木讷。

“你盯着它它就能长好啊？”那女孩说，“我再做一个就是了。”

“这……做得也太像了。”

“那也没吓唬住耗子。”

她递给田鸾一个枇杷，田鸾把枇杷整个塞到嘴里，她大笑起来，伸出手让他把枇杷吐到她手心上，然后示范怎么剥。田鸾学着剥了一个又一个，才想起应该怎么跟女孩子说话，在实在没话说的时候至少可以问问人家的名字嘛。

这女孩叫其姝，会织布，从八岁起在这座城市长大，父母已经过世，和哥哥一起过。她瞧出来田鸾是一个当官的，因为有一天田鸾出门时有县里的车来接，她在门缝里看到了。所以那天晚上他闯到她院里来她一点也不慌，在她印象中当官的都是靠得住的。她小时候经常被官府选去表演歌舞，还作为全县唯一的小女孩到江陵去迎过皇帝赏赐的一颗来自西域的石榴并代表全县人民吃到了一粒子儿呢。

“我不能白吃，我要把吃这粒石榴子的感觉传达给全县人民。县令在衙门里召集了各乡的乡长、三老和书佐，每个人拿着笔和板子等我汇报，我说这粒石榴子儿酸酸的、甜甜的，有个书佐就跑过来悄悄告诉我不能光说这些，我想了半天说，这甜甜的味儿是皇帝的恩情，他的恩情像海一样深，就装在这粒石榴子里，还有呢，这酸酸的味儿嘛，是外国人怕我们了，我们的伟大帝国是多么繁荣富强啊！他们马上记下来，回去跟乡民传达。哼，你笑什么，不相信我可以代表全县人民呀，告诉你我背语录、写小篆都在郡里得过奖呢，今年皇上来巡视还要叫我去跳舞！”

她骄傲地笑起来，露出一口精巧的小白牙，也像极了弄玉。田鸾反复告诫自己："这是另一个人！你自然一点！"可他只觉得脑子里嗡嗡地乱响，那姑娘热情纯真的话音又传来了："你见过皇上吗？"

"啊？"

"你刚才不是说你从咸阳来吗？"

田鸢笑了，"哦，从咸阳来的就见过皇上呀？"

她也笑，"对呀，我怎么这么傻呢。"

"不过我还真见过皇上。"

"是吗？"她的眼睛亮了，"皇上长什么样？"

"一个矮子，驼子，鹰钩鼻子。"

她失望了，"真的假的？皇帝怎么会是这个样子，听起来像我哥。"

"你哥？你这么漂亮的女孩会有一个……"田鸢本来想说"那么丑的哥"，又改口说，"那么老的哥？"

"是啊，他比我老十六岁。"

"那你肯定有很多兄弟姐妹了。"

"我就一个哥。"说到这儿，其姝的脸一沉，田鸢知道不能再问了，谁家都有难言之隐。

其姝从床底下拖出一口竹箱子，打开给田鸢看。里面全是她编的小玩意儿——小蝈蝈、小螳螂、小刺猬、小鸟……有竹编的、麦秆编的、藤条编的……猫看见这些东西，在笼子里叫起来，其姝这才想起把它放出来，又去给它找东西吃。猫和田鸢一起扒拉其姝的那些宝贝，露出了箱底的黄绢，一层一层的，田鸢展开一匹，是一幅地图，画着北部边疆的一小块，详细得可以把空中城的位置找到。如果更北边的图也是这么详细，这就是皇帝梦寐以求的世界地图了。

其姝回来时满不在乎地说："还有五箱，全是地图，我哥的。"

"你哥是干什么的？"

"开丹矿的。"

田鸢心中一喜。除了猫以外，他有更多的理由和其姝交往下去了。

"我就是找丹砂的。"

"是吗，我可以带你去找他。"

"你哥没跟你一块儿住？"

"他住在山里。"

"你一个人住不害怕吗？"

"有什么好怕的？"

"坏人啊。"

"能有什么坏人？能比耗子坏？"

田鸢给猫带肉来的时候，其姝问他这猫到底是不是捡来的，因为它居然知道到炉灰里去拉屎，很像家猫。田鸢说它可能当过家猫吧。其姝一听就急了，"它要是从别人家跑出来的，主人该多着急呀，那不跟丢了孩子一样吗！"田鸢这才老实交代这是他买的。其姝感激地看着他，"你专门买一只猫来送给我？咱们俩素不相识的你干吗对我这么好？"田鸢想说"我喜欢你"，又怕把她吓着，就说："远亲不如近邻嘛。"然后其姝给他布置一个任务：洗她昨天找的一盆沙子，给猫拉屎用。他在院里洗沙子，听见其姝在屋里跟猫说话："乖，一会儿就洗完了，别动啊。嗨，咬我！我爱你你还咬我！不洗澡怎么行，谁叫你跑到炉灰里拉屎的，滚一身灰，都成黑猫了！你这样怎么上我的床啊？"

那猫没上她的床，跑到最高的柜子顶上过夜。田鸢一来，它就嗖地跳下来，扑到田鸾腿上。其妹反映，它在抓耗子方面的表现也很不好，成天不是睡觉就是望着枇杷树等鸟下来。田鸾摸着猫给它讲道理：“作为一只猫，你总得有点用吧？你看你这身毛，多好啊，简直就是一个会喘气的毯子，就不能给你的主人暖暖被窝吗？”其妹说：“算了吧，大热的天，我一个人睡得挺好。”田鸾又把猫脸扳向她，“对主人笑一笑。”其妹说：“猫笑起来，你受得了吗？”田鸾就把自己的脸凑近猫脸，“是啊，这种动物怎么这么严肃呢，它在想什么呢？主人应该在盘子里舔猫食，它应该上案子吃饭？主人洗澡，它揉主人的毛？主人睡柜顶，它钻那个香喷喷的被窝？哎哟它亲我一口！”猫用湿漉漉的鼻子在他鼻尖上碰了一下，他把猫递给其妹，“真的，它学会亲嘴了，你试试。”其妹便噘起那迷人的小嘴给猫，田鸾嫉妒死了。

“没良心的！”其妹忽然扔开猫，“一到我身上就抓挠。”

“你腿细，它坐不住。”田鸾说。

“是啊，瘦得像鬼一样，连猫也嫌我硌。”

“你不是鬼，你是天仙。”

“还没人这么说我呢。”

“你不知道自己有多美。”

“你拿我寻开心。”

“你的镜子呢？”

“没有。”

田鸾马上跑到院里，从井里打了一盆水，端进屋让其妹照。水面渐渐平静下来，其妹的脸在水里模糊不清，只有一双眼睛亮亮的。

“我就这样啊，除了眼睛，哪儿都长不开。”

“这双眼睛，舔一口能解渴。”

“我的嘴唇真薄。”

“不擦胭脂也是红的。”

“我的脖子真细。”

“你是个精灵。”

“我真瘦。”

“可以揣怀里。”

“我好像永远也长不大。”

“小女人青春常在。”

其姝脸红了。田鸢满意地看到对这个傻丫头的改造终于前进了一步。下一步该按“一尺定律”行事了，他慢慢靠近她，和她一起照“镜子”，她天然的体香已经让他发酥了，他的嘴唇摁在了她的香腮上。

“哎呀！”其姝跳起来，“中午还要到县里跳舞呢！”

在县衙的戏台子上，她和一帮良家妇女做着各种姿势，田鸢忍俊不禁，如果这就是他的弄玉……哈哈，想象一下真正的弄玉在这台上是什么样也是一乐啊，她就眨巴着她自私的睫毛、骨碌着她鬼精灵的眼珠和这些人一起集体麻醉？她就能使唤自己为拥抱男人而生的躯体做这些僵硬的姿势吗……简直对不上号啊。一群绿袍小吏冲上戏台，排在女人们前面，扎起了弓步，每人的拳头里握着大笔、尺牍、削字刀、官印等廉洁的东西，女人们则挺胸高唱《为吏之道》：“……凡戾人，表以身，民将望表以戾真……（小吏们迅速转身，做另一侧弓步）操邦柄，慎度量，来者有稽莫敢忘！莫！敢！忘！”最后三个字是一齐跺脚念出来的。在唱这些刻板的歌时其姝脸上真诚的信仰和热情、一尘不染的无知深深打动了田鸢，他忽然觉得这个样子在哪里见过……想起来了，小时候在一场祭祀中深深迷恋过的一个不戴面具的女巫就是这个样子的。他比任何时候都爱其姝。一个小吏凑过来谄媚地说：“请钦差大人指示。”

“呃……”田鸢半天没回过神来，“这是为什么排练啊？”

“皇帝今年还要来巡视。”

一千个春天

排练结束后，田鸢先走了，他不想让别人说闲话。但到了其姝门口，他一直等着。其姝回来时拎着满满一篮子菜，一大把芹菜冒出来，绿叶子一抖一抖的。田鸢笑着说这篮子里是一头孔雀，她没说话。田鸢又说，他其实是来告别的，因为明天他就要去乡下了。

其姝冷冷地说：“去呗，跟我说什么。”

田鸢立刻明白她琢磨过早晨的事，她不缺心眼，而且圣歌帮助她战胜了童贞受到的威胁。

“我从乡下给你带只肥鹅来好不好？”田鸢说。

“你自己吃。”

“带只兔子？”

“不知道你这个人怎么想的，表面上对小动物特别好，吃起人家的肉来可一点儿也不客气。哎，钥匙呢？”

她浑身上下找钥匙，田鸢请求翻墙进去看看钥匙是不是落在家里了，她批准了。没有找到钥匙，说不定是匆匆忙忙去唱歌时丢在路上了。她说在一个街坊家存了一把钥匙，可到了那儿一看，那家人不在。

“把锁换了吧，”田鸾说，“我帮你。”

“不麻烦了，那家人反正要回来。”

“到我家坐着等吧。”

她不说话。

“那我们就在这儿傻站着？”

“你天天陪着我，不干正事了？”

“等我干正事，你就见不着我了。”

“哦，你明天要走了。”

“那我就陪你在这儿站到明天。”

“我到马路上找！”

“天多热。”

她把菜篮子往门口一放，从里面抽出一条湿毛巾朝田鸾一扬，“有这个，走多远我都不怕！”

这场找钥匙之旅最后变成了找食之旅。他们俩都没吃午饭，田鸾又念叨起竹筒蒸糯米来，把其姝馋得直咽口水。这是田鸾和弄玉在邯郸吃过的，当时弄玉的样子弄得田鸾很揪心，一口也没吃，但弄玉吃起来的样子又让他记得这东西是很好吃的。其姝说糯米和竹子都是南方的特产，这里肯定有。于是田鸾带她来到传舍，传舍里只有粺米和粝米。其姝说：“肯定有！”又去市场看。越吃不到她越想吃，她把湿毛巾拿出来擦一擦脸，又有劲了。在市场边缘最不起眼的角落里，果然有一个热气腾腾的笼子里蒸着这个东西。当米粒沾在她嘴唇上时，田鸾依稀看到了在邯郸的弄玉。吃饱后，其姝又想吃桑葚。这是六月间，哪有桑葚，可她想的就是吃不着的东西。闹了一会儿，她笑了，“我开玩笑呢，还是回家吧。”

这回是田鸢不依不饶，“有桑葚，绝对有！”他牵着其姝，拥着其姝，背着其姝，在世界上寻找桑葚。

其姝说：“公马，你的背都湿透了，咱们回去吧！”

他说：“一定有，水果摊还有很多。”

“你把我卖了也买不到桑葚。”

“我和你走到天边也要找到桑葚。”

“要是天边有桑葚，我就和你走到天边！”

他们经过一条条冒热气的马路、一片片林子、零零星星的水果摊，看到了桃子、杏、李子、草莓、地瓜……直到夕阳西下也没有找到桑葚。其姝真的要回去了，就在这时田鸢看见树林尽头有个人守着水果篮子坐着，就说：“神告诉我，那是卖桑葚的。”拉着其姝跑过去。那个人耷拉着脑袋在打盹，他身后——也是整个树林后面——是茫茫荒原，而他脚下有满满一篮熟得发黑的桑葚，绿叶子上还挂着春天的露珠。

“你可真行！”其姝欢呼着抱住田鸢，“能把春天找回来！”

“还不是因为和你在一起，”田鸢说，“小女人青春常在嘛。”

他们问那人桑葚卖不卖，那人说：“从四月到六月，总算有人来买我的桑葚了。”

他们正吃得满嘴黑，忽然有一支马戏团开进了荒原。田鸢惊讶地瞪着十年前把他带到空中城的这辆又破又花的车，但没有认出车后面跟着的那个黑大个——扛着蟒蛇、盯着他和其姝的那个蛮子——是谁。百里桑不敢相信在这里能看到田鸢和弄玉（他把其姝认成了弄玉），而且弄玉和田鸢在一起又怎么可能，弄玉不是当皇子妃去了吗，难道时光倒流而且移到了一个树林里？他还没想好要不要去打个招呼，田鸢和“弄玉”

已在树林里消失了。与此同时在田鸾和其姝眼里，马戏团也消失在地平线上。他们转过脸来，小贩也不见了，每一棵树下都有一个装满桑葚的篮子——神把一千个春天加在一起给了他们。

酒后无德

在这场梦幻旅途结束后，管钥匙的邻居还没回来。他们在街上碰见了花花公子西门。他正带着一个新相好找过夜的地方，那女人浓妆艳抹高头大马，叫金莲。田鸾把他们请到自己家，其姝也只好在他家等待管钥匙的人。在一顿小酒后，西门发表了他对女人的最新研究成果（田鸾最担心的事没有发生，他没有当众鉴定其姝是不是处女）——女人有两类，母亲型和婊子型，“这并不是脏话，”西门严肃地说，“这两种类型的区别在于对待小动物的态度——爱小动物的是母亲型，而你呢，”他指着金莲，“连我家的哈巴狗都怕，是婊子型的。”金莲立刻扑过来撕他，他叫唤起来：“我说过‘婊子’不是脏话的，救命啊……”当他得知其姝养了一只猫时，便祝贺田鸾找了一个母亲。话题不知怎么扯到了算命，其姝是这方面的行家，她捧着金莲刚刚打西门打得发红的手说：“你在一千年后还会叫这个名字，而且会很出名，人们会编出一出戏来演你的爱情故事。”西门说：“可别让我当那个男主角。”其姝给他下的结论是：“恭喜，你从下辈子开始就不会挨她的打了，因为你会变成一头猪。”西门大喜：“好哇！我就当一头种猪。”最后给田鸾看，“你的命运线乱七八糟，爱情线却清楚连贯，可见你是个感情专一的人。”田鸾被她凉凉的、纤巧的手指头摸傻了，西门扑哧一笑：“他是专一，他就爱过他妈。”

深夜，管钥匙的人还没回来，他们又玩了一会儿六博，实在顶不住困劲了，田鸾就这样安排：他和西门睡地席，两个女的睡床。后半夜，田鸾被弄醒了，迷迷糊糊看见西门抱着金莲蹲在地席上，让他上床去。而据其姝回忆，是这么回事：在她睡得正香的时候，有一头熊在她床头咻咻地嗅着，嗅了她又嗅金莲，然后把金莲抱走了，后来她以为金莲又回来了。

回来的是田鸾。他上床的时候，其姝撅着屁股把床占了一大半，可是碰到他还是给他让出了点地方。其姝面朝墙躺着，脸上有冰冷的月光，呼吸均匀香甜，田鸾不知拿她怎么办才好。黑暗中传来西门的哀求声，好像还有接吻的口水声。突然有“噗”的一声从床底下传来，把其姝惊醒了。

“耗子！”

田鸾骗她说：“没有。”她这才注意到身边换了个人。她裹紧被子，屁股顶着田鸾。在月光下可以看到她的眼睫毛在闪。田鸾问：“吓着了？”她说：“你屋里肯定有耗子。”田鸾悄无声息地支起身子，忽然搂住她，她把被子拉得更紧，还在哆嗦。田鸾在被子上摸索半天，找到了她的手。没有办法吻她，因为她已经像被人揪住的鸡一样耸起肩膀了。田鸾只能用热乎乎的巴掌在她冰凉、骨感的手背上摩挲，她的手不逃避也不迎合，像植物一样。在黑暗的另一边，西门在一遍遍唤“莲儿”，听声调就知道正在用膝盖掰她的大腿，而田鸾这边，只有一只手在向另一只手无声地倾诉。其姝的手稍微放松了一些，田鸾就把自己的手指从她的手指缝间插进去，向她传递更多的热量。一个念头差点让田鸾笑起来，这也是一种插入，心灵的插入。从离开弄玉以来，他第一次长时间抚慰一个女人的手，于是他明白了一个道理：除了手，任何部位都可以乱来，只有手难以付出，手才是爱的部位。

第二天中午起床，谁都懒得做饭，西门便带大家到传舍去，让传舍杀只鸡再弄些酒来。这鸡是他自己家的，寄养在国家的传舍，方便他喝花酒，其实连糠都是他从自己家带来的。他父亲教过他，“就算老子是丞相，你也不能占国家哪怕一颗鸡蛋的便宜，因为我是大秦的公仆。”田鸢喝过两杯酒，突然拉起其姝的手狂吻起来，厨子、吃饭的外地官员们都看得目瞪口呆，这位钦差大人也不管不顾，吻了手背吻手心，吻了命运线吻爱情线，再把一根根手指头挨个吻个遍。其姝吓得发抖，从小到大，她的手还没这样像鸡爪子一样被人啃，她目不转睛地瞪着田鸢，提防他露出牙齿。一个上菜的仆役一脚绊在门槛上，汤罐子摔得稀烂，田鸢才回过神来，他看见其姝的眼睛都瞪圆了，眼珠周围露出一圈眼白。西门说：“嘿，你可真行，我和别人亲嘴都没人这么看，你这回可出了风头了，谁见过抓起别人的手啃个没完的？哈哈，都说我酒后无德，我看你才是。”金莲说：“其姝出名了，跟钦差有了这事，里典肯定要找她问话了，哈哈。”

第二天，其姝跟田鸢去了乡下的丹砂站，带着猫。田鸢把她安排在老乡家里，准备查完这批丹矿就跟她去找她哥哥。其姝差不多每天都到丹砂站来找他，在他公务忙完之后，和他一起在河边走走。田鸢的憨态就像与云公主逛咸阳时一样，他把自己的故事，从丞相府、空中城到咸阳，一五一十讲给她听，只不提弄玉。走在一起，她比他低一个头，那纤巧的身躯一把就可以捞过来，而且好像可以揣在怀里。这童稚之气让他过分着迷，竟在他心中唤起了这样一丝妄念：万一进了堕胎所，她才不会是罩着霉气的那种女人呢，她是一个真正的尤物。也就在这时候他收到了瑛瑛的来信，他还记得这个幽闭在终年不见阳光的迷宫里的苍白的女人，记得她为他堕过胎，但他没有回信。

有一次田鸢上山查矿回来得晚，其姝还在他门口坐着，他感动了，其姝说只是因为回老乡家无聊才在这儿坐着。他给其姝配了一把钥匙。又有一次去县里赴宴，他留了个条子说他跟人喝酒晚上不回来，其姝就在条子背后写了一句：遇到美女你就“酒后无德”吧。还有一次他离开了七天，其姝每天都来看看他回来没有，每次都留下一张“酒后无德”的条子，他回来后立刻去找其姝，告诉她没有和美女酒后无德，那七天是去另一个乡下查矿了，事实也是如此。在这几天里，其姝请人把地图搬来了，因为她哥哥吩咐过她，去找他时把地图带上。田鸢和她在地图上找去她哥哥的矿区的路，闻到了她脸上的脂粉味，她以前从来不用脂粉。田鸢吻了她。晚上他们相拥而卧，听猫在黑暗中扒拉东西。田鸢抚摸着她的下身说：“我不是猫，不怕你的腿硌。”但其姝没让他深入，她说抱在一起是她喜欢的，那种事，她害怕。田鸢摸出她没有湿，便没有坚持，他不愿意把咸阳的那个不堪回首的夏天的焦虑带到他们俩之间，尽管他是那么想让她代替弄玉接受他的“正确的爱”。

丹砂矿区

他们带着猫和地图动身了。马车把他们送到江边，这就是那条通往大海的江，他们乘船逆流而上，进入巴郡的山区，雇人用毛驴把箱子驮上山。荒山野岭中有一片石头房子，依山就势、高低错落，周围的山崖郁郁葱葱，山风沁人心脾，这就是开丹矿的人住的地方。其姝让赶驴人把箱子卸在自己屋里，让仆人给田鸢收拾出一间屋。他们洗完澡、吃完饭，各自休息，猫独自探索新环境。晚上，开矿的人陆陆续续回来了。其姝领田鸢去见她哥哥。后山上有一道狭窄、陡峭的石阶，这恍然让田鸢回到了老家神庙周围那个通神的走廊。歌声从夜空中飘来，他们举着火把拾级而上，渐渐听清了钟鼓之音和男女合唱汇成的铿锵旋律，田鸢觉得其姝好像在领他看天国的祭祀。石阶突然到头了，山崖上有一小块空地，上面还有很高很高的峭壁，几个男人正襟危坐，守着一席酒宴，等着买丹砂的人，旁边的枯树上长着明亮的果子，仔细看，那是树上的灯。田鸢经过漫长的黑暗天梯猛然闯进这么一个光明的舞台，简直觉得它不在人世。然而那歌声乐声更加辉煌，岩壁上架着编钟、石磬，两个像皮影一样的乐师在敲钟击磬，一排画像般的少男少女在昂首歌唱，汇集成庄严、瑰丽又悲怆的音乐：

临瑶台兮延伫，浴咸池兮氤氲；
菡萏夭夭慕雨，俟吾王兮甘霖；
闻玉鸾兮啾啾，揽芙蓉兮自蔽；
怜夫一朝芳菲，忧迟暮兮凋零！

看见田鸢和其姝，他们就站起来热情招呼。其中一个精瘦的、双肩简直是直角的人，是其姝的哥哥，叫负缁。田鸢到现在才知道其姝的姓那么怪。负缁听说这个买丹砂的人姓“嬴”，也吃了一惊，问：“哪个嬴？”田鸢把这个字比画在食案上，气氛一下子变了。负缁挥挥手示意大家用餐。大家默默地吃着喝着，没人向姓嬴的敬酒。其姝说他是齐国人，本姓田，嬴姓是赐的，负缙才开口。

“要多少丹砂？”

“有多少要多少。”

“干什么用？”

“新建的皇陵里有江河湖海，江河湖海里流的是水银，水银嘛，自然要用丹砂来烧了，所以，有多少丹砂都不够用。”

负缙认认真真听完，板刀似的巴掌突然往石案下面的窟窿里一戳，问：“陵墓里，灌水银？”田鸢点点头，很肯定地点点头。负缙又转向同伴们：“陵墓里灌水银！”他笑了，“呵呵呵呵，好主意。”大伙儿也跟着笑起来，气氛就这么好了。酒酣耳热之后，负缙口头上同田鸢订了一份无穷多的丹砂的合约，并举杯预祝皇陵早日完工、皇帝早日入住。

田鸢不明白其姝这么爱国的姑娘怎么会有这样的哥，其姝说，楚国灭亡时她才六岁，她也知道自己应该恨秦国，但她怎么也恨不起来。她哥哥有理由恨，因为当她在秦国人办的学馆里学小篆时，她哥哥在卖苦力，她在江陵歌唱皇帝时，她哥哥在深山中苦苦寻觅丹矿。是他和一帮楚国旧臣合开的矿，他们把宫廷乐队搬到了深山里，说在这里演奏比在宫里还雄壮，因为有回音，他们按楚国旧历祭祀，怀念他们往昔的尊严和奢靡、他们破碎的一切。昨晚上那首曲子，说的就是爷爷选妃子过夜的事，也是哥哥本来可以过上的日子。

是的，田鸢不留神又爱上了一个公主，而且这回是货真价实的公主，不是什么义女。其姝是昔日楚国国王的女儿。

逝者如斯

负缗领田鸾参观丹砂矿区，欣赏这里出产的罕见的九枚聚生的丹晶。他的干姜脸上从来没有笑容，一双猎隼般的眼睛总是翻起来瞪着前方，走起路来，脑袋总是冲在脚的前面，他有点驼背，一个王子本来不该是这样的，是十几年的磨难把他变成了一张弓，一张掰不直的硬弓。他想知道田鸾怎么把货运出去，而田鸾连“其姝的哥哥的山”离咸阳有多远都没搞清楚。负缗说，从这儿坐船逆流而上，跋涉千里栈道翻过重重大山就可到达咸阳，田鸾明白了，他的丹砂和爱情之旅快绕回起点了。关于丹砂生意，他只知道把丹砂统统运到县里、把官府的钱装到负缗的麻袋里就行了，剩下的事，他和负缗都不用操心。他下山跟地方官打招呼，于是这个偏僻山沟里史无前例地冒出了一个钦差，还是姓嬴的。当地名流排着队宴请他，他把能推的都推掉，还是应酬了七天。有人把女儿献出来为姓嬴的人弹唱助兴，为他铺床，为他端洗脚水，等着他的雨露甘霖，他没上这种圈套。在一片阿谀奉承之中，他对敢于藐视“嬴”字的负缗油然而生敬意。

他回到山上，正好看见负缗亲手宰一匹老马，他那身硬骨头里蕴藏的力气和狠劲着实让田鸾吃了一惊——马在流泪，但负缗死死拽住马挽套，一刀捅进它的胸口，直插至柄。大家吃马肉的时候，其姝单独在屋里摆了一席菜请田鸾，她说她吃不下马肉，那种动物，挨宰时都不忍心踢主人一脚。她指着一篮亮晶晶的东西对田鸾说：“剥开吃吧。”那是一堆特大的螃蟹。田鸾喜滋滋地剥开一只，里面是空的，仔细一瞧，那是竹子做的。其姝笑弯了腰，她把田鸢手里的螃蟹夺过来放在案上，又把篮子里的螃蟹一只只拎出来，摆成一排，数着：“一、二、三、四、五、六、七。哼，我做了七只，每天做一只，我就想知道，做到第几只的时候，你会回来。”

田鸢动情地搂住她。她咕哝道：“山下很好玩是吧？酒后无德了吧？”田鸢唠叨起这七天的事情来，其姝推开他，笑着说：“跟你开玩笑呢，你的事，我不管。”她抱起猫说，它变乖了，晚上找她睡了，因为山里的大耗子吓着它了，听动静，它们好像有黄鼠狼那么大。她想买一只当地的猫。于是他们下山买猫。猫没找到，倒看见一尺长的蚯蚓横在山路上。田鸢跟崔瑛瑛一起见过这么长的蚯蚓，但现在还是很崇敬地蹲下来看。其姝讲了一只毛毛虫的故事：“我到现在还记得它的模样。跟那蚯蚓一样长，可是要肥得多！浑身都是毛，像钢针一样！那天早晨，它就在我眼皮子底下慢悠悠地过路，一点儿也不怕受伤。我想，它是草里的王吧？如果它孵出蝴蝶，是不是像扇子一样的蝴蝶呢？我恭送着它爬过石子路，不敢出声，也不敢向前走一步。我不敢惊扰它。那时候我觉得虫子们的尊严一点也不比我们少。如果它能站起来，我一定会走上前去对它行礼，对它说声‘先生’。过一会儿，我又见到了它，在哥哥门口的台阶上，它变成了一摊绿水，它已经被我哥踩扁了。”

他们在吊桥上待了一会儿，这桥架在深深的峡谷中，下面是一段湍急的溪流，在不远处发出轰鸣，在那里变成了瀑布，他们俩伸头看，被深谷中的汩汩流水搞得头晕眼花。田鸢忽然说：“妈的，一年又一年过去了。”

其姝笑着说：“文盲，这叫‘逝者如斯夫’！”

这时候，时间真的是可见的，它就在下面，一眨眼就过去了，记忆又如同那些随波逐流、滋生着、湮灭着的泡沫，不仅其姝不知道，田鸢自己也差不多忘了，他曾经是一个会飞的人。

九头鼠

丹砂开始往山下运了，田鸢无事可做，和其姝一起看看地图。咸阳地图详细得能看到渭水的哪一段比较窄、出函谷关或上子午岭需要绕过哪些沟壑。那些地名，对其姝来说只是文字，对田鸢来说，却是气冲云天的宫殿、松柏林立的山坡、笔直的大道，还有通天塔、藏经阁、炼丹房……他向其姝绘声绘色地描述，其姝抱着他的胳膊，努力想象这座辉煌的大城，也想有机会去看看。但是负缙闯进来夺走了地图，还从鼻子里扔出一句话:“这套东西，一样也不能少。”他又找田鸢谈了一次，劝他住到县里去，说山路不安全，万一钦差出事，他担待不起。果不其然，一天晚上田鸢从县里回来时遇到了劫匪，他击退了他们。他向老乡打听，老乡说这个穷地方，从来就没有山大王。但是他又遇到了一次，在吊桥上，他被人从两边夹击了，这些人好像是从桥底下钻出来的。他们一放箭，田鸢就跳下了深涧。

他醒来时在水底。他贴着沙砾和水草游了一段，又往高处的白光游，沉浸在死的自由和喜悦中。浮上激荡的水面，他反而感到窒息，于是他沉到平静的水底好好呼吸。这时他想起了在水中能够自由呼吸的卢生，他觉得自己也许没有死，只是变成了一条鱼。他随着瀑布进入了山间湖。他游上岸，爬到一座悬崖上，往下瞧，下面有一个山洞，洞口有一条路，路边堆积着铁矿石，他在北方给盐铁商做过门客，对这种黄褐色的石头非常熟悉。几辆车开过来，有人从山洞里出来，把一口口木箱抬上车，驾车的人打开一口箱子检查，里面装满了剑。原来这里在私造兵器。怪不得负缗要杀他，他赖着不走，负缗怕他看到秘密。

回山寨后田鸢对负缗说："我也是亡国之人，我也是孤儿，我的父母也是在秦国的铁蹄下丧生的，你妹妹告诉过你我不姓嬴，你要做什么我不拦着你，可我就是被杀死也会和你妹妹在一起。"

其妹看见田鸢遍体鳞伤，大吃一惊，田鸢说昨晚在山里摔伤了。她给田鸢敷药，田鸢突然发现墙角盘着一条蟒蛇，吓了一跳，仔细一看又是其妹的杰作，蟒蛇的身子是用藤条编的，脑袋是用竹子做的，眼睛是两个烂窟窿。其妹说耗子不上当，还把假蟒蛇的樱桃眼睛啃掉了。其妹夜夜与它们为伴，已经能听懂它们吱吱喳喳议论什么：这屋里的柴火妞不是马戏团的黑丫头，晾她也不敢养一条活蟒。关紧门窗也挡不住它们，它们好像是从门缝和窗户板的缝挤进来的，又好像是从地里生出来的。

她曾让人把屋里的东西统统抬出去，但没有发现耗子洞。挂在墙上、钉在窗帘上的竹编小动物都被咬烂了，还好，耗子们没咬蚊帐，因为其妹是抱着猫睡觉的，虽然这只猫不抓耗子，但耗子对猫还有起码的尊敬。田鸢想起了桑夫人对付耗子的办法：用小半截筷子支起一口碗，碗底下放诱饵，诱饵用细线连着筷子，耗子拖诱饵时，筷子被拉倒，碗就扣了下来，然后把碗转十几圈，转得耗子晕头转向，等它的小尾巴从碗边露出来，突然揪住它。

他在其妹屋里如法炮制，考虑到山耗子比较大，他把碗换成了盆子，把筷子换成了小木棍。有一天晚上盆子真的扣翻了，叮叮咣咣乱响一气。其姝半夜叫醒他，他冲到其姝屋里，果然看见盆子被一个大家伙顶得蹦蹦跳跳，他按住盆子猛转，把自己都转晕了，然后掀起一条缝，勇敢地把手伸进去，他捉住了一只瘟头瘟脑的秃尾巴山鸡。盆子再也没倒过，其姝说，耗子就在盆子底下窜来窜去，就是不碰诱饵。田鸢服了，北方的耗子才不这样呢，它们是给什么吃什么，吃得油光水滑、脑满肠肥，据说当朝丞相年轻时就是被这样的耗子激励才跑到国王身边去找食吃的。

既然南方的耗子不识抬举，他就要下毒手了。他下山买了一些用毒药浸过、耗子吃一粒就会死翘翘的麦子，把它们撒在墙根下，然后洗干净手和其姝一起砸核桃吃。第二天早晨其姝醒来，看见一只灰老鼠趴在床头案上，在一堆核桃壳中间蠕动，她失声尖叫，但这家伙并没有跑。定睛细看，它的嘴角和眼睛都在流血，敢情人家是来死给她看的，是来控诉的。田鸢闻讯而来，用小木棍捅着这只但求速死的耗子，得意扬扬地训话："怎么，不服？有本事你也给我们下药呀。"

半夜里，其姝在蚊帐里诚心诚意地盯着窗格上的耗子，等它们下来吃药。在月光下，它们忽而你追我赶，忽而像小鸟那样站成一排，居然有些讨人喜欢。她觉得田鸢说的有道理，南方的耗子就是贪玩，北方的耗子就是贪吃。下地后，它们闹得更欢，又赛跑又打架又唱歌，昨天那只死耗子留下的味竟然一点也不触动它们。其姝起夜时它们消停了一会儿，她迷迷糊糊点燃油灯，撒了尿，喝了口水，准备吹灭油灯，这时她发现案上有一堆灰老鼠，一动不动，她心里暗暗高兴："又一批战果！"她凑过去，揉揉眼睛仔细看，它们身上没有血，肩并肩排成一个圈，它们的头都在外边，一大堆尾巴在中间，打着死结缠成一团，这坨难分难解的、毛茸茸的、灰色的大圆盘忽然转动起来，徐徐转动，底下无数只粉红色的小爪子同心同德地划拉着，把它推动，它一边转，一边向案头靠近，挤翻了杯子，一双双有生命的小红眼睛轮流转过来，怀着蔑视，流露着诅咒。其姝魂飞魄散地冲出去，擂开田鸾的门，扑到他怀里哆嗦。她说九头鼠正在追过来，让他赶紧把门窗关严。门窗关好后，屋里漆黑一团，她在床上催他快上来，把蚊帐掖紧。田鸾掖蚊帐时碰到了她身上紧紧裹着的薄被子。这是他们俩第三次睡在一起。

他们俩第一次睡在一起时，拉过手，第二次睡在一起时，互相抚摸过，两个月过去了，他们的身体又陌生了，却比前两次都穿得更少，其姝把被子在身上紧紧缠了一圈，热得直翻身，还踢腾着腿往里扇风，田鸾也在出汗，不想碰她。门窗紧闭的屋里热得透不过气来，其姝受够了，她把被子掀到他们俩之间，说："不许欺负我。"田鸾看不见她，只听见她在扇自己的睡衣。他下地打湿了一条帕子，上床递给她，又给她扇扇子。她擦完汗把帕子递给田鸾，田鸾就用被她捂热的帕子擦自己。他们俩都困极了，外面的青蛙和蛐蛐组成一支乐队，为他们奏催眠曲。和第一次一样，她朝着墙，他朝着她的背，但他们之间多了一条薄被子。也不知过了多久，他不知道自己睁开眼睛没有，周围仍是一片闷黑，只是没那么热了。他昏昏沉沉地摸索着，忽然意识到身边躺着一个女人，她仰面躺着，她的平平的胸脯是那么熟悉可亲，当他的头脑还是一团糨糊时，他的手已经恢复了记忆——那是在地图上找不到的、关于咸阳最深刻的记忆。在淹没一切的黑暗中，他凭触摸一寸一寸地修复着幻影，它越来越完整，他翻到她身上，心痛地叫了一声："玉……"

一切和从前一样，她冰凉的鼻尖、平平的嘴唇、光洁的牙、细细的锁骨、单薄的肩……都是那么熟悉。想给它“正确的爱”，但它无动于衷。她的哀求声传来：“求求你别乱来。”于是他在她许可的限度内抚慰她……其姝的喘息声停了一会儿，然后默许了这件毫无伤害的事。她的呻吟声远远地传来——声声叹息中夹杂着儿戏的笑声。在诚心诚意的、祈雨般的仪式中，他自己的冲动渐渐平息了，其姝仍然是个处女，但她说，刚才那种“地震”的感觉不是第一次来，前年她哥哥的乐队高奏楚声，她憋着尿站在人群里，忍受着一段又一段宫廷祭祀音乐，忽然间身上就“地震”了，弄不清为什么。

她欣然接受了这无损于童贞的方式，也愿意跟他到瀑布下面的湖里去游一游，他说他的水性比谁都好。水里的事情不仅把其姝吓了一跳，连田鸾也没料到——只要他接触其姝，其姝就和他一样呼吸自如。那么其姝要重新了解他了，她抓过他的手来看，没有找到蹼，她拉着他浮起来，问他到底是人还是一条成了精的娃娃鱼，她又想起了和他刚认识的那一天，抹着眼睛上的水，认真打量他：“那是你吗？那个人在我面前那么……那么不自然，我没想到会跟他好。可是你为什么喜欢我？”这个问题在她心中悬了很久，田鸾却永远无法回答，他只能把她拉下水。他们手拉手，一起沉浮、遨游，一起穿越变幻莫测的光影，忘掉生而为人的种种疑惑，记住对方的身体。其姝那没长开的身子紧绷绷的，曲线是含蓄的，她是一条小鱼，田鸾拿不准自己担不担得起让这样的小生灵出血的责任。有时候其姝心疼地说：“实在很想，就来吧。”他知道在其姝这样的女孩心中有个信念：贞操只能交给值得托付一生的人，他克制了。其姝只觉得他爱得辛苦，没想到他冒着被人暗杀的风险来爱她，只是为了看到过去的一个人的幻影，只要这个人活在世上，他就不敢向她许诺一生。

负缙问清妹妹没有失身，就弄来三只看起来可以吞掉黄鼬的大猫，扔到她屋里，让她没有理由不回去住。但是没有人拦着他们白天在一起。他们在一起，周围的一切就渐渐远逝了，在楼台上看地图的王子远逝了，歪歪扭扭的人影远逝了，地上三只大猫和房顶一只小猫远逝了，山崖上的钟鼓远逝了，丹砂、活鱼、金银、铜器，还有许多流动的、光怪陆离的东西，纷纷远逝了。在人迹罕至的竹林里挂着一对秋千，同时荡起来的时候能够在空中相遇，他们就面对面荡秋千，相遇时恰好接一个上不着天下不着地的吻。直到秋后他们还去湖里玩，有田鸢在身边，她就不觉得冷，多年前弄玉跟他飞上夜空时就是这样，那时的爱是空中之爱，现在的爱是水中之爱。山雨欲来，他们也舍不得离开，田鸢的身子轻得像做梦，就走进湖里，果然，他没有沉下去，其妹惊讶万分地看他蜻蜓点水，看水面上映出的乌云和水上的舞者的倒影，又跟他一起踏着涟漪，绕着一片有千白只黑鸟的雾蒙蒙的沙丘滑行。他们在暴雨中搂抱着，看湖面被雨点打得暗淡无光，看提前来临的黑夜，其妹忽然想起他已经很久没有吻过她的手了，这“酒后无德”是她难以忘怀的，田鸢就捧起她的手，重新从命运线吻到爱情线，吻每个手指头。他们在凄风苦雨中睡着了，田鸢梦见夕阳下的麦田，麦浪无边无际，剧烈地翻滚着，空中飞过一群群金色的野鸭子，他失魂落魄地走啊走，走进一片汪洋，身边的鱼儿发出五彩斑斓的微光，其中一条白色的鱼游过来变成了一个裸女，她的身体稚气未脱，她的面孔让田鸢欣喜若狂。醒来时他相信那是弄玉，他梦见了其妹的身躯，只是由于他没见过弄玉的裸体。

楚　声

入冬后的一个大晴天，田鸢和其姝回来，看见平台上黄灿灿一片，一帮人站在边上指指点点。他们凑过去看，地上铺的都是负缗的地图，像晒兔子皮一样铺着，它们整整齐齐接起来，恰好接成一幅巨大的全国地图。那些人看见田鸢和其姝就不吭声了，其中有几个生人，目光灼灼地瞪着他们，田鸢看出这是一群荒原人，他们的脸像岩石一样，身上裹着乱糟糟的羊毛。最吸引他注意的是后面的一个小个子，不合身的狼皮袄拖到他膝盖上，高高的靴子又顶到膝盖上，他整个像一头穿靴子的狼，他正在专心致志看地图。田鸢凑过去弯腰看他的脸，他才抬起头，这张脸是那么熟悉，但田鸢记得它没这么糙，也许因为过去太嫩了，荒原上的风沙才变本加厉地糟践它，它黑一块紫一块，胡乱长着些黑瘢和硬皱纹，这样，他的眼睛就更亮了。田鸢认了半天，最后确信，这就是他的亲弟弟田雨。

“你来干吗？”

惊骇在田雨眼里一闪而过。然后他咧开干裂的嘴唇，笑了：“来找你呀。”

其姝回去喂猫，他们兄弟俩喝酒。田雨讲起咸阳城这两年发生的事，焚书、行刑台、万人坑、行走的山、刻在山崖上的世界地图、空中通道……田鸢听着听着，只觉得那是另一个世界，他在南方所见是一片风光旖旎、歌舞升平，就连焚烧阳具的大坑也成了蝴蝶泉。田雨说，这些事，一个人想看到，就能看到。说到扶苏被皇帝发往上郡，田雨收住了话头，他想起扶苏是田鸢的情敌。但田鸢殷切地盯着他：“说下去，弄玉怎么样了？”

他眼里没有一点妒忌和仇恨，只有对弄玉的关心，田雨就安慰他：弄玉的生活是安宁幸福的，她为扶苏生了一个儿子，两岁多了，他们娘俩和扶苏一起住在肤施，而嫦娥母女都留在咸阳宫。田鸢打断了他：“你说什么，嫦娥？”

“李斯的女儿呀，不是他正室吗？”

田鸢瞠目结舌，愣了半天，才明白弟弟的话。

“弄玉只是个——妾？”

田雨没想到这路人皆知的事实竟然瞒着最应该知道它的人，他看见了田鸢眼里的泪光。

“如果扶苏当了皇帝，他会立弄玉为皇后的。”他安慰哥哥。

田鸢闭着眼睛，把泪水挤回去，他想：弄玉，弄玉，你牺牲我得到的幸福，原来就是给人做妾！可我曾经想娶你做结发妻子！结发妻子！……他吸了吸鼻涕，问田雨：“就为当皇后，她嫁给了扶苏？”

听到这种话，田雨对哥哥便没有一点怜悯：“绝对不是。她开始根本不知道他是皇子，她真心爱他。”他毫不在意哥哥听到这句话的表情，比起他自己所忍受的，这太轻了，“不管他们要不要皇位，皇位终将属于他们，昏君死掉后，扶苏一定会继位……”

田鸢厉声打断他：“别扯这个了！你跑来干吗？”

“不是说过了吗，来看看你。”

“带着那帮强盗来？”

“话别说得这么难听，我的朋友听见了会不高兴。”

“你怎么可能知道我在这儿！说，你到底跑来干吗？”

“你跟谁说话呢！”刹那间，田雨眼里像射出了刀子，“我的事什么时候用得着你来管？”田鸢被他镇住了，田雨缓了缓口气，又说，“哥，你一年多不给娘写信，这不对，她很想你。”

“这一年，过得像一天。”田鸢垂下头说。

田雨又给了哥哥一些金子：“这些钱你先拿着，每年的地租我都替你收了，以后见面，我统统交给你。”第二天，他不见了，也没跟田鸢打招呼。他的朋友们多留了几日，最后把一些木箱装进轿子抬下山，田鸢看他们抬箱子使的劲就知道里面装着兵器。他不明白的是这种东西怎么混得过一路的关卡。想到弟弟那句话——“昏君死掉后，扶苏一定会继位”，他全明白了。但是弟弟的事情，确实从来没让他管过，喝隐身糖浆喝成公鸡也好，下棋下成国手也好，杀人杀到天庭里也好，全是他自作主张。

初春的一天，山崖上又高奏楚声，比任何一次都更宏大悲壮，负缗和那些没落贵族站在山崖上，其他人乌压压肃立在平台上，只有田鸢和其姝置身局外，他们在另一座山上偷看着。祭祀过后，乐器被推进山谷，发出最后的轰鸣。这座山就要空了，这些人都要跟负缗下山，但其姝不想去。第二天凌晨，她把一张条子搁到床上：趁你们还没打进咸阳，我得去逛逛。然后跟田鸢私奔了。

幻影的芬芳

她带走了七只竹螃蟹和写着七个“酒后无德”的条子，竹螃蟹挂在腰带上，布条封在一个猪尿脬里。也不知负缗的人拦截了多少船找他们，但他们在水底游着，游出了丹砂的世界。他们买了两匹马，买了几口袋干粮，翻越千里栈道，其间也有一些小村庄，让他们喝到热汤；也有一些强盗，被田鸾打得落荒而逃。他们眼看着春天来临，灰暗的世界浮起了嫩绿色、粉红色和白色的花云，他们在花丛中相拥而眠，只有神知道，与此同时弄玉和扶苏在北方的山路上干着同样的事。

翻过秦岭已是夏天，面对熟悉的黄土地，田鸾想起了许多鸡毛蒜皮的往事——某一年跟养母出门带的金豆子是一百四十八粒，在一场不费吹灰之力的战争中他上交了三十六颗首级，很多事情发生在上不着天下不着地的一座城堡中，它的门前有黄河，孔雀笼前面有个井里出了一千五百年前的龟甲，弄玉的失语症是自己骗自己的病……在浮想联翩中他回到了皇帝所创造的世界中心，他又看到了上林苑的气象万千、咸阳宫的冲天瑞气、通天塔的魅影，他还看到更为壮观的阿房宫、空中通道、地图山，还有行刑台……是的，都像田雨说的那样。他找到了自己家，门上的锁已经锈死，田鸾不得不把它拔下来，看房的仆人不知去向，地上石板的缝隙里长出了荒草，带出干干的血迹，墙上也有发黑的血点，田鸾仔细看，认定那不是人血只是牲畜的血，他不明白弟弟在这儿胡折腾什么来着。

他们在咸阳逛了几天，又往北边去，他们并辔而行，经过土石山路、黄土梁、旧长城的残垣断壁，来到定边，这里的荒凉使其姝疲倦，她在客栈里睡觉，那只猫就在这时候追上了她。田鸾独自闯进鄂尔多斯高原，在十八岁孤身战斗过的草原上奔驰，在马上仰望天空，这是卢生第一次引导他飞行的天空，那时候他还以为是做梦呢，他在贺兰山脚下盘桓，关押过卢生的岩洞日日夜夜敞开着，大铁门被人拆掉了，匈奴人的营地也荡然无存了，他也记不得自己拴过马的树在哪儿了。他狂奔了大半天又回到定边，一股梦游的力量把他往东北方拖去，拖到上郡。

无定河的风中弥漫着只有在梦中才能闻到的气息，他牵着马走，一尺一尺地靠近弄玉的温柔乡，他游荡在阳光灿烂、树影斑驳的街头巷尾，在黄土墙上、在黑乎乎的门洞里、在柿子树的剪影中、在枣树的光斑中、在一动不动的老人身上、在孤独的小摊上、在无穷无尽的道路深处，看见的全是弄玉。因此他走得不慌不忙和漫无目的，仿佛六月的骄阳永远不会坠落，仿佛客栈里的其姝永远不会醒来。唯一没有弄玉幻影的是夕阳中穿出的队伍，军官头上的羽毛让他想起雄心勃勃的田雨，他看见马队奔进一扇豪华的大门，他感到只有皇子和皇子妃的住处才会如此豪华，他怀疑那一家三口就在里面，他最亲爱的人在这里度过最美好的时光——在她出其不意被田雨扶上皇后宝座之前。现在，田鸢百分之百地肯定了一个想法：弄玉，如果你真的为当皇后而嫁给扶苏的话，我丝毫也不怨恨你。这扇大门粗暴地闯到他面前，代表某种现实，却不足以驱赶弄玉的幻影，他骄傲地对卢生说：嘿，你的预言错了，我并没有在心里杀死她以便让自己活下去。他又质问不知在哪儿的田雨：你为理想不择手段，我为爱情沉沦一生，我们谁也管不着谁，当我呼唤我深爱的幻影时，你却在强盗窝子里茹毛饮血，当我爱着这里每一棵草的时候，你要为头上插鸡毛而弑君，不，我跟你无话可说。于是他对弄玉的幻影说：弄玉，弄玉，亲爱的弄玉，你在听吗？如果你的午睡还没有醒来，能听到我的问候吗？你别到门口来，我不想打搅你，我也没有勇气再往前走一步，听听你呼唤孩子的声音，哪怕只是为了证实你真的在里面。假如能够听见的话，这是我唯一不会搞错的声音。这只是我记忆中的声音，你的嗓音还是那样吗？亲爱的，我暴露在灼热的阳光下，徘徊在尘土飞扬的大街上，虽然孤独，但是除了你的幻影，我不希望任何东西来打扰我。三年前那个秋天的孤独与今天是一样的，从那时起我满足于你的幻影。你确实留下了一些东西，比如一封永别信，但它怎能代替你呢，信上没有你的体温。你爱你的丈夫吗？正在和他做爱吗？请你抽空听听我的问候，从他怀里醒来时，请给我一个心灵瘟疫式的回答，你们的屋里很凉快吗？你可能很爱他，因此彻底忘记了我，这没关系，请容忍我继续爱你，请相信在爱过二百个女人之后，我仍然像过去一样爱你。我对你的爱，足以让世上的一切来分享，正是由于无法抚慰你，我才让她们分享本来属于你的东西，也只有从她们身上，我才能找到你的体温。亲爱的，在三年中，我连你的一根头发都见不到。我发誓，为了你，我好好地爱全世界的女人，为了你，我永远二十岁！

二十二 · 凤凰作坊

鸢舅舅

离开肤施那天，弄玉在通天塔下坐了一夜，流泪，胡思乱想，再流泪……天蒙蒙亮时，她回了家。怕母亲看见她红肿的眼睛，她一进门就急匆匆地往南房跑。但是有一个人从她一进院就发现了她——菲菲每天早晨醒来第一件事就是往院里看妈妈爸爸来没有，而且会一直看到开饭。现在菲菲看到了她，就光着脚跑出来，扑到她怀里哭。她身上的雨水把孩子也弄湿了，她赶紧把孩子抱回屋，抓一条薄被子像裹婴儿那样把孩子裹起来。她红肿的眼睛和孩子亮晶晶的眼睛一眨不眨地对视着，像久别重逢的情人那样对视着。她忽然觉得不管是扶苏的爱还是田鸢的爱都不及这孩子的十分之一。容氏的脸出现在窗格上，“呵，爬通天塔的人回来了。”

早饭后，菲菲牵着妈妈的一根手指头出门，逢人就把妈妈的手举起来炫耀：“这是我妈妈！她爬完通天塔了！我爸爸还在爬！”下午他在院里追孔雀，弄玉看他玩得挺好，想进屋再睡一觉，但菲菲就像屁股上长着眼睛似的，“妈妈别走！”他追上来，用胖乎乎的手指头钩住妈妈的手指头，“拉——钩，上树，妈妈要爬通天塔，带宝一块儿爬，一百年不反悔，反悔变小鸡！”他的小脸上像祭天时一样庄重。就是妈妈上厕所他也跟着，百里桑笑话说："扎条小辫当闺女养得了！反正取的名就不像男孩。"弄玉说："去，你自己找人生个儿子当闺女养。"

这时百里桑扎着围裙，吹着口哨，正在削一截藤条，他脚下还有一大堆，他现在干起了养家糊口的正事——编藤条筐。如意则成了养蜂女，她出门比母亲起来做饭还早，带几块饼，在山上就着溪水和蜂蜜吃，她回来时天都黑了，身边总是跟着几只蜜蜂，这些蜜蜂会落在她眼皮子上，但从来不蜇她。她很少说话，只有看见菲菲揪孔雀毛时呵斥了一声："别揪！"家里人都知道她为什么在子午岭上养蜂，那是张璐带她捉过蜜蜂的地方。为了她，家里不再熬粥了，因为每一锅粥都会让她多一年不说话，除非张璐自己冒出来念着咒语熬那种玉液琼浆。谁也不知道张璐是死是活，所以一天下午，当如意领着一个风尘仆仆的男人早早回来的时候，着实把大家吓了一跳。那是一个大晴天，容氏在厨房门口揉一个羊皮袋子，里面装的是带壳的谷子和碎瓷片，好歹去掉些壳，然后拿筛子滤。那小伙子一出现，羊皮袋子就从她手里掉了下来，米和碎瓷片撒了一地，可是她很快认出了来人，笑了："噢，断线的风筝飞回来了。"

百里冬在天井里坐着，从怀里摸出一根香肠，掰下一截偷偷塞给菲菲，他看见来人，慢慢站起来，激动得两腿直抖，菲菲嚼着香肠，很感兴趣地盯着这个陌生人。百里桑在削藤条，看见这个人，他哗地站起来，围裙上的碎木屑撒了一地，这个人也是目瞪口呆，百里桑明白了，笑了："嗨，你把我当成扶苏了！"这人说："噢，我不认识你。"他往里走，突然僵住了，弄玉背对着他，在笨手笨脚地晾被单。弄玉满头大汗地转过身来时，也惊得脸发白。

"是你……好久……不见了。"

“也没多久，三年零四个月十一天嘛。”田鸾说。

田鸾随后的表现让她宽了心。他首先来抱菲菲，因为从来没抱过孩子，怕孩子从他怀里掉下来，就把孩子搁在了胸脯上，这样他就仰面朝天了，累得脸红筋涨，但是抽空亲了菲菲一口。弄玉让菲菲把这个不速之客叫“舅舅”，他一叫“舅舅”，编筐的舅舅和新来的舅舅同时答应，后来就给新来的舅舅加了个“鸾”字。田鸾认了百里桑，马戏团的幻术他是领教过的，他完全相信虎皮人能够像裱糊一样在一个人身上贴一层撬都撬不开的英俊外壳。菲菲一趟一趟往鸾舅舅身边跑，把自己的玩具一样一样抖落出来。他递来一个猪疙瘩，鸾舅舅笑着抛了抛；他亮出一个小风车，鸾舅舅吹得它骨碌碌转；他送来一枚铜钱，鸾舅舅就把它竖在食案上转；他把孔雀轰进餐厅，鸾舅舅说：“啊，这我认识，它会送信。”吃晚饭时他说说南行的见闻，大家说说这儿的事，百里桑说说世界的事。提到桑夫人，容氏说有一天桑夫人跟着一个军官追了两条街，拉住人家叫“儿”。田鸾说他下个月就去海边找桑夫人。提到田雨，大家想不通这个人是怎么回事，放着好好的将军府不待，去当土匪，也许从来就没人明白过他在想什么，就连被他叫作“娘”的桑夫人，也只是看见他的躯壳。

菲菲不停地跟鸾舅舅套近乎：“我们家有白白的墙，你们家有吗？”鸾舅舅说：“啊，我们家的墙是灰色的。”“我们家有黄色的花、白色的花，你们家有吗？”“我们家院子里尽是草。”“我们家有花斑鱼，你们家有吗？”“嗯，我们家有只猫。”“我们家有玉箫，你们家有吗？”弄玉打断孩子：“让舅舅吃饭吧。”田鸾说：“没事。”结果菲菲哪壶不开提哪壶：“我们家有个爸爸，你们家有吗？”

菲菲不知道鸢舅舅家被满门抄斩了，更不知道自己的爸爸对鸢舅舅来说意味着什么。弄玉用筷子狠狠敲了敲他的碗，孩子吓哭了。田鸢把他抱起来，用袖子擦掉他的眼泪，说：“你说的那些好东西，舅舅没有，可是爸爸这样东西，舅舅倒有一个，不知道在哪儿。”

大家知道田鸢说的不是满门抄斩的爸爸，而是那个木匠爸爸，亲爸爸。弄玉难过地瞧着田鸢，大家也是这样，就连对一切漠不关心的如意也翻了翻眼珠。吃完晚饭，田鸢高高兴兴地带菲菲出去玩了，回来时抱菲菲已经抱得很在行。菲菲捧着一大把蒲公英，还把它们的茎一根根揪断，舔冒出的白汁，这汁是苦的，他舔一口，就咧开嘴把头埋在田鸢肩上，但还是忍不住一口一口地舔，田鸢笑着对大家说：“菲菲在喝牛奶。”弄玉迷惑了，这就是今天下午见到她脱口说出三年零四个月十一天的人吗？她不知道当菲菲伏在田鸢肩头时，田鸢闻到了她的气味。天黑后田鸢忽然要走，留都留不住，说有人在家等着，百里冬生气了：“他还怕你丢了不成？你三年来一趟，都没跟我好好聊聊！”田鸢非常为难，容氏看出来了：“把她带家来吧，让咱们瞧瞧。”

葛布

所有的人都看出来，其姝是田鸢在世界上找到的弄玉的替代品，百里桑还悄悄说，怪不得，在流浪路上见到姐和田鸢在一起，原来不是姐，是这姑娘啊。只有其姝自己蒙在鼓里，她扎着马尾辫，像弄玉做姑娘时那样，但现在，弄玉梳着成熟少妇的发髻，她就不觉得自己像弄玉。更何况她比弄玉黑。她挺羡慕田鸢的“姐”这么白，这么漂亮。

她热情开朗的性格很快博得了全家人喜欢。孔雀歪着脑袋打量她，她惊喜地说："啊，北方还能见到孔雀！"那帮北方佬们相视一笑，这是他们身边第一个初次见到孔雀而不会惊呼凤凰下凡的人。她看见百里桑削藤条，就捡起一根说："这皮削了多可惜，可以用来织布。"百里桑苦笑着说："我们家谁织过布呀。"她说她会。吃完晚饭，她把乱七八糟的藤条分成两堆："瞧瞧，这是树上的藤条，又老又弯，只能用来编筐；这种呢，是山坡上长的藤条，又长又直，它拉出的丝也会很直的，就用它织布，它抽出的芯还可以用来编东西，比那种藤条编的好看多了。"为了这事，她和田鸢住了下来，田鸢跟百里桑住在一起，她住在以前桑夫人的屋里。第二天她找了一口大铁锅，把挑出来的好藤条一捆一捆放进去煮，把皮煮得稀烂。中午，她指挥百里桑在院里挖一个坑，六尺见方、二尺深，底下满满地铺上草，把煮好的藤条放进去，上面再满满地铺一层草。过几天藤条上的皮沤烂了，几个年轻人就嘻嘻哈哈地把它拉到河里洗。其姝认定这个依山傍水的地方是纺织的风水宝地，唯一遗憾的是泾水不如南方的江水清。弄玉也卷起裤脚站在水里玩，她笨手笨脚的，手里的藤条经常被水冲走，当田鸢踩着水去追藤条时，她觉得这无非是比较羞涩的飞行罢了，后来听其姝说田鸢从没飞过，她才真的吃惊。

傍晚，他们推着一车雪白的藤条胜利归来，容氏绕着小推车转圈，一个劲夸："南方的姑娘就是巧！"其姝甜甜地一笑："巧的还在后头呢。"次日一早，大家看南方姑娘会巧到什么地步。其姝一身短打扮，头发盘起来，像过门一年多的儿媳妇似的，这时候弄玉的头发却披散下来。她时时刻刻都注意使自己与其姝不同，当其姝说"姐，你的发髻真好看，教我做"时，弄玉说这是飞燕髻，一般人不许做，为了不让其姝觉得她太高傲，她盘起平民妇女的发髻，其姝出于崇拜她的美貌又来模仿，她就不知疲倦地换发型。不过在心灵手巧这方面，弄玉是很崇拜其姝的。其姝把藤条泡在水缸里，弄玉明白了：这件事从头到尾都离不开水，谁叫它是水乡的发明呢。其姝熟练地抽出一根根白色的纤维，弄玉、田鸢、百里桑也学着干，发现这活顺手得让人上瘾，纤维都给水泡开了，一抽一长条，一点儿也不费劲。他们很快攒了满满一盆，跟蚕丝似的。抽出的纤维，也泡在水里。然后田鸢、其姝去买纺车，百里桑和弄玉在家给纤维打结。纺车回来以后，其姝把纤维绕成团，安在纺车上，然后，随着踏板的翻动、线轮的旋转，这团线奇迹般地变成了布——这可是树皮变的布啊！有学问的弄玉想起来了："葛布！葛之覃兮，施于中谷，维叶莫莫！这就是传说中的葛布啊！"读过书的也不止她一个，百里桑觍着黑脸说："是刈是濩，为絺为绤，服之无斁。这都把生产工艺告诉咱们了。"田鸢对着其姝傻笑："你干这活儿原来有教科书呀。"只有如意不参加这个过家家，实际上直到第十天半夜其姝才在厕所门口碰巧遇到她，她毫不好奇地对其姝点了点头，算是打了招呼，然后又消失了，她早出晚归的习惯像老太太一样固执。

其姝专门织布，百里桑、田鸢和弄玉抽芯，两位老人煮藤条、沤藤条，没活干时就出神地看纺车骨碌碌转、雪白的葛布一匹匹变出来。这种布做的衣服，穿在身上又凉快，又吸汗，又轻，又结实，手感还很好，姑娘穿上它，更喜欢照镜子，小伙子穿上它，更容易被姑娘抱。百里桑把第一批葛布拿到城里，先给自己家的人做衣服，那家裁缝铺立刻向他们订购更多的葛布，然后其他裁缝铺、绸缎庄也慕名而来，邻居们也来买，把他们忙得喘不上气来。有一天来了一个脸上有刀疤的商人，驾着一辆大车，把院里的葛布统统拉走了，留下一袋金子。他们打开袋子，看见个布条，那个人已经驾车走远了。布条上写着：“你和姓嬴的那小子，哪儿也别去，在这儿等着！”

其姝毛骨悚然，她不知道在自己和田鸾私奔的路上，哥哥的探子藏在哪些树、哪些房子或哪一股黄沙后面。然后从定边到上郡的绸缎庄主纷至沓来，一看见孔雀就热泪盈眶，然后要葛布，断了货他们就在门口铺上被褥日日夜夜守候着。原来，他们收到了贺兰山“独狼”的帖子——要是在他们的店铺里看不见养凤凰的人家做的葛布，就找他们借钱。土匪来借钱的意思，大家都知道，土匪会借多大数目，他们也听说过，一般不会比冤大头的家产少。他们猜不透土匪和凤凰有什么关系，土匪到底在演什么童话，但也只好去找凤凰，他们打听得好辛苦好辛苦，终于在泾水岸边这户人家找到了凤凰，于是“凤凰作坊”就叫开了。百里冬没法告诉田雨要还二百斤黄金也别用这种方式啊，把那么多人吓着不说，他们也累坏了，只好雇人来做葛布了。他们以为很快会把子午岭糟蹋光，谁知一片山坡刚刚被砍秃，周围的葛藤又疯魔般地填上它，这简直没天理，难道“独狼”的巢穴里竟然有巫师对植物施心灵巫术不成？

青春膏

菲菲经常追着孔雀在织机间跑来跑去，像一团白色的球跟着一团绿色的球滚，后面那团肉球还呼哧带喘的。织女们经常被孔雀圆鼓鼓的肚子撞一下，然后看见一只小巴掌拍在织机架子上，惹得她们大笑不已。

菲菲现在特别想把孔雀毛揪下来玩，孔雀现在特别怕他，好像又回到了嫁给大鹅的不堪回首的日子里，它不明白大鹅的喙子怎么长在了小主人的爪爪上。田鸢顺手拉住孔雀让他来摸："只许摸，不许拔，啊？要不然小姨会生气的。"菲菲嘟噜着嘴，谨慎地把孔雀毛一层层翻开来研究。孔雀的嘴巴一张一合，小脑袋大惑不解地摇摆着。但菲菲还是趁人不注意揪下了一根尾翎，捏着它睡觉。第二天早晨大家起床，破天荒地看见如意在院里站着，抱着孔雀，头顶有几只蜜蜂嗡嗡转。她把孔雀抱到菲菲面前，翻开孔雀尾巴，给他看孔雀屁股尖上的一个红点："揪吧，揪下毛来，孔雀就找不到你妈了！"

菲菲张开水汪汪的小嘴哭起来，因为妈妈去爬通天塔的时候，他只能靠孔雀去找妈妈。他哭得这么悔恨，姥爷掏出香肠也劝不住。田鸢跑到楼上把那根孔雀毛拿下来，接在孔雀屁股上，蹲在孔雀后面说："我是大孔雀，我是大孔雀，我的毛没被揪掉，我还可以找到菲菲的妈妈！"菲菲就破涕为笑，还啃起了香肠。弄玉偷偷瞅田鸢，觉得他很快乐，甚至是院里最快乐的一个人，她暗自松了一口气，吃饭时说起扶苏也不用避开田鸢了，扶苏已经来了两封信求她带孩子回去，她想在家里多住些日子。每天早晨，她像个真正的姐姐一样大声招呼田鸢来洗脸："快来，其姝都洗过了。"又问："热吗？兑点凉水。"田鸢用热毛巾捂住绝望的眼睛。没人注意到百里桑是怎么洗脸的，他对待自己的脸皮像对待生牛皮一样凶狠，他没法搓掉脸上的黑，就求容氏把那种膏——那种一夜间让人变白的青春膏——配出来。

田鸢和弄玉玩葛布玩腻了，就剩下其姝和百里桑领着雇工们从早忙到晚。其姝不仅想在跟田鸢去海边之前为他"家里人"重振家业出把力，自己也被这重复简单的劳动迷住了，她把帕子泡在水盆里，时不时捞出来擦把脸，身上又有劲了。难能可贵的是小少爷百里桑也这样任劳任怨，他自己说，早在戴白鹿皮弁那天，他就发誓要做一个责任感比耕牛还强的人。弄玉揭发他不久前还游手好闲，其姝都不信。没人把马戏团幻术的事告诉其姝，但百里桑向其姝坦白，他小时候和现在截然不同，一颗小脑袋像山芋，一对小耗子眼睛又冷漠又怯懦，一张嘟噜嘴又像刚刚啃过一只猪蹄子。其姝怎么也不相信山芋、耗子、猪蹄子就是眼前这张英俊的黑脸的过去，百里桑说直到二十一岁他才开始发育。其姝问："你妈那么漂亮，能生下一颗山芋？"百里桑小声说："可她不是我亲妈呀。"他讲了大地震以前的事情。但他从来不打听其姝的来历，其姝不想说的事，他恰好没有好奇心。这使其姝自在。其姝认识的很多人，包括风流倜傥的西门，也免不了这样的开场白——你家乡在哪里呀，你咋来这儿的呀……就连田鸾也问过她：你哥哥是干什么的。但是百里桑聊天不靠这个。世界的事早就把他的话匣子装满了。

他说有一个地方的人寄信不像我们这儿用木鱼和尺牍，他们寄信前把奴隶的脑袋剃光，把信写在那上面，等奴隶头发长出来，他们把奴隶寄出去，收到信的人又把那个奴隶剃成秃瓢，好写回信。他说有一种比脑袋还大的蒲公英生长在遥远的西方，它开花的时候会朝着太阳摇头，花蔫的时候它沉甸甸的脑袋害臊地耷拉下来，这时候它结出了可以吃的籽，为了让它多结籽、结出粒大饱满的籽，那儿的农夫农妇喜欢在地里交合，他们觉得植物需要学习……其姝就问他谈过恋爱吗，他说谈过，其姝追问下去，他就把那个女孩说得像诗一样，什么肤如凝脂啦，面如蟠桃啦，一听就是想象的。其姝问他现在有没有意中人，他说没有，其姝问他想要什么样的，他犹豫一下，说："找个柴火妞呗。"

"哦，你又不喜欢丰满的了？"

"谁说我喜欢丰满的了？"

"你说的呀，你刚才形容的，不就是个胖妞吗？"

"不会吧，我没事给自己找一袋大米抱？"

"那也比抱一捆柴火强啊。"

"一袋大米抱不住，一捆柴火嘛，我一把就可以搂住。"

说到这里，他用眼神搂住其姝的腰，其姝脸上一热。他又问："你常照镜子吗？"其姝警惕起来："问这干吗？""你抹青春膏吗？""我不照镜子，不抹青春膏，我从不关心自己的长相！""你保养得不错。""我只有骨头。""你有骨子里的女人味。""别肉麻啊。""其实你女人味很足。""你再啰唆！""女扮男装都不像，皮太嫩，嗓音又那么柔美，织布的动作又那么俏……"其姝气呼呼地走开，又偷着乐。她躲在屋里，把"酒后无德"的布条从枕头下取出来看，又惆怅起来："你怎么就不会对我说点甜言蜜语呢，哄你姐姐的孩子倒那么会哄。"她听见院里的说笑声，又打开门，田鸾正抱着菲菲，弄玉站在旁边，眼睛乐得像菊花瓣似的，姥姥和姥爷在听田鸾说刚才带菲菲去拜见花母牛的事，那头牛一直下奶给菲菲吃，可以说有养育之恩，菲菲第一次见到它，眼睛瞪得溜圆，田鸾指着牛说："这也是妈妈，叫妈妈！"菲菲居然诚心诚意地叫了一声，把田鸾他们乐坏了。

其姝又回到织机前，这儿离不开她。百里桑从奶牛说到北房，他说刚搬进来那天他住在北房里，一宿没睡着，墙上咕咚咕咚、吧唧吧唧响，他以为一群哑巴在开通宵宴会，第二天一打听才知道，隔壁就是牛棚。

他聪明地打破了刚才的尴尬。尽管他绕着世界跑了四周半，说起话来却还是当初那个搞孔雀传书的疯疯癫癫的隐身人。其姝不知道他会想起些什么，说些什么。有一天他突然问："哎，你晚上怕声音吗？""问这干吗。""比如刮风、门窗响、瓦片掉下来。""你在说什么呀。""我嘴笨。""你嘴才不笨呢。""我随便问问。""干吗想起问这个？""昨天晚上我在想这个，我在想，那只猫跳到你房顶上会不会吓你一跳？"

自迁到咸阳以来，百里冬家没有比这更热闹的时候了。干活的干活，耍贫嘴的耍贫嘴，逗孩子的逗孩子，葛布一排排晾着，织机、水盆、葛藤、葛丝堆了一院子，天井里晾着一片白花，那是做青春膏用的，百里冬这个小老头红光满面地坐在中间，仿佛花瓣的气息先让他恢复了青春。那母子俩绕着织机捉迷藏，菲菲发现妈妈，就张开翅膀扑过去，妈妈也张开翅膀扑过来，来一个激情会合，菲菲乐得像只小鸭子，但有时他突然沉下小脸说："妈妈不爬通天塔。"想到这儿，他还要和妈妈拉钩发誓，说定后才表情庄严地走开。弄玉累了，他一般跟鸢舅舅玩，因为姥姥正忙着配青春膏，姥爷一天只走动一次，除了姥姥，谁都知道他去弄玉藏香肠的地方偷香肠，他回来坐在天井里，会长时间陷入谁也猜不透的悠远思绪，直到菲菲来找他要香肠。

田鸢抱着菲菲去逛街，菲菲盯上什么，他就买什么，回来时他常常一手抱着菲菲，另一手搂着一大堆玩具，菲菲则一只手摇晃着新玩具，另一只手像小时候那样不由自主跟着动。弄玉劝田鸢别把孩子惯坏了，这孩子本来不会闹着要这要那，只要告诉他："这是人家的东西。"他就不会打它的主意。如果他不是个有自制力的孩子，那就得把一条街一条街的好东西搬回家来，将来他长大了，整个国家也不一定能满足他的欲望。

弄玉热心向田鸢传授育儿经验，她觉得这对他和其姝有用。她说，孩子不在她身边的时候，养成了一个坏习惯——半夜喝牛奶。他不饿，只是对牛奶上瘾，灌一通，咳嗽一下又全吐出来，姥爷姥姥被他累得够呛，跟他讲道理:“喝多了吐吐。”也没用。弄玉来了，下了狠招:“喝！妈妈一个人爬通天塔去！”这下菲菲老实了，瞪着大眼睛劝自己:“回家跟爸爸喝。”或者:“到月亮上喝。”有那么一些难以实现的愿望，被他寄托在更渺茫的愿望上，他就安心了。他也会放纵自己，大家掌握了一个规律：只要他在一间屋里半天不吭声，就一定在偷偷摸摸干点什么，大人冲进去，果真，那个一直被说成是装着大耗子的抽屉拉开着，菲菲嘴里嚼巴着，说:“宝也不吃两个奶条，吃多了吐吐！”有时他站在厨房的灶台上，橱柜门拉开着，他像小熊一样舔着嘴，还摇着手说:“蜂蜜也不能吃多多，吃多了吐吐！”大家知道他正在忏悔，他的忏悔比他的自律还好笑，因为这时候他的表情尤其庄重，眼睛瞪得溜圆。香肠、奶条、卤蛋、蜂蜜……这些好东西都会引起他忏悔。他没事跑到大人面前，高举着小袋子，瞪着眼睛噘着小嘴说:“大卤蛋也不能吃多多。”大家就知道,好几个卤蛋已经化在他肚里了。那么他就不好好吃饭了,他歪着脑袋，斜靠在墙上，整个一个家有余粮的爷，求他坐直了好好吃，他又成了祖宗，弄玉和田鸢就合谋了这样的诡计:弄玉把菲菲的碗递给田鸢，“宝不吃，鸢舅舅吃！”田鸢就假装吃，把自己塑造成一条黄狼，这时菲菲会勇猛地扑过来夺自己的碗，这招屡试屡灵，试完以后田鸢和弄玉会心地一笑。说到孩子哭闹，弄玉说吹箫对她的孩子很管用，“你笑什么？啊对了，你不知道我会吹箫。我还吹得不错呢。有空带其姝到肤施来玩，我吹给你们听。其姝会吗？不会我教她。”田鸾没问她是不是住在蒙恬的官邸里，也不想带其姝去听她吹箫。这是此生中最后一次见面吗？他不知道。他就要回到遥远的故乡了。无论如何在今后的日子里，呼之欲出的已不是她做姑娘时的声音，而是今天这个成熟少妇的声音。

卤蛋吃多了，菲菲闹便秘，只有蜂蜜治得好，这下不光对他开放了蜂蜜抽屉，而且田鸾捧着一罐兑水的蜂蜜求他喝。他坐在便盆上憋，攥着小拳头使暗劲，脸憋得通红，用小羊羔的眼睛向鸾舅舅寻求力量，可大便还是下不来。他对便盆产生了恐惧，后来见到便盆就跑开。田鸾用奶片劝诱他坐在便盆上，好言好语让他明白：做小孩子的最高境界是乖，拉屎又是乖的最高境界，达到这个境界就有奶片吃。菲菲拉出来那天晚上，田鸾把奶片给他，然后端着屎盆子楼上楼下跑，满院跑，喊着：“拉啦！拉啦！”就像宫廷里伺候小王子的宦官一样，他撞到了脸如冰霜的如意。后来菲菲把拉屎当成人生中最值得炫耀的成就了，一天拉上五次来博得大家的赞赏，他凛然不可侵犯地坐在便盆上，半个屁股陷在盆里，另外半个屁股和大腿组成可笑的直角，田鸾忍不住抚摸他，他还用小手推开田鸾：“走开，我臭。”他跟大家讲条件：“宝拉出巴巴，给宝奶片、香肠、大卤蛋……”得到承诺后，他在盆里留下一小坨成果让大家鉴赏，田鸾差不多把脸扣在了便盆上：“啊！一截香蕉！”“啊！一个小柿子！”“啊！一颗羊粪蛋！”菲菲撅起屁股，理直气壮地命令：“擦屁屁！”田鸾就跑去找擦屎的木片。这个小动物拉完屎是干净的，但田鸾还是象征性地给他擦擦。弄玉看出他真的乐此不彼，就不跟他抢着干，只问香蕉是什么。百里桑和其姝齐声回答：“冬天不下雪的地方就有香蕉！”菲菲不知道什么时候会喊“擦屁屁”，田鸾隔着院子听见这召唤，也会义不容辞地跑出来找厕筹，等他扑到菲菲面前的时候，菲菲四肢着地，绕着便盆爬着，屁股撅得比天高，百里桑管这叫“猕猴舞”，他在丛林里见过一个原始部落打胜仗后跳这种舞庆功。

田鸢和菲菲是这样投缘，以至于除了弄玉以外，他是唯一可以在中午把菲菲哄睡着的人，菲菲喜欢枕他的大巴掌，他就把手放在菲菲后脑勺下，任凭菲菲呢呢喃喃、翻来覆去，那只手一动不动。有他在，弄玉得以睡个香甜的午觉。菲菲睡熟以后，他把手慢慢抽出来，手背上深深地留下了席子的印痕。他翻箱倒柜给菲菲找玩具，废织机梭子、小香炉、空香粉盒子、皮影、坏沙漏、如意量过孔雀肚子的皮尺、双头人放飞过的纱笼、百里冬的围棋子、从炼丹房带回来的红公鸡毛、过时的符籍、卢生留下的黑帽子、不知哪来的一只玉瓜……最后他掏出一把木片，仔细一看，那是“不死草”在心灵瘟疫期间作的疫情汇报，写着田雨盯桑夫人眼睛时病情加重、三名厨子不敢同时下厨房、百里冬在场院里坦白自己的出身、某些人进入了同一个梦、病情的严重程度与爱成正比……不知何时全家人都进来了，百里桑拍拍围裙捡起那些木片，弄玉也凑过来瞧，百里冬的锄头脚踩扁了卢生的黑帽子，容氏找到了磨青春膏的小磨子，其姝也来了，她以为这儿正在抓秏子。几个青梅竹马的伙伴互相盯着不出声，其姝不知道他们在怀念心灵瘟疫，她摇摇头出去干活了，她的活到天黑也干不完。

也就在这几天，青春膏配出来了。百里桑在姐姐的屋子里鼓捣它，因为那儿有梳妆台。宽敞的台面上摆着一排瓷瓶和瓦罐，发出花香和药香，他按照母亲说的，每瓶取点药粉堆在一起，再加上白铅粉，再往里掺水——今年春天从桃花瓣、杏花瓣上搜集的露水。他把这堆粉调成糊状，往脸上抹。其姝像猫一样溜到他身后时，他还在专心致志地抹着。其姝用小指头蘸了一点糊糊，放在鼻孔下嗅，又往嘴边送，好像还要尝一口，百里桑猛然转身捉住她的手指头：“有毒！”其姝说：“你一个大男人化什么妆呀？”百里桑心虚地说：“是……是药。我脸上痒痒。”他抓起一块布，擦她的手指头，她挣开他，自己擦干净了。百里桑笑起来，他脸上白一块灰一块，笑起来像鬼一样，说其姝：“你的手指头真凉。”其姝走了。第二天早晨，她那根手指头前面变白了，而百里桑整个脸焕然一新，还穿着崭新的葛布礼服，硬硬的领子顶着他的腮帮子，那身衣服笔挺得让人同情。其姝凑过去一看，才知道他为什么这样——他的脖子，上面是白的，下面是黑的，有一圈明显的分界线。“哪儿来的熊猫啊！”其姝大笑，“你还是把全身都抹一遍吧！”百里桑也只好这么做了。他再一次调出来的青春膏，像大年三十中午和的一团面。于是他全身都白了。

其姝在北边的树林里找到田鸢，田鸢正在骗菲菲说旁边是一棵痒痒树，一挠就会动弹，菲菲挠树，他悄悄摇树干。其姝问：“你说我要是白一点，好看吗？”田鸢愣了一下，明白了：“哦，很快又会晒黑的。”其姝说：“不会的！百里桑说，抹了那种药，就像天生的白一样！”田鸢说：“哦，抹吧。”其姝摇着他的胳膊问：“别哦哦的，我到底是白一点好看，还是现在这样好看嘛？”田鸢说：“白一点有什么不好呢。”其姝就兴冲冲地跑回去，把百里桑剩下的青春膏端到自己屋里，往身上抹。她一边抹一边想：“哼，过去你求我化妆，我还不肯呢。”那时她差点把田鸢买的青春膏送给莲儿，那时她觉得只有莲儿那样的尤物才配打扮自己。她抹完了，赤裸裸地坐在镜子前，呆呆地盯着自己的小黑脸、小黑胸，又把胳膊举起来仔细看，但是药膏的魔力没那么快。她穿上衣服出去干了会儿活，吃晚饭，又跑回来照镜子，还是看不见什么变化。天黑了，她也不想再出去干活，也不点灯，就在床上躺着，今晚专门等待药效发作。皮肤上凉丝丝的，是有东西渗进去。她睡不着就把枕头夹在大腿间，朦胧中她想："他很久没有对我好过了。"半夜里她又点灯照了一回镜子，也不知是光线太暗还是怎么的，还是没变白。大早晨，她将信将疑地走到镜子前，惊呆了。镜子里不是自己，而是弄玉。

她想驱散这幻觉，揉揉眼睛，可看见的还是弄玉。她不敢再看，把头埋在梳妆台上，脑子里一团糟，"怎么能像她呢？这是怎么回事？有没有一夜间变黑的药膏？"现在她不好意思出去见人了，她不知道怎么面对弄玉，她一变白就好像在效仿人家的长相似的。但是没多久，她悟出来了，这并非一个巧合，而是一个藏在她心里已久的谜团解开了——田鸢为什么一见面就爱上她，为什么她其貌不扬田鸢还那么痴心地爱她，为什么认识她以后，他就不再和别的女人交往——她以为这叫一见钟情，她已经被这样的爱感动了，她问他为什么爱，他从来就说不出口，她以为他木讷，如今，她全明白了——

"只因为我长得像他'姐姐'！"

她正出神，紫檀木梳妆台忽然铺上了一道道血红的晨晖，镜子浸在光芒中，上半截还映着屋顶，下半截却好像燃了起来，镜中人被烧得无影无踪。她忽然觉得这里发生的一切都是不可信的，皇子妃竟然长得像她，皇子妃的娘家人竟然靠编筐养蜂为生，有可能做帝王的孩子竟然渴望一截香肠，编筐的小子竟然周游过世界……那老太太，也做饭也洗衣服也缝缝补补，却有让人一夜变白的可怕巫术；那小老头，嘴里念念有词，谁知道他在咒什么……她忽然觉得这个家，这个貌似很有人情味的家，其实是由一群幻影上演的恶作剧，而她在这一个月里竟然融入了他们，还成了主心骨。她宁可相信田鸾是专门跑出来诱骗她的一个幻影。在他们重新出现之前，她要离开这里好好想一想。她悄悄溜出去，牵了一匹马，这马好像是真的。容氏听到马蹄声走出厨房，她使劲夹了夹马肚子，留下一句话："我出去玩几天。"便绝尘而去。

逐日之旅

一轮旭日刚刚升起，半个天是绚丽的云霞。一团红光贴在黑色的空中通道上紧追着她，攫住了她的视线，忽然又没了，她不由得往下看它掉在了哪儿，看见了积水、淤泥，但昨晚根本没听见雨声，"我在等自己变白时睡得那么沉啊。"那家的养蜂女在子午岭的花丛中独坐，她们都看见了对方，都没打招呼。在一个路口她犹豫了一下，然后离开浓荫蔽日的道路，往山下驰去，往暴露在阳光下的广袤的黄土地驰去，她要把自己晒回原样。看着自己雪白的手，她又相信一切都是真的，没有什么巫术、幻影，一夜变白的事是真的，那个女人是真的，她是田鸾的初恋，她的家是田鸾的爱情堡垒，田鸾那么喜欢抱她的孩子只因为无法再抱她，还有，趁孩子的亲爹不在，他来客串一下下，和她过家家一样找夫妻的感觉，他竟然一天八次为那孩子擦屁股，哪个舅舅会这样？"难道他才是孩子的亲生父亲吗？"这个想法一来，其姝的头顶在盛夏的阳光下变得冰凉，但她又否定了它，"不像！那孩子没有一点像他！"那么他就更可悲，更贱。"是什么东西把他糟践到这个地步？那女人除了美丽还有什么？啊，十一年，他们认识了十一年！我和他认识却只有一年！"想到田鸾带她来一住就是一个月，她恨他这么残忍，但她随即想到是自己要留下来的，为了教他们做葛布。“葛布！我还要回去为他们织布！”虽然她的心一路在流血，这朴实的责任感却让她流泪了。

太阳渐渐高起来，万里无云，她庆幸这是一个大晴天，好把自己晒黑、晒裂、晒熟，她这么想，比昨晚等着变白还要心诚。现在感到的不是阳光的灼热而是阳光的压力，她变换着前进的方向，好让阳光轮流压在额头上，压在左脸上，压在右脸上。胳膊、手被晒红了，渗出了沙金般的汗。她来到河边，岸上的大片绿草和点点红花使她安宁，对岸的无边荒滩和颤动的空气却使她晕眩，那滚滚流水又让她想起了田鸢，他们曾经一起在吊桥上俯视流水，一起感受到时间是可见的。在被阳光晒得发昏以至于暂时忘记田鸢时，她躺在草丛中，闭着眼睛安心暴晒自己，眼中一片非人间的光明。传说中有个女神叫“女丑”，被十个太阳晒死了，临死前还用手遮着脸，于是其姝也把手放在脸上。再站起来牵马时，马缰都是热的，刚跨上马背就被马鞍子烫得跳下来。这时有几个男人围了上来，其中一个脸上有刀疤。

“公主，别离开咸阳。”刀疤脸说。

“离我远点。”其姝说。

她跳上马跑了，过一会儿她回头，在一马平川的大地上他们竟然消失了，头顶有群麻雀飞过去，要说是他们变的，也有可能。她的逐日之旅才刚刚开始。她经过那些宁静的果园，那些困倦的村庄，那些酣睡的河滩，穿过黄尘、树影和光斑，在淤泥已经凝固干裂、有深深浅浅的车轮印的黄土路上，在周围长着绿草的被太阳晒得发紫的碎石子路上，没头没脑地乱闯。她也曾进入一些陌生的城镇，看别人家院墙后面露出的半截树，压在别人家房顶的披着阳光的碎砖头，在别人家天井里织布的小女人，听别人家的鸟在树叶间歌唱，别人家的厨房叮叮当当地响，别人家男男女女的欢声笑语。她也曾到客栈求宿，由于没带路节，谁也不敢留她，于是她明白了在高度文明的世界里一条顶顶庄严、直到地老天荒也不能含糊的规矩——不在自己家住，就得说清你是谁。她晚上在郊外露宿，远处总有几条黑影，她知道自己是安全的，虽然没有资格在客栈睡一觉，她却在享受微服出游的公主的待遇。

白天她接着用阳光焚烧自己，当她昏昏沉沉，觉得自己的脸就要裂开的时候，一股凉意使她浑身舒坦，她发现自己走在两排大树之间，头顶那些可爱的圆叶子在飒飒作响，蝉鸣反而加深了这里的宁静，她发现树下摆着许多水果摊，一筐筐大桃盖着绿色的枝叶，一篮篮杏含情脉脉，一堆堆甜瓜映黄了买瓜人的脸，一颗颗紫红的李子发出玛瑙的闪光。只是没有桑葚。她的心又一次被回忆刺痛了，一年前，在云梦的大街上，也是这样的桃，这样的杏，这样的甜瓜，这样的李子，那时，田鸢带着她执拗地寻找桑葚，在盛夏中找到了一千个春天。

宿命中的数字

在百里冬家的人看来，其妹的神秘出走与她哥哥有关，田鸢没说她哥哥是楚国王子，更没说她哥哥正准备把咸阳翻个底朝天，只说是个游侠，百里冬就觉得，这样的游侠也未免太腼腆了，都不敢进屋来坐一坐。那几天闷热到极点，不仅狗和鸡，人也吐出了舌头，河里成天泡着人，像下饺子一样，买葛布的商人也不来了，凤凰作坊就歇了工。凤凰正在把自己的毛啄掉，猫看见鱼和鸡肝都懒得去动一动，热得直吃草。如意还是上山守蜂箱，即使天地间燃起来，这也不会改变。百里桑觉得此时最体面的姿态无过于光着身子和人家胡侃，他就从早到晚泡在河里。容氏给百里冬摇着扇子，念叨着北方的好处，一年有六七个月是冬天，夏天转眼就过去，晚上还要盖棉被，他们商量着是不是回去找光头避暑，每年到这时候，他们都这么说，只是说说而已。弄玉已经开始收拾行囊了，肤施好歹比这里更靠北一些，这几天她只能穿得薄一点，把头发高高地盘起来。家里只有菲菲不怕热，照样满地跑，他当然有权利无论在水里还是岸上都光着身子，也就在这几天，田鸾教这个两岁半的孩子学会了游泳。没有人想到其姝此刻独自穿行在热浪滚滚的荒野上，像夸父一样追赶着烈日。

菲菲睡着以后，田鸾和弄玉一起出去兜兜风，有时骑马兜一圈，有时到河边坐着，直到大地退火。他们聊得很轻松，避开孔雀送信的秋天。那以后的事情，本来是有意回避，弄玉却情不自禁提到了，因为从北边拂来的每一阵清风都使她想起肤施城。她说肤施是天很高、云很白的城市，街道被太阳雨冲洗得干干净净，就是这么美丽的城市，却差点被老天爷毁掉。她说起那场风灾，说起一个起风前在河边遛马、风息时发现自己已经在城里的人。“像你从临淄出来时那样，龙卷风成了你们的翅膀，没把你们扯碎，命大。”她笑吟吟地瞅着田鸾。当那双鹿眼睛快要唤起她更遥远的记忆时，她避开他的眼神，接着说旱灾，说瘟疫，说限制用水的苦日子，说扶苏，说嫦娥，她突然觉得自己说得太多，就停下来，不安地瞅着田鸾。田鸾说：“我爱听。”于是她莞尔一笑，接着回忆，但不说她倒霉的事情，不说扶苏已经让别的女人怀孕，不说她曾经在雨中为田鸢哭泣。田鸢仔细倾听着自己最爱的人所过的现实生活，并分享她对上郡、她的爱情温床的挚爱，他暗自吃惊的是，听到这些，他一点也不为自己心酸。他更加肯定,这个弄玉不是他唯一的,他珍藏着另一个，在梦中。他们坐在河滩上，弄玉自言自语：“这是怎么回事呢？一晃就是十年。”田鸢说：“十一年，我们认识了十一年。”弄玉听懂了这句话，她庆幸他已学会克制，心中的一个字，“爱”，从他嘴里出来，成了“认识”，这似乎更美。

他们往子午岭上遛达，远远看见通天塔，弄玉说：“每次我从肤施回来，看到它就觉得特别亲切，因为……我的家就在附近。”田鸢猜测，这种亲切感有百分之一是因为过去他们俩常来这儿。气氛是这样地亲切自然，因此当她的手又回到田鸢手里时，她不惊讶，因此当田鸢抚摸她的头发时，她也不心慌。田鸢的话音像子夜相会时那么温柔：“你还像以前那么香。”

弄玉不知道除了沉稳的目光还能用什么来回答他的呓语。田鸢不敢直视她的眼睛，便盯着她的手发呆，那只手还在他手里捏着。忽然，他把她的手放在了脸上。

她并不躲避，她轻声问：“你不恨我吗？”

“从来没有过。”

“我有时候梦见你要杀了我。”

“那不是真的。”

“为什么你不会飞了？”

“因为没有人可以带上天了。”

当田鸢的脸贴在她脸上时，她打了个寒战。

“玉，这个梦才是真的。”她的耳朵感到了他呼出的热气。

她想：他确实在抱着我，这是怎么回事呢？她小声问：“你是不是去找过我？”田鸢吻着她的头发说：“没有。”她说：“没有就好。”田鸢又说：“找过。”她说：“找过就找过吧。”无法克制的是，她在重新熟悉这个身体的弹性和结实，今天穿的丝衣实在是太薄了。田鸢又说：“是在梦里找的。”她眼睛湿润了，她把手抬起来，放在他肩膀上揉掉了自己慈悲的泪水，又帮他理好头发，“你应该忘掉我，其姝多么年轻……”说到这里，她嘴上一热，躲了一下没有躲开，丈夫已经很久没有这样对她了。凉爽的夜风一阵阵袭来，空中雷声隆隆，雨点落在了他们脸上，闷热后的一场暴雨即将来临，她已经舍不得离开他的热流。越过他的头顶，她看到从西边涌来的黑云，以及遥远地平线上的深蓝色光芒。这光芒沉下去了，黑暗的翻滚的天穹罩住了她的脸，她已经躺在草地上，她感到雨点落在大腿上，丝丝凉意中有一团热气在游动，当她发现田鸢已经把头伸到了她裙子里时，吓坏了，从来没人对她这样做过。

这正是田鸢为她准备了三年多的“正确的爱”。他几乎就要如愿以偿地听见她的呻吟了。在听过二百个女人的呻吟之后，再没有别的声音能够让他进棺材前闭上眼睛。

“不行！”她跳起来。

“你不喜欢，咱们换一种……”

她把腰带打上了死结。田鸢明白无论多么正确的爱都太迟了。

“你给了他一千次，就不能给我一次吗？”

“一次也不行。”

她向山下走去。

其姝站在高处的亭子里全看见了。这场雨结束了她的逐日之旅，她的脸火辣辣的，摸起来滑一块糙一块，她相信不仅还原了黑色，而且被烤煳了。刚才她看见他们拥抱、接吻、躺下，然后是田鸾对她做过的事，她总算明白了，他之所以这样抚慰她，是为这一天做练习。她比他的梦中人黑一点、矮一点，他也将就用了一年！其姝无法呼吸，也挪不动步子。一股亮晶晶的水，像蛇一样钻进亭子，爬到她脚边，她就在这一幕中入梦。她回到丹砂矿区，看到了曾经用竹子编的蛇，看到了天庭般遥远的石头房子，由于觉得田鸾在里面，她吃力地往前走，掏出湿帕子擦擦汗就有了力气，周围那些飘来飘去的人影好像在看她又好像在叫她，天上的光像黏液一样糊住她的眼睛。她终于进入了那间屋，墙上挂着哥哥的地图，地形是凹凸的，江上翻着白沫，山上雪花飘飘，寒气从图里飘出来吹开了她的眼睛，于是她看见了绞成一团的九只耗子。惊醒时她发现自己还在亭子里，两腿冰凉潮湿，马在身边站着打盹。她想起梦中的丹砂矿区实际上已经空了，那些小玩具早就被她扔了，但是七只竹螃蟹被她带着，跟田鸾潜水私奔时她把它们拴在了腰带上。“但是我为什么要带七只竹螃蟹？”她想起来了，那一次田鸾下山办事，她每天做一只竹螃蟹，看做到第几只的时候，他会回来，结果第七天，他回来了。“七”这个数跟他们有缘，在云梦，她接连找他七天，在一张条子上写下七个“酒后无德”，结果第七天他来了，“现在，七月就要过去了，我们俩的梦都该醒了。”想到这里，她的泪水滚滚而下，这天晚上她流的泪，比一生中流过的都多。即便这样她仍想，如果就这样不辞而别，那个家的老人会多么担忧。她就是这样的心地。

她磨磨蹭蹭来到泾水边，在河滩上又睡了一觉，这几天她已经习惯了露宿。中午，她鼓起勇气往百里冬家去。院门虚掩着，院里却没有人。她拖着疲惫的脚步回到自己屋里，收拾行囊。猫在门口叫了一声又跑了，她不想带它走，它跟田鸢更亲。当她把七只假螃蟹和写着七个“酒后无德”的布条拿出来的时候，一时不知道该拿它们怎么办，是烧掉还是带走，还是留给他。她只是流泪。就在这时她听见一个有气无力的声音：“你到哪儿去了？”田鸢站在门口，面无血色，眼睛红肿，一看也是哭过的，在他的软弱面前，其姝忽然坚强了起来。

“家里的人呢？”

“送大姐走了。”

“我也该走了。”

“好，我们走。”

“你误会了，我没打算跟你走。”

现在，田鸢才把茫然的目光投在其姝脸上。从她坚忍而轻蔑的表情中，他懂了。他不知道说什么，他的整个心思都不在这里。

“其实你很可怜，”其姝说，“你得不到她，就在世界上找她的替身。你刚见到我时丢了魂，因为你见到的是她。”她逼视着田鸢，田鸢没有一句辩解，这使她更心酸，但她平静地说下去，“你从来就没有打算和我相守一生，所以你连我的贞操都不敢要。我不是在责备你，这说明你很善良。我感谢你对我的尊重。”田鸢还是那一副恍恍惚惚的样子，其姝的心完全碎了，但她笑了，“既然这样，我们何必一起走下去呢，好吧，你去找你的母亲，我去找我的哥哥，看看，我们都有一份亲情，亲情比爱情可靠。其实我们并没有相爱过，我为你的梦中人当替身，你呢，也陪我解了闷，从去年七月到今年七月，我们相互取悦了这么久，多不容易。

好啦，七是我们宿命中的数字，过了七月，我们就该各走各的道了。”

田鸢忽然上前拉住她的手，眼里闪烁着泪光。

“再给我一些时间忘掉她。”

其姝抽出手来，把那串假螃蟹和那块布拿到厨房里，塞到炉膛里。田鸢追出去时，它们已经化成了灰。

“你爱了她十一年，”其姝说，“你忘掉她的时间，不会比这更短。替我向大家道个别吧。”

她在门口上马时，泪水又流了一脸，田鸢看不见。那只猫还比田鸢多送了一程，直到追不上主人的马蹄。百里桑回来听说这事，对朽木一般的田鸢喊道：“她找她哥！她上哪儿找她哥去！她哥让她在这儿等着，我们把人家丢了！”他追了出去。追到城南，一股沙尘暴席卷而来，他什么也看不见了，只听见山崩地裂的响声，黄沙散去之后，他看见那些空中通道坍塌了，黑色的碎片又砸烂了许多宫殿房屋，把半个咸阳城变成了废墟。而北边的天空依然黄沙滚滚。就在这时，那只猫跳了出来，冲他叫一声，往北边跑一截，又回过头冲他叫，他明白了，它的主人并没有回南方，而是往北边去了。百里桑把这只猫抱上马，穿过废墟往北方驰去，在子午岭上，他看见黄沙组成的一堵通天的墙在往北方移动，他忽然觉得也许其姝是被这黄沙卷走了，就更加揪心更加眼红地追上去。他穿过鄂尔多斯高原，渡过黄河，经过他故乡的丘陵和草原，越过阴山，踏入世界地图之外的荒漠，对那黄沙穷追不舍，他觉得这匹马好像长上了翅膀，这只黑猫也变成了鹰飞在马头前，不知不觉他进入了周游世界第五圈中尚未完成的半圈，他就这样追赶其姝，发誓要把她追回来交给她的哥哥。

空中城的夜空

田鸢也在往北边走，但他慢慢走在子午岭下的旧道上，泾水的支流把这条道挤得弯弯曲曲，自从子午岭上修建了直道，它就被行旅之人鄙弃了，但它还适合于两种人走，一种是土匪，一种是不知道该往哪儿走的人。田鸢离开了百里冬家，本来应该往东去找桑夫人，现在却鬼使神差往北边走。有时候他牵着马溜达，有时候在河里洗个澡，水里的沙子呛得他张不开嘴，正如其姝所说，不如南方的水清。有时候，他看见化名嬴鸢的剑客随皇家车队奔赴咸阳，扬起一路水花，为获得功名，为娶他从十二岁就爱慕的、世界上最美丽的女人。他想起了那时候对美丽女人的种种揣测，现在觉得答案很明朗。没有人能够驾驭她们，就连她们自己也不能够，她们被命运的暗流裹着，往时间的尽头漂流着，她们所经历的一切都是对的，命运把她卷到扶苏怀里，这是对的，她为他生下一个儿子，这也是对的，她忘掉旧情，这也是对的。不要试图唤醒她的记忆，她的记忆深深地沉入了时间之河，无声无息、冰凉坚固，是一艘无法打捞的沉船，只有鱼儿能享受。更不要试图占有她，她的肉体是没有意义的，她只是一个幻影，她美就美在是一个幻影。

“这就是我们之间的格局，我可以站在她家门口向她发心语，她可以梦见我来杀她，我们可以像僵尸一样面对面，但我不能占有她的肉体，谁要是打破了这个格局，就是自寻烦恼。她给了丈夫一千次，对我却一次也没有，她不让我十一年的爱体体面面地收个场。不过没关系，因为昨天晚上那个人，不是我所深爱的，现在她走了，我深爱的幻影回来了。”

于是他给了幻影一个虚拟的吻，她在阳光中，水中，树影中，一切之中。不知不觉他又走了很远，不知不觉连马都丢了。他知道，不管走到哪儿——无论比那些丹砂矿区远多少——他都不会离开她的幻影，无论何时，十年，二十年，三十年……之后，都像过去的三年零五个月那样，他实际上和她厮守一生。

“即使是死神也不能夺走你的幻影，就像死神没有把母亲从我身边夺走一样。”

啊，母亲，很久没有梦见她了，在他的记忆中，母亲还是一个年轻美丽的女人，她也是一个幻影，在他的梦中那么清晰！而且比生前更完美，在他的梦中，她有了健全的双腿！他忽然想到，在海边的故乡，那个八月都会下大雪、大海都会结冰、什么神奇事情都会发生的地方，他会不会发现母亲还活着？

他想回故乡了，至少可以和养母重聚，“她好歹拖着我走了五十里雪地啊！”他甚至想见到那个木匠，那个不知道大名叫啥、却把他的种子播在母亲腹中的人，也许母亲就在他的身边！这时他躺在空中城的残垣断壁之间，他是直接从匈奴人挖的洞钻进来的。“天很黑，星星很多，我就在这里留一夜吧，我毕竟在这里度过了六年的青春，弄玉，这里也是我的故乡！”他深深地吸一口夜风，把黄河的腥气和遥远的鄂尔多斯高原的野草味吸了一肚子，很快沉入了梦乡。城堡变成了海岛，母亲健步走过来，像所有的梦里一样会走路，又像心灵瘟疫中那样年轻美丽——在桑夫人的心灵图像中，母亲是三十多年前的样子，是荷塘游船上的一个少女。是的，母亲才是世界上最美的人，弄玉是她的替身，在梦里，田鸢很清楚这一点。母亲说：你为何不把给过云公主的给我？田鸢傻了，给弄玉的怎么能给母亲呢。母亲笑着摇头，海面上的霞光让田鸢恍然大悟——母亲最憧憬的就是飞啊！于是他背起母亲，轻轻一蹬腿，上了天，五彩祥云伴随着他们，下面波光粼粼无边无际，在母亲的欢声笑语中，他们飞向一片火海。田鸢惊醒了，蓝色的大海变成了黑乎乎的草原，彩云变成了星星，高空的风凉飕飕地吹在脸上，是真实的，田鸢难以置信：他已经飞上了夜空！这不是梦！这是在空中城的夜空中飞翔！

二十三·遗诏

生吃眼珠的人

那年春天，从南方来了一支拉药材的车队，穿过强盗出没的荒原来到了贺兰山麓，住进了卖人肉包子的客栈。独臂人和独眼龙在这里等着他们。他们吃了一些人肉包子，缓过劲来，然后把药材卸在这儿，驾着空车上山。说是空车，仍然很重，吊桥都快压断了。直到开进匪巢，他们才劈开车厢，武器从秘密夹层里咣当咣当泄出来。领队的小个子瘦骨伶仃的，指挥壮汉们搬完武器后，稍稍坐了一会儿就下山去了。他虽然手无缚鸡之力，但论精神头，谁也比不过他。上次官军来围剿，连着五天不合眼的只有他，愣是用一块画满方格子的木板，把黑色白色的小石子儿摆来摆去驱赶睡意，顺便指挥了战斗。田雨是这里的大王，绰号叫“独狼”，现在下山办事一个随从也不带，有些事只有他自己能办，他也喜欢独来独往地办这些事。

没有人像田雨这样，心甘情愿落草为寇。土匪们，包括那些头目，都是被逼无奈才走到这一步的，他们或有重案在身，或从监狱、流放地潜逃出来，或者生活没有着落。而田雨上山之前是将军府的食客，日子过得很不错。只有独眼龙知道田雨的心思，他帮田雨讨还过许多血债，包括东郭先生那一笔。

田雨自己杀过人吗？当初入伙时他还不是头儿，按规矩要带着命案来，没有就造一个，他就撕了一个肉票。那是一个十二岁的地主少爷，他咬紧牙把尖刀捅进那又白又净的少年的心窝时，被人家突然暴凸出来的眼睛吓得一趔趄，他觉得人家临死前在记住他的模样，就在挖心后又吃了那个人的眼球。匪徒们没想到这书生能这么狠，对他有了一分敬意。

最后那九分敬意是他用头脑换来的。他靠小时候熟读兵书，带土匪打了不少胜仗。他能说出大家憋在心里说不出来的话："咱们这里易守难攻、易退难进，只要控制隘口、要道，就不怕官兵来追。"大家也有这种感觉，但只能说："等他们来，操他姥姥的！"他有一句话给大家留下了深刻的印象："杀一个人，你过野狼的日子；杀一千人，你堂堂正正住大宅院；杀一万人，你荣华富贵享用不尽；杀十万人，你上金銮殿与王同饮；杀百万人，你自己就坐在皇帝宝座上。"没有一个土匪愿意永远当土匪，所以大家很赞同这样的想法。

但是当时那个大当家的不以为然："你用嘴巴杀一百万人，倒轻巧！"他也不想当土匪，他希望被朝廷收编，混个都尉什么的当当。这事在别的绺子发生过，当头儿的确实当上了官，但喽啰们没多久就后悔了，不是发去戍边，就是老毛病改不了又犯事，再逮住就判重刑，还不如留在山上当土匪呢。田雨给喽啰们强调了后一条。大当家的强迫大家招安时，独眼龙等跟他有过节的（那只眼是被大当家的挖掉的，因为酒醉后对压寨夫人多看了几眼）就杀了大当家的，扶田雨坐头一把交椅。

就在这把交椅压着的地板下面，发现了二百斤黄金。这是当初百里冬赎儿子带来的，田雨用它到南方买了兵器。用夹层车运兵器，本来不算复杂，但弟兄们在这件事上服透了他："弄批文，过几十个关梁，十几车真家伙运过来，多他娘麻烦的事！咱动不了这脑子。”独眼龙说：“你拿去杀人得了，动什么脑子！”就带着这十几车兵器，他们要踏上杀一百万人的征程了，北部、东部的农民和土匪将和他们接应，也许还有叛军，他们一起杀到咸阳去抢大户，到了那儿谁做皇帝，再说吧。

田雨把武器安顿好后，外出打听皇帝的行踪。最新的消息是，皇帝走到了齐、赵交界地带，雁门郡守正做迎接御驾的准备。由此推测，皇帝回京的路线应该和五年前一样，在北部边疆绕一圈，经过鄂尔多斯高原回咸阳。杀皇帝只是一个开头，这以后，蒙恬大军进京，扶扶苏为皇帝，断绝胡亥继位的可能，方能救民众于水火。“独狼”与蒙恬、扶苏是什么关系，大家略知一二，但更重要的是他少年老成处乱不惊让大家觉得堪可委以重任，只有他自己知道：无论生吃了多少眼珠，无论笼络了多少人心，这一切仅仅酝酿着一个翻天覆地的大玩笑。动用一千人刺杀皇帝，可以说是万无一失的，但在这之后，扶苏是先进咸阳继位还是先替他爹报仇、六国余孽会不会趁乱而起、秦国会四分五裂还是更加强大……这些，他都没有把握。他只想把浸渍着自己泪水的土地翻个底朝天。

这一切都瞒着桑夫人。早在打匈奴那年，桑夫人就不知道他在干什么了，问他过得怎么样，无非听到一句话：“下棋呗，还能怎么样。”实际上不光是现在，从田雨生下来开始，桑夫人就没有知道过他在想什么。最让桑夫人寒心的是，他从来不提自己过世的爹娘，龙卷风那年他八岁了，按说该有记性了，桑夫人有时候简直怀疑这孩子是不是真正的田雨，说不定从公鸡说人话的那天，他就换了魂。她不知道田雨差点在咸阳买一套房子娶那个下棋的姑娘，也不知道为什么田雨在她家过了一个年就再也不提起他们，更不知道田雨怀里有一个小木盒装着那姑娘的一缕冰凉的头发。田雨到海边看她的时候，她还劝田雨用下棋挣的钱娶一房媳妇，田雨面如僵尸地说：“我不成亲。”桑夫人想不通，难道给人家当食客就不娶媳妇吗？她想到田雨的免役期限快到了，又问将军能不能让他再免下去，田雨只能捏造一个活得很简单的自己来骗她，以便城堡里的招魂曲没有白唱。他的真话，现在只对小木盒说。

他陷入的是比小时候更深、更不可救药的孤独。在贺兰山，他与千人同醉，无异于孑然一身；在养母身边，他睡觉也不踏实，唯恐说梦话说漏了嘴。他也没有兴趣问问四公子千年预言是怎么来的，当年正是四公子把刻着千年预言的乌龟壳塞到了找孔雀的人怀里，而田雨在书库里看到了它，发现自己生活在最后两句话之中。四公子已经不过问政治，成天把自己关在屋里养鸟读书，胖得国泰民安，田雨跟他没什么话说。田雨每次到海边看桑夫人，待不了两天就要走，但为了不让她自己跑到咸阳来，他每隔半年又非得去一趟。他不怕夜里萦绕在身边的那些冤魂，只怕活人。在东郭先生家，他不是这样的，他真心实意想见到他们、想说话、想笑，他被孩子们逗得开怀大笑，跟芮儿打趣，一起编写《东郭让子谱》，把这当成一生的理想，他开开心心地上房补漏、挑水劈柴，心甘情愿做一个小老百姓，他原以为就这么过一辈子了，他以为自己是个健康、快乐、与人为善的年轻人，那个时候的他就是这样，但是现在，他觉得自己是一具行尸走肉。

在冥想中他慢慢回到咸阳。透过路边那些安宁人家的黄土院墙，他看见一位老人沉入梦乡，他的鲢鱼胡子软绵绵地耷拉下来，伴着呼噜声微微颤动，一个和颜悦色的妇女走进厨房，她每天准备三十人的饭菜，此时他迷恋幻影的程度与田鸢不相上下，他还看见一个气定神闲的姑娘对着镜子剪头发，把手伸进梳妆台的抽屉里……这些幻影一闪而过。现在他知道，东郭先生一家是世上仅有的不使他孤独的人。他终生懊悔的是赶往断头台时没有为他们祈祷，当时他还不能肯定他们在断头台上，又深深地爱他们，完全具备通过冥想改变历史的条件，而他竟然没有这么做。那一年他把桑夫人送到四公子家，听四公子说一个“小木匠”还活着，就想：生死之事未必有定论，难道你们也活着吗？于是他用迟来的祈祷为东郭先生一家求生。他没兴趣打听这个“小木匠”是何许人，也不关心为什么桑夫人一听这名字就老泪纵横，他不知道这个“小木匠”给桑夫人的暮年旅行带来了何等的震撼。

木鸢时代的回忆

当田雨把桑夫人送到海边时，四公子那把生锈的锁终于不在门上了。四公子见到桑夫人时说，亡国那年，小木匠来过，后来他当了客卿，带六千童男女出海去了。桑夫人掐指一算，从亡国到现在，十年了。她就开始自责：十年我都没有来问一声！她在悔恨的泪水中回想这十年——从云中到咸阳，从幸福安宁的假象到一轮一轮的聚散离别，不知多少东西缠得她动不了身。她想：田鸢，你这个倔小子，死活不相信我的话，也不给我机会去寻根，十年来，你的幸福、你的悲哀、你的死活成了我全部的牵挂，我真的成了你的娘了，你亲爹的下落反倒成了我自己的事，一拖再拖！四公子尽量安慰她，但不了解她悲痛的真相，他一直以为小木匠是桑夫人的情人，没想过小木匠和他妹妹私通，就是他外甥田鸢的亲生父亲。有时候桑夫人想回咸阳去等田鸢，又怕再次错过小木匠，她总觉得，只要自己在海边住着，就是对小木匠的召唤。田雨每次来都向她许诺：一见到田鸢就催他来，于是，在田鸢与小木匠这两根线的牵扯下，桑夫人就留在了离小木匠比较近的这头。

四公子和桑夫人沉浸在木鸢时代的回忆中，他们在散发着檀香味的堂屋里、大株黄石榴的阴影下、海和盐的气息中，慢悠悠地回顾往事。附近的海滩唤醒了四公子的回忆，“就在这个礁石上，当年他背着破布做的翅膀往下跳。”他们回到临淄城，站在昔日的盐官府门口往里看，这儿曾经是他们的家，留下了他们的青春年华，但今天已经看不到荷塘、游船和木兰花长廊。他们来到西郊的草地上，桑儿仰望着满天的木鸢，泪如雨下，她年轻时的春天也是这个样，那些木鸢，那云，那风，都没变，就连芦苇丛都没有变化，她钻进去寻找二十年前失落的木鸢，打扰了一对情侣。她趺趺撞撞地逃出来，在风中听见若姜的笑声。她在草坡上寻找二十年前轮椅的辄印，却用泪水滴出一条路。

千童城

在狩猎场门口，桑夫人从出入的公子哥中仿佛看到了十一岁的田鸢。一条征集童男女的告示吸引了他们，上面列着家庭背景、年龄等方面的限制条件，声称应征家庭将受到如何的奖励、应征的孩子将前往怎样的仙境。桑夫人的心在往外蹦，因为四公子说过小木匠就是带童男女出海的人。她反复看告示，想找到小木匠的蛛丝马迹——比如“客卿”“许大人”这样的字眼，或者“许澈”的印章，但是都没有。四公子不太相信这是许澈干的事：“如果他没有找到仙草，怎么敢回来呢？他要是找到了仙草，又何必再出去呢？”话虽这么说，他还是带桑夫人去找征集童男女的机构。官吏要他们拿户口牌来，他们说不是临淄城的，官吏让他们回自己所在的乡去登记，他们说只想知道负责此事的全国总部在哪儿，官吏不耐烦了：不在我们这儿应征就别瞎打听。在临淄街头，他们在车里熬了一夜，桑夫人反复念叨：“就算不是他，找人带个口信也好啊。”第二天早晨，他们满怀希望回到海边，找到乡里的衙门，很多人对此事一无所知，当他们快要绝望的时候，一位管教育的长老告诉他们，这事好像归啬夫管，他们又找啬夫，啬夫不在衙门里，他们便找到他家，这位官吏还在睡懒觉，被他们吵醒很不痛快，磨蹭到堂屋对他们说：“没人来应征，你们倒挺积极的。”他们说不是来应征的，只是来打听。啬夫火了：“不应征捣什么乱？”桑夫人扑通跪下：“招童男女的客卿是我失散多年的亲人，求您告诉我他在哪儿！”

啬夫说他只管把童男女交给郡里，至于朝廷里管这事的人是谁，在哪儿，他怎么可能知道。四公子和桑夫人谢过之后告辞。刚走到堂屋门口，他们又被啬夫叫住了：“喂，童男女集中在黄河的入海口——无棣沟，你们上那儿去碰碰运气吧。”

回家后，四公子给仆人留下话：如果有人来找桑夫人，就让他住下来等着。然后他们驾车奔向无棣沟。桑夫人觉得一辈子的跋涉都没有这段路漫长。三天后，一座连绵数十里的造船台展现在面前，工匠们说童男女关在离海边一百里的千童城里。在千童城门口，卫兵不放他们进去，桑夫人试探着问：“这里面，有没有一个许黻？”卫兵说：“许客卿在咸阳征集百工。”一听这话，桑夫人浑身一软，跪下来不停地磕头。卫兵们都围过来劝：“跪下我们也不敢放您进去呀，要杀头的。”桑夫人泪流满面，只是摇头，说不出话来。四公子一边搀她，一边对卫兵们解释：“她不是求你们，她这是在谢谢你们呢。”他把桑夫人拉起来，扶着她往车上走，说：“咱们去咸阳！”桑夫人能说出话来了：“田鸢啊，田鸢，你到底在哪儿！”此时此刻，她恨透了这没心没肺的孩子，一年来连封信都不来。一个好心的卫兵劝他们：“别往咸阳跑了，说不定你们刚到咸阳，他又回来了。”四公子指着桑夫人，气愤地说：“这是许客卿家里的人，你们不让她进去，她在哪儿等？”一位军官过来问话，四公子又把这话重复了一遍，军官问老太太到底是客卿什么人，四公子犹豫片刻，恶狠狠地说：“是他夫人！”军官打量了她一会儿，客客气气地说：“我可以介绍你们到传舍去住，你们过些日子再来打听吧。”

军官不敢肯定客卿愿不愿意见这个老太太，她也许是被客卿抛弃的糟糠之妻吧。他把这两个老人带到了传舍，安排他们住下来。三天后他们又来打听，许巘还没回来。过五天又是这样。军官答应客卿一回来就通知他们。过半个月还没有消息，桑夫人发起了高烧，躺在床上说胡话，一会儿叫“小木匠”,一会儿叫“鸢儿”。四公子怀疑许巘就在千童城里面，当兵的骗他们，他就拿出当年刷反秦标语的劲头，在千童城附近的墙上、树上、地上、岩石上到处乱写：“桑女犹在。”下面留着传舍地址。

他回到传舍，听见桑夫人奄奄一息地念叨：“留在这儿，鸢儿来了怎么办？回去，小木匠来了又怎么办？”一天一天又过去了，窗外每一阵脚步声都让他们心惊。桑夫人烧退了又整天咳嗽,上气不接下气地说：“我后悔啊……龙卷风过后不该往北走……该往海边走……”当她恢复一点元气时，就跟四公子上街看那些标语，它们多被雨水浇掉了。四公子一怒之下雇了一帮人，腰间吊着绳子，在千童城大门对面的峭壁上用油漆刷出“桑女犹在”四个字，每个字有一人多高，下面一行脑袋大的字是传舍地址。回到传舍，桑夫人开始咯血了。四公子懊悔不已，“要是到咸阳去找他，早就到了！”桑夫人气若游丝：“去了也找不着。他不回来，我就死在这里。”但是她又想吓退死神：“我扛着他走了五十里雪地，都挺过去了！”四公子一边给她捶背，一边赞叹她忠心耿耿保护田家的孤儿。二十年前，这位公子连正眼也不曾瞧过这个女奴。在这新的患难之交中，桑夫人毅然交出珍藏多年的秘密，免得带到坟墓里去：“鸢儿是小木匠的儿子。”

她和盘托出：芦苇地、牲口、小木匠赎罪的夜晚、礼服、信使和医生、若姜的遗言……四公子目瞪口呆地听完这一段故事，然后跑出去找人，在岩石上再添四个字：

“鸢儿尚在！”

一千次脚步声总有一百次停留在门口，然后进来一位送水扫地的客栈伙计，他们已经习惯于这种嘲弄了，所以当一个方脸络腮胡子的人推开门的时候，桑夫人躺在床上没有睁开眼睛，四公子守在咕噜咕噜的药罐旁边也懒得转身。络腮胡子的情绪远没有这么平静，对他来说，峭壁上的字，无异于八月下大雪、极地放光芒，他刚刚从咸阳回来，刚在千童城门口下车，这东西一下子把他弄蒙了，他奔到岩石前抚摸油漆，字迹把他的手指头染红，一滴油漆竟然滑到草丛里黏糊糊地流淌。他驾车直奔传舍，忘了岩石上写的门牌号，索性挨个敲门，一位老年女客被他当成了桑夫人，吓得跌倒在地，一个棒小伙子被他揪住，拼命挣扎。他摸进这间屋的时候已经小心得多了。他对床上的老太太仔细端详，不仅看她的脸也看她的腿，看她到底像桑姑娘还是若姜。四公子回过头来看见他，药罐都打翻了。桑夫人也睁开了眼睛，一看到他就爬到床边痛哭：“我把你的儿子弄丢了！”

许巘说：“即便他已经不在人世，我仍然能找到他，就像找到他母亲一样。”

后来许巘把他们接到千童城里，控制了桑夫人的病情。一晃就是夏日炎炎了，四公子家的一位仆人捎来了田鸢的信，说过一两月就来海边。桑夫人的病一下子就好了。一位军官向许巘报告，许多贫民家庭想送孩子去求仙又不符合条件。许巘说：谁想来就让他们来！军官走后，许巘对四公子和桑夫人解释：“这些鬼条件—父亲的爵位、官职、财产如何如何，都是咸阳宫搞的，不管它。”桑夫人担心他抗旨，他手一挥说：“我的话就是圣旨。”又补充道：“皇帝已经不过问这事了。”四公子纳闷：“这么大的事他能不过问吗？”许巘轻蔑地说：“他，现在只能过问过问自己的肝。”

七月沙丘

秦王政三十七年初春，许巘在琅琊台上见到一个颧骨凸出、两腮深陷、蜡黄的脸皮泛着黑斑的老人，看见恶魔正在吞噬他的肝，他认出这是皇帝。当他被侍卫们摁倒在岩石上、被冰凉的锁链套住时，听见一个发抖的声音：“你还有脸来见真人！你知道你跑了多少年？”他回答：“九年。”九年前，也是在这里，皇帝谆谆嘱咐：“朕会在琅琊台上望卿归来！”现在，皇帝的话音比喘息声还微弱：“仙草呢？”许巘知道就算他带来的是毒药皇帝也会吃下去，但许巘老老实实地报告：“没带回来。”皇帝温存地叹息道:“车裂之刑,对你算是客气的吧?”许黻在形同虚设的链子里继续他的游戏:“陛下,我要是怕死就不来了。我是抱着挽救陛下生命的最后一线希望来的。”他说,“陛下难以想象一路上的磨难,船队通过鲛鱼横行的海域,差点葬身大海,我们绕道航行,顶住了几乎把船撕成碎片的风浪,经过五年才到达太阳国,要是没有这些事,恐怕一年就到了;太阳国的方士献出了不死草的种子,这东西只能在太阳国的土壤中萌芽,还要用童男女的尿来浇灌;它有六年的生长期,现在还差两年;再过一年那批童男女就要超龄,他们的尿就不管用了,我飞回来,就是为了再找六千个……”皇帝一句话也不信,但他愿意再上一回当,因为用这样好听的话来给予他求生希望的人都被他活埋了。

他们乘坐海军的战船从琅琊北上,许黻被捆在船首的大连弩前,皇帝要为他示范怎么射鲛鱼以便顺利到达太阳国。连弩这个东西,许黻是很了解的,它利用巧妙的机关节省射手的体力,所以病恹恹的老人拉动连弩时很轻松。船开了一整天也没见到一条大鱼,皇帝一句话也懒得说。晚上皇帝梦见与海神搏斗,占梦的博士说海神就是大鲛鱼,除去此物,仙药必可求。船队沿着弧形的海岸线行驶,到之罘,海面上突然水柱冲天,一群小岛般的鲛鱼浮上来了,它们的目标如此庞大,皇帝根本不需要瞄准。他劲弩连发,射死了一条,他像孩子似的高兴起来。“看吧!看吧!真人还没老呢。这个东西装在你的船上怎么样?你去张罗童男童女吧。”就这样,许黻投入了烦琐的具体工作。他在无棣沟搭建造船台,兴建千童城收罗童男女。皇帝射完大鱼后,就不再亲自过问了。

皇帝满怀着活下去的希望,踏上了归途,这是从海边向西深入大陆的旅途。左丞相李斯、中车府令赵高、十八公子胡亥、若干宦官、博士及随从陪伴着他，六千侍卫前后警戒。皇帝的肝越来越疼，他的外表比许瀫在琅琊台上看见的还要可怕，他的肉体正在被丹砂侵蚀着，接近枯萎。巡视的路线正被一只把仇恨当成水来喝的独狼关注着，有浩浩荡荡的侍卫跟着，皇帝想隐瞒行踪都不可能。迄今为止，他还处在地势明朗的安全地带。随从们考虑得更多的不是皇帝的安全问题，而是什么时候立遗诏的问题。他们加快返回咸阳的速度，但是到了昔日的齐、赵交界地带，他们不得不停下来，皇帝忍受不了车辆的颠簸了，他拉铃叫来赵高，用近乎哀求的声音下令："找个有床的地方。"

这是沙丘县境内。皇帝不知人们把他弄到了什么屋子里，他只注意疼痛。晚上，他疼得抽出佩剑，往床上、案上、灯上一通乱砍，没人敢劝。不过如今他的力气连案角都砍不下来了，过去他曾一剑将荆轲砍成两段。没有人敢提醒他该立遗诏了。就连盼望成为太子的胡亥也不敢提起此事。大家都知道：皇帝讨厌"死"这个字。经过这番挣扎，他的肝痛渐渐平息了，力气也耗到了最后。他从方格木窗上看见了明朗的蓝天、赤黄的土墙、闪耀着光斑的爬山虎和不知名的花，甚至有一株狗尾巴草在风中探头探脑。他从来没有这么放松、这么舒适过。想起流放亲生母亲、斩首十万、活埋人的事情，恍如隔世，连"始皇帝死而地分"的石头也不那么可恶了，因为他们说的是对的，在过去的一个黑夜里，他的使者还遭遇过山鬼，听见"今年祖龙死"的话，这些都是对的，上天的意志是不可违拗的，在伐尽湘山树的年代里，在嘲笑山鬼"不过知一岁事"的时候，在踩烂龟甲的时候，甚至在射鱼的时候，他还以为帝王能与神灵抗衡呢，今天，在时而漂浮、时而沉坠、时而发散、时而凝聚的状态中他肯定了命运。缭绕的烟雾以及先王的微笑、蒸腾的热风以及非人间的呼唤，都是那么真实可信。他暗自承认：许巇不会有第三次机会骗他了。有一天胡亥听见他说：“把那块肉去掉。”还有一次他在昏迷中命令：“别让那些绿人跟着我。”这时候他连称呼也改成“我”了。在他非常清醒的时候，认出了床边的李斯，李斯好像听见他说：“扶苏是对的。”

李斯大惑不解地瞧着他，他的嘴又动了动。

“杀得太多了。”李斯从他的口型中推测出是这句话。

他主动提出立遗诏了。这事，只对赵高、李斯说，赵高掌管着玉玺，只有加盖了玉玺的诏书才能生效，李斯则是必不可少的证人。皇帝还有力气口述，还有力气睁开眼皮检查李斯书写的诏书，大意是：“令扶苏前往咸阳主持葬礼。”

他坚持看完赵高加盖玉玺、将诏书密封，然后说：“天气好，带我出去。”这时他的声音像个仅仅患了感冒的人。十二人的轿子将皇帝抬到庭院之中，皇帝没有力气扭头看人类的活动，他只看见了天空和树梢，后来他睡着了。赵高探了探他的鼻息，对那十二名士兵说：“抬回去。这件事，任何人不得泄露，违者灭门。”秦王政三十七年七月丙寅，统治天下仅十一年、锲而不舍追求长生不老之术的帝王，就这么驾崩了。

胡亥赶来的第一件事是询问赵高：“有多少人知道？”“你、我、李斯、六名宦官，都不是外人，还有抬轿子的十二名士兵。我已经勒令他们不许泄露消息。”胡亥坚决地说：“不行。这十二个人，要立即处死。”于是十二名士兵成了皇帝的第一批陪葬。现在只有胡亥、赵高、李斯及另外六名皇帝生前极其宠信的宦官知道驾崩的消息。如此保密，是为了防止咸阳的公子们作乱。皇帝的尸体摆在床上，被子盖得好好的，脸朝着墙，仿佛在睡觉。胡亥让赵高打开遗诏，看见“扶苏”二字，胡亥脸色发青：

“这不是立他为太子吗？”赵高说：“不然，立的是你。”胡亥说：“开什么玩笑！”赵高把诏书递到庭燎旁，又不烧，胡亥看见他的半边脸在火光中笑，“公子要是不想做秦二世，臣就把手收回来。”胡亥问：“这事有几个人知道？”“你、我、李斯。”“他没事。烧！”

烧了真的，就得立一个假的。当着尸骨未寒的始皇帝，他们就干上了。胡亥想写“立胡亥为太子”，赵高很不以为然，“扶苏还活在世上，蒙恬的三十万大军还在上郡。不打发他，你的宝座，能坐稳当吗？”胡亥没想到真的要杀扶苏。长期以来他确实觉得扶苏从他身边夺走了一个女人，但是好像不像当初那么嫉恨这件事了。他把这当成了自己罕见的失败来纪念，有时，他对着弄玉的画像说：我错了，如果我不踢玉狮子，你就不会跑的。他怀念着跟弄玉最后一场好玩的辩论，等着再来一场。记得弄玉说过：“胡亥，你要敢杀扶苏，我就用我整个余生来报复你。”他觉得这话很好玩。要是把这个玩笑开成真的，好像有点没意思。赵高看出了胡亥的软弱：“咦，公子打豹子的勇气哪儿去了？”胡亥说：“这事非同小可，总得让我考虑考虑。”赵高认为写一遍遗诏很麻烦，不如现在写好、封好，用就用，不用再说。胡亥同意。赵高抓紧时间写了三份遗诏，分别赐给胡亥、扶苏、蒙恬。胡亥过目之后忽然想起一件事：“扶苏是李斯的女婿。”赵高着急地说：“什么女婿，都快成仇人了，瞧他怎么对待李斯的女儿的。这诏书先不给他看，以后做成了事，他不敢怎么样。”胡亥打量这条老狐狸，看他那个迫不及待的样子，心想：好像你当太子似的，你有鸡巴吗？谅你也不敢把传国玉玺挂在腰带上。于是他背过身去。赵高赶紧将诏书封起来盖上玉玺。

鲍鱼之臭

东巡队伍又出发了，在外人看来，皇帝病得不轻，整天都在车上睡觉，连面都不露。官员照样把奏简送到车边，递给赵高，赵高照样恭恭敬敬地把奏简递进车窗，过一会儿，从里面照样伸出一只毛茸茸的傲慢的手递出批复。只有九个人知道：车里坐着一个宦官，守着一具尸体。大热天，尸体开始发臭，那宦官用葛巾包住鼻子，继续滥用皇帝的权力，如果他能活下去，这就是一生中最值得夸耀的事了。到九原境内，御车发出了让人大惑不解的诏命：载一车鲍鱼。

实在太臭了，只好用臭咸鱼的味来掩饰。这大概是赵高这种聪明人的主意吧。中国历史上最凄凉、最孤独、最虚幻的皇家队伍，就这么挺着，看起来更像个戏班子，在原野中士兵的身影都是微小的剪影，是活动的骗人的黑皮影，旌旗像是行乞的幌子，长戟也歪歪扭扭不像话，他们绕着广袤的国土跑了一大圈，确实疲倦了，每个人都感到失去了意义，与多年前来到九原耀武扬威的黑色军队不是一码事，他们顶着七月的骄阳，向咸阳勉为其难地挪动，通力保护的只不过是一车臭咸鱼。他们跨过黄河，登上鄂尔多斯高原，沿直道南下，进入定边境内，这是丘陵地带，再走就缓缓登上子午岭北段的黄土梁了。

从黄昏的山坡后面，忽然冲出了一股人马，朝御车放箭。侍卫分散追击过去。然而这只是刺客虚晃一枪，真正的刺客不知有多少人，从意想不到的地方冒了出来，像沙尘暴一样席卷了六辆御车。仗着人多，他们冲破侍卫的人墙，用剑挑开每一扇窗户，于是很快就有人大喊：“在这辆车上！”他们就像蚂蚁似的裹住了皇帝的座车，一层又一层，侍卫们用长戟都剥不开。片刻，活着的暴徒散开了，骑着草原上的快马消失在他们熟悉的丘陵后面。御车已经成了碎片，还撒了一地的臭咸鱼。

“他奶奶的，嬴政这个家伙，爱吃臭咸鱼。”刺客们在昏暗的光线中没注意到他们刺杀的是个腐尸。

“……七月沙丘，鲍鱼之臭……怪不得！鲍鱼就是昏君爱吃的臭咸鱼啊！”田雨恍然大悟。

在军队这边已经没有什么秘密可言了，全都看见了皇帝的尸体：一块块肉。这就是几个月前怀着活下去的愿望、梦里战海神、亲手射鲛鱼的一代枭雄吗？目睹此状，将士们悲痛难抑，哭声震天，胡亥的脸在抽搐，李斯的哭声淹没在一片波涛中，赵高像一个心碎的娘在唱招魂曲。胡亥压抑住悲痛传令："谁也不许说皇帝遇刺！不，现在连皇帝驾崩的消息也不能泄露！即使将来可以说了，也只能说皇帝成仙了！”他盯着随行的史官，“皇帝不能死无全尸！”史官含泪答应，戮尸的场面绝不写入秦史。胡亥吩咐众人：“检查暴徒的尸体、兵器！”有人报告：“暴徒身份不明，兵器却是崭新的！”赵高说：“肯定是扶苏的人，肯定是蒙恬军队乔装打扮的。”胡亥指着上郡方向，发出他父皇那种虎狼之音：

“让遗诏生效！”

二十四·赐剑

诏　书

弄玉在子午岭上听见了咸阳方向的轰鸣，它好像是从地里冒出来的雷，从闷雷变成雷霆。回望咸阳，只见地平线上满满地压着铁锈色的云，翻滚着逼近。她用鞭子狠狠抽马，但那黄云像厚厚的、流动的、通天的墙朝她倒下来，怀着埋葬整个世界的决心。开始有一缕缕黄沙像蛇一样在路面上游走了，碎石子飞了起来，狂风把他们推进树林，然后就什么也看不见了。她紧紧搂着菲菲，任那飞沙走石的洪流冲刷自己。沙尘暴过去后，她的衣服上到处是裂口，但衣领紧紧地裹着菲菲。马车卡在树桠上，那匹马无影无踪。她知道今天回不了家了，她抱着菲菲从小路下山，好找个人家借宿。直到黄昏，山路上还飘着流沙，天空还是黄的，浮在西边的旷野上那一团苍白的光，他们还认得是太阳。菲菲指着那儿说："刚才太阳盖被子了。"弄玉笑不出来，她纳闷七月间怎么会刮沙尘暴，不知道这是胡亥和六千黑甲军的仇恨。

第二天他们搭了一辆过路车回家。菲菲对车夫不停地念叨家里的好东西，什么黄花啦，花斑鱼啦，白白的墙啦，这些平平常常的东西就是他小脑袋瓜里引以为豪的，玉鸟、珊瑚床他倒忘了。车夫听着听着就问弄玉：你们家鱼塘每年收成多少？弄玉只是笑。菲菲还把爸爸拿来炫耀——白白的爸爸，高高的爸爸，能把月亮摘下来的爸爸，会弹琴的爸爸，愿意让他揪耳朵的爸爸，不会像孔雀那样躲他的爸爸……听到这里，弄玉只愿这辆车慢点走，虽然今天阳光灿烂，她却忘不了离开肤施那天的凄风苦雨。她不知道扶苏是否已经让那个女人住进了他们的家。

傍晚到家了，门口的卫兵是陌生的，院里的人也有好多不认识的，用冷冷的目光盯着他们。平常在院里玩耍的军官孩子们无影无踪了。弄玉想：难道扶苏和蒙恬都搬家了吗？她抱起菲菲加快脚步向后院走，看见了那些黄色的花、白色的花，但守候在花前月下的不是原来的仆役，而是一排全副武装、举着火把的士兵，火光在他们的武器和头盔上跳跃，但他们自己岿然不动，他们似乎是今天出现在这里的士兵中的精英，兵马俑一般的坚定身躯中保存着只服从于一种声音的残酷力量，这使弄玉感到又一场民族战争要爆发了。她冲进卧室，看见扶苏一个人站在那儿，托着一把剑，他的神态好像在酝酿一个重大的决策。菲菲喊着“爸爸”扑过去，攥着爸爸的一根手指头往床头拉，因为玉箫还在那儿摆着，“爸爸给吹《菲菲小笨蛋》吧。”扶苏拿起箫，菲菲就背着手打算好好听一听。但他忽然放下箫，往外走。

“你们娘俩该洗个澡。”他说。

他亲手备洗澡水时，两名士兵紧跟着他，他进厨房，他们也进厨房，他把热水端进浴室，他们也钻进去，他们跟着他出来进去好几趟，直到他又回到卧室。弄玉从来没有见过扶苏受到这样的保护，在她记忆中，就连他的父皇也没有让贴身侍卫贴得这么紧。她和菲菲洗完澡回到卧室，扶苏的眼是红肿的，弄玉真后悔没有早点回来，弄得扶苏刚刚见到孩子就要出征了。她问：“你们要打到哪儿去？”扶苏不说话。她把菲菲抱上床，说:“爸爸累了,明天再玩。”这时扶苏吹起了《菲菲小笨蛋》,像过去那样,它很快就把菲菲哄睡着了。弄玉知道扶苏有话单独跟她说,她想知道这场战争会把他带往多么遥远的国度,她想问明天早晨菲菲还能不能见到爸爸,但她见到扶苏满脸的泪水时,什么也没忍心问,她掏出手绢递给他,蹲在他身边凝视着他,等着他能说出话来。她心里又吃惊又感动,从来没想到离别能让他软弱到这个地步。菲菲的呼吸声传来,那么均匀,那么香甜。扶苏擦干眼泪,指指旁边的剑,弄玉拾起它,抚弄着纯金剑鞘上的精美花纹和镶嵌在其间的宝石,轻声问:“给我看这个干什么?”扶苏说:“父皇赐给我的……”他又说不下去了。弄玉实在不明白打仗前赐给他一把剑有什么好哭的。扶苏长叹一声,从怀里掏出一张帛书递给她,背过身说:“你自己看吧。”弄玉展开帛书,看见这样的文字:

> 始皇帝遗诏赐公子扶苏:
>
> 朕巡天下,祷祠名山诸神以延寿命。今扶苏与将军蒙恬将师数十万以屯边,十有余年矣,不能进而前,士卒多耗,无尺寸之功,乃反数上书直言诽谤我所为,以不得罢归为太子,日夜怨望。扶苏为人子不孝,其赐剑以自裁!

其赐剑以自裁……其赐剑以自裁……其赐剑以自裁……弄玉虽然聪明,却花了一阵工夫来理解这句话的含义。她看看诏书,再看看扶苏,看看扶苏,再看看诏书,扶苏活着,而这些文字是死的……不,它们是一些骗人的鬼符,那把剑是装神弄鬼的桃木剑,往火苗里一扔,就什么事也没有了。这怎么可能,一个人怎么可能在自己家里被处决!因为他的亲人刚刚回家，因为他刚刚伺候他们洗澡，因为他刚刚用箫哄孩子睡着，那孩子睡得那么香甜！一双肉乎乎的胳膊展开着，小手像花一样张开着，伴他入梦的箫在那儿摆着，窗帘在轻轻地飘着，连所谓赐剑也像新的玩具一样在那儿摆着，死神，哪里有你的藏身之处？然而一个面目不清的黑影出现了，他堵在门口，像一根铁柱撑着一副黑衣黑冠，他又那么高，好像一个影子竖了起来，他完全不像来自人间，他发出的声音使弄玉明白死神的喉咙是生铁做的："请公子尽快自裁，莫负皇恩。"

扶苏温和地请求："再给我们一点时间好吗？"弄玉冲到门口跪下："再给我们三天时间！我们有权利复请！"复请，就是请皇帝再好好想想是不是真的杀这个臣子。使者说："皇帝已经成仙，如何复请？"她一愣，随即明白了"成仙"是"死"的好听的说法。

"谁是当今太子？"她问。

"始皇帝十八子。"使者说完就消失了。

弄玉把诏书仔细重读了一遍，没有提到孩子。她问扶苏："他们还说了什么？还有诏书吗？"扶苏说："你和孩子确实没事。""蒙恬呢？"她还想用这个人来稳住局面，然而扶苏的回答使她从头凉到脚："也被赐死了。"弄玉最后看一眼孩子，翻出进宫的符籍，抄起诏书，冲进了夜幕。

复　请

"天哪，我还洗了个澡！"她恨自己已经耽误了这么长时间。她穿过子午岭上阴风怒号的森林，即使被猛兽吃掉，她的灵魂也要飞到胡亥面前跪下。她飞奔到咸阳城里，但是一道道凭空隆起的山梁把这个城市分割成了迷宫，当她发现头顶是一片完整的夜空时明白了，瘫倒在大地上的是过去的空中通道，它们像过去一样纵横交错，但已粉身碎骨，有的黑色巨石上还带着小窗户，它们压垮了房屋，阻断了道路。她靠天光辨别方向，见到缺口就冲出去。闯进咸阳宫广场，行刑台也被一条黑色的巨龙压扁了，十二尊铜人却还耸立在宫门外，在朝阳下闪着红光，看起来血迹斑斑。侍卫提醒她下马，她照办了，她现在比那匹马更强壮。还好，胡亥还在原来的寝宫里，还好，这个盗墓贼今天没去盗墓，因为他正守着冰窖里一具现成的尸体，等着窃取这个正在成为世界上最大的坟墓的国家。弄玉冲到他床前，将诏书扔到他被子上，稽首跪拜："告诉我这不是真的！"

一个赤裸的宫女从被子里钻出来跑了。胡亥欠欠身，想扶弄玉起来，无奈床太宽，他要是爬过来拉她，自己的光屁股就会脱颖而出。他在被子里催促："姐姐快起来！有话慢慢商量！"弄玉不动弹，眼睛盯着诏书，胡亥拾起诏书假装认真看，他估计看一遍诏书的时间过去了，就抬起头叹息："先帝糊涂！真糊涂！这种罪怎么能赐死！"

"何罪之有！"弄玉说，"自北逐匈奴以来，全无外患，何须进而前？士卒多耗，岂能说无功？治理旱情没有军队的功绩吗？上书直言，又怎能是诽谤？博士淳于越的言辞难道不比他更激烈吗？至于抱怨皇帝不立他为太子，更是无中生有，莫说是太子，即便皇子、皇子妃的名分被废黜我们也毫无怨言。"

"妄议先帝遗诏是不妥当的……"

"可这是怎样的遗诏啊！话里话外就是要弄死他！"

“是过分了点。可是先帝已经成仙，谁又能擅自更改遗诏呢？”

“秦国的君王，现在只有一个，就是嬴胡亥！”

“我无权更改遗诏。”

“这真是遗诏吗？”弄玉目光如炬。

“你什么意思？”

“先帝近来自称‘真人’，如何在诏书中出现‘朕’一词？”

胡亥把诏书抓起来重新看，果然，赵高留下了这个笔误。他看了又看，说：“姐姐不知道，秦国君王的遗诏，过去一向以‘寡人’自称，不论生前怎么称呼都是这样。先帝统一天下之初改称‘朕’，遗诏当然也以‘朕’自称了。”

“我相信先帝不喜欢扶苏，我也相信先帝不想立扶苏为太子，但我不相信他会对一个温吞吞劝谏过他几句的儿子下这么黑的手！”

“大概他想找个儿子陪陪他吧。”

“哼。我看是这句话要他的命：‘以不得罢归为太子，日夜怨望。’有人就唯恐扶苏当了太子！”

胡亥不说话。

“现在不用担心这件事了，因为你已经是太子了。”

胡亥还是不说话。

“那你还有什么不满足？难道只有占有我，才能消除对扶苏的恨吗？”

弄玉开始解衣带，就像武士决斗前去掉身上的累赘一样。胡亥惊讶地看着她，然后冷笑道：“别看我现在没穿裤子，我比有些穿裤子的人高贵。”

“我是爱过你的。”说出这句违心的话，弄玉的泪水滚滚而下。无论今天的付出有没有回报，可以肯定的是，一千次中也不可能给田鸾一次的东西，就要给这个有豹子嘴的人了。胡亥掀开被子跳下床来，矮胖的身躯在她眼里一闪而过，带着一团让她恶心的黑毛，她闭上眼睛准备忍受。但过了半天，胡亥也没来碰她。她睁开眼睛，发现胡亥面朝墙站着，双手抓着尿壶。

“别看我，”他说，“在别人面前我尿不出来。”

他把尿壶端到远处再憋。弄玉钻进他的被窝不看他，看着墙上的剑，期待着这次卖身能值一条生命。又过了半天，胡亥撒出尿的声音传来了。胡亥系好裤带来到床前，弄玉惊讶地看到他眼里泪汪汪的，手里拿着一张画——几年前胡亥让宫廷画师给她画的像。

“你知道我刚才是怎么尿出来的吗，我是看着这张画尿出来的。你不行，我在你面前尿不出来。”

他把弄玉的衣服抛上床，“你现在满脑子都是遗诏，对不对？好，说遗诏的事。遗诏已定，我无力回天，但你们可以隐身。”弄玉迷惑地看着他。“没听懂？我说隐身！你家里没有隐身糖浆了吧，但是没关系，我的一句话就是隐身糖浆。”弄玉看见，火光中那张黑豹子脸已经是普天下最美丽的了，“我派一位密使跟你走，他会把我的话带给那些使者、那些当兵的——无论你们干什么，他们都不许看见！然后你们隐身吧，给我跑，跑得越远越好，千万千万记住：永远不要让秦国人看见你们，隐姓埋名，跑出秦国，跑出秦国人的记忆，带着你们的孩子，带着你们所谓的爱，滚！”

“陛下！”弄玉光着身子跪在床上，“我们会永远隐身，像死了一样！”

隐　身

她想在见到扶苏时骂句脏话来缓解一夜的折磨，她想说，把遗诏当个屁放掉，她想告诉他，他弟弟其实是多么可怜又多么善良的一个人，她想对菲菲说，咱们去摘月亮，现在就去。她带着密使奔出咸阳。又是在夜里到达的。她撞开虚掩的大门，但是院里空无一人，好像隐身的不是她，而是那些士兵。她冲进内院，既不见人，也不见灯光，菲菲的床是空的，她一摸，席子上还有热气。玉箫还在那儿，反射着冰凉的月光。她点起灯，在枕头上看见了菲菲的几根头发，菲菲的小被子堆在旁边，小鞋不在床底下，就好像跟他爸爸去乘凉了。她到每一间屋找，在嫦娥和玉兔住过的屋，她在珊瑚床上摸了一手灰，在她和扶苏恩爱过的镜子屋，她在四面墙上看见自己的无数幻影。她在整个大院里找，一边找一边喊:“菲菲！”空旷的大院传来她的回音。回到卧室再找,地上没有血迹，赐剑无影无踪，她往怀里摸，那帛书也不在，也许是丢在胡亥的床上了。跟着她来的那一位，在院里打着哈欠，不像来下达隐身密令的密使，倒像是等着取一封邮件的信使。除了这个人，弄玉不知道跟谁说。

“这是怎么回事？”她问。

“可能都搞错了吧，”密使和蔼得像只蜗牛，“没有什么遗诏。”

弄玉独自骑马冲了出去。一路上她不知多少次摔下马又回到马背上，她瞪着眼睛，看见一些游来游去的怪影和光斑，像她多年前在自己家族的墓地里看到的那样。赶回咸阳又是一个早晨，同样血红的早晨，同样黑色的废墟，同样闪着红光的铜人，同样摇摇欲坠的宫殿，这使她感到刚才只是在这里打了个盹，其实还没有见到胡亥。她就打起精神往胡亥的寝宫走去，那匹马不知什么时候已不在身边了。她看到了胡亥的灯光，还记得昨天梦里这屋里有她一幅像，她想起确实有一幅像被她送给了胡亥，还想起宫廷画师在一枚铜钱上画世界地图，她想起许愿人扔的铜钱像花瓣一样漂在水银的井中，想起田鸾从炼丹房偷了一些水银回来和她洒在案上玩，她想起田鸾在食案上把一枚铜钱转给菲菲看，想起菲菲抱着比自己还大的布娃娃，昨晚上忘了晾干菲菲的头发就抱他上床了……这些事情在她回光返照的记忆中特别清晰。她听见胡亥在痛骂赵高，骂他良心长在鸡巴里被阉掉了，骂他没有鸡巴也想当皇帝，她走到这里忽然忘了自己来干什么，她觉得应该回去看看菲菲有没有感冒，但既然走到这里了，她觉得就该进去。她推开门看见胡亥和赵高面前摆着两个盘子，盛着一大一小两个长着黑须的白瓜，他们好像正要吃瓜。仔细看，那两个瓜是雕过的，小的像菲菲，大的像扶苏，弄玉无法相信这是洗干净的两颗人头，使她发狂的是他们竟然用这么逼真的道具来对她的亲人施巫蛊之术，于是她抽出墙上的剑砍他们。当侍卫冲进来把她按得动弹不了时，她长嗥起来，这母狼般的嗥叫撕碎了她的悲痛、绝望和记忆。然后她发现自己住在一间有白白的墙、有箫的屋子里，菲菲的小被子铺在床上，枕头上有菲菲的头发，于是她相信这确实就是自己的家。但是菲菲的小鞋不在床底下，她觉得菲菲跟爸爸去乘凉了，就到门口望。那只是一个露台，高高的栏杆挡住了她，并且把露台边的楼梯都封死了，她往下看才知道，世界上没有人比她住得更高，浮云下面是绿浪涛涛的丛林和尿渍般的大地，还有一些黑线穿插其中。每天有人爬上来，隔着栏杆给她送水送饭，那都是凉的，那个人说他爬的阶梯比她当公主时要爬的一千级还多好几倍呢，但她记不得自己当过什么公主。一个豹子脸、金牙的矮子爬上来了，她并不认识这个人，这个人却对她哭，简直莫名其妙。还好，从这个人嘴里她知道自己住的地方叫通天塔。这个人又说她有病，只有住在通天塔的最高一层，才能招来叼着灵芝的仙鹤治好她的病，病好后就把她接走。这话她不爱听，这本来就是她的家，生不生病跟这有什么关系。她说她很喜欢自己的家，她问这个人有没有看见她的丈夫孩子，这个人又哭了，她不明白，就算没见到她的丈夫孩子，又有什么好哭的。又有一天，送饭的是一个脂粉涂得像假人一样的女人，自称嫦娥，她不记得有一个叫嫦娥的熟人，还是问她：看见我的丈夫孩子了吗？这个女人要中用些，第二天踏着几千级台阶又上来了，抱来了菲菲，然后踏着几千级台阶又下去。再也没有看见她。弄玉给菲菲洗了个澡，奇怪的是菲菲好几天都干不了，攥一攥还往下滴水。她还是全心全意把他抚养大，教他识字，给他吹箫，抱他到露台上看月亮。那月亮稍微高了些，他们都够不着，她就向孩子许诺，等爸爸回来，叫他来摘。

二十五·车裂

毒　酒

蒙恬被关在死牢里，他得到的遗诏是："将军恬与扶苏居外，不匡正，宜知其谋。为人臣不忠，其赐死，以兵属裨将王离。"使者催他把毒酒喝下去，他坚持要复请，于是使者替他复请去了。一天半夜，狱卒都睡着的时候，来了另一个使者，只字不提复请之事，却问："将军还认识我吗？"蒙恬觉得这张松鼠脸有点面熟，又想不起来。

此人压低声音说："杨端和将军府，荷塘的亭子，几盘棋。"

蒙恬还是一脸茫然，他又说："打匈奴那年秋天，我们在杨端和那里下过棋。"蒙恬想起来了，但不明白他怎么成了使者，他说，如今宫廷使者满天飞，找这么一身黑衣服不难。一个狱卒在后面探头探脑，他指着毒酒大声说："扶苏已经自裁，你还等什么！"狱卒打着哈欠走了。

田雨并不惊慌，即使狱卒扑过来，他也不会惊慌的，即使把刀架在脖子上，他也不会抵抗。来这儿之前，他在梦中与东郭先生研究了那盘让五子局，明白了一个道理——如此简单的道理要用这么多年来悟让他觉得很可笑——在过去中，我们都是合理的，无论做出什么样的选择都是有道理的。因此他从云中来到咸阳没有什么可懊悔的，他害死了东郭一家的命也没有什么可懊悔的——如果他不跟王桂来找东郭先生，王桂就不会和东郭先生重新交往，就不会把逆党的窝设在东郭先生家里，但在当时他怎么可能不跟王桂去找东郭先生呢？现在要找蒙恬策反，可能会成功，也可能会丢了自己的命，这都没什么，在此时此刻，这个选择是合理的。

颠覆组织中有很多将生死置之度外的人，声称“死何足惧”，田雨理解这是对死亡一无所知的人们互相壮胆用的，但他根本就不区分生死，假如灵魂出壳叫作死，那么死大体上是很舒服的，只是公鸡脖子被切开的时候有点疼。他只为别人的生死操劳——忙于让某些人死，让某些人活着。有些事听他摆布，有些事他也主宰不了。比如百姓的生死。皇帝遇刺后，官军没有抓住一个真正的弑君者，却杀尽了定边一带的无辜住户。比如扶苏的生死。刺杀皇帝之后，田雨来到蒙恬官邸，大门已经锁上了，他非常纳闷，即使扶苏和蒙恬去了咸阳，这么大的宅院，怎么可能没有仆役和卫兵呢？他怀着不祥的预感奔赴咸阳，那黑色的废墟使他震惊——皇帝死后竟然把专属于自己的几千里空中通道都粉碎了，谁的灵魂有这么大的怨气呢。他通过熟悉的宦官了解到，宫廷中风平浪静，东巡回来的御车直接开进后宫，皇帝一直没露面，在他们看来这是很正常的，皇帝在咸阳惯于隐藏自己的行踪，当人们以为他在咸阳宫的时候，他可能正在子午岭上。他到上郡驻军寻找蒙恬，军官们说蒙恬被人暗中绑架了，不知所往。田雨带着弟兄们埋伏在子午岭上，截住每一辆宫廷的车，把使者绑架到密林中，把一只蠕动的绸子口袋贴在使者脚腕上，让他感受里面生机勃勃的、又滑又有弹性的东西，只要解开袋口的绳子，这条蛇就会钻到他裤子里去，在这种情况下亲切地询问他，扶苏在哪儿，蒙恬在哪儿。于是田雨得到了比较可靠的消息：皇帝成仙了，遗诏立胡亥为太子，赐扶苏、蒙恬死，扶苏已自裁，蒙恬还没喝毒药。

田雨纳闷的是，皇帝遇刺那么突然，他有什么机会立遗诏？如果是以前立下的遗诏，何必用遗诏来弄死扶苏和蒙恬？直接把他们召到身边杀了不就完了吗？他也不是没有考虑过：遇刺的是皇帝的尸体，皇帝在东巡路上早就死了，遗诏早就立下了。但他不愿相信：处心积虑那么久，害死了那么多无辜的人之后，他还是没能亲手杀死一个仇人。还有其他可能性。想来想去，他觉得最大的可能性是：皇帝突然遇刺，胡亥伪造遗诏。他不像弄玉那么了解宫廷内幕，所以他对这事没有把握。但在万不得已的时候，他准备利用这一点。然后他来到大牢里，出现在蒙恬面前。

他告诉蒙恬，军中将士还不知道扶苏已经死了，但胡亥被立为太子的消息已经传出来，现在可以借扶苏的名义打进咸阳，废胡亥，再将扶苏的死讯公开，立扶苏的儿子为秦二世，由贤明的大臣代理朝政，直到秦二世长大成人。蒙恬听着听着，想起当年这小子跟他下完棋时，说过想当将军。他说："事情不像你想的那么简单。"

田雨回头望了望，从怀里掏出一块缣、一支笔、一小瓶墨，递给蒙恬："请下令。将军的威望胜过兵符，上郡驻军见到你的亲笔信，必然起事，百姓也会呼应。先劫大牢，再攻打咸阳。"

"你们这些黔首，胆子可真不小，抗旨的事也敢做。"蒙恬放下笔墨。

"将军，这不是在救你一个人，这是在救天下人。"

"你无法理解，"世袭的将军说，"对我们这种人来说，遗诏指定的命运是不可违抗的。"

"难道你不怀疑遗诏有诈吗？干吗不把毒酒喝下去？"

"我已复请。"

“向谁复请？胡亥？要杀你的人就是他，他会承认遗诏是假的？”

“你口口声声说遗诏是假的，你一个黔首，有何依据？”

“黔首”二字，总让田雨想到一头黑毛驴，他从八岁起，就不得不把这个形象与自己等同起来，并感到耻辱，只有在东郭先生家的时候，他忘记过这种耻辱。现在，田雨想：我要是做了将军，难道会比你差吗，瞧你那唯唯诺诺的样子，劫大牢攻咸阳就把你吓坏了。他真想离开这儿，再也不管这个愚忠将军的死活了，但是从民间发动叛乱，前途太渺茫。田雨为了救出将军的命，为了号召上郡驻军，决定把这盘无法预知结果的棋走到底，让终局来检验最冒险的一步是妙手还是败着：

“皇帝知道自己要成仙了，就立了遗诏，对吗？”

“说这些没有意思。你走吧。”将军要退到墙角去睡觉，田雨隔着栅栏捉住了他，他感到了将军那磐石般的躯体和沉静的力量。

“遗诏不是真的，因为皇帝没有时间立遗诏——他是在喝杯水的时间里被刺死的。”

“胡说。”

“他是在定边被刺的。”

“这不是开玩笑的事，你有什么根据？”

“是我本人干的。”

蒙恬不再关心什么复请的结果、遗诏的真相，他反过来捉住了田雨的手。

“不可能，就凭你，能冲破六千侍卫？”

“我有一千人。”

蒙恬看见了被挤扁的御车、被一千人屠戮过的碎尸，这就是千古一帝，这就是统一天下的伟人，他就这样摆在定边的黄泥上，任人摧残，蒙恬宁可让自己代替他被碎尸万段。他揪住了田雨的两只手，向熟睡中的狱卒吼叫："把他给我押起来！"

一阵剧痛从右肩传来。这几年在山洞里住，右肩得了病，连举手都疼，蒙恬却把他拉得紧紧贴在铁栅上。田雨惨叫起来。蒙恬还在吼："他是反贼！他刺杀了皇上！"狱卒们扑过来解救田雨，田雨更疼了，因为笼里的人和笼外的人在把他往两边扯，他疼昏了过去。

狱卒们用刑讯的针扎蒙恬，蒙恬才松手。田雨醒来时蒙恬还在喊："皇帝是他杀的！"一个狱卒说："这人疯了。"狱卒们根本不知道皇帝死了，听说了也不相信。田雨觉得自己整个右臂还是麻木的，他用左手撑着站起来，谢了狱卒们，向外走。在狭窄的通道里，他遇到了一个新的使者，他从容地侧身让这个人过，蒙恬又吼起来："抓住他！皇帝是被他杀的！"这位使者停住了脚步，他跟皇帝东巡过，知道皇帝被刺的事，他一把抓住田雨。田雨又疼得叫起来，他把自己的左手伸给使者抓。使者要他出示证件，他没有证件，也懒得说自己没带。使者便用身子堵住他的退路，对狱卒们说："枷上他。"直到这时，田雨才松了一口气。

"芮儿，我们要见面了。"

法　场

被搜身时，田雨要求留下小木盒，狱吏打开木盒，看见一缕女人的头发，似乎与案件没有瓜葛，但他不敢擅自处理，他答应将这东西连同他身上的一切妥善交给咸阳方面的人。田雨被隔离关押了一天一夜，然后被押往咸阳，由廷尉秘密审讯，他未做任何狡辩，一次审讯就定案了。画押时田雨笑了起来，他的罪名是——

聚众拦劫朝廷的咸鱼车队。

他的履历是：出生于临淄，父亲为原齐国上将军，所有亲属均已于今上二十六年被原齐王夷九族，是逃脱的孤儿，今上二十八年按徙民实边令迁往边疆，三十三年作为杨端和将军府食客迁往咸阳，三十四年参与东郭乱党集团的活动，靠杨端和的庇护逃脱了法律制裁，三十六年投奔贺兰山土匪，绰号“独狼”，三十七年春天成为匪首，三十七年八月，因抢劫朝廷咸鱼车队落网。他松了一口气，没有牵连桑夫人和田鸢，今上二十八年和他们分开立户可以说是他这一生中最合理的一着。他画完押，向廷尉要回他的小木盒。

上法场的那天早晨，他把小木盒揣在怀里，让狱卒们绑。他请求不要反绑，因为右肩有病，狱卒说这怎么可能，绑松一点是可以的。当他们把他的手拉到背后时他疼得尖叫起来。狱卒说：“孬种！娘们上路也没有你这么叫的！”又加了一把劲。田雨疼得眼泪都出来了，“我不是孬种！你们把我的膀子砍了吧！”狱卒说法律没判他肢解，谁也无权砍他的膀子，又把绳子狠狠勒了一下。他疼昏过去了。他们用冷水浇醒了他，有一个狱卒在说：“他的肩好像真有病，我们给他松一点吧。”但现在他的整个右臂已经麻木了，衣服全被冷汗打湿了。一个狱卒蹲下来说：“我们按规定押解犯人，没有虐待你，对不？”田雨点点头。他们就开始绑他的腿。田雨看着他们那么认真地用细麻绳在他膝盖上绑了一道，又在他脚腕上绑，笑了：“还怕我屎尿失禁，你们都看到了，我刚才疼成那样也没尿裤子。”狱卒说：“你听到判决就知道了。”

判决之前先要验明正身。这个厅的墙壁和屋顶都是雪白的，墙上开着高高的小窗户，就像仓库里一样，有一道楼梯通往审判厅。随着咚咚的脚步声，士兵们拿来死囚的档案和齿印，这齿印是在田雨刚入狱时做的，一个士兵用铁叉指着田雨说："张开嘴。"田雨张开嘴，他就把铁叉伸到田雨嘴里顶住他的上下腭，用一块泥在他下边的牙齿上按了按，再拿出来和备案的齿印对照。田雨明白了，那个铁叉是用来防死囚咬士兵手指头的。他们在说："验明正身完毕，是死囚本人。"一个士兵就用红笔在田雨脸上画了个叉。田雨听说有的死囚这时候就要尿裤子，简直无法理解他们怎么会这么脆弱。他对怀里的小木盒说："芮儿，再耐心等一等。"

他们把田雨带上楼梯，当当的锁链声、脚步声在这个空旷的厅里回响，又进入密闭的通道，向着宣布死亡的舞台上升。到了最高层，眼前是一扇灰色的门，门一开，嗡的一声，进入了一个明亮的舞台。法官和书佐们在舞台后面坐着，舞台前面有四个铁笼子，三个已经装了人，田雨走进了空着的那个。台下是看不清面目的人群，实际上他们所处的位置与刚才验明正身的厅在同一个水平面上。旁边的死囚哭了起来。法官一拍惊堂木，宣布这三个入室盗窃犯死刑，押赴东市刑场枭首，示众三天。哭鼻子的家伙裤子立刻就湿了。对田雨的判决是车裂，押赴咸阳宫广场执行。

离开法庭时，那个尿裤子的人是被士兵拖着走的，他的腿软得像断了一样，而且这三个盗窃犯都是面如死灰，田雨知道东郭先生一家当年在行刑台上为什么是那样的脸色了，人知道自己必死时，脸色会先和死人一样的。可惜现在没有镜子让他照照自己的脸色是不是灰的，只知道自己的腿没有软。恐惧是有的，至少担心五匹马一起扯他的时候右肩又疼起来，但与芮儿相聚的幸福压倒了这种恐惧。

在法庭外上车时，那个尿裤子的家伙赖在囚车旁边使劲往下蹲，士兵揪着他往上提，从他怀里掉出了一块手绢，他看见这手绢一下来了精神，居然挣脱了士兵，背着双手像虫一样蠕动到手绢边，把脸埋在了手绢上，士兵把他拖起来的时候，他糊满泥土的嘴上叼着那块绣花的手绢，瞪着充血的眼睛。这手绢不知是哪个女人留下的，带着人世间最美好的回忆陪他入土。士兵把他倒着拖上了车。这样的东西，田雨也有，上车后，他在车边压了压胸口，感觉小木盒还在，放心了。

咸阳宫广场人山人海，他又经过了熟悉的血沟、血桥，上了东郭先生他们待过的高台。不同的是现在有五匹马等着他。士兵把绳子牵过来时，他好言好语地请求别拴他的右手，没人理他。他们解开反绑他的绳子，再把他的头、双手、双脚都拴在连着马的绳子上。他从手脚上时紧时松的拉力能感觉到马已经烦躁了。监斩官走过来问他还有什么要说的，他大笑道："我一个孤儿，无牵无挂，有什么好说的！"台下响起一片喝彩声，"光棍，是条好汉！""长这么蔫还有这股硬气，怪不得能抢朝廷的咸鱼车啊！"他满意地看到自己的裤子还没有湿。锣声一响，马拉紧了绳子，他一下子悬空了，右肩又剧痛起来，现在他是面对天空的，手脚还没有被拉直，他努力把右手往回收免得被拉得那么疼，还吩咐刽子手："快点快点你们他妈的快点呀——！"台下又喝彩起来，鞭子又响了几声，马儿们真使劲了，他手脚被绷平了，剧痛让他流下了泪，而裤子仍然没有湿。又一股大力让他疼昏了过去，法场上的喧嚣忽然消失了，在一片天国的宁静中只听见桑夫人的心音——

"田雨啊，你什么时候来……"

一片白光过后，他发现自己浮在空中，向下能看到整个法场，但听不到声音，看到的一切也是灰的，在这无声的蚁群的中心是自己的肉身，被放大了，是一个平摊的“大”字，和其他死囚一样猥琐肮脏，嘴巴像死鱼一样张开着，露出平时羞于见人的乱牙，血和哈喇子一起在流，没有任何值得骄傲的东西，于是他闻到了一股恶臭。又一片白光，他回到了肉身里，发现裤裆里沉甸甸的，屎尿在丧失骄傲的那一瞬间都流出来了。他用尽回光返照的力气，嚎出来：

“亡秦者胡也！胡——！就是胡——亥——！”

也就在那几天，胡亥把冰窖里的尸体亮出来了。当他在高台上摇着皇帝生前的龙袍唱招魂曲时，当他连续四十九昼夜守着裹锦衾的尸体恸哭时，当他平生第一次把珠玉放进死人嘴里而不是从死人嘴里掏出来时，当他平生第一次盖上棺盖而不是撬开它时，他知道周围有多少暗箭对准了他。他被立为太子，而扶苏到现在都不知去向，兄弟们远远地悼唁，而他离先帝那么近，人们私下里在议论：皇帝的尸体是由千百块碎肉一针一线缝起来的。胡亥首先杀了这样一批人:在皇帝的尸体上做过针线活的医生、为皇帝净过身的宫女、随皇帝东巡的士兵和随从，以惩罚其中不知道哪一个把皇帝是碎片的事泄露出去的人。现在他知道,但凡有一丝恻隐之心，他也不能活下去。葬礼前几天，他梦见自己在父皇的陵墓里，头顶的黑暗虚空中高高低低飘浮着人鱼油的长明灯，它们的苍白火苗组成了幽冥世界的繁星，一道敞开的石门后面流淌着水银的河，父皇的棺材漂了过来，那是用西域进贡的三万六千斤重的一整块玉雕出来的。玉棺漂到他面前，忽然自己敞开了盖子，父皇的手从中伸了出来，上面满是被水银熏出的黑斑，他往外跑，那只手暴长起来，穿过一道道门拉住了他。惊醒后，他明白父皇在地宫里太寂寞了，就下令后宫嫔妃中，凡是没有生育过的，都到地宫里去陪伴父皇。这还没有完，下葬那天，当上万名工匠每人端一钵水银排着队进入陵墓后，他突然下令关闭墓门。人们开始相信“亡秦者胡也”。田雨要是知道自己临死前警醒世人的喊声又要害死多少无辜的人，他会自己跳进地狱的油锅——胡亥听说皇室中有人在议论“亡秦者胡”,就罗织罪名将兄弟姐妹统统灭门。接着河东郡下了一场石头雨，砸出两万多个坑，每一颗石头都是一个冤魂。它们掀起的沙尘暴比皇帝遇刺后那一次更猛，从东卷到西，把三百里宫殿化为齑粉，连地图山都倒塌了。遮天蔽日的尘埃使整个国家陷入遥遥无期的黑夜。后来有一支起义军开进咸阳，他们的首领为了找妹妹，把路看清楚些，就造了一支最大的火炬——把三百里宫殿的废墟全部点燃了。这火烧了三个月，升腾的热气冲散了空中的尘埃，阳光又照射下来，那位首领也找到了妹妹。

二十六·方舟

梦的意义

只有黄河入海口的一小块地方，人们每天都能见到蔚蓝的天空。三十艘大船在这里蓄势待发，带人们逃离秦国的苦海。许黻在造船台上向四公子描述他的王国。没有徭役，没有酷刑，迄今为止连犯罪都不曾有过。九年前他带着第一批童男女到那个岛上，始皇帝以为他们在仙草地里撒尿，实际上他们在开荒、修路、晒盐、铸铁、织布、酿酒、养蚕……和三千年前的中国一样，甚至更简单些。他们在相爱，有人在岩石上留下了《诗经》风格的爱情诗，把他们放在那个时代里，他们就写出那样的句子来了。他们在生孩子，但是还没有人老死。那里唯一的天灾是每年一次龙卷风，但是永远也见不到旱灾、水灾、蝗灾和沙尘暴。桑夫人听见龙卷风，惊恐地转过脸来。许黻说："每年刮一次，它就不像一百年刮一次那么凶了。"她放心了，接着东张西望，看田鸾来没来。

她每天这样翘首盼望着，又怕田鸾走得太慢，又怕大船造得太快。吃午饭时，她真的看见田鸾走过来，哭得饭都咽不下去，话也说不出来了。田鸾一眼就认出来了小木匠，一张红彤彤的方脸、一脸络腮胡子都没变，许黻也毫不费力地认出了田鸾，那双鹿眼睛是那么多次地出现在梦里，无论他长得有多高多帅，这双眼睛还和十一岁时一样。他们相互凝视着，都不说话。四公子惊叹道：“像啊，真像！”这倒不是说一红一黑两张方脸，而是那两双惯于被真实嘲弄、因而一生沉沦于梦幻的眼睛。桑夫人能说出话来了，她老泪纵横，含着饭，鼓着腮帮子，哆哆嗦嗦地指着许黻对田鸢说：“你爸……他是个国王。”

田鸢叫了一声“爸”，像蚊子哼，许黻还是乐眯了眼，他在临淄看着儿子前呼后拥地来狩猎时，根本连这也听不着。现在只差田雨了，桑夫人已经往杨端和府、旧宫寄了好几封信，都没有回音。田鸢知道弟弟在哪儿，没说。他回了一趟西部，但是当他飞上贺兰山时，匪巢已经空了。

在田雨现身之前，许黻与四公子探讨梦的秘密。“你不一定明白梦的意义，但那是真实的，”许黻以他梦游人的透明眼珠盯着稷下学社的遗老，“梦是一种空间，清醒也是一种空间，除此以外可能还有别的空间，比如死亡。人处于某一个空间中，不能肯定别的空间的真实性。你清醒的时候，觉得做梦是假的，你在梦中反而怀疑现实。”田鸢说：“真的！我梦见母亲时，相信她还活着。”许黻说：“那么你母亲就是活着，她活在那个空间里，比在这个空间里活得还好，因为她能走路了。”四公子建议他们父子俩把梦境都记录下来，要是两个梦里的若姜做的事是一样的，那就说明梦是真的。许黻说不一定，那是两个空间，两个空间的事情可以不重复，犹如两个时间。四公子无法理解这种两千年后也难得有人理解的思路，便问同一个人的梦是不是同一个空间，许黻说不得而知。四公子又问：“我的梦与我的死亡是一个空间吗？”许黻说不得而知。

田鸢难以置信，这就是当年用嘴吸他淤血的那个奴才吗？许黻笑着说：“每个人都有变化，难道你没有吗？”田鸢说：“岂止是变化，我想起以前的事，有时候都觉得不是我自己干的。比如当兵，我这个人怎么可能服军队的管呢，可我就是当过兵啊，还是个好兵。”他拿出路节，“要不是有这个物证，我根本就没法相信。‘咸阳东南屯骑右庶长’，当兵当得不好能混到这个爵位吗，可我就觉得它跟我没关系，这是我从哪儿捡的啊？”许獻让他好好想想当初是怎么当上兵的，他想了一会儿，说是因为一个女孩，他为了娶这个女孩需要爵位，为了爵位就只好去当兵。这个理由他是记得的，但他还是无法理解为了一个女的他何至于受那么大苦，又是纪律，又是挨饿受冻，还得狠心去砍那么多人头。他后来搞过不少女的都比她漂亮。

许獻沉重地说：“你不该用现在的状态来随便否定过去。你搞过更漂亮的女人，可能已经忘了她，但你确实是爱过她的。在当时，你的爱是很真实的，足以让你做出当兵这么大的牺牲。我也当过兵啊，我也不知道为什么要去保卫那个行将就木的国家，我现在是新的国家的国王了，当然会这么想，可我当时是那个国家的公民，就爱那个国家。其实我们父子俩有些地方是一样的——恍如隔世，觉得自己的一生是一段一段不相干的。这也就是我白天说的‘空间’，你的一生空间可能比我的还多，它们之间的通道堵塞时，你就有恍如隔世的感觉。你是临淄的贵族公子，你是云中的一个押盐车的奴仆，过一会儿你又成了东南屯骑右庶长，过一会儿你又成了钦差大臣，现在呢，你是我儿子。所以你想到押盐车时期的恋人会觉得古怪，可不是吗，都隔了两个空间了。不过这些都是真实存在过的。有时候在梦里你会打通空间之间的阻碍，我敢说，你在有的梦里还爱着那个女孩。”

田鸾对这个爸爸产生了相见恨晚的感觉，以前他还以为卢生是自己唯一的知己呢。他把自己的事想明白之后，又揣摩起其他人来，结果真像父亲说的那样，比如百里冬以前是一个穷孩子，他成了空中城的主人之后肯定觉得小时候恍如隔世，后来他又成了个小地主，空中城就是梦幻泡影了；又比如说其姝，小时候当公主的经历是她的梦幻泡影，但她哥哥重新让她当上公主以后，想起和田鸢吃桑葚就是梦幻泡影了……想到这里田鸢流泪了，他发现自己也曾经那么爱其姝，但再也不可能和她那样自由自在地漂泊，再也不可能回到那个夜晚安慰她发抖的处女之身了，他想起了其姝在舞台上唱圣歌的样子、和他一起喂猫的样子、在路上拿出湿毛巾擦汗的样子、在百里冬家纺纱任劳任怨的样子……其姝进入深宫后，这些回忆也将伴她度过余生吗？“我们的现在与过去割裂了，我们的未来也不一定是现在的延续。”父亲是这样说的。但他觉得田雨是个例外，他从来就没有在田雨身上看到什么彷徨、怀疑，似乎田雨一直在为一个目标努力着，不肯来找他们也许就为了留在秦国当一个将军。他哪里知道，田雨的心灵早已粉碎，比那五马分尸的肉体有过之而无不及。

梦幻邮亭

田雨没来，如意却来了。田鸢在千童城发现她的时候，别的童男女都躲着她，因为一群蜜蜂绕着她飞。在经历了漫长的黑夜又突然解脱之后，她愿意和人说说话了。她说起高千丈的沙尘暴、在天上像滴进水里的墨一样扩散的烟尘、对着篝火啼鸣的公鸡、那些靠猫领路的人、无视行人在马路边和废墟边偷情的少男少女……她说，蜜蜂也受不了没有阳光没有花的日子，想到海岛上去。他们在千童城附近闲逛，用身子量“鸢儿尚在”的大字，在路边又发现了同样的小字，墨水深深地渗到了墙里。在桑夫人和四公子饱受煎熬的客栈旁边，有一座邮亭，挂在墙上的铜牌表明它是帝国第二万九千三百六十六号邮亭，但他们发现这是一所为平民服务的邮亭，对收信人也毫不挑剔——封检上写着“过世的爷爷奶奶收”“梦中人收”“我家丢的黄猫土土收”“庙里碰见的美人收”“我自己的未来收”……邮差每接待一个顾客都要声明一次：“从我们这里寄出的信都没有回信，想好了再寄，十个铜子一封。”田鸾和如意互相使个眼色，准备离开这个骗钱的地方，谁知信是寄出去了还是被偷偷烧了呢？但是有一个憔悴的妇人送到柜台上这样的一封信——“放学路上失踪的女儿收”。她的女儿是被人拐走了，还是被流氓糟蹋了？真是不堪设想。邮差例行公事地说：“我们这儿没有回信，想好了再寄，十个铜子一封。”这位母亲把铜子放在柜台上，说：“我相信有回信。”邮差惊讶地看着她，她说：“在梦里，她会给我回信的。”

如意和田鸾打算从这儿寄一些信了。田鸾给母亲的信是：妈妈，我终于见到爸爸了，我们都像过去那么爱你，你永远不会成为我们的梦幻泡影，你的眼睛在白杨树上，你的脸在每一朵花上，你的声音在每一阵风里，爸爸说你总有一天会到海岛上来找我们的，因为在你生活的梦与我们生活的海岛之间有一条通道，爸爸说它很长很长，但你迟早会走过来的……如意给牛儿哥写信：哥哥，很久没有联系了，多亏了梦幻邮亭，使我能够问候你一声。你在那边过得好吗？我在不想对活人说话的日子里，还跟你说话，你听见了吗？……她给张璐写信：还有两只蜜蜂绕着我转，你快把它们轰走！……就连桑夫人都信了这种事，她给田雨写信：“田雨啊，你什么时候来……”

时间之流

给有地址的人送信的任务交给了会飞的田鸢。他送信到百里冬家时，咸阳还在黑暗中，百里桑还没有把其妹找回来，而且刚刚发现弄玉也失踪了。如意走以后，百里冬让孔雀给弄玉送一封信，孔雀没有找到她。田鸢飞到肤施，看见千家万户点着篝火，蒙恬的宅院却漆黑一片，他落到一堆堆篝火边打听，得知扶苏一家逃出了秦国，一个皮货商在高阙以北的草原上看见了扶苏的车。田鸢把这个消息告诉了百里冬，就离开了咸阳。他到海岛上以后又梦见弄玉在咸阳，他不知该相信这个梦还是相信肤施的皮货商。梦中的咸阳还在漫漫长夜中煎熬。田鸢贴着通天塔飘起来，经过一层层闪着寒光的塔檐、锈成了灰的风铃、腐烂在石龛里的雕像、只有幽灵才会踩踏的旋转楼梯，像一个气泡在万丈深渊中浮起来，这使他渺小得透不过气来，但是塔顶的灯光离烟云那么远，他又觉得通天塔在宇宙中是那么渺小。他听见了箫声，这恬美安宁、略有点调皮的曲子，与那灯光一样，简直就不该出现在一个通天的坟墓里。他浮在窗前看见了弄玉，一盏圆圆的、暖洋洋的纱灯把她的脸照得清清楚楚。她穿着薄薄的黑纱裙坐在一个蒲团上，抱着个布娃娃。田鸢想起弄玉曾经请他到家里听箫，就明白了：今天并不是漫游过来的，而是被她邀请过来的，这儿确确实实是她的家，原来她们家住在通天塔的最高一层呀。他就敲着窗格说："玉，我来了。"这时候他又仿佛不在通天塔上，而是在云公主的窗台上，仿佛只是一次普通的约会，在这一次约会与上一次之间并没有发生什么，他们只是各自睡了一觉。弄玉并不认识他，还抱歉地说这里是无法招待客人的，露台已经被铁栏杆封死了，只能递东西进来，要是他确实喜欢听箫，请站在楼梯上听，不要那么吓人地挂在窗户上。她还劝他早点走，她说这座塔在升高，是从底下增加楼层的，走得迟就下不去了。田鸢试图从泥沼般的记忆中捞出什么来证明他们是熟人——孔雀笼上那朵小红花是他插的，场院里那头老虎是他打的，前几天跟她怄气是因为她老跟他弟弟说话，实际上有一个人正往这里来，专治间歇性失语症……她听不懂，接着吹箫，过一会儿她把孩子抱上床："噢，乖乖，睡吧，你爸明天就回来了。"娃娃盖着小被子，旁边又整整齐齐叠着两床大被子，穿堂风吹开她的乱发，撩起她的黑纱裙，这风能钻到骨头里去，她的表情却怡然自得。把孩子哄睡着以后，她在露台上和客人说话，免得吵醒孩子。她问："我们家好吗？"田鸢说好像有一个地方天是蓝的，山是绿的，不像这里这么黑，把家安在那里才合适。她指着下面微光闪烁的河，说："还有比这儿更好的地方吗？这是我的家，还有比家更好的地方吗？你也有家吧，快回自己家去。"田鸢正准备走的时候，她又指着通天塔的塔基说："你得知道，有个女人坐在这里，想起过你。"

田鸢惊讶地回过头来，看见她的表情像梦游一样麻木，她像在讲一个传说，而不是自己的事。田鸢摇着她问刚才到底是什么意思，她指着山崖上一个跳跃的黑点说，那是一只与天地齐寿的猿猴，它靠着尾巴逃脱了十万年一场的浩劫，因为它的尾巴和手一样灵活。然后她转身去睡觉，睁着眼睛睡着了。

梦境从来没有如此清楚过，于是田鸢断定这是真事，是他的灵魂到达了多年前的通天塔，弄玉确实曾经被关在那里。他离开海岛向时间之流的源头飞奔，穿过云层，在闪电雷鸣中进入浩渺的黑暗，这里的生命尚未诞生或者已经毁灭，他要把她从那个时间拯救出来，但是眼前的时间让他迷惑了，一个忧郁的男孩正把芍药花插在孔雀笼上，他暗恋的女孩在和别人打打闹闹，这里的人们忙碌而快乐，愚公们在挖井，双头人在阁楼上消灭自己的影子，牛儿哥在准备婚礼，扎羊角辫的如意唱着小曲走来，她母亲在给孔雀和鹅主婚……连万里碧空中一朵迷途的孤云也怀着自己的记忆偷洒着泪水。如果这是真实的一天，为什么不从这里重新开始呢？如果重新开始有所不同，通天塔上的弄玉是否还存在呢？他顾不上多想，因为已经在小时候弄玉的闺房里，在写太阳国故事，他和弄玉，还有百里桑和如意，一人一堆木片分开写，八岁的田雨坐在地席上看书。田鸢比任何时候都清楚什么样的故事是真的——好人都会跟着他父亲到那个岛上去。只要他写下去，一切就会实现，眼前这些不幸，只不过是百里桑这个疯子胡乱写的，让大家做了一个噩梦。因此他们不会见到咸阳的血雨腥风，不会见到通天的黄沙和陨石雨，扶苏和弄玉不必逃往荒原，其妹也不必永别，大家会一起登上海船，把秦国的符传抛到大洋里。那个岛像故事中一样，整天冒白烟，通红的岩浆在山沟里流淌，每年有一场龙卷风，但不像一百年来一次那么凶。既然到了岛上，他们就不再写岛上的事，他们写做过的梦——金色的天空、火红的云、浸在尘埃里的足迹、叼在孔雀嘴里的枫叶、永不干燥的隐身糖浆、一烧就是九年的庭燎、漫山遍野的胡枝子花、朝梦幻尽头奔跑的公主、车轮在草原上碾出孤独的泥痕、不知何人在风中狂笑。

附记

飞行的先驱

古人把鹰叫作鸢，木鸢可能是木头鸟，也可能是木制的风筝。传说墨翟花了三年时间做出一只木鸢，飞了一天就坏了，他郁闷透顶："我还不如一个木匠有用呢，木匠一天能做一个车轱辘，我呢，三年做的东西还用不了一天！"他最聪明的学生公输般也学着做，公输般的木鸢飞了三天，墨翟可能是觉得很没面子吧，就来说风凉话："木匠做的车轱辘能载五十石的东西，你这玩意儿有什么用？"公输般很快就证明它有用——把它放到敌城上空当侦察机，而且据说上面载了一个人。

墨翟和公输般的木鸢，可能是在木制或竹制的骨架上绷绸子的风筝，也可能是外形像鸟的滑翔机模型。古往今来比较普及的飞行器是竹蜻蜓——把一根竹片削成螺旋桨，下面插一截小棍，两手使劲搓棍子，或者

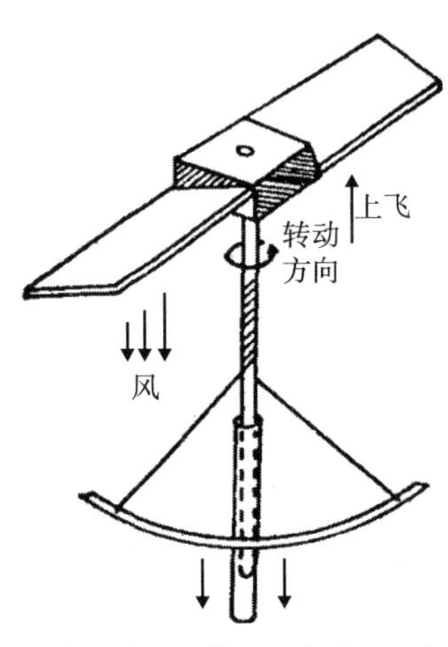

竹蜻蜓（也是葛洪飞车的原理）

把弦缠在上面使劲拉，它就带动螺旋桨转起来，产生升力。这是一种微型直升机，我们小时候也玩过。

御风而行曾经是全人类的梦想。达·芬奇是西方的梦想家，他相信鸟是一种按数学原理飞行的机械，人要飞起来，只需要仿制鸟的一切——除了生命。于是他制造了扑翼机。为了让大自然把它当成真正的翅膀对待，还特意扎上羽毛。他让学生背着它从山上跳下去，可以想象那孩子有多害怕。

西方最著名的飞行梦想家就是达·芬奇，这是他设计的扑翼机

这种事在全世界发生着。据《汉书·王莽传》记载，朝廷招募勇士去征讨匈奴时，一个人浑身粘着羽毛，背着“通引环纽”的翅膀来应征了，他说他能窥探匈奴军情，结果，“飞数百步堕”。那也就不错了。《资治通鉴》

记载，北齐暴君高洋逼一群死囚乘席子做的风筝从金凤台往下跳，那金凤台有六十七丈高，一个叫元黄头的人随风飞出了城墙，其他人都摔死了。高洋要杀的恰恰是元黄头。

据说张衡做过一只木雕，腹中有机关，能飞几里远。没有更多记载，不知那机关是什么样的。东晋的炼丹术士葛洪却留下了关于飞车的技术资料："或用枣心木为飞车，以牛革结环，剑引其机……上升四十里，名为太清。太清之中，其气甚罡，能胜人也……鸢飞转高，则但直舒两翅，不复扇摇之而自进……龙初升阶云，其上行至四十里，则自行矣。"（《抱朴子·内篇·杂记》）这就是说，飞车上的机关由一把剑控制，人坐在车上把剑拉来拉去，飞车就能上天，等它升到四十里高，就省事了，它会像老鹰一样滑翔，高空的气流是很强的，龙飞到这么高也不用再摇尾巴。其实这也是信天翁的状态。

战国时代的《山海经》讲到"奇肱国"，"其人一臂三目，有阴有阳，乘文马"。到晋代，诗人张华突然为这一幻想添加了飞车："奇肱民善为轼杠，以杀百禽，能作飞车，从风远行。汤时，西风至，吹其车至豫州，汤破其车，不以视民。十年东风至，乃复作车遣返。其国去玉门关四万里。"（《博物志·卷二·外国》）这也许对同时代的葛洪有启

《山海经》中的御风而行

发。后人为《山海经》补画的插图，就把奇肱国人画成驾飞车的样子。

火药又燃起了人们飞天的希望。明朝一位官员做出了世界上第一支载人火箭，那是一把椅子，后背上满满地插着礼花，那官员坐在椅子上，手里举着两个大风筝，他的助手们从背后点燃礼花，然后在一阵轰鸣、火光和烟雾中，他消失了。美国科学家 Herbert S.Zim 在《Rockets and Jets》一书中讲了这个故事，James Macdonald 又把它画了出来。

James Macdonald 所描绘的明朝“载人火箭”，此事完全是从西方人的记载中得知的，按照音译，此人可能叫“万户”，死于这次尝试。1970 年在英国布赖顿召开的国际天文学会议上，月球背面一座环形山正式以他的英文名命名——WanHoo。

炼丹术

炼丹术士把大量的精力投入到硫化汞分解合成的无机化学反应中来，他们并不知道事情可以表达得如此简单：$HgS \leftrightharpoons Hg + S$，他们宁可相信红色的丹砂和银色的水银是有生命、有灵魂的。这两种物质的外表都让人遐想万千。

丹砂是自然界不多见的灿烂晶体，产于长江以南，上品的丹砂是光明砂："一颗别生一石龛内，大者如鸡卵，小者如枣栗，形似芙蓉，破之如云母，光明照澈。"（唐《新修本草》）"上品光明砂出辰、锦山石之中，白交石床之上，十二枚为一座，色如未开莲花，光明耀目，亦有九枚为一座者，十二枚、九枚最灵，七枚、五枚为次。每一座中有一大者，可重十余两，为主君，四面小者亦重八九两，亦有六七两以下者，为臣，围绕朝揖大者。"（张果《玉洞大神丹砂真要诀》）没法比他们形容得更好了，大个的丹砂和小个的丹砂还有君臣之礼。

至于水银，银的色泽和好动的特性——而且像荷叶上的露珠那样——总是令人赞叹的，所以被炼丹术士叫作"流珠""灵汞""白金液""玄水"。它能给尸体防腐，人们很想给自己的内脏防防腐，让生命永恒，但吃了水银马上就死了，那么，和它有说不清道不白的关系、微量服用还能镇惊安神解毒、看起来暖洋洋的丹砂，就成了仙丹。

炼丹术在秦汉时期兴旺起来，出现了《淮南万毕术》《皇帝九鼎丹经》《参同契》等专著，以及魏伯阳这样的大师。他提出了"还丹"的概念，认为从丹砂分解出来的汞在升华的过程中又变成了丹砂，又是更神奇的丹砂。实际上这是氧化汞，和硫化汞一样红。为了让还丹顺利进行，他解决了技术上的若干细节问题，比如用铅来抑制汞的不稳定性。

东晋的葛洪站在"巨人"的肩膀上看得更远些，他的还丹是真正的硫化汞，他反复试验，学会在密闭容器中控制温度，让汞与硫磺不光是生成黑粉，还要再升华冷凝成漂亮的红色晶体，再加热分解成汞，再还原成红色晶体……反复循环，最后得到实际上还是丹砂的仙丹，称之为

“九转还丹”。这有点像西西弗斯循环推动一块石头，但他坚信丹砂在釜里转来转去已经发生了脱胎换骨的变化。后世的方士们又想方设法增加它的神秘感，比如按苛刻的程序和配方制作药泥涂在丹釜外，在反应链中添加其他神异物质——云母（轻身延年）、天门冬（杀三虫去伏尸）、赤芝（不老）、雄黄（祛邪）……

也有液态的仙丹，西汉《三十六水法》中，有把黄金溶解到水里的办法，以黄金的惰性，谁要能把它溶解在水里，现代化学家也会佩服。他们是这么做的：“以金一斤，绿矾二斤，倒竹筒中，漆固口，纳华池中（注：把竹筒浸在醋里），五十日成水。”实际上这水没有溶解黄金，是醋渗进了竹筒，溶解了硫酸铁，硫酸铁又被氧化成氢氧化铁，形成了金色的悬浮液。

他们把各种物质掺和起来做试验，先给狗吃，等狗飞升了再自己吃，吃不完再给家里的鸡留一点，不知道“一人得道，鸡犬升天”的事到底有没有，但他们肯定做出了火药。九转还丹离不开硫磺，加热要用木炭，一旦他们把硝石再掺进去，就热闹了。一股邪火烧了他们的脸、手，有时还把房子烧了。他们还不知道这失误对于人类意义多么重大，只是互相告诫，对这三样东西要多加小心，它们脾气不好。到 13 世纪，蒙古人打宋人时，这东西已经可以炸开城门、炸垮城墙了。后来的事，更不用说了。

隐身术

《淮南方》说螳螂捕蝉时作掩护用的树叶可以隐身，一个楚国人读到这儿，就循着蝉鸣声爬上树，等螳螂来。功夫不负有心人，他终于等到了这一刻。那只蝉的命运不知如何，但楚国人把螳螂用过的叶子带回家了。他把叶子遮在左脸上，问妻子："看见我了吗？"妻子说："看见了。"他遮住右脸，又问："看见了吗？"妻子说："看见了！"他把叶子挪来挪去，反复问："看见了吗？"妻子不耐烦了，就说："没看见。"他满心欢喜地举着这片叶子来到闹市，从人家摊上拿桃、拿瓜、拿钱，最后被当差的押走了。

隐身术在日常生活中可以让人为所欲为，在紧要关头，它更有用，比如让间谍混进敌方机要部门，让弱者逃脱追杀，让死囚大摇大摆地从狱卒身边走出大牢。对死囚来说，它比崂山道士的穿墙术管用，穿墙越狱还得提防通缉呢，有了隐身术，还怕什么。所以，它自古以来就被当成一门严肃的科学来研究，有许多智慧结晶。秦汉以前的《淮南方》已经失传，但东晋炼丹术士葛洪、唐代星相预言家袁天罡与李淳风等人在这一领域做出了突出贡献。

隐身术的基本原理是以一个大神的名义命令小神帮方士隐身，比如挟太上老君以令北方帝君，挟太上老君以令东岳诸君。方士的必修课是一门外语——天国的语言，有了它才能和神灵沟通。这种语言，写下来或刻下来的是符箓，它往往是写或刻在纺织品、木牌、竹牌、印等材料上的，贴在额头上或挂在身上，也有更高级的符箓，比如用手指在空中画出的虚符。

一般人认不得符箓——把汉字变形，加上鸟头、云脚，笔画延伸、曲里拐弯，让一组文字相互穿插，像线描的画一样。巫师就用这样的天书向神灵发短信。他们对神灵说话的口气，与其说是请求，倒不如说是命令，在符箓中经常出现“敕令”这样的字眼，基本原理是——我命令神灵:“让我变成空气！”神灵说:“OK.”于是我没了。和神灵的短信联系，肯定比现代的短信速度快，一发出请求，立即隐身，要不然，你还在和神灵叽叽咕咕，追杀你的人早冲上来揪住你了。

光发短信息是不够的，这事必须搞得十分复杂，要不然谁都可以用盗版的符箓骗取神灵的信任——我拿支铅笔、拿个速写本临摹一个符箓，不交学费，就可以为所欲为了？没那便宜事。

有时候需要咒语。比如《白鹤灵彰咒》：

白鹤林离白鹤神，金（丹）一点得涎龄。

大化白鹤升天去，人跨白鹤驾祥云。

太上玉旨亲垂盏，留传助道遁真形。

走遍天涯人莫见，飞灾横祸不能侵。

弟子受持神仙法，逢凶遇难避刀兵。

慧眼遥观来害者，须臾变态隐吾身。

一化白鹤，二化紫芝，

隐显莫测，众神护持。

吾奉太上老君如律令敕，北方帝君速降摄。

真言曰：唵啮临多利多利摄。

意思就是：嘿！俺是组织上派来的，太上老君是俺们领导，北方帝君听好了，我要隐身！快来帮我！

又比如《紫芝灵舍咒诀》：

万花丛中一棵草，其色青青香更好。

神仙采取在花篮，千般变化用不了。

吾今法炼隐吾身，纵横世界无烦恼。

行亦无人知，坐亦无人见。

遇兵不受惊，逢贼不受拷。

护道保长生，相随白鹤草。

吾奉大（太）上老君急急如律令敕，东岳帝君速降摄。

真言曰：

唵啮临唵哆（多）唎（利）唵多唎（利）摄(跟前咒念之)。

还是那一套："吾奉太上老君急急如律令敕……"只不过这回欺负的是"东岳帝君"。

咒语是不是太长了？情况紧急时念不完啊，(那个《白鹤灵彰咒》还要求念七遍！)所以不能光指望这个。

古人相信，有些材料具备隐身的特性。

白鹤：这是神出鬼没的神鸟，它身上的东西当然可以使人获得一些自由，它的羽毛，甚至它的口水，都是有神通的。

蛤蚌：在传说中，这是一种变化多端的水生动物。"雉入于淮为蛤。"(《国语·晋语》)"鸿雁来宾，爵入大水为蛤。"(《礼记·月令》)"蛤，蜃属，有三，皆生于海。千岁化为蛤。秦谓之牡厉。又云，百岁燕所化。魁蛤一名复累，老服翼所化。"(《说文解字》)……

雄黄：它本是一种炼丹材料，颜色像金子，炼丹术士认为它在某种条件下可以变成金子，如隋代苏元明《宝藏论》："雄黄若以草药伏住者，上可服食，中可点铜成金，下可变银成金。"隐身术正需要善变的物质。

柳：春天柳絮漫天飘飞，搞得人睁不开眼睛，大概就为这个，古人认为柳能够使人隐身吧。柳枝、柳叶甚至柳叶上的露水都能派上用场。

头发和指甲：这是人自身的东西，它们剪下来烧掉，或溶化在强酸中，就能诱导整个人隐身。

……

一则隐身术方子

1900年6月22日，道士王圆箓在敦煌莫高窟第十六窟甬道中抄经，发现甬道北壁是空的，他挖开北壁，发现了重重叠叠的卷、册、折本和单片古籍，以汉文楷书、行书为主，也有古藏文、回鹘文、于阗文、粟特文、梵文和突厥文，经考证，这是十六国至北宋时期的经卷和文书，总数在五万件以上。其中有一则隐身术方子，看来还切实可行。

《湘祖白鹤紫芝遁法》："凡炼此法者，用白毛【注：白鹤的羽毛】七根，自己头发七根，手足指甲共剪三分，用阴阳瓦【注：瓦的凹面为阴，凸面为阳】焙焦，存性，为末，入飞罗面打糊【注：在铜锣面上打糊】，表蛤蚌纸【注：这种纸可找道士要】为钱厚，剪成一牌，长三寸三分，宽二寸二分，五色纸绳系之，待鹤神下界之日，一面以鹤涎【注：白鹤的口水，这可不好弄】调朱砂书符；一面以人乳汁磨墨，画鹤一只听用。又采兰花七朵，己发七根，手足指甲共三分，照前焙干为末，入飞罗面打糊，表蛤蚌纸为钱厚，剪成一牌。长三寸三分，阔二寸二分，五色纸绳【注：青、赤、白、黑、黄五色纸线搓成的绳子】系之，一面以兰草花捣汁，调雄黄书符；一面以人乳汁研墨，画紫芝一枝。制毕，但入绛袋盛之。就于本月日起，净室之中，设位供奉祖师，务要虔诚洁净，勿令产、孝、鸡、犬犯秽污。投词毋拣，草放一明新镜，念咒各七遍，焚符为一道，斫水吞服，叩礼七拜，将二牌悬于项下衣内掩之。一日三次，戒忌五荤三厌，炼至七日，念咒吞符拜毕，将牌出囊，挂在胸前，对镜照之，如见鹤草不见人形为止。若有缘者，道心坚固，诚意合志，不过三七日照之，鹤草但见。休办三牲祭礼、送神。以后逢凶遇难，先出鹤牌而化鹤，欲出草牌而化草，任意而行，此乃助身保命之仙术也。实为性命有德之士，宜当誓授以为护身之宝。非人切不可转传，若无德行禄薄之辈，侥幸一时炼成，辄起浮盗之心，上天谴罪，殃祸及身也。乃万金不传之秘，并(谨)之慎之。”

要点：在瓦片上焙烤白鹤羽毛、自己的头发和手脚指甲，在铜锣面上调成糨糊。用这种糨糊把一叠蛤蚌纸粘成一枚铜钱那么厚，剪成长三寸三、宽二寸二的牌，系上五色纸绳。在鹤神下界之日，用白鹤口水调朱砂在其中一面画符，用人乳汁磨墨在另一面画一只鹤。用同样的方法、不同的材料（兰花）再搞一个符牌。然后在种种清规戒律之下，把两个符牌挂在脖子上，照镜子，直到你从镜子里看到白鹤、兰花，看不到自己，大功告成！

美容术

苦闷的隐身术作坊对面是快乐的青春作坊——空中城的美容院。她们有营养霜、保湿霜、增白霜、精华素、皮肤活体检查仪、激光美容仪、脂肪分解仪、皮肤负离子发生器、超声波洁肤仪……吗？不得而知。

但她们肯定有大镜子，不像春秋年间的西施那样对着木盆梳妆了。

她们肯定有胭脂，那时候叫“焉支”，是焉支山上的一种红蓝花叶捣成汁、凝成脂做成的。匈奴被逐后曾哀歌：“亡我祁连山，使我六畜不蕃息；失我焉支山，使我妇女无颜色。”

她们肯定会画眉，用的是青黑色的颜料——黛。《楚辞》中已提及它：“粉白黛黑，施芳泽只。”“青色直黛，美目媔只。”宋高承撰《事物纪原》卷三说：“秦始皇宫中悉红妆翠眉。”红妆是用焉支，翠眉是用黛画的。到汉代，波斯进口的螺子黛成了贵族妇女们的首选，有了螺子黛，她们如此热衷于画眉，以至于剃去了眉毛，成了蒙娜丽莎。

她们有增白术，那就是把铅粉往脸上抹，谁也不知道重金属是有毒的，既然皇帝可以吃汞化合物来延年益寿，妇女又为什么不能往脸上抹铅呢？穷人家用不起铅倒对了，抹点米粉，天然健康。

她们有面膜吗？秦汉时不可考，但公元6世纪的张贵妃肯定是用了的，据《太平圣惠方》记载，张贵妃的面膜是这么做的：在新生鸡蛋上扎个小孔，去掉蛋黄，留下蛋清，注入朱砂粉二十克，用蜡封口，和其他鸡蛋一起让母鸡来孵，等那些蛋孵出小鸡，这个蛋就可以打开了，蛋清和朱砂已经凝成了面膜。实际上葛洪早就建议女人用鸡蛋清敷面：“令面白如玉，光润照人。”他的贡献不仅在炼丹术、隐身术和飞车，他简直是中国的达·芬奇啊。

地图的故事

地图反映了人们对世界的认识。古人对世界有截然不同的两种认识。

一种是极力夸大未知的世界，汪洋恣肆地想象那些地方的神奇。根据《山海经》中的《海外四经》《海内五经》和《大荒四经》画出的地图就是这样，它原来铸在九鼎之上，战国时期九鼎失踪了，后人只能从《山海经》的文字中想象这幅地图——

“长臂国在其东，捕鱼水中，两手各操一鱼。”“南方祝融，兽身人面，乘两龙。”“东方句芒，鸟身人面，乘两龙。”“海内昆仑之虚，在西北，帝之下都。”“西王母梯几而戴胜杖。其南有三青鸟，为西王母取食。在昆仑虚北。”“蓬莱山在海中。”“东海之外，大荒之中，有山名曰大言，日月所出。”“有黑齿之国。帝俊生黑齿，姜姓，黍食，使四鸟。”“大荒之中……有扶木，柱三百里……”“有不死之国，阿姓，甘木是食。”……

也有一些真实的地名——匈奴、东胡、朝鲜、天毒（天竺，相当于今天的印度）……比较客观的人文地理资料集中于《五藏山经》，这里处处标明里程：“又东三百里”有一座山，“又南水行五百里”有一片流沙等等，但进入其他各经，这数据就不提了，看来编撰者不想限制他们对于世界的范围的想象。这大致上是秦汉以前的人文地理知识、传说、神话和巫师的幻觉的一锅烩。编撰者写着那些似乎连生命都可以永恒的国度，觉得做人很可怜吧。

《禹贡》是另一种世界观。它老老实实地描述已知的世界——九州。其中的地理和物产，没有《山海经》的奇幻，也不去想象更遥远的地方还有什么样的鸟兽树木、生活着什么样的人，它几乎就是一部国土资源考察报告。所以历代帝王很重视它。晋武帝把《禹贡》抛给裴秀，令他画出个模样来，裴秀就揣着这本书走遍全国，辛勤勘测，最后搞出一套《禹贡地域图》，用掉八十匹丝帛。这是一幅全国地图。

《禹贡》不是没有考虑过世界的问题，但它分给未知世界的四十四个字充满傲慢："五百里要服，三百里夷，二百里蔡。五百里荒服，三百里蛮，二百里流。东渐于海，西被于流沙，朔南暨，声教讫于四海。"后来清朝的《书经图说》把这意思画出来了——世界像一方丝罗帕展开着，中国像一坨城墙砖狠狠地压在它的中心，标着"帝都"两个大字，四面八方那些"荒服""要服"……的小字，头朝着它，好像在齐刷刷地稽首跪拜。

事实上，当康熙向西方传教士学习几何学、测量学、解剖学、医学、化学……以及铸造大炮的技术时，还觉得西方的科学都是从咱们的老祖宗那儿偷的，"古人历法流传西土，彼土之人习而加精焉。"这是他对天文学的看法。"即西洋算法亦善，原系中国算法，彼称为阿尔朱巴尔。阿尔朱巴尔者，传自东方之谓也。"这是他对代数学的看法。照这么说，王小波笔下的李卫公应该也证明了费尔马大定理，爱迪生的公司应该也有陶弘景的技术股份，因为是陶弘景用手心搓琥珀搓出电来的，他还用这样的琥珀吸引芥子看是不是真货呢。另外，诺贝尔的炸药专利也有侵权的嫌疑。

相对于现今的"西方中心主义"，这或许是一种"东方中心主义"。

小说中，小木匠在四公子书房里看见的世界地图就是这样，世界像黄汤里泡着的一块饼，中国是它的绝大部分。四公子不知道罗马帝国，也不相信小木匠说的那些来自《山海经》的地理知识。但小木匠怀着对未知世界的憧憬，一心想到太阳升起来的地方看一看，这种憧憬是人类共有的。后来小木匠确实出海远航了，比达·伽马、哥伦布早一千多年。达·伽马到了印度，哥伦布到了美洲，至于小木匠到了哪儿，那就不知道了。

秦始皇对未知世界的憧憬是另一种——不是看看就算了，还要征服它。他派出去探索新大陆的人，在历史上不叫“小木匠”，而叫“徐福”。按说徐福可以帮秦始皇画出正确的世界地图了，但史书上没有记载，只说刘邦攻进咸阳，收获了大量的地图，“尽收秦丞相府图籍文书”（《汉书·高帝纪》）。它们到底画着多大的世界，已无从查考。

还有一件和地图有关的事，就是秦始皇带一大帮人从泗水里捞一个鼎，据说上面铸着世界地图。潜水的士兵真的摸到了它，大概还摸到凹凸不平的图形了吧。他们忙了好多天，把它捆结实提上来了，谁知它出水后那么死沉，把绳子都拉断了。最终，皇帝带着想象中的世界的立体地图离开了人间——其陵墓“以水银为百川江河大海，机相灌输，上具天文，下具地理。”（《史记·秦始皇本纪》）这好像已经不是世界地图了，而是宇宙地图。

汉武帝时期对世界的认识就大不一样了。张骞出使西域到了相当于现在的俄罗斯、新疆、阿富汗、伊朗、印度、巴基斯坦的地方，还有一些使臣和商人到过相当于苏门答腊、缅甸、越南、斯里兰卡、马来半岛的地方。公元前 108 年，罗马人来了，献给汉武帝一只花蹄，“其色骏，高六尺，尾环绕其身，角端有肉，蹄如莲花，善走多力。”（张星烺《中西交通史料汇编》第一册第十六页）东汉时他们又来了，“献象牙、犀角、玳瑁，始乃一通焉。”（《后汉书·西域传》）丝绸之路也是在汉朝开辟的，已程不国（今斯里兰卡）成为中国和欧洲交易和交通的中转站。13 世纪，著名的马可·波罗从威尼斯来到了中国。

一幅真正的世界地图出现于 14 世纪初，那就是元朝地理学家朱思本绘制的《舆图》，它失传了，但我们还能看见明代学者罗洪先对其增订画出的《广舆图》，在他笔下，非洲这个三角形的尖端指向南方，而同时期的欧洲人和阿拉伯人总是让非洲的尖端指向东方。《广舆图》含一百个欧洲地名、三十五个非洲地名。这是一幅线描的地图，主要的河流以双线表示，山脉画成简单的图形，地名以图例来区分（府用白方块，州用白菱形，县用白圈，驿站用白三角，要塞用黑方块……）。有趣的是，罗洪先在海域中不厌其烦地画满浪花，表现了中国人感性的一面。15 世纪初，郑和的七次远航又造就了一套更像山水画的世界地图，山脉都用白描手法画成了立体的。它包括南太平洋、印度洋、澳洲大陆和非洲东部。1498 年，达·伽马绕过好望角，也在东非登陆了，那里的土人不稀罕他带来的珠子、铃铛、珊瑚项链和洗脸盆，说很久以前就有白色的鬼从海上漂来过，他们还拿出白色的鬼留下的瓷器和丝衣给葡萄牙人看。

有可能是第一个探索新大陆的人——徐福

只能说徐福是小说中小木匠的原型，不能说他们是同一个人。小木匠年轻时的荒唐事，绝对跟徐福无关。历史上的徐福，出生在相当于今江苏赣榆的地方，是一名优秀的工程师，通晓天文、机械、航海。公元前219年、前210年，徐福两次以出海求仙的名义组织移民，使大约两万人脱离秦国暴政。他每次大约动用了三十艘船，每艘船能载三百人左右，比郑和的船小一些。距今江苏省连云港市赣榆区徐福村七公里的马站乡的王坊，相传是徐福的造船台所在，炭化的柞木、桑木和檀木整齐地排列在古河道地下两米深的海沙之中，有锯、斧或锛加工的痕迹。河北省盐山县千童镇，被认为是移民出境前集中的地方，附近的无棣沟，当时是黄河入海必经之地，被一些学者认为是徐福的启航地。这里有一千五百公斤重的铁锚出土，正如南京附近出土了像一幢楼那么高的郑和宝船的舵杆，隔世的阳光照耀着这些遗迹。

徐福去的地方是个谜。日本和歌县熊野山前有个村以“徐福”命名，有徐福祠堂和徐福墓，墓前石碑上记载着：“相传往昔秦始皇时，徐福率童男女五百人，携五谷种子及耕作农具渡至日本，在熊野津登岸，从事耕作，养育男女，子孙遂为熊野之长，安稳度日。”这人数与《史记》所记载的“发童男女数千人”相去甚远，但比较公认的说法还是徐福去了日本，这不仅因为日本人自己认徐福为桑蚕之神，为他祭祀，不仅因为有一些非正史的古籍支持这一说法，而且它比较容易想象——日本列岛像是两千多年前的秦朝海船可以到达的地方。

但是有人想象这支船队漂到了美洲大陆。要知道这是在哥伦布之前1700年，这个想象实在令人咋舌。但这么想的人是李约瑟。在其巨著《中华科学文明史》第三部第三章第九节《中国和前哥伦布美洲》中谈到：“一些学者否定扶桑故事，认为当时用帆筏无法航行……但是利用南中国和安南型航行器（漂流器）可以实现从西到东沿北纬25°到45°的航行，冬天和初春的相应的流和风有助于这类航行，这时的北太平洋的气候也有助于这类航行，因为在这些纬度处特别温暖。”他和联合国秘书处的同事还亲自驾驶凤仙花木帆船，证明风和洋流有可能助古代船只完成远洋航行。他从建筑、雕刻、绘画、历法、丧葬、游戏、占卜等方面比较了中美洲文化和中国秦汉文化，最后提出：“很可能是，徐福失踪的故事至少隐去了一次去美洲大陆的航行。虽然他和他的随行人员去了何处或许我们永远也不可能确切知晓，但是这些移居者在他们的航船上挂了什么样的帆，在通过广阔海域时用什么样的操船方法则不会与我们的推测相差甚远。”

巫师和说客——卢生

用“亡秦者胡”游说始皇帝发动抗击匈奴战争的确实是他，《史记》对此的记载是：“燕人卢生使人入海还，以鬼神事，因奏录图书，曰‘亡秦者胡也。’始皇乃使将军蒙恬发兵三十万人北击胡，略取河南地。”此处的“图书”可能是有图画的一块织物、木板、石板或金属板。

相传，黄河中的神马、洛水中的神龟曾经献河图、洛书给大禹，上面有规律地分布着小圆圈和线段，看起来像星相图似的，实际上是数字矩阵。

卢生献给秦始皇的“图书”，在小说中变成了一片龟甲，预言也扩展到九十七字。龟甲比“图书”更有巫术意味，因为它是古代巫师用来占卜的东西。巫师用烧红的木炭或青铜棒炙烧龟甲（或牛、鹿的肩胛骨），烧出裂缝，从裂缝的形状看到未来，把结果刻在这块龟甲上。

卢生的身份是方士，方士是有超自然能力的人，比如会炼丹、预言、飞行，在没有道士的年代，方士已经满地跑。西方人曾把方士翻译成“一位拥有魔药的绅士”，那么卢生这位拥有魔药的绅士，帮助始皇帝策动了中国历史上最快捷的反侵略战争，还不定给秦军吃了什么魔药。

黑色的帝国——秦国

秦始皇统一中国后，崇尚黑色，因为据说五百年前秦文公在渭水边打猎打到了一条黑龙，这好像是个吉祥物，保佑秦国战胜了各诸侯国。黑色成了秦朝的“VI 视觉识别系统”中的标准色，于是世界上出现了一个黑帝国。

秦朝又崇拜五行中的水，因为周朝崇拜的是火，能把火扑灭的恰恰是水。

秦朝还崇拜数字“六”，因为“黑终属六”，所以符长六寸，一步规定为六尺，御车用六匹马拉（一百多年后司马迁写《史记》，也很凑趣地把《秦始皇本纪》列为第六卷）。

小说中的千年预言的倒数第二句“六马之乘，水德之始，缁衣封禅，维始皇帝”就是指这些。

“始皇帝”是中国历史上第一个皇帝，以前有三皇五帝，但是没有人把“皇”和“帝”连起来。“始皇帝”这个尊号并不是嬴政自命的，而是由李斯等人提出的。虽然李斯以他一贯的谦虚说“臣等昧死上尊号”，嬴政却很爱听。他还表达了这样美好的愿望：“朕为始皇帝，后世以计数，二世三世至于万世，传之无穷。”他没想到传到秦二世就玩完了。

秦帝国只持续了十五年。建国之初，统一文字和度量衡，实施新的行政区划（这种郡县制影响至今），发行新货币（这种货币的外形——“孔方兄”，也延续了两千年），收缴民间兵器，铸成十二尊巨大的铜人竖立在咸阳宫外，以咸阳为中心，修筑辐射状的道路网，通向帝国的各方边境，拆毁旧诸侯国的所有城墙和关隘——总之，迅速结束了中华大地上政治、文化的混乱局面。

尤为荣耀的是，仅用三个月时间，打赢了一场反侵略战争——驱逐匈奴。匈奴是一个强悍的游牧民族，自古以来在中国北部边疆为所欲为，在秦始皇之前，只有赵国将军李牧收拾过他们，在秦始皇之后，只有汉武帝重创过他们。他们在东方受了窝囊气，就到西方欺负人，他们迁移到欧洲，蹂躏东罗马帝国，迫其割让多瑙河以南的广阔草原，又因西罗马帝国拒绝他们的单于娶霍诺里阿公主，就血洗高卢，翻越阿尔卑斯山，侵入亚平宁半岛，踏平一座座城池，占领米兰的皇宫，逼得主教“以巨额赎金或霍诺里阿公主的巨额嫁资买得了意大利的解放”（D.M. 洛节《罗马帝国衰亡史》对此有精彩之极的描述）。在此之前六百多年，秦始皇却用三个月时间就把匈奴轰出了中国。之后又扩展阴山上的长城，以及建一道软的长城——沿黄河北岸密植榆树，使“匈奴不敢饮马于河”（《汉书·窦田灌韩传》第二十二）。

这是秦帝国建国之初的事。十几年后又怎么样呢？北逐匈奴的英雄蒙恬被秦二世和赵高害死了，秦二世又被赵高害死了，赵高又被子婴诱杀了，子婴做了四十六天“秦王”，然后脖子上挂着表示投降的白布条，手里捧着传国玉玺（刻着“受命于天，既寿永昌”的鸟头云脚文、象征永恒的东西），去迎接农民起义军进城。

秦始皇追求的永恒，在生命和政权两方面。他派徐福去找不死草，坚持服用丹药，这是他对生命的态度，结果导致汞中毒，死得更快。“二世三世至于万世”，体现了他对永恒政权的憧憬，结果没有逃脱“亡秦者胡”的预言。他既伟大又可怜，他的黑帝国既强大又脆弱。

庭燎之光

每一个时代的人都相信自己的文明是高度发达的。我们相信老上海有大喇叭留声机，但科幻小说讲到电视机可以像纸一样贴在墙上，没有人会当真，也不会因此抱怨家里新买的超薄型LCD背投电视还是太厚。秦朝没有汽车，但马车上的人肯定是一副惹不起的样子，皇帝的马车里夏天还装着冰块，算是空调车了。

他们没有油灯，但皇族、贵族和有钱人可以让大树般的庭燎日日夜夜燃烧着，那再大也是油灯，但他们骄傲地讴歌：“夜如何其？夜未央，庭燎之光！”

没有蒙特娇、Gucci，但是细麻衣和丝衣已经很有身份，头上戴冠的尤其高贵，那些戴黑头巾的要想换换打扮，就得到战场上去拼命，攒够了首级，获得国家承认的爵位证书，小说中的田鸢就是这样。

他们不知道什么叫打火机和火柴，但凹面镜和打火石足够用了，前者显得更有身份。他们冬天取暖用熏笼，夏天降温用冰块（考古发现表明，秦国古都雍城的冰窖可藏冰一百九十多立方米），喝着果汁酸梅汤、桂花酒椒花酒松花酒果酒米酒，啃着猪肉牛肉羊肉鹿肉大雁肉，欣赏笙歌燕舞，玩六博投壶蹴鞠，用铅粉、米粉、花汁化妆，用柳枝蘸盐刷牙，用石头做的抽水马桶大便（秦朝有没有抽水马桶不能确定，但芒砀山汉墓出土有石制的坐式马桶，冲水管道凿在墙上。灵魂用的东西肯定是模仿活人用的东西，由此推测，在距秦不到一百年后的西汉时期至少在皇室中使用抽水马桶），用木片擦屁股（几千年如此，这叫“厕筹”，联想到数学计算工具是“算筹”，让人感到仿佛擦屁股和探讨数学问题是同一类文化现象），用蜂蜜、鳄鱼粪避孕（后者可能用于长江以南），用凌霄花、干蚂蟥堕胎（尽管是非法的）……他们认为自己生活水平很高。

肯定没有高标水泥和钢筋混凝土，但他们拥有高速公路和高等级公路。秦朝的高速公路是直道，长约一千四百公里，南北向，始于咸阳北部的林光宫，经子午岭、鄂尔多斯高原、黄土高原北部，抵达九原（今内蒙古包头市）。有了它，中央军就可以在三天三夜内开到北部边疆。它的一部分建在子午岭山顶，工程难度可想而知，“堑山堙谷，直通之”（《史记·秦始皇本纪》）。据考证，它的宽度达到六十米，可以给现在的中型飞机当跑道。

高等级公路是驰道，是一个道路网，从咸阳向四面八方辐射，将国内各个大城市连接起来。“东穷燕齐，南极吴楚，江湖之上，滨海之观毕至。道广五十步，三丈而树，厚筑其外，隐以金椎，树以青松。”（《汉书·贾山传》）这就是说，路宽大约为七十米，有行道树，路基高出地面，有点像现在的铁道。

秦朝还有四通八达的驿道，供邮车通行，每十里设一亭，既是治安执勤点，又是邮局，又是旅馆，但它只接待朝廷的信使，只负责传递公函。那时候的邮政事业不为平民提供服务。

关于邮政可以多说几句。他们的邮政事业效率很高，采用接力传书的办法，一个信使骑马来到，或驾车来到，或像希腊的菲里比得斯那样跑步来到，把邮件分开，另一些信使尽快带着各个方向的邮件奔出去。秦朝法律规定，急行文书（这种特快专递往往是皇帝的诏书）在邮亭中不得有片刻停留，普通公文也必须当日送出，违者将受到法律的制裁。但他们不考虑私人信件。也许，仅仅是也许，贵族和军官可以徇私利用国家的邮政系统，但可怜的老百姓要想寄一封家信，只能托人捎带。

湖北云梦出土的两封信就是这样。这是用毛笔隶书写在木片上的，是秦王政二十四年（秦军还在打天下）在淮阳服役的兄弟俩（“黑夫”和“惊”）写给在安陆的母亲的信。第一封信是：

> 二月辛巳，黑夫、惊敢再拜问中，母毋恙也？前日黑夫与惊别，今复会矣。母视安陆丝布贱，可以为禅裙襦者，母必为之，今于钱偕来。其丝布贵，徒钱来，黑夫自以布此。黑夫等直佐淮阳，攻反城久。愿母遗黑夫用毋少。

——妈您还好吧？我们哥俩分开了几天，现在又在一起了。妈，您看安陆的布有没有便宜的，能做下装的，拜托千万给我们弄点儿来，和钱一起寄来。要是布太贵，就只寄钱来吧，我自己在这儿买布。

要说与我们有什么不同，就是他们把时间写在开头。

第二封信是：

> 惊敢大心问衷，母得毋恙也？与从军，与黑夫居，皆毋恙也。

愿母幸遗钱五六百，经布谨善者毋下二丈五尺。即死矣，急急急。

——妈您还好吧？我们哥俩在部队里都好，就希望您寄五六百钱来，还有至少二丈五尺的好布。我们快冻死了，急呀！

比较简单的信写在一块木板上，用另一块木板扣起来，在外面写上收信人、发信人地址姓名，再用绳子扎起来，要是怕人偷看，就在绳结上糊点泥，盖上印，这叫“尺牍”。

还有一种是写在绢或帛上，卷起来，夹在两块木板之间，再捆扎，糊封泥，盖印，这叫“尺素书”。两块木板要是雕成鲤鱼状，就像情人节贺卡一样抒情了。“客从远方来，遗我双鲤鱼，呼儿烹鲤鱼，中有尺素书。”说的就是这事。小说中若姜寄给小木匠的信就装在这样的木头鲤鱼中。

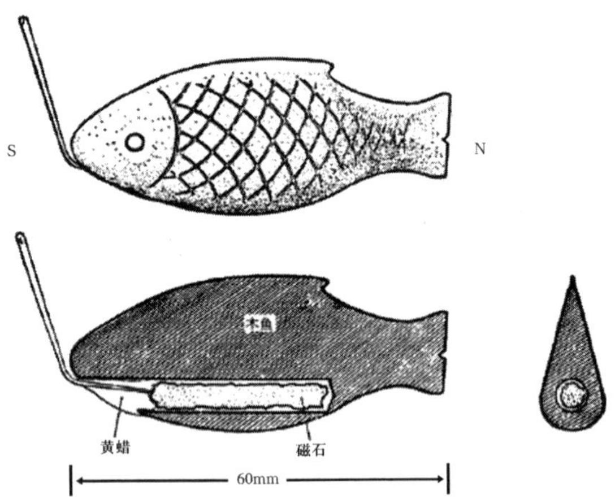

指南鱼，本是用来装磁石的，但我们可以借此想象“呼儿烹鲤鱼，中有尺素书”的木鱼信

神秘的都城——咸阳

他们的首都咸阳，也是值得骄傲的。小说中经常以“世界中心”作为咸阳的代名词，是估计当时的秦国人会把他们的帝都当成世界的中心。历史上的咸阳又是怎样的呢?

《史记·秦始皇本纪》说渭水北岸“殿屋复道周阁相属”，《三辅旧事》说“后宫列女万余人，气上冲于天”。渭水南岸是上林苑，后来建了阿房宫。渭水上有建于秦昭王时期的大桥，对其遗址的考古研究表明，它长五百二十五米，宽十三米八，接近南京长江大桥汽车道的宽度。

统一天下后第九年，也就是建“高速公路”的那一年，秦始皇嫌先王留下的宫殿不够用，开始建阿房宫，到死都没建完。秦二世接着干，变本加厉地干，也是到死都没干完，反而劳民伤财激怒了百姓，惹得若干起义军一起朝咸阳打，互相商量着怎么瓜分秦国，打得秦二世不敢出宫，妄想让赵高这个不带把儿的男人去抵挡。赵高不敢抵挡，只好回头杀了秦二世，然后，阿房宫被项羽这家伙一把火烧光。

“阿房”即“近旁”的意思，因为它在咸阳宫附近。它曾经“复压三百余里，隔离天日”(杜牧《阿房宫赋》)，仅前殿就“东西五百步，南北五十丈，上可以坐万人，下可以建五丈旗”(《史记·秦始皇本纪》)。2008年考古勘探证实，阿房宫前殿遗址显示出的规模，与《史记》的记载基本一致。

他们可能有空中通道，司马迁形容咸阳北阪“殿屋复道周阁相属”，阿房宫“周驰为阁道，自殿下直抵南山。表南山之颠以为阙。为复道，自阿房渡渭，属之咸阳，以象天极阁道绝汉抵营室也”，秦始皇为隐藏行踪又“令咸阳之旁二百里内宫观二百七十复道甬道相连，帷帐钟鼓美人充之”，这里的“复道”可能是建在空中的，想起来像什么呢？像立交桥……不，像北京五道口横架在街道上空的城铁车站，因为秦始皇的“复道”是有窗户的，现在的城铁车站也是有窗户的，秦始皇透过这样的窗户看见李斯的车骑过于铺张，抱怨了几声，不知是谁转告了李斯，李斯有所收敛。始皇看见李斯缩减了仪仗，知道自己那天的行踪暴露了，又查不出是谁泄的密，就把那天的随从统统杀了。空中通道到底有多少条，总共多长，历史上没有记载，当然也没有任何证据表明他们拥有“城铁”。

后记：一本书的二十四年

一

1992 年冬天，在北京的一个胡同里，我做了一个梦，把它记了下来。同屋的诗人萧瞳说这是“如花的文字”，我就开始写小说。2004 年小说出版的时候，宣传语是“十二年写一本书”。其实我没有那么顽强，这小说不是连续十二年写出来的，是写一写，停一停，有时一停就是几年。小说的背景、人物都有多次改变。最开始是现代题材，第一人称；后来变成了穿越小说，第三人称。这是因为：一，直接写自己，不太好意思；二，无意中读到里耶秦简、云梦秦简，它们把我迷住了，我没想到两千年前的生活可以那么有细节、有触觉、有颜色和气味，那不是枯燥的正史可以相比的。随后，我又找那个朝代的各种文献来读，连地理学、动植物方面的考古报告也不放过，扩展那种触觉、视觉和味觉。我要让自己“生活”在两千年前。虽然选择了历史背景，但我告诉自己，不能做出一副“啊，我在写历史小说，三皇五帝，霸业千秋，看官们听好了”的德行，我写的还是自己的事。

刺激我写小说的那个梦，到了小说里就是许黻裸奔的那一段，它其实是一个人死后有可能经历的事。这小说奇幻的部分基本上都是濒死体验，类似的还有田雨魂游、双头人隐身术大功告成、田雨被五马分尸的情景等，都是那个梦的扩充。我对这种事特别感兴趣，因为年轻时有过濒死体验，后来一直关注科学界对此的研究。2011年我翻译了迈克尔·纽顿的《浮生归宿》，也是这样的主题。最近看电影《芳华》，有人说，冯小刚其实是为开头的七分钟而把整个一百二十分钟拍下来的。不好意思地说，我其实是为小木匠的濒死体验而把三十万字写下来的。

但写作的过程会脱离作者的控制，不知不觉地，稀里糊涂地，就有了一些故事。小木匠后来不是主角了，儿子田鸢和同母异父的弟弟田雨成了主角。更令我惊讶的是，这两个孩子渐渐变成了我的“灵魂的分身”（或者说是人格分裂，像黑塞的小说《纳尔齐斯与歌尔德蒙》）。你知道，写小说是一种生活，你进去了，就无法完全预测将来会发生什么。我就是把自己分成了两个人，给自己设计一个“大游戏”，背景是秦朝，在里边玩。

后来玩过火了，2000年我竟然关掉了刚刚创业的小公司，专门玩这个“游戏”，成天在一个地下室里写，被电脑的辐射熏得发烧。一个朋友把我从39℃的高烧里救出来，拉上了明媚的泰山。可在我眼里这还是游戏的场景，是我的角色在前往新大陆之前相聚的地方。最后连那位朋友都魔怔了，看完我的手稿，盯着山谷念叨：跳下去就可以像田鸢一样飞起来了吧？

我说：哎，你醒醒，这可是现实！

当时，我唯一的收入是靠在北京科技大学延庆分校代课。这份工作，就是领我去泰山的这位朋友介绍的。每个星期只需要去两天，挣的钱又足够我在其他日子抛开一切写小说。因此，我永远感谢这位朋友——北京科技大学的张健老师，在我最需要的时候给我“喂食”。我也感谢我的妻子，在我穷困潦倒、只顾写书时，毫无怨言地支持我，而且为我提供了很多素材。还要感谢她的妹妹和其他笔友，在小说刚刚网上连载时鼓励我坚持下去。还要感谢我的孩子，虽然她在幼儿时期因我沉湎于写作而缺乏父亲的关心，但她自己成了我的素材。

二

延庆也为我提供了素材。延庆郊外有个叫“新宝庄”的地方，有一座土山，山顶有一道土墙，围成一圈，还很高，它成了“空中城”的原型。另外，田鸢学会飞行是在延庆附近的燕山：春天，燕山的大风几乎能把人托起来，周围一片片刚刚绽放的桃花、杏花，犹如粉红的云，这使一个彼时正站在悬崖上琢磨小说的人觉得，飞行是有可能的。在写小说的这些年以及之后的每一年，我只要在北京，就会举行一种很私人化的祭春仪式，没有任何传统的醴酒、供品、朝拜，很简单，只是到燕山上兜一圈，看看那些“粉红色的云”。

我迟迟没有勇气到新宝庄的土墙围起来的空间里看一看，怕现实破坏了想象。那或许是一个养殖场，或许是一片居民区，或许是废墟。但我当时唯一需要的，是在落日的余晖下远远地看它的外表，它通体金色，悬在空中，是那么超现实，那么圣洁。它并不属于新宝庄，不属于北京，甚至不属于地球，它是天国与现实的中介，前世与今生的通道。

福建的土楼帮助我填充了想象。大家知道，那是巨大的环状建筑，儿百户人家都住在里面，和外界相通的只有一扇大门和许多高高的小窗。一旦土匪攻来，他们就紧闭大门，在窗口架起弓弩或枪炮。要说那是一座大碉堡，它又有着柔软的一面——人们生活在一个圆环里，婚丧嫁娶、祭祖、养殖、商贸……都在里面，包括某些人的童年。甚至你可以想象，某些爱情，也是在这个犹如宇宙空间站一般孤独的时空里滋长的。

其实我并不太了解土楼的故事（想必很多，也很精彩，但我没有去查），仅仅它的外表就足以诱导我做梦。你看有那么多小窗户，每个小窗户里都住着一户人家，都可能发生一些事。我不太喜欢它的屋檐，太脆弱了，我需要更浑圆、结实的，也更孤独的东西，于是还是回到北方的黄土城墙。我也更喜欢新宝庄的土墙建在山顶，那是空中的，比平地的多一些奇幻。我给它加上女墙、城门；在看不见的内部，想象哪里是堡主的屋子，哪里是闺房，哪里养马、哪里养鸡、哪里养孔雀，哪里存木材、哪里藏武器，哪里是宗庙、哪里是书库、哪里搞巫术……这样就渐渐有了隐身术作坊、青春作坊，有了一个少年在孔雀笼子上插小红花来召唤他心中的女神的故事，有了另一个少年灵魂出窍后在城堡里漫游的路径，也就很容易想到在一场席卷全堡的心灵瘟疫中，田鸾在哪个位置向心上人发心语、苦苦等待她的答复；后来打起仗来，大家又如何利用空中城的特点来守卫它，匈奴人又能想到什么办法攻破它，甚至战争结束之后，几百个棺材可以摆在哪儿；隐身术秘籍是从哪儿发现的，那个千年预言以什么样的载体进入这个城堡，又怎样存储、转移，最后怎样到了一个孩子手里……

在我用想象填满新宝庄的残垣断壁后，终于有勇气进去看一看了：

果然！那只不过是一个被废弃的养殖场，荒草和沟坎让我连迈步都难。

但它已经不会让我失望了。

三

2003 年 4 月，这部小说开始在故乡社区、天涯社区和新浪原创论坛连载，获得了许多读者的反馈。遗憾的是没有什么批评，基本都是在夸我。这让我很自卑，因为当时网络小说都得有人骂才能证明价值，骂得越多，出版社越容易看上。有些作者就专门请朋友来当托儿，自己也注册几十个“马甲”来骂。虽然好评也需要一些,但最聪明的作者对“马甲”最合理的运用乃是骂，骂作品、骂自己，连粉丝也一块儿骂。我也想这么干，但亲手一做才知道这需要何等的毅力——每个“马甲”要先注册邮箱，再收邮件，再点击激活链接，我的天，还要完成网站布置的任务、攒够了积分，才有权限发帖！算了吧，我等别人来骂我吧。偶尔有人赏这么一句，仔细看不是我那可怜的“马甲”，我都热泪盈眶，心想：“这是真人啊，真人！”

这样等来的是漓江出版社的编辑邹湘侨，他没骂我，只是要出版这书。他容忍我的各种任性——动不动就要把某一章删掉重写，都出片了还要改，还要动版，连封面都要干涉人家出版社的运作……当时我太拿自己当回事了。

2004 年 8 月，此书第一版出版，名为《隐身》。当时还有两位出版人也很喜欢这本书，在没能签下此书时仍然帮助它的宣传，和漓江社的邹老师成了朋友，帮助介绍北京的媒体关系。这就是新华文轩北京出版中心的杨政和万兴明老师，感谢你们！

此书初版后，在豆瓣网获得了 9.8 分，十几年后仍然有读者为它写书评，感谢你们！

初版版权到期后，万兴明先生又将它推荐给了读蜜传媒的金马洛先生，使此书得以再版。读蜜传媒和浙江文艺出版社的许多老师，都默默地为此书做了细致、耐心到每一个字的工作，再次感谢！

金先生和他的夫人佳佳做了一件事让我非常感动——写了上万字的评语。当时尚未决定是否要再版此书，他们就花了几天时间仔细读完了它，并紧紧抓住阅读的第一感写下了这些评语。这是我第一次系统地得知我作品的优点和不足。金先生是诗人，佳佳是作家，他们又都是文艺鉴赏家，他们的评价是很专业的；他们所提出的一些问题，如读者对作品价值观的认同问题，作品新鲜信息量的问题，对我今后的创作都是有启发的。在他们的鼓励下，我希望创作出更好的作品来回报读者。

最后，感谢每一位打开这本书、读到这些文字的人！

图书在版编目（CIP）数据

空中城 / 夏芒著 . -- 杭州 ：浙江文艺出版社，2018.5

ISBN 978-7-5339-5241-9

Ⅰ．①空… Ⅱ．①夏… Ⅲ．①长篇小说－中国－当代 Ⅳ．①I247.5

中国版本图书馆 CIP 数据核字（2018）第 049955 号

责任编辑 瞿昌林
装帧设计 金 山
排版制作 尚春苓
责任印刷 朱毅平

空中城

夏芒 著

出版发行 浙江文艺出版社
网　　址 www.zjwycbs.cn
联系电话 0571-85152727（发行部）
经　　销 浙江省新华书店集团有限公司
印　　刷 浙江新华数码印务有限公司
开　　本 889 毫米 ×1194 毫米 1/32
字　　数 347 千字
印　　张 15.75
版　　次 2018 年 5 月第 1 版 2018 年 5 月第 1 次印刷
书　　号 ISBN 978-7-5339-5241-9
定　　价 48.00 元

读蜜传媒
图书
版权
影视
作家之家，IP之巢
Writer's home and IP's incubator